Insel der Traumpfade

Oceana-Trilogie
Band 1: Träume jenseits des Meeres
Band 2: Insel der Traumpfade
Band 3: Legenden der Traumzeit

TAMARA McKINLEY

wurde in Australien geboren und verbrachte auch ihre Kindheit im Outback des fünften Kontinents. Heute lebt sie an der Südküste Englands, aber die Sehnsucht treibt sie stets zurück in das weite, wilde Land, von dem sie in jedem ihrer Romane faszinierende neue Facetten entfaltet.

Tamara McKinley

Insel der Traumpfade

Roman

Aus dem australischen Englisch
von Marion Balkenhol

Weltbild

Die englische Originalausgabe erschien 2008 unter dem Titel *A Kingdom for the Brave*
bei Hodder & Stoughton Ltd, London.

Besuchen Sie uns im Internet
www.weltbild.de

Genehmigte Lizenzausgabe für Verlagsgruppe Weltbild GmbH,
Steinerne Furt, 86167 Augsburg
Copyright der Originalausgabe © 2008 by Tamara McKinley
Copyright der deutschsprachigen Ausgabe © 2008 by Bastei Lübbe AG, Köln
Übersetzung: Marion Balkenhol
Umschlaggestaltung: Atelier Seidel - Verlagsgrafik, Teising
Umschlagmotiv: © Thinkstockphoto
Gesamtherstellung: CPI Moravia Books s.r.o., Pohorelice
Printed in the EU
ISBN 978-3-95569-149-3

2017 2016 2015 2014
Die letzte Jahreszahl gibt die aktuelle Lizenzausgabe an.

*Der Freiheit Kampf, einmal begonnen,
Vom Vater blutend auf den Sohn vererbt,
Wird immer, wenn auch schwer, gewonnen*.

Lord Byron 1788–1824

Für Liam, Brandon, Brett und Fiona,
auf dass sie nie die Pioniere,
Abenteurer und Strafgefangenen
vergessen mögen, die heldenhaft dafür gekämpft haben,
Wohlstand und Freiheit nach Australien zu bringen.

Prolog

Der Schrei des Brachvogels

Brisbane River, 1795

Die Morgenröte hatte den Himmel noch nicht erhellt, doch der Trupp aus acht Reitern war bereits unterwegs. Edward Cadwallader schaute auf. Der Mond blieb hinter einer dicken Wolkenschicht verborgen. Es war eine perfekte Nacht zum Töten.

Im stillen Dickicht machten sie nur wenige Geräusche, denn die Hufe der Pferde und das klirrende Zaumzeug waren mit Jute umwickelt und die Männer hüteten sich, zu reden oder zu rauchen. Es war eine vertraute Routine, aber Edward war aufgeregt – wie immer in den letzten Augenblicken vor einem Überfall. Der Gedanke an das Bevorstehende steigerte seine Ungeduld.

Er ließ den Blick über die nähere Umgebung schweifen. Zu beiden Seiten erhoben sich Steilhänge mit gezackten Gipfeln aus dem Busch. Dunkle Felsblöcke und Baumgruppen boten Schutz, und sein Pferd zuckte unter ihm zusammen, als etwas durch das Unterholz huschte. Edward hielt die Zügel fest umklammert. Er war angespannt, denn sie hatten ihr Ziel fast erreicht. Ein einziger Laut könnte sie verraten.

Er drehte sich nach den Männern um, die ihm auf diesen nächtlichen Raubzügen bereitwillig folgten, und erwiderte das Grinsen seines ergrauten Sergeanten. Er und Willy Baines hatten sich einst gleichzeitig dem New South Wales Corps angeschlossen. Sie hatten die Zelle eines Militärgefängnisses geteilt und nebeneinander auf der Anklagebank gesessen, als sie wegen Vergewaltigung einer Frau vor Gericht standen – und sie hatten zusammen gefeiert, als die Klage schließlich abgewiesen wurde. Einer wusste vom anderen, was er dachte, und der Sergeant hatte auch Verständnis für Edwards Blutrunst. Obwohl Welten zwischen ihnen lagen, betrachtete Edward ihn als seinen besten Freund.

Edward spähte in die Finsternis. Nach zwei Stunden im Sattel hatten sich seine Augen längst an die Dunkelheit gewöhnt. Er konnte darauf vertrauen, dass seine Männer den Mund hielten, wenn sie nach Sydney zurückkehrten. Die Säuberungen sollten nicht zum Gegenstand öffentlicher Auseinandersetzungen werden, auch wenn sie immer häufiger vorkamen und es allgemein bekannt war, dass die Schwarzen mit Gewalt von dem dringend benötigten Land vertrieben wurden. Doch je weniger die Öffentlichkeit über die militärischen Maßnahmen der Vertreibungen erfuhr, desto besser – und im Übrigen, wen kümmerte es schon?

Die Gegend um den Hawkesbury River war bereits gesäubert, und obwohl der abtrünnige Pemulwuy noch immer frei herumlief, war Edward überzeugt, dass es sich nur noch um wenige Wochen handeln konnte, bis man ihn und seinen Sohn aufgetrieben und erschossen hätte. Jetzt hatte er die Aufgabe, die Letzten des Turrbal-Stammes vom Brisbane River zu vertreiben.

Es waren aufregende Zeiten, und Edward war mittendrin im Geschehen. In den Jahren, in denen er in die Wildnis versetzt worden war, hatte er viel gelernt. Und er hatte entdeckt, wie spannend es war, die Schwarzen zu jagen. Sein Ruf und der Respekt, den er bei seinen Männern genoss, hatten sich bis zu den Behörden in Sydney Town herumgesprochen. Trotz seiner fragwürdigen Vergangenheit war er zum Major befördert worden mit der Aufgabe, dieses Gebiet von dem schwarzen Pack zu befreien. Dafür hatte ihm der General zugesagt, seine Versetzung an den Brisbane River um zwei Jahre abzukürzen. Das Leben war schön, und Edward freute sich auf seine Rückkehr nach Sydney, wo er sein Glück machen und ein Haus bauen wollte, um das ihn jeder beneiden würde.

Der Gedanke, wieder eine weiße Frau zu haben, verstärkte seine innere Erregung noch. Die Eingeborenen stanken und kämpften oft wie Katzen – aber er hatte nichts gegen eine Herausforderung. Doch auch wenn er schwarze Haut exotisch gefunden hatte, zog er den Geruch von weißem Fleisch vor.

Er lenkte seine Gedanken wieder auf die bevorstehende Aufgabe. Wenn das vorbei war, würde er noch Zeit genug haben, um an Frauen zu denken. Jetzt brauchte er einen klaren Kopf, wenn sie nicht in einen Hinterhalt geraten wollten. Die Schwarzen mochten ja unwissende Wilde sein, aber es war ihr Land und sie kannten es viel besser als jeder Soldat, und sei er noch so gut ausgebildet.

Der Stoßtrupp rückte schweigend durch den Busch vor, auf der Hut vor versteckten Kriegern in der Dunkelheit. Als es hell wurde, zogen graue Sturmwolken über den Himmel, und die Anspannung wuchs. Nun begann der gefährlichste Teil ihres Ritts, denn das Lager lag nur noch knapp eine Meile entfernt.

Edward zügelte sein Pferd, damit es stehen blieb, und sprang aus dem Sattel. Er wartete, bis die anderen bei ihm waren. »Ihr wisst, was zu tun ist?« Seine Stimme war leiser als ein Flüstern.

Sie nickten. Vor wenigen Tagen hatten sie alles bis ins Detail geplant, und sie wussten, dass man ihnen bei jeder gefangenen Frau freie Hand ließ.

»Ladet eure Musketen«, befahl Edward, »und denkt daran: Es darf keine Überlebenden geben!«

»Was ist mit den Kindern und den Weibern?«

Edward betrachtete den neuen Rekruten – ein dünner, junger Kavallerist mit hellen Augen, einem unehrenhaften Führungszeugnis und dem Hang zu Eingeborenenfrauen. Mit grimmiger Miene und kalten Augen untermauerte Edward seine Autorität. »Schwarze Frauen kriegen Kinder, und die wachsen auf, um sich wieder zu vermehren. Es geht mich nichts an, was ihr macht oder wie ihr es macht, aber ich will, dass heute Abend keiner übrig bleibt.« Er funkelte den Kavalleristen an und war befriedigt, als er Angst in dessen Blick wahrnahm.

Das bleiche Gesicht des Jungen färbte sich rot.

Edward wandte sich an Willy Baines. »Wir erkunden zuerst«, murmelte er, »nur um sicher zu gehen, dass sie noch da sind.«

Willy kratzte sich die Kinnstoppeln. Keiner von ihnen hatte sich in den letzten vier Tagen gewaschen oder rasiert, denn die Nase eines Eingeborenen witterte den Geruch von

Seife oder Pomade meilenweit. »Das ist sehr wahrscheinlich«, erklärte er. »Nach Aussage meiner Spione kommen sie schon seit Jahrhunderten hierher.«

»Du und deine Spione, Willy! Wie kriegst du die Myalls nur dazu, dir so viel zu erzählen?«

Willy schüttelte den Kopf, während sie sich von den anderen entfernten. »In unseren Augen sehen sie zwar alle schwarz aus, und ich kann sie, verdammt noch mal, nicht auseinanderhalten, aber es gibt Stammesunterschiede, und für eine Flasche Rum oder ein bisschen Tabak erzählt ein guter Mann alles, was er weiß.«

Edward legte seinem Begleiter eine Hand auf die Schulter. »Du bist mir ein Rätsel, Willy, und nur ein toter Myall ist ein guter Myall. Komm, lass uns nachsehen, was wir hier haben!«

Sie ließen die anderen zurück, die ihre Musketen luden, und suchten sich vorsichtig einen Weg durch das Unterholz am Ufer. Der Fluss war seicht und gewunden, das Schilf und die überhängenden Bäume boten in dieser mondlosen Nacht eine perfekte Deckung. Die beiden Männer lagen auf dem Bauch und hoben den Kopf vorsichtig über das hohe Gras, während sie das schlafende Lager betrachteten.

Die Stammeskrieger, unverheiratete junge Männer, bildeten in lockerer Formation eine schützende Phalanx um die Frauen, Kinder und älteren Männer. Die meisten schliefen auf dem Boden, doch es gab auch drei oder vier *gunyahs*, Unterstände aus Gras und Eukalyptus, in denen die Ältesten ruhten. Hunde rührten sich, um sich zu kratzen, von heruntergebrannten Lagerfeuern stiegen kleine Rauchschwaden auf, alte Männer husteten Schleim, Säuglinge wimmerten.

Grinsend nahm Edward den Anblick in sich auf. Die Turrbal hatten keine Ahnung, was ihnen bevorstand.

Lowitja fuhr aus dem Schlaf auf und zog instinktiv ihren fünfjährigen Enkel näher zu sich. Irgendetwas war in ihre Träume eingedrungen, und als sie die Augen aufschlug, vernahm sie den klagenden Schrei eines Brachvogels. Es war der Ruf der Totengeister – der durchdringende, quälende Ton gepeinigter Seelen, eine Warnung vor Gefahr.

Mandawuy strampelte in der festen Umarmung seiner Großmutter und hätte aufgeschrien, wenn sie ihm nicht die Hand über den Mund gelegt hätte.

»Still!«, befahl sie mit der leisen Bestimmtheit, der er auf der Stelle zu gehorchen gelernt hatte.

Er setzte sich ruhig und unerschrocken auf. Die bernsteinfarbenen Augen seiner Großmutter waren starr auf den Rand des Lagers gerichtet. Was konnte sie sehen?, fragte er sich. Waren Geister auf der Lichtung? Konnte sie Stimmen hören – und wenn ja, was sagten sie ihr?

Lowitja lauschte dem Schrei der Brachvögel. Es waren jetzt viel mehr geworden, als versammelten sich die Geister der Toten, als vereinten sich ihre Stimmen zu einem qualvollen Wehklagen, das ihr Herz durchbohrte. Dann nahm sie im Grau der Morgendämmerung gespenstische Umrisse wahr, die sich zwischen den Bäumen hindurchwanden. Sie wusste, wer sie waren und warum sie gekommen waren.

Sie mussten sich beeilen: Das Lager rührte sich. Edward und Willy verschwanden in den dunkleren Schatten und kehrten zu den wartenden Männern zurück. Diese standen mit geladenen und gespannten Waffen bereit. Es konnte losgehen. »Aufsitzen!« Edward nahm die Zügel seines Pferdes und schwang sich in den Sattel. »Im Schritt.«

Die Reihe rückte in geübter Präzision vor, bis die Männer fast in Sichtweite des Lagers waren. Die Erregung war beinahe greifbar. Edward hob seinen Säbel. Die ersten Sonnenstrahlen ließen die Klinge aufblitzen. Er hielt den Säbel erhoben und kostete den Moment aus.

»Attacke!«

Gleichzeitig trieben sie die Pferde zum Galopp an. Die Tiere spannten sich an, die Nüstern gebläht, die Ohren flach an den Kopf gelegt, während die Reiter johlten, schrien und ihnen die Sporen gaben.

Lowitja war vom Erscheinen des Geistvolkes wie gebannt. In den mehr als dreißig Jahren, die sie nun lebte, hatte sie es noch nie so deutlich gesehen. Zuerst dachte sie, der ferne Donner stamme von einem Sommergewitter. Sie zog sich aus ihren Visionen zurück, und ihre Hände griffen mechanisch nach Mandawuy, denn ihr fiel auf, dass sich den Hunden das Fell sträubte, und sie vernahm den warnenden Aufschrei der Vögel, die mit rauschendem Flügelschlag von den Bäumen aufflogen.

Als der Donner lauter wurde, schrak der Rest des Stammes aus dem Schlaf. Säuglinge und kleine Kinder weinten, als ihre Mütter sie aufnahmen. Die Krieger schnappten sich Speere und Keulen, und die Älteren erstarrten. Die Hunde kläfften wütend.

Der Donner kam näher und erfüllte die Luft. Die Angst brachte Lowitja auf die Beine. Die Erde unter ihren Füßen bebte. Jetzt begriff sie, warum die Geister zu ihr gekommen waren und sie gewarnt hatten. Sie musste Mandawuy retten. Lowitja zwang all ihre Kraft in Beine und Arme, packte ihren Enkel und rannte los.

Dornen stachen, Äste peitschten sie, Wurzeln drohten sie zu Fall zu bringen, aber sie lief weiter durch den Busch. Trommelnder Hufschlag und Gewehrschüsse zerrissen hinter ihr die Luft, doch sie schaute sich nicht um und rannte.

Mandawuy gab keinen Laut von sich. Er klammerte sich an seine Großmutter, Arme und Beine um sie geschlungen, Tränen des Entsetzens fielen heiß auf ihre Haut. Schreie, Rufe und Schüsse hallten von der Lichtung wider.

Lowitjas Herz hämmerte, ihre Brust schmerzte, Beine und Arme wurden schwer wie Blei, während sie sich mit dem einzigen lebenden Kind ihres Sohnes durch den Busch kämpfte und einem ungewissen Ort der Sicherheit entgegenstrebte.

Sie preschten durch die leichten *gunyahs* und die schwelenden Feuer, so dass ein Funkenregen aufstob. Die erste volle Bleiladung hatte Männer, Frauen und Kinder blutig zu Boden geworfen, wo sie von den Pferden der Angreifer zertrampelt wurden. Schreie zerrissen die Luft. Die Flinkeren rannten davon. Jetzt ging der Spaß erst richtig los.

Die Hunde liefen in alle Richtungen, während Frauen Kinder packten und Männer mühsam nach ihren Speeren und ihrem *nulla nulla*, einer Holzkeule, suchten. Die Älteren versuchten auf allen vieren zu entkommen oder setzten sich einfach hin, die Hände über dem Kopf verschränkt in dem erbärmlichen Glauben, damit die Säbel abzuwehren.

Kleine Kinder standen vor Entsetzen erstarrt, als die Pferde auf sie zupreschten, um sie in die dunkelrote Erde zu stampfen. Einige der jüngeren stärkeren Männer wollten ihre flüchtenden Familien verteidigen, doch sie hatten keine Zeit, ihre Speere zu werfen und die schweren Keulen zu schwingen, ehe sie in Stücke zerhackt wurden.

Edwards Blutrunst war erwacht; er drehte sein Pferd in engem Kreis und feuerte seinen zweiten Schuss auf eine alte Frau, die an den Resten eines Lagerfeuers kauerte. Rasch lud er nach, während sie in die Flammen stürzte. Er würde auf sie kein Blei mehr verschwenden – sie würde ohnehin bald tot sein.

Er fuhr in einem fort, neu zu laden, bis der Lauf so heiß war, dass man ihn nicht mehr anfassen konnte. Als er nicht mehr schießen konnte, benutzte er den Karabiner als Keule, mit der er nach links und rechts ausholte, um Schädel zu zertrümmern und Hälse zu brechen, um alle niederzumähen, die nicht schnell genug fliehen konnten, und sie dann mit dem Säbel zu erledigen. Sein Pferd schäumte und verdrehte die Augen, als *gunyahs* Feuer fingen und sich auf der Lichtung Rauch ausbreitete. Es stank nach verbranntem Fleisch und brennendem Eukalyptus; in dem dichten schwarzen Rauch fingen die Augen an zu tränen, die Kehle schnürte sich zu.

Zwei von Edwards Männern waren abgestiegen und jagten hinter zwei Frauen her, die unter die Bäume geflohen waren. Willy machte kurzen Prozess mit ein paar Kindern, und die anderen waren damit beschäftigt, drei Krieger niederzustechen, die ihre Speere trotzig erhoben hatten.

Edward jagte hinter zwei Jungen her und metzelte sie mit

einem Säbelstreich nieder. Die Klinge war voller Blut, seine Uniform besudelt, und die Flanken seines Pferdes klebten. Aber er war noch nicht fertig – seine Gier war noch nicht befriedigt – und suchte ein weiteres Opfer.

Ein Mädchen auf der anderen Seite der Lichtung hatte die Bäume fast erreicht – doch es kam nur langsam voran, denn es hatte bereits Bekanntschaft mit einem Säbel gemacht. An seiner Schulter klaffte das blutige schwarze Fleisch auseinander wie ein obszöner rosa Mund.

Er trat dem Pferd in die Flanken, galoppierte auf das Mädchen zu und hob den Säbel. »Sie gehört mir, Willy«, brüllte er, denn sein Freund hatte es ebenfalls erspäht.

Die Verfolgte schaute mit weit aufgerissenen Augen über die Schulter.

Edward überholte sie und verstellte ihr den Fluchtweg.

Das Mädchen erstarrte.

Edward enthauptete es mit einem Streich. Dann galoppierte er zurück auf die Lichtung, um zu sehen, was die anderen ihm übrig gelassen hatten.

Lowitja versteckte sich in den schützenden Ästen des Baumes, hoch über dem Waldboden. Sie umklammerte Mandawuy und hielt ihn durch Stillen ruhig, während das Blutbad auf der Lichtung tobte. Sie hörte jemanden unter sich vorbeilaufen, Gewehrschüsse, die entsetzlichen Schreie der Sterbenden – und vergoss stille Tränen, als sie brennendes Fleisch roch. Sie konnte sich das Grauen nur vorstellen, das ihrem Volk widerfuhr, konnte nur zum Großen Geist beten, dass wenigstens einige diesen Tag überlebten.

Doch die Stille, die dann eintrat, war noch furchteinflößender. Sie lag schwer in der Luft, beladen mit einer Dunkelheit, die Lowitja endlos erschien. Sie wartete noch lange. Ihr Körper zitterte unter der Anstrengung, Mandawuy in den Armen zu halten und sicher auf dem hohen Ast auszuharren. Sie wagte nicht einzuschlafen.

Die Sonne warf ein dünnes bleiches Licht über den Horizont, als Lowitja mit ihrer kostbaren Last den Baum hinunterkletterte. Sie nahm Mandawuys kleine Hand in die ihre und näherte sich vorsichtig der Lichtung, bereit zu fliehen. Sie fürchtete sich vor dem Anblick, dem sie sich stellen musste. Doch die Geister der Ahnen riefen sie und führten sie zu den Schlachtfeldern, so dass sie mit eigenen Augen sah, was der weiße Mann angerichtet hatte, und dieses Wissen weitergeben konnte.

Sie stand am Rande der Lichtung, noch nicht mutig genug, diesen Ort des Todes zu betreten. Das Lager war ruhig und still – und in dieser Stille vernahm sie das Flüstern längst verstorbener Krieger, die gekommen waren, die Völker der Eora und Turrbal zu holen und in die Geistwelt mitzunehmen. Rauchfahnen stiegen in der windstillen Morgendämmerung auf und schwebten in ruhelosen, gespenstischen Schwaden über zerschmetterten Kochtöpfen, zerstückelten Leibern und zerbrochenen Speeren.

Schaudernd stand Lowitja neben ihrem Enkel. Niemand war verschont worden – nicht einmal das kleinste Kind. Sie hörte die Fliegen summen, die in dunklen Wolken über den Leibern hingen, die in den Erdboden gestampft waren. Sie waren bereits von den aasfressenden Krähen und Dingos gezeichnet, die in der Nacht um das frische Fleisch gekämpft hatten. Bald würden der Goanna mit seinen scharfen Echsenzähnen und Klauen sowie Insekten und Maden kommen, um die Reste zu vertilgen.

Lowitja betrachtete den Ort des Todes und wusste, dass niemand überlebt hatte. Es war in Erfüllung gegangen, was ihr die Geistträume und die geworfenen Steine prophezeit hatten. Sie würde nie wieder an diesen Ort zurückkehren, sondern gen Westen zum Uluru gehen. Es war eine lange, gefährliche Strecke für eine einzelne Frau – sie würde den Rest ihres Lebens darauf verwenden, sie zu vollenden –, doch der Uluru war ihre geistige Heimat, und sie würde lieber sterben bei dem Versuch, dorthin zu gelangen, als hier unter den weißen Wilden zu bleiben.

Sie nahm ihren Enkel auf den Arm und gab ihm einen Kuss. Er war der Letzte der reinrassigen Eora – das letzte Bindeglied zwischen ihr, Anabarru und dem großen Ahnen Garnday. Er musste gut behütet werden.

Erster Teil

Launen des Meeres

Eins

An Bord der Atlantica, Juli 1797

George Collinson stand auf der Steuerbordseite an Deck des stampfenden Schiffes, das Teleskop am Auge, und suchte die gewaltige Dünung des Südlichen Ozeans ab. Es war früh am Morgen, und die Sonne brach nur selten durch die dahinjagenden Wolken. Möwen schrien, und der Wind drang wie ein scharfes Messer durch seinen Mantel und die Stiefel. Die Segel der *Atlantica* blähten sich, und die Takelage ächzte.

Seit Tagen waren keine Wale gesichtet worden, und da sie bereits einige Fässer voll Tran und gepökeltem Fleisch im Frachtraum hatten, darüber hinaus Fischbein für Hunderte von Korsetts, erwog der amerikanische Kapitän Samuel Varney, nach Sydney Cove zurückzukehren. Sie waren seit sechs Monaten auf See, und die Mannschaft wurde allmählich unruhig.

Die *Atlantica* war ein hochseetüchtiger Walfänger aus Nantucket, Massachusetts, anders als die kleineren Walfänger, die nur für eine kurze Saison in Küstennähe arbeiteten. Sie war für die wilden Ozeane vor Van Diemen's Land und Neuseeland geschaffen, wo die Besatzung damit rechnen konnte, monatelang fern von jeglicher Zivilisation zu sein. Sie war gut ausgerüstet, hatte drei Masten, einen stämmigen Bug, ein eckiges Heck und sieben Beiboote, die über dem Schanzkleid hingen. Hinter dem Hauptmast stand eine hässliche Backsteinanlage mit Kesseln, die angeheizt würden, um den Tran vom nächsten Fang zu kochen. Der Kapitän und seine Offiziere waren achtern untergebracht, den Harpunieren Kojen im Zwischendeck zugeteilt. Der Rest der Mannschaft schlief vorn, mittschiffs befand sich die Luke in den großen Schiffsrumpf, in dem die Fracht und Vorräte sowie zweitausend Fuß Ersatztauwerk aufbewahrt wurden.

George verzog das Gesicht, Graupel und eiskalte Gischt durchnässten ihn, doch er schaute unentwegt durch sein Teleskop und suchte nach der legendären Fontäne oder der Schwanzflosse, die das Signal zur Jagd setzen würde. In diesen Gewässern wimmelte es um diese Jahreszeit für gewöhnlich von Nordwalen, und jeder Fang brachte eine Zulage.

Fast eine Stunde später wurde der Ruf laut: »Backbord! Wale in Sicht!«

George drehte sich rasch um und stellte sein Teleskop scharf. Sein Herz raste, sein Mund trocknete aus, als er die unverwechselbaren Schwanzflossen einiger schwarzer Wale einfing. Die Jagd stand kurz bevor – jetzt wurde es spannend.

Kapitän Varney erteilte vom Achterdeck aus Befehle mit einer dröhnenden Stimme, die selbst den Wind übertönte. Er drehte das Steuerrad, um den schwerfälligen Bug nach Backbord zu wenden. Matrosen rappelten sich auf, um Segel und Takelage anzupassen, und George schloss sich dem Sturm auf die Beiboote an.

Sie waren fast zehn Meter lang und liefen zu beiden Enden spitz zu, so dass Bug und Heck hoch über dem Wasser lagen. In jedem Boot waren zweihundert Faden Manilatauwerk aufgerollt, und die zwanzig Kerben in den Heckpollern markierten die Anzahl der Wale, die in den vergangenen sechs Jahren gefangen worden waren. Samuel Varney bevorzugte eine fünfköpfige Mannschaft in jedem Boot, so dass die Ruder an beiden Seiten gleichmäßig besetzt waren, wenn der Harpunier seinen Platz verließ. Die sechste Ruderbank im Bug war so ausgehöhlt worden, dass der Harpunier mit den Oberschenkeln Halt fand, wenn er seinen Speer mit den Widerhaken abschoss.

George kletterte ins erste Boot, das bereits zu Wasser gelassen wurde. Er fuhr seit drei Jahren mit Samuel Varney und war inzwischen ein erfahrener Walbootsvormann. Als er seinen Platz am Heck einnahm und das schwere Ruder packte, dessen Schaft mindestens fünfundzwanzig Fuß maß, überlief ihn das vertraute Prickeln. Das Rennen war eröffnet. Wer würde diesmal der Erste sein, der einen Wal harpunierte?

Sie hatten ihr Einersegel gehisst, das den Wind einfing, und die Männer legten sich in die Riemen, angefeuert von George, der sie mit allen Flüchen, die er kannte, zu noch größerer Eile antrieb und dabei den nächsten der wendigen Riesen ansteuerte. Die anderen Steuermänner waren ebenso vehement, und ihre Rufe überdeckten das Rauschen des Meeres. Der Wettlauf um die Beute hatte begonnen.

Georges Boot lag um wenige Zentimeter vorn. Sie waren jetzt nah dran – so nah, dass das große Tier mit einem Schlag seiner Schwanzflosse das Boot zerteilen konnte. So nah, dass sie sein Auge sahen und die Turbulenzen im Wasser spürten. Sie näherten sich mit dem Bug voran der windabgewandten Seite des Wals und fühlten, wie er auf- und abtauchte. Ein leichter Schlag mit den Flossen, und sie wären verloren.

»Mach dich bereit!«, rief George dem Harpunier zu.

Der Mann zog auf der Stelle sein Ruder ein und klemmte sich an den Bug, hob die Harpune und zielte.

»Jetzt!«

Der eiserne Speer mit den Widerhaken grub sich in glattes schwarzes Fleisch.

»Getroffen!«, brüllte George den anderen Booten zu, die das Rennen verloren hatten. Sie würden außerhalb der Gefahrenzone abwarten, bis der Wal getötet war.

Der Wal erhob sich aus dem Wasser, warf sich herum und schlug Wellen, auf denen ihr Boot zu kentern drohte. Taue zischten durch Eisenringe und über den Heckpoller, als er wieder abtauchte.

George tauschte rasch den Platz mit dem Harpunier. Er griff nach einer Lanze und wartete. Seine Aufgabe war es, das Tier zu töten, nachdem es den Stich der Harpune gespürt hatte.

Der Wal befand sich einige Faden unter ihnen, doch als er die Oberfläche wieder durchbrach, schoss er davon und schleppte das Boot hinter sich her. »Piekt die Riemen!«, rief George, inzwischen in Hochstimmung. »Jetzt wird Schlitten gefahren wie in Nantucket!«

Die Ruder wurden hochgestellt und die Leine an der Harpune mit Wasser überschüttet, damit sie sich nicht entzündete, wenn sie mit rasender Geschwindigkeit über den Heckpoller glitt. Die Leine wurde eingeholt oder locker gelassen, je nachdem ob das Tier abtauchte oder an die Oberfläche kam und durch das Wasser davonschoss, um dem Widerhaken zu entkommen.

George wartete ab. Nach fast einer Stunde zeigte das Ungetüm erste Anzeichen von Ermüdung. Langsam tauchte es auf, um Luft zu holen, die Fontäne aus seinem Atemloch war nicht mehr so hoch und kräftig, seine Geschwindigkeit ließ nach. George stieß zu, und die Lanze grub sich tief hinter das Auge des Wals.

Blut schoss aus der Wunde.

»Rote Flagge!«, schrie George. »Festhalten!«

Im Todeskampf bäumte sich der Koloss noch einmal wild auf und zog das Boot hinter sich her. Er schlug mit der großen Schwanzflosse um sich und wälzte sich unter Qualen. Blut spritzte in alle Richtungen und färbte die kochende See rot. Das Boot wurde auf den Wogen hin und her geworfen, die Männer klammerten sich fest und fürchteten um ihr Leben. Das Wasser im Boot stieg ihnen bis an die Knie. George blieb nichts anderes übrig als zu beten, der Harpunier möge im Umgang mit dem Ruder ebenso erfahren sein wie er, während dieser den Kurs korrigierte, wenn die wahnsinnigen Krämpfe des tödlich verwundeten Tiers auch sie schüttelten.

Dann verlor der Meeresriese den Kampf. Mit einem letzten Schwall Blut rollte er auf den Rücken und rührte sich nicht mehr.

»Kiel oben!«, signalisierte George schleunigst den anderen Booten.

Sie hatten die Jagd aus sicherer Entfernung verfolgt, denn man konnte in einem Moment der Unvorsichtigkeit von Bord gefegt werden und zu Tode kommen. Nun würden sie den Wal mit Seilen festzurren, bevor er sich mit Wasser vollsog, und ihn zur *Atlantica* schleppen, wo man den Speck kochen würde, um den Tran zu gewinnen. Dann würden die

Knochen gesäubert, das Fleisch eingepökelt und in Fässer gepackt. Und morgen würden sie sich auf die lange Rückfahrt nach Sydney begeben.

Sydney Cove, Juli 1797

George stand an Deck, genoss die warme Sonne und nahm gierig den Anblick und die Geräusche von Sydney Town in sich auf. Eine fleischige Hand legte sich auf seine Schulter. Es war Samuel Varney.

»Spar dein Geld, mein Junge!«, dröhnte er mit dem schleppenden Akzent von Nantucket. »Huren und Rum sollten nur flüchtige Bekannte sein. Trag es auf die Bank, das sag ich dir!«

George hatte diese Lektion in jedem Hafen zu hören bekommen, den sie in den vergangenen drei Jahren angesteuert hatten, und bis auf zwei Vorfälle an Land, als Rum und Wollust ihn übermannt hatten, war er dem Ratschlag gefolgt. »Mein Kontostand sieht ganz gut aus, Käpt'n«, antwortete er grinsend.

Hellblaue Augen blitzten in Samuels zerfurchtem, wettergegerbtem Gesicht auf. Er kratzte sich den dichten weißen Bart. »Das bezweifle ich nicht, mein Sohn«, brummte er. »Hast einen guten Kopf auf den Schultern – dafür, dass du noch so jung bist.«

»So jung nun auch wieder nicht«, protestierte George. »Ich bin dreiundzwanzig.«

»Ha! Da musst du noch eine schöne Strecke zurücklegen, bis du in mein Alter kommst – aber das wird schon, mein Junge. Das wird.«

Samuel hatte Salzwasser in den Adern und wusste mehr über die Seefahrt als so mancher andere. Außerdem war er der Geschäftsmann schlechthin, und seine Flotte aus fünf Walfängern und zwei Robbenfängern trieb Handel von der südlichen Arktis bis zu den Gewürzinseln und quer über den Atlantik. Er hatte George als jungen Matrosen angeheuert und ihn unter seine Fittiche genommen, nachdem George Erfahrungen gesammelt und das raue Nomadenleben auf einem Walfänger lieben gelernt hatte. Sie hatten festgestellt, dass sie die Kenntnis des Meeres, Geschäftstüchtigkeit und die Freude an der Jagd teilten. Und George war in Samuels Obhut aufgeblüht.

Er stand neben seinem Ziehvater, während sie in kameradschaftlichem Schweigen ihre Pfeifen rauchten und beobachteten, wie das restliche Walfleisch und der letzte Tran entladen wurden. Eine Sendung Pökelfleisch stand bereits auf dem Kai, und die Fässer mit kostbarem Reis, Tabak, Tee und Gewürzen, die sie von den Gewürzinseln und aus Batavia mitgebracht hatten, waren bereits unterwegs ins Lager der Regierung. Die Fahrt hatte sich gelohnt, und George wusste bereits, was er mit seinem Anteil an den Einnahmen machen wollte.

Als hätte er die Gedanken des jungen Mannes gelesen, deutete Samuel auf eine große Brache am westlichen Ende des Kais. »Da könnte einer ein schönes Lagerhaus errichten«, polterte er los, »wenn er das nötige Kleingeld und einen Sinn fürs Geschäft hat.«

»Genau das habe ich mir auch gedacht«, sagte George. »Tatsächlich treffe ich mich heute Nachmittag mit jemandem von der Hafenbehörde, um über den Kauf des Grundstücks zu verhandeln.« Er betrachtete den alten Mann, die Mütze mit ihren Salzflecken, den Strickpullover, die grobe Leinenhose und die festen Stiefel. Niemand hätte geahnt, dass Samuel Varney ein sehr reicher Mann war. »Aber es wäre für alle Betroffenen von Vorteil, wenn ein gewisser Walfangkapitän sich einverstanden erklärte, seine Ware dort zu lagern, damit der beste Preis über mein Lager erzielt würde.«

Samuel brüllte vor Lachen. »Er wäre ein Narr, wenn er so eine Gelegenheit ausschlagen würde.« Dann wurde seine Miene ernst. »Aber können wir deinem Verwalter vertrauen? Ein Lager zu führen könnte eine Versuchung bedeuten, wenn der Eigentümer nur selten an Land ist.«

»Matthew Lane hat eine Frau und acht Kinder zu ernähren. Er wäre dumm, wenn er mich betrügen würde.«

Nachdenklich strich Samuel sich über den Bart. »Wenn du das Land bekommst, sind wir im Geschäft«, sagte er schließlich. Er drückte George die große Hand, dass es knackte.

»Dann gehe ich jetzt am besten an Land und bereite mich auf das Gespräch bei der Behörde vor«, meinte George und rümpfte die Nase. »Ich brauche ein Bad, muss mich rasieren und mir die Haare schneiden lassen.«

»Besuchst du danach deine Familie?«, fragte der Ältere.

George nickte. »Es ist eine ziemliche Strecke raus nach Hawks Head Farm, aber meine Mutter würde es mir nie verzeihen, wenn ich den Weg nicht auf mich nähme.«

Samuel zwinkerte mit den Augen. »Hat sie dir verziehen, dass du zur See gegangen bist?«

George vergrub die Hände tief in den Hosentaschen. Sein

Weggang hatte seinen Eltern viel Sorge bereitet, doch nachdem er den ersten Walfänger gesehen hatte, war ihm klar gewesen, wo seine Zukunft lag. Trotz der Einwände seiner Mutter war er wild entschlossen gewesen und hatte sie schließlich davon überzeugt, dass es richtig für ihn sei, fortzugehen. »Nicht so ganz«, musste er zugeben. »Aber ich glaube, sie hat erkannt, dass mir nicht bestimmt war, Farmer zu werden, und mein Bruder Ernest kommt ganz gut damit klar, den Betrieb zu führen, solange ich mein Scherflein dazu beitrage.«

Die blauen Augen betrachteten ihn unentwegt. »Du schlägst einen leichten Ton an, mein Junge, aber ich spüre, dass dir die Vorfälle, die deine Familie hinaus an den Hawkesbury River geführt haben, noch immer zu schaffen machen.« Er verstummte, als George den Blick abwandte, und fuhr dann fort: »Ich habe die Gerüchte gehört, mein Sohn.«

George schaute über die Bucht auf das kleine Holzhaus oben auf der Anhöhe. Die Erinnerungen standen ihm noch so deutlich vor Augen, als wäre alles erst gestern passiert. Auch nach vier Jahren waren die Schatten, die sie warfen, noch gegenwärtig. Dennoch hatte Samuel recht: Es war an der Zeit, sich ihnen zu stellen.

»Es war das schlimmste Jahr meines Lebens. Ernest war mit Millicent verlobt«, begann er zögernd. »Sie hatte die Schrecken der Zweiten Flotte überlebt, und Mutter hatte sie aufgenommen, weil sie aus derselben Ecke Cornwalls stammte.« Die Worte kamen ihm leichter von den Lippen, als er beschrieb, wie Millicent nach einer Auseinandersetzung mit seiner Schwester Florence die Flucht ergriffen hatte und dann von Edward Cadwallader und seinen Kumpanen vergewaltigt worden war – und wie sie den Mut aufgebracht hatte, die Männer vor Gericht zu bringen.

»Meine Schwester ist lieber weggelaufen, statt zuzugeben, dass sie bei den Geschehnissen in jener Nacht eine Rolle gespielt hat, aber ich bezweifle, dass ihre Zeugenaussage etwas geändert hätte. Die Gerichtsverhandlung war eine Farce. Sie hat Millicent zerstört und unsere Familie in ihren Grundfesten erschüttert«, sagte er verbittert.

»Edwards Vater, Jonathan Cadwallader, Earl von Kernow, hat dem Gericht erzählt, er habe ein Verhältnis mit meiner Mutter gehabt. Er benutzte einen Brief von ihr, um sie anzuschwärzen. Er beschuldigte sie, sich rächen zu wollen, weil er ihr den Laufpass gegeben hatte. Ihre Freundschaft mit Millicent, die vor vielen Jahren aus seinem Haushalt entlassen worden war, bekräftigte sein Argument nur. Und da die Angeklagten fest bei ihren Falschaussagen blieben, wurde der Fall niedergeschlagen.«

George ballte die Fäuste. »Mein Vater wusste, was zwischen Mutter und dem Earl vorgefallen war – deshalb sind wir nach Australien gegangen –, aber weil es an die Öffentlichkeit gezerrt worden war, sah sich meine arme Mutter gezwungen, mit Ernest und mir darüber zu reden.« Trotz des warmen Tages überlief es ihn kalt. »Der Selbstmord von Millicent und das Verschwinden von Florence haben meine Mutter in Verzweiflung gestürzt, und mein Vater hat deshalb beinahe seinen Glauben an Gott verloren. Ernest war fest entschlossen, Rache zu üben. In seiner Wut hat er sich gegen alle gekehrt, die ihn lieben.«

»Ich kann verstehen, warum deine Familie an den

Hawkesbury River gezogen ist.« Samuel betrachtete das kleine Holzhaus auf dem Hügel. »Hier wären ihre Erinnerungen übermächtig gewesen.«

»Es war ihre Rettung. Ernest hat sich in die Farmarbeit gestürzt, und Vater hat seine Energie in die Gründung einer Mission gesteckt.«

»Und was ist mit deiner Mutter Susan?«

George lächelte sanft. »Sie ist die Tochter eines Fischers aus Cornwall und hat einen eisernen Willen. Sie krümmt sich zwar, zerbricht aber nie.«

»Trotzdem muss sie sich um deine Schwester sorgen«, murmelte Samuel. »Habt ihr im Laufe der Jahre etwas von ihr gehört?«

George schüttelte den Kopf. »Florence hatte schon immer ihren eigenen Kopf; wir mussten uns damit abfinden, dass wir erst etwas von ihr hören werden, wenn sie zur Rückkehr bereit ist.« Er atmete tief durch und spürte die Wärme der Sonne wieder. Die Erinnerungen waren vorläufig zerstreut.

»Ich bin sicher, dass dein Besuch deiner Familie Trost spenden und ihre Stimmung heben wird«, sagte Samuel.

»Aus den Briefen meiner Mutter lese ich, dass anscheinend Hoffnung für die Zukunft besteht. Ernest wirbt um die älteste Tochter eines benachbarten Farmers. Sie ist ein paar Jahre älter als er, aber ein nettes Mädchen nach allem, was man hört. Mutter beschreibt sie als pummelig und gemütlich und ebenso geschickt im Haus wie mit dem Vieh.« Er warf Samuel einen kurzen Blick zu. »Hört sich an wie eine Partie, die im Himmel geschlossen wurde, wenn du mich fragst.«

»Ich nehme an, es dauert nicht mehr lange, bis ein verflixtes Weib auch dich in die Krallen bekommt, mein Junge. Nimm mich beim Wort! Frauen sind nichts weiter als ein teures Ärgernis. Und ich muss es wissen – ich habe drei gehabt, und keine war auch nur einen Pfifferling wert, nachdem die Zeit der Werbung vorbei war. Konnten mir nicht mal Kinder schenken.«

George lachte. »Ich habe viel zu viel Spaß, um an Heirat zu denken«, erwiderte er und klopfte den Tabakrest aus seiner Pfeife. »Eine Frau müsste schon ziemlich schnell laufen, um mich einzufangen – und was Kinder betrifft ...« Er schüttelte sich. »Der Himmel möge mich bewahren!«

»Letzten Endes werden wir alle eingefangen, mein Sohn«, entgegnete Samuel. »Früher oder später fallen wir auf ein hübsches Gesicht und schlanke Fesseln rein und unser Verstand lässt uns im Stich.«

»Ich nicht«, sagte George gutgelaunt. Er klopfte Samuel auf den Rücken, steckte die Hände in die Taschen, pfiff ein Seemannslied vor sich hin und schlenderte die Gangway hinunter an den Kai. Das Leben war perfekt, so wie es war. Eine Frau, die es stören würde, hätte ihm gerade noch gefehlt.

Sydney Town, August 1797

Eloise kämpfte gegen die Übelkeit an, die sie im sieben Monat ihrer ersten Schwangerschaft immer noch quälte, und vermied einen Blick in den Spiegel ihrer Frisierkommode. Sie wusste, dass sie blass und abgespannt war und ihre grünen Augen an Glanz verloren hatten. »So viel zum Aufblühen«, sagte sie mit leichtem Akzent, der ihre deutsche Herkunft ahnen ließ. »Ich sehe halb tot aus und fühle mich auch so.«

Edward Cadwalladers Lippen berührten flüchtig ihren Nacken. »Es dauert ja nicht mehr lange«, antwortete er, prüfte seine Erscheinung im Spiegel und putzte seinen Schnurrbart. »Unser Sohn macht sich nur bemerkbar.«

Er trat an den Kamin. »Wir wissen noch nicht, ob es ein Sohn ist«, erinnerte Eloise ihn.

»Alle Cadwalladers haben Söhne«, entgegnete er unwirsch. »Im Übrigen beeil dich, Eloise, der Gouverneur wartet nicht gern! Du bist immer noch im Nachthemd.«

»Geh ohne mich!«, bat sie. »Mir geht es nicht gut, und mein Zustand wird meine Abwesenheit erklären.«

»Selbstmitleid ist kaum eine Entschuldigung«, fuhr er sie an. »Zieh dich an!«

Eloise stellte sich ihm entgegen. »Ich habe keine Lust, am Fest des Gouverneurs teilzunehmen«, sagte sie. »Du wirst viel mehr Spaß daran haben, wenn ich hierbleibe.«

»Du bist meine Frau und wirst tun, was ich dir sage!«, schrie er.

Eloise ließ sich nicht einschüchtern. Ihr Vater, Baron Oskar von Eisner, hatte sie und ihre Schwestern angeschrien, seit sie denken konnte, und sie war solche Schikanen gewohnt, doch er hatte seinen Willen nie so unfreundlich durchgesetzt wie Edward.

»Ich trage dein Kind unter dem Herzen«, entgegnete sie ruhig. »Die Schwangerschaft war nicht leicht, und mir geht es nicht gut. Der Gouverneur wird den Grund für meine Abwesenheit verstehen.«

Er funkelte sie wütend an. »Mit dem Baron kannst du

vielleicht in diesem Ton reden«, sagte er, »aber du wirst schon merken, dass ich Ungehorsam nicht dulden kann.«

Eloise blieb nach außen hin ruhig, doch das Herz schlug ihr bis zum Hals. Sein Verhalten zeigte ihr, dass er tatsächlich ein ganz anderer Mann war als ihr Vater. »Es ist kein Ungehorsam, Edward«, sagte sie in einem Ton, mit dem sie ihn zu besänftigen hoffte. »Nur gesunder Menschenverstand. Sollte ich ohnmächtig werden oder mich übergeben, wird es eine Szene geben, und ich bin sicher, dass du darauf verzichten kannst.«

Edward musterte sie. »Ich hätte wissen sollen, dass eine deutsche Frau für alles ein Argument hat.« Er schritt durch den Raum und öffnete die Tür. »Wir sprechen noch darüber, wenn ich zurückkomme. Ich erwarte von dir, dass du angezogen bist und im Wohnzimmer auf mich wartest, auch wenn es noch so spät wird.«

Er schlug die Tür zu, und Eloise fuhr zusammen.

Dann packte sie die Wut. Sie nahm ihre Haarbürste und warf sie mit voller Wucht gegen die Wand. Die Bürste schlug auf dem Boden auf, und Eloise sank auf ihren Frisierhocker. Langsam, aber sicher zermürbte Edward sie, und sie hatte Angst vor seiner Rückkehr, denn sie wusste, dann stand ein Wortgefecht bevor und ihr Kampfgeist ließ rasch nach.

Sie blieb in der Stille sitzen und lauschte den knackenden Geräuschen im Gebälk des Hauses, das sie am Stadtrand gemietet hatten. Es war klein und zugig, die Räume vollgestopft mit Säcken, Truhen und Kisten, die auf den Tag warteten, an dem ihr Haus in der Watsons Bay fertiggestellt war. Sie hätten ein paar Zimmer über dem Hotel ihres Vaters am Kai bewohnen können, doch Edward hatte das Angebot abgelehnt, und sie waren nach ihrer Hochzeit hier eingezogen.

Sie hatte das Gefühl, als rückten die Wände näher, je länger sich die Stille hinzog. Als das Kind sich regte, legte sie die Hände auf den Bauch und unterdrückte die Tränen, die ihr den letzten Rest Selbstvertrauen rauben würden. Sie sehnte sich nach der Gesellschaft ihrer Schwestern, nach ihrem gutherzigen Vater und nach dem Trost einer vertrauten Umgebung – nach mehr als der herablassenden Art ihres Mannes, der es an Mitgefühl fehlen ließ.

Ein Holzscheit rutschte auf dem Rost im Kamin, und Funken stoben in den Schornstein hinauf. Eloise sah in das schwelende Feuer und machte sich ihre Lage bewusst. Der Titel ihres Vaters bedeutete hier nur wenig; dass er am Anleger ein erfolgreiches Hotel gebaut hatte, machte ihn in dem rigiden Klassendenken dieses britischen Außenpostens, in dem Geschäftsleute schief angesehen wurden, nur noch mehr zum Außenseiter. Ihre Heirat mit dem Erben des Earl von Kernow hatte ihr in der Gesellschaft von Sydney zwar zu einem gewissen Ansehen verholfen, dennoch wusste sie, dass man sie in manchen Kreisen noch misstrauisch beäugte, obwohl sie in München eine gute Schulbildung genossen und ihr Englisch nur einen leichten Akzent hatte. Eloise hatte sich gegen die versteckten Kränkungen und das hinterhältige Grinsen wappnen müssen; inzwischen war sie darin geübt, den kleinlichen Snobismus einiger Frauen zu ignorieren – ihrem Mann aber hatte sie nur wenig entgegenzusetzen.

Sie waren noch kein Jahr verheiratet, doch Edwards ständige Spitzen und sein diktatorisches Gehabe hatten bereits ihren Tribut gefordert. Trotzdem klammerte Eloise sich an die Hoffnung, dass sie sich nichts vorzuwerfen hatte. Schon in den ersten Wochen nach der Hochzeit war Edwards wahrer Charakter zutage getreten; er hatte nur noch wenig mit dem Mann gemein, der ihr den Hof gemacht hatte. Er war häufig abwesend, hatte etwas gegen die Besuche ihrer Familie, verlangte von ihr ein perfektes Auftreten und war zunehmend launisch und streitsüchtig.

Sie zog den Seidenschal fester um ihr Nachthemd, während sie sich an die euphorische Zeit seiner Brautwerbung erinnerte und sie mit einer Klarheit betrachtete, die man nur rückblickend gewinnen kann. Ihre Naivität war ihr Ruin gewesen, denn solche Versiertheit, wie Edward sie an den Tag legte, hatte sie bis dahin noch nie erlebt. Sie hatte sich nur allzu leicht von seinen tadellosen Manieren und seinem gewinnenden Wesen blenden lassen, ohne den Mann hinter der prächtigen Uniform und dem englischen Titel zu sehen, den er erben würde.

Mit leerem Blick starrte sie in die Flammen. Sie hätte ihren Instinkten folgen und sich seinem Werben entziehen sollen, nachdem er sie zum ersten Mal angesprochen hatte – damals hatte sie hinter seinem blendenden Lächeln sofort etwas Dunkles gespürt. Doch gerade das hatte seiner Werbung die Würze verliehen, und sie war seinem Charme bereitwillig erlegen. Sie hatte geglaubt, sich verliebt zu haben. Doch Liebe war etwas, was sie von ihren Eltern kannte – sie wurde inniger, brachte Trost, Sicherheit und Freundschaft, ein Gefühl des Wohlergehens, das zwei Menschen verband und sie vor der Welt schützte.

Eloise musste sich wohl oder übel eingestehen, dass das,

was sie in der euphorischen Zeit ihrer stürmischen Romanze erlebt hatte, nichts als Schwärmerei gewesen war. Sie hatte in einer Phantasiewelt gelebt und geglaubt, sie habe ihren Prinzen gefunden, mit dem sie bis ans Lebensende glücklich sein würde. Einige Wochen lang hatte es auch so ausgesehen, als könnten sich ihre Träume erfüllen, denn sie hatte im ersten Monat sein Kind empfangen.

Schwer seufzend nahm sie das schmerzliche Gefühl zur Kenntnis, versagt zu haben. Edwards Wärme und Aufmerksamkeit waren abgekühlt, seit sie durch ihre Schwangerschaft an Umfang zugenommen hatte und kraftlos geworden war. Nun bereitete sein Alkoholgenuss ihr Sorgen, und seine Laune war so unberechenbar, dass sie über seine längere Abwesenheit nur erleichtert war. Es war deutlich geworden, dass er sie nicht mehr liebte – und sie fragte sich, ob auch er die Heirat bereute.

Sie erhob sich und begann sich anzuziehen. Sie musste lernen, ebenso mit Edwards Krittelei zu leben wie mit der Tatsache, dass ihr Wohlbefinden ihm gleichgültig war. Die Würfel waren gefallen: Sie war bis an das Ende ihrer Tage an ihn gebunden, und sie konnte nur hoffen, dass sich seine Laune bessern würde, sobald das Kind geboren war. Nervös fummelte sie an den Bändern ihres Unterkleids herum und versuchte, den Gedanken zu verscheuchen, was geschehen würde, wenn es ein Mädchen würde.

Edward merkte, dass er zu spät zum Fest des Gouverneurs kam, doch es handelte sich um eine zwanglose Zusammenkunft, so dass keine Eile geboten war. Seine schlechte Laune und seine Wut hatte die Hure in dem Zimmer über der

Wirtschaft besänftigt. Seit Wochen war Eloise keine richtige Ehefrau gewesen – was konnte sie anderes von ihm erwarten?

Während sein Pferd die unbefestigte Straße entlangtrabte, atmete er die Düfte der Nacht ein, die so anders waren als die im Norden, und zog Bilanz über alles, was er seit seiner Rückkehr nach Sydney erreicht hatte. Seine Versetzung war früher aufgehoben worden, als er erwartet hatte. Im November 1796 war er mit seinen Männern im Hafen eingelaufen. Das Schiff, das sie nach Süden gebracht hatte, war genauso heruntergekommen und verwahrlost gewesen wie die Männer, die ihre Pferde ausluden und über die Geschäfte herfielen. Während seiner Abwesenheit hatte sich viel verändert. Mit dem Recht, nun über Schatzwechsel zu verfügen statt über Schuldscheine, die man nur in den regierungseigenen Lagern gegen Waren eintauschen konnte, hatten er und seine Offizierskollegen ihren Wohlstand ausgebaut.

Er hatte seinen Grundbesitz ausgeweitet, indem er freigelassenen Sträflingen, die wenig Begeisterung für die Landwirtschaft zeigten, die Landrechte abgekauft hatte. Der Handel mit den Kapitänen zur See lief auf Hochtouren; ihre Waren ließen sich mit großem Gewinn an die Kolonisten verkaufen. Die Vorschriften für den Arbeitseinsatz von Strafgefangenen waren gelockert, und nun verfügten er und die anderen Offiziere nicht nur über das Monopol im Großhandel und über herrschende Stellungen innerhalb der Kolonie, sondern auch über eine Menge Diener, die sie nichts kosteten, da diese von der Regierung ernährt und eingekleidet wurden.

Edward war hochzufrieden. Die Zeit in der Wildnis lag

hinter ihm, und sein Vermögen wuchs von Tag zu Tag. Das Haus in der Watsons Bay war fast fertiggestellt, und er stand kurz davor, Vater zu werden. Er war angekommen. Nichts und niemand würde ihm im Weg stehen – am wenigsten sein Vater. Eines Tages würde der die Rolle bereuen, die er bei der Versetzung seines Sohnes aus Sydney an den Brisbane River gespielt hatte, nachdem dieses verfluchte Weib seine Kameraden und ihn vor Gericht gebracht hatte. Edwards Laune verschlechterte sich wieder. Sein Vater hatte ihn aus einer misslichen Lage befreien müssen, und diese Demütigung machte ihn noch immer rasend.

Als in der Ferne die Lichter des Government House aufblinkten, lenkte Edward die Gedanken zu Eloise zurück. Er war damals erst wenige Tage wieder in Sydney gewesen, als er die Einladung zum Dinner im Hotel des Deutschen erhielt. Sie war überraschend gekommen, denn er war dem sogenannten Baron erst einmal begegnet, als er in dessen Hotel einen Drink zu sich nahm. Der Mann war ihm gesellschaftlich kaum gleichgestellt, doch Edward hatte an jenem Abend nichts anderes vorgehabt und deshalb die Einladung angenommen. Der langweilige Abend hatte sich in dem Augenblick gewandelt, als er der ältesten Tochter des Barons vorgestellt wurde.

Eloise hatte ein feines Gesicht mit glasklaren grünen Augen, umrahmt von goldblonden Wimpern, und einen hellen Lockenkopf. Sie war schlank und so groß, dass sie ihm fast bis an die Schulter reichte, und trug ein eisblaues Kleid. Ihr Dekolleté war makellos wie Alabaster. An Hals und Ohren glitzerten Diamanten, und eine weiße Rose zierte ihr Haar. Der Eindruck, den sie auf ihn machte, war wie ein

Schlag in die Magengrube gewesen, und Edward war das Sprechen schwergefallen. Sie hatten die üblichen Nettigkeiten ausgetauscht, und sie war mit raschelndem Rock weitergegangen. Sie hielt sich kerzengerade, und ihr prächtiges Haar fiel in goldenen Locken über ihre Schultern. Noch nie hatte er eine Frau so begehrt. Er musste sie haben.

Unaufhörlich hatte er sie verfolgt, seinen ganzen Charme ausgespielt und seine Ungeduld gezügelt, da sie ihm selbst den keuschesten Kuss verweigert hatte. Dennoch hatte die Werbung ihn beschwingt, denn Eloise war Feuer und Eis, und die Herausforderung, die sie darstellte, war unwiderstehlich.

Bald darauf war Eloises Widerstand in sich zusammengefallen, und Ende Januar hatten sie geheiratet, nur zwei Monate nach ihrer ersten Begegnung. Er hatte recht gehabt mit dem Feuer: Ihre Vereinigung war beglückend gewesen, und er hatte sie mehr denn je begehrt, als sie ihm kurz darauf sagte, sie erwarte ein Kind von ihm.

Edward nahm die Zügel fester in die Hand. Die Liebe hatte bei seiner Werbung um Eloise keine Rolle gespielt. Der Wunsch, ihre Schönheit zu besitzen, hatte ihn zu der Heirat angespornt, doch inzwischen war sein Verlangen einer großen Belastung ausgesetzt. Eine endlose Übelkeit hatte Eloise ans Bett gefesselt, und wenn sie aufstand, lief sie stets im Nachthemd herum. Der Gestank nach Erbrochenem und der Anblick ihres aufgeblähten Leibs widerten ihn an, und er war verärgert, weil sie ihn nicht zu gesellschaftlichen Anlässen begleiten wollte. Er hätte sich zu gern mit seiner schönen, schlanken Eloise auf Festen und Tanzveranstaltungen gezeigt, um sich in dem Neid zu sonnen, den er in den Augen anderer Männer sah. Er trieb das Pferd zum Galopp an, wild entschlossen, weder über die Unzulänglichkeiten seiner Frau noch über seine mangelnde Geduld mit ihr nachzudenken. Wenn eine Ehe zum Stillstand gekommen war, musste ein Mann sich woanders trösten. Eloise sollte sich glücklich schätzen, wenn er seine ehelichen Rechte nicht einforderte.

Kap der Guten Hoffnung, September 1797

Die *Empress* schlingerte und stampfte durch die schwere See. Der Sturm hatte zugeschlagen, nachdem sie Südafrika verlassen hatte, und nur wenigen Passagieren ging es noch so gut, dass sie ihre Kabinen verlassen konnten.

Alice Hobden wurde in der winzigen Kabine hin und her geschleudert und konnte sich kaum auf den Beinen halten. Zwei Jahre Kampf gegen die Malaria in der Hitze und dem Staub von Kapstadt hatten ihren Tribut gefordert, und sie fragte sich, ob es ein Fehler gewesen war, dass sie hartnäckig behauptet hatte, sie sei reisetüchtig. Doch der Gedanke, dass Jack in New South Wales auf sie wartete, hatte sie in ihrem entschiedenen Wunsch, bei ihm zu sein, nur bestärkt. Es hatte fast ein weiteres Jahr gedauert, bis sie die Überfahrt auf einem Schiff buchen konnte, das so weit nach Osten fuhr, und jetzt, da sie unterwegs zu ihm war, würde sie den Teufel tun und sich dem Selbstmitleid und der Übelkeit hingeben.

Sie warf einen Blick auf ihre Kabinengenossin, eine Frau mittleren Alters mit einem Hang zum Jammern und einer nervenden Stimme. Morag fuhr nach New South Wales zu ihrem Mann, der beim Militär war. Sie schlief, und Alice seufzte erleichtert, während sie sich ihr dichtes helles Haar aufsteckte. Sie hatte fast den ganzen Tag damit verbracht, Morag zu pflegen, und nichts als Klagen für ihre Bemühungen geerntet.

Schaudernd versuchte Alice, das Gleichgewicht zu halten. Die Nacht war eisig kalt, und sie täte alles lieber als hinauszugehen, doch wenn sie diese zweite Herde Merinoschafe sicher zu Jack bringen wollte, blieb ihr nichts anderes übrig. Sie prüfte ihren Geldgürtel, den sie auch in den schlimmsten Fieberanfällen nicht abgelegt hatte. Er war unter ihren Kleidern verborgen, und obwohl er viel leichter war als zu Beginn ihrer Reise in Sussex, klirrte er noch immer beruhigend an ihrer Hüfte, wenn sie ihr Kleid und die Unterröcke ordnete. Sie zog ihren Reisemantel über und straffte sich. Ihre heikle Situation mochte zwar unangenehm und beängstigend sein, doch wenn Jack es geschafft hatte, den Transport auf einem Sträflingsschiff zu überleben, ohne den Glauben an die Zukunft zu verlieren, hatte sie nicht das Recht, sich über die raue See zu beklagen.

Ohne Vorwarnung bäumte sich das Schiff auf und tauchte so abrupt ab, dass ein Zittern durch das Spantenwerk lief. Alice wurde auf die schmale Koje geworfen. Ihr Kopf prallte gegen einen Holzbalken, und sie sackte wie betäubt in die Kissen. Ihr war, als hätte dieser Schlag ihr sämtliche Energie genommen, denn plötzlich war sie zu erschöpft, um sich in Bewegung zu setzen. Da ihr Magen rebellierte und ihr Kopf pochte, schloss sie die Augen und lenkte die Gedanken auf erfreulichere Dinge.

Sussex war in weite Ferne gerückt, doch sie kam nicht gegen ihre Sehnsucht an. Fast vierzehn Jahre lang war der Bauernhof ihr Zuhause gewesen, und am letzten Tag hatte sie sich dort jede Einzelheit eingeprägt, wohl wissend, dass sie den Hof nie wiedersehen würde, doch in der Hoffnung, die Erinnerung im Herzen zu bewahren. Dann könnte sie sich später, wenn sie einsam und verängstigt war wie in diesem Augenblick, mit dem Gedanken an das alte Bauernhaus trösten, dessen Strohdach tief über die winzigen Fenster reichte.

Lächelnd erinnerte Alice sich an die getünchten Lehmwände, an den Steinboden, der in zweihundert Jahren von trampelnden Füßen ausgetreten war. Ihre Schritte hallten auf den Bodenplatten wider, und der Geruch des Holzfeuers hing in der kalten Asche des großen Kamins und in den Deckenbalken aus Eiche. Die Wände waren oberhalb der Kerzenhalter mit Rußspuren verschmiert, und an den eisernen Haltern hingen Eiszapfen aus Wachs – eine Mahnung an dunkle Winternächte, in denen der Wind draußen heulte und die frühen Lämmer hereingetragen wurden, um sie am Feuer aufzuwärmen.

Alice klammerte sich an die Wände der Koje und stieg in Gedanken die schmalen, wackeligen Stufen zum Schlafzimmer unter dem Dach hinauf. Der Boden fiel schräg zur vorderen Wand und zum kleinen Fenster mit dem Eisenriegel ab. Sie hatte beinahe das Gefühl, als wäre ein Teil von ihr in Sussex geblieben, denn während sie hin und her geworfen wurde, sah sie die Hügel von Sussex, die sich hinter gepflügten Feldern und üppigen Weiden erhoben. Schafe grasten unter einem bedrohlichen Himmel, doch zwischen den Wolken warfen die Sonnenstrahlen einen goldenen Schimmer auf die Hecken.

Nun merkte Alice kaum noch etwas vom Rollen und Stampfen des Schiffes, denn sie hatte sich dem Anblick der Felder hingegeben, sah den mäandernden Fluss vor sich, der unter der Steinbrücke in seinem kalkigen Bett gurgelte, bis er am Weiler Alfriston vorbei ins Meer schoss. Sie sah den uralten Kirchturm und die anderen Strohdächer, die sich am Ufer drängten, und hörte, wie die Glocken die Gemeinde zum Abendgebet riefen.

Bei der Erinnerung an jene letzten Augenblicke wurden ihre Wimpern feucht von Tränen. Sie hatte das Haus verlassen, denn sie wollte nicht dort sein, wenn der neue Besitzer eintraf, und war hinaus in den Hof gelaufen. Das Pferd hatte geduldig am Zaun gestanden, das Maul tief ins üppige Gras getaucht, der Schweif schlug nach den lästigen Fliegen, die stets mit dem Sommerregen kamen. Sein braunes Fell war struppig, die Beine kurz, der Rücken breit – und obwohl das Tier launisch war, liebte Alice es.

»Genug gefressen, Bertie«, hatte sie gesagt und ihm das Zaumzeug angelegt, die Zügel entwirrt und eine Decke über seinen Rücken gebreitet. »Wenn du nicht aufpasst, wirst du zu dick zum Laufen, und wir haben noch ein ganzes Stück vor uns.«

Bertie hatte ihr die gelben Zähne gezeigt, und sie hatte ihm liebevoll den Hals getätschelt und ihn dann an den Baumstumpf geführt, damit sie aufsteigen konnte. Alles, was einen Wert besaß, war verkauft worden, ihr Sattel eingeschlossen. Doch Alice war geritten, seitdem sie aufrecht sitzen konnte, so dass die Decke auf dem Pferderücken ausreichen würde.

Wieder rollte eine Träne über ihr Gesicht, als sie sich vergegenwärtigte, wie sie sich heruntergebeugt hatte, um das Gatter zu öffnen. Es schwang weit auf, als sie ihre Fersen in Berties Flanken grub und ihn aus dem Hof trieb. Sie hatte nach vorn geschaut – denn ihre Zukunft lag nun weit hinter dem Horizont.

Alice wischte sich die Tränen ab und putzte sich die Nase. Der arme Bertie war mit den anderen Pferden an Bord eingepfercht und wunderte sich wohl, was da vor sich ging. Unbeholfen erhob sie sich aus der Koje, richtete ihre Kleidung, atmete einmal tief durch, um die Mischung aus Anspannung und Angst zu unterdrücken, die sie häufig überfiel, und taumelte zur Tür.

Sie hatte sich auf ein waghalsiges Abenteuer eingelassen und konnte kaum glauben, dass es wirklich eingetroffen war. Doch da war sie, eine Fünfunddreißigjährige auf ihrem Weg zu einem neuen Leben in einer neuen Welt. Sobald sie die Tür aufstieß und Regen und Gischt ihr ins Gesicht peitschten, wurde sie an die Realität erinnert.

Der Ozean wogte, und die Deckplanken, die unter ihren Füßen bockten, wurden überschwemmt. Sie musste sich an alles klammern, was sie fand, um nicht über Bord gespült zu werden. Ihr Mantel war bald durchnässt und zog sie nach unten; ihre Röcke und Unterröcke flatterten wie verrückt, um ihr dann durchweicht an den Beinen zu kleben.

Langsam und unsicher arbeitete sie sich voran, bis sie an den kleinsten Pferdeverschlag kam, der von einem jungen Matrosen bewacht wurde. Er hatte den Befehl, jedes Pferd zu erschießen, das durchzugehen drohte. Die acht Tiere standen breitbeinig mit hängenden Köpfen da. Ihr Fell war dunkel vor Nässe. Sie tätschelte Bertie, der sie missmutig beäugte, und gab ihm eine Handvoll Hafer, womit er sich begnügen musste. Er war alt und zäh – er würde es überleben.

Haarnadeln lösten sich, und als Alice sich in den Wind drehte, peitschten ihr Strähnen ins Gesicht. Es war, als wollte man sich gegen einen Rammbock stemmen, und sie fragte sich gerade, ob sie die Schafspferche wohl jemals erreichen würde, als eine Stimme sie zusammenfahren ließ.

»Sie sollten bei diesem Wetter nicht hier draußen sein.«

Alice blinzelte im Regen. »Ich muss mich um die Schafe kümmern«, schrie sie zurück.

Der Mann vor ihr verzog das Gesicht, nahm sie beim Arm, und sie taumelten zusammen über das Deck, bis sie im Windschatten des Eingangs zur Kapitänskajüte Schutz fanden.

»Vielen Dank!«, keuchte sie und strich sich die nassen Haare aus dem Gesicht.

»War mir ein Vergnügen«, erwiderte er mit beinahe spöttischer Verbeugung. Er musterte sie von Kopf bis Fuß. »Henry Carlton, zu Ihren Diensten, Madam.«

Bei einem Blick in sein wohlgeformtes Gesicht flammte Interesse in ihr auf. »Alice Hobden«, stellte sie sich vor.

»Ich bin entzückt, Ihre Bekanntschaft zu machen. Wo sind denn die verdammten Schafe?«

»Unter Deck. Da unten ist es wärmer – und trockener«, fügte sie kleinlaut hinzu und zupfte an ihrer durchnässten Kleidung.

»Die Tiere müssen Ihnen viel bedeuten, wenn Sie Ihr Leben dafür aufs Spiel setzen«, brüllte er. Im selben Moment wurden sie gegeneinander geworfen.

Alice' Gesicht wurde vor Verlegenheit hochrot, und sie

versuchte sich zu fassen. »Stimmt«, erwiderte sie außer Atem. »Sie sind mein Vermögen.«

Er hielt sie im Gleichgewicht, und seine grauen Augen zwinkerten belustigt. »Sind Sie sicher, dass Sie da hinuntergehen müssen?«

»Offensichtlich sind Sie nie ein Farmer gewesen«, entgegnete sie mit einem Blick auf seine kostspielige Kleidung und die juwelenbesetzte Krawattennadel. Ihr fiel ein, dass er in Kapstadt mit einigen Dienern im Schlepptau an Bord gekommen war.

»Aber ich bin ein Gentleman«, erwiderte er. »Bitte, lassen Sie sich von mir helfen.«

»Von hier aus komme ich klar«, sagte sie ihm. »Trotzdem vielen Dank.«

Er zog sich den Mantelkragen bis ans Kinn und trat wieder in den Sturm.

Kichernd schaute Alice ihm hinterher. Es bestand kaum ein Zweifel, dass sie ihm gefallen hatte – und sie fühlte sich geschmeichelt, denn sein Aussehen und Auftreten waren durchaus reizvoll. Dann schalt sie sich im Stillen, sich wie ein dummes Gör zu benehmen, und stieg die gefährlich steile Treppe hinunter zu den Mannschaftsunterkünften.

Der Gestank nach Erbrochenem und eingepferchten Tieren sowie Küchendunst schlugen ihr entgegen, und sie hielt sich die Nase zu. Sie wankte an schaukelnden Hängematten vorbei zu den Pferchen. Hier unten war es finster, nur ein paar Laternen und die Feuer in den beiden Backsteinöfen spendeten ein wenig Licht. Wenigstens war es warm, und da die Seeleute sich an ihre Anwesenheit gewöhnt hatten, schenkten sie ihr nur wenig Beachtung.

Die Männer, die keinen Dienst hatten, schliefen entweder oder spielten Karten und tranken. Der Koch schob gefüllte Pfannen in die Öfen, zog andere wieder heraus und rief seinem Gehilfen Befehle zu. Die jungen Offiziere lärmten bei einem Würfelspiel. Die meisten scheinen der Kinderstube noch nicht entwachsen zu sein, dachte Alice, während sie achtgab, wo sie hintrat, und einen dubiosen Fleck auf dem Boden umrundete. Doch dass ihr das auffiel, bewies vermutlich nur, dass sie selbst älter wurde.

Die beiden Widder waren in getrennten Pferchen untergebracht, denn sie wollte nicht, dass sie miteinander kämpften, und die acht Mutterschafe standen auf der anderen Seite, in eine Ecke neben die Schlafquartiere der Offiziere gezwängt. Die anfängliche Nervosität der Tiere hatte sich allmählich gelegt; sie hatten die wolligen Köpfe blökend durch das Gitter gesteckt und schwankten im Rhythmus des Schiffes.

Alice untersuchte alle Tiere und stellte dankbar fest, dass weder Verletzungen noch Infektionen vorlagen und ihr Appetit sich nicht verringert hatte. Es war ihr teuflisch schwergefallen, den Preis für die Herde herunterzuhandeln – sie durfte sie jetzt nicht verlieren. Sie schüttete neues Stroh auf, füllte den Wassertank und die Futtertröge. Die Tiere waren ein achtbares Überraschungsgeschenk für den Mann, der auf sie wartete.

Zwei

Am Uluru, Oktober 1797

Das *corroboree* war beinahe vorbei. Lowitja saß bei den Männern und war es allmählich leid, immer dieselben Argumente zu hören. Der weiße Mann hatte die Stämme im Süden dezimiert und breitete sich rasch nach Norden und Westen aus, aber sie zögerten noch immer, sich zur Wehr zu setzen. Zu viele Angehörige ihres Volkes hatten sich der Lebensweise des weißen Mannes angepasst oder waren aus ihren Gebieten abgewandert, um einem Konflikt aus dem Weg zu gehen; den Kampf hatten sie einer Handvoll Krieger überlassen, die nicht einmal hoffen konnten, gegen die Übermacht der Weißen zu gewinnen.

»Ich habe sie gesehen«, sagte sie und mischte sich in die Diskussion ein. »Sie töten Jung und Alt und benutzen Krieger aus anderen Stämmen, um uns aufzuspüren.«

»Wir kämpfen gegen unsere traditionellen Feinde«, unterbrach Mandarg sie, ein junger Mann aus dem Stamm der Gandangara. »Die Wiradjuric betreten immer widerrechtlich unser Land und stehlen unsere Frauen. Mit Hilfe des weißen Mannes können wir sie loswerden.« Wütend funkelte er die beiden Männer vom Stamm der Wiradjuric an, die ihm im Kreis gegenübersaßen und seine finsteren Blicke erwiderten.

Lowitja betrachtete Mandarg und dachte daran, wie er als Junge einst mit den Eora am Lagerfeuer gesessen hatte, als sie sich gegen die marodierenden Wiradjuric verbündet hatten. »Die Gesetze sagen uns, dass Feindschaft untereinander beim *corroboree* tabu ist«, ermahnte sie ihn. »Wenn wir uns hier in Frieden versammeln, dann können unsere traditionellen Feinde zu unseren Verbündeten werden«, fuhr sie fort. »Es ist die einzige Möglichkeit, den weißen Mann loszuwerden.«

Mandarg schnaubte, jugendliche Arroganz sprach aus seinen Augen. »Ich habe deine Weisheit immer respektiert, alte Frau, aber sich mit den Wiradjuric zu verbünden hieße, die geheiligten Gesetze meines Stammes zu brechen.«

Zustimmendes Raunen kam aus dem Kreis.

»Du wirst keinen Stamm mehr haben, wenn du dich nicht an die Seite der Krieger Pemulwuy und seinen Sohn Tedbury stellst, um diesen Feind zu bekämpfen.«

»Sollen die Krieger doch Krieg führen«, entgegnete er. »Der weiße Mann kann nicht besiegt werden, also werden wir ihn benutzen, um unsere Feinde zu bezwingen.«

Mühsam kam Lowitja auf die Beine. Ihre Gelenke schmerzten, nachdem sie so lange im Schneidersitz zugebracht hatte, und sie hatte für diesen Abend genug Unfug gehört. »Mandarg«, sagte sie leise, »du bist ein Narr. Erst wenn die Geister die weiße Eule schicken, wirst du die Wahrheit erkennen und zugeben, dass ich recht hatte. Aber dann wird es zu spät sein.«

Sie hörte das leise Stapfen seiner Füße hinter sich, denn er war ihr vom Feuer aus gefolgt. Als sie die Dunkelheit erreicht hatten, drehte sie sich zu ihm um. »Ich habe genug geredet«, sagte sie. »Dein Schicksal steht bereits geschrieben.«

Mandargs Körperhaltung zeugte von seiner Angst. Die

Arroganz war verflogen, und Lowitja wurde wieder an den kleinen Jungen erinnert, der einst mit großen Augen zu ihren Füßen gesessen hatte, während sie Geschichten von den Bösen erzählte.

»Weise Frau, du sprichst in Rätseln. Sag mir, was du gesehen hast.«

»Du bist jung, und das Blut des Kriegers wallt so heftig in dir, dass du die Wahrheit nicht erkennst«, murmelte sie. »Aber das Alter wird die Weisheit mit sich bringen, nach der du suchst.«

Er war offenbar noch immer verwirrt, und Lowitja ließ sich erweichen. »Du wirst ein langes Leben haben, Mandarg«, sagte sie, »ein Leben, das viele Veränderungen erfahren und dich in die Gesellschaft von Männern führen wird, die versuchen werden, dich zu beeinflussen – doch der Tod einer Frau wird dir die Augen für dein Schicksal öffnen.« Sie lächelte zu ihm auf. »Die Geister werden dich nie verlassen, auch wenn du nicht auf sie hörst, und wenn die Zeit gekommen ist, werden sie dir mit der weißen Eule ein Zeichen senden, damit du auf den wahren Pfad zurückkehrst.«

Sie ließ ihn stehen, eine einsame Gestalt als Silhouette im Mondschein, und kehrte an ihr eigenes Lagerfeuer zurück. Sie kam gerade noch rechtzeitig, um sich von Mandawuy zu verabschieden. Der Siebenjährige war ein stämmiges Kind mit wachem Verstand und ernstem Auftreten, und heute Abend würde er mit den Ältesten und den anderen nicht initiierten Jungen zum heiligen Ort des Wissens am Fuße des Uluru gehen. Seine lange Vorbereitung auf das Mannesalter hatte begonnen, und Lowitja war traurig, dass er sie bald nicht mehr brauchen würde.

Ihr Blick folgte dem gewundenen Weg der Gruppe durch die Versammlung, bis sie außer Sichtweite war, und Lowitja wusste sehr wohl, sie musste die althergebrachten Weisen ihres Volkes akzeptieren und zulassen, dass andere sich der Ausbildung ihres Enkels verschrieben. Mandawuy würde nun bei den Ältesten der Anangu bleiben, bis das *corroboree* vorüber war, und die heiligen Geschichten hören, die mit diesem besonderen Ort verbunden waren. Er würde lauschen, während der weise alte Mann ihm die Geheimnisse der Schöpfung des Uluru und der Kata Tjuta eröffnete, die Reise der Regenbogenschlange beschrieb, die mit einem Schlag ihres Hinterteils Flüsse entspringen ließ – und Dinge erfahren, die ihr selbst aufgrund ihres weiblichen Geschlechts verborgen blieben.

Lowitja stocherte mit einem Stock in der Glut des Feuers und beobachtete die Flammen, wie sie im leisen Wind tanzten, der über die Ebenen des Hinterlandes strich. Nach dem Massaker hatten ihre Großen Vorfahren sie an den Uluru gerufen, wo das Volk der Anangu sie und Mandawuy willkommen geheißen hatte. Sie hatten ihr Unterschlupf gegeben und ihren Enkel wie einen der ihren aufgenommen – und das bekümmerte sie, denn Mandawuy war kein Anangu.

Ihre Gelenke machten ihr wieder zu schaffen, als sie sich mühsam erhob. Es war an der Zeit, die Geister um Rat zu fragen. Sie wandte sich vom Feuer ab und ging fort, bis die Geräusche des Lagers verklangen und die sanfte Nacht sie einhüllte. Die Geistersterne leuchteten ihr den Weg, als sie dem ausgetretenen Pfad zwischen den Bäumen hindurch zu den Kata-Tjuta-Bergen folgte. Es war ein männlicher Traumplatz, dessen Höhlen und Schluchten, ausgehöhlt von der Zeit und den Totemgeistern, sie nicht betreten durfte, doch ihr Ziel war das Wasserloch im Osten.

Absolute Stille umgab sie, als sie ihre Steine auf die heilige rote Erde warf, und aus dieser Stille drang das ferne Dröhnen eines Didgeridoo an ihr Ohr. Die urtümliche Musik vibrierte im Rhythmus ihres Herzens und zog sie zurück, zurück zur Traumzeit und zu den Vorfahren. Sie würden sie auf ihrer Reise führen, die, das war Lowitja klar geworden, ihre letzte sein würde.

Sydney Town, Oktober 1797

In der Nacht setzten die Wehen ein. Eloise wurde wach und stellte fest, dass sie allein war. Schreckliche Angst überfiel sie, und während sie abwartete, bis sich die Woge der Qual gelegt hatte, betete sie, Edward möge im Nebenzimmer sein.

Sie stand auf, taumelte auf den schmalen Flur hinaus und fand ihn im kleinen Salon. »Das Kind kommt«, keuchte sie. »Geh und hol Hilfe!«

Edwards Augen waren blutunterlaufen. Mühsam rappelte er sich auf. »Ich schicke das Mädchen«, lallte er und fegte die Messingglocke vom Tisch. »Geh du lieber ins Bett!«

Eloise merkte, dass von ihm keine Hilfe zu erwarten war. »Meg!«, rief sie, und das Dienstmädchen tauchte im Türrahmen auf, noch halb im Schlaf. »Lauf und hol Witwe Stott. Sag ihr, es ist so weit!« Sie streckte eine Hand aus, um das Gleichgewicht zu halten, als die nächste Wehe sie packte. Als sie verebbte, war Eloise wie benommen und zitterte. »Dann geh zum Hotel und sag meiner Familie Bescheid. Beeil dich, Meg!«

»Komm, ich helfe dir zurück ins Bett«, sagte Edward und stolperte bei dem Versuch, ihren Arm zu nehmen. »Kann nicht zulassen, dass du meinen Sohn auf dem Wohnzimmerteppich wirfst.«

Eloise verzog das Gesicht vor seiner Grobheit und dem Gestank nach abgestandenem Rum, der ihr entgegenwehte. Dem Himmel sei Dank für Meg und Witwe Stott! Sie hakte sich bei ihm unter und stützte sich auf dem Weg ins Schlafzimmer schwer auf. Mit einem Seufzer der Erleichterung sank sie auf die Matratze, doch es blieb ihr nur wenig Zeit für eine Atempause, denn die nächste Wehe kündigte sich bereits an und das Fruchtwasser ging ab. »Die Wehen kommen kurz hintereinander und sind sehr stark«, japste sie. »Ich hoffe, die Witwe ist rechtzeitig hier.«

Edward wich zurück. »Ich warte im Nebenzimmer.«

»Geh nicht!«, bettelte sie. »Noch nicht.«

Er schüttelte den Kopf, nur mühsam das Gleichgewicht haltend. »Das ist Frauensache.« Sein verschwommener Blick glitt über sie, gewahrte den stark gewölbten Leib und den sich ausbreitenden Fleck auf dem zerwühlten Laken. »Ich brauche was zu trinken«, nuschelte er.

Eloise wusste, dass Männer hier nichts verloren hatten – vor allem einer, der keinen Zweifel daran gelassen hatte, dass er Schwangerschaften und Geburten widerwärtig fand. Sie schloss die Augen und kämpfte gegen die Angst an. Sie wusste nicht, was ihr bevorstand, sie hatte keine Ahnung, wie lange es dauern oder wie schmerzhaft es sein würde – ihre Mutter hatte ihr nur wenig gesagt, nur dass sie den Schmerz vergessen würde, sobald das Kind da war. Tränen des Selbstmitleids drohten aufzusteigen, doch sie unterdrückte sie. Ihre Sehnsucht nach ihrer längst verstorbenen Mutter würde nie Erfüllung finden.

»Eloise, Schätzchen!«, hauchte Anastasia, die kurz darauf ins Schlafzimmer stürmte, ihre Schwester Irma dicht auf den Fersen.

»Ich bin so froh, dass ihr gekommen seid«, schnaufte Eloise.

»Das war doch selbstverständlich«, kreischte Anastasia, die zu Übererregung neigte. »Papa ist im Nebenzimmer; er hat Champagner zum Feiern mitgebracht.«

Irma huschte um das Bett, zog an Kissen und Decken, um Ordnung in das Chaos zu bringen. »Tut es sehr weh?«, fragte sie ängstlich. »Du bist ganz rot im Gesicht und siehst aus, als fühltest du dich nicht wohl.«

»Ja«, murmelte Eloise, »und du machst es noch schlimmer, wenn du an den Laken zerrst.«

Irmas Gesicht legte sich in Falten. »Eloise, also wirklich! Ich habe doch nur versucht ...«

»Ist Witwe Stott unterwegs?«, unterbrach Eloise.

Bevor jemand antworten konnte, flog die Tür auf und die Witwe hastete ins Zimmer. Meg trottete hinter ihr her. »Gehen Sie zu Ihrem Vater!«, befahl die Witwe den jungen Damen, »und überreden Sie Major Cadwallader, seinen Alkoholkonsum zu mäßigen.« Sie wandte sich an Meg. »Heißes Wasser«, fuhr sie das Mädchen an, »und zwar jede Menge, außerdem Handtücher und frische Laken!«

Eloise lächelte die rundliche kleine Frau dankbar an. Das Bettzeug wurde gewechselt, sie wurde gewaschen, und man legte ihr eine kalte Kompresse auf die Stirn. »Danke!«, hauchte sie.

»Beißen Sie darauf, wenn der Schmerz schlimm ist! Es wird Ihnen auch helfen, wenn Sie pressen müssen.«

Eloise verweigerte kopfschüttelnd den angebotenen Lederriemen. »Ich werde während der Wehen tief ein- und ausatmen«, beharrte sie. »So wird es in Deutschland gemacht, hat meine Mutter mir erklärt.«

Witwe Stott betrachtete sie nachdenklich. »Ich halte nichts von diesen neumodischen Ideen aus dem Ausland«, murmelte sie, »aber es ist Ihre Niederkunft. Falls Sie Ihre Meinung ändern, der Riemen liegt hier.«

Charles Edward Cadwallader erblickte am folgenden Tag bei Sonnenuntergang das Licht der Welt. Sein schwaches Wimmern unterbrach die Stille. Witwe Stott wickelte ihn in ein Handtuch und legte ihn Eloise in die Arme. »Er ist ein bisschen mager«, sagte sie stirnrunzelnd, »und das Muttermal ist bedauerlich, aber ich möchte behaupten, dass es mit der Zeit verblasst. Und wenn er ordentlich gefüttert wird, nimmt er bald zu.«

Eloise schaute auf ihren winzigen Sohn und spürte eine so überwältigende Liebe, dass es ihr den Atem verschlug. Sie berührte die zarten Finger und Zehen, zählte sie und fand, dass es ein Wunder war. Sein zitternder Schrei ging ihr ans Herz, und sie legte ihn an die Brust.

»Ich dachte, ich hätte einen Schrei gehört«, sagte Edward, der in den Raum trat. »Ist es ein Junge?«

»Ja«, flüsterte Eloise, noch immer in Verwunderung versunken über das, was sie geschafft hatte. »Und er ist sehr hungrig.«

»Das solltest du nicht machen!«, fuhr er sie an. »Es ziemt

sich nicht für eine Frau deines Standes. Ich habe eine Amme eingestellt.«

»Er ist mein Kind, und meine Milch ist das Beste für ihn«, sagte sie. Winzige Finger legten sich um ihren Daumen.

Sie sah Edward an, dass er versuchte, seine Verärgerung im Beisein der Witwe einzudämmen. »Hat er das Mal der Cadwalladers?«, wollte er wissen.

Eloise zog das Handtuch beiseite, um die scharlachrote Träne auf der Haut des Kindes freizulegen. »Ein Engelskuss direkt unter seinem Herzen«, erklärte sie, beinahe überwältigt von seiner Vollkommenheit.

Edward betrachtete sein Kind. »Hmm«, murmelte er. »Ich habe einen kräftigen Sohn erwartet, nicht so einen Schwächling.«

Eloise drückte das Kind so fest an sich, wie sie es wagte. Sie bemerkte das unangenehme Stirnrunzeln ihres Mannes und spürte seine Missbilligung. Wieso hatte sie nur jemals geglaubt, ihn zu lieben? »Er wird wachsen«, erwiderte sie kühl.

Edward schnaubte. »Ich werde in der Offiziersmesse erwartet«, sagte er. Offensichtlich hatte er es eilig. »Deine Familie ist noch hier, dann brauchst du mich ja nicht.«

Eloise hörte, wie die Eingangstür ins Schloss fiel. Es würde ihr nichts ausmachen, wenn Edward nicht mehr zurückkäme. Einzig und allein dieses kostbare Kind zählte, und es musste vor der Enttäuschung des Vaters abgeschirmt werden.

An Bord der Empress, November 1797

Der Sturm hatte sich gelegt, und die *Empress* wälzte sich nun in den Kalmen, wie der Kapitän die Windstille nannte; die

Segel hingen schlaff an den Masten, und das Schiff trieb lustlos auf dem Indischen Ozean. Die Hitze unter Deck war unerträglich geworden, obwohl alle Luken offen standen. Die Stimmung an Bord hatte sich verändert, die strengen Abgrenzungen zwischen den unterschiedlichen Passagierklassen hatten sich in der gemeinsamen Anstrengung, das Beste aus der Situation zu machen, aufgelöst. Alice und die anderen aus dem Zwischendeck hatten ihr Lager an Deck neben den wohlhabenderen Reisenden aufgeschlagen, schliefen unter dem Sternenhimmel und kamen tagsüber unter den Persenningen zwischen Hühner- und Gänsekäfigen vor Hitze beinahe um. Man aß gemeinsam, tauschte Klatsch und Tratsch aus, und das Angebot leichterer Kleidung wurde dankbar angenommen von allen, die nicht mit einer solchen Hitze gerechnet hatten.

Alice hatte ihre Unterröcke, Strümpfe und Stiefel abgelegt und saß auf einem Polster im spärlichen Schatten eines kleinen Segels. Die nackten Zehen lugten unter dem Saum ihres dünnen Baumwollkleides hervor. Sie tupfte sich den Schweiß vom Gesicht und sah ein paar Passagieren zu, die drei Seeleute zu einem Kartenspiel überredeten. Kinder liefen umher und standen allen im Weg, und eine schnatternde Schar Frauen plauderte über ihrer Näharbeit im Schatten eines Segels, das man über das Achterdeck gespannt hatte. Bertie schien einigermaßen zufrieden, nachdem er mit einem Eimer Meerwasser übergossen worden war, doch um die Schafe machte Alice sich Sorgen.

»Guten Tag, Miss Hobden.«

Die tiefe, melodische Stimme unterbrach ihre Gedanken, und Alice schaute auf, als ein Schatten auf ihre Beine fiel. Mr Carlton war älter, als sie gedacht hatte, doch die grauen Strähnen an den Schläfen waren seinem guten Aussehen nur zuträglich. Hemd und Kniehose saßen tadellos, Haupthaar und Schnurrbart waren glatt gebürstet. Wie konnte jemand bei dieser Hitze nur so kühl und entspannt auftreten?, fragte sie sich und zog die nackten Füße rasch unter den Rock.

»Haben Sie etwas dagegen, wenn ich mich zu Ihnen setze? Wie es aussieht, sind alle Schattenplätze belegt.«

Sie rückte zur Seite und war sich peinlich bewusst, dass sie keine Stiefel trug, ihr Kleid von Schweiß durchnässt war und wie eine zweite Haut an ihr klebte – doch ein Blick sagte ihr, dass ihm das nicht aufgefallen war; er schaute über das Schiff hinaus zum Horizont.

»Vermutlich machen Sie sich noch immer Sorgen um die Schafe«, sagte er nach kurzem Schweigen.

»Gewiss. Da unten ist es erdrückend heiß, und sie brauchen stündlich Wasser – so wie Sie, wenn Sie gezwungen wären, bei dieser Hitze einen Wollmantel zu tragen.«

Ein Lächeln erhellte seine Miene. »Dann müssen wir Gott für kleine Wohltaten danken«, erwiderte er.

»Wohl wahr«, sagte sie und faltete die Hände im Schoß. Ihre eingeschlafenen Füße kribbelten, und obwohl sie sich über seine Gesellschaft freute, wusste sie nicht, wie sie reagieren sollte. Sie hatte noch nie eine richtige Unterhaltung mit einem Mann von Stand geführt.

»Fühlen Sie sich nicht wohl in meiner Gegenwart?«

Schüchtern begegnete sie seinem Blick. »Schon möglich«, gab sie zu. »Ich bin es wohl nicht gewohnt, mich zu unterhalten, während ich auf dem Boden hocke.«

Er lachte. »Vielleicht werden wir neue Maßstäbe setzen, Miss Hobden.«

»Es ist ein wenig unbequem, Mr Carlton. Ich kann mir nicht vorstellen, dass es Anklang finden wird.«

»Sie machen mich neugierig«, sagte er nach kurzer Pause. »Sie reisen allein mit Schafen und einem Pferd in eine Strafkolonie, die kaum zivilisiert ist – dennoch scheint Sie diese Aussicht nicht zu ängstigen. Die meisten Frauen wären inzwischen in Schwermut verfallen.«

»Ich bin nicht wie die meisten Frauen«, antwortete sie, ohne zu überlegen, biss sich dann aber auf die Lippen und entschuldigte sich.

»Das kann ich nur bestätigen«, erwiderte er. »Das war schon ersichtlich an dem Abend, als ich Sie davor bewahrt habe, über Bord gespült zu werden.« Er betrachtete sie eine Weile. »Erzählen Sie mir etwas über sich, Miss Hobden! Wer ist der Glückliche, der in Sydney Harbour auf Sie wartet?«

Alice fragte sich flüchtig, ob er nur höflich sein wollte, doch anscheinend war er wirklich interessiert, und sie kam sich nicht mehr so unbeholfen vor. »Woher wollen Sie wissen, dass jemand auf mich wartet?«, fragte sie.

»Stimmt es nicht?« Seine grauen Augen weiteten sich vor Überraschung.

»Er heißt Jack Quince.«

»Ein guter, solider Name«, sagte Carlton. »Er ist bestimmt beim Militär?«

»Wohl kaum. Er ist Farmer, in Sussex geboren und aufgewachsen, und ich habe mich schon zu Schulzeiten in ihn verliebt.« Sie schaute auf den spiegelglatten Ozean, dessen

Helligkeit in die Augen stach. »Damals hatten wir so hochfliegende Pläne ...«

»Erzählen Sie«, lockte er sie.

»Als Jack den Bauernhof seiner Eltern erbte, begannen wir unsere Hochzeit vorzubereiten, aber drei Wochen vor dem festgesetzten Tag wurde Jack fälschlich beschuldigt, den Bullen eines Nachbarn gestohlen zu haben. Er wurde von der Farm geschleppt und in ein Sträflingsschiff auf der Themse geworfen.« Ihre Stimme brach. Es schmerzte, über diese einsamen Monate zu sprechen, in denen Jacks Zukunft in den Händen anderer gelegen hatte.

Sie schaute den schweigenden Gefährten an, und die Wut verlieh ihr mehr Selbstsicherheit. »Der Nachbar war schon jahrelang hinter Jacks Hof her und hatte den Bullen absichtlich zu Jacks Kühen getrieben. Nachdem Jack abtransportiert war, plante er, die Farm für einen Apfel und ein Ei zu kaufen.« Sie richtete den Blick wieder auf den Horizont. »Jack war unschuldig, aber er war auch einfallsreich und hatte einen guten Freund bei den Richtern, der ihm half, den Hof mir zu überschreiben, bevor er verurteilt wurde.«

»Sein Vertrauen in Sie muss überwältigend gewesen sein«, stellte Carlton fest.

»Stimmt – und ich habe nie aufgehört, daran zu glauben, dass er eines Tages wieder frei sein würde, um nach Hause zu kommen.«

»Aber Sie reisen allein nach New South Wales, so dass ich annehmen muss, dass es nie eingetreten ist.«

Alice streckte die nackten Füße aus. »Wir wurden am Vorabend unserer Hochzeit auseinandergerissen, und als ich jahrelang nichts von ihm hörte, verlor sogar ich allmählich alle Hoffnung. Ich hatte schreckliche Geschichten über die Zustände an Bord der Zweiten Flotte gehört und wusste, es würde an ein Wunder grenzen, wenn er überlebt hatte.« Sie lächelte. »Dann trafen seine Briefe ein, einige waren ein Jahr oder länger unterwegs gewesen, aber alle waren voller Hoffnung auf eine gemeinsame Zukunft.«

Sie wusste, man sah ihr die Freude deutlich an. »Er liebte mich noch immer, Mr Carlton, obwohl man ihn geschlagen, in Ketten gelegt und sechs Monate im Rumpf eines Sträflingsschiffes eingesperrt hatte, gefesselt an einen Toten. Er liebte mich so sehr, dass er unseren Traum selbst in seinen dunkelsten Stunden lebendig hielt.«

Carltons Miene hatte sich erhärtet. »Die Grausamkeit von Menschen gegen Menschen stößt mich immer wieder ab«, sagte er verbittert. »Die Strafe sollte dem Verbrechen angemessen sein, doch das ist selten der Fall, und diejenigen, die eine Vergeltung am meisten verdienen, kommen oft mit heiler Haut davon.« Er brachte ein Lächeln zustande. »Doch der menschliche Geist ist bemerkenswert widerstandsfähig – so wie Sie. Sie mussten bestimmt viel Mut aufbringen, um den Hof zu verlassen und auf eigene Faust eine so lange Reise anzutreten.«

Alice bemerkte die stählerne Härte hinter dem äußerlich entspannten Verhalten und fragte sich, welche Ungerechtigkeit er ertragen musste und wer ihm etwas angetan hatte. Was es auch war, sie rechnete Mr Carlton zu den Menschen, die so etwas nicht zuließen, ohne auf Rache zu sinnen.

»Ich war nie weiter als bis zum nächsten Marktflecken gekommen«, gab sie zu, »und hätte ich gewusst, dass ich fast drei Jahre lang in Kapstadt feststecken würde, hätte ich vielleicht nicht den Mut gehabt, es zu tun.« Sie wackelte mit den Zehen. »Aber jetzt bin ich hier, auf dem Weg zur anderen Seite der Erde, zu einem Mann, der in meinem Herzen und durch seine Briefe weitergelebt hat. Ich vermute, er hat sich verändert. Kein Mann könnte durchmachen, was er erdulden musste, ohne davon berührt zu werden, aber es ist ein Wagnis, das ich gern eingehe.«

Henry Carlton schüttelte den Kopf. »Miss Hobden, nur selten ist man in Gesellschaft einer so bewundernswerten Frau, und ich würde es als eine große Ehre empfinden, wenn Sie mir erlauben würden, Ihr Freund zu werden.«

»Ist dabei inbegriffen, dass Sie mich begleiten, wenn ich die Schafe füttere und ihnen Wasser gebe, Mr Carlton?«, hänselte sie ihn.

»Nur wenn Sie darauf bestehen.« Er lachte. »Ich habe in Kapstadt Bedienstete, die sich um meine Tiere kümmern und viel mehr über Tierhaltung verstehen als ich – aber es soll nicht heißen, dass ich nicht willens bin zu lernen.«

Alice schaute ihn nachdenklich an. »Sie haben sich meine Geschichte angehört, Mr Carlton, aber was ist mit Ihrer?«

»Ich bin ein wohlhabender Mann, der gern reist«, sagte er leichthin. »Ich dachte mir: Fahr doch mal nach New South Wales und sieh dir an, welche Gelegenheiten sich dort auftun!«

Sein Ausdruck veränderte sich nicht, doch sein Blick wurde wieder hart, und Alice wusste, dass Henry Carltons Reise nur wenig mit Abenteuerlust zu tun hatte.

Drei

Sydney Town, November 1797

Jack Quince war in der Hoffnung auf eine Nachricht von Alice regelmäßig in die Stadt gekommen. Seine Partner, Billy und Nell Penhalligan, hänselten ihn deshalb unablässig, doch nach so vielen Jahren war es nicht mehr witzig, und er spürte, dass Billy zunehmend ungehalten reagierte, wenn er mit der Arbeit auf ihrer Farm Moonrakers allein gelassen wurde.

Der Morgen hatte angefangen wie jeder andere, und nach einem herzhaften Frühstück hatte er den Wagen beladen. Nell war wieder schwanger und brauchte jede Menge für sich und die drei Kinder, und die Sträflingsarbeiter murrten, weil die Rumvorräte zur Neige gingen. Billy hatte ihm eine lange Liste von Werkzeugen und Material mitgegeben, mit denen sie in den nächsten drei Monaten auskommen mussten. Er hatte alles sorgfältig hinten im Wagen verstaut. Jetzt, da er sich die Ladung anschaute, merkte er, dass ihm die Ausreden ausgegangen waren, noch länger zu verweilen.

Trotzdem machte er sich noch nicht auf den Weg, sondern entschied sich stattdessen, beim Wagen zu bleiben und den Anblick und die Geräusche von Sydney Town in sich aufzunehmen. Die Stadt hatte sich bis zur Unkenntlichkeit verändert seit dem Tag, an dem er auf dem Sträflingsschiff *Surprise* hier eingetroffen war, und obwohl es unzweifelhaft noch immer eine Strafkolonie war, gab es Anzeichen dafür, dass der Rest der Welt Interesse an der Stadt zeigte.

Im Hafen wimmelte es von amerikanischen Walfangschiffen und riesigen Galeonen, die Waren zwischen Sydney, Batavia und den Gewürzinseln transportierten. Der wohlige Geruch nach Tee, Tabak und Gewürzen hing in der Morgenluft und nahm dem Gestank nach offenen Kloaken und Mist die Schärfe. Läden und Lagerhäuser gab es, sogar ein schickes Hotel am Kai, und trotz der frühen Stunde bummelten Männer und Frauen zuhauf über die Promenade oder ließen sich in ihren Kutschen den Wind um die Nase wehen.

Jack zündete sich eine Pfeife an, schwelgte in der Wärme des frühen Morgens und in der Freiheit, tun und lassen zu können, was er wollte. Diese Freiheit war hart erkämpft – die Monate, die er angekettet im Rumpf der *Surprise* zugebracht hatte, hatten mit den verdrehten Knochen seiner Hüfte und seines Knies ein bleibendes Erbe hinterlassen. Obwohl er nun schon seit einigen Jahren entlassen war, betrachtete er seine Freiheit nie als selbstverständlich. Er lehnte sich an den Wagen, paffte und schaute zu dem kleinen Holzhaus auf der Anhöhe hinüber.

Ezra und Susan Collinson waren auf die Hawks Head Farm gezogen, um bei ihrem ältesten Sohn Ernest zu leben, und dort oben waren neue Leute eingezogen. Es war immer noch seltsam für ihn, sie da nicht mehr besuchen zu können, denn der Geistliche und seine Frau hatten ihn einmal in ihre Familie aufgenommen und er und Susans jüngerer Bruder, Billy Penhalligan, waren auf Moonrakers Partner geworden. Im Garten flatterte Wäsche an einer Leine, und Jack nickte. Es ist recht so, dass wieder eine Familie dort lebt, dachte er, denn kein Haus sollte an einer Tragödie festhalten.

Er beobachtete das geschäftige Treiben auf einem Walfänger, dessen Fang gerade entladen wurde, und fragte sich, ob Collinsons jüngerer Sohn George wohl im Hafen war. Für Georges Eltern war es ein Schock gewesen, als ihr Sohn zur See gegangen war, doch Jack hatte gespürt, dass der Junge zu unruhig war, um an Land zu bleiben. Der Walfang war ein Spiel für einen jungen Mann, er bot Abenteuer, Gefahren und die Freiheit, und George hatte nicht widerstehen können.

Jack klopfte die Pfeife aus und steckte sie in seine Westentasche. Er hatte lange genug herumgetrödelt. Es war höchste Zeit, nach Moonrakers zurückzukehren.

Er schleuderte sein zusammengerolltes Bettzeug in den Wagen und wollte schon auf den Kutschersitz klettern, als sich ein Aufschrei erhob. Ein Schiff bog um die Landzunge. Jack ließ Pferd und Wagen an einem Pfosten vor dem Hotel stehen und humpelte hinunter an den Kai, wo ein alter Seemann noch immer täglich Wache hielt.

Im Laufe der Jahre hatten sie sich angefreundet, und der ergraute Matrose lächelte ihm entgegen, wobei er seine Zahnlücken entblößte. »Das wird die *Empress* sein«, verkündete er, bevor er gefragt wurde. »Vom Kap, wenn ich mich nicht irre.«

»Vom Kap? Sind Sie sicher?« Jack schaute blinzelnd zum blendenden Horizont.

Der alte Seebär nickte. »Schönes Schiff, die *Empress*«, sagte er mit schleppender Stimme. »Bin mal darauf gefahren, als ich noch jünger war.«

Jack bedankte sich bei ihm und hinkte zurück zu Pferd und Wagen. Seine Hüfte machte ihm zu schaffen, vor allem, wenn das Wetter kalt und feucht war, und behinderte ihn beim Aufsteigen auf den Kutschersitz. Er klatschte mit den Zügeln, trieb das Pferd zum Trab an und betete inständig, Alice möge doch diesmal an Bord sein. Er hatte so oft vergeblich gehofft, es hatte so viele Verzögerungen gegeben – die Aussicht auf eine weitere Enttäuschung konnte er nicht ertragen.

Am neu gebauten Pier, der weit ins tiefe Wasser hinausreichte, hatte sich eine Menschenmenge versammelt. Jack steuerte den Wagen an den Rand und beobachtete, wie das Schiff königlich in die Bucht hineinsegelte. Mit wachsender Hoffnung nahm er die Passagiere einzeln in Augenschein, die überall an der Reling standen. Sie musste dabei sein. Unbedingt.

Frische Stürme hatten die *Empress* nach Süden geweht, und während sie sich langsam Port Jackson näherte, schien die Sonne von einem klaren Himmel herab – ein verheißungsvoller Anfang. Alice stand neben den anderen Passagieren an Deck, darauf erpicht, ihre neue Heimat zu sehen. Sie war ein wenig nervös, schließlich wusste sie nicht, was ihr bevorstand, wenn sie Jack wiedersah. Sie waren sich fremd geworden trotz der Vertrautheit ihrer Briefe und der gemeinsamen Erinnerungen – verändert durch die äußeren Umstände und die Jahre der Trennung.

Ganz bewusst schob sie alle Zweifel beiseite und ließ sich von ihrer Erregung packen. Bertie war gestriegelt, die Widder und Mutterschafe versorgt, und Alice hatte sich mit der eigenen Erscheinung besondere Mühe gegeben. Jack sollte nicht enttäuscht sein, und obwohl der kleine Spiegel, den sie mit Morag teilte, sie nicht in voller Größe zeigte, wusste sie, dass sie so gut aussah, wie es eben ging. Die Malaria hatte trotz ihrer Sonnenbräune eine gelbe Tönung auf ihrer Haut hinterlassen, und sie war viel zu dürr, doch ihr Haar schimmerte, nachdem sie es am Morgen ausgiebig gebürstet hatte.

Froh, dem hektischen Kofferpacken ihrer Kabinennachbarin entkommen zu sein, mischte sie sich mit wachsender Spannung unter die anderen, während sich die Küste immer deutlicher abzeichnete und Sydney Harbour vor ihnen auftauchte. Was für ein Anblick! Im klaren, beinahe blendenden Licht dieses südlichen Landes glitzerte das Wasser in sandigen Buchten und felsigen Meeresarmen, so weit das Auge reichte. Die weißen Segel ankernder Schiffe leuchteten auf dem Türkis der Wellen, Meeresvögel flogen dahin und tauchten, und ihre Flügelspitzen blitzten auf, als wären sie vom Sonnenlicht golden gefärbt.

Das Stimmengewirr wurde lauter, denn alle drängten nun vor, um besser sehen zu können. Alice wurde an Kapstadt erinnert, als Sydney in den Blick kam, das geschäftige Treiben und die farbenfrohe Szenerie. Hinter der Stadt erhob sich eine Ansammlung von Häusern auf sanft ansteigenden Hügeln, dazu ein Kirchturm und die Steinmauern der Garnison. Etwas weiter entfernt vom Hafen gab es Alleen mit hübschen Holzhäusern und die eleganten, soliden Gebäude, in denen die Regierungsvertreter wohnten.

Alice wunderte sich, wie grün hier alles war. Sie hatte eine karge Landschaft erwartet, flach und gestaltlos, doch die dichten Wälder reichten bis ans Ufer der Flüsse und ergossen sich wie ein grünes Meer über die Hügel bis an den Horizont. Üppige Rasenflächen umgaben einige Häuser, in den

Gärten blühten leuchtende Blumen, und elegante Bäume mit silbriger Rinde oder schweren Wedeln boten willkommenen Schatten.

Diese stille Betrachtung wurde untermalt von den Rufen der Seeleute, die in die Wanten kletterten, um die Segel einzuholen. Eine Flotte kleiner Boote machte sich auf, um die *Empress* zum Steinpier zu lotsen. Alice ließ den Blick suchend über die wettergegerbten Gesichter der Ruderer wandern in der Hoffnung, Jack möge dabei sein.

Dann merkte sie, wie töricht das war, und lenkte ihre Aufmerksamkeit wieder auf die Szenerie vor sich. Wahrscheinlich wusste Jack gar nicht, dass sie ankam. Die Post war unzuverlässig, und ihre letzten Briefe waren womöglich noch unterwegs – vielleicht sogar an Bord dieses Schiffes. Sie musste geduldig abwarten, bis sie anlegten, und dann einen Boten nach Moonrakers schicken.

Allmählich konnte sie die breite Hauptstraße ausmachen, das schicke Hotel und ein paar baufällige Läden, vor denen sich Waren stapelten. Hier und da blitzte das Rot einer Uniform auf, und sie erhaschte einen flüchtigen Blick auf eine Reihe von Sträflingen, die ein Schiff entluden. Die Schreie von Fisch- und Pastetenverkäufern drangen an ihr Ohr, die Rufe von Männern, die Boote instandsetzten. Zwei Ochsen, die einen schweren Karren über einen Weg zogen, wirbelten roten Staub auf. Pferde und Rinder grasten auf den Feldern, und in dem Dampf, der offenbar aus einer Wäscherei drang, blitzten gelbe Kleider auf.

Verwundert betrachtete Alice die schwarzen Schwäne, die in königlicher Haltung vorüberglitten, und die eigenartigen, langbeinigen weißen Vögel mit gekrümmtem Schnabel, die am Ufer entlangstaksten. Der Atem stockte ihr, als ein Schwarm leuchtend bunter Vögel mit donnerndem Flügelschlag aufflog, über ihren Köpfen wirbelte und herabstieß.

»Ich weiß aus zuverlässiger Quelle, dass sie Loris heißen. Sie sind hübsch, nicht wahr?«

Sie erkannte die aristokratische englische Stimme ihres neuen Freundes und drehte sich lächelnd zu ihm um. »Sie sind prächtig«, rief sie aus. »Alles ist so schön!«

»Das außergewöhnliche Licht lässt die Konturen scharf hervortreten. Wir wollen nur hoffen, dass Ihre Begeisterung bei näherem Hinsehen keinen Dämpfer erfährt, gnädige Frau«, sagte er, den Mund ironisch verzogen. »Schließlich handelt es sich hier um eine Strafkolonie.«

Seit jenem Nachmittag an Deck hatten sie jeden Tag miteinander geredet, und obwohl sie aus sehr unterschiedlichen Welten stammten, hatte sich eine Ungezwungenheit zwischen ihnen eingestellt, die allen Konventionen trotzte. Sie würde seine Gesellschaft vermissen.

Vom Rasseln der Ankerkette und von lauten Rufen am Kai ließ Alice sich ablenken und drehte sich rasch um. Sie war erstaunt über die ansehnliche Menschenmenge, die sich dort versammelt hatte. Ohne große Hoffung forschte sie nach Jack. Aber es waren zu viele Gesichter, und die winkenden Menschen wogten hin und her.

Dann erstarrte sie. Jemand – ein Mann – schob sein Pferd mit Wagen rücksichtslos nach vorn.

»Jack!«, kreischte sie, als er sich aufrichtete und den Hut schwenkte. Er war dünner, als sie ihn in Erinnerung hatte, und ein Grauschimmer zog sich durch sein dunkles Haar, doch sein breites Grinsen war unverwechselbar. »Jack!« Sie winkte, außer sich vor Freude, und wäre in ihrer Aufregung beinahe über die Reling gefallen. »Hier bin ich!«

Henry Carlton zog sie mit festen Händen in Sicherheit. »Es ist mir schon zur Gewohnheit geworden, Sie zu retten, Miss Hobden«, sagte er. »Es wäre doch schade für Sie, wenn Sie ertränken, bevor er Zeit hat, Ihnen den Ehering an den Finger zu stecken.«

Alice lachte. »Das stimmt allerdings!«, stotterte sie. »Vielen Dank für Ihre Bemühungen.« Sie verstummte, denn sie sah, dass er ihr nicht mehr zuhörte. Er strahlte eine Wachsamkeit aus, die nicht zu seiner fröhlichen Stimmung passen wollte, und sein Blick, der von etwas oder jemandem am Ufer festgehalten wurde, war härter geworden.

Sie folgte seinem Blick, neugierig auf den Grund für diesen Wandel, doch es war unmöglich zu sagen, was er sah. Dann wich die Farbe aus seinem Gesicht. »Was ist passiert?«, fragte sie. »Sie sehen aus, als hätten Sie ein Gespenst gesehen.«

»Das habe ich vielleicht auch, gnädige Frau«, antwortete er ruhig.

»Du siehst gut aus heute Morgen, meine Liebe.«

Eloise schenkte ihrem Mann ein kurzes Lächeln, beschäftigte sich ansonsten aber mit dem Kind.

»Pass gut auf ihn auf!«, sagte sie zu Meg, die ebenso verzaubert von dem Säugling mit dem blonden Haarflaum war wie sie. »Wir sind bald wieder da.«

Edward bemerkte ihr gewohntes kühles Verhalten ihm gegenüber und dämpfte seine Wut, während sie fortfuhr,

Meg Anweisungen zu erteilen. Der quäkende Balg stand immer im Mittelpunkt ihrer Aufmerksamkeit, was ihn ärgerte, doch er konnte nicht umhin, den Liebreiz seiner Frau zu bewundern. Nach Charles' Geburt war sie wieder aufgeblüht, und ihm war wieder eingefallen, warum er sie hatte haben wollen.

Sie war schlank, ihr Gesicht strahlte, und ihre Augen funkelten wie Smaragde. Der breitrandige Strohhut war mit hellblauen Bändern geschmückt, die zum dünnen Musselin ihres Kleides passten. Die Rüschen des weißen Sonnenschirms flatterten in der warmen Brise. In der Hitze des späten Vormittags war Eloise so kühl, gefasst und schön wie immer – und Edward brannte vor Begierde.

»Deine Kutsche wartet, und ich habe ein Picknick zur Erfrischung mitgebracht. Komm, Eloise, wir haben genug Zeit vergeudet!«

»Wir müssen auf Papa warten«, sagte sie und warf einen Blick über die Schulter ins Foyer des Hotels.

Edward verkniff sich eine scharfe Antwort. Er hatte nicht damit gerechnet, dass der verdammte Kerl zusagen würde. Der Baron war nur der guten Form halber eingeladen worden. Nun musste sein Plan, mit Eloise zu schlafen, wohl verschoben werden. Es war zum Haareraufen!

Edward stand neben seiner Frau und konnte es kaum erwarten aufzubrechen. Er hatte Eloise und das Dienstmädchen vor geraumer Zeit im Hotel abgesetzt, und da er das Getue um das Kind nicht ertragen konnte, war er zum Kai gegangen, um Frieden und Ruhe zu finden. Mindestens eine Stunde hatte er dort verbracht und sich zwangsläufig damit unterhalten, die *Empress* zu beobachten, als sie um die

Landzunge herum in den Hafen segelte. Die Zeit hatte sich in die Länge gezogen, und seine Geduld war bis an die Grenzen strapaziert.

»Von Irma habe ich erfahren, dass dein Vater endlich in der Stadt ist«, sagte Eloise, während sie auf der Promenade warteten.

Edward setzte absichtlich eine nichtssagende Miene auf.

»Warum hast du uns nicht vorgestellt?«, fragte Eloise stirnrunzelnd. »Wir sind seit fast einem Jahr verheiratet, Edward.«

Edward spürte die vertraute Abscheu in sich aufsteigen. Sein Vater war tatsächlich nach Sydney zurückgekehrt. Er hatte ihn sogar eben gesehen, als er den Pier entlangschlenderte, hatte sich aber abgewandt, bevor sein Vater ihn ansprechen konnte. Edward zwang sich zu einem Lächeln. »Mein Vater ist gerade erst von seiner Expedition in den Norden zurückgekommen. Ich hatte noch keine Zeit, euch miteinander bekannt zu machen.«

»Vielleicht wäre heute die ideale Gelegenheit«, erwiderte sie mit einer gewissen Schärfe. »Er könnte zu unserem Picknick mitkommen.«

»Mein Vater mag keine Picknicks«, behauptete er. »Und ich glaube, er will seine Ruhe haben, bevor er sich auf das gesellschaftliche Parkett begibt.«

»Wie schade!«, entgegnete Eloise. »Ich war mir sicher, er würde deine Frau und seinen Enkel gern kennenlernen, und ich weiß, mein Vater brennt darauf, mit ihm über die Expedition zu reden.« Sie schaute ihn fragend an. »Man sollte fast meinen, er geht uns aus dem Weg.«

Zu Edwards Erleichterung tauchte der Baron im Eingang auf, womit die Unterhaltung beendet war.

Eloises Vater sah prachtvoll aus in seinem gut geschneiderten Cut, schneeweißer Kniehose und Seidenstrümpfen, mit dem Hut unter dem Arm. »Ein schöner Morgen«, dröhnte er. »Ja, wirklich. Ein sehr schöner Morgen, und im Hafen ankert ein neues Schiff.« Er rieb sich die Hände und strahlte zufrieden. »Neue Gäste sind immer willkommen.«

»Oh, Papa, das sieht dir ähnlich. Immer hast du das Geschäft im Blick!« Eloise lachte.

Der alte Narr küsste seine Tochter auf die Wange, und Edward musste die Zähne zusammenbeißen. Die Federung der offenen Kutsche ächzte, als der Alte sich auf den Sitz fallen ließ. Edward stieg neben ihnen auf, nickte dem Kutscher zu, und das Gefährt setzte sich in Bewegung.

Jack konnte nicht länger warten. Sobald die Rampen herabgelassen wurden, rannte er an Deck. Er schob sich durch das Gedränge und suchte wie verrückt nach Alice. Dann, als er schon glaubte, sie verpasst zu haben, stand sie vor ihm.

Passagiere und Mannschaft schoben sich an ihnen vorbei, doch sie rührten sich nicht und schauten einander nur an. Jack erkannte das hübsche Lächeln und die warmen braunen Augen, die sein Herz vor so vielen Jahren gefangen genommen hatten, und obwohl Alice ein bisschen zu dünn war, tat sein Herz einen Sprung beim Anblick des geliebten Gesichts und ihres wallenden Haars. Er wagte kaum zu glauben, dass sie nicht nur das Produkt seiner Phantasie war, und stand wie angewurzelt.

Alice trat zögernd einen Schritt auf ihn zu. Dann noch einen.

Er breitete die Arme aus, Tränen verschleierten ihm die Sicht. Sie lief auf ihn zu. Dann hielt er sie fest – aus Angst, sie würde verschwinden, falls er sie losließ. Er bedeckte ihr Gesicht mit Küssen, und seine Finger tauchten in ihren prächtigen Haarschopf. Wie gut es tat, sie wieder in den Armen zu halten, ihren Geruch einzuatmen, die Süße ihrer Lippen zu schmecken – und zu wissen, sie war warm und echt und endlich da, wo sie hingehörte!

»Ich bekomme keine Luft.« Kichernd befreite sie sich aus seiner Umarmung. »Du hast kein bisschen Kraft eingebüßt, Jack Quince«, neckte sie ihn. »Behandelst eine Frau noch immer wie ein Schaf bei der Schur.« Sie berührte sein Gesicht und betrachtete ihn eingehend.

Was sah sie? Konnte sie den verkrüppelten Mann noch lieben, der vor ihr stand, auch wenn sie einen jüngeren, stärkeren, gesünderen Jack in Erinnerung hatte? Sein Puls hämmerte, und er betete um ein Wunder.

»Du hast mir gefehlt.« Errötend legte sie den Kopf in den Nacken und schaute zu ihm auf. »Auf diesen Moment habe ich so lange gewartet, und ich kann kaum glauben, dass ich nicht träume.« Zögernd berührte sie wieder sein Gesicht, und in ihren Augen standen Tränen. »Ich liebe dich, Jack Quince«, flüsterte sie.

Da ihm die Worte fehlten, neigte er den Kopf, küsste sie sanft und drückte sie an sein Herz.

Eloise beobachtete die Passagiere, welche die Gangways hinuntergingen und sich auf dem Kai unter die versammelten Menschen mischten. Die *Empress* war ein hübscher Anblick, und es war immer aufregend, die ankernden Schiffe zu sehen und sich zu fragen, welche Handelsgüter sie wohl geladen hatten.

Während ihr Vater weiter auf sie einredete, wurde sie auf einen einzelnen Mann aufmerksam, dessen Ruhe ihn aus dem Treiben auf dem Pier hervorhob. Sie schätzte ihn auf knapp fünfzig. Er war kräftig gebaut, und seine aufrechte, hoheitsvolle Haltung wurde noch durch den eleganten Schnitt seines Mantels unterstrichen. Der Mann betrachtete das Durcheinander ringsum und stützte sich dabei lässig auf einen Stock mit Elfenbeingriff. Da sein braungebranntes Gesicht nicht durch einen Hut geschützt wurde, sah man sein dunkles, grau durchsetztes Haar. Der Mann kam Eloise irgendwie bekannt vor, doch wusste sie beim besten Willen nicht, warum. Sie konnte sich nicht an eine Begegnung erinnern, und zu den Stammgästen des Hotels gehörte er auch nicht.

Er war schon bald vergessen, als das Gespann an den Trupps aneinandergeketteter Sträflinge vorbeifuhr, an der Backsteinfabrik, der Wäscherei und schließlich die Watsons Bay erreichte. Es war ein schöner Tag, die Sonne stand am klaren blauen Himmel, der Fahrtwind milderte die Hitze, die sich gegen Mittag verstärkte, auf angenehme Weise. Wie gut tat es, nach dem langen Wochenbett wieder draußen zu sein! Wenn Edward ihr nur erlaubt hätte, das Kind mitzunehmen, wäre ihr Glück vollkommen gewesen.

Eloise beteiligte sich nicht an der Unterhaltung, die ihr Mann mit ihrem Vater führte. Sie richtete den Sonnenschirm so aus, dass ihr Gesicht geschützt war, und lehnte sich an das bequeme Lederpolster. Sie folgten der Küstenlinie durch teilweise gerodetes Buschland, und der Duft von

Eukalyptus und Pinien war berauschend. Sittiche und Rosellas schossen hin und her, und über dem Klirren des Pferdegeschirrs und dem Stampfen der Hufe vernahm sie den lachenden Gesang der Kieseneisvögel. Sie war überrascht, wie sehr ihr diese kleine Erkundungsfahrt gefiel.

Ein kurzer Blick auf Edward sagte ihr, dass er ausnahmsweise einmal nüchtern war und sich mit seiner Erscheinung Mühe gegeben hatte. Die rote Uniformjacke war frisch gebügelt, die Messingknöpfe und Epauletten blitzten. Seine Kniehose und die Strümpfe leuchteten weiß wie der Schnee in ihrer bayrischen Heimat, und die Schnallenschuhe waren poliert. Er sah so gut aus, dass nur wenige vermuten würden, was für hässliche Charakterzüge er besaß. Die Zurückweisung ihres gemeinsamen Sohnes und sein Verhalten während der Schwangerschaft machten Eloise noch immer sehr zu schaffen.

Sie erreichten eine Anhöhe. Die Sonne funkelte auf dem Meer, sprenkelte das blasse Gras mit goldenen Tupfern und warf lange Schatten zwischen die Bäume. Durch einen Eukalyptushain erblickte sie das noch unfertige Haus, und obwohl sie nicht erwartet hatte, besonders beeindruckt zu werden, musste sie doch zugeben, dass seine luftige, dem Meer zugewandte Lage ideal war.

»Was hältst du davon?«, fragte Edward und befahl dem Kutscher anzuhalten.

Sie behielt ihre Beherrschtheit bei, die sie sich in den letzten Monaten angewöhnt hatte, wenn sie mit ihm redete. »Höchst reizvoll.«

Damit schien er zufrieden zu sein, und sie fuhren wieder weiter. Die Kutsche holperte über das unebene Gelände und hielt schließlich neben dem Haus. Nichts deutete darauf hin, dass daran gearbeitet wurde, und Edward erklärte, er habe den Männern einen Tag frei gegeben.

Eloise nahm seine ausgestreckte Hand, stieg aus dem Zweispänner und drehte sich sogleich zu ihrem Vater um, dessen Wangen rot glühten. »Du wirkst ein bisschen überhitzt«, sagte sie. »Vielleicht wäre es klüger, wenn du deinen Hut aufsetzen würdest, statt ihn unter dem Arm zu tragen?«

»Töchter!«, stieß er, an Edward gewandt, in gespielter Empörung hervor. »Sie haben immer etwas auszusetzen.« Unsanft stülpte er sich den Hut über und stapfte durch das hohe Gras auf das Haus zu. »Komm, Junge! Zeig mir, was es mit dem ganzen Wirbel auf sich hatte.«

Eloise bemerkte, dass ihr Mann zusammenzuckte, und musste unwillkürlich lächeln. Ihr Vater hatte noch nie viel um Konventionen gegeben, und Edwards gesellschaftliches Ansehen ließ ihn kalt. Sie schlenderte hinter den beiden her, und während ihr Vater Fragen stellte, betrachtete sie das schöne Haus mit gemischten Gefühlen.

Eine Baumgruppe schützte es vor dem Wind, und am anderen Ende der großen Weide hinter dem Haus waren einige Ställe und Scheunen errichtet worden. Trotz des Holzgerüsts, des erst halb gedeckten Dachs und des noch unfertigen Schornsteins waren die eleganten Umrisse des Hauses zu erkennen. Es lag quadratisch auf dem flachen Hang, hatte hohe Fenster und Glastüren in beiden Stockwerken, die Zugang zu tiefen, mit schmiedeeisernen Gittern verzierten Veranden boten. Das Gebäude war weiß, die Fensterläden waren blau gestrichen, und die Haustür bestand aus hellem Holz, in das Edwards Familienwappen geschnitzt war. Ein Kiesweg verlief durch den noch unkultivierten Vorgarten zum Strand, wo das Meer wie geschmolzenes Glas heranrollte und sich weiß aufschäumend brach.

Eloise nahm die Perfektion dieses Hauses ohne innere Anteilnahme zur Kenntnis. Bald würden sie einziehen – und in jeder Linie, an jedem Detail fand sie Edwards Handschrift wieder –, aber wenn sie sich hier jemals zu Hause fühlen sollte, müsste ihre Ehe sich ändern.

Edward beantwortete die zahlreichen Fragen des Barons, doch seine Aufmerksamkeit galt seiner Frau. Sie gab ein herrliches Bild ab, wie sie da zwischen den Blumen stand und sein Haus bewunderte. Endlich, dachte er mürrisch, habe ich ihr imponiert! Vielleicht taut sie jetzt auf und weiß allmählich zu schätzen, was die Ehe mit mir ihr an Bequemlichkeit und Ansehen in der Gesellschaft gewährt.

Er wollte ihren Arm nehmen und sie durch das Haus führen, ihr seine Erregung mitteilen, wenn er ihr die herrlichen Aussichten aus den Fenstern zeigte, die Sorgfalt, die er der Treppe und den Kaminen hatte angedeihen lassen, die Lüster aus Kristall, die er aus Italien importiert hatte – denn das war das Heim, von dem er in den langen Jahren seines Exils geträumt hatte. Er hütete sich jedoch, es zu versuchen. Eloise hatte in den letzten Wochen deutlich gemacht, dass sie nur wenig mit ihm zu tun haben wollte. Er musste sein Verhalten bessern, sich in Geduld fassen und den Zauber des Hauses auf sie einwirken lassen. Sobald sie das Kinderzimmer leid wäre, würde sie seine Gesellschaft wieder suchen. Dann könnten sie vielleicht wieder zu der Wärme zurückfinden, die sie in den ersten beiden Monaten ihrer Ehe geteilt hatten.

Sydney Town, am selben Tag

Niall Logan war acht Jahre alt, und die Ketten an seinen Fußgelenken behinderten jeden Schritt, während er mühsam den schweren Felsbrocken zu schleppen versuchte. Er war vor knapp drei Wochen auf dem Sträflingsschiff *Minerva* nach New South Wales gekommen und hatte rasch gelernt, dass Strafen ohne Rücksicht auf Alter oder Vergehen ausgeteilt wurden.

Er biss die Zähne zusammen, drückte den Brocken an die Brust und taumelte über den holprigen Boden. Mit dem Schmerz im Rücken und mit jedem Schnitt in sein Fleisch wuchs sein Zorn gegen seine englischen Häscher. Kaum den Kinderschuhen entwachsen, hatte er die Ungerechtigkeit der britischen Herrschaft gespürt, die den Iren das Stimmrecht verweigerte und sie somit zu Sklaven degradierte, weil sie gläubige Katholiken waren.

»Beeil dich, Mick, du Mistkerl!«, schrie der Aufseher, der über ihm aufragte. »Sonst machst du Bekanntschaft mit der Peitsche.«

Niall trug den Stein zu dem Haufen und ließ ihn fallen. Seine Finger waren taub, die Nägel eingerissen, und sein Magen schien an seinem Rückrat zu kleben, so ausgehungert war er. Doch aus leidvoller Erfahrung wusste Niall, dass Zaudern ihm nur Prügel einbringen würde. Seine Gedanken überschlugen sich, während er zurückstolperte, um den nächsten Felsbrocken zu holen, den die Männer ausgruben, um die neue Straße anzulegen. Der Schock, den ihm seine Ankunft in Sydney versetzt hatte, war frisch wie am ersten Tag, und als er sich bückte, trieb ihn die Bitterkeit jener ersten Erinnerungen zur Eile an.

Man hatte ihn mit den anderen überlebenden Jungen von der *Minerva* zum Gefängnis gebracht, wo man sie in einem Innenhof zusammengetrieben und ihnen befohlen hatte, die verlausten Fetzen auszuziehen. Man hatte eiskaltes Wasser über sie geschüttet und ihnen grob die Köpfe geschoren, als sie sich, verängstigt und halb verhungert, zitternd duckten. Und alle Kinder hatten weite Leinenhosen, Hemden und schlecht sitzende Stiefel bekommen.

Derselbe Aufseher, der Niall heute beobachtete, war damals in den Hof stolziert, und seine Körpermasse und sein hässliches Gesicht hatten ihn von Anfang an abgeschreckt. Niall krümmte sich bei dem Gedanken, wie der Mann vor den aufgereihten Jungen auf und ab geschritten war und ihnen angekündigt hatte, welche Strafen sie erwarteten, sollten sie sich nicht an die Regeln halten: Das Laufrad, der Straßenbautrupp und fünfzig Peitschenhiebe waren schon entsetzlich, doch bei der Androhung der Lederhaube verkrampfte sich Nialls Magen noch immer. Es war ein teuflisches Foltergerät, das mit Schnallen an Hals und Hinterkopf befestigt wurde und nur winzige Löcher für Nase und Augen freiließ. Wer diese Haube für die Zeit der Strafe aufsetzen musste, verlor in der Regel den Verstand.

Niall stammte aus einer armen Familie mit zu vielen Mäulern, die zu stopfen waren, und einem Haus, in das es hineinregnete, doch sein wahres Überlebenstraining hatte erst an jenem Tag begonnen. Er hatte gelernt zu schweigen und Prügel zu vermeiden, denn der Haube und der Peitsche zu entkommen bedeutete, an eine Zukunft zu glauben. Sich tausend Wunden oder Einzelhaft mit Haube einzuhandeln wäre Selbstmord gewesen. Doch jede Kränkung war zu einem weiteren Ansporn für seine Entschlossenheit geworden, nicht klein beizugeben, und wie die anderen Jungen erstrebte er die Freiheit, wieder nach Irland zurückzukehren.

Die nachlassende Konzentration brachte Niall ins Straucheln, das Gewicht der Ketten zerrte an ihm, und er verhedderte sich in den Fesseln. Er fiel auf den scharfen Steinen auf die Knie, und schon spürte er die Peitsche auf der Schulter. Der Hass auf die Engländer, der ihm schon angeboren war, loderte auf. Eines Tages, schwor er sich, werde ich mich rächen.

Sydney Town, eine Stunde später

»Komm, lass uns die Formalitäten erledigen und nach Hause fahren, nach Moonrakers.« Jack schaute auf sie herab. »Du willst mich doch noch heiraten, oder?«, fragte er beinahe ängstlich.

Alice nickte schüchtern und hakte sich bei ihm unter. Sie gingen von Bord und schlenderten am Kai entlang in die Stadt. Es war eigenartig, wieder neben ihm zu gehen. Ihr Tempo wurde durch seine verletzte Hüfte beeinträchtigt – sie wusste noch, dass sie in Sussex immer laufen musste, um mit ihm Schritt zu halten. Dennoch rührte dieser ruhige, scheue Mann ihr Herz in einer Weise wie kein anderer, und sie zweifelte keinen Augenblick, dass es richtig gewesen war, sich auf die weite Reise zu begeben, um wieder bei ihm zu sein.

Die Freude über ihre Ankunft in Sydney wurde gedämpft durch den Anblick von Strafgefangenen beim Straßenbau, und zwangsläufig fiel ihr Mr Carltons Warnung ein. Die Männer in ihren zerfetzten Sachen und den schweren Fußfesseln waren erbärmlich anzusehen, dazu noch der kaltschnäuzige Aufseher, der mit der Peitsche knallte und Befehle bellte. Den Sträflingsfrauen ging es anscheinend etwas besser. Doch wie schrecklich musste es sein, als Zeichen für ihren Status Gelb tragen zu müssen und den ganzen Tag bei dieser Hitze an dampfenden Waschkesseln zu arbeiten!

Alice versuchte, nicht auf den Anblick der Jungen zu reagieren, die schwere Felsbrocken schleppten und überladene Schubkarren mühsam über die grob gezogene Trasse schoben, doch es war unmöglich. »Sie sind noch so jung.« Sie packte Jacks Arm. »Sieh dir nur den Kleinen da an! Er ist bestimmt nicht älter als acht oder neun, und er kann mit der Kette an den Füßen kaum laufen.«

Jacks Miene hatte sich verdunkelt. Vielleicht dachte er an seine Zeit an Bord des Todesschiffes der Zweiten Flotte zurück. »Die britische Regierung schenkt dem Alter keine Beachtung«, erwiderte er. »Die Jungen sind wie wir hierhin verbannt worden, und nur die Stärksten überleben.« Er seufzte abgrundtief. »Sie sind neu hier – die Ketten sind nur eine vorübergehende Maßnahme für die Jungen. Aber kein Kind sollte so behandelt werden. Und auch kein Mann.«

Sie zuckten zusammen, als der fette Aufseher seine Peitsche auf den knochigen Rücken eines Jungen knallen ließ, der stehen geblieben war, um kurz durchzuatmen. »Männer wie der sollten einmal ihre eigene Medizin zu schmecken kriegen«, murmelte Jack, die Hände zu Fäusten geballt.

Alice erstarrte, als der Junge den Kopf drehte und ihre Augen sich trafen. In diesem Moment erkannte sie, wie blass und verängstigt er war; dennoch lief es ihr kalt über den Rücken angesichts seines hasserfüllten Blicks, als der Aufseher drohte, ihn noch einmal zu schlagen. »Wir müssen etwas tun, ihm zu helfen«, drängte sie und zupfte an Jacks Ärmel.

»Damit würden wir das Gesetz brechen«, murmelte er, »und ich habe nicht den Wunsch, mich wieder in Ketten legen zu lassen. Komm, Alice!«

Sie wollte protestieren, doch Jacks Gesichtsausdruck verdeutlichte ihr, dass diese Szene für ihn etwas Alltägliches war. Sie hingegen würde es nie vergessen. Sie ließ sich von Jack fortführen, doch als sie einen Blick zurückwarf, schaute sie wieder in die Augen des Jungen. Stillschweigend versuchte sie, ihm Trost zu spenden. »Ein Kind kann doch unmöglich ein Verbrechen begangen haben, das so eine Strafe verdient.«

»Ich vermute, die Jungs wurden in Irland als politische Täter aufgegriffen«, erklärte er. »Wenigstens wird man ihnen Lesen und Schreiben beibringen, und die meisten werden bei den Handwerkern unter den anderen Strafgefangenen in die Lehre gehen. Wenn sie freigelassen werden, haben sie eine Zukunft als Zimmerleute, Schuster und Maurer.«

»Sofern sie nicht vorher sterben. Das Leben auf einem Hof in Sussex mag zwar auch hart sein für unsere Jugend, aber so grausam ist es nicht!«

»Wenn du das Leben in Sussex mit dem hier vergleichst, wirst du dich nie einleben«, sagte er ihr. Seine Hand tastete nach der ihren. »Hier gibt es aber auch Gutes«, versicherte er ihr mit ruhiger Stimme.

Sie betrachtete die Stadt nun mit anderen Augen, während sie zu dem Verwaltungsgebäude gingen, wo sie ihren speziellen Ehevertrag und die Landzuweisung für Alice abholen wollten. Der erste Eindruck war in der Tat trügerisch gewesen, denn mit Ausnahme einiger imposanter Bauten bestanden die Unterkünfte aus Holz und Dächern aus Segeltuch. Von der majestätischen Landschaft abgesehen gab es kaum Schönheit, sondern nur die harsche Realität einer Strafkolonie.

Hinter der Fassade des anmutigen Regierungsgebäudes fielen Alice Elendsbaracken und schäbige kleine Hütten auf, die als Läden dienten. In schmalen Gassen lebten die Ärmsten der Stadt. Sie erhaschte einen Blick auf betrunkene Soldaten und Seeleute, Huren, Bettler und heruntergekommene Kinder, sah schlurfende Schwarze, die sich um eine Flasche Rum stritten; ihre Frauen kreischten ebenso laut und grapschten nach den Resten. Alice vernahm die Dialekte aller Grafschaften der britischen Inseln.

Sie hob den Saum ihrer Röcke an und hielt sich ein Taschentuch vor die Nase, denn der Gestank war widerlich: Kot von Mensch und Tier verunreinigte Straßen und Gossen. Das war nicht das Paradies, und sie schauderte bei dem Lärm, dem Gestank und der ungezügelten Rohheit. »Sogar Kapstadt ist nicht so schlimm wie das hier«, sagte sie. »Die Holländer würden so ein ... so ein ... Chaos niemals dulden.«

»Im Busch draußen ist es nicht so wie hier«, sagte Jack. Sie hatten das Meldeamt erreicht. »Bitte, urteile nicht, bevor du unsere Farm gesehen hast!«

Sie sah die Sorgenfalten in seinem Gesicht und bemühte

sich, ihre Zweifel hinter einem Lächeln zu verbergen. Sie hatte so lange gewartet, um bei ihm zu sein – wie konnte sie jetzt zaudern? Sie mochte sich zwar davor fürchten, was jenseits dieser rauen Straßen lag, doch sie war so weit gereist und hatte für den Liebsten freiwillig alles Vertraute aufgegeben. Die Entscheidung war gefallen. Mit Jack an ihrer Seite würde sie hier um ein gutes Leben kämpfen.

Das Büro des Beamten roch muffig, und Alice merkte, dass sie trotz ihrer guten Vorsätze nervös war. Sie stand neben Jack und wartete auf den Beginn der Zeremonie. Sie würde den Mann heiraten, den sie anbetete, aber kaum noch kannte – und ihrer beider Verlegenheit nach der langen Trennung schüchterte sie ein.

Jack schien ihre Unsicherheit zu spüren und umfasste ihre Hand. »Bist du dir sicher, dass du das hier willst? Wir können immer noch ein paar Monate warten.«

»Hast du Zweifel?«, flüsterte sie zurück.

»Niemals«, versicherte er. »Habe nur Angst, dass du mich nicht mehr haben willst.«

Sie erwiderte den Druck seiner Hand. »Jetzt bist du albern. Natürlich will ich.«

Der Beamte kam mit zwei Sekretären herein. »Ihre Papiere«, bat er in salbungsvollem Ton.

Jack reichte ihm seine Freilassungsdokumente und Alice' Geburtsurkunde. Seine Hand zitterte. Während der Beamte die Papiere prüfte, ließ Alice ihre Finger wieder zwischen die seinen gleiten.

Unwillkürlich verglich sie diese Zeremonie mit der Hochzeit, die sie vor vielen Jahren geplant hatten. Das hier war keine Dorfkirche, in denen die Stimmen eines Chors und einer Gemeinde aus Freunden und Familie widerhallten. Es gab keine Blumen, nicht einmal einen Brautstrauß, und was jenseits dieser strengen Mauern lag, war ihr so fremd wie der Mond.

»Wollen Sie, Jack Quince, diese Frau als Ihre rechtmäßige Ehefrau annehmen?«, fragte der Beamte, der sie beide noch nicht einmal angesehen hatte.

Jack legte den Arm um Alice. »Ja«, murmelte er.

»Und wollen Sie, Alice Lily Hobden, diesen Mann als Ihren rechtmäßigen Ehemann annehmen?«

Alice schmiegte sich in Jacks Umarmung. »Ja.«

»Hiermit erkläre ich Sie zu Mann und Frau. Die Sekretäre werden Ihnen zeigen, wo Sie unterschreiben müssen. Sie müssen sich auch noch in dem anderen Büro für die Landzuteilung der Dame eintragen lassen.«

Alice und Jack bemerkten kaum, dass der Beamte hinausging, denn sie waren mit sich beschäftigt. »Tut mir leid, dass es nicht die Hochzeit war, die wir uns erhofft hatten, aber du wirst es nicht bereuen«, flüsterte er, »das verspreche ich dir.«

Alice errötete und senkte schüchtern den Kopf, als ihr bewusst wurde, dass die Sekretäre sie beobachteten. »Komm raus hier«, sagte sie leise. »Ich habe auf dem Schiff noch ein Geschenk für dich.«

»Ein Geschenk?« Er runzelte die Stirn. »Aber ich habe nichts für dich.« Er fuhr sich mit den Händen durchs Haar.

»Du hast mir meine Träume geschenkt«, erwiderte sie. »Und jetzt lass uns die Papiere unterschreiben und uns für die dreihundert Morgen Land eintragen lassen, die mir zustehen.«

Das war schnell erledigt, und bald waren sie auf dem Weg durch die Parklandschaft vor dem Government House zu den Anlegern und der *Empress*.

Alice vermochte ihre Aufregung kaum zu zügeln, als sie Jack in den Schiffsrumpf zum Schafspferch führte.

»Alice!«, rief er aus. »Du kluges Mädchen! Wie um alles in der Welt hast du dir das leisten können?«

Sie grinste spitzbübisch. »In Kapstadt lebt es sich billig, und ich dachte, wir könnten ein paar Tiere zusätzlich gebrauchen, um die Herde voranzubringen.« Sie schaute ihn im schwachen Licht der geöffneten Ladeluke an. »Wie geht es eigentlich unseren Schafen? Ich hoffe, du hast dich gut um sie gekümmert?«

Er nahm sie in die Arme. »Oh, Alice«, sagte er, nachdem er sie geküsst hatte. »Sie fressen, was das Zeug hält, und werfen gesunde Lämmer. Ich kann es kaum erwarten, sie dir zu zeigen.«

Sie erwiderte die Umarmung. »Und ich kann es kaum erwarten, sie zu sehen.«

Sie holten Bertie und die Merinoschafe aus dem Frachtraum und packten anschließend Alice' geringe Habe zu den Vorräten hinten auf Jacks Wagen. Die Sonne verschwand bereits hinter dem Horizont, als sie nach Moonrakers aufbrachen.

Ihr erster Tag in der neuen Heimat war fast zu Ende, und während der Wagen sich von Sydney entfernte, erfüllte Alice eine Zufriedenheit, die sie noch nie zuvor empfunden hatte. Der Hufschlag und das Klirren des Geschirrs waren ihr vertraut, und als Jacks muskulöser Arm sie streifte, lief ihr ein freudiger Schauer über den Rücken.

Doch als sie weiter in die bewaldete Landschaft vordrangen, die so anders aussah als alles, was sie kannte, war es ihr unangenehm, mit ihm allein zu sein. Schweigen hatte sich über sie gelegt, und als sie ihm einen flüchtigen Blick zuwarf, bemerkte sie seine Anspannung. Hatten sie sich denn nichts mehr zu sagen?

Jack räusperte sich und zog den Hut noch tiefer in die Stirn. »Es sind nur noch fünfzehn oder zwanzig Meilen, die die Krähe nach Parramatta fliegt«, sagte er, den Blick fest auf die vor ihnen hertrottenden Schafe gerichtet, »aber wir müssen durch den Busch, und das heißt, dass wir die Nacht hier draußen verbringen.«

Seine Wangen wurden rot, und Alice spürte, dass es ihr nicht anders erging. »Was ist Parramatta?«, fragte sie mit zitternder Stimme. »Du hast mir gesagt, die Farm hieße Moonrakers.«

Erneut räusperte er sich und fummelte an den Zügeln herum. »Es ist die Ansiedlung neben uns. Der Name bedeutet ›der Ort, an dem sich die Aale hinlegen‹. Er stammt von den Eingeborenen.«

»Gibt es in Parramatta denn viele Eingeborene?«

»Wir haben in Moonrakers einen kleinen Familienverbund, und andere kommen und gehen. Sie bleiben für gewöhnlich nicht lange an einem Ort.«

Alice fielen die betrunkenen schwarzen Männer und Frauen ein, die sie in Sydney gesehen hatte. »Sind sie freundlich?« Ihre Stimme klang dünn.

Er lächelte. »So sehr, dass sie manchmal eine Plage sind. Ihre Frauen filzen unsere Vorräte und lungern auf dem Gehöft herum. Aber die Männer verschwinden immer zu ihrer sogenannten ›Wanderung auf den Traumpfaden‹, wenn Arbeit ansteht.«

Alice' Interesse war geweckt, und sie vergaß ihre Schüchternheit. »Erzähl mir von ihnen!«, bat sie. »Und erzähl mir alles über Moonrakers.«

»Die Schwarzen waren schon auf dem Land, als Billy, Nell und ich eintrafen. Wir kamen zu dem Entschluss, dass die Fläche für alle reicht. Solange sie die Schafe nicht töten oder sonstigen Ärger bereiten, behandeln wir sie mit Respekt.« Er schmunzelte. »Nell war anfangs nicht allzu begeistert davon, aber sie hat sich im Lauf der Jahre mit drei schwarzen Frauen angefreundet, und sie helfen ihr mit den Kindern.«

Alice verdaute diese Neuigkeiten und begrüßte sie. Nell würde ihre Familie bestimmt nicht der Obhut betrunkener Wilder anvertrauen. »Erzähl mir etwas über unser Land, Jack!«, beschwatzte sie ihn. »Und über unser Haus, die Schafe und die Sträflinge, die du einstellst – und alles über Nell, Billy und die Kinder.«

Liebevoll schaute er auf sie herab. »Das wirst du bald mit eigenen Augen sehen, und dir alles zu erzählen würde länger dauern als unsere Fahrt.« Er lachte, als sie ihn in die Rippen stieß. »Das Land erstreckt sich meilenweit, und ein Fluss verläuft mitten hindurch, der von Aalen wimmelt, so dass wir nie Hunger leiden werden.«

Er musste bemerkt haben, dass sie das Gesicht verzog, denn er lachte. »Ich weiß, du hast Aale nie gemocht, aber wenn du Hunger hast, isst du alles.« Er hielt kurz inne, um dann fortzufahren: »Das Haus ist klein und ein bisschen unfertig, aber fürs Erste wird es reichen. Und die Sträflinge sind lieber bei uns als in der Stadt, wo sie Gefahr laufen, ausgepeitscht zu werden. Sie sind also ein gutmütiger Haufen und willige Arbeiter. Was die Schafe betrifft, die gedeihen.«

»Kommt man mit Nell gut aus?« Alice hatte Jacks Briefe sorgfältig gelesen, und obwohl Nell als Strafgefangene begnadigt worden war, machte ihre Vergangenheit – als Prostituierte – Alice zu schaffen.

»Sie ist zwar eine auffallende Erscheinung und neigt zu Wutausbrüchen, wenn sie ihren Kopf nicht durchsetzen kann, aber sie ist eine gute Mutter und einer der freundlichsten Menschen, die ich kenne.« Er konzentrierte sich darauf, den Wagen über eine tiefe Furche zu lenken. »Sie und Billy haben sich auf der Überfahrt kennengelernt, sind mit der Ersten Flotte hergekommen, so dass sie echte Pioniere sind.«

Alice fand das wildromantisch. »Ist das alles aufregend! Wer hätte gedacht, dass wir eines Tages am anderen Ende der Welt landen würden, mit mehr Land, als wir es uns je hätten träumen lassen?«

Seine warme braune Hand legte sich über die ihre, er beugte sich zu ihr und drückte ihr einen Kuss auf die Wange. »Du bist immer noch genauso wie als kleines Mädchen, Alice«, neckte er sie. »Du hast schon immer Lust auf Abenteuer gehabt. Ich schätze, ich habe eine ›gute Frau‹ abgekriegt, wie mein alter Vater sich immer ausgedrückt hat.«

Sie stupste ihn und kicherte. »Benimm dich, Jack Quince!«

Er warf ihr einen übermütigen Blick zu. »Was für ein Befehl ist denn das an unserem Hochzeitstag?«

Alice bekam einen hochroten Kopf und schaute angestrengt in die Bäume, doch sie hörte Jacks unterdrücktes Lachen und konnte ihr Schmunzeln nicht verbergen. Sie hatten wieder zu ihrem alten, spöttischen Umgang miteinander gefunden.

Ein Stück weiter im Busch hielt Jack das Pferd an, um Alice noch einmal zu küssen. Sie schmolz in seiner Umarmung dahin, während seine warmen Lippen ihr einen Schauer versetzten. Als sie sich schließlich voneinander lösten, trafen sich ihre Blicke, und sie brachen in Gelächter aus.

»Wenn wir so weitermachen, kommen wir nie nach Hause«, sagte er.

Alice war es inzwischen gleichgültig, wie lange sie unterwegs waren, doch nach einem weiteren Kuss nahm Jack die Zügel wieder auf. »Ich muss das Lager aufschlagen, bevor es dunkel wird«, erinnerte er sie, »und die Schafe einpferchen, damit die Dingos sie nicht holen.«

Alice war eine praktische Frau und sah ein, dass Jack völlig recht hatte. Bald erkundigte sie sich bei Jack nach den Namen der verschiedenen Bäume, der riesigen Farne und Blumen, die in solchem Überfluss im Wald wuchsen.

Jack ließ das Pferd etwas langsamer gehen, während er ihr Zimtahorn, einen großen Eukalyptus, den Ghostgum, und Kängurubäume zeigte. Er lachte mit ihr, als sie eine Familie Opossums beim Spiel in den Ästen eines Kängurubaums beobachteten. Alice staunte über die weißen Papageien mit hellgelben Schnäbeln, die sich in den Bäumen kabbelten und schubsten, und klatschte entzückt in die Hände, als kleine blaugrüne Wellensittiche über ihren Köpfen dahinschossen. Der Kontrast zwischen deren Freiheit und der Not der in Volieren eingesperrten Ziervögel in England machte sie traurig, und die angeketteten Kinder in Sydney fielen ihr wieder ein.

»Ich weiß, was du gerade denkst, aber das führt zu nichts, Alice. Sei einfach nur glücklich, dass wir frei sind und uns wieder gefunden haben!«

Sie hakte sich bei ihm unter und legte den Kopf an seine Schulter. Es war, als wären sie nie getrennt gewesen – als kehrten sie nach einem Erntetag nach Hause zurück und als schweißten die gemeinsamen Zukunftsträume sie zusammen und hielten sie warm.

Jack baute das Nachtlager auf einer Lichtung. Er schuf mit Stoffstreifen einen provisorischen Pferch, damit die Schafe nicht frei herumlaufen konnten, und band den Pferden die Vorderbeine zusammen. Alice fiel auf, dass Bertie die Fremdheit seiner Umgebung nichts ausmachte und er sich damit begnügte, Gras zu zupfen. Sie beobachtete, wie Jack Decken auf dem Boden ausbreitete, sein Gewehr überprüfte und eine Grube für das Feuer aushob. Ein Vogel, dessen Ruf an Gelächter erinnerte, sang ihnen dabei ein Abendlied. »Was ist denn das schon wieder?«

»Das ist ein Rieseneisvogel. Die Eingeborenen nennen ihn *kookaburra*, und bei den Weißen heißt er auch der Lachende Hans.«

Alice ließ sich auf einem umgestürzten Baumstamm nieder und sah zu, wie Jack einen Feldkessel über die Flammen setzte und Teig in die heiße Asche legte. Er umhüllte den Fisch, den sie am Kai gekauft hatten, mit den breiten, flachen Blättern eines Busches, der in der Nähe stand, und legte ihn auf heiße Steine. Offensichtlich hatte er sich mit der Lebensart in diesem ungezähmten Land vertraut gemacht, und obwohl sie ihr ganzes Leben auf einem Bauernhof zugebracht hatte, würde sie hier noch viel lernen müssen. Der heutige Tag war mit unterschiedlichen Empfindungen und widersprüchlichen Eindrücken angefüllt. Welche Schrecknisse lauerten wohl in der Dunkelheit jenseits der Lichtung – und was erwartet mich in Moonrakers?, fragte Alice sich. Doch dann sah sie die Zufriedenheit auf Jacks Gesicht, die Liebe in seinen Augen, als er ihr das Abendessen brachte, und sie wusste, dass sie alles, was vor ihnen lag, mit der ihnen angeborenen Charakterstärke meistern würden, mit der sie auch die Einsamkeit und die Not der Vergangenheit überstanden hatten.

Langsam versank die Sonne hinter den Bäumen, und der Himmel überzog sich mit leuchtend gold-, orangefarbenen und roten Streifen. Vögel kehrten an ihre Schlafplätze zurück, und unzählige Insekten hoben zu ihrem nächtlichen Gezeter an. Alice lag in Jacks Armen auf der Decke und beobachtete das himmlische Schauspiel. Selbst die Sterne in Afrika konnten damit nicht wetteifern.

Die Nacht brach herein, und Jack zog sie näher zu sich unter die Decke. Alice überkam eine Woge der Liebe, so dass der Rest der Welt in Bedeutungslosigkeit versank. Das Warten hatte ein Ende. Sie war zu Hause.

Vier

Auf dem Weg nach Parramatta, am nächsten Tag

Alice wurde immer verzagter, je näher sie Moonrakers kamen, obwohl sie wild entschlossen war, ihre Zuversicht nicht zu verlieren, und suchte unwillkürlich Jacks tröstlichen Zuspruch.

»Wir sind weit entfernt von allem«, hob sie an, während sie gemächlich dahinfuhren. »Ist unsere Farm die einzige hier draußen?«

Jack legte einen Arm um sie. »Die Elizabeth Farm ist nur ein paar Meilen weit entfernt, und westlich von uns befinden sich zwei kleinere Pachtgüter.«

»Sind die Leute auf der Elizabeth Farm nett?« Ihr gefiel der wehmütige Ton nicht, der sich in ihre Stimme eingeschlichen hatte, doch sie konnte nicht verbergen, wie sehr sie sich nach einer Gemeinschaft sehnte.

»Mrs Macarthur ist alles in allem eine ganz angenehme Dame«, begann Jack, »aber wir bekommen von der Familie nicht viel zu sehen.«

Sie bemerkte die Wachsamkeit in seiner Stimme. »Warum?«

Er zuckte mit den Schultern. »Die Macarthurs sind die größten Landbesitzer hier in der Gegend und allen anderen weit voraus, was Schafzucht und Ernteertrag angeht.« Er zögerte, als suchte er nach den richtigen Worten, um ihre Nachbarn zu beschreiben. »John Macarthur mag zwar nur als Offizier im New South Wales Corps angefangen haben, aber jetzt ist er ein sehr reicher, mächtiger Mann. Er und seine Frau gehören nicht zu der Sorte, die sich mit unsereinem abgibt.«

Alice schwieg, während er mühsam nach Erklärungen suchte. »In ihren Augen sind Billy, Nell und ich noch immer Sträflinge, Alice, und ungeachtet unserer Begnadigung und der Arbeit, die wir in unser Land gesteckt haben, werden wir es für sie immer bleiben.«

»Das ist doch lächerlich.«

Jack lächelte matt. »Ja, aber die strengen Regeln des britischen Klassensystems sind hier noch fester verankert. Wir sind der ›Schandfleck‹ der Kolonie und werden es auch für den Rest unseres Lebens bleiben, und wenn wir noch so viel erreichen.«

»Aber unsere Kinder werden freie Bürger sein«, sagte sie mit Nachdruck. »Sie werden nicht mehr als ›Schandfleck‹ gelten.« Sie sah den Zweifel in seinem Gesicht. »Glaubst du etwa nicht?«

»Wer weiß?«

Alice verstummte, den Blick auf die schwankenden, staubigen Rücken der Schafe vor ihnen gerichtet. Das Leben hier würde also ähnlich wie das in England sein. Es gab kaum Hoffnung auf Veränderung oder Aufstieg – warum war sie so naiv gewesen, etwas anderes zu erwarten?

Es war, als könnte er ihre Gedanken lesen. »Wir haben hier Vorteile, die wir in England nie hätten«, sagte er ruhig. »Für jeden Morgen Land, den wir roden, bekommen wir einen weiteren – und die Regierung garantiert uns, die Ernte abzukaufen und uns kostenlos Arbeitskräfte und Vorräte zur Verfügung zu stellen, bis wir uns selbst versorgen können.«

Alice lächelte, doch ihr Herz war schwer. Freies Land war ja schön und gut – aber würden Jack und die nachfolgenden Generationen jemals der Sträflingsvergangenheit entkommen können?

»Wir haben es gleich geschafft«, murmelte er kurz darauf. Er hielt den Wagen an und ergriff ihre Hände. »Ich kann dir nicht versprechen, dass das Leben hier leicht wird, Alice«, sagte er liebevoll, »und du musst lernen, genau wie ich, viele deiner alten Vorurteile über Bord zu werfen.«

Sie wollte ihn schon unterbrechen, als er ihr mit einem sanften Kuss den Mund verschloss. »Billy mag zwar der Finanzverwalter einer Schmuggelbande gewesen sein und Nell eine Hure – aber es sind gute, hart arbeitende Menschen, die sich von ihrer alten Lebensweise abgekehrt haben und aus dem, was sie haben, nur das Beste machen wollen. Wenn wir zusammenarbeiten und die Vergangenheit vergessen, werden wir eine der besten Farmen in New South Wales aufbauen.«

Sie küsste ihn. Die Liebe zerstreute alle Zweifel. Dieses Land stellte ein neues Leben in Aussicht, und wenn sie mit diesem neuen Leben zurechtkommen wollte, durfte sie einfach nicht an die Ungerechtigkeiten des Systems und die kriminelle Vergangenheit ihrer Partner denken.

Mit einem Zügelschlag wurde das Pferd noch einmal angetrieben, und ein paar gut gezielte Peitschenhiebe hielten die Schafe in Gang. Als sie unter den Bäumen hervor auf die letzte Hügelkuppe kamen, erhaschte Alice einen ersten Blick auf ihr neues Zuhause.

Die Sonne war gesunken, und der Himmel überzog sich

mit flammenden Streifen. Die wogenden Maisfelder und die hügelige Erde waren in Gold getaucht, ebenso wie die unzähligen Bäche und Flüsse, die durch das Tal mäanderten. Baumgruppen schienen in der Gluthitze der untergehenden Sonne zu verschwimmen, ihre Blätter verwelkten, die silbergraue Rinde loderte. Und da, auf dem Kamm eines niedrigen Hügels mit Blick über die Bäche, stand ein einstöckiges Gebäude. Kein Strohdach, keine gekalkten Wände, keine Steinmauern, nur ein solides Holzhaus mit einem Ziegeldach und einer breiten, schattigen Veranda.

»Ist das schön!« Nach den düsternen Schrecknissen des nächtlichen Busches und den noch düstereren Erlebnissen in Sydney Town wagte sie kaum zu glauben, dass hier solche Schönheit und Weite zu finden war. Zwischen den schmalen Straßen, den geduckten Dörfern und wilden Hecken von Sussex und der hügeligen, weiten Landschaft vor ihr lagen tatsächlich Welten.

»Wir wohnen da drüben«, sagte er und zeigte flussaufwärts. »Das Haus ist nur klein, sollte aber eine Weile ausreichen, bis ...« Er spornte das Pferd zu einer schnelleren Gangart an.

Das zweite Haus lag geschützt unter einer Baumgruppe. Es war aus grobem Holz gebaut, hatte ein Ziegeldach und einen stabilen gemauerten Schornstein und war bei weitem nicht so groß wie das andere Wohnhaus – aber es gab eine breite Veranda, die Schatten bot, und das Ganze war von einer Lichtung mit fruchtbarer schwarzer Erde umgeben. Das Weideland war üppig, es gab viel Wasser, und so wie es aussah, gediehen die Schafe. Moonrakers war vielversprechender, als sie erwartet hatte, und zum ersten Mal seit den letzten Stunden stieg wieder freudige Erregung in ihr auf.

Alice überlegte, ob sie Jack wohl Kinder schenken würde. Wenn sie beide mit Nachwuchs gesegnet würden, wäre ihr Leben vollkommen.

Der Weg war so holprig, dass Alice wie ein Sack Kartoffeln hin und her geworfen wurde und sich an den Wagen klammern musste. Sie erreichten das Flussufer, und Alice fragte sich gerade, wie sie hinüberkommen sollten, als Jack einen durchdringenden Pfiff von sich gab. Am gegenüberliegenden Ufer tauchten ein paar Gestalten auf, manche weiß, die meisten jedoch schwarz. Alice starrte die Eingeborenen an. Sie empfand eine gewisse Scheu vor ihnen und der Art, wie sie auf sie zeigten, doch sie spürte, dass sie nur neugierig waren.

Die Sträflinge sammelten sich in einiger Entfernung und begannen an festen Seilen zu ziehen, die man am Ufer an dicke Pfosten gebunden hatte. Alice raffte die Röcke, stieg vom Wagen und brachte die umherstreifenden Schafe wieder in Reih und Glied, während ein Floß aus dem Röhricht auftauchte und auf sie zutrieb.

Jack band es fest und drehte sich zu ihr um. »Ich fahre mit den Schafen hinüber, dann schicke ich das Floß für dich und den Wagen.«

Alice hatte ernsthafte Bedenken, widerspenstige Schafe auf ein zerbrechliches Floß zu laden, und sie war nicht so weit angereist, um ihre Herde auf der letzten halben Meile untergehen zu sehen. Doch sie sammelte rasch etwas frisches Gras. Zwei Schafe folgten der Spur, die sie damit auslegte, und als sie das Floß bestieg, folgten die anderen.

Jack nahm den Hut vom Kopf und wischte sich den Schweiß ab. »Jetzt ist es an dir, die Herrschaften hinüberzubringen, ohne sie zu ersäufen«, sagte sie schmunzelnd zu ihm.

»Stimmt«, erwiderte er mit strahlendem Lächeln. »Aber du bist für den Wagen und die Pferde verantwortlich. Bist du sicher, dass du es schaffst?«

»Ich bin jahrelang allein zurechtgekommen«, entgegnete sie. »Ich bin nicht völlig hilflos.«

Er wurde rot, und Alice lächelte, um ihrem Verweis die Spitze zu nehmen.

Sie nahm an, dass es einfacher wäre, Pferde und Wagen zu Fuß auf das Floß zu führen, also spannte sie Bertie aus und stellte sich zwischen die beiden Zugtiere, das Geschirr fest in den Händen. Sie war besorgt, als sie sah, wie langsam das Floß vorankam. Die Schafe waren nach der langen Seereise und dem Weg durch den Busch unruhig und störrisch, blökten und stießen sich gegenseitig an. Die Widder waren zum Glück zu nervös, um sich zu verkeilen, und standen still, während das Wasser an ihnen vorbeirauschte.

Sobald das Floß das andere Ufer erreicht hatte, sprangen die Tiere ans sichere Ufer. Sie hüpften über Seile hinweg, durch das Röhricht und verschwanden im hohen Gras. Alice fürchtete schon, ihre kostbaren Merinos seien für immer verloren, doch Jack stieß einen nächsten durchdringenden Pfiff aus, woraufhin ein Collie aus einem Nebengebäude auftauchte und sie zusammentrieb.

Während sie auf das Floß wartete, scheuchte der Hund die Herde in einen Verschlag, und Jack schloss das Tor. Mit einem Seufzer der Erleichterung führte Alice die Pferde die Böschung hinunter zum Floß.

Bertie warf den Kopf hin und her und scheute, wobei

seine großen Hufe ihre Zehen zu zermalmen drohten, Jacks Pferd hingegen war diese eigenartige Transportweise offensichtlich gewohnt und schritt, den Wagen hinter sich, mit einem Anflug von Verachtung für seinen Begleiter seelenruhig auf das Floß.

Alice stellte die Bremsen an den Rädern des Wagens fest, damit er nicht vom Floß rollte, und redete Bertie gut zu, sich zu benehmen. Sie war wild entschlossen, sich nicht zu blamieren, denn sie war sich des männlichen Publikums auf der anderen Seite des Flusses durchaus bewusst und hörte das aufgeregte Geschnatter der Einheimischen.

Bertie wollte jedoch nicht vorwärts. Er stampfte und schnaubte, schüttelte den Kopf und zeigte die Zähne. Alice packte seine Mähne. »Beweg dein Hinterteil, du nutzloser Klotz«, zischte sie und zeigte ihm die Peitsche. »Sonst ...«

Trübsinnig senkte Bertie den großen Kopf, die Lippen unwillig verzogen. Der Anblick der Peitsche bedeutete nichts Gutes, das wusste er. Mit einem tiefen Seufzer stellte er zögernd erst einen schweren Huf auf das Floß, dann den nächsten.

Noch ehe er zur Besinnung kam oder angesichts seiner heiklen Lage in Panik ausbrechen konnte, schob Alice ihn neben das andere Pferd und löste die Seile. Nun glitten sie langsam über das Wasser. »Guter Junge«, flüsterte sie und bot ihm den Apfel, den sie in ihrer Tasche versteckt hatte. Er nahm ihn von ihrer Hand und begann, ihn zu zermalmen.

Sobald das Floß ans andere Ufer stieß und hilfreiche Hände sich nach dem Wagen ausstreckten, führte Alice ihr Pferd auf festen Grund und tätschelte ihm den Hals. Auch wenn Bertie das Temperament eines verwöhnten Kindes hatte, liebte sie ihn.

»Mein lieber Mann! Hätte nie gedacht, dass du den alten Gaul herüberbringen würdest – gut gemacht, Mädel.«

Alice fuhr beim Klang der Frauenstimme zusammen, und ihr Lächeln verblasste, als sie zuerst das rote Haar und das offenherzige knallrote Kleid mit grünen Bändern und goldenen Troddeln bemerkte, das Nells fortgeschrittene Schwangerschaft in keiner Weise verbarg. Jack hatte ihre Erscheinung als »auffallend« beschrieben, was Alice jedoch nun sehr untertrieben schien. »Danke«, gab sie zurück.

Nells blaue Augen funkelten. Sie warf ihre Locken zurück und legte eine Hand um Alice' Taille. »Schön, dich endlich kennenzulernen«, sagte sie. »Mir ist, als würde ich dich schon kennen – Jack hat jahrelang von dir geschwärmt. Hier draußen ist es einsam ohne eine andere Frau, mit der man reden kann, und ich habe mich so drauf gefreut, dass du kommst.«

Alice erstickte fast in der festen Umarmung und war überwältigt vom Duft des billigen Parfüms, das Nell großzügig aufgelegt hatte.

Schließlich gab Nell sie frei und trat zurück. Sie lächelte entschuldigend. »Verzeihung. Billy sagt immer, ich bin zu stürmisch – aber du hast keine Ahnung, was der Anblick einer anderen Frau mir bedeutet.«

Alice hörte die Sehnsucht in Nells Stimme, sah die Freude in ihren Augen und wusste, dass sie ungerecht war. »Es ist gut, endlich hier zu sein«, erklärte sie mit einem Lächeln.

Nell strahlte. »Ich habe extra mein bestes Kleid angezogen«, sagte sie und wirbelte herum, wobei sie einen fast nackten Rücken und ihre Unterhose zur Schau stellte. »Es ist ein bisschen eng, und ich konnte es nicht ganz verschnüren wegen dem Baby, aber gefällt es dir?«

Alice konnte nur nicken. Das Kleid passte höchstens zu einer Barfrau in der schlimmsten Kaschemme. Dennoch schien Nell zufrieden, schob ihre Hand in Alice' Armbeuge und zog sie zum Haus. »Komm rein und lern die Kinder kennen! Wir können vor dem Tee noch ein bisschen schwätzen.«

Alice warf einen Blick auf Jack, doch der war bei den anderen Männern und wandte ihr den Rücken zu, während die Vorräte verstaut wurden. Der Wagen war an Land gezogen worden, und die Pferde zupften auf einer Weide in der Nähe bereits am Gras. Die Einheimischen lehnten am Zaun oder hockten daneben. Die Schafe zogen durch den Pferch, der Hund saß mit hängender Zunge neben dem Tor. Man hatte Alice' Ankunft anscheinend bereits vergessen.

»Mach dir nichts draus!«, meinte Nell. »Die Männer werden noch bis lange nach Einbruch der Dunkelheit da draußen über Schafe reden. Komm und ruh deine Knochen aus. Nach der Reise musst du ja erledigt sein.«

Alice überkam ein unbehagliches Gefühl, als sie Nell die Stufen hinauffolgte. Sie war von strengen, gottesfürchtigen Eltern erzogen worden, die von Nells Kleidung entsetzt gewesen wären.

Doch als sie durch die Tür des Hauses trat, war sie angenehm überrascht. In der großen Wohnküche spielte sich offenbar das Leben des Hauses ab. Sie war karg eingerichtet, aber blitzsauber, ohne die aufdringlichen Rüschen und Volants, die sie erwartet hatte. Trotz ihrer schlampigen Erscheinung und des losen Mundwerks war Nell offensichtlich eine gute Hausfrau.

»Das hier ist Amy«, sagte Nell stolz und deutete auf ein

kleines Mädchen, das von ihrem Holzspielzeug zu ihnen aufschaute. »Sie ist sechs, und diese beiden Rangen sind meine Zwillinge, Walter und Sarah. Er heißt eigentlich William, aber es war lästig, zwei davon im Haus zu haben. War ein ganz schöner Schock für Billy und mich, als sie kamen, das kann ich dir sagen – aber je mehr, desto besser, sage ich immer.« Sie grinste und tätschelte ihren Bauch.

Alice schenkte dem kleinen Mädchen ein Lächeln und schaute dann zu den pausbäckigen Babys hinüber, die auf der Bettcouch eingeschlafen waren, aneinandergeschmiegt wie zwei Kätzchen. Sehnsucht ergriff sie, und sie hoffte, dass auch sie eines Tages ein Kind bekommen würde. »Sie sind so hübsch«, sagte sie und setzte sich auf den Stuhl, den Nell ihr anbot. »Du kannst dich glücklich schätzen, Nell. Aber wie hast du nur hier draußen eine Hebamme gefunden?«

Nell lachte. »Keine Hebamme, die etwas taugt, kommt in diese entlegene Gegend«, sagte sie fröhlich. »Man ist ganz auf sich allein gestellt.« Sie musste Alice die Besorgnis vom Gesicht abgelesen haben, denn sie tätschelte ihr aufmunternd die Hand. »Aber wenn deine Zeit gekommen ist, werde ich da sein, und nachdem ich drei Kinder zur Welt gebracht habe, meine ich doch, das ich mich mit Geburten einigermaßen auskenne.«

Alice fiel es schwer, Nells Lächeln zu erwidern. Sie zog Amy, die sich vor ihr postiert hatte, auf ihren Schoß. An solche Dinge hatte sie keinen Gedanken verschwendet, sondern war einfach davon ausgegangen, dass es in diesem Außenposten der Kolonie eine Hebamme gäbe, so wie in Kapstadt – aber anscheinend hatte sie sich geirrt. Sie versuchte sich auf das Fadenspiel zu konzentrieren, das Amy mit einem Wollfaden begonnen hatte, doch es wollte ihr nicht recht gelingen. Es gab viel zu lernen, und es schockierte sie, dass sie auf ein Leben hier offensichtlich schlecht vorbereitet war.

Nell schepperte und klapperte am Herd herum, ohne ihren Redefluss zu bremsen, und brachte Tee und selbstgemachte Plätzchen auf einem dicken Porzellanteller. Dann hob sie einen Zwilling, der gerade erwacht war, aus seinem Nest aus Decken, ließ sich auf einen Stuhl fallen und legte ihn an. »Ich weiß, er ist dafür schon ein bisschen alt, aber es hält ihn ruhig«, gestand sie. »Walter ist gierig, das kann man wohl sagen. Genau wie sein Vater.«

Alice trank ihren Tee. Sie errötete, als Jack in den Raum trat. »Das ist Billy«, sagte er und deutete mit dem Kopf auf den Mann, der ihm folgte. »Er benimmt sich zwar wie ein feiner Herr«, fuhr er augenzwinkernd fort, »aber sei auf der Hut, Alice, er ist in Wirklichkeit ein Lump.« Alice betrachtete den gut aussehenden, dunkelhaarigen Mann mit der fröhlichen Miene. Mit seinem Grinsen und der kühnen Haartolle über der Stirn hatte er tatsächlich etwas von einem Gauner an sich, doch als er ihre Rechte ergriff und galant einen Handkuss andeutete, verstand sie, warum Nell sich in ihn verliebt hatte. »Freut mich, dich endlich kennenzulernen, Alice«, sagte er mit deutlich kornischem Akzent. »Es war eine lange Wartezeit, und Jack hat es fast nicht ausgehalten.« Er grinste seinen Freund an und schlug ihm kumpelhaft auf den Rücken. »Manchmal hat er ausgesehen wie ein Trauerkloß, aber jetzt ist er wieder ganz der Alte, und ich kann ihn endlich wieder an die Arbeit stellen.«

»Billy!«, protestierte Jack.

»Ha, ha!«, dröhnte Billy, und eine Haarsträhne fiel ihm über die Augen. »Du läufst ja rot an wie ein Mädchen!«

Jack versetzte ihm scherzhaft einen Stoß.

Alice sah, wie zugetan sich die beiden waren, und obwohl sie von dem, was Billy sagte, nur die Hälfte verstand, wurde ihr klar, dass sich die beiden Männer so nahestanden wie Brüder. Während sie die beiden bei ihren Späßen beobachtete, versuchte sie, nicht auf Nell zu achten, die lachte und plauderte und ihr Kind in Gegenwart der Männer weiter stillte, als wäre es das Natürlichste von der Welt. Hatte die Frau denn gar keine Scham? Und was war mit Jack? War ihm dieser Anblick nicht peinlich? Offensichtlich schien Jack jedoch daran gewöhnt, denn er schenkte Nell nur wenig Beachtung und begann, mit Billy über Schafe zu reden.

Alice musste hier weg – von Nell und dem Säugling, von Lärm und Geklapper. »Ich glaube, ich sehe mal nach meinen Schafen«, sagte sie, und ihre Worte unterbrachen die allgemeine Plauderei. »Ich möchte sicherstellen, dass sie versorgt sind.« Sie schaute Jack an. »Dann können wir sie zu unseren anderen bringen. Hast du da drüben Pferche?«

»Sie werden an Ort und Stelle eingepfercht«, sagte Jack, der gerade Amy an seinem ausgestreckten Arm schwingen ließ. »Sobald sie getränkt sind, können wir sie auf die Weide zu den anderen lassen.«

Alice runzelte die Stirn. »Es ist doch bestimmt besser, sie nur einmal zu verlegen, oder? Wenn wir sie jetzt auf unsere Weide bringen, kommen sie schneller zur Ruhe.«

Nell setzte ihr sattes Kind auf den Boden, gab ihm einen Keks und bedeckte ihre Brust. »Hier gibt es nicht *unsere* Weide und *eure* Weide«, sagte sie. »Das hier gehört uns allen.«

»Aber die Schafe gehören mir«, erwiderte Alice. »Mir und Jack. Und ich will sie in unserer Nähe haben, damit ich ein Auge auf sie haben kann.«

»Alice!« Jacks Stimme klang warnend. »Nell hat recht. Wir haben an allem denselben Anteil. Ich dachte, das wäre dir klar?«

Alice erhob sich und trat auf ihn zu. »Über den gemeinsamen Landbesitz weiß ich Bescheid, aber die Merinos hast du nie erwähnt.«

»Ich dachte, du wüsstest das auch«, sagte er leise und blickte verwirrt von einem zum anderen.

»Ja«, schaltete Nell sich ein, die Hände in die Hüften gestemmt. Das rote Haar leuchtete im Lampenlicht. »Alles zu gleichen Teilen – Kühe, Pferde, Ernte, Sträflingsarbeit und Schafe.«

»Wir sollten uns beruhigen«, sagte Billy schleppend. Er streckte die Beine aus und zündete sich eine Pfeife an. »Es ist Essenszeit, und mein Magen glaubt schon, man habe mir die Kehle durchgeschnitten.«

Alice funkelte ihn wütend an. Sie war nach der langen Reise erschöpft, und die Schrecken und Ungewissheiten dieses neuen Landes hatten sie ans Ende ihrer Geduld gebracht. Sie wandte sich wieder an Nell. »Ich hab alles verkauft, was ich hatte, um diese Schafe zu kaufen«, erklärte sie. »Ich bin allein über gefährliche Meere gereist, um hierherzukommen – war mir die ganze Zeit darüber im Klaren, ich könnte für die Tasche voll Gold ermordet werden, die ich bei mir trug – und habe gekämpft, um die Merinos zu einem anständigen Preis zu bekommen. Die Schafe gehören mir.«

»Nein«, fuhr Nell sie an. »Jack und ich und Billy haben

uns den Arsch aufgerissen, um das alles hier ans Laufen zu kriegen. Wir haben die Schafe genauso verdient wie du.«

»Sie sind mit meinem Geld erworben«, entgegnete Alice, »und wenn du sie mir nicht abkaufen willst, dann bleiben sie in meinem Besitz.«

»Hätte Jack dir seine Farm nicht geschenkt, hättest du erstens kein Geld gehabt, um die Schafe zu kaufen. Und zweitens, für wen zum Henker hältst du dich eigentlich, kommst her und meinst, dich großkotzig aufspielen zu können?« Billy warf Nell einen warnenden Blick zu, doch diese beachtete ihn nicht. »Du glaubst, du hast viel mitgemacht? Probier es doch mal auf einem Sträflingsschiff, Verehrteste – dann weißt du, wie es ist, etwas durchzumachen.«

Alice war zornig. »Manche von uns führen ein anständiges, ehrliches Leben«, zischte sie. »Hättest du keinen an deine Wäsche gelassen, dann hättest du einen Gefangenentransport nicht von innen sehen müssen.«

»Dafür kratz ich dir die Augen aus, du Schlampe!« Nell krümmte die Finger und ging auf Alice los.

Alice, die es nicht gewohnt war, tätlich angegriffen zu werden, stand wie vom Donner gerührt.

Billy packte Nell um den gerundeten Leib und hielt sie mühsam unter Kontrolle. »Um Himmels willen, Jack«, rief er, »schaff deine Frau hier raus.«

Jack nahm Alice' Arm. Sein Gesicht war bleich. »Du bist müde, und solche Gespräche führen zu nichts. Warum gehen wir nicht nach Hause und sprechen in Ruhe darüber?«

Sie schüttelte seine Hand ab. »Bevormunde mich nicht, Jack Quince! Du hast einiges zu erklären – und ich will wissen, warum dieses *Flittchen* einen Anteil an meinen Schafen haben soll.« Mit diesen Worten ging sie aus dem Haus und schlug die Tür hinter sich zu.

Nell trat um sich und wand sich, bis Bill es für sicher hielt, sie loszulassen. »Wohl kaum ein gelungener Anfang«, murmelte er, und ein Lächeln huschte über sein Gesicht.

»Geh doch ins verdammte Sussex zurück!«, rief Nell gegen die geschlossene Tür.

Dann herrschte Stille. Nell ließ sich mit ihrem schweren Leib auf einen Stuhl nieder und blickte Bill an. Die Kinder hatten sich die ganze Zeit nicht aus der Ruhe bringen lassen, denn sie waren Nells Temperament gewöhnt. »Ich wusste es in dem Moment, als ich sie sah! Die verdammten Schafe bringen uns mehr Ärger ein, als sie wert sind. Je eher sie und ihre verfluchten Tiere hier weg sind, umso besser. Komm ganz gut ohne so eine wie sie hier aus – das steht fest.«

Billy zwinkerte mit den Augen, und er konnte sein Grinsen nicht länger zurückhalten. »Sieht so aus, als wärst du auf jemanden gestoßen, der dir ebenbürtig ist, Nell, das ist mal sicher.«

Nells Wutanfall war so schnell verraucht, wie er gekommen war. Sie warf den Kopf in den Nacken und schüttete sich aus vor Lachen. »Flittchen!«, prustete sie. »Sie hat Flittchen zu mir gesagt!«

Billy lachte in sich hinein. »Ich schätze, du und sie, ihr werdet noch die besten Freundinnen.«

Lächelnd stopfte Nell eine Tonpfeife mit Tabak. »Darauf würde ich mich an deiner Stelle noch nicht verlassen, Kumpel. Die muss vorher noch viel lernen.«

Alice entfernte sich mit langen Schritten vom Haus. In ihrer

Wut eilte sie Jack voraus, der hinter ihr herhumpelte und ihr zurief, sie solle stehen bleiben. Sie wollte ihren Streit auf keinen Fall vor der Öffentlichkeit austragen – und es würde Streit geben, denn sie wollte mit dieser Hexe keine Minute länger auf Moonrakers bleiben.

Ihr Atem ging stoßweise, als sie über die holprige Lichtung und die flachen Stufen zur Veranda hinaufstürmte. Die Haustür stand offen, und sie konnte in das Innere sehen. Es war nur halb so groß wie das Haus von Billy und Nell und viel schäbiger – ein weiterer Zankapfel.

Sie schlug die Tür hinter sich zu und stellte sich mitten in den Wohnraum. Die Arme verschränkt, wartete sie schwer atmend auf Jack.

Schließlich tauchte er auf, außer Atem und in höchster Not.

»Du lässt die Moskitos herein!«, fuhr sie ihn an, wild entschlossen, sich vom Anblick seines aschfarbenen Gesichts und seines hinkenden Gangs nicht rühren zu lassen.

»Alice«, bat er, »bitte sei nicht so!« Er schloss die Tür und zündete eine Lampe an. Die Nacht war plötzlich hereingebrochen. »Ich weiß, du bist müde«, fuhr er fort und trat auf sie zu, »aber du hattest nicht das Recht, so etwas zu Nell zu sagen.«

»Kein Recht, ihr zu sagen, dass die Schafe uns gehören? Oder kein Recht, sie ein Flittchen zu nennen?« Ihre Stimme war gefährlich leise, und Alice konnte kaum ihre Wut zügeln, die jeden Moment ausbrechen könnte.

»Beides war unrecht.«

»Du ergreifst also für sie Partei?«

Jack fuhr sich mit den Fingern durch die Haare, bis ihm

der graue Haarschopf zu Berge stand. Er sah viel älter aus als einundvierzig und wirkte hager im Lampenlicht, als er sich an den groben Holztisch lehnte, um seiner verkrüppelten Hüfte Erleichterung zu verschaffen. »Es gibt keine zwei Parteien.« Er seufzte. »Ob es dir gefällt oder nicht, Alice, die Farm, der Viehbestand, die Schafe und alles, was du siehst, gehört uns gemeinsam.«

Seine innere Qual und seine Schmerzen ließen Alice kalt. »Jack, sie ist eine Hure, und er ist ein Dieb, und wenn du glaubst, ich bin willens, ihnen meine Schafe zu übergeben und an ihrer Seite zu leben, dann irrst du dich.«

Er trat einen Schritt auf sie zu, überlegte es sich dann aber und sank auf einen Stuhl. »Nell ist keine Hure«, erklärte er, entlastete seine Hüfte und rieb sich das Knie. »Sie ist hin und wieder aufbrausend, aber sie ist eine gute Ehefrau, Hausfrau und Mutter. Sie beklagt sich nur selten und arbeitet so schwer wie wir alle.« In seinen dunklen Augen stand Besorgnis. »Und was Billy betrifft, er ist der beste Freund, den ein Mann sich nur wünschen kann, und ich werde nicht zulassen, dass du über ihn herziehst.«

»Wenn ich es nicht besser wüsste, würde ich fast meinen, du redest über Stützen der Gesellschaft, nicht über verurteilte Kriminelle.« Alice fiel der Sarkasmus in ihrer Stimme auf, der ihr eigentlich gar nicht entsprach.

»Du vergisst, Alice«, sagte Jack tonlos, »auch ich bin ein verurteilter Straftäter. Lehnst du es auch ab, an meiner Seite zu leben und zu arbeiten?«

»So habe ich es doch nicht gemeint«, polterte sie. »Du hast dich keiner Straftat schuldig gemacht.«

»In den Augen des Gesetzes doch.«

»Kann sein. Aber du bist ein anständiger Mann. Die Frau da hätte mir die Augen ausgekratzt, wenn sie auch nur die leiseste Chance gehabt hätte. Sie hat keinen Anstand, so wie ihr die Kleider vom Leib hängen, wie sie ihr Kind stillt vor dir und allen, die zur Tür hereinkommen könnten.«

»Jetzt *reicht's*!« Jack schlug so zornig mit der Hand auf den Tisch, dass Alice zusammenfuhr. Er stand auf und bewegte sich trotz seiner Behinderung erstaunlich schnell. Er packte ihr Handgelenk. »Setz dich, Alice«, sagte er, »und halt den Mund!«

Sie gehorchte. Ihre Wut mischte sich nun mit Angst. Das war nicht der freundliche, ruhige Jack Quince, den sie von früher kannte.

»Nell war eine Waise im Armenhaus«, knurrte er. »Sie war knapp sieben, als der Aufseher sie bei seinen Freunden herumzureichen begann. Mit zehn lief sie fort. Sie lebte nicht im Schutz einer Dorfgemeinschaft, wo alle fest zusammenhielten und immer jemand da war, der für sie sorgte – sie hatte keine Familie und Schulbildung, so wie du und ich.«

Alice sah die Wut in Jacks Augen, die sich jedoch zum Glück nicht länger gegen sie richtete. Allmählich begriff sie, was Nell zu der Frau gemacht hatte, die sie war, und ein Anflug von Mitleid dämmte ihren Zorn.

»Nell ist auf einem Sträflingsschiff hierhergekommen, genau wie ich, doch ihr wurde von den Wärtern und Seeleuten Gewalt angetan, man ließ sie hungern und legte sie im Schiffsrumpf in Ketten zu gewalttätigen Männern. Trotzdem hat sie ihren Lebenswillen behalten und alles überstanden. Sie hat eine viel längere Strafe abgeleistet als Billy und ich, und diese blühende Farm haben wir nicht zuletzt ihrem Kampfgeist zu verdanken.«

Alice wurde nachdenklich. »Tut mir leid«, murmelte sie.

»Das wirst du Nell sagen, nicht mir«, entgegnete er. »Sie hat es schließlich verdient.«

Alice war empört. Der Gedanke, Nell könne sich an ihrem Rückzieher weiden, war zu schrecklich. »Das kann ich nicht«, flüsterte sie.

Sein Blick war fest, sein Ausdruck unerschütterlich. »Du wirst es müssen«, sagte er gelassen, »sonst bringe ich dich wieder nach Sydney und setze dich auf das erste Schiff Richtung Heimat.«

Nell war so enttäuscht, dass sie langsamer als sonst durch das Haus ging und Billy und die Kinder versorgte. Dummerweise hatte sie angenommen, sie und Alice würden sich sofort anfreunden. Da habe ich mich gründlich geirrt, dachte sie und legte die Zwillinge ins Bett, bereit, ihnen ein Schlaflied zu singen. Alice hatte Vorstellungen, die weit über ihren gesellschaftlichen Stand hinausgingen, und Nell konnte nicht verstehen, warum Jack sie liebte.

Sie betrachtete die Zwillinge, deren Augenlider beim Einschlafen leicht zuckten, und wusste, dass sie gesegnet war. Amy schlief in dem anderen Kinderbett, und Billy rauchte auf der Veranda seine Pfeife. Ihr Leben war ganz anders verlaufen, als sie erwartet hatte – und wenn Alice dachte, sie könnte hierherkommen und alles zerstören …

»Hol's der Teufel!«, stöhnte sie, als sich ein plötzlicher Schmerz wie ein Gürtel um ihren gerundeten Leib legte und zudrückte. Diese Schwangerschaft war im Vergleich zu den früheren schwierig. Sie hatte von Anfang an unter Übelkeit, Kopfschmerzen und Ziehen im Unterleib gelitten – doch bei ihrem einzigen Besuch in der Krankenstation in Sydney Town wurde ihr versichert, es sei alles in Ordnung. Jetzt aber setzten die Wehen vorzeitig ein.

Sie lehnte sich an die Wand und verkniff sich ein Jammern – sie durfte die Kinder nicht wecken. Leise fluchend wartete sie, bis der Schmerz nachgelassen hatte, und wankte dann auf der Suche nach Billy aus dem Haus.

Er saß auf der Veranda in einem Sessel, zufrieden mit seiner Pfeife und der überwältigenden nächtlichen Stille im Outback. »Sieh nur, die Sterne, Nell«, sagte er. »Sie sind so klar und nah, es ist fast so, als könnte man sie berühren.«

»Scheiß auf die Sterne!« Sie keuchte, als sich ein weiterer Wehenschmerz ankündigte. »Das Kind kommt und hat es verdammt eilig.«

Billy sprang auf die Beine und führte sie ins Haus zurück. »Wann ist denn das losgegangen?«, fragte er entgeistert.

»Schon vor einer Weile«, japste sie. Die Schmerzen hatten begonnen, kurz nachdem Alice und Jack gegangen waren, doch sie war zu wütend gewesen, um ihnen Beachtung zu schenken. Sie bat Billy, Wasser und ein scharfes Messer bereitzustellen und ihr dann zu helfen, das Bett abzuziehen. Die Schmerzen waren inzwischen unbarmherzig und kamen in rascher Folge. Das Fruchtwasser ging ab, sie zog ihre durchnässten Kleider aus und versuchte, auf dem Bett eine bequeme Stellung einzunehmen.

»Soll ich Alice holen?« Billy stand am Fuße des Bettes.

»Nein«, brachte Nell mühsam hervor. »Ich habe es bisher

allein geschafft, und ich komme auch jetzt ohne sie aus.« Sie bog den Rücken durch und packte das eiserne Bettgestell, als sie den Drang verspürte, zu pressen. »Geh und beschäftige dich, Billy«, fauchte sie, »du machst mich nervös.«

Sie hörte nicht, wie er hinausging, war sich nicht bewusst, dass er draußen auf und ab lief oder dass die Kinder wach wurden und mit piepsenden Stimmen nach ihr riefen: Ihre Aufmerksamkeit war auf das unerträgliche Ziehen in ihrem Leib gerichtet. In Schweiß gebadet quälte sie sich und presste. Woge um Woge aus Übelkeit und Angst vermischte sich mit höllischen Schmerzen, während sie sich abmühte, ihrem Kind das Leben zu schenken – doch es schien entschlossen, in ihr zu bleiben. Schließlich sank sie erschöpft in die Kissen, in Tränen der Enttäuschung und Pein aufgelöst. Irgend etwas stimmte da nicht – das war so sicher wie das Amen in der Kirche.

Sämtliche Farbe war aus Alice' Gesicht gewichen. »Das ist doch nicht dein Ernst?«

»Alice, ich liebe dich seit meiner Kindheit, und es war mein Traum, dass du meine Frau wirst, aber die Umstände haben uns verändert. Wir sind nicht mehr die Kinder, die wir früher einmal waren.«

Sie merkte, dass Jack es ernst meinte, und wollte schon antworten, doch er hob die Hand und schnitt ihr das Wort ab. »Ich bewundere deine Kraft und Unabhängigkeit, aber ich kann nicht zulassen, dass sie alles zerstört, was wir hier aufgebaut haben. Billy, Nell und ich haben den Preis für unsere Freiheit gezahlt, und wir werden sie verteidigen, auch wenn es Opfer kostet.«

»Du würdest unsere Ehe opfern?« Ihre Stimme war kaum zu vernehmen.

»Sogar die«, erwiderte er mit traurigem Blick. »Verstehst du, Alice, England hat uns ein für alle Mal entlassen, egal, ob wir danach untergehen oder überleben. Es gibt kein Zurück, nichts bindet uns mehr an jenes Land, deshalb sind wir entschlossen, das Beste aus dem zu machen, was wir hier haben. Eines Tages, Alice, wird England erkennen, was Männer und Frauen zu leisten imstande sind, die man einst für wertlos erachtet hat – unsere Kinder und Kindeskinder werden wissen, dass wir uns nicht haben unterkriegen lassen.«

Heiße Tränen rannen über Alice' Wangen. Noch nie hatte sie ihn so leidenschaftlich und mit einer derartigen Überzeugung reden hören. »Du warst nie wertlos für mich«, schluchzte sie, »und es tut mir leid, dass ich aus der Haut gefahren bin.« Sie ergriff seine von der Arbeit rauen Hände, die ihr so lieb waren. »Bitte, schick mich nicht zurück.«

»Dann entschuldigst du dich bei Nell?«

»Muss das sein?«

»Wenn du mich liebst, ja.«

»Das ist Erpressung, Jack.« Sie ließ seine Hände los.

»Wenn das notwendig ist, um die Dinge wieder ins Lot zu bringen, dann ist es eben so«, sagte er stur.

Alice biss sich auf die Unterlippe. Jack war schon immer ein Dickkopf gewesen, und das hatte sich nicht geändert. Sie war im Begriff, den Streit fortzusetzen, besann sich aber eines Besseren. Wenn sie ein wie auch immer geartetes gemeinsames Leben führen sollten, müsste sie tun, worum er sie gebeten hatte – doch der Zank mit Nell nagte noch an ihr, und der Teufel sollte sie holen, wenn sie dieser Frau in allem nachgeben würde. Sie erhob sich. »Ich werde es machen«, sagte sie leise, »aber nur, weil ich dich liebe.«

»Da drüben brennen noch die Lampen«, meinte er und zeigte auf das Fenster. »Jetzt oder nie.«

Jack stellte sie auf die Probe, und sie war sich nicht sicher, was sie davon halten sollte. Sie war so lange unabhängig gewesen, und es fiel ihr schwer, Befehlen Folge zu leisten. Trotzdem würde sie es für ihn tun – oder für sie beide.

Als sie nach dem Türriegel griff, trat er auf sie zu. »Danke«, flüsterte er und küsste ihr die Tränen vom Gesicht. »Ich wollte nie, dass du weinst, aber ich musste dafür sorgen, dass du siehst, wie die Dinge liegen.«

Alice verzieh ihm und schmiegte sich an ihn, als er sie umarmte. Im Stillen schwor sie sich, in Zukunft ihre Meinung für sich zu behalten und ihr Temperament zu zügeln. Jack und die anderen hatten Entsetzliches erlebt, das sie sich kaum vorzustellen vermochte, und in ihrer Arroganz war sie kurz davor gewesen, ihre Ehe zu zerstören.

Sie lächelten sich an, verließen gemeinsam das Haus, und Alice schob ihre Hand unter seinen Arm, als sie durch die mondhelle Nacht gingen. Die Sterne funkelten, der Mond spiegelte sich wie eine Silbermünze im mäandernden Fluss. Alles würde gut werden.

»Gott sei Dank, dass ihr da seid!« Billy rannte die Stufen seiner Veranda hinunter, ihnen entgegen. Er packte Alice und zog sie zur Tür, wo die Kinder in ihren Nachthemden standen. »Schnell!«, sagte er heiser. »Nell hat Probleme!«

»Was ist passiert?«

Billy fuhr sich zerstreut mit der Hand durch das wirre

Haar. »Nell hat Wehen, aber das Kind will nicht kommen – wir haben alles versucht.«

Alice raffte ihren Rock und stürmte an den Kindern vorbei ins Haus. Man musste ihr den Weg nicht zeigen, denn sie hörte Nell stöhnen. Sie rannte zur Schlafzimmertür.

Nell wand sich auf blutigen Laken, während Alice auf sie zueilte. »Komm, ich helfe dir – lass mal sehen, was nicht in Ordnung ist.«

»Weg mit dir!« Nell krümmte sich vor Schmerz, das Gesicht hochrot.

Alice packte ihre Knie. »Hör auf zu pressen«, sagte sie, »du machst es nur schlimmer!«

Nell keuchte und stöhnte, während Alice sie untersuchte. »Es hat Steißlage«, stellte sie fest. »Ich muss es rumdrehen.«

»Was weißt du denn schon von Geburten?«, schrie Nell. »Fass mich bloß nicht an, sonst kratz ich dir die Augen aus!«

Alice trat zu der Wasserschüssel, die sie auf dem Nachttisch entdeckt hatte, und seifte sich Arme und Hände ein. »Ich habe mehr Schafe zur Welt gebracht, als du zählen kannst«, fauchte sie. »Also hör auf zu pressen und lass mich machen.«

Nell fiel auf die Kissen zurück. »Mir bleibt wohl nichts anderes übrig.«

»Es tut weh«, warnte Alice. »Nimm das und beiß drauf!«

»Hoffentlich weißt du, was du da tust«, knurrte Nell und nahm den Gürtel zwischen die Zähne.

Alice griff zum Messer.

Nell schrie auf, und der Gürtel fiel ihr aus dem Mund. »Du wirst mich doch damit nicht schneiden!« Sie holte aus und versetzte Alice eine schallende Ohrfeige.

Alice schlug zurück und hielt ihr das Messer an die Kehle. »Wenn ich dich nicht schneide, stirbt das Kind, und du auch!«

Nell steckte den Gürtel wieder zwischen die Zähne und kniff die Augen fest zu. »Dann leg los«, nuschelte sie.

Schwitzend schickte Alice ein Stoßgebet zum Allmächtigen empor und bat um Beistand. Sie war sich der Gefahr für Mutter und Kind durchaus bewusst, doch die Wehen waren so weit vorangeschritten, dass sie keine andere Wahl hatte: Sie musste den Geburtskanal erweitern, damit sie das Kind in eine bessere Lage schieben konnte.

Nell schrie, als Alice das Hinterteil des Kindes zur Seite schob und seine Beine packte. Sie schrie erneut auf, als die Schultern auftauchten.

»Nicht bewegen!«, fuhr Alice sie an. »Die Nabelschnur liegt um seinen Hals.«

Nell erstarrte, vergessen war der Schmerz. »Ich bete zu Gott, dass du weißt, was du tust«, stöhnte sie.

Vorsichtig steckte Alice einen Finger unter die Nabelschnur, trennte sie mit dem Messer durch und knotete beide Enden fest. Dann zog sie das Kind ganz heraus – und ihr blieb fast das Herz stehen.

»Ist alles in Ordnung? Warum schreit es nicht?«, kreischte Nell.

Die Haut des Kindes war vom Tode gezeichnet. Alice schlug ihm auf das winzige Hinterteil und hoffte, es damit ins Leben zu rufen.

Es regte sich nicht.

»Es ist tot, nicht wahr?« Nell schluchzte.

Alice war zu beschäftigt, um zu antworten. Sie versuchte

es mit Mund-zu-Mund-Beatmung und massierte sanft die kleine Brust. Verzweifelt wartete sie auf ein Lebenszeichen.

Das Kind bewegte sich noch immer nicht.

Mit einem tiefen Seufzer lief sie mit ihm in die Küche. »Kaltes Wasser«, rief sie den verblüfften Männern und Kindern zu, die dort versammelt waren.

Sie lief zu dem Eimer, den sie ihr zeigten, und tauchte den Säugling hinein. »Und jetzt holt mir heißes Wasser!«, befahl sie. »Komm schon, Kleiner, atme! Um der Liebe Gottes willen, bitte atme!«

Sie tunkte ihn ins heiße Wasser, dann wieder ins kalte. »Bitte, bitte, Gott, lass ihn nicht tot sein!«, schluchzte sie, während sie das Eintauchen mehrmals wiederholte und versuchte, Leben in den kleinen Mund zu hauchen.

»Er ist tot, Alice. Wir können nichts mehr machen.«

Alice schaute in Billys tränenüberströmtes Gesicht auf und wandte sich dann wieder ihrer verzweifelten Aufgabe zu. »Doch«, jammerte sie unter Schluchzen. »Er darf nicht tot sein. Das lasse ich nicht zu.«

Nell, die mühsam aufgestanden und ihr in die Küche gefolgt war, gebot ihr Einhalt. Sie griff nach ihrem Kind und wiegte es in den Armen. »Lass ihn nur«, sagte sie, und Tränen liefen ihr über die Wangen. »Du hast alles getan, was du konntest. Es war ihm nicht bestimmt zu leben.«

»Es tut mir alles so leid«, schluchzte Alice, schlug die Hände vor das Gesicht und brach auf dem Boden zusammen. »Und ich wünschte ...« Doch Nell und Billy hatten bereits ihre Kinder mit ins Schlafzimmer genommen und die Tür fest hinter sich geschlossen.

»Sie weiß es, Alice«, flüsterte Jack. Er half ihr auf, legte den Arm um sie und führte sie zu einem Stuhl. »Ich bin so stolz auf dich. Nell wäre mit ihrem Kind gestorben, wenn du nicht gewesen wärst.«

Alice versuchte, ihre Tränen zu trocknen, doch sie ließen sich nicht aufhalten. »Sie muss genäht werden. Und ich war so gemein zu ihr, habe sie angeschrien und herumkommandiert ...«

Jack hielt sie fest. »Du hast getan, was du tun musstest«, sagte er leise. »Das Nähen hat Zeit bis morgen.«

Sie schniefte und sah ihn aus geschwollenen Augenlidern an. »Aber es besteht das Risiko einer Infektion, das weißt du doch.«

»Mutterschafe sind nicht so sauber wie Nell. Es schadet nicht, wenn wir warten.«

Alice richtete sich auf, entschlossen, sich unter Kontrolle zu bringen, doch ihre Stimme zitterte, und schon wieder traten ihr Tränen in die Augen. »Wäre ich nicht hier gewesen, hätte sie es allein durchgemacht. Sie wäre gestorben!«

Jack zog ihren Kopf an seine Schulter, während sie um das verlorene Kind weinte, um die Verwirrung an ihrem ersten Tag in Moonrakers – darüber, dass das Leben an ihrem entlegenen neuen Zuhause oft nur an einem dünnen Faden hing und sich anscheinend niemand darum scherte.

»Wir müssen mit Geburt und Tod, Feuer, Flut und Krankheit, mit allem, was es hier so gibt, alleine fertig werden«, flüsterte er, und sie kam allmählich zur Ruhe. »Wir haben nur selten Besuch, und der einzige Arzt ist meilenweit entfernt in der Garnison in Parramatta stationiert. Er weigert sich, Menschen wie uns zu behandeln, es sei denn, wir können ihn bar bezahlen.« Er seufzte. »Du hast heute Abend eine derbe Lektion erhalten, Alice, und ich wünschte, alles wäre anders verlaufen. Aber ich hoffe, es hat dir gezeigt, dass wir in Vertrauen und Freundschaft zusammenarbeiten müssen – wir haben nur uns, auf die wir uns verlassen können.«

Noch immer standen ihr Tränen in den Augen. »Ich habe Angst«, murmelte sie.

»Die haben wir alle«, erwiderte er zärtlich, »aber meistens geben wir das nicht zu und leben einfach weiter.«

Alice kuschelte sich an seine Brust. Nie hätte sie sich vorgestellt, dass das Leben so rau sein könnte – ein solches Gefühl der Verlassenheit hatte sie noch nie erlebt –, doch als sie seinen gleichmäßigen Herzschlag hörte, wusste sie, dass sie dieselbe Kraft finden musste wie die furchtlose Nell, wenn sie an diesem schrecklichen Ort überleben sollte.

Nell hatte Billy schließlich überredet, die Kinder in ihre Betten zu bringen. Nun lag sie neben ihrem schlafenden Mann, starrte aus dem Fenster auf einen sternenübersäten Himmel und wartete auf die Morgendämmerung. Die Nacht schien kein Ende zu nehmen, Erschöpfung und Trauer waren so überwältigend, dass sie sich fragte, ob sie je wieder die Kraft erlangen würde, die sie bis hierher gebracht hatte.

Sie drehte den Kopf auf dem Kissen und konnte nur die winzige, reglose Gestalt in der Wiege neben dem Bett erkennen. Ihr Sohn würde nie ihre Stimme hören, nie an ihrer Brust saugen, und der Schmerz über seinen Verlust war brennend und verzehrend. Neue Tränen stiegen in ihr auf, und obwohl sie ihre Wut am liebsten laut herausgeschrien, sich gewunden, geheult und geflucht hätte, hielt sie sich zurück und ließ ihren Gefühlen keinen freien Lauf. Billy hatte ihr so viel Trost gespendet, war verständnisvoll und sanft gewesen, obwohl ihm das Herz ebenso schwer war wie ihr, und der neue Tag würde für sie alle schlimm werden. Es war besser, ihn schlafen zu lassen, solange er konnte. Sie schloss die Augen und kämpfte still gegen den Schmerz an, der sie fast zerriss. Der Himmel war perlmuttgrau, als sie aufwachte. Die Wiege war fort, und Billy stand neben dem Bett in denselben verknautschten Kleidern, in denen er geschlafen hatte. »Wo ist er?«, fragte sie.

Billys sonst gerötetes, fröhliches Gesicht war ausgezehrt. »Im anderen Zimmer bei Amy und den Zwillingen«, sagte er schroff. »Ich habe es ihm auf einem Stück Decke bequem gemacht und die beste Kiefer genommen für seinen ...«

Nell ergriff seine Hand und drückte sie fest, während er mit den Tränen kämpfte. Sie hatte keine Worte, um seinen Schmerz zu lindern, nur die Gewissheit, dass sie auch diese Qual überstehen würden, wenn sie nur stark blieben.

»Ich habe dir Tee gemacht«, sagte er, sobald er sich wieder im Griff hatte. »Es ist ein Schuss Rum drin.«

Nell versuchte zu lächeln und nahm den groben Tonbecher entgegen. Sie trank einen Schluck und verzog das Gesicht. »Bill!«, keuchte sie. »Da ist genug Schnaps drin, um ein Pferd zu betäuben!«

Die Matratze sank ein, als er sich setzte und ihre Hand ergriff. »Du wirst es brauchen«, sagte er sanft. »Alice ist hier und will dich nähen.«

Nell trank den Becher in einem Zug leer und warf ihn nach Billy. »Pearl und Gladys werden mich versorgen.«

»Jetzt ist nicht der richtige Zeitpunkt, sich auf Eingeborene zu verlassen. Sie sind schmutzig und haben keine Ahnung von richtiger Krankenpflege.« Er ergriff noch einmal ihre Hände. »Alice hat dir gestern Abend das Leben gerettet. Warum kannst du ihr nicht vertrauen?«

Nell funkelte ihn an, hin- und hergerissen zwischen der Erkenntnis, dass er recht hatte, und dem tief sitzenden Verdacht, dass Alice Unglück über Moonrakers gebracht hatte. »Na schön«, sagte sie widerstrebend, »aber hol trotzdem Gladys und Pearl. Ich will ihre Beeren und Kräuter, wenn ich den Tag überstehen soll.«

»Ich hole auch noch mehr Rum«, sagte er ruhig.

Nell zuckte zusammen, als sie sich auf dem Bett zur Seite drehte. Es bestand kein Zweifel, dass sie versorgt werden musste, ihr war schon schwindelig und warm, und das hatte nichts mit dem Rum zu tun. Wahrscheinlich würde sie Fieber bekommen.

Alice fischte die Nadel und einen dicken Baumwollfaden aus dem kochenden Wasser und legte sie auf einen sauberen Leinenstreifen. Sie hatte unruhig geschlafen, und ihre Hände zitterten, als sie den Wassertopf vom Herd nahm und beiseite stellte.

»Wartet da, bis meine Frau bereit für euch ist!«, sagte Billy an der Eingangstür.

Einem Murmeln folgte ein unverständliches Gebrabbel.

Mit weit aufgerissenen Augen betrachteten zwei Frauen Alice neugierig durch die offene Tür. Sie hatten nur wenig Ähnlichkeit mit den afrikanischen Eingeborenen, denn sie waren kleiner und zierlicher, hatten wildes, ungekämmtes Haar, bernsteinfarbene Augen und dürre Gliedmaßen. Ihre Kleidung sah aus, als wären es von Nell abgelegte Lumpen, und sie stanken zum Himmel. »Was machen die hier?«, fragte Alice.

»Nell braucht ihre Arznei«, sagte Billy kurz angebunden.

»Du solltest sie nicht in ihre Nähe lassen!«, warnte sie.

Billy zuckte mit den Schultern. »Nell glaubt an ihren Hokuspokus, und ich schätze mal, dass ein paar Blätter und Beeren nicht viel schaden können. Die Eingeborenen verwenden sie andauernd bei Geburten.«

Alice unterdrückte das Bedürfnis zu widersprechen. Es ging sie nichts an, und wenn Nell an so einen Unsinn glaubte, dann würde sie ohne Zweifel Trost darin finden. Sie beendete ihre Vorbereitungen, und Jack begann aus der Bibel vorzulesen. Sie drehte sich um, die Arme voll beladen, und betrachtete die traurige kleine Szene.

Billy hatte sich an den Tisch begeben und saß dort mit jeweils einem Zwilling auf den Knien, Amy lehnte an seiner Hüfte und lutschte am Daumen. Der winzige Sarg stand vor ihnen auf dem Tisch – eine schreckliche Mahnung an die Tragödie der letzten Nacht, ein Vorbote des vor ihnen liegenden Tages.

Jack schaute von den zerlesenen Seiten auf und nickte ihr aufmunternd zu. Sie atmete tief durch und klopfte leise an Nells Tür.

Nells blaue Augen betrachteten sie feindselig, woraufhin Alice, ungewohnt achtlos, etwas Wasser verschüttete, als sie die Schüssel auf die Kommode neben dem Bett stellte. »Deine Hand sollte lieber etwas ruhiger sein, wenn sie die Nadel hält«, knurrte Nell.

»Ich werde ruhig genug sein, solange du nicht gegen mich ankämpfst«, erwiderte Alice mit einer Gelassenheit, die sie eigentlich gar nicht empfand. Nell schnaubte höhnisch, doch Alice ging darauf nicht ein. Die Zeit der Aussöhnung war gekommen.

Alice war froh, dass sie sich zu dieser Erkenntnis durchgerungen hatte und dass sie Nells funkelnden Blick gleichmütig erwidern konnte. Sie sah eine Frau, die nie klein beigeben würde, und sei die Probe noch so hart, eine Frau, die unter ihren Verletzungen und ihrem Verlust litt, aber entschlossen war, es nicht zu zeigen. In Alice stieg ein Gefühl der Bewunderung auf, und sie fragte sich, ob sie angesichts solcher Widrigkeiten ebenso tapfer wäre. Inständig betete sie, einer solchen Prüfung nie ausgesetzt zu werden.

Ein Blick in die trotzigen Augen sagte ihr, dass Nell ihr nicht verziehen hatte, obwohl sie die schlimmen Ereignisse der vergangenen Nacht gemeinsam durchgemacht hatten. Doch sie hatte erkannt, warum die andere Frau ihr feindselig gegenüberstand, und nahm es hin. Nell hatte Moonrakers beherrscht, war Herrin in ihrem Haus, eine unangefochtene Matriarchin – und sie hatte Alice und die Konflikte, die sie mit sich brachte, als Bedrohung angesehen.

Das Schweigen dehnte sich aus, während sie einander betrachteten, und Alice wurde klar, dass dieser Augenblick ihre zukünftige Beziehung bestimmen würde – und dass sie den ersten Schritt tun musste. »Ich wünsche von ganzem Herzen, dass ich zurücknehmen könnte, was ich gestern zu dir gesagt habe«, begann sie und streckte unwillkürlich eine Hand aus, zog sie aber wieder zurück, ohne Nells Arm zu berühren. Sie wusste, die Geste würde zurückgewiesen werden. »Und ich wünschte, ich hätte das Kind retten können.«

»Du hast getan, was du konntest«, murmelte Nell vor sich

hin, »aber es ist nicht leicht, dankbar zu sein, wenn man ein Kind beerdigen muss.«

Nell nahm den Becher und trank ihn leer, und Alice war klar, dass es Nells Art war, ihre Hilfe anzuerkennen. Bis Nell ihr jedoch verzieh, würde noch ein mühsamer Weg zurückzulegen sein. Mehr als nur ein paar Worte waren notwendig, um die Kluft zu überbrücken, die sich zwischen ihnen aufgetan hatte.

Als Friedhof von Moonrakers war, ein gutes Stück vom Fluss entfernt, ein halber Morgen Land vom übrigen Weideland durch einen Lattenzaun und eine Reihe von Zimtahornbäumen abgetrennt. Ein einziges einfaches Holzkreuz stand im hohen Gras: eine Erinnerung an einen Sträflingsarbeiter, der nach einem Schlangenbiss gestorben war.

Am Horizont schien die Luft zu flimmern, als sie sich an der Grabstätte versammelten. Wie eine gewaltige Woge hatte sich die Hitze über das Land ergossen und ließ jetzt die silbernen Blätter der zarten Eukalyptusbäume verwelken. Die Sonne brannte vom bleichen Himmel herab, und über dem allgegenwärtigen Summen der Fliegen vernahm Nell das traurige Krächzen von Krähen, das in der erstickenden Stille widerhallte.

Nell lehnte sich schwer an Billy, als Jack aus der Bibel vorlas und ihr Baby in der dunklen Erde zur ewigen Ruhe gebettet wurde. Die Worte bedeuteten ihr wenig: Sie hatte nie begriffen, warum Gott liebevoll und allwissend sein sollte und trotzdem zuließ, dass Säuglinge starben und unschuldige Kinder zu Schaden kamen. Das Fieber, das in ihr wütete, machte es ihr schwer, sich zu konzentrieren, doch trotzdem kam ihr die bittere Erkenntnis, dass ihr Kind in ungeweihtem Boden liegen würde und dass kein Pfarrer es mit Ritualen und Gebeten ins Jenseits geleiten würde, was auch immer dort zu erwarten war.

Sie warf einen Blick auf die Eingeborenen, die sich unter den Bäumen versammelt hatten und mit offener Neugier zusahen. Sie hatten ihre eigenen Rituale, ihren eigenen Glauben, und Nell fragte sich flüchtig, ob diese primitiven Menschen nicht ein besseres Verständnis von Tod hatten. Er kam im Schrei der Brachvögel zu ihnen und mit einem Lied, das man nicht überhören konnte. Man verbrannte die Leiche oder ließ sie im Freien liegen, so dass der Geist in den Staub zurückkehren konnte, aus dem er gekommen war. Doch zu ihren Trauerritualen gehörte auch ein Fest. Die Eingeborenen glaubten, dass der Tod am Anfang ihrer letzten Reise in den Himmel stand, wo sie ihre Ahnen treffen und sich mit den Sternen vereinen würden.

Nell bemühte sich, den Gebeten der anderen zu folgen, doch in der Hitze dröhnte ihr der Kopf und dunkle Wolken des Vergessens vernebelten ihr Bewusstsein. Sie schwankte und wäre gestürzt, wenn sie sich nicht an Billys Arm geklammert hätte. Das Fieber ergriff weiter Besitz von ihr, trotz der Beeren, die Gladys ihr gegeben hatte, doch der Teufel sollte sie holen, wenn sie sich jetzt schon geschlagen gäbe.

Mit verschwommenem Blick schaute sie zu Alice hinüber, und ein Gedanke ließ sie nicht los. Es war ihnen gut gegangen, bis sie kam. Moonrakers war ein sicherer Hafen gewesen, ein Zuhause fern der hässlichen Stadt, eine Zuflucht vor der Vergangenheit. Sie blinzelte, um eine klare Sicht zu bekommen, denn Alice schien in den Hitzewogen hoch aufzuragen, und Nell sah ihre Gestalt abwechselnd deutlich und unscharf, wie ein Gespenst. »Sie bringt Unglück«, murmelte sie. »Sie hat den bösen Blick.«

Sie schaute zu Billy auf, doch er hatte sie nicht gehört. Wieso merkte er nicht, dass Alice sie alle vernichten würde?

Jack klappte die Bibel zu, und zwei Sträflinge begannen, Erde auf den Sarg zu schaufeln. Als sie fertig waren, wurde ein grobes Holzkreuz in den Boden getrieben. Die Inschrift war unbeholfen eingeritzt und gab nur eine dürftige Auskunft: »Ein Sohn. Tot geboren im November 1797«. Der sanfte Erdhügel hob sich vom silbrigen Gras deutlich ab, doch als sie ihn mit den dunkelroten Felsbrocken bedeckten, die überall herumlagen, sah er allmählich so aus, als gehörte er hierher.

Nell beschloss, sich später mit Alice zu beschäftigen, und zwang sich zur Konzentration. Schwer stützte sie sich auf Billys stämmigen Arm, als sie an das Grab traten. Dann sank sie auf die Knie, steckte einen Strauß Wildblumen in ein Einmachglas und stellte ihn vor das Kreuz. Ihr Baby war fort, für immer verloren. »Leb wohl, Kleiner«, schluchzte sie. »Schlaf gut.«

Alice konnte die Tränen kaum zurückhalten. Jacks Bibelvortrag und die anschließenden Gebete hatten sie an die Heimat erinnert, obwohl der belaubte Dorffriedhof mit seinen uralten Grabsteinen und den schützenden Eiben, auf dem sie ihre Eltern bestattet hatte, Welten von dieser primitiven Ecke Australiens entfernt war.

Sie warf einen Blick auf die schwarzen Männer und

Frauen – wie dunkle Schatten wirkten sie zwischen den Bäumen – und sah zu, wie die Sträflinge ihre Hüte abnahmen, als Nell ihren Strauß auf den kleinen, mit Steinen bedeckten Hügel stellte. Eine dumpfe Vorahnung überkam sie. Hatte sie einen entsetzlichen Fehler gemacht, als sie sich entschlossen hatte, hier, am Rande jeglicher Zivilisation, zu leben?

»Wir wollen sie allein lassen.« Jack bot ihr seinen Arm und Alice hakte sich ein, doch als sie sich gerade abwenden wollten, ließ ein Schrei sie erstarren.

Nell war mühsam wieder auf die Beine gekommen und deutete mit hassverzerrtem Gesicht auf Alice. »Es ist deine Schuld!«, schrie sie. »Wärst du nicht gekommen, wäre das alles nicht passiert.«

»Nell!« Billy packte seine schwankende Frau. »Nell, bitte – lass das.«

»Sie ist eine Hexe!«, Nell spie die Worte förmlich aus, ihre Augen brannten vor Fieber und Wut. »Sie hat mein Kind umgebracht.«

Alice starrte sie entsetzt an. »Das – das habe ich ganz und gar nicht«, stammelte sie.

»Natürlich nicht.« Billy versuchte, seine verstörte Frau zurückzuhalten. »Nell ist krank. Sie weiß nicht, was sie sagt.«

Nell kämpfte mit beinahe dämonischer Kraft, um seinem Griff zu entkommen. »Ich lüge nicht, Billy«, kreischte sie, »und ich bin nicht krank. Sie wird uns alle vernichten.«

Alice wusste, dass nur ein fester Schlag Nell aus ihrer Hysterie reißen konnte – doch sie würde sich hüten, ihn ihr zu versetzen: Nell hasste sie ohnehin schon genug.

»Bring die Kinder ins Haus, Alice«, befahl Billy. »Sie sollten das nicht mit ansehen.«

»Wenn du sie anfasst, bring ich dich um!« Nell wehrte sich verzweifelt.

Jack hob die schluchzenden Zwillinge auf, und Alice setzte sich Amy auf die Hüfte. Das kleine Mädchen war wie erstarrt und durch das Verhalten seiner Mutter so verängstigt, dass es nicht einmal weinen konnte.

»Sie hat einen Fluch nach Moonrakers gebracht«, schrie Nell ihnen hinterher. »Sie bringt Unglück, Billy – du wirst schon sehen, dass ich recht habe!«

Kurz darauf trat Billy durch die Tür; Nell hatte das Bewusstsein verloren und lag schlaff in seinen Armen. »Sie ist ohnmächtig, Gott sei Dank«, sagte er finster, legte sie auf die Couch und deckte sie zu. »Sie war völlig außer sich.«

Alice feuchtete ein Tuch an und drückte es auf Nells heiße Stirn, während Jack versuchte, die Kinder mit einer Geschichte abzulenken. Die armen kleinen Würmer, dachte sie. Wochenlang werden sie noch Alpträume haben. Dann bemerkte sie Nells Gesichtsfarbe. »Sie glüht ja«, sagte sie zu Billy.

Billy war die ganze Zeit über tapfer gewesen, doch als er jetzt auf seine Frau hinabschaute, zeigten sich sein Kummer und seine Ängste. »Ich darf sie nicht auch noch verlieren«, flüsterte er. Sein sorgenvoller Blick richtete sich auf Alice. »Ein Sträfling bereitet Pferd und Wagen vor. Ich werde sie zur Krankenstation der Garnison in Sydney bringen.«

»Was kann ich tun?«

Billy schaute auf seine Kinder. »Ich kann sie nicht mitnehmen ...«

»Wir werden uns um sie kümmern«, erwiderte Alice.

»Ich bin vielleicht eine ganze Weile weg – ich kann Nell nicht allein lassen – nicht, wenn sie so krank ist.«

Alice legte ihm eine Hand auf den Arm. »Nimm dir alle Zeit, die du brauchst«, sagte sie sanft. »Jack und ich werden uns um die Tiere kümmern und dafür sorgen, dass den Kindern nichts zustößt.«

Billy warf einen Blick auf seinen Freund, und als auch Jack nickte, eilte er ins Schlafzimmer, um zu packen. Alice schickte Jack und die Kinder nach draußen, rieb Nell mit einem kalten Schwamm ab und ersetzte ihr Kleid durch ein dünnes Baumwollnachthemd. Kaum war das getan, brach Billy auf. Er küsste die Kinder, schüttelte Jack die Hand, hob seine Frau auf die Arme und trug sie hinaus zum wartenden Wagen.

Alice versuchte Amy, Walter und Sarah zu besänftigen. Die Kinder weinten, als sie zusehen mussten, wie Billy das Pferd ans Floß führte und sich auf den weiten Weg nach Sydney machte. Alice hatte keine Angst, dass sie mit den Kindern nicht fertig würde – sie hatte sich um ihre jüngeren Geschwister gekümmert, bis sie geheiratet hatten –, doch Nells Anschuldigungen ließen sie nicht los.

»Und wenn sie recht gehabt hat?«, fragte sie Jack. »Wenn ich nun wirklich Unglück über Moonrakers gebracht habe?«

»Abergläubischer Unsinn!« Jack nahm die Zwillinge und brachte sie ins Haus zurück.

Alice stand in der Mittagsglut und sah, wie der Staub von dem heißen Wind, der aufgekommen war, über den Boden getrieben wurde. Der Anflug von Zweifel, der in Jacks Blick gelegen hatte, war ihr nicht entgangen.

Fünf

Waymbuurr (Cooktown), Dezember 1797

Auf ihrer Wanderung vernahm Lowitja den Gesang der Ahnengeister und wusste, dass sie bald sterben würde. Die Geister hatten ihr gesagt, sie solle den Uluru verlassen, und der Weg an die nordöstlichen Küsten des Volkes der Ngandyandi hatte viele, viele Monde gedauert. Jetzt hatte sich die Schwäche tief in ihren Knochen festgesetzt, ihre Widerstandskraft und Stärke waren fast besiegt. Sie sehnte sich danach, sich niederzulegen, jenen Sirenengesängen nachzugeben und den Großen Weißen Weg emporzugleiten, um wieder mit ihrer Familie vereint zu sein – doch sie war zu weit gekommen, um sich jetzt schon geschlagen zu geben. Der Tod musste noch warten.

Sie blickte auf den siebenjährigen Jungen an ihrer Seite. Mandawuy war groß geworden und reichte ihr nun fast bis an die Schulter. Er war schmächtig, dunkle Locken umrahmten sein Gesicht, doch aus seinen bernsteinfarbenen Augen sprach ein Wissen, das weit über sein Alter hinausreichte – ein Wissen, das er am heiligen Ort des Honigbienentraums am Uluru erworben hatte.

Das war der Grund für die große Wanderung, die sie bis ans Ende ihres tapferen Lebens geführt hatte. Die Ahnengeister hatten durch die Steine zu ihr gesprochen und sie durch das öde Land geführt, über Berge und durch Sümpfe, bis an diese nördlichen Gestade, damit Mandawuy vor dem Einfluss des weißen Mannes geschützt blieb.

»Ist es noch weit, Großmutter?«, fragte er.

Lowitja roch die salzige Luft. »Wir sind bald da. Waymbuurr liegt direkt hinter jenen Hügeln.«

Mandawuys Blick wanderte weit hinaus an den schimmernden Horizont. »Es wird gut sein, wieder bei unserem Volk zu sein. Dann kannst du dich ausruhen und wieder zu Kräften kommen.«

Beim Gehen schlug das letzte mit Wasser gefüllte Emu-Ei leicht an Lowitjas knochige Hüfte. Die anderen Eier waren längst geleert und zurückgelassen, doch Lowitja war inzwischen so gebrechlich, dass sogar dieses leichte Gewicht sie schwächte. Sie deutete auf die Dünen. »Suche uns etwas zu essen, Mandawuy. Es wird Zeit.«

Er rannte durch den weichen Sand hinauf, voll Energie und kindlicher Erregung, der die Hitze und Anstrengung nichts anhaben konnten. Oben angekommen, blieb er kurz stehen, um voller Ehrfurcht auf das unendliche, glitzernde Meer zu schauen, und stürzte dann in hektischem Lauf hinunter an den Strand, um nach den Muscheln und Austern zu suchen, die seine Großmutter ihm auf ihrem langen Weg beschrieben hatte.

Lowitja trottete weiter und wehrte sich mit jedem Schritt gegen den Tod. Jeder Herzschlag brachte sie Anabarru und der heiligen Stätte näher. Sie bewunderte Mandawuys Jugend und Charakterstärke, denn er hatte nie geschwankt, nie den Sinn ihrer Wanderung in Frage gestellt. Mandawuy würde ein guter Krieger und Wächter des Landes werden.

Sie wusste, dass die Geschichte ihrer Wanderungen über die unwirtlichen Ebenen an die Wände einer heiligen Höhle gemalt und an Lagerfeuern erzählt werden würde und die nachfolgenden Generationen diese kostbare Erde behüten und nähren würden. Sie und ihr Enkel waren die Letzten ihres Volkes, das letzte Bindeglied zwischen den großen Ahnen Djaney und Garnday, die einst die gewaltigen Stämme der Ngandyandi und Kunwinjku angeführt hatten. Die Wanderung, die sie vor so vielen Monden begonnen hatten, war fast zu Ende, und sobald sie ihr Versprechen an die Ahnengeister erfüllt und Mandawuy in die Obhut ihrer Kusine Anabarru und des Volkes der Ngandyandi gegeben hätte, könnte sie schlafen, bis die Zeit der Wiedergeburt gekommen war.

Als die Sonne ihren Höchststand erreichte und der Horizont in der Hitze verschwamm, hielten sie an, um sich im Schatten von Riesenfarnen auszuruhen. Mandawuy grub ein Loch in den Sand und kochte die schwarzen Austern und die kleinen Krabben, die er in den Felsenteichen gefunden hatte. Er schien zu verstehen, dass seine Großmutter nur die Geräusche der Natur brauchte, um ihre Müdigkeit zu überwinden.

Lowitja aß ein wenig von dem köstlichen Fleisch, obwohl sie keinen Appetit hatte. Sie teilten sich den letzten Rest Wasser aus dem Emu-Ei, dann lehnte sie sich an die raue weiße Rinde eines Gummibaums und genoss die Kühle des Schattens, das sanfte Glucksen schläfriger Vögel und die leichte Seebrise, die nach der glühenden Hitze Erfrischung bot. Ihre Glieder fühlten sich schwer an, und sie hatte kaum die Kraft, sich zu bewegen. Doch sie vernahm die beharrlichen Gesänge – näher jetzt und gebieterischer. Sie wagte nicht, einzuschlafen oder den Forderungen ihres Körpers nachzugeben, denn sie hatte sich den Geistern lange genug widersetzt. Die Zeit wurde knapp.

Die Sonne zog nach Westen, als sie die Bäume verließen und über den weichen weißen Sand wanderten. Der beklemmende, trauernde Ruf der Brachvögel erfüllte die Luft, doch diesmal hatte Lowitja keine Angst. Die Vögel waren nicht gekommen, um sie vor einer Gefahr zu warnen, sondern um sie willkommen zu heißen, während sie sich dem Ende ihrer letzten Reise näherte.

»Großmutter!«

Sie vernahm die Furcht in Mandawuys Stimme und sah, wie er das Steinwerkzeug umklammerte, mit dem er die Austern geöffnet hatte. Lowitja packte ihren Speer, und ihr Blick folgte seinem ausgestreckten Finger. Ihr Herz schlug wild beim Anblick des kriegerischen Mannes, der auf sie zuschritt. Sie hatte nicht mehr die Kraft, den Jungen zu verteidigen. Sie waren dem Krieger auf Gedeih und Verderb ausgeliefert.

Dann erkannte sie in ihm Watpipa, den Mann ihrer Kusine Anabarru und Stammesältesten. Lowitja rief seinen Namen und gab sich selbst zu erkennen. Sie drehte sich zu dem Jungen um. »Wir sind zu Hause«, sagte sie. Dann legte sich ein dunkler Schleier vor die Sonne, und sie vernahm Mandawuys Rufe nur aus weiter Ferne. Sie brach zusammen.

Als sie die Augen aufschlug, war sie verwirrt. Statt von ihren Ahnengeistern umringt zu sein, befand sie sich in einem blätterbedeckten Unterschlupf und wurde von ihrer Kusine Anabarru und deren Töchtern versorgt. »Aber ich habe doch die Gesänge gehört«, protestierte sie.

Anabarru drückte sie zurück auf die weiche Bettstatt aus Gras und aromatisch duftenden Blättern. »Der Gesang ist noch nicht zu Ende«, flüsterte sie. »Ruh dich aus, Lowitja.«

»Wo ist Mandawuy?«

»Er ist mit meinem Mann im Kreis der Älteren und erzählt ihnen von eurer großen Wanderung. Unser Enkel ist jetzt in Sicherheit. Du hast die Versprechen erfüllt, von denen du im Schlaf gesprochen hast.«

Lowitja ruhte sich aus, zufrieden, dass ihr kostbarer Junge nun wohlbehütet war. Das Wasser, das Anabarru ihr in einer Schale reichte, kühlte ihre verdorrte Kehle, die Beeren lagen süß auf ihrer Zunge, und nach einer Weile brachte sie die Kraft auf, Anabarru von den schrecklichen Ereignissen in Meeaan-jin zu erzählen.

Ein langes Schweigen setzte ein, während Anabarru über die schlimme Nachricht nachdachte. »Was ist mit den Jagera, den Quanda Mooka, Eora, Cadigal und den Gubbi?«, fragte sie dann.

»Fast alle tot.«

»Und unsere Onkel?« Ihr zerfurchtes Gesicht war von Angst gezeichnet.

»Bennelong hat Gefallen an der Lebensart des weißen Mannes gefunden«, schnaubte Lowitja verächtlich. »Er wohnt bei ihnen und läuft in ihren Kleidern herum. Er sagt, wir sollten von ihnen lernen und die Feindseligkeiten vergessen. Er ist sogar mit ihnen gesegelt, um ihren großen König kennenzulernen, der weit jenseits des Meeres wohnt.«

Sie hielt inne, um wieder zu Kräften zu kommen, doch ihr Herz flatterte und jeder Atemzug fiel ihr schwer. »Colebee wurde gefangen genommen, ist aber entkommen und setzt zusammen mit Pemulwuy und dessen Sohn Tedbury den Kampf fort.«

»Dann wird der weiße Mann wieder gehen«, sagte Anabarru,

»denn wie kann er gegen so starke Krieger wie unsere Onkel gewinnen?«

Lowitja kämpfte gegen ihre Verzweiflung an. »Nur wenige sind bereit, sich ihnen anzuschließen«, erklärte sie. »Der Krieg ist schon verloren. Die Zahl der Weißen nimmt von einer Jahreszeit zur nächsten zu, und unsere Speere und *nullas* können es mit ihren Waffen nicht aufnehmen. Sie haben das Land um den Deerubbun gestohlen und nennen ihn den Hawkesbury. Wallumetta und Parramatta wurden umbenannt in Prospect Hill, Kissing Point und Marsfeld.« Sie verzog das Gesicht, als sie die Namen der Weißen für die einst heiligen Traumplätze aussprach, deren tiefe Bedeutung für ihr Volk für immer verloren gegangen war.

»Diejenigen von uns, die nicht mit ihnen leben wollen, werden aus ihren Jagdgründen in das öde Land hinter den Bergen vertrieben, wo wir heilige, verbotene Traumpfade überschreiten und mit Stämmen zusammenleben müssen, die immer unsere Feinde waren.« Sie atmete schwer. »Wir sind dort Fremde und nicht willkommen. Es gibt nicht viel zu jagen. Für viele ist es einfacher, ihre Speere abzulegen, sich den Weißen anzuschließen und Althergebrachtes zu vergessen.«

Anabarru biss sich besorgt auf die Lippen, und Lowitja fiel auf, wie alt ihre Kusine geworden war. Ihre Haare waren mit weißen Strähnen durchsetzt, ihr Gesicht zeigte Falten, der einst schlanke, feste Körper war abgemagert, das Fleisch hing ihr lose an den Knochen. Lowjita nahm ihre Hand; sie wusste, dass sie selbst in noch stärkerem Maß gealtert war. Sie beide würden nicht so lange leben wie die weißen Frauen, denn in ihrem Volk war es nicht bekannt, dass man die vierzig weit überschritt.

»Du und Mandawuy seid hier in Sicherheit«, beruhigte sie Anabarru. »Für die Weißen ist es zu weit, und hier gibt es nichts, was sie haben wollten.«

Anabarru schüttelte den Kopf. »Der weiße Mann hat unser Land schon betreten und an unseren Lagerfeuern gegessen.« Sie wischte sich die Tränen von den Wangen und schniefte. »Aber er war gut«, sagte sie, »ein Freund für uns alle.«

»Du meinst den Weißen, der vor vielen, vielen Jahreszeiten kam?«

Anabarru nickte. »Er ist zurückgekommen. Jon kam mit dem Sommerregen und sprach mit meinem Mann und den anderen
Ältesten.« Sie drückte die Hand ihrer Kusine. »Aber er kam, um uns zu warnen, Lowitja. Er kann sich kaum mit uns in unserer Sprache verständigen, doch er berichtete uns von den Veränderungen im Süden. Er sagte, dass wir uns darauf vorbereiten müssen, uns zu verteidigen.«

Lowitja fragte sich, was für ein weißer Mann das wohl sein mochte, denn wenn man Anabarru glauben wollte, hatte er nur wenig Ähnlichkeit mit den Teufeln, die ihr Volk in Meeaan-jin niedergemetzelt hatten. »Wie kannst du sicher sein, dass man ihm vertrauen kann?«, fragte sie nach. »War er allein?«

»Es waren auch andere Weiße da, doch er ließ sie am Strand ein Lager aufschlagen, und die anderen durften sich uns nicht nähern oder in den Busch gehen.« Sie machte eine Pause und aß ein paar Beeren. »Watpipa ging jeden Tag mit ihm auf die Jagd. Er hat eine gute Menschenkenntnis, und er bewundert Jon.«

Lowitja nickte, doch ihre Gedanken überschlugen sich. Anabarrus Mann war ein geachteter Ältester, und seine Meinung wurde respektiert – dennoch war dieser Jon eine Gefahr für sie alle, da er den Weg so hoch in den Norden gefunden hatte. »Ich habe Achtung vor seiner Weisheit«, begann sie, »doch der weiße Mann hat zwei Gesichter. Wie kannst du darauf vertrauen, dass er nicht andere hierherführt?«

»An einem Tag waren wir unterwegs, als Jon etwas sah, das ihn in Aufregung versetzte. Watpipa und ich waren verwirrt, denn es war nur eine Höhle, die wir vor vielen Monden gefunden hatten. Sie war für niemanden von Nutzen.«

Lowitja runzelte die Stirn. Anabarrus Worte ergaben keinen Sinn. »Warum sollte eine Höhle einen Weißen interessieren?«

Anabarru hob die Schultern. »Es war nicht die Höhle«, erklärte sie, »sondern der glänzende Fels, den er darin fand.« Sie verzog das Gesicht. »Er nannte es ›Gold‹.«

»Gold«, murmelte Lowitja. Das Wort klang fremdartig. »Was ist dieses Gold?«

»Er sagte uns, wir dürften es niemandem zeigen – nicht einmal den anderen Ältesten –, und er schwor auf ein heiliges Totem, das er Bibel nannte, dass er niemals einem anderen Weißen davon erzählen werde.«

Lowitja merkte, dass ihre Kusine Jons Versprechen glaubte. »Dieses Gold muss ihm wichtig sein, dass er so einen Eid leistet«, stellte sie fest.

Anabarru strich sich ihr ergrauendes Haar zurück. »Jon sagte, der weiße Mann suche dieses Gold und betrachte es wie einen großen Gott.« Sie zog eine Grimasse. »Es sind eigenartige Leute, Lowitja, denn wozu soll es schon gut sein? Man kann es weder als Waffe benutzen, noch essen oder anziehen, um sich vor der nächtlichen Kälte zu schützen.«

Lowitja war so verblüfft wie ihre Kusine, doch sie war zu schwach, um einen weiteren Gedanken daran zu verschwenden. Die Gesänge waren jetzt lauter, die Geister kamen näher, wärmten sie mit ihrem Atem und linderten ihren Schmerz. Sie schloss die Augen.

Anabarrus Stimme verhallte, als das Große Kanu auf Lowitja zuglitt. Sie sah, dass es schön war, gefertigt aus Sternen und Wolken, die in der Dunkelheit schimmerten, geführt nur vom Atem des Großen Geistschöpfers. Furchtlos stieg sie ein, begierig zu sehen, was hinter jenem Nachthimmel lag.

Das Kanu schwankte, als es sich von der Erde erhob. Rasch stieg es an und glitt über den Großen Weißen Weg zu den Sternen empor. Lowitja spürte die Liebe und Wärme der Umarmung des Großen Geistschöpfers und ließ alle irdischen Sorgen weit hinter sich. Bei der Ankunft am fernen, von Sternen übersäten Ufer ergriff sie überwältigende Freude. Denn dort warteten ihre Ahnen Garnday und Djanay, um sie in Empfang zu nehmen. Ihre Wanderung war zu Ende.

Sydney Town, 24. Dezember 1797

Die *Atlantica* war am Tag zuvor nach Sydney zurückgekehrt und sollte erst in einem Monat wieder aussegeln. Da er erst am nächsten Tag seine Familie auf der Hawks Head Farm wie versprochen besuchen wollte, beschloss George, am Ball des Gouverneurs teilzunehmen. Es gab nichts Besseres als ein Fest, um ihn für die langen Monate auf See zu entschädigen. Im Übrigen, dachte er, könnte sich eine Chance ergeben, über Geschäftliches zu reden.

Er hatte sich für den Anlass sorgfältig eingekleidet und wusste, dass er im neu geschneiderten Gehrock und der weißen Kniehose eine gute Figur machte, nur die gepuderte Perücke war eigentlich viel zu heiß für eine laue Sommernacht. George schlenderte den Kiesweg zur Residenz des Gouverneurs hinauf und summte zur Musik, die durch die geöffneten Türen des alten, etwas baufälligen Gebäudes drang. Kerzenschein leuchtete durch die Fenster und von den Laternen, die man an die Bäume im Garten gehängt hatte. Die Dunkelheit verlieh der Szene einen geheimnisvollen Zauber.

Er reichte der Sträflingsmagd seinen Dreispitz, nahm ein Glas kühlen Rumpunsch von einer anderen an und bahnte sich gemächlich einen Weg durch die farbenprächtig gekleidete Gästeschar.

»George! Was zum Teufel machst du denn hier?«

»Thomas Morely!« Er grinste den jungen Lieutenant an und drückte ihm die Hand. Sie hatten sich vor einigen Jahren kennengelernt und waren gute Freunde. »Das ist vielleicht eine Frage«, fuhr er fort. »Wo sollte ich schon sein, wenn es Wein und etwas zu essen gibt – und hübsche Mädchen zum Tanzen?«

»Ganz recht«, erwiderte Thomas und warf einen anerkennenden Blick auf zwei junge Frauen, die an ihnen vorbeigingen.

»Du bist allein hier, Thomas?«, fragte George. »Das sieht dir gar nicht ähnlich.«

Thomas packte seinen Arm und zog George zum Ballsaal hinüber. »Du musst Anastasia kennenlernen«, sagte er und hob die Stimme, um gegen die Musik und das Geräusch stampfender Füße anzukommen. »Sie ist ein absolut auserlesenes Geschöpf!«

»Ach, du meine Güte!« George seufzte. »Jetzt sag nicht, du bist auch in die Falle getappt. Anscheinend sind Liebesaffären wie eine Epidemie über Sydney hereingebrochen, seitdem ich das letzte Mal hier war.«

Thomas betrachtete ihn ernst. »Es wird Zeit, dass du aufhörst, auf diesem Schiff herumzusumpfen, George, und dich niederlässt.«

»Der Herr möge es verhüten!«

»Ich meine es ernst, George. Du hast dein Geld gemacht, und jetzt wird es Zeit, eine Frau zu suchen.«

»Das hat noch jede Menge Zeit«, übertönte George den Lärm. »Ich werde heiraten, wenn ich bereit dazu bin.«

»Da ist Anastasia! Ist sie nicht das schönste Wesen, das du je gesehen hast?«

George bewunderte pflichtschuldig ein ziemlich molliges blondes Mädchen, das gerade von einem rundlichen Colonel über die Tanzfläche gewirbelt wurde. »Gewiss«, sagte er und nahm ihre üppigen Schultern und die geröteten Wangen wahr. »Dem Colonel gefällt der Tanz«, fügte er trocken hinzu, als der Colonel Anastasia so heftig auf den Fuß trat, dass diese zusammenzuckte. »Nur schade, dass das nicht auch auf die Dame zutrifft.«

Thomas runzelte die Stirn. »Die arme Kleine, sie wird froh sein, wenn ihre Pflicht getan ist. Ich werde euch nachher bekannt machen.«

Sie verließen den Ballsaal auf der Suche nach Essbarem. Dann steuerten sie, vorbei an umherflanierenden Matronen, mit ihren Tellern eine ruhige Nische an, wo sie ungestört essen und sich unterhalten konnten.

»Wie lebt es sich denn in der Armee?«, fragte George.

»Gut«, erwiderte Thomas. »Ich habe ein erkleckliches Sümmchen mit dem Verkauf von Rum verdient und damit ein hübsches Stück Land in der Nähe von Rose Hill gekauft.«

George war verblüfft. Sein Freund war der zweite Sohn eines Lehrers und durch seinen Eintritt in die Armee der Armut entkommen. Er war als Ehrenmann bekannt und hatte sich einen Ruf als hervorragender Fechter erworben. »Ich dachte, du seist auf eine militärische Laufbahn aus.«

»Macarthur hat bewiesen, dass man hier ein Vermögen machen kann«, gestand Thomas, »und daran will ich meinen Anteil haben.« Sein Blick schweifte zum Ballsaal. »Anastasia und ich könnten gut auskommen, wenn ihr Vater einverstanden ist.«

George zog die Augenbrauen hoch. »Du willst doch nicht etwa um ihre Hand anhalten?«

»Warum nicht?«, erwiderte Thomas errötend. »Ich liebe sie!«

George stöhnte. »Der Nächste, der ins Gras beißt.« Er aß seinen Teller leer und trank einen Schluck Punsch. »Die Dame kann keinen guten Geschmack haben, wenn sie sich in dich verliebt, du Halunke, aber du bist offenbar verknallt. Du musst mir mehr über sie erzählen.«

»Erstens ist sie einfach schön«, begann er. »Blaue Augen, blondes Haar, Haut wie Sahne und ...«

»Das habe ich schon gesehen«, unterbrach George ihn. Thomas war manchmal einfach zu weitschweifig. »Wer ist sie?«

»Sie ist die zweite Tochter des Barons von Eisner.« Da er merkte, dass George wenig damit anzufangen wusste, klärte Thomas ihn über den Hotelbesitzer und seine drei Töchter auf. »Sie haben ziemlich viel Staub aufgewirbelt«, fuhr er fort, »und obwohl die älteste Tochter als die Schönheit bejubelt wird, stellt Anastasia sie in den Schatten mit ihrem netten und freundlichen Wesen. Außerdem hat sie Sinn für Humor und ist manchmal richtig frech, was ich äußerst anziehend finde.«

George lachte. »Der Baron wird keine Probleme haben, hier Ehemänner für seine Töchter zu finden. Wir Männer sind den Damen zahlenmäßig bei weitem überlegen.«

Thomas betrachtete ihn nachdenklich. »Die Älteste ist bereits verheiratet, aber ich sollte dich Irma vorstellen«, sagte er. »Sie ist vielleicht nicht so schön wie meine Anastasia, aber sie hat einen Augenaufschlag, den du unwiderstehlich finden wirst.«

»O nein«, lachte George. »Ich werde schon auf eigene Faust Freundinnen unter den Damen finden, vielen Dank.«

»Ich habe Irma vielleicht zu wenig beachtet«, sagte Thomas. »Dabei ist sie umwerfend, hat braune Augen und goldblondes Haar, aber für meinen Geschmack ist sie zu groß und schlank.« Er drückte Georges Arm und zwinkerte. »Ich will lieber was Richtiges im Arm haben.«

Doch George hörte nicht mehr zu. Seine Augen waren auf den Mann am Eingang gerichtet, und bei seinem Anblick stieg die alte Wut sofort wieder in ihm auf. »Cadwallader ist also wieder zurück.«

Thomas nickte. »Er ist Major und auf dem besten Weg, ein Vermögen zu machen. Leider ist er mit Anastasias ältester Schwester verheiratet.«

George kam die Galle hoch. Edward Cadwallader war noch immer anmaßend und arrogant. Was gäbe er nicht für die Möglichkeit, seiner hochmütigen Nase einen Schlag zu versetzen! »Wenn du vorhast, Anastasia zu heiraten, beneide ich dich nicht um diesen Schwager.« Er hatte die Fäuste geballt. »Nach allem, was er Millicent angetan hat ... Wie ist es ihm gelungen, Anastasias Schwester zu umgarnen? Sie muss doch jede Menge Kavaliere gehabt haben!«

»Er hat seinen beträchtlichen Charme spielen lassen und ihr den Hof gemacht«, erzählte Thomas. »Und in den Quartieren der Offiziere hat er klargestellt, dass sie ausschließlich ihm gehöre.«

»Du hättest sie über seinen wahren Charakter aufklären sollen«, sagte George. Er kniff die Augen zusammen, als Edward vom Eingang zurücktrat. »Er ist ein gefährlicher Mann.«

Thomas ließ Punsch nachschenken. »Ich hatte keine Gelegenheit dazu«, sagte er. »Es war eine stürmische Romanze, und da Anastasia ihn wildromantisch und hinreißend fand, habe ich nicht gewagt, seinen Namen zu beschmutzen und damit meine eigenen Chancen zu verderben.« Er seufzte. »Man kann nur hoffen, dass die Ehe ihn verändert hat, auch wenn er in der Offiziersmesse noch immer ein Lump ist. Aber die beiden scheinen einigermaßen zufrieden, und vor zwei Monaten kam ihr erster Sohn zur Welt – vielleicht hat sie ihn ja gezähmt.«

»So ein Kerl ändert sich nicht«, sagte George. »Ich würde

ihm nicht trauen.« Dann zwang er sich zu einem Lächeln, denn er wollte sich von Cadwallader auf keinen Fall den Abend verderben lassen. »Komm, Thomas, wir tratschen hier wie zwei alte Jungfrauen. Lass uns lieber tanzen.«

Wegen Edwards Eifersucht hatte Eloise Tänzer abgewiesen und hatte jetzt Lücken auf ihrer Tanzkarte, deshalb sah sie nun zu, wie ihre Schwestern sich der lebhaften Quadrille anschlossen, und trank ein Glas Limonade. Der Ball des Gouverneurs war in vollem Gange, und der Raum erstrahlte im Kerzenlicht, während die Musikanten, die wie die Bediensteten aus Sträflingen bestanden, zum fröhlichen Tanz aufspielten.

Edward tanzte gerade mit der Frau seines Kommandeurs, und Eloise blickte kühl zurück, als er ihr zulächelte. Er war den ganzen Abend rührend um sie bemüht und zeigte sich von seiner besten Seite, denn er war noch nüchtern. Doch obwohl er sich die größte Mühe gab, waren selbst ihre vertraulichsten Momente für sie eine Qual.

Eloise steckte eine der Kamelienblüten neu fest, die sie im Haar trug. Sie brauchte frische Luft. Edward würde noch eine Weile mit seinen Pflichttänzen beschäftigt sein, so dass jetzt der richtige Zeitpunkt war, unbemerkt ein Weilchen zu verschwinden.

Sie zog den leichten Schal über den Arm und trat in den Garten hinaus. Die Nacht war warm, die Sterne funkelten an einem klaren Himmel, der Mond goss sein silbernes Licht über die Rasenflächen. Eloise atmete den Geruch nach frisch bewässertem Rasen und beschnittenen Hecken ein und schlenderte auf die Laube am anderen Ende des gepflegten Gartens zu. Die Schar der Sträflingsgärtner, die für den Gouverneur arbeiteten, hatten Wunder vollbracht. Die Geräusche des Fests ließen nach, je weiter sie sich vom Haus entfernte. Sie hob den Saum ihres Ballkleides, damit es trocken blieb. Ihre Tanzschuhe waren allerdings bereits durchnässt. Mit einem raschen Blick vergewisserte sie sich, ob sie allein war, zog die Schuhe dann aus und lief barfuß weiter.

Welche Freude war es, dem erstickenden gesellschaftlichen Pomp zu entkommen, hier draußen zu sein, allein mit dem Mond und den Sternen. Bis sie den gepflasterten Pfad an der Laube erreicht hatte, war sie außer Atem, doch ihr Entzücken über diesen seltenen Moment der Freiheit war ungebrochen. Eloise streckte beide Arme aus und begann, ganz für sich allein zu tanzen. Sie drehte sich im Kreis, dass ihre Röcke schwangen.

»Bravo!«

Eloise fuhr mit klopfendem Herzen zusammen und kam taumelnd zum Stillstand. Aus den dunklen Schatten der Laube löste sich eine Gestalt. Eloise war schwindlig. »Wer ist da?«, fragte sie.

Die Gestalt trat einen Schritt vor, doch die Gesichtszüge waren nicht zu erkennen. »Verzeihen Sie, wenn ich sie erschreckt habe«, ertönte eine tiefe Stimme, die durch den geschliffenen englischen Tonfall moduliert war, »aber Sie sahen so hübsch aus, wie Sie im Mondlicht tanzten, dass ich unwillkürlich applaudieren musste.«

Eloise spürte, wie ihr die Hitze ins Gesicht stieg, und wusste, dass das wenig mit der Anstrengung beim Tanzen zu tun hatte. »Ich dachte, ich wäre allein«, erwiderte sie, unsicher, wie sie mit der Situation umgehen sollte.

»Ich werde es niemandem verraten«, sagte der Mann, trat aus dem Schatten und lächelte auf sie herab.

Ihre Augen weiteten sich, als sie die grauen Strähnen in seinem Haar sah, den feinen Schnurrbart und die auffallend stahlblauen Augen. »Ach, Sie sind es!«, stieß sie hervor, ohne nachzudenken.

»Allerdings«, erwiderte er. »Aber Sie haben mir offensichtlich etwas voraus, Ma'am, denn ich wüsste nicht, dass wir bereits Bekanntschaft geschlossen hätten.«

Erneut errötete Eloise. Sie straffte die Schultern und versuchte, ruhig und beherrscht aufzutreten. »Ich habe Sie am Kai gesehen, als die *Empress* anlegte«, sagte sie.

»Das ist schon ein paar Wochen her.« Er runzelte kurz die Stirn. Dann erhellte wieder ein Lächeln sein markantes Gesicht. »Es schmeichelt mir, dass Sie sich an mich erinnern. Aber unsere Wege müssen sich nur flüchtig gekreuzt haben, denn ich bin sicher, dass wir uns noch nie begegnet sind.«

Sie kicherte und entspannte sich. Es war einfach, sich mit ihm zu unterhalten – und er war gut anzusehen, obwohl er ungefähr im selben Alter sein musste wie ihr Vater. Sie warf alle Vorsicht über Bord. »Das stimmt tatsächlich«, sagte sie und schaute in sein sonnengebräuntes Gesicht auf. »Die Regeln der Etikette sind ohnehin gebrochen, also ergreife ich die Gelegenheit, um mich vorzustellen. Eloise Cadwallader.« Sie machte einen Knicks.

Er verbeugte sich, nahm ihre behandschuhte Rechte und deutete einen Handkuss an. »Jonathan Cadwallader«, sagte er und zwinkerte mit den Augen. »Zu Ihren Diensten, Ma'am.«

George hatte Thomas begleitet und war Anastasia, ihrer Schwester Irma und dem Baron vorgestellt worden. Es war eine fröhliche Gesellschaft, doch als die Mädchen für den nächsten Tanz auf das Parkett geführt wurden, hatte George sich entschuldigt und war umhergeschlendert.

Jetzt stand er auf der Terrasse, verzaubert von einer ätherischen Gestalt, die im Garten in die Dunkelheit hineintanzte und seinen Blicken entschwand. Er hatte die junge Frau nur flüchtig gesehen, als sie den Ballsaal verließ, doch er hatte sie hinreißend gefunden.

George verließ die Terrasse und folgte ihr, amüsiert und fasziniert von der Art, wie sie allein im Garten getanzt hatte. Diese Privatvorstellung hatte etwas Freimütiges an sich – aus ihr sprach eine Lebensfreude, die ihn zutiefst anrührte. Er musste sie finden.

George verlangsamte seine Schritte, als er Stimmen vernahm. War sie nach draußen gegangen, um einen Verehrer zu treffen? Er hoffte nicht, doch er musste sich wohl damit abfinden, dass eine solche Schönheit viele Bewunderer hatte. Dass er ihr nachspionierte, fand er eigentlich nicht in Ordnung, doch die Neugier überwog, und er ging leise zwischen den Bäumen hindurch, bis er sie wieder im Blickfeld hatte.

Sie war zu weit entfernt, als dass er hätte verstehen können, was sie sagte, doch ihre helle Stimme wechselte sich mit der tieferen eines Mannes ab, der außer Sichtweite blieb. George hatte eigentlich kein Interesse daran, sie zu belauschen, er war nur einfach hingerissen von ihr. Sie trug ein Kleid aus schimmernder weißer Seide, das ihre schlanke Gestalt eng umschloss, und ihr mit Kamelienblüten geschmücktes Haar leuchtete golden im Mondlicht. In ihrer weichen Stimme klang ein leichter Akzent an, den er nicht zu lokalisieren vermochte, aber bezaubernd fand. George stand im Schatten und konnte kaum glauben, dass er sich wie ein verliebter Idiot benahm.

Edward durchkämmte den Ballsaal auf der Suche nach seiner Frau. Er hatte seine Pflichttänze mit den einfältigen Matronen absolviert, und jetzt wollte er Eloise wieder in den Armen halten. Der Ball war seine erste Chance, mit ihr anzugeben, seitdem das Kind geboren war, und er wollte sie halten, sie an sich ziehen und ihren zierlichen, geschmeidigen Körper an sich spüren. Er hatte das Funkeln in ihren Augen gesehen und die geröteten Wangen, als sie vorhin getanzt hatten, und hatte das Gefühl, dass sie heute Nacht zu dem Feuer zurückfinden könnten, das er so lange in ihrem Ehebett vermisst hatte.

Sein Blick schweifte durch den Raum. Ihr Vater und ihre Schwestern waren noch da, demnach war sie nicht ins Hotel zurückgekehrt, wo sie übernachten würden, doch weder auf der Tanzfläche noch im Speisezimmer war eine Spur von ihr zu sehen. »Wo zum Teufel ist sie hingegangen?«, murmelte er verstimmt.

»Suchen Sie Eloise?«, fragte Thomas Morely.

»Für Sie ist sie immer noch Lady Cadwallader«, knurrte Edward. »Haben Sie sie gesehen?«

Die Miene des Lieutenant wurde hart. »Vielleicht will sie nicht gefunden werden.«

Edward betrachtete ihn kühl. Sie waren im selben Alter und gleich groß, doch Edward war der Ranghöhere von beiden. »Das habe ich zu beurteilen«, schnaubte er. »Wissen Sie, wo sie ist?«

Thomas Morely erwiderte seinen wütenden Blick. »Vielleicht sollte sie kommen und gehen dürfen, wie es ihr gefällt«, entgegnete er.

Edward war sich der anderen Menschen ringsum nur allzu bewusst, und obwohl er den Mann am liebsten zusammengeschlagen hätte, hütete er sich, eine Szene zu machen. Er trat näher an ihn heran, damit seine Worte in den übrigen Geräuschen untergingen. »Jeder, der es wagt, mich herauszufordern, wird mit meinem Säbel Bekanntschaft machen.«

Der andere ließ sich nicht beeindrucken. »Sie machen mir keine Angst. Ich habe kein persönliches Interesse an der Dame, nur Sorge um ihr Wohlergehen.«

»Ihr Wohlergehen geht Sie einen feuchten Kehricht an!«

Thomas Morely zuckte nicht mit der Wimper. »Ich frage mich nur, ob sie schon weiß, was für einen Mann sie da geheiratet hat?«

Edward beugte sich zu ihm vor, bis ihre Nasen fast aneinanderstießen. »Und ich frage mich, ob Sie sich dessen bewusst sind, dass Sie jeden Moment meinen Säbel im Bauch haben werden!«

»Fordern Sie mich etwa zum Duell heraus?« Der Blick war unerschrocken.

Edward schluckte. Thomas Morely hatte einen furchterregenden Ruf als Duellant, und Edward würde nicht Haut und Haar riskieren. »Ganz und gar nicht«, sagte er zögernd. »Und ich würde Ihnen raten, Ihren Säbel stecken zu lassen, wenn Sie Anastasia auch weiterhin den Hof machen wollen. Als ihr Schwager finde ich bei ihrem Vater ein offenes Ohr. Ich wünsche Ihnen eine gute Nacht.« Er machte kehrt und ging mit großen Schritten davon, erfüllt von Rachegefühlen gegen den unverschämten Kerl, der es gewagt hatte, sich mit ihm anzulegen.

Nach der nächsten Runde durch das Gedränge wuchs Edwards Missstimmung noch mehr. Er hatte den Verdacht, dass Eloise sich im Garten aufhielt. Aber mit wem?

Edward ging nach draußen auf die Terrasse und wartete am Rand der vom Mond getränkten Rasenfläche, bis seine Augen sich an die Dunkelheit gewöhnt hatten. Einige Paare schnappten frische Luft, doch er sah keinen Schimmer vom weißen Seidenkleid seiner Frau. Er trat auf den Rasen hinaus und strebte eine schattige Ecke an. Als die Geräusche des Balls schwächer wurden, vernahm er undeutliche Stimmen. Er schlich näher heran und erstarrte. »Eloise? Bist du das?«, rief er barsch.

»Edward?« Ihre Stimme klang heiter, und Eloise tauchte an der Laube auf. »Komm schnell – hier ist jemand, mit dem du bestimmt sprechen willst.«

Edward ballte die Fäuste und eilte zu ihr hinüber. Er hörte eine Männerstimme und wurde von Eifersucht ergriffen. Wer das auch war, Edward würde ihn grün und blau schlagen.

Eloise wartete an einer mondhellen Stelle auf ihn. »Sieh nur«, sagte sie, als er näher kam.

Edward fiel ihre frische Gesichtsfarbe und das Funkeln in ihren Augen auf, und eine Woge der Wut überflutete ihn, weil ein anderer Mann für sie offenbar so anregend sein konnte. Er spähte über ihre Schulter zur Laube. Jemand trat auf ihn zu.

»Edward.«

»Vater!«, brachte er hervor, und das Wort blieb ihm beinahe im Hals stecken.

»Wir haben uns so nett unterhalten, Edward. Ich wünschte, du hättest uns früher vorgestellt«, wandte sich Eloise an ihn.

Edward behielt seine steife, förmliche Haltung bei.

»Ja, Edward«, sagte Jonathan in das peinliche Schweigen hinein. »Deine Frau ist bezaubernd, und wie ich höre, ist mein Enkel ein reizendes Kind.«

Edward musste an sich halten, um weiter freundlich zu bleiben. »Hätte ich gewusst, dass mein Vater schon bereit ist, uns zu sehen, dann hätte ich euch selbstverständlich miteinander bekannt gemacht«, erklärte er Eloise. Sein kalter Blick traf auf Jonathan, der ihn amüsiert musterte.

»Er hat mir von seiner jüngsten Reise an der Küste entlang erzählt«, berichtete Eloise. »Es klingt alles so aufregend – es ist so mutig von ihm, diesen langen Weg zurückzulegen.«

»Er liebt das Abenteuer«, sagte Edward mit einem Anflug von Bitterkeit, die er nicht unterdrücken konnte. »Er zieht es sogar seinen väterlichen Pflichten vor. Er war so oft fort, als ich noch klein war, dass ich ihn kaum als meinen Vater erkannte.«

»Oh!« Eloise sah die beiden zögernd an. »Dann ist es gewiss höchste Zeit, das in Ordnung zu bringen.« Bittend legte sie ihre Hand auf Edwards Arm. »Dein Vater hat mir gegenüber bedauert, dass ihr so viele Jahre getrennt wart, und er möchte das wiedergutmachen«, fügte sie hinzu. »Jetzt, da wir selbst einen Sohn haben, wirst du das verstehen.«

Er wusste, sie versuchte, die Situation zu entschärfen. Sobald er offene Feindseligkeit zeigte, würde ihn das in ihren Augen noch weiter herabsetzen. Doch der Gedanke, dass sein Vater so vertraulich mit ihr gesprochen hatte, machte ihn rasend. Wie viel hatte er ihr erzählt? »New South Wales ist ein großes Land, Eloise«, sagte er. »Es gibt vieles zu erforschen, und ich bin sicher, er kann es kaum erwarten, wieder aufzubrechen.«

»Ganz und gar nicht«, verkündete Jonathan. »Ich finde Sydney Town höchst annehmbar, und ich muss unbedingt meinen Enkel kennenlernen.«

»Dann solltest du morgen bei uns vorbeikommen«, sagte Eloise mit strahlendem Lächeln. »Ich werde meinen Vater dazubitten. Er liebt gute Gesellschaft und würde gern von deinen Reisen hören.«

»Es wäre mir eine Ehre«, erwiderte er mit einer leichten Verbeugung.

Edward war übel vor ohnmächtiger Wut. »Du musst frieren, Schatz«, sagte er, als Eloise in der kühlen Brise schauderte, die aufgekommen war. »Komm, ich begleite dich zurück auf das Fest.«

»Nicht nötig«, erwiderte sie. »Ich gehe ins Hotel, sobald ich meine Schwestern gefunden habe. Charles wird sich nach mir verzehren, und du kannst noch einen ruhigen Augenblick mit deinem Vater genießen.«

Edward saß in der Falle. Er musste zusehen, wie sie Jonathan ein reizendes Lächeln schenkte und dann zurück zum Haus eilte. George hatte gesehen, wie Edward Cadwallader den Rasen zur Laube hin überquerte, und obwohl er nicht verstanden hatte, was die drei Personen sagten, hörte er die

Anspannung in ihren Stimmen. War das etwa Edward Cadwalladers Vater? Die Stimme klang aristokratisch genug. Und wenn ja, zu wem von beiden gehörte dann die junge Frau?

Er trat in den Schatten zurück, als sie mit raschelnder Seide an ihm vorbeieilte, und fing einen Hauch von ihrem betörenden Parfüm auf. Am liebsten wäre er ihr gefolgt, hätte sie angehalten und mit ihr gesprochen – doch damit hätte er seine beschämende Spioniererei aufdecken und sich schwierigen Fragen stellen müssen.

So blieb er stehen, wo er war, zutiefst aufgewühlt. Als sie hineingegangen war, eilte auch er in den Ballsaal. Sein suchender Blick über die Tanzfläche fand sie nicht, also kehrte er enttäuscht auf die Terrasse zurück und starrte über die Rasenfläche zur Laube hinüber. Cadwallader war noch dort – die glitzernden Epauletten verrieten ihn in der Dunkelheit.

Ein Gegenstand im Gras zog Georges Aufmerksamkeit auf sich, und er fragte sich, was da wohl lag. Er ging hinüber und bückte sich. Es war eine Kamelienblüte – sie musste aus ihrem Haar gefallen sein. Er nahm sie auf und führte sie an seine Nase, überrascht, dass eine so schöne Blüte keinen Geruch verströmte. Vorsichtig steckte er sie in seine Tasche. Sie würde in seinem Besitz bleiben, bis er die Gelegenheit hatte, sie zurückzugeben.

»Sie ist sehr charmant«, sagte Jonathan und zündete eine Zigarre an. »Und sehr schön.«

»Sie ist meine Frau«, fuhr Edward ihn an. »Halte dich also von ihr fern!«

Jonathan betrachtete ihn durch den Rauch und lehnte sich an einen Holzpfosten. »Ich kann Schönheit bewundern, ohne sie gleich besitzen zu wollen«, sagte er milde.

»Ach!«

»Kann sein, dass du eine schlechte Meinung von mir hast, Edward, aber ich bin nicht so verworfen, wie du mich darstellen willst.«

»Dir mangelt es schlicht an Charakterstärke«, entgegnete Edward Cadwallader, »und ich traue dir nicht.«

Sein Vater zog eine Augenbraue hoch. »Für einen, der denselben Mangel zu verzeichnen hat, nimmst du einen sehr selbstherrlichen Standpunkt ein.«

Der Wunsch, seinen Vater zu schlagen, war fast überwältigend, doch Edward war sich bewusst, dass andere im Garten ihre Unterhaltung hören könnten. Es war weder der Zeitpunkt noch der Ort, sein Mütchen zu kühlen.

»Ist es nicht an der Zeit, die Feindseligkeit zwischen uns zu beenden?«

»Wieso? Wir mögen uns nicht – und das war schon immer so.«

»Das stimmt nicht.« Jonathan trat vom Pfosten vor und strich sich mit der Hand über das graue Haar an den Schläfen. »Zumindest nicht, was mich betrifft. Du bist mein Sohn, mein einziger Sohn, und ich bin überrascht, dass du jetzt, da du selbst ein Kind hast, nicht begreifst, welche Liebe einen Mann an seine Nachfahren bindet – ganz gleich, welchen schlimmen Prüfungen sie unterliegt.«

»Schade, dass du nie in die Tat umgesetzt hast, was du da predigst«, sagte Edward scharf. »Was ist die Liebe eines Vaters schon wert, wenn er nur durch Abwesenheit glänzt?

Und welcher tiefen Zuneigung habe ich meine Versetzung in die Wildnis zu verdanken?«

»Du wurdest beschuldigt, eine Frau vergewaltigt zu haben«, erinnerte Jonathan ihn. »Ich habe dich vor dem Gefängnis bewahrt – vielleicht sogar vor der Schlinge. Ich hatte gehofft, du würdest daraus eine Lehre ziehen und nach der Versetzungszeit als besserer Mann zurückkehren. Aber wie ich hörte, hast du dich nicht geändert. Kannst du dich noch an den Jungen erinnern, den du in der Schule gequält hast? Auch damals bist du dem Gefängnis entkommen. Im Nachhinein frage ich mich, ob es dir nicht gutgetan hätte, eine Strafe zu verbüßen.«

Schweigen legte sich über sie, und Jonathans Verachtung stand fast greifbar zwischen ihnen.

Edward wollte fortgehen, doch der durchdringende Blick seines Vaters hielt ihn fest. Er fand keine Worte, um sich zu verteidigen, und zum ersten Mal bedauerte er die verlorenen Jahre, in denen ihm die führende Hand des Vaters gefehlt hatte. Diese lästigen Gedanken erschreckten ihn, und er ließ von ihnen ab.

Jonathan betrachtete ihn nachdenklich. »Was meine Abwesenheit betrifft, so bedauere ich, dass ich mich nicht um dich kümmern konnte, als du aufgewachsen bist – aber wir beide wissen, dass deine Mutter alles versuchte, um uns auseinanderzuhalten.«

An diesem Punkt fand Edward seine Stimme wieder. »Wie günstig für dich, dass sie nicht mehr lebt und sich nicht mehr gegen deine Verleumdungen wehren kann!«

Jonathan zerdrückte seinen Stumpen unter dem Absatz. »Edward, Edward«, seufzte er, »warum willst du mich unbedingt hassen?«

»Du bedeutest mir nicht genug, um dich zu hassen, aber ich würde es vorziehen, dich nie wieder sehen zu müssen.«

Jonathan steckte die Finger in seine Westentasche und zog seine Uhr heraus. Das silberne Gehäuse glitzerte im Mondlicht, und das Uhrwerk schlug zur halben Stunde. »Das ist nicht möglich, jetzt, da ich weiß, dass ich einen Enkel habe.«

»Ein bisschen spät für dich, den Patriarchen zu spielen, meinst du nicht?«

Jonathan antwortete nicht auf die bittere Frage. »Deine Eloise ist ein nettes Mädchen«, sagte er, während der leise Glockenton verklang. »Sie wird eine feine Gräfin abgeben, wenn die Zeit kommt, wenn du sie mit der Liebe und Achtung behandelst, die sie verdient.« Er klappte die Uhr zu. »Denk daran, Edward, der Brief ist noch beim Anwalt. Eine falsche Bewegung deinerseits, und ich werde dafür sorgen, dass sie die Wahrheit über deine Vergangenheit erfährt.«

»Das ist Erpressung.«

»Ein hässliches Wort für eine unschöne Situation«, erwiderte Jonathan. Er wich dem Blick seines Sohnes nicht aus. »Deine Ehe ist noch jung, doch im Lauf der Zeit wird sie dir vielleicht die Reife und Weisheit bringen, die dir noch abgehen. Eloise ist eine kluge junge Frau, und ich freue mich darauf, ihren Vater, den Baron, kennenzulernen.«

Edward hatte wenig Interesse an der Meinung seines Vaters. Jedenfalls war er in Gedanken gerade ganz woanders. »Ich kann mich an diese Uhr nicht erinnern«, sagte er.

Der plötzliche Themenwechsel kam für seinen Vater sehr überraschend. »Ich habe sie in London gekauft, bevor ich hierherfuhr.«

»Und wo ist Großvaters Taschenuhr?«

Jonathan runzelte die Stirn. »Woher weißt du davon?«

»Großmutter hat sie erwähnt. Sie sagte, sie sei aus Gold gewesen mit einem großen Diamanten im Gehäuse, und sie würde irgendwann einmal mir gehören.«

»Ich habe sie ein paar Jahre vor deiner Geburt verschenkt.« Jonathan ließ die Uhr wieder in seine Westentasche gleiten. »Meine Mutter hätte dir das nicht versprechen sollen.«

»Du hattest nicht das Recht, sie wegzugeben«, fuhr Edward ihn an.

»Es war meine Uhr, und ich konnte damit tun und lassen, was ich wollte«, gab Jonathan zurück. »Das Mädchen, das die Uhr bekommen hat, wusste zu schätzen, dass dieses Geschenk ein Zeichen tiefer Zuneigung war.«

»Und wie viele andere Erbstücke hast du deinen Geliebten geschenkt?«, fragte Edward höhnisch.

»Keine.« Jonathan glättete seinen Schnurrbart. »Ich war damals jung und fern der Heimat, in Tahiti. Die Uhr war das einzig Wertvolle, das ich Lianni schenken konnte. Lianni war mir ans Herz gewachsen, und da es Jahre vor der Heirat mit deiner Mutter geschah, dürfte es dich nichts angehen.«

Edward schnaubte. »Du hast es also für angebracht gehalten, das, was Teil meines Erbes hätte sein sollen, einer ausländischen Dirne zu schenken. Ich frage mich, warum mich das nicht einmal überrascht?«

Jonathan zuckte mit den Schultern. »Vorbei ist vorbei«, sagte er, »und dein Erbe ist auch ohne die Uhr mehr als beträchtlich.« Er nahm seinen Stock mit dem Elfenbeingriff zur Hand. »Da unsere Unterhaltung anscheinend beendet ist, mache ich mich auf den Weg. Gute Nacht, Edward.«

Edward sah seinem Vater nach und stellte dabei fest, dass der Stock reine Zier war. Der alte Mistkerl war gesund wie eh und je, trotz seiner sechsundvierzig Lenze. So wütend er auch war, Edward sehnte sich danach, dass sich etwas zwischen ihnen änderte. Doch die Würfel waren vor vielen Jahren gefallen, und er musste sich damit abfinden, dass die Kluft zwischen ihnen zu tief war. Jetzt würde er sich erst einmal betrinken.

Sechs

Hawks Head Farm, Weihnachten 1797

Flirrende Hitze lag über dem Weideland, deshalb hatten Susan und Bess den Tisch auf der Veranda gedeckt, wo man durch die Brise vom Fluss her wenigstens auf etwas Kühlung hoffen konnte. Die sechs Sträflinge, die auf Hawks Head arbeiteten, würden ihr Abendessen auf der Lichtung neben ihrer Schlafbaracke einnehmen, und der Aboriginesfamilie, die weiter unten am Fluss lagerte, hatte man eine Schweinshaxe als Festschmaus geschenkt, obwohl Ezra sie noch zu überzeugen hatte, welche Bedeutung dem Weihnachtsfest zukam.

Satt und zufrieden schob George seinen Teller von sich und lehnte sich in seinem Stuhl zurück, während Samuel Varney ihn mit einer seiner Geschichten unterhielt. Er war ein famoser Erzähler, und es war inzwischen Tradition, beim Weihnachtsessen eine seiner Geschichten anzuhören.

Alle lachten, hoben die Gläser und prosteten Samuel zu. George war froh, bei seiner Familie zu sein. Ernest und die mollige, geschäftige Bess, die inzwischen geheiratet hatten, waren anscheinend sehr glücklich, und selbst Nell hatte wieder ein bisschen Farbe im Gesicht. Nachdem sie nach der Entbindung unter den Händen eines Chirurgen in der Krankenstation von Sydney gehörig hatte leiden müssen, hatte sie sich während ihres Aufenthalts auf Hawks Head, zu dem Susan sie eingeladen hatte, zusehends erholt.

Seine Mutter trug den Plumpudding auf, und George fiel auf, dass Susan trotz der Falten im Gesicht und der Silbersträhnen im goldblonden Haar in ihren verblüffend blauen Augen die Schönheit ihrer Jugend bewahrt hatte. Allerdings schaute sie häufig zu seinem Vater hinüber, die schönen Augen von Sorge überschattet, denn Ezra war in den letzten paar Monaten erheblich gealtert.

George betrachtete seinen Vater verstohlen, während er die Nachspeise aß. Sein Gesicht war fahl, die Augen eingesunken, Ezras Hand zitterte, wenn er den Löffel zum Mund führte. Florence' Abwesenheit erfüllte seine Eltern nach wie vor mit Trauer, die an solchen Tagen noch schwerer wog.

»Musst du Ende der Woche wirklich schon wieder abreisen, George?« Susans Stimme riss ihn aus seinen Gedanken. »Wir bekommen dich so selten zu sehen.«

»Ich habe geschäftlich in Sydney zu tun, Mutter«, erwiderte er ausweichend und reichte Bess seine leere Schale.

Susans liebevoller Blick verriet mehr als nur geringe Empörung. »Wahrscheinlich darf ich nicht wissen, worum es geht?«

»Wie ich dich kenne, Bruder, hat eine Frau es dir angetan«, sagte Ernest lachend.

»Immer ist irgendwo eine Frau im Spiel«, schaltete Nell sich ein. »Ich könnte wetten, dass er in jedem Hafen eine Ehefrau hat.«

George wurde rot, obwohl er Nells Hänseleien gewohnt war. »Keine Ehefrauen! Aber ich kann doch nichts dafür, dass ich für das schwache Geschlecht unwiderstehlich bin«, protestierte er. Er schmunzelte über Ernests schallendes Gelächter. »Da ist es doch nur eine Frage der Höflichkeit, mich überall umzutun, damit alle ihren Anteil haben.«

»Wie edel«, lachte Ernest.

»George, also *wirklich*«, protestierte seine Mutter. »Du klingst wie Billy in seinen jungen Jahren.«

»Dein Bruder ist ein feiner, aufrechter Bürger, Susan«, nahm Nell ihn in Schutz. »Aber wenn ich ihn erwischen würde, hätte auch sein letztes Stündchen geschlagen.«

»Ganz recht«, sagte Susan. »Gott sei Dank ist Billy mit den Jahren klüger geworden. Zu schade, dass man das von George nicht gerade behaupten kann«, fügte sie nachdenklich hinzu. »Aber ich habe das Gefühl, diesmal ist mein jüngerer Sohn verliebt. Er ist in den letzten Tagen viel zu still gewesen.«

»Das hat ihn aber nicht vom Essen abgehalten«, spöttelte Nell und zwinkerte ihm zu. »Die Liebe muss ihm Appetit gemacht haben.«

George fing Samuels fragenden Blick auf und schaute rasch weg. Diese Unterhaltung setzte ihm zu, und er wusste genau, dass seine Mutter oder Nell ihm früher oder später den wahren Grund für seine Rückkehr nach Sydney aus der Nase ziehen würden. Er schob seinen Sessel zurück. »Zeit für die Geschenke«, verkündete er und holte die Päckchen, die er in seinem Zimmer versteckt hatte. Nach dem Ball hatte er nächtelang von der Frau mit den Kamelien im Haar geträumt, und obwohl seine Mutter wohl recht hatte mit ihrer Vermutung, er sei ebenso verknallt wie sein Freund Thomas, war er noch nicht bereit, das seiner Familie auf die Nase zu binden.

Für jeden gab es Geschenke, und seine Mutter strahlte, als sie die Südseeperlen sah, die er bei einem Seemann für sie gekauft hatte. Nell quietschte vor Vergnügen über die rubinroten Ohrringe, die er in Batavia gefunden hatte, und Bess war begeistert von der Stickseide aus einem Geschäft in Sydney. Für Samuel gab es ein neues Teleskop als Ersatz für das alte, das ihm eines Abends über Bord gefallen war, als sie zu viel getrunken hatten, für Ernest einen langen Mantel aus Ölzeug und für seinen Vater eine neue Bibel. Die letzten, sperrigen Pakete reichte er Nell. »Die Mäntel sind für Billy und Jack, der Sattel ist für Walter, und die Puppen sind für Amy und Sarah. Ich wusste nicht, was Alice wohl gefallen könnte, da ich sie noch nicht kenne, deshalb ...«

Nell beäugte die weißen Bänder an dem schlichten Strohhut. »Perfekt für sie«, sagte sie und ließ ihre knallroten Ohrringe baumeln.

George versuchte sich ein Lächeln zu verkneifen. Seine Mutter hatte ihm gleich am Tag seiner Ankunft vom Streit zwischen Nell und Alice berichtet. Sie hatte ihn gewarnt, den Finger nicht in Nells offene Wunde zu legen. Alice kümmerte sich nach wie vor um ihre Kinder. »Ich kann jederzeit einen ähnlichen Hut für dich auftreiben«, neckte er sie.

Nell bedachte ihn mit einem vernichtenden Blick und erhob sich mühsam aus ihrem Sessel. »Ich muss mich hinlegen«, sagte sie. »Ich bin es nicht gewohnt, so viel zu essen.«

Während Susan und Bess es ihr auf der Bettcouch bequem machten, die auf die Veranda gestellt worden war, trug George das letzte Geschirr in die Küche. Den Abwasch zu Weihnachten übernahmen – mit unterschiedlichem Geschick – stets die Männer der Collinsons, heute jedoch waren sie sich einig, dass es damit Zeit hatte, bis es kühler war.

George hockte sich auf das Geländer der Veranda und zündete sich seine Pfeife an. Die anderen lümmelten sich in ihren Sesseln, und Samuel machte sich zu einem Spaziergang am Fluss auf. Die Stimmung war ruhig und zufrieden. Susan und Bess sortierten die neue Stickseide. »Die Brise tut gut«, sagte George, ohne dabei jemand Speziellen anzusprechen.

»Deshalb haben wir Nells Bett hier ins Freie gestellt, als Billy sie aus der Krankenstation in Sydney geholt hat«, sagte Ezra und legte seine neue Bibel beiseite. »Kühle, frische Luft wird ihr helfen, wieder auf die Beine zu kommen, und Billy wird sie schon bald wieder zu Hause haben.«

George schmunzelte, als Nell ihm von ihren Kissen zuzwinkerte. »Oh, die schöne Mrs Penhalligan ist auf dem besten Wege, gesund zu werden«, sagte er.

»Das stimmt tatsächlich«, sagte Ezra, und ein Lächeln trat auf sein hageres Gesicht. »Ihr Körper mag zwar gelitten haben, doch ihr Geist hält uns nach wie vor auf Trab.«

Nell kicherte. Bess und Susan gingen ins Haus, um ein geeignetes Kleidungsstück zu suchen, das man besticken könnte.

George paffte eine Rauchwolke in die Luft. »Manche Dinge ändern sich eben nie«, stellte er fest.

Trauer trat auf Ezras zerfurchtes Gesicht. »Manche aber doch, und es steht nicht in unserer Macht, es zu verhindern. Ich wünschte, Florence wäre hier«, sagte er niedergeschlagen. »Zum vierten Mal verbringen wir Weihnachten ohne sie, und ich kann mich einfach nicht daran gewöhnen.« Er schaute zu George auf. »Deine Mutter sagt nie etwas, aber ich höre sie manchmal weinen, und das bricht mir das Herz. Warum kommt deine Schwester nicht nach Hause, George? Waren wir denn so schlechte Eltern?«

George sah seinem Vater die innere Qual an. Seine Miene

spiegelte den gleichen Schmerz wider, den er in den Augen seiner Mutter gesehen hatte. Florence musste doch begreifen, dass die beiden sie wiedersehen und sich überzeugen mussten, dass es ihr gut ging? Dennoch war sie anscheinend entschlossen, fernzubleiben, ohne Rücksicht darauf, dass die Eltern mit ihrer Gesundheit dafür zahlten. George kribbelte es in den Fingern, am liebsten hätte er sie für ihre Gedankenlosigkeit büßen lassen. »Ihr seid wunderbare Eltern«, beteuerte er und wünschte, er könnte mehr sagen, um das Elend seines Vaters zu mildern. »Sie wird am Ende nach Hause kommen, Papa«, fügte er leise hinzu. »Sie weiß, wie sehr ihr sie liebt.«

»Ich wünschte, Billy und die Kinder wären auch hier«, unterbrach Nell ihn und wälzte sich unruhig auf ihrer Bettcouch hin und her.

Ezra lächelte, doch George sah, welche Mühe es ihn kostete. »Ich auch«, sagte er ruhig. »Kinder machen Weihnachten immer zu etwas Besonderem. Tut mir leid, dass du nicht nach Hause konntest, Nell, aber du bist noch nicht kräftig genug, um zu reisen, und der Militärarzt hat es verboten.«

»Billy hätte die Kinder hierherbringen können.«

»Ach, Nell«, sagte Ezra mit unendlicher Geduld, »du weißt, dass das nicht geht. Die Reise ist für Kinder in dem Alter noch zu lang – besonders bei der Hitze.«

Auf Nells Gesicht zeichnete sich zögerndes Einverständnis ab, und als die Frauen aus dem Haus traten, kam wieder eine fröhlichere Stimmung auf. George wollte schon vorschlagen, dass sie sich Samuel auf seinem Spaziergang anschließen könnten, als Ernest sich von seinem Stuhl erhob und seinen Arm unvermittelt um Bess' dralle Taille legte.

»Ich ... Wir ... haben etwas bekannt zu geben«, sagte er mit plötzlich hochrotem Gesicht. »Bess und ich werden Eltern.«

George klopfte ihm auf den Rücken und gratulierte, trat dann zurück, damit Nell und seine Eltern das Paar mit Küssen und Fragen überhäufen konnten. Beim Betrachten der Freudenszene überkam ihn mächtiger Stolz auf Ernest. Sein Bruder hatte so viel durchgestanden, um diesen glücklichen Tag zu erreichen, und Bess war die ideale Partie für ihn.

Der Stolz war jedoch mit einem Hauch von Neid durchsetzt, der George sonst fremd war. Er konnte nur vermuten, dass dieses Gefühl der Ungewissheit über seine eigene Zukunft entsprang. So sehr er sich auch gegen das Bedürfnis wehrte, nach der jungen Frau mit den Kamelien zu suchen, wusste er doch, dass er nicht eher zur Ruhe kommen würde, bis er sie gefunden hatte.

Sydney Town, 28. Dezember 1797

»Komm, Willy, zeig mir, was du auf der Hand hast!« Edward lehnte sich auf seinem Stuhl zurück. Er hatte keine Angst, den Stapel Wechselscheine auf dem Tisch zu verlieren, denn er hatte vier Asse.

»Diesmal hab ich dich«, sagte Willy Baines triumphierend und deckte langsam seine Karten auf. »Full House.«

»Das reicht nicht, mein Alter«, erwiderte Edward und blätterte seine Asse hin. »Der Einsatz gehört mir, denke ich.« Er heimste die Scheine ein. »Noch eine Runde?« Doch die übrigen Mitspieler warfen ihre Karten auf den Tisch und gingen.

»Zu teuer für sie, und für mich auch«, murmelte Willy. »Ich habe schon einen Monatslohn verloren und habe meine Kasinorechnungen noch nicht bezahlt.«

Edward warf ein paar Scheine über den Tisch. »Behalt sie«, sagte er mit der Sorglosigkeit eines Menschen, der es sich leisten konnte, großzügig zu sein.

»Vielen Dank.« Willy sammelte sie ein und trank einen großen Schluck Rum. Er ließ nach Edwards Geste keine Verlegenheit erkennen, denn er kannte das bereits.

»Ich werde es ohne Zweifel zurückgewinnen«, erwiderte Edward. »Die Kunst des Bluffens musst du erst noch lernen. Du bist ein einfacher Gegner.«

Willy steckte die Scheine in seine Tasche. »Eines Tages werde ich schon noch mit dir gleichziehen«, sagte er ohne Groll und begab sich dann an die Bar.

Sie wussten beide, dass Edward beim Kartenspiel schummelte, doch Willy würde nie etwas darüber sagen, solange der ranghöhere Offizier seine Schulden bezahlte. Diese Vereinbarung kam beiden gut zupass, denn obwohl Edward von Willys Spielkünsten nicht viel hielt, war Willy schlau, und sie hatten oft den Topf geteilt, wenn sie ihre Kollegen an einem Abend gemeinsam übers Ohr gehauen hatten.

Edward rief lauthals nach einer weiteren Flasche Rum und zündete sich eine Zigarre an. Er streckte die langen Beine aus. Der Raum war nur schwach mit Öllampen beleuchtet, durch die die Luft noch rauchiger wurde, und nur mit dem Nötigsten möbliert, mit Tischen und Stühlen. Diese Räume im ersten Stock einer Pension konnte man jeweils für eine halbe Stunde mieten, und die Hintertür führte auf eine dunkle Gasse, die Anonymität gewährte. Das Haus war bei Militär und Marine sehr beliebt, bei allen, die Frauen und Spiel mochten. Die leitenden Offiziere wussten von seiner Existenz, drückten jedoch beide Augen zu. Männer mussten Dampf ablassen – und solange es keine Probleme gab, ließen sie alles beim Alten.

Der Besitzer der baufälligen Pension war ein Strafentlassener – ein dreckiger Kerl, dem Seife und Wasser fremd waren –, aber er wusste, wie man zu Geld kommt, hielt den Mund und machte seine Gäste glücklich. Seine Huren waren derb, aber einigermaßen sauber, es gab immer Rum und andere Spirituosen, und das Bier lagerte in einem Kühlraum, den er hinter dem Gebäude aus dem Boden ausgehoben und mit Backstein verkleidet hatte.

Edward schaute zur Bar und zu der Frau, die anscheinend nie dahinter hervorkam. Sie war schwarz wie die Nacht und dreckig wie ihr Mann, und ihre Mischlingsbrut war auch nicht besser. Beim Gedanken, mit ihr zu schlafen, drehte sich ihm der Magen um.

Er richtete seine Aufmerksamkeit auf die Männer, die vom Tisch aufgestanden waren und am anderen Ende des Raums einen Heidenlärm veranstalteten. Es waren seine Männer. Sie folgten ihm zu den Säuberungsmaßnahmen in den Busch, die vor ihrem kommandierenden Offizier geheim zu halten waren. Er konnte ihnen blind vertrauen, und sie hielten ihn stets über alles auf dem Laufenden. »Ist denn keiner Manns genug, mir das hier abzunehmen?«, rief er über das Getöse hinweg und winkte mit seinem Stapel Scheinen.

»Doch, ich. Aber nur, wenn Sie bereit sind, alles auf einmal zu setzen.« Die Stimme war tief und unverwechselbar englisch.

Edward nahm den Fremden in Augenschein. Er war groß, in mittleren Jahren, und hatte ein aristokratisches, wohlgeformtes Gesicht. Edward fiel der schwere Goldring an seinem Finger auf, die Diamantnadel, die in seinem Halstuch steckte, und der elegante Schnitt seiner teuren Kleidung. »Ich spiele nie Karten mit einem Mann, der mir seinen Namen nicht nennt«, sagte er mit einer Gelassenheit, die seine Erregung überspielte. Hier war ein Täubchen, das gerupft werden wollte.

»Ich auch nicht«, erwiderte der Fremde. »Gestatten, Henry Carlton.«

Sie schüttelten sich die Hand. »Edward Cadwallader. Ich kann mich nicht daran erinnern, Sie schon einmal gesehen zu haben«, sagte er. »Neuzugang?«

Der ältere Mann hob eine Augenbraue bei dem schnodderigen Begriff, mit dem für gewöhnlich neue Einwanderer nach Australien bezeichnet wurden. »Ich kam vor zwei Monaten mit der *Empress* aus Kapstadt.«

Edward wahrte eine Lässigkeit, die er nicht empfand. »Vom Kap, was? Wie ich hörte, hat man dort Gold gefunden«, sagte er beiläufig.

»Ein bisschen«, erwiderte Henry. »Aber ich hatte andere Geschäfte.«

Edward winkte ihn an einen leeren Stuhl am Tisch und goss Rum in ein frisches Glas. Der Mann machte ihn neugierig, und er hätte ihm gern noch mehr Fragen gestellt – doch dazu wäre noch Zeit genug, wenn er die Größe seines Geldbeutels gesehen hätte. »Nun, Sir«, sagte er, »wenn Sie das Geld haben, ich habe die Karten.«

Henry Carlton legte einen ledernen Schnürbeutel auf den

Tisch. Der Blick aus seinen grauen Augen war ruhig und gelassen, und er ließ sich Zeit mit dem Anzünden seiner Tonpfeife. »Wie hoch ist das Limit?«, fragte er.

»Unter Gentlemen gibt es keins«, erwiderte Edward.

Henry zog an den Schnüren und breitete Goldmünzen auf dem Tisch aus. »Reicht das?«

Edward leckte sich unwillkürlich die Lippen. Mehr als hundert Guineen lagen vor ihm. »Ja, natürlich«, sagte er mit gepresster Stimme. »Ich hebe die Karten ab, und Sie können die erste Runde geben.«

Henry Carltons Miene verriet nichts, während er mit langen, geschmeidigen Fingern die Karten mischte. Edward überkam ein leises Unbehagen, als er sah, wie hart der Blick der grauen Augen geworden war.

Sydney Town, 2. Januar 1798

Als George am Abend zuvor von Hawkesbury zurückgekehrt war, hatte er Samuels Angebot ausgeschlagen, der ihm ein Bett zur Verfügung stellen wollte, und sich stattdessen in einer Pension am Kai eingemietet. Er hatte die übliche Lektion seines treuen Ratgebers zum Thema Frauen über sich ergehen lassen, der ihm wieder einmal erklärte, wie wichtig es sei, eine Heirat zu vermeiden, und hatte danach den ganzen Abend versucht, jemanden zu finden, der ihm Auskünfte über die junge Frau mit den Kamelien im Haar geben konnte.

Noch immer nicht klüger und verwundert über den Mangel an Hilfsbereitschaft unter seinen Bekannten bei der Armee, war er früh ins Bett gekrochen. Doch trotz seiner Müdigkeit hatte er es nicht allzu lang in seinem bequemen Bett ausgehalten. Er war früh aufgestanden und hatte eine Nachricht in die Kaserne geschickt, in der er Thomas um ein Treffen im Hotel am Hafen bat.

Während er sich wusch und anzog, schalt er sich selbst, dass er sich durch die Begegnung am Ballabend so leicht durcheinanderbringen ließ. »Wenn du sonst nicht so realistisch wärst, George Collinson«, murmelte er seinem Spiegelbild zu, »würde ich mich allmählich fragen, ob du nicht den Verstand verloren und den ganzen Mist nur geträumt hast.«

Die Gewissheit aber, dass diese Frau wirklich existierte und vielleicht nur ein paar Straßen von ihm entfernt war, ließ ihm keine Ruhe. Nach dem Frühstück schritt er in seinem Zimmer auf und ab und hatte das Gefühl, als rückten die Wände immer näher. Er zerknüllte das kurze Antwortschreiben, das er von Thomas erhalten hatte, schnappte sich Hut und Stock und lief die Treppe hinunter auf die Straße.

Seine Gedanken überschlugen sich, als er durch die milde Morgenluft schritt. Sein Landurlaub war bereits durch seinen Besuch in Hawks Head verkürzt, und er hatte noch Stapel von Lieferscheinen und Rechnungen im Lagerhaus durchzugehen, bevor er Ende des Monats wieder in See stach. Er zog seine Taschenuhr hervor und seufzte. Thomas hatte militärischen Pflichten nachzugehen und konnte ihn nicht vor viertel nach eins treffen. Bis dahin waren es noch drei Stunden. Es war wohl am besten, sich durch Arbeit abzulenken.

Nachdem er im Speicher die Seefrachtbriefe und Lagerbestände kontrolliert hatte, ging er ins Geschäft und verbrachte den Rest des Vormittags mit Matthew Lane über den Hauptbüchern. Als er das nächste Mal auf seine Uhr schaute, war es zwölf. Er trat in die Gluthitze der Straße.

Eloise hatte gewartet, bis Edward zur Kaserne aufgebrochen war, bevor sie die Kutsche vorfahren ließ, die sie, Meg und den Kleinen zum Hotel ihres Vaters bringen sollte. Sie war kurz nach neun eingetroffen und würde den ganzen Tag dort bleiben, da sie die Gesellschaft ihres Vaters und ihrer Schwestern der Einsamkeit ihres weitläufigen Hauses am Strand vorzog. Sie waren zwei Wochen vor Weihnachten eingezogen, und Eloises anfängliche Zweifel hatten sich bestätigt: Es wirkte so sauber und unpersönlich wie die öffentlichen Räume des Hotels.

Sie schaute auf die kleine goldene Uhr, die an ihr Kleid gesteckt war. Es war kurz nach Mittag. Edward hatte um eins eine Verabredung mit ihrem Vater. Sie würde ihm aus dem Weg gehen und nach der leichten Mahlzeit, für die gerade gedeckt worden war, den Garten aufsuchen. Charles schlief in der alten Holzwiege, die ihr Vater aus Bayern mitgebracht hatte. Eloise sagte Meg, sie solle sich in der Küche etwas zu essen holen, und schlenderte durch das private Wohnzimmer der Familie. Sie war mit sich zufrieden.

Wie gewohnt hatte sie sich sorgfältig gekleidet, und der Spiegel bestätigte ihr, dass das hellgrüne Kleid mit dem smaragdgrünen Samtkragen die Farbe ihrer Augen hervorhob. Die Haare waren so gesteckt, dass ihr eine Kaskade von Locken kunstvoll über eine Schulter fiel, und Eloise wusste, dass sie trotz ihrer katastrophalen Ehe nie besser ausgesehen hatte.

Sie wandte sich von ihrem Spiegelbild ab und schaute aus

dem Fenster über das Hotelschild und die helle Markise hinweg auf die geschäftige Straße. Seeleute flickten Segel, Sträflinge entluden Schiffe, und sie sah bekannte Gesichter unter den einkaufenden Frauen und den Männern, die vorüberritten. Eine Gruppe Aborigines lungerte unter einem schattigen Baum, ihre nackten Kinder spielten im Dreck, ungeachtet der vorbeifahrenden Pferdefuhrwerke. Hinter der Stadt schimmerte der blaue Dunst, der auf den umliegenden Hügeln lag, in der Mittagshitze.

Sydney Town hatte sich in den vier Jahren, seitdem sie hier lebten, verändert, und obwohl die Trupps aneinandergeketteter Sträflinge, die Schandpfähle und Galgen noch immer an das brutale Strafsystem erinnerten, war unter den eintreffenden Einwanderern wachsende Erregung und Abenteuerlust zu spüren. Es war ein raues Land, völlig verschieden vom ordentlichen, ziemlich behäbigen München und der reinen Pracht der bayrischen Landschaft, doch es gefiel Eloise besser, als sie erwartet hatte. Wie klug von Papa, dass er sein Hotel hier gebaut hatte, und wie tapfer, für seine Töchter ein neues Leben zu schmieden, weitab von den Erinnerungen, die sie in jeder Ecke ihres altes Hauses in München überfielen, nachdem ihre Mutter gestorben war.

Hätte ich mich nur nicht in den erstbesten gut aussehenden Mann verliebt, den ich kennengelernt habe, dachte sie. Könnte ich die Uhr doch nur zurückdrehen und wieder von vorn anfangen. Wütend über sich selbst, dass sie sich von traurigen Gedanken den Tag verderben ließ, betrachtete sie dann den Raum, der das Herz ihres bisherigen Zuhauses war. Papa hatte sein gesamtes Geld in den Bau und die Einrichtung des Hotels gesteckt und alles genau nach seinen

Vorstellungen gestaltet. Als Beweis für seine erschöpften Ersparnisse lag nun hier im Wohnraum ein verschlissener Teppich, auf dem billige Tische und Stühle standen. Dies war nur ein Abklatsch ihres früheren hochherrschaftlichen Hauses, doch Papa war überzeugt, bald ein Vermögen zu machen.

Es hatte den Anschein, als habe sein untrügliches Gespür für lukrative Geschäfte wieder einmal recht behalten, denn das Hotel war rasch zu einem Mittelpunkt der Stadt für Landbesitzer, Regierungsvertreter und Offiziere der Armee geworden. Ihr Vater hatte gewusst, dass sie den stillen Luxus der Hotelräume schätzen würden, in denen sie vor den raueren Elementen draußen abgeschirmt waren, und dass sie für die auserlesenen Gerichte und den Wein, den er reichte, gut bezahlen würden. Er war schon auf dem besten Weg, seine Investition wieder hereinzuholen.

Ihre Schwestern platzten herein und unterbrachen ihre Tagträume. »Du siehst wunderbar aus«, sagte Anastasia atemlos.

»Genau wie Mama«, stimmte Irma ihr zu.

»Sie fehlt mir jetzt, da ich selbst Mutter geworden bin, noch mehr«, sagte Eloise. »Sie war so klug.« Sie durchquerte den Raum und trat an die Wiege, in der ihr kleiner Charles schlief. Sein helles Haar war feucht, trotz der Brise, die zum Fenster hereinwehte und den Raum etwas kühlte, und sein kleines Gesicht war gerötet.

»Die Mutterschaft steht dir gut, Eloise«, sagte Irma und warf einen Blick auf ihren Neffen. »Ohne Zweifel ist auch dein bezaubernder Mann der Grund für dein Strahlen«, fügte sie kokett hinzu.

Eloise wusste darauf nichts zu sagen. Wie sollte sie ihr von den gefürchteten Nächten erzählen, wenn Edward sich ihr aufdrängte, von den stillen, einsamen Tagen, davon, dass auch die leiseste Zuneigung zwischen ihnen fehlte? Wie sollte sie über Edwards mangelndes Interesse an seinem Sohn und die langen Abende sprechen, die sie in ihrem Zimmer verbrachte, während er sich mit seinen Freunden unten bis zur Bewusstlosigkeit betrank? »Lasst uns etwas essen«, sagte sie stattdessen. »Wo ist Papa?«

»Er ist mit den Rechnungen beschäftigt. Ich sollte ihn nicht stören – er ist heute ziemlich reizbar.«

»Ich hoffe, es hat nichts damit zu tun, dass er Edward trifft«, meinte Eloise, als sie sich an den Tisch setzten. Die kalte Hühnerpastete und die neuen Kartoffeln sahen köstlich aus, doch die Hitze war so stark, dass niemand großen Appetit hatte.

»Papa war nicht gerade bester Laune, als er gestern Abend von eurer Dinnerparty zurückkam«, sagte Irma. Ihre dunklen Augen ruhten nachdenklich auf Eloise. »Es sind doch keine scharfen Worte gefallen, oder?«

Eloise rief sich die gestelzte Unterhaltung zwischen Edward und seinem Vater in Erinnerung; Edwards unverhohlene Grobheit hatte den Abend verdorben. »Papa war gut in Form«, erwiderte sie vorsichtig. »Er und Jonathan haben sich bestens verstanden.« Sie sah Irma an, dass sie sich damit nicht zufrieden gab, und erklärte Edwards Groll gegenüber seinem Vater, der während seiner Kindheit durch Abwesenheit geglänzt hatte. »Edward und Jonathan versuchen, die verlorenen Jahre zurückzuholen, aber sie können schwer miteinander umgehen«, schloss sie ab.

»Der arme Edward«, flüsterte Irma. Sie kehrten wieder zu den bequemeren Sesseln am Fenster zurück. »Wie eigenartig muss es für ihn gewesen sein, seinen Vater gar nicht zu kennen.«

Eloise hatte nur Edwards Version der Geschichte gehört, weshalb sie keinen Kommentar abgab. Sie ordnete ihre Röcke und versuchte, ihre Nervosität nicht nach außen zu zeigen. »Ich frage mich, was Edward wohl aufhält«, sagte sie. »Es ist schon fast eins, und Vater hat betont, dass er sich nicht verspäten sollte.«

»Das alles ist höchst mysteriös«, sagte Anastasia, deren Wangen sich vor Neugier gerötet hatten. »Papas Gesicht war wie eine Gewitterwolke, als er die Nachricht gestern in die Kaserne schickte.«

Um was es sich auch handelte, Eloise hoffte nur, es würde Edward nicht in Rage versetzen, denn im Gegensatz zu den kurzlebigen Wutanfällen ihres Vaters, die niemanden verletzten außer ihn selbst, waren Edwards Ausbrüche abgrundtief und hielten tagelang an.

»Er ist da«, piepste Anastasia, die nach ihm Ausschau gehalten hatte.

Eloise spähte durch das Fenster und sah, wie Edward von seinem Pferd sprang.

»Er sieht so gut aus«, seufzte Irma. »Du hast Glück, Eloise.«

»Er sieht so gut aus wie mein Thomas«, verkündete Anastasia, die leidenschaftlich verliebt war und sich vor kurzem mit Thomas Morely verlobt hatte.

Eloise bemerkte den missmutigen Gesichtsausdruck ihres Mannes, bevor er ihren Blicken entschwand. Das Herz schlug ihr bis zum Hals, als sie seine Schritte auf der Treppe hörte und die knurrige Stimme des Barons, der Edward auf sein Klopfen hin hereinbat. Alles deutete darauf hin, dass ein Streit in der Luft lag.

»Ich kann diese Ungewissheit nicht ertragen«, rief Anastasia. »Was meint ihr, was will Papa von Edward? Er klang wütend.«

Eloise setzte sich den Hut auf, verknotete die Bänder, nahm ihren Sonnenschirm und einen schmalen Gedichtband zur Hand. »Ich weiß es nicht«, erwiderte sie. »Bitte, seht für mich nach Charles, bis Meg wieder da ist. Ich werde in den Garten gehen.«

Edward hatte keine Ahnung gehabt, warum der Baron ihn hatte sehen wollen, doch nach dessen Miene zu urteilen, war er aufgebracht. Krampfhaft überlegte er, welches Vergehen den Zorn des alten Deutschen wohl heraufbeschworen hatte. Er salutierte, wohl wissend, dass es den Baron zwingen würde, es ihm gleichzutun. Trotz des geöffneten Fensters war der Raum stickig. Schweiß rann ihm über den Rücken.

»Meine Tochter ist unglücklich«, eröffnete Eloises Vater das Gespräch. Er stand vor dem leeren Kamin, die Hände hinter dem Rücken verschränkt. »Was hast du mir dazu zu sagen?«

»Hat sie gesagt, sie sei unglücklich, Baron?«

»Das braucht sie nicht. Ich kenne meine Tochter, und sie ist nicht zufrieden mit der Art und Weise, wie du sie behandelst.« Seine Stimme war lauter geworden, und sein Gesicht war puterrot.

»Ich habe ihr das schönste Haus in New South Wales hingestellt, habe sie mit den feinsten Kleidern und dem besten Schmuck ausgestattet, mit Dienern, die ihr alle Wünsche erfüllen«, entgegnete Edward ebenso laut. »Was erwartest du noch von mir?«

»Dass du ihr ein guter Ehemann bist!«, fuhr Oskar von Eisner auf. »Dass du zu Hause bleibst und dich um sie kümmerst!«

Edward spürte ein Zucken in der Wange und wusste, er musste seine Wut im Zaum halten. »Meine militärischen Pflichten halten mich ab«, sagte er. »Eloise wusste das, bevor wir heirateten. Sie kann sich jetzt kaum beschweren.«

»Mein Tochter beklagt sich nicht! Dafür ist sie dir zu treu ergeben. Aber ich höre die Gerüchte. Ich weiß, es sind nicht deine Pflichten, die dich von ihr fernhalten. Und ich werde *nicht* zulassen, dass du meine Tochter mit deinem rüpelhaften Betragen demütigst.«

Edward zuckte unter der Beleidigung zusammen. »Mein Verhalten ist *niemals* rüpelhaft«, knurrte er. »Und wenn, dann geht es dich nichts an.«

»Es geht mich sehr wohl etwas an, wenn ich in den Augen meiner Tochter sehe, dass sie sich verletzt fühlt«, donnerte der Baron. »Und was ist mit deinem Sohn? Ich habe gehört, was du an dem Tag seiner Geburt gesagt hast, und habe beobachtet, wie du ihn missachtest. Es bricht meiner Tochter das Herz.«

»Charles ist viel zu jung, um für einen Vater von Interesse zu sein«, fuhr Edward ihn an. »Ich bezweifle, dass du viel Zeit im Kinderzimmer verbracht hast, als deine Töchter noch klein waren.«

»Du wirst dein Verhalten ändern müssen.«

Edward spürte, wie ihm der Schweiß in einem Rinnsal über die Wange lief. »Ich lebe mein Leben, so wie ich es für richtig halte«, sagte er leise mit bedrohlichem Unterton. »Eloise ist meine Frau, und Charles ist mein Sohn. Für beide bist du nicht zuständig, und du bist gut beraten, wenn du deine Nase aus meinen Angelegenheiten heraushältst.«

»Soll das eine Drohung sein?« Oskar von Eisners Augen traten vor Wut und Ungläubigkeit hervor.

»Nur wenn du es als solche empfindest«, erwiderte Edward. Er entspannte sich und vergrub die Hände in den Taschen. Der alte Idiot wusste offenbar nichts, was ihm hätte schaden können. »Wenn du nichts weiter zu sagen hast, hole ich jetzt meine Frau und meinen Sohn und kehre nach Hause zurück.«

»Ich bin noch nicht fertig«, polterte der Baron.

Edward seufzte und setzte sich. »Dauert es noch lange?«, fragte er mit gespielter Gleichgültigkeit.

»Es dauert so lange, wie ich es will«, knurrte Eloises Vater und ließ sich so schwer in seinen Sessel fallen, dass die Federung ächzte. »Ernste Sorgen bereiten mir noch andere Angelegenheiten.«

Edward behielt eine nichtssagende Miene bei. »Welche Angelegenheiten?«

Der Baron starrte an Edward vorbei. »Nichts, was deine Herkunft betrifft«, sagte er. »Dein Vater ist ein feiner Mann und wäre schockiert, wenn er von deinem Verhalten in letzter Zeit erführe, dessen bin ich mir sicher.«

Wieder lief ein Rinnsal über Edwards Wange, doch er rührte sich nicht, um es abzuwischen. Er schluckte und versuchte, nach außen hin ruhig zu bleiben, obwohl er inzwischen innerlich aufgewühlt war. Sein Vater und der Deutsche hatten sich angefreundet. Hatte der Baron etwa von den heimlichen Ausflügen seines Schwiegersohns in den Busch gehört, bei denen er die Schwarzen von der Bildfläche verschwinden ließ – oder ging es um seinen Betrug beim Kartenspiel? »Mein Vater hat auch seine Schwächen«, erwiderte er. »Du musst mich daran erinnern, dass ich dir einmal davon erzähle, wenn du gefasster bist.«

»Treib keine Spielchen mit mir, Junge!«, rief Oskar von Eisner, erhob sich aus seinem Sessel und baute sich vor Edward auf. »Dein Vater ist ein Ehrenmann – was man von dir nicht gerade behaupten kann. *Er* zahlt seine Spielschulden.«

Edward hätte vor Erleichterung beinahe laut gelacht. »Meine werden Ende des Monats beglichen, wie immer«, erwiderte er. »Das wissen meine Gläubiger.«

Der Baron sank in den Sessel zurück, hielt den Blick aber unverwandt auf Edwards Gesicht gerichtet. »Das hoffe ich doch«, sagte er etwas ruhiger. »Aber erwarte nicht, dass ich dir helfe, wenn sie zu hoch werden.«

»Meine Finanzen sind in Ordnung«, schnauzte Edward ihn an. »Und jetzt darf ich mich verabschieden.«

Der Baron hob eine Hand, um ihn zum Schweigen zu bringen. »Meine andere Sorge betrifft den Umstand, dass du dich deinem Vater offenbar gar nicht nahe fühlst. Ich hatte das Vergnügen, viele Stunden mit ihm zu verbringen, und finde seine Gesellschaft äußerst angenehm. Schade, dass du meine Ansicht nicht teilst.« Er zog seine buschigen Augenbrauen zusammen.

»Mein Vater und ich sind praktisch Fremde«, erklärte

Edward. »Seine Reisen brachten es mit sich, dass er in meinen prägenden Jahren nur selten zu Hause war, und sobald ich in die Armee eintrat, hatten wir noch weniger Gelegenheit, uns näher kennenzulernen.«

»Die Chance hast du jetzt«, erwiderte der Baron, »und dennoch grenzt dein Verhalten bei den wenigen Gelegenheiten, zu denen er bei euch eingeladen ist, an Unverschämtheit. Bemüh dich nicht, es zu leugnen. Ich habe es gestern Abend selbst feststellen können. Eloise hat nichts gesagt, aber ich weiß, dass sie deinen Vater gern bewirten würde, ohne sich vor einer ungemütlichen Atmosphäre fürchten zu müssen.« Er warf sich in die Brust. »Meine Tochter ist Familienzwiste nicht gewöhnt. Nachdem sie nun deine Frau ist, ist es nur recht und billig, wenn auch dein Vater Anteil an ihrem Leben nehmen kann.«

Edward merkte, dass sein Vater dabei seine Hand im Spiel hatte. Der Baron war schlau. Er hatte ihn mit einem vernünftigen Argument in die Ecke gedrängt, doch er konnte unmöglich wissen, dass die Bedrohung durch die bei einem Anwalt hinterlegte Erklärung seines Vaters noch immer wie ein Damoklesschwert über Edward hing. Diese Erklärung könnte ihn ruinieren, denn sie bewies, dass Jonathan Caldwallader einen Meineid geschworen hatte, um Edwards Kopf zu retten. Sie enthielt auch den Beweis, dass Edward und seine Männer falsches Zeugnis abgelegt hatten und in Wirklichkeit der Vergewaltigung an Millicent Parker schuldig waren.

»Mein Vater wird in unserem Haus immer willkommen sein«, log er, »und es wird ihm eine Ehre sein, wenn er erfährt, dass Eloise so große Stücke auf ihn hält. Er hat mir gesagt, dass er sie sehr bewundert.«

Oskar schwieg, und Edward merkte, dass er sich noch weiter ins Reich der Phantasie begeben musste, um ihn zufriedenzustellen. Er holte tief Luft. »Die Kluft, die zwischen meinem Vater und mir besteht, bedauere ich zutiefst«, sagte er, »aber meine Dienstpflichten haben mich oft längere Zeit aus Sydney fortgeführt, und er war unterwegs auf Forschungsreise.« Die Worte kamen ihm von den Lippen, als hätte er sie einstudiert. »Der Wunsch, das zu ändern, ist uns gemeinsam. Welcher Sohn könnte es schon ertragen, mit dem einen Mann im Streit zu liegen, zu dem er immer aufgeschaut hat, und welcher Vater könnte sich schon von seinem eigen Fleisch und Blut, seinem Erben, fernhalten?« Er zwang sich zu einem Lächeln. »Dein Rat ist weise«, fuhr er fort »aber ich darf darauf hinweisen, dass ich bereits die beste Absicht hatte, eine engere Beziehung zwischen meinem Vater und mir zu schmieden, und ich bedaure, wenn du so schlecht von mir denkst.«

Der Baron schnaubte. »Mit Worten bist du schnell bei der Hand, aber jetzt sollten ihnen auch Taten folgen.«

Eloise war einen Moment versucht gewesen, an der Tür zum Arbeitszimmer zu lauschen, doch sie war weiter die Treppe hinuntergegangen. Das Gesicht durch einen Sonnenschirm geschützt, hatte sie sich auf einen Spaziergang durch den Garten begeben, und obwohl ihre Nerven zum Zerreißen gespannt waren und ihre Gedanken sich im Kreise drehten, hatte sie dennoch Augen für ihre schöne Umgebung.

Der auf Bewährung Strafentlassene, den sie eingestellt hatten, um das Stück Land zum Leben zu erwecken, hatte Wunder gewirkt. Mit Hilfe einiger Sträflingsjungen hatte er das öde Gestrüpp beseitigt und eine Rasenfläche angelegt, dazu runde Beete mit leuchtend bunten Blumen und einem stabilen Zaun als Begrenzung, um die Kängurus fernzuhalten. Die Bäume und Sträucher hatte er stehen lassen, damit sie Schatten spendeten, und im hinteren Teil des Geländes befand sich ein Gemüsegarten, aus dem das Hotel mit frischer Ware versorgt wurde.

Der Baron war ein eifriger Sammler exotischer Pflanzen, und er hatte Zeit und Geld investiert, um vielerlei Arten zu importieren. Eloise untersuchte die hellrote Blüte der einheimischen Waratah, die zarten sternförmigen Blüten des Frangipanibusches, und pflückte dann eine vollkommene Hibiskusblüte. Sie blieb stehen, um die schmückende Blütenfülle der prächtigen Kamelien zu bewundern, und ging dann weiter zur Laube, die mit Rohrsesseln und bunt bezogenen Polstern ausgestattet war. Rosen und Geißblatt kletterten daran empor und verströmten ihren Duft, und in der Stille war nur das Summen der emsigen Bienen zu hören.

Als sie auf die Polster sank, warf sie unwillkürlich einen Blick auf die Fenster im oberen Stockwerk des Hotels. Sie hörte ihren Vater und Edward schreien, verstand jedoch nur wenig. Seufzend versuchte sie, die zornigen Stimmen auszublenden und sich auf ihr Buch zu konzentrieren.

Stolz auf das, was er heute Vormittag geleistet hatte, verließ George das Geschäft und das Lagerhaus, über dessen Tür sein Name stand. Samuel Varney war der ideale Geschäftspartner, der sich nie einmischte, aber immer zur Hand war, wenn Rat gebraucht wurde. Ihr Großhandel brummte, und George schmunzelte zufrieden, während er das Hotel ansteuerte.

Nicht schlecht für einen dreckigen Bengel aus Cornwall, der immer Frösche in den Taschen hatte, dachte er.

Er achtete nicht auf die Hitze und die surrenden Fliegen und machte einen Bogen um die Pferdeäpfel auf der Straße. In New South Wales musste sich jedermann pompösen Lebensstil und Selbstdarstellung abgewöhnen – ja, selbst das Haus des Gouverneurs war kaum einen zweiten Blick wert. Der viereckige Klotz stand in einem Park mit Blick auf die Bucht und erweckte mit seiner schattigen Veranda und den hohen Fenstern einen ziemlich massiven Eindruck, doch George wusste, dass die weiße Farbe bei näherem Hinsehen abblätterte, das Holz der Fensterläden morsch und das Ziegeldach wahrscheinlich durchlässig wie ein Sieb waren. Dennoch sah es im Sonnenlicht respektabel aus, und die blauen Fensterläden verliehen ihm einen Hauch vergangener Pracht.

George hatte gehört, dass es Pläne gab, das Gebäude abzureißen und in Parramatta einen Landsitz für den Gouverneur neu zu errichten. Wenn die Gerüchte stimmten, würde ihm das Gebäude fehlen. Dort hatte er die Unbekannte mit den Kamelien gesehen – und außerdem war es eine stille Mahnung an die ersten Monate der Kolonie, in denen es das einzige richtige Haus in einem Meer von Zelten und Holzschuppen gewesen war.

Als er das Hotel betrat, läutete eine Schiffsglocke, und er vernahm ein Durcheinander von Männerstimmen aus dem Schankraum. Er ging hinein, und nachdem sich seine Augen an das Dämmerlicht gewöhnt hatten, war er dankbar, ein paar vertraute Gesichter zu sehen – doch keine Spur von Thomas. Krampfhaft versuchte er, sich auf etwas anderes als seine Herzensangelegenheiten zu konzentrieren, und gesellte sich zu der Gruppe.

Er hatte keine Angst, seine Jugend könnte in dieser Gesellschaft unangenehm auffallen: Er genoss in Geschäftskreisen bereits den Ruf, einen guten Riecher für unentdeckte Märkte zu haben. Aber er hatte nicht vor, seine Geschäftsgeheimnisse preiszugeben, sondern wollte vielmehr zuhören und von den anderen lernen. Er bestellte sich etwas zu trinken und nahm an der angeregten Unterhaltung teil.

Als die anderen wieder in ihre Büros aufbrachen und noch immer nichts von seinem Freund zu sehen war, wurde George unruhig. Thomas war für gewöhnlich so zuverlässig – irgendetwas musste ihn aufgehalten haben. George nahm sein Bierglas und ließ sich in einen bequemen Sessel am Fenster fallen. Er entspannte sich in der leichten Brise, die vom Garten heraufzog, und dachte wieder einmal über die Möglichkeiten nach, die sich einem Mann mit Visionen in dieser Kolonie auftaten. Schon lange war ihm bewusst, dass er sowohl die Vorstellungskraft als auch die Fähigkeit hatte, ein Unternehmen zu verwirklichen, und manches, was er heute gehört hatte, hatte sein Interesse geweckt. Ideen stiegen in ihm auf und nahmen Gestalt an – erst durch das Schlagen der Uhr wurde er unterbrochen.

Thomas war jetzt längst überfällig, und George fragte sich, was er weiter machen sollte. Sein steifer Kragen scheuerte an seinem Hals, und er verzog das Gesicht. Da er an die weiche, lockere Kleidung und die Zwanglosigkeit an Bord oder auf einem Pferderücken gewöhnt war, empfand er seinen formellen Aufzug als hinderlich, und jetzt, da sein Freund ihn versetzt hatte, war ihm unbehaglich zumute.

George kämpfte gegen seine Enttäuschung an. Er stand auf, nahm Hut und Stock zur Hand und schaute unschlüssig aus dem Fenster. Was er dort sah, verscheuchte jeden Gedanken an Aufbruch.

Edward starrte am Baron vorbei, während dieser ihm seine Fehler aufzeigte und ihm von neuem die Vernachlässigung seiner Frau und seines Sohnes vorwarf. Nachdem seine Schimpfkanonade beendet war, legte sich Schweigen über sie, und die Zeiger der tickenden Wanduhr gingen auf zwei Uhr zu.

Der Baron ergriff als Erster wieder das Wort. »Du hast gesagt, du möchtest engere Bindungen zu deinem Vater knüpfen. Dann wird es dich freuen zu erfahren, dass er um vier Uhr zum Tee zu uns kommt.«

»Ich habe schon etwas anderes vor.«

»Sag ab«, verlangte der Baron. Mit bohrendem Blick sah er Edward an. »Du wirst daran teilnehmen.«

Edward stand auf und schlug die Tür hinter sich zu. Vor Wut konnte er kaum atmen. Der Einfluss seines Vaters auf den Baron war deutlich, und er ließ sich nicht gern sagen, was er zu tun habe. Und was Eloise betraf, was fiel ihr nur ein, sich bei ihrem Vater auszuheulen?

Georges Knie gaben nach, und er sank auf die Bank in der Fensternische, gefesselt von dem Anblick, der sich ihm bot. Die junge Frau war eine äußerst betörende Erscheinung, wie sie da in der Laube saß, umgeben von Blumen, und er fragte sich, ob sie überhaupt eine Ahnung von ihrer Wirkung hatte. Sein Pulsschlag beschleunigte sich, während seine

Träume plötzlich auf wundersame Weise vor ihm Wirklichkeit wurden. Ihre Schultern schimmerten hell, ihre Taille war schmal, ihr goldblondes Haar drang unter dem reizenden Hut hervor und liebkoste ihre Haut. In den schmalen Händen hielt sie ein dünnes, in Leder gebundenes Buch, dessen Seiten mit einer Hibiskusblüte beschwert waren. Sie war vollkommen, und George wusste in jenem Augenblick, dass er nie eine andere lieben würde. Von dem Wildfang, der im Mondlicht über den Rasen getanzt war, merkte man ihr jetzt nichts mehr an, doch auch diese ruhigere Seite an ihr reizte ihn: sie strahlte Selbstsicherheit aus und verriet, dass sie sich auch ohne Gesellschaft wohl fühlte.

Seinen prüfenden Blick schien sie nicht zu bemerken, offensichtlich war sie in ihr Buch vertieft. Sie war recht groß und wirkte in dem blassgrünen Teekleid elegant. Ihr Dekolleté war makellos, und das grüne Band um ihren Hals betonte seine schlanke Rundung.

Mühsam riss er sich zusammen und beschloss, sich auf die Suche nach jemandem zu begeben, der sie miteinander bekannt machte, als sie den Kopf hob und ihre Blicke sich begegneten. George erstarrte. Ihre Augen leuchteten wie Smaragde in ihrem herzförmigen Gesicht. Er errötete, weil sie ihn dabei erwischt hatte, wie er sie beobachtete, und ein belustigtes Schmunzeln trat auf ihr Gesicht. Reizende Grübchen erschienen kurz auf ihren Wangen, bevor sie sich wieder über ihr Buch neigte.

George erhob sich von der Bank und stellte fest, dass er bis auf einen älteren Herrn, der sein Mittagsschläfchen hielt, allein im Raum war. Mit einem nächsten Blick aus dem Fenster vergewisserte er sich, dass die Fremde noch da war, doch der Gedanke, sie könnte im nächsten Moment verschwunden sein, ohne dass sie sich kennengelernt hatten, war kaum zu ertragen. Wenn doch nur Thomas hier wäre! George war hin und her gerissen zwischen dem Wunsch zu warten, bis man sie einander formgerecht vorstellte, und der verlockenden Versuchung, alle Konventionen über Bord zu werfen und einfach zu ihr zu gehen.

Eloise klappte ihr Buch zu. Für gewöhnlich beruhigten sie Shakespeares Sonette, doch heute lagen ihre Nerven blank und sie ließ sich leicht ablenken. Sie schaute noch einmal zum Fenster des Arbeitszimmers auf und runzelte die Stirn. Edward und ihr Vater waren schon lange dort, aber wenigstens hatten sie aufgehört zu schreien.

Im Schatten war es inzwischen kühl geworden, also nahm sie ihren Sonnenschirm und das Buch und ging von der Laube an eine geschütztere Stelle im Garten, die noch in der Sonne lag. Der junge Mann, den sie durch das Fenster des Schankraums gesehen hatte, würde ihr dort nicht nachspionieren können. Sie setzte sich auf eine Steinbank. Sein Erröten hatte sie zum Lächeln gebracht, und sie hatte den Eindruck gehabt, dass sie diese hübschen Gesichtszüge und das dunkle Haar schon einmal gesehen hatte.

Sie schlug ihr Buch wieder auf, doch die Buchstaben tanzten vor ihren Augen. Erneut versuchte sie sich zu konzentrieren, die Wörter aber blieben verschwommen. Wie konnte sie sich durch diesen jungen Mann so durcheinanderbringen lassen, obwohl sie doch verheiratet und Mutter war?

Mit einem Ruck klappte sie das Buch zu. Sie durfte auf keinen Fall Hirngespinste entwickeln. Der Streit zwischen

Edward und ihrem Vater hatte an ihren Nerven gezehrt, das war alles, und ihre Phantasie war mit ihr durchgegangen. Sie hatte nur ein Gesicht an einem Fenster gesehen – ein anonymes Gesicht, das ihr nichts bedeutete.

Erneut schaute sie zum Arbeitszimmer hinauf und biss sich auf die Unterlippe. Es war Zeit, ins Haus zu gehen und festzustellen, was eigentlich passiert war. Sie stand auf und ging auf die Tür zu, die zur Wohnung der Familie hinaufführte.

Aus dem Halbdunkel der Treppe trat Edward auf sie zu und packte sie am Arm. »Da hinein«, befahl er. Er stieß sie in einen Lagerraum und schloss die Tür.

Eloise ließ sich von seiner rauen Behandlung nicht beeindrucken. Sie waren im Hotel ihres Vaters, und Edward würde es nicht wagen, ihr unter seinem Dach etwas anzutun. »Worüber du und Papa gestritten habt, geht mich nichts an, Edward«, sagte sie. »Mach die Tür auf und lass mich raus.«

»Erst wenn ich dazu bereit bin.« Er drückte sie an die Wand zwischen Mehl- und Kartoffelsäcke. »Wenn du dich noch einmal bei deinem Vater beklagst, erwartet dich eine Strafe. Kapiert?«

»Wenn du deine Hand gegen mich erhebst, schreie ich«, drohte sie ihm.

Edward ließ das anscheinend kalt. »Wenn ich höre, dass du mich ihm gegenüber schlecht gemacht hast, schlage ich dich grün und blau.« Seine Stimme war gedämpft. »Niemand wird deine Schreie hören.«

Eloise wusste, dass er es ernst meinte, und versuchte, ihr Zittern zu unterdrücken. »Ich rede nicht mit meinem Vater über dich«, brachte sie hervor. »Deine Anschuldigungen sind beleidigend und fehl am Platz. Im Übrigen«, fügte sie hinzu, überrascht, wie ruhig ihre Stimme klang, »werden meine blauen Flecken beredte Zeugen sein.«

»Deine blauen Flecken wird man nicht sehen«, erwiderte er, »es sei denn, du ziehst dich aus.«

»Ich wusste, dass du nur wenig für mich empfindest«, sagte sie leise, »aber mir war nicht klar, dass du mich so hasst.«

»Ich hasse dich nicht«, zischte er. »Wenn du dich so verhältst, wie meine Frau es tun sollte, brauchst du keine Angst zu haben, dass ich dich grob anfasse. Aber wenn du nicht spurst, bin ich unbarmherzig.«

Eloise hatte zu viel Angst, um zu sprechen.

Edward ließ sie los und strich die Rockschöße seiner Uniform glatt. »Jetzt kannst du nach oben gehen, ich kehre in die Kaserne zurück. Mein lieber Vater ist eingetroffen, und der Baron hat mir versichert, dass dir seine Gesellschaft gefällt. Du solltest ihn also nicht warten lassen.«

»George, verzeih, wenn ich zu spät komme.«

»Wo warst du?« George ergriff die Hand seines Freundes. »Aber mach dir nichts daraus, es spielt jetzt keine Rolle mehr. Komm, sie ist im Garten!«

»Warte, George. Ich muss dir etwas sagen.«

Er sah das Bedauern in den Augen seines Freundes, und plötzlich überkam ihn Angst. »Was denn, Tom?«

»Setz dich lieber!«

»Aber die junge Frau, von der ich dir erzählt habe, ist da draußen und kann jeden Augenblick verschwinden. Wir müssen uns beeilen.«

Thomas packte ihn am Arm und zog ihn zu einer Sitzgelegenheit. Er gab dem Mann an der Bar ein Zeichen und bestellte ihnen beiden ein deftiges Glas Rum. »Sie ist schon weg«, sagte er ruhig.

»Unsinn!«, platzte George heraus. »Ich habe sie gerade noch gesehen.«

Thomas schüttelte den Kopf. »Sie heißt Eloise Cadwallader.«

George sackte auf seinem Sessel zusammen, seine Hoffnungen wurden von einer Woge der Verzweiflung hinweggespült. »Wieso bist du dir da so sicher?«

»Du hast sie gut beschrieben, und ich wusste, wer es sein musste, als ich sie im Garten sah.«

»Du warst schon früher hier?«, fragte George ungewollt scharf.

»Nicht länger als zehn Minuten.«

An dem Mitleid im Blick seines Freundes merkte George, dass man ihm seine innere Qual deutlich ansah. »Warum bist du nicht zu mir gekommen?«

Thomas wurde rot. »Ich habe mich verspätet, weil ich einer Sitzung des Kriegsgerichts beiwohnen musste, die länger dauerte als erwartet. Und dann hat Anastasia mich abgefangen, als ich gerade hier hineingehen wollte.« Er nickte mit dem Kinn in Richtung Garten. »Da habe ich Eloise im Garten gesehen. Deine Beschreibung passte eindeutig zu ihr. Tut mir leid.«

George fühlte einen Kloß im Hals. Mit zitternder Hand führte er das Glas an die Lippen.

»Ich wünschte, es wäre anders«, sagte Thomas, »aber vielleicht ist es am besten so.«

George stöhnte. »Was soll ich nur machen?«

»Vergiss sie. Es gibt noch andere schöne Frauen in Sydney Town, die treu sind und versessen darauf, einen Mann zu finden.«

»Keine ist so schön wie Eloise«, flüsterte George.

»Mein Gott, dich hat es aber erwischt«, meinte Thomas. »Und das ist der Mann, der noch vor ein paar Wochen geschworen hat, er würde sich nie einfangen lassen. Du musst dich zusammenreißen, George. Sie ist verheiratet und hat ein kleines Kind, und damit ist die Sache zu Ende.«

»Ich kann sie nicht vergessen.«

»Du musst.«

Der Rum brannte in seinem Magen, und George meinte zu ersticken. Er zog sich aus dem Sessel hoch und fuhr mit dem Finger zwischen Hals und Kragen. »Ich muss an die Luft«, murmelte er.

»Ich komme mit.« Thomas war im Begriff, sich zu erheben.

»Jetzt nicht, Tom. Ich muss allein sein.«

Ohne eine Antwort abzuwarten, trat George durch die Schwingtür hinaus in den Garten.

Zweiter Teil

Verworrene Bündnisse

Sieben

Hawks Head Farm, 9. Januar 1798

Es war früh am Morgen, doch der Himmel blieb bleiern, während die Hitze zunahm und in der Ferne Donner grollte. Ein Hund bellte, und das vor dem drohenden Gewitter gereizte Vieh auf der Weide nebenan lief wild durcheinander. Auf dem Hof bereiteten die Menschen sich auf einen neuen Tag vor, das Klirren von Zaumzeug und die Hammerschläge auf einem Amboss klangen durch die schwere Luft.

In der Hoffnung auf eine Brise vom Hawkesbury River, die jedoch ausblieb, traten Susan und Nell aus dem stickigen Haus hinaus auf die Veranda.

»Mir gefällt nicht, wie der Himmel aussieht«, sagte Susan. »Kein guter Tag zum Reisen.«

Nell wusste, dass ihre Schwägerin sie nur ungern gehen ließ. Sie waren sich in den vergangenen beiden Monaten näher denn je gekommen, und sie hoffte, dass dies die Lücke wenigstens etwas gefüllt hatte, die Florence hinterlassen hatte, als sie in ihr selbstgewähltes Exil ging. »Ein Tropfen Regen schadet nicht«, sagte sie mit gespielter Leichtigkeit.

Susan tupfte sich die Stirn mit einem Taschentuch ab. »Bist du sicher, dass es dir gut genug geht, um zu reisen?«

Nell nickte und schlug nach einem Fliegenschwarm. »Mir haben an Weihnachten die Kinder schon so gefehlt. Ich will nicht auch noch den Geburtstag der Zwillinge verpassen«, erwiderte sie. »Ich war so lange weg, dass sie mich vielleicht schon ganz vergessen haben.«

»Das bezweifle ich, aber die Heilung hat eben lange gedauert«, sagte Susan. »Es hat Zeiten gegeben, da haben Billy und ich gedacht, du würdest nie wieder aus eigener Kraft auf die Beine kommen.«

Nells Erinnerung an jene ersten Wochen nach der Operation waren verschwommen und bestanden hauptsächlich aus sengender Hitze, eisigem Frösteln und schrecklichen, von Schmerzen begleiteten Wahnvorstellungen. »Die meiste Zeit wusste ich nicht einmal, welchen Tag wir hatten.« Sie grinste. »Das war im Nachhinein gesehen vermutlich ein Segen für euch. Ich bin weiß Gott schon lästig genug, wenn es mir gut geht.«

»Das liebe ich an dir.« Lachfältchen traten auf Susans Gesicht. »Du lässt dich nie unterkriegen.«

Nell umarmte sie. Tatsächlich war sie oft nahe daran gewesen, sich aufzugeben – vor allem, als der Militärarzt ihr mitgeteilt hatte, sie könne keine Kinder mehr bekommen. Doch die Liebe und Wärme der Familie hatten sie gestärkt, und Nell konnte ihnen gar nicht genug dafür danken. »Ohne euch hätte ich das nicht geschafft«, sagte sie.

Sie lösten sich aus ihrer Umarmung. »Ich wünschte, ich hätte noch ein bisschen mehr Fleisch auf deine Knochen bekommen«, meinte Susan. »Deine Kinder werden ihre neue, abgemagerte Mutter nicht wiedererkennen.«

Nell schaute auf ihr Dekolleté, das sich kaum über dem eng geschnürten Mieder erhob. »So flachbrüstig war ich wirklich noch nie«, stellte sie fest. Dann warf sie ihre Locken in den Nacken und reckte das Kinn. »Aber das kommt wieder, sobald ich in meinem eigenen Zuhause bin und alles wieder im Griff habe. Du wirst schon sehen.«

Susan kaute nachdenklich auf ihrer Unterlippe.

Nell wusste, woran sie dachte, und da sie nicht über Alice sprechen wollte, kam sie ihr zuvor. »Ich verabschiede mich von den anderen«, sagte sie rasch. »Billy soll in einer halben Stunde fertig sein.« Fast eine Stunde später kletterte Nell auf den Wagen und setzte sich neben Billy. Sie hatte sich verabschiedet und war bereit, nach Hause zu fahren, doch als sie nun die einzelnen Mitglieder der Familie vor sich sah, die sich ihr zuwandten, hätte sie am liebsten alle mitgenommen.

Ezra war in den vergangenen Monaten für sie wie ein Vater geworden. Er war fünfundfünfzig, sah jedoch in dem schäbigen schwarzen Rock und dem breitrandigen Hut zehn Jahre älter aus. Sein Haar war weiß, sein längliches Gesicht blass und zerfurcht, seine Schultern gebeugt. Er hatte sich nie von Millicents Selbstmord und Florence' Abreise erholt, und die Bürde, die Hawkesbury-Mission zu leiten, raubte ihm die letzte Kraft. Dennoch hatte er sich mit großer Freundlichkeit während ihrer Rekonvaleszenz um sie gekümmert: Er hatte viele Stunden bei ihr gesessen, hatte ihr vorgelesen und ihr dabei geholfen, das Alphabet zu lernen.

Ernest hatte die Größe und das zurückhaltende Wesen von seinem Vater, damit war die Ähnlichkeit aber schon erschöpft. Sein gebräuntes Gesicht verriet Vitalität und Gesundheit. Die Unverwüstlichkeit der Jugend hatte ihn den Verlust von Millicent, seiner ersten großen Liebe, überstehen lassen, und jetzt freute er sich auf eine strahlende Zukunft mit seiner Frau und dem Kind, das sie erwartete.

Nell lächelte auf Bess hinab, eine bodenständige junge Frau, die schwer arbeitete und eine fröhliche Art hatte, um die Nell sie nur beneiden konnte. Drall und geschäftig wie sie war, hatten sie alle schnell ins Herz geschlossen. Nell unterdrückte blinzelnd ihre Tränen und warf Susan eine letzte Kusshand zu. »Lass uns fahren, Billy«, murmelte sie. »Noch einen Augenblick, und ich heule los.«

Moonrakers, 9. Januar 1798

Alice stellte den Wäschekorb auf dem Boden ab und reckte den Rücken. Sie war erschöpft, aber in Hochstimmung, weil sie und Jack in den letzten paar Monaten ein ungeheures Arbeitspensum geschafft hatten. Die Farm gedieh, die Kinder waren glücklich, und das Einzige, womit sie Schwierigkeiten hatte, waren die Aborigines. Die Eingeborenenkinder waren eine Freude, richteten aber oft Unheil an und liefen einem wie Mäuse ständig zwischen den Füßen herum. Die Männer ließen sich kaum blicken. Sie kamen nur ans Haus, wenn sie um Tabak oder um einen Schluck Rum betteln wollten – die Vorstellung, für solche Vergünstigungen zu arbeiten, war ihnen offenbar zuwider.

Jetzt waren drei Aborigines-Frauen über den Hof geschlendert und hatten sich an den Zaun neben sie gelehnt. Gladys, Pearl und Daisy waren so müßig, wie man es sich nur vorstellen konnte. Sie weigerten sich, im Haus zu helfen, stibitzten Nahrungsmittel aus der Vorratskammer und standen für gewöhnlich im Weg – doch Alice hatte sich wenigstens allmählich an ihren üblen Geruch gewöhnt und wusste ihre Hilfe bei den Kindern zu schätzen, wenn sie selbst gerade mit dem Vieh beschäftigt war. Die Kleinen liebten die Freiheit des Eingeborenenlagers, in dem sie sich ausziehen, schmutzig machen und fragwürdige Nahrung zu sich nehmen konnten, die in der Asche des Lagerfeuers zubereitet wurde. Allerdings, dachte Alice beim Anblick der frischen Wäsche, die an der Leine im Wind flatterte, hat ein bisschen Dreck noch keinem geschadet, und die Kinder gediehen darin – auch wenn es dadurch an jedem Tag mehr zu waschen gab.

»Bist wohl jetzt die Missus hier«, sagte Gladys und unterbrach ihre Gedanken. »Mit zwei Bossen!« Sie stieß Alice in die Seite, und die drei Aborigines brachen in schallendes Gelächter aus.

Alice schaute sie missbilligend an. »Ganz bestimmt nicht«, erklärte sie. »Zwei Bosse, zwei Missus. Nell ist bald wieder da.«

»Missus Nell lange weg«, sagte Gladys bedächtig. »Boss Billy wird einsam.«

Alice war froh, dass niemand in der Nähe war und diese Unterhaltung mitbekam. Sie war gekränkt, dass jemand auch nur annehmen konnte, *sie* sei so eine Frau. »Jack ist mein Boss, nicht Billy«, sagte sie mit Nachdruck. »Und ich wäre euch dankbar, wenn ihr so einen Klatsch nicht weitertragen würdet.«

Gladys' Augen funkelten vergnügt, als sie auf die anderen zwei Frauen in Eingeborenensprache einplapperte.

Alice verstand kein Wort, doch die Bedeutung wurde durch ihre Gesten klar. Gladys schüttelte den Kopf, und die anderen lachten gackernd, während sie sich gemächlich entfernten. Alice seufzte empört. Wenn Nell solche Gerüchte zu Ohren kämen, würde es endlosen Ärger geben. Vorerst aber wollte sie das Geschwätz überhören und hoffen, dass es von selbst aufhörte.

Sie ließ den Wäschekorb stehen und betrat den neuen Schurschuppen mit seinem angenehmen Duft nach frisch behauenem Holz. Jack und die Sträflinge hatten ihn am Nachmittag fertiggestellt. Es hatte Rum für alle gegeben, und sie hatten diesen nächsten Schritt auf dem Weg zum Aufbau von Moonrakers gefeiert.

Sie genoss die Stille. Ein paar von Staub durchsetzte Sonnenstrahlen fielen durch die Dachsparren hoch über ihr und warfen goldene Streifen auf den Boden, der letzten Endes vom Schweiß der Schafscherer gebleicht werden würde. Jetzt waren die Verschläge noch leer und der schwere Tisch sauber, doch schon bald würde dort dicke Schur sortiert werden, und die Holzrampen würden unter trampelnden Hufen vibrieren. Sie hörte schon fast die Rufe – ›Wolle weg! Teer! Schafe!‹ – in dem noch klösterlich stillen Bau und meinte, das Lanolin, den Schweiß und den Teer zu riechen.

Das Geräusch ihrer Stiefelabsätze hallte wider, als sie um die kleinen Schleifsteine mit ihren dünnen Griffen und der breiten, rauen Oberfläche herum ans andere Ende ging, wo die große Wollpresse auf den ersten Ballen einer neuen Schurzeit wartete. Die Fenster in den Verschlägen waren jetzt mit Holzläden verschlossen, doch wenn die Männer im April kämen, würde man sie weit öffnen.

Alice war selig. Dank des Erfolgs der letzten Schur war das alles möglich gewesen. Der Wollertrag hatte alle Erwartungen übertroffen und ihnen erlaubt, diesen prächtigen Schuppen zu bauen und ihrem vermögenden Nachbarn

John Macarthur noch mehr Merinoschafe abzukaufen. Jetzt war ihre Herde durch die Lämmer im Frühling und im Sommer bereits auf die dreifache Größe angewachsen.

»Mama!«, rief ein Piepsstimmchen am Eingang.

Alice' Herz zog sich zusammen. Sie ging durch den Schuppen zurück und nahm Sarah in die Arme. Sie war in Nells Kinder vernarrt, besonders in Sarah. Sie küsste die weichen Locken, drückte das Kind fest an sich und wünschte sich wieder einmal, sie hätte ein eigenes.

»Mama, was machst du?«, fragte Sarah.

»Sie ist nicht unsere Mama«, rief Amy ungehalten und lief zu ihnen. »Mama ist bei Tante Susan.« Unter ihren leuchtend roten Locken funkelte sie ihre Schwester an, verschränkte die Arme vor der Brust und stampfte mit dem kleinen Fuß auf.

Alice musste sich das Lachen verkneifen. Amy sah ihrer Mutter so ähnlich, und obwohl sie noch keine sieben Jahre alt war, hatte sie schon Nells Art angenommen. Sie schenkte dem kleinen Mädchen ein Lächeln. »Du hast recht«, sagte sie sanft. »Ich bin nicht eure Mama, und Sarah, du musst daran denken, mich Tante Alice zu nennen.«

»Will ich aber nicht«, schmollte Sarah.

Alice nahm die beiden an die Hand und führte sie hinaus, bevor sich Sarahs Unwille zu einem Wutanfall steigern konnte. »Euer Papa kommt morgen nach Hause«, sagte sie. »Sollen wir nicht ein Spruchband basteln, mit dem wir ihn willkommen heißen?«

»Kommt Mama diesmal mit ihm nach Hause?« Amy wartete mit unbewegtem Blick auf eine Antwort.

Billy hatte Nell in den letzten Monaten so oft besucht,

wie er konnte, und besonders Amy war immer enttäuscht, wenn er allein zurückkam. »Vielleicht«, wich Alice aus. »Wenn es ihr gut genug geht, um eine so weite Strecke zurückzulegen.«

»Ich will meine andere Mama nicht«, schluchzte Sarah. »Ich will dich.« Sie umschlang Alice' Beine. Alice hob sie hoch und setzte sie sich auf die Hüfte. »Ich gehe ja nicht fort«, beruhigte sie das Kind. »Aber deine Mama wird bald hier sein, und sie kann es kaum erwarten, dich zu sehen. Sie liebt dich sehr und muss ohne euch alle bei Tante Susan sehr einsam gewesen sein.«

Sarah schniefte, und Alice putzte ihr die Nase. »Komm, Amy, du kannst mir mit dem Spruchband helfen, und wenn wir heute Abend ordentlich beten, kommt deine Mutter vielleicht auch.«

Offenbar war Amy mit dieser Idee zufrieden, denn sie hüpfte an Alice' Seite zum Haus. Trotzdem war Alice bedrückt. Sollte Nell morgen nach Hause kommen, dürfte sie ihre enge, liebevolle Beziehung mit den Kindern nicht mehr fortsetzen, und sie wusste nicht, ob sie das ertragen konnte.

Sie ließ die beiden an dem Spruchband aus Mehlsäcken arbeiten, während sie das Abendessen vorbereitete. Ihr Tag hatte vor dem Morgengrauen angefangen und war noch lange nicht zu Ende, wenn die Kinder schliefen, doch die Erschöpfung war keine Last, denn Alice war erfüllt und glücklich.

Lächelnd sah sie zu, wie die Mädchen schwätzten und Bilder malten, und hoffte, dieser friedliche Zustand könnte andauern. Sie hatte feste Gewohnheiten und einen geregelten Tagesablauf eingeführt, denn nur so konnte sie sich abwechselnd um Haus und Kinder und um das Vieh kümmern. Die Kinder aßen am Tisch, gingen jeden Abend zur selben Zeit ins Bett und badeten regelmäßig. An jedem Morgen hatten sie eine Stunde leichten Unterricht, und jeden Abend wurde gebetet. Billy war froh gewesen, dass sie die Verantwortung übernahm, und hatte sich erleichtert geäußert, wie ordentlich ihr Leben geworden war. Er hatte hinzugefügt, dass Nell sich darüber freuen würde, was Alice geschafft hatte.

Alice hingegen befürchtete, Nell würde die Organisation ihrer Familie eher als unwillkommene Einmischung empfinden.

Auf dem Weg nach Moonrakers, am nächsten Tag

»Ich kann es kaum erwarten, die Kinder zu sehen«, sagte Nell, während das Pferd den schlammigen Weg entlangtrottete. »Sie müssen ja so groß geworden sein. Hoffentlich erkennen sie mich noch.«

Billy konzentrierte sich darauf, den Wagen möglichst nur durch kleinere Pfützen und Schlaglöcher zu lenken. Der Wolkenbruch kurz zuvor war heftig gewesen, aber zum Glück nur kurz. »Natürlich kennen sie dich noch«, murmelte er, »aber es hat Veränderungen auf Moonrakers gegeben.«

»Was für Veränderungen? Davon hast du nie etwas gesagt.«

Er schob seinen Hut zurück. Noch immer tropfte ihm Wasser in den Nacken, obwohl die Sonne jetzt hoch am Himmel stand. »Alice hat vorgeschlagen, dass wir einen

Schurschuppen bauen, weil wir jetzt einen größeren Bestand haben. Er war fast fertiggestellt, als ich abfuhr, um dich zu holen.«

Nell kannte ihren Mann gut und sah ihm an, wie unangenehm ihm diese Unterhaltung war, doch sie schwieg und wartete ab, ob er ihr enthüllen würde, was sich sonst noch in ihrer Abwesenheit verändert hatte.

»Alice unterrichtet die Kinder jeden Morgen. Sie haben Lesen und Schreiben gelernt und können jetzt bis zehn zählen«, sagte er stolz. »Walter reitet manchmal auf seinem Pony mit mir hinaus und ist ein richtiger kleiner Mann geworden. Und die Mädchen ...« Er hielt kurz inne. »Alice hat ihnen beigebracht, leichtere Hausarbeit zu übernehmen. Ihre Wutanfälle sind seltener geworden, weil sie regelmäßige Mahlzeiten bekommen und zur richtigen Zeit ins Bett gehen. Sie hat es fabelhaft gemacht, Nell.«

Seine Lobeshymne auf Alice überstieg ihre schlimmsten Befürchtungen. »Davon bin ich überzeugt«, sagte sie verbittert.

Billy zog an den Zügeln, hielt den Wagen an und schüttelte den letzten Rest Wasser von seinem Hut, um ihn dann wieder aufzusetzen. Er ergriff ihre Hand. »Nell«, hob er an, »du bist das reizendste, freundlichste, kostbarste Ding auf der Welt, aber manchmal treibst du mich an den Rand des Wahnsinns.«

»Wieso das denn?«

»Ohne Alice hätten Jack und ich das alles mit der Farm und den Kindern nicht geschafft. Ohne Alice hätten wir alle monatelang nichts Anständiges zu essen bekommen, und die Kinder wären verwildert. Warum kannst du ihr nicht dankbar sein?«

»Ich *bin* dankbar«, entgegnete sie.

»Nein, bist du nicht. Du bist eifersüchtig.«

»Ja, verdammt! Wie würde es dir denn gehen, wenn ich einen anderen Mann geholt hätte, der sich um mich und die Kinder gekümmert hätte, während du weg warst? Wie würde es dir gehen, wenn ich dir bei deiner Rückkehr sagen würde, er werde mit allem besser fertig als du?« Sie verschränkte die Arme. »Du wärst nämlich auch eifersüchtig.«

Billy starrte finster in die Ferne. »Du hast recht«, gab er schließlich zu.

»Du hättest ihn eher zusammengeschlagen als ihm die Wange geküsst und dich bei ihm bedankt.«

Er schaute besorgt unter dem Hutrand hervor. »Du hast dich verändert, Nell«, sagte er. »Ich habe mich in eine weiche, warme, liebevolle Frau verliebt, die dankbar für die Hilfe einer anderen gewesen wäre. Sie hätte sich mit ihr angefreundet und wäre selig gewesen. Was ist in Hawks Head passiert, dass das anders geworden ist?«

»Die Monate bei Susan und ihrer Familie haben mir gezeigt, wie kostbar du und die Kinder für mich seid«, sagte sie sanft. »Ich liebe deine Schwester und ihren Mann, und ich bin dankbar für das, was sie getan haben – aber mir hat es nicht gefallen, so weit weg von Moonrakers zu sein und zu wissen, dass dort Alice meinen Platz einnehmen würde.«

Billy legte seine von der Arbeit raue Hand auf ihre Finger. »Alice könnte nie deinen Platz einnehmen. Sie ist nicht meine Frau, nicht die Mutter meiner Kinder, nur eine gute, liebe Seele, die eingesprungen ist, als sie gebraucht wurde.«

Nell stiegen heiße Tränen in die Augen, und sie blinzelte. »Ich habe Angst, Billy«, gab sie zu. »Was ist, wenn die Kleinen mich nicht mehr lieb haben? Ich könnte es nicht ertragen, sie zu verlieren.«

Billy zog sie in seine Arme. »Sie sprechen jeden Tag von dir – dafür habe ich gesorgt, genauso wie Jack und Alice. Sie haben nicht vergessen, wer du bist.« Er strich ihr eine feuchte Haarsträhne aus der Stirn und küsste ihre Augenbraue. »Das Fieber hat dich verwirrt. Nichts Wichtiges hat sich verändert.«

Sie rückte von ihm ab und schnäuzte sich die Nase, denn sie wollte unbedingt Stärke zeigen und auf alles vorbereitet sein, was sie auf Moonrakers vorfinden würde. »Und wieso sitzen wir dann hier noch rum? Lass uns nach Hause fahren.«

Moonrakers, am nächsten Tag

Die Kinder saßen in ihren besten Sachen auf der Veranda, das Haar gebürstet, dass es glänzte. Sie sollten in die Bilderbücher schauen, die Billy in der öffentlichen Schule in Sydney gekauft hatte, aber sie waren zu aufgeregt, um still zu sitzen, und liefen schon bald auf den Holzdielen auf und ab.

Das Spruchband war ans Dach der Veranda genagelt worden und flatterte in der warmen Brise, während die Sonne den Hof zu trocknen begann. Ein starker Regenguss war niedergegangen, hatte die Hitze aber nur geringfügig abgeschwächt.

»Ich habe ihnen doch gesagt, sie sollen sich nicht schmutzig machen«, sagte Alice, die neben Jack am Hofzaun stand und zusah, wie Walter in die Pfützen sprang.

»Sie sind aufgeregt«, erwiderte Jack, den Blick starr auf

eine Stelle am anderen Flussufer gerichtet. »Der Gedanke, ihre Mutter könnte unterwegs nach Hause sein, ist für sie wichtiger als saubere Sachen.«

Alice wurde das Herz schwer, als sie in der Ferne unter den Bäumen eine Bewegung wahrnahm.

»Ich weiß, du liebst sie wie deine eigenen Kinder«, sagte Jack, »aber sie gehören zu Nell.« Er legte ihr einen Arm um die Taille. »Du hast sie gut behütet, Alice. Jetzt ist es Zeit, sie zurückzugeben und sich darauf zu konzentrieren, eine eigene Familie zu gründen.«

Sie lächelte matt. Es war vielleicht noch zu früh, aber bisher hatte sich das ersehnte Kind bei ihnen nicht eingestellt. Vielleicht war es ihr nicht bestimmt, Mutter zu werden. Vielleicht hatte sie zu lange gewartet.

Ein schriller Pfiff brachte sie in die Gegenwart zurück. Pferd und Wagen warteten auf das Floß, und dort neben Billy saß Nell auf dem Kutschbock. Kreischend rannten die Kinder ans Ufer. Der Schmerz in Alice' Herz war beinahe unerträglich. »Ich habe unsere Sachen wieder aus ihrem Haus zurückgetragen«, sagte sie zu Jack. »Ich überlasse es dir und den Kindern, sie willkommen zu heißen, und fange schon mal an, die Schafe zu desinfizieren.«

»Das hat doch Zeit«, meinte Jack, den Arm noch um ihre Taille gelegt.

»Nein.« Sie wand sich aus seinem Griff und wusste, dass sie hässlich aussah mit den Tränen, die ihr über das Gesicht liefen. »Ich muss allein sein«, schluchzte sie. »Nur einen Augenblick.« Ohne auf seine Antwort zu warten, lief sie auf den neuen Schurschuppen zu, um das freudige Wiedersehen nicht miterleben zu müssen.

Der lange Tag war fast zu Ende, die Sonne näherte sich dem Horizont, und der Himmel war mit leuchtendem Purpurrot und Orange überzogen. Es war kühler geworden, und die Fliegenschwärme waren verschwunden, an ihre Stelle waren jedoch Moskitos getreten. Papageien und Rieseneisvögel hatten sich zur Ruhe begeben und riefen verschlafen aus den Bäumen; Kängurus und Wallabys tauchten aus dem Busch auf, um zu grasen.

Alice war erschöpft – nicht nur von der stundenlangen Arbeit mit den Schafen, die in den Rücken ging, sondern von den Kopfschmerzen, die sie schon den ganzen Tag plagten. Sie saß allein auf der groben Holzbank am Teich, beobachtete den Sonnenuntergang und sammelte Kraft, um zum Haus zurückzugehen und sich der ersten Nacht ohne die Kinder zu stellen.

Es raschelte, und sie drehte sich um.

»Jack hat gesagt, du wärst wohl hier«, keuchte Nell, und es sah aus, als wate sie durch ein Meer aus langem, silbrig glänzendem Gras. »Ich dachte, wir sollten ein ruhiges Wort miteinander wechseln, allein, ohne die Männer. Die dicke Luft bereinigen.«

Alice machte Platz für sie auf der Bank. Sie war nicht auf ein Gespräch vorbereitet – schon gar nicht mit der mageren, bleichen Nell, die nun neben ihr saß.

Nell kicherte. »Kuck nicht so eisig«, sagte sie. »Ich will dich nicht beißen.« Sie stupste an Alice' Arm. »Obwohl ich ein bisschen Speck auf den Rippen gebrauchen könnte – Billy hat mich schon gefragt, ob ich mich ganz in Luft auflösen will.«

Alice lächelte verhalten. »Du siehst doch gut aus«, sagte sie wahrheitsgemäß.

»Du auch, obwohl dir das Wollfett in den Haaren nicht so gut steht.«

Alice sah das Blitzen in ihren Augen und musste unwillkürlich kichern. »Es tut Wunder an der Wolle, deshalb dachte ich, ich probier das Zeug auch mal aus«, sagte sie.

Nell lächelte und schaute dann zum Horizont, an dem die Sonne einen scharlachroten Streifen hinterlassen hatte. »Ich war nicht nett zu dir, Alice«, begann sie. »Der Chirurg hat mir klipp und klar gesagt, was los ist, und ich weiß, du hast keine Schuld an dem, was passiert ist.«

»Es ging dir eben nicht gut.« Die Erinnerung an jene beiden Tage schnitt Alice noch immer ins Herz.

»Ja, ich weiß, aber das ist keine Entschuldigung, weil ich davor auch schon wütend auf dich war.« Die letzte Farbe verblasste am Himmel. Aus Nells Augen sprach Bedauern. »Wir beide mussten auf die harte Tour lernen, Alice, und obwohl es nicht leicht ist, glaube ich, dass wir uns jetzt besser verstehen.« Sie machte eine Pause. »Übrigens hast du das mit den Kleinen gut hingekriegt.«

»Sie sind prächtig«, sagte Alice, unfähig, die Wehmut in ihrer Stimme zu verbergen. Sie musste daran denken, wie die Kinder nach dem allabendlichen Bad ihre Köpfe schläfrig und sauber duftend auf die Kissen gebettet hatten.

Nell nickte. »Du wirst eine gute Mutter abgeben, wenn du an der Reihe bist«, erwiderte sie. »Aber ich glaube, es ist besser, wenn du die Kinder jetzt eine Weile mir überlässt. Sie müssen mich wieder kennenlernen.«

Alice musste schlucken, doch der Kloß in ihrem Hals wollte nicht verschwinden. Sie konnte nur nicken. Nells

Botschaft war deutlich, und sie sah den Sinn dahinter – aber, du lieber Gott, es tat weh.

Nell stand auf und klopfte sich Grassamen von ihrem Baumwollkleid. »Ich weiß nicht, ob wir je gute Freundinnen sein können«, sagte sie nach kurzem Schweigen. »Wir sind zu verschieden. Aber wir haben hier draußen nur uns als weibliche Gesellschaft. Billy und Jack wollen keinen Ärger, und ich auch nicht, also sollten wir ihnen und uns zuliebe unsere Querelen beiseitelassen und das Beste daraus machen. Was meinst du?«

Alice stand auf und sah sie an. »Das ist eine sehr gute Idee«, erwiderte sie. »Aber meine Stellung hier ist genauso wichtig wie deine.«

»Solange du dir klarmachst, wo du stehst, und es mit meinen Kindern nicht übertreibst«, erklärte Nell.

»Oh, ich glaube, das wirst du mir dann schon sagen«, gab Alice zurück.

Acht

Sydney Town, März 1798

George war beinahe zwei Monate auf See gewesen und hatte nach seiner Rückkehr Hawks Head einen kurzen Besuch abgestattet. Er war am Abend zuvor wieder in Sydney eingetroffen, doch die Stippvisite zu Hause hatte ihm deutlich ins Bewusstsein gerufen, wie selten er seine Familie sah. Er machte sich noch immer Sorgen um seine Eltern. Sein Vater wurde allmählich gebrechlich, und obwohl seine Mutter stets ein strahlendes Lächeln aufsetzte und geschäftig im Haus herumwirtschaftete, erkannte George, dass auch sie gealtert war.

»Wenn man doch nur Florence finden und überreden könnte, nach Hause zu kommen«, murmelte er vor sich hin, während er sich für das Gartenfest des Gouverneurs umzog. »Sie hat sie doch wahrlich genug gestraft.«

Seine Schwester war am Abend vor der Gerichtsverhandlung verschwunden. Sie hatte nur wenig von sich hören lassen, bis auf die Nachricht, dass sie mit zwei Missionaren reiste, die offenbar die Absicht hatten, in die unwegsamsten Gegenden Australiens vorzudringen und dort vor den Eingeborenen zu predigen. George schnaubte. Florence war die Letzte, von der er so etwas erwartet hätte. Sie war als Kind recht unfreundlich gewesen, hatte ihn oft an den Ohren gezogen, als er noch klein war, und hatte damals nur wenig religiösen Eifer gezeigt.

Er nahm seinen Hut, verließ die Pension und schlenderte auf die Residenz des Gouverneurs zu, fest entschlossen, sich weder von seinen Sorgen das Fest verderben zu lassen, noch die Möglichkeit in Erwägung zu ziehen, dass er dort auf Eloise treffen könnte. Selbst nach den langen Wochen auf See spürte er immer noch, welchen Schlag ihm Thomas versetzt hatte, als er ihn über Eloises Identität aufklärte – und er wusste, er musste sich eigentlich für ein Wiedersehen mit ihr wappnen, damit er sich angemessen verhalten konnte.

Das Gartenfest war in vollem Gang. Die Sonne brannte auf die schillernde Farbenpracht von Kleidern, Hüten und scharlachroten Uniformen nieder. Geplauder und Gelächter wurden begleitet von den harmonischen Klängen einer Geige und eines Klaviers und dem weniger melodiösen Kläffen von Hunden. Eine angenehme Brise milderte die Hitze, darüber hinaus hatte man schattenspendende Zelte aufgebaut. George schlenderte über den Rasen, blieb hier und da stehen, um einen Freund oder bekannten Geschäftsmann zu begrüßen, konnte aber nicht umhin, nach Eloise Ausschau zu halten.

Er unterhielt sich gerade mit Elizabeth Macarthur und Richard Atkins, dem Kriegsgerichtsrat, als er sie erblickte. Als John Macarthur zu der Gruppe stieß, murmelte George eine Entschuldigung und überließ die beiden alten Kontrahenten ihren ewigen Streitgesprächen. Er suchte sich einen schattigen Platz in der Nähe von Eloise und beobachtete sie.

Sie stand mit Thomas Morely und ihren Schwestern zusammen und sagte gerade etwas, was die anderen zum Lachen brachte. Ihr Kleid hatte die Farbe der Südsee, zwischen

Grün und dunklem Türkis changierend, wenn sie sich bewegte. Ihr Hut saß schräg, um ihre Augen zu überschatten, und ihr herrliches Haar glitzerte wie Gold auf ihren Schultern. Ihr Gesicht aber war es, das ihn gefangen nahm, und als sie seinem Blick begegnete, begann sein Herz zu rasen.

Sie schenkte ihm ihr Lächeln mit den reizenden Grübchen und wandte sich dann wieder an Thomas, woraufhin alle zu ihm herüberschauten.

Erneut hatte sie George dabei ertappt, wie er sie beobachtete. Er aber konnte nun nicht weggehen, weil Thomas auf ihn zuschritt.

»Cadwallader ist zwar nicht in der Stadt, aber andere passen auf, wenn er nicht da ist«, raunte Thomas ihm zu.

George aber konnte sich die Gelegenheit, mit ihr zu sprechen, ebenso wenig entgehen lassen wie einen Flug zum Mond. Er setzte sein übliches Grinsen auf und schüttelte dem Freund die Hand. »Zum Henker damit, Thomas!«, sagte er. »Ich möchte ja nur vorgestellt werden.«

»Na schön«, stimmte Thomas zu. »Aber ich kenne dich und sehe nur Unheil voraus.«

»Komm schon, Thomas, die Damen warten.«

Thomas' Hand hielt ihn zurück, bevor er sich in Bewegung setzen konnte. »Cadwallader ist gefährlich, wenn man ihm in die Quere kommt. Denk daran, George!«

George wusste nur zu gut, was für ein Mann Cadwallader war, doch Eloise wartete auf ihn, und auch der Gedanke an den Zorn ihres Ehemannes vermochte ihn nicht zu bremsen. Er berührte das schmale Buch, das er in die Tasche gesteckt hatte. Die Kamelienblüte war zwischen die Seiten gepresst. »Ich habe deine Warnung vernommen, Thomas«, sagte er gutgelaunt. »Und jetzt stell mich um Himmels willen vor, ehe sie des Wartens müde wird.«

Trotz seiner guten Stimmung war George nervös, als er seinem Freund über den Rasen folgte. Seine Gedanken überschlugen sich. Was sollte er ihr sagen, ohne wie ein Narr dazustehen?

»Anastasia, meine Liebe, erinnerst du dich an meinen Freund George Collinson?«

George neigte sich über die dralle Hand.

Dann stellte Thomas ihn Irma nochmals vor, und als George ihr einen vollendeten Handkuss gab, kam er nicht umhin, den unverhohlen flirtenden Blick aus ihren hellblauen Augen zu bemerken, der ihm schon vor Weihnachten beim Ball des Gouverneurs aufgefallen war. Sie war die am wenigsten attraktive der drei Schwestern und außerdem viel zu direkt.

Thomas räusperte sich. »Lady Cadwallader, darf ich Ihnen George Collinson vorstellen?«

George war nicht entgangen, wie wohlüberlegt Thomas sie vorgestellt hatte, und er wusste, es sollte ihn daran gemahnen, wer sie war und was sie darstellte. Doch als er ihre Hand nahm, war er wie vom Blitz getroffen. Jegliche Vernunft verließ ihn. »Sehr erfreut«, sagte er.

»Ich glaube, wir haben uns bereits einmal gesehen, Mr Collinson.« Sie zog die Hand zurück und zwinkerte leicht mit den Augen. »Haben Sie nicht vor ein paar Wochen am Fenster des Schankraums gesessen?«

Sie erinnerte sich an ihn. Sein Herz jubilierte. »Das stimmt«, erwiderte er und konnte seine Freude nicht verbergen. »Verzeihen Sie, wenn ich Sie damals gestört habe.«

Ihr kehliges Lachen ließ ihn erschauern. »Wenn man in einem Hotel lebt, gewöhnt man sich daran, dass einem jemand nachspioniert.« Sie neigte den Kopf und sah ihn schalkhaft an.

»Ich habe nicht spioniert«, versicherte er rasch. »Ich war nur zufällig ...«

Ihre Hand berührte seinen Arm. »Ich weiß«, sagte sie leise. »Es war nur Spaß.«

George schmolz dahin.

Auch Eloise hatte den leichten Schlag gespürt, als ihre Hände sich trafen, und stellte fest, dass sie von Georges dunkelbraunen Augen mit den goldenen Flecken wie verzaubert war. An dem schrecklichen Tag, als Edward sein wahres Ich gezeigt hatte, waren ihr nur Georges dunkles Haar und die Augen aufgefallen, doch bei näherem Hinsehen schimmerte es in seinem Haar und seinem Schnurrbart kupferfarben, und sein kräftiges, hübsches Gesicht zeugte von einer unschuldigen Lebensfreude und von einer Offenheit, die sie sehr anziehend fand.

»Würden die Damen gern Tee trinken?«

Bei Thomas' Worten fuhr sie zusammen und wandte ihren Blick von dem jungen Mann ab. Erst jetzt fiel ihr auf, dass alle anderen sie beobachteten. »Das wäre wunderbar«, sagte sie ungewöhnlich fahrig. »Vielleicht finden wir einen Tisch, der nicht in der prallen Sonne steht.«

Die beiden Männer gingen fort, um Tee zu holen, und sie sah, dass Mr Collinson den wiegenden Schritt eines Mannes hatte, der gewohnt ist, an Bord eines Schiffes zu sein.

»Eloise? Eloise, also *wirklich*!«

Sie erschrak.

»Was ist denn in dich gefahren?«, fragte Irma.

»Nichts«, erwiderte Eloise eine Idee zu scharf, dämpfte jedoch sofort ihren Tonfall. »Komm, wir suchen uns einen Tisch im Schatten, bevor alle besetzt sind.«

»Er sieht sehr gut aus«, zwitscherte Irma, während sie sich durch die Menge schoben und den Zelten am anderen Ende des Gartens zustrebten. »Ich weiß noch, dass ich ihn kurz auf dem Ball des Gouverneurs gesehen habe, aber ich hatte keine Zeit, mehr als seinen Namen herauszufinden.«

»Thomas hat mir erzählt, er besitzt eine Farm, einen Speicher und ein Geschäft, ist aber oft auf den Walfangschiffen unterwegs«, berichtete Anastasia. »Er hat so einen Piratengang, der höchst reizvoll ist«, fügte sie hinzu und grinste ihre ältere Schwester an. »Hast du etwa vergessen, dass du bereits einen sehr gut aussehenden Mann hast?«

»Natürlich nicht«, erwiderte Eloise und setzte sich. Die Erwähnung von Edward hatte sie wieder zur Vernunft gebracht. Sie war eine Närrin, sich so leichtfertig von Mr Collinson den Kopf verdrehen zu lassen.

»Da ich offenbar die Einzige ohne Kavalier bin, ist es nur fair, wenn man mir erlaubt, Mr Collinson kennenzulernen«, sagte Irma und zupfte ihre Röcke zurecht. »Er ist jung, gut aussehend und reich. Es könnte Spaß machen, von einem Seeräuber umworben zu werden.«

Eloise fiel in das Gelächter ihrer Schwestern ein, fand jedoch Irmas Bemerkung eigentlich nicht komisch. Irma war vielleicht ein wenig zu versessen darauf, einen Mann zu finden, und Mr Collinson schien viel zu sensibel, um auf ihr abscheuliches Flirten hereinzufallen. Mit einem Ruck klappte sie ihren Fächer auf und versuchte, wieder zur Ruhe zu kommen. Dieser Mr Collinson sollte sie wirklich nicht so aus der Fassung bringen.

George balancierte eine Tasse mit Untertasse auf seinem Knie und biss in ein Stück Kuchen. Irma war aufdringlich mit ihrer Koketterie; die leuchtenden Augen über dem Fächer weit aufgerissen, flatterte sie mit den Lidern und kicherte über alles, was er sagte.

»Ist der Walfang so gefährlich, wie man sagt?«, fragte sie.

»Ja«, erwiderte er. »Das Meer ist rau, der Wal will sich nicht fangen lassen, und es ist ein blutiger Tod.«

»Oooh!«, kreischte Irma allzu geziert. »Sie müssen sehr mutig sein, Mr Collinson.«

»Nicht mutiger als jeder andere Mann, der für den Lebensunterhalt zur See fährt.«

»Und dann noch so bescheiden! Nun, ich könnte mir vorstellen, dass Sie uns gern von Ihren Heldentaten erzählen würden«, sagte Eloise.

George merkte, dass sie ihn erneut aufzog. »Sie sind nicht für Damenohren bestimmt«, sagt er. »Das Leben auf einem Walfänger kann schauerlich sein.«

»Dann bewundere ich Ihre Aufrichtigkeit, Mr Collinson, und vielen Dank, dass sie so einfühlsam sind, uns nichts davon zu erzählen.« Sie lächelte, und er schmolz erneut dahin. »Noch mehr Tee?«

Er war gerade im Begriff anzunehmen, obwohl er schon genug getrunken hatte, um ein Schiff zum Sinken zu bringen, als sich eine fleischige Hand auf seine Schulter legte. »Da bist du ja, Junge. Hab dich schon überall gesucht.«

George stellte Samuel Varney vor, der deutlich etwas anderes als Tee im Sinn hatte. »Ich muss mit dir reden, mein Sohn. Es ist wichtig.«

George erhob sich, um sich zu verabschieden. »Wenn Sie mich bitte entschuldigen wollen, meine Damen«, sagte er. Er warf Eloise einen letzten sehnsüchtigen Blick zu und wandte sich ab. Dass er sie kennengelernt hatte, war zwar ein Triumph, doch ihm war auch klar geworden, dass er wohl niemals mit ihr allein sprechen konnte – und dass er sie nach dem heutigen Tag nie vergessen würde.

Eloise stellte eifrig die Teetassen zusammen, doch ihre Gedanken liefen Amok. Schade, dass man George weggerufen hatte – es gab sicher vieles, worüber sie sich unterhalten konnten, und sie hatte seine Gesellschaft genossen. Es gab jedoch zahlreiche gesellschaftliche Anlässe in Sydney Town, und sie würden sich zwangsläufig wieder begegnen. Sie rückte ihren Hut gerade und spürte, wie ihr die Röte ins Gesicht stieg. Es war lächerlich, aber der Gedanke gefiel ihr.

Zufällig fiel ihr Blick auf ein schmales Buch, das im Gras unter dem Stuhl lag, von dem George sich gerade erhoben hatte. Es musste ihm aus der Tasche gefallen sein, und sie war neugierig, welche Art von Lektüre einen so liebenswerten Mann interessierte. Während Thomas ihre Schwestern mit einer unterhaltsamen Geschichte fesselte, stellte sie einen Fuß auf das Buch und zog es vorsichtig zu sich heran, bis es unter ihrem Rocksaum lag.

»Ich habe genug Tee getrunken«, sagte Anastasia kurz darauf.

»Ich auch. Wie wäre es mit einem Spaziergang durch die

Gärten?« Thomas stand auf, und seine Verlobte hakte sich bei ihm unter.

»Wie ich hörte, soll der neue Gärtner Wunder an den Rosen bewirkt haben.« Irma schaute Eloise an. »Kommst du mit?«

Eloise machte es sich auf ihrem Stuhl bequem. »Ich bleibe noch eine Weile im Schatten sitzen«, sagte sie. »Geht ruhig.«

Eloise wartete, bis die anderen außer Sichtweite waren, und bückte sich dann, um das Buch aufzuheben. Sie schlug die erste Seite auf und las: »Für George zu seinem zehnten Geburtstag von Mutter und Vater.«

Sie lächelte im Stillen, denn sie sah Mr Collinson förmlich als Jungen vor sich und vermutete, das Geschenk war eine Enttäuschung für ihn gewesen. Über einen Reifen oder einen Ball hätte er sich bestimmt viel mehr gefreut. Warum also hatte er das Buch jetzt bei sich gehabt?

Es war Shakespeares *Othello*, stellte Eloise erfreut fest. Die Handlung war spannend, also war es wohl doch nicht weiter überraschend, dass Mr Collinson ausgerechnet dieses Buch bei sich trug. Sie blätterte den zerlesenen Band mit dem Goldschnitt durch. Dabei fielen ihr Eselsohren auf und eine Blüte, die zwischen zwei Seiten gepresst war. Es war eine Kamelie, und Eloise fragte sich, warum sie dort lag. Vielleicht die Erinnerung an ein Stelldichein oder ein Mädchen, dem er einmal begegnet war? Dann fiel ihr die Kamelienblüte ein, die ihr beim Tanz durch den Garten aus dem Haar gefallen war.

Sie schaute über den Rasen zu den beiden Männern hinüber, die in eine Unterhaltung vertieft waren. War George Collinson an jenem Abend beim Ball des Gouverneurs gewesen? Hatte er sie im Dunkeln tanzen sehen und die Kamelie gefunden? Oder ging die Phantasie mit ihr durch? Eloises Diamantring glitzerte, als sie das abgenutzte Leder des Einbandes umklammerte. Zweifellos war George Collinson in sie verliebt: Man merkte es an seinem Blick und seiner Stimme – und sie fühlte sich zu ihm hingezogen.

Eloise steckte das Buch in ihre Handtasche. Sie war eine verheiratete Frau und sollte solche Gedanken nicht haben – doch ihr Herz pochte heftig, und sie konnte nicht widerstehen, noch einen Blick auf den Mann auf der anderen Seite der Rasenfläche zu werfen.

»Ich muss zurück nach Nantucket«, sagte Samuel Varney. »Die Sowerbury-Brüder haben mir nun offenen Kampf angesagt und den Speicher und die Trankessel in Brand gesteckt. Sie sind schon seit Jahren meine Konkurrenten, aber ich hätte nie gedacht, dass sie so weit gehen würden.«

»Tut mir leid, dass du solchen Ärger hast, Samuel«, sagte George, »aber was hoffst du zu erreichen, wenn du dorthin zurückhetzt?«

Samuel wedelte George mit einem Brief vor dem Gesicht herum. »Der ist schon Wochen alt, aber diese Abtrünnigen sollen wissen, dass ich mich nicht einfach geschlagen gebe«, knurrte er. »Im Übrigen muss ich dafür sorgen, dass meine Arbeiter und ihre Familien in Sicherheit sind.« Er verschränkte die Hände hinter dem Rücken und schaute wütend in die Ferne.

George wusste, dass Worte seinen Freund nicht trösten konnten. »Wann willst du abreisen?«, fragte er.

»Heute Abend«, erwiderte Samuel Varney. »Kann ich mit

deiner Begleitung rechnen, oder bist du anderweitig beschäftigt?«

George trat von einem Fuß auf den anderen und versuchte, seiner widersprüchlichen Empfindungen Herr zu werden. Samuel war sein Freund und Lehrer, und er wusste, es hätte für ihn eigentlich gar keine Frage sein dürfen, ob er mit ihm fahren sollte. Aber es gab auch Eloise. Cadwallader war nicht in der Stadt, und es bestand immerhin die Möglichkeit, sie wiederzusehen. Ein ungleicher Wettstreit. »Du brauchst mich nicht, wenn es nicht um Walfang geht«, stellte er ausweichend fest.

Samuels Miene wurde weich, und er seufzte tief. »Vermutlich hast du recht«, sagte er.

»Aber wenn du mich brauchst, werde ich natürlich mitkommen«, sagte George hastig und schämte sich seiner mangelnden Loyalität.

»Sie ist sehr schön«, sagte Samuel unvermittelt. »Mir ist klar, warum du so hingerissen bist.«

»Woher weißt du das?«

»Ha! Dein Gesicht spricht Bände.« Er kratzte sich den weißen Bart. »Weiber! Am Ende kriegen sie uns alle.« Er betrachtete den Gegenstand ihrer Unterhaltung. »Das gibt Ärger, mein Junge«, sagte er ruhig. »An ihrem Finger steckt bereits ein Ring, und es ist nicht deiner.«

»Ich weiß«, gab er zu. »Aber mein Herz hört nicht auf mich.«

»Hmm. Dein Kopf ist es, der untersucht werden muss«, sagte Samuel barsch. Dann hellte sich seine sorgenvolle Miene auf, und er lächelte. »Die Jugend ist eine wunderschöne Zeit, in der alles möglich scheint und Herz und Verstand in ständigem Kampf liegen. Du wirst verletzt werden, mein Sohn – aber das gehört zum Erwachsenwerden dazu.« Er beugte sich zu George und vertraute ihm leise an: »Aber wenn du sie so liebst, wie du sagst, lässt du sie besser in Ruhe. Jede Art von Liaison zwischen euch beiden würde allen Betroffenen nur Leid zufügen.«

»Ich bin einfach nicht stark genug, ausgerechnet jetzt abzureisen, Samuel«, gestand er ein. »Und es tut mir leid, dass ich nicht mit dir fahre. Ich habe das Gefühl, dich im Stich zu lassen.«

»Das tust du nicht«, entgegnete der Kapitän. »Du warst immer wie ein Sohn für mich, George, und ich bin stolz auf alles, was du erreicht hast. Was in Nantucket geschieht, ist mein Problem, und ich werde es lösen.« Er nahm George in die Arme und drückte ihn an sich. »Viel Erfolg bei der Jagd, mein Junge. Hab für mich ein Auge auf das Geschäft, und wir sehen uns wieder, ehe das Jahr um ist.«

George sah ihm nach, hin- und hergerissen zwischen dem Wunsch, ihm zu folgen, und der Sehnsucht, sich auf die Suche nach Eloise zu begeben.

»Mr Collinson?«

Er wirbelte herum und war nicht mehr fähig, einen klaren Gedanken zu fassen. »Lady Eloise«, hauchte er.

»Sie haben etwas verloren.«

»Nur meinen Verstand.« Er schaute ihr in die Augen. »Anscheinend lassen mich meine Manieren heute Nachmittag im Stich.«

Die Grübchen erschienen wieder auf ihren Wangen, als sie in ihre Handtasche griff. »Ich habe auf Ihr Buch angespielt, Mr Collinson. Was Ihren Verstand betrifft, vermute ich, dass er Sie nie im Stich lassen wird.«

George nahm das Buch aus ihrer Hand. Er wurde sich bewusst, wie nah sie bei ihm stand. »Es muss mir aus der Tasche gefallen sein. Vielen Dank.«

»*Othello* ist ein interessantes Geschenk für einen Zehnjährigen«, sagte sie. »Ich frage mich aber, ob ein so junger Mensch Shakespeares Vorstellung von der Dunkelheit in der menschlichen Seele begreift.«

Sie hatte die Widmung gelesen – aber hatte sie die Kamelienblüte zwischen den Seiten gefunden? Und wenn ja, konnte sie ahnen, was sie bedeutete? »Ich hatte mir eine Schleuder gewünscht und war bitter enttäuscht.«

»Dachte ich es mir doch, Sie waren kein Junge, der lange still sitzen konnte.«

»Ich war ein Balg mit zerrissenen Jacken und Fröschen in der Tasche. Meine arme Mutter ist an mir verzweifelt.«

Ihre Augen leuchteten tiefgrün. »*Othello* ist Fröschen auf jeden Fall vorzuziehen, Mr Collinson. Was für einen Aufruhr sie verursacht hätten, wenn sie beim Tee aus Ihrer Tasche gehüpft wären!«

Ihr Lachen klang in ihm nach, und er konnte den Blick nicht von ihr abwenden. »*Othello* ist mein Begleiter, wenn ich auf See bin«, sagte er leise. »Es gibt lange Stunden der Muße, und ich finde die Handlung fesselnd, auch wenn ich das Stück noch so oft lese.«

»Stimmt«, erwiderte sie. »Doch es geht darin um Verrat, Wahn und Eifersucht.«

»Aber die zentrale Gestalt ist ein verliebter Mann.«

Schweigen breitete sich zwischen ihnen aus, und die Geräusche des Fests schienen zu verhallen. »Othellos Liebe war sein Untergang«, rief sie ihm ins Gedächtnis.

Der Sinn ihrer Worte war eindeutig, und der Mut verließ ihn. »Nur weil sein verräterischer Freund Jago dafür gesorgt hat«, entgegnete er.

»Jago hat Othello bis zur Besessenheit getrieben.« Eloise hielt seinem Blick stand. »Besessenheit ist gefährlich, wenn sie von Eifersucht geschürt ist – darin lag Othellos Wahn.«

Er bewunderte Eloises Intelligenz. Sie erwartete Othellos besitzergreifende Eifersucht bereits von Edward Cadwallader und warnte George, dass sie ein gefährliches Spiel spielten. »Othello war ein Narr«, sagte er.

»Ja«, seufzte sie, »das stimmt.«

»Tief und ehrlich zu lieben, ist eine Freude. Sie mit Eifersucht und Besitzgier zu besudeln, kann das ehrlichste Herz zerstören.«

»So ist es«, murmelte sie.

George vernahm die Traurigkeit in ihrer Stimme und musste dem Drang widerstehen, ihr Kinn anzuheben, damit er ihr in die Augen schauen konnte. »Sieht ganz so aus, als hätten wir dieselben Gedanken«, sagte er.

Die Verwirrung stand ihr ins Gesicht geschrieben. »Kennen Sie die Geschichte von Abelard und Eloise?«, fragte sie nach längerem Schweigen.

»Ich habe davon gehört«, sagte er, »aber ich kenne sie nicht genau, da fehlt mir die Bildung.«

»Sie verliebten sich«, sagte sie. »Es war eine mächtige Liebe, die keiner von beiden zu leugnen vermochte, doch am Ende hat sie die Liebenden zerstört.« Sie lächelte und blickte ihm in die Augen. »In der Bibliothek meines Vaters steht ein Buch, in dem die Geschichte der beiden beschrieben wird. Vielleicht wollen Sie es sich einmal ausleihen?«

»Sehr gern«, sagte er gepresst.

Sie öffnete ihren Sonnenschirm und hängte sich die Handtasche ans Handgelenk, als wäre sie im Begriff, die Unterhaltung zu beenden. »Meine Mutter war eine Romantikerin, und es war ihre Lieblingsgeschichte, weshalb ich den Namen der Heldin trage.« Der Hauch von Röte auf ihren Wangen stand ihr ausgezeichnet. »Sind Sie lange an Land?«

»Bis Ende des Jahres.« Er erklärte ihr Samuels Notlage, verzweifelt darum bemüht, sie noch länger festzuhalten.

Wieder erschienen die Grübchen. »Bestimmt werden Sie das Fest der Macarthurs am Ende der Woche besuchen. Ich werde das Buch mitbringen, und wenn Sie es gelesen haben, können wir uns vielleicht darüber unterhalten.« Sie knickste. »Auf Wiedersehen, Mr Collinson.«

George schaute ihr nach und vermochte seinen Überschwang kaum zu zügeln. Sie wollte ihn wiedersehen und hatte einen Vorwand geschaffen, nach ihm zu suchen. Das Wunder war geschehen. Nun musste er nur eine Einladung zu dem Fest ergattern.

Eloises Herz war leicht, als sie ins Haus am Strand zurückkehrte und die Treppe hinauflief. Edward war nicht da und wurde erst in zwei Monaten zurückerwartet. Das Haus hatte seine unangenehme Atmosphäre vorerst verloren, und sie hatte sich nie so frei, so mädchenhaft und voller Freude gefühlt. Sie riss die Türen zum Wohnzimmer auf und betrachtete sich im Spiegel über dem Kamin.

George Collinson hatte eine große Veränderung in ihr bewirkt, und obwohl sie wusste, dass es falsch, ja sogar gefährlich war, so zu empfinden, ließ sich eine gewisse Bedenkenlosigkeit in ihr nicht verleugnen. Sie würde ihn wiedersehen – wie sollte sie es nach dem heutigen Tag sonst ertragen? Für einen Außenstehenden mochte ihre Unterhaltung nicht außergewöhnlich gewesen sein, doch die Signale, die von ihren Äußerungen ausgegangen waren, das bedeutungsschwangere Schweigen dazwischen und der Schauer der Erregung waren von Unverbindlichkeit weit entfernt.

»Kümmern Sie sich um Charles, Eure Ladyschaft? Er jammert die ganze Zeit.«

Sie wirbelte herum, erschrocken darüber, dass sie derart in ihre Gedanken über George Collinson vertieft gewesen war, dass sie es sogar unterlassen hatte, ihren geliebten Sohn gleich aufzusuchen. »Natürlich«, sagte sie ungewöhnlich barsch.

»Geht es Ihnen nicht gut, Eure Ladyschaft? Sie wirken ein wenig erhitzt.«

Eloise nahm den Kleinen und drückte ihn an sich, um Megs durchdringendem Blick auszuweichen. »Alles in Ordnung, danke«, sagte sie. »Mir geht es sogar sehr gut.«

Neun

Mission am Georges River, März 1798

Die kleine Ansiedlung Banks Town bestand aus drei Hütten und einem Lager der Eingeborenen zwischen zwei Flussarmen des Georges River. Sie war erst vor kurzem von den Forschern Bass und Flinders entdeckt worden und hatte ihren Namen zu Ehren von Sir Joseph Banks erhalten, dem Botaniker, der Captain Cook auf seinen Reisen begleitet hatte. Die ersten Landzuweisungen hatten reißenden Absatz gefunden, und bald schon würden die Sümpfe trockengelegt und der wuchernde Busch für Farmer und Siedler beseitigt werden.

Florence Collinson klappte die Bibel zu und scheuchte die Eingeborenenkinder zurück in ihre Grashütten. Sie platschten durch den Schlamm, ohne dem Regenguss Beachtung zu schenken. Nach der langen Zeit im geschlossenen Raum genossen sie ihre Freiheit. Die Regenzeit war spät gekommen, und jetzt übertönte das Prasseln auf dem Dach alle anderen Geräusche, so dass sie ihre abendliche Lesestunde nicht zu Ende führen konnte.

»Du gehst sehr gut mit den Kindern um«, rief der Missionar Cedric Farnsworth ihr über den Lärm hinweg zu. »Sie hören dir gern zu, wenn du vorliest.«

Florence strich mit den Händen über ihren mehrfach geflickten Rock. Cedric stand wie üblich zu nah bei ihr; sein fettes, verschwitztes Gesicht und sein Körpergeruch verursachten ihr Übelkeit. »Ich glaube nicht, dass sie viel verstehen«, erwiderte sie und hob die Stimme, »aber ich fühle mich zu ihnen hingezogen, obwohl es nackte Heidenkinder sind.«

Sie kehrte ins Dämmerlicht der Holzhütte, ihrer provisorischen Kirche, zurück. Die Bezeichnung hatte der armselige Bau mit den groben Bänken, dem Lehmboden und der Scheibe Ebenholz, die als Altar diente, kaum verdient. Der Gestank nach ungewaschenen Körpern, nach Feuchtigkeit und Schimmel hing in der stickigen Luft. Das einzig Schöne war das silberne Kreuz, das Cedric und seine Schwester aus England mitgebracht hatten und das jetzt im Lampenschein glänzte.

»Möchtest du mit mir zu Abend essen?« Cedric folgte ihr, während sie die Bibeln einsammelte und die paar Spielsachen aufräumte, die er grob geschnitzt hatte. »Ich finde die Abende ohne meine Schwester einsam.«

Florence schloss die Truhe, in der die kostbaren Bücher vor Schimmel geschützt wurden. »Ich habe schon gegessen«, erwiderte sie. Celia Farnsworth war vor einem Monat gestorben, und seither hatte Florence kaum einen Augenblick für sich gehabt. Cedrics Gesellschaft machte es nur noch schlimmer, dass sie von der Außenwelt abgeschnitten waren, bis die Regenzeit vorbei war.

»Nur ein Schlückchen Rum mit Honig«, schmeichelte er. »Du bist zu dünn, Florence. Du isst nicht genug.«

»Rum bekommt mir nicht.« Sie mochte zwar dünn sein, doch sie hatte noch nie viel Appetit gehabt, und bei dem Gedanken an eine gemeinsame Mahlzeit mit Cedric schüttelte es sie. Seine Tischmanieren waren abstoßend. Sie schlug nach Motten, die so groß waren wie ihre Hand, und blies die Lampe aus. »Es ist schon spät«, sagte sie. »Ich wünsche dir eine gute Nacht.«

Cedrics Hand klammerte sich an ihren Arm. »Geh noch nicht, Florence! Ich muss mit dir reden.«

Florence sah ihn abweisend an, bis er sie losließ. »Was ist so dringend, dass es nicht bis morgen warten kann?« Sie nahm die rundliche Gestalt wahr, das sommersprossige Gesicht mit den Schweinsaugen und den Hängebacken. Er war weit über vierzig, vermutete sie, und sein Umfang erstaunte sie immer wieder, denn Nahrungsmittel waren knapp – andererseits hatte er einen Hang zu Rum mit Honig und zum fettigen Fleisch der Wasservögel, die von den Eingeborenen gefangen wurden.

»Wir sollten hier nicht so leben, jetzt, da Celia nicht mehr bei uns ist«, fing er an.

Sie sah ihn weiter ernst an, machte sich jedoch ihre eigenen Gedanken. »Während der Regenzeit können wir kaum etwas daran ändern. Und ich bezweifle, dass es den Eingeborenen etwas ausmacht.«

»Aber mir, Florence. Sehr sogar.«

Sie durchschaute seine Absicht und kam ihm entsetzt zuvor. »Dann werde ich dafür sorgen, Abstand zu wahren. Wenn die Regenzeit vorbei ist, kehre ich nach Sydney zurück.«

»Das ist nicht nötig«, sagte er und streckte erneut die Hand nach ihr aus.

»Ich halte es aber für das Beste«, erklärte sie und trat einen Schritt zurück.

»Bis jetzt hast du noch nie den Wunsch geäußert, zurückzukehren«, stellte er fest. »Im Gegenteil, du hast immer darauf bestanden, dich von der Stadt fernzuhalten, auch wenn es darum ging, Vorräte zu kaufen. Woher dieser plötzliche Sinneswandel, Florence?«

Florence trat noch einen Schritt zurück. »Wie du schon sagtest, Cedric, jetzt, da wir nur noch zu zweit sind, schickt es sich für mich nicht mehr zu bleiben.«

Er bewegte sich so rasch auf sie zu, dass sie nicht mehr ausweichen konnte, und ergriff ihre Hände. »Dann heirate mich, Florence!«, rief er, um den Regen zu übertönen. »Werde meine Frau, und gemeinsam werden wir Gottes Willen erfüllen, wie es der Wunsch meiner geliebten Schwester war.«

Florence wand ihre Hände aus seinem Griff. Sie hatte dies schon auf sich zukommen sehen, seitdem Celia am Fieber gestorben war, erschrak nun aber doch, dass sein Antrag so rasch gekommen war. »Nein! Ich könnte dich nie heiraten«, sagte sie.

»Warum nicht?«, fuhr er sie an. »Du hast deine Familie, dein Zuhause und deine Freunde verlassen. Du stehst allein in der Welt, Florence, so wie ich. Wir können tun und lassen, was wir wollen.«

Bei seinen Worten lief ihr ein kalter Schauer über den Rücken. Sie hatte tatsächlich ihre Familie und ein gemütliches Zuhause gegen diesen primitiven Außenposten eingetauscht – doch sich der Realität ihres Verlusts zu stellen und die Wahrheit laut und deutlich über dem trommelnden Regen zu hören, versetzte ihr einen Schock. »Ich liebe dich nicht«, entgegnete sie, »und könnte es auch nie.«

Er versuchte nicht, sie noch einmal zu berühren, vielleicht wurde ihm klar, dass sie dann in die Nacht hinaus fliehen würde, doch er sagte: »Bitte, Florence, denk über meinen Antrag nach. Denn welche Alternative haben wir? Du bist keine Schönheit. Bestimmt hast du nicht den Wunsch, eine alte Jungfer zu werden. Du bist noch jung genug, Kinder mit mir zu bekommen.«

Florence hatte genug gehört. Sie rannte aus der Kirche durch den strömenden Regen in ihre Hütte. Bis auf die Haut durchnässt schlug sie die Tür hinter sich zu, klemmte einen Stuhl mit der Rückenlehne unter den Holzriegel und brach in Tränen aufgelöst auf dem Lehmboden zusammen. Seine Worte waren grausam, aber auf boshafte Weise zutreffend gewesen, und der Schmerz, den sie ausgelöst hatten, war schwer zu ertragen.

Edward zügelte sein Pferd. Er war schlecht gelaunt, seine Uniform durchnässt und schwer, weshalb er nach dem langen, qualvollen Ritt durch den Busch in Schweiß ausbrach. Wenn diese schwarzen Fährtenleser ihn auf eine falsche Spur gelenkt hatten, würde er persönlich dafür Sorge tragen, dass sie grün und blau geschlagen wurden, bevor er ihnen die Kehle durchschnitt.

Er spähte ins Halbdunkel, vermochte durch den Regenschleier aber nichts zu erkennen. »Wo sind sie?«, polterte er los.

»Vorausgegangen«, antwortete Willy Baines und wischte sich das rote Gesicht ab. »Sie kommen bald wieder. Das Lager ist nicht weit weg.«

Edward verzog das Gesicht. Wasser tropfte ihm vom Hutrand in den Nacken. »Können wir uns auf sie verlassen?«

Willy nickte. »Es sind Gandangara – eingeschworene Feinde der Wiradjuric.«

»Sie sind schwarz, Willy, und manchmal reicht das, um sich gegen uns zu kehren.« Edward packte die Zügel noch fester, da sein Pferd stampfte und schnaubte. Seine Ungeduld wuchs, und der platschende Regen auf seinem Hut bereitete ihm Kopfschmerzen. Was gäbe er jetzt nicht alles für sein gemütliches Haus am Strand und die Gesellschaft seiner Frau!

Bei dem Gedanken an Eloise überkam ihn sogleich sexuelles Verlangen, das jedoch ebenso schnell wieder verging, sobald er sich daran erinnerte, wie sie immer, alles andere als begehrenswert, schweigend und bewegungslos dalag und ihr Widerwille förmlich mit Händen greifbar war, wenn er sich auf sie legte. Mit aufkeimender Wut peitschte er dem Pferd die Flanke, weil es sich weigerte, ruhig zu stehen. Eloise und dieses Tier hatten vieles gemeinsam. Beide mussten lernen, wer der Herr war. »Und bei Gott, ich werde sie dazu bringen, darum zu betteln, wenn ich zurückkomme«, murmelte er vor sich hin. »Ich habe genug von ihrer Kälte.«

»Was ist los?«

Er schüttelte den Kopf, dankbar, dass Willy nichts verstanden hatte, doch jetzt war keine Zeit für Erklärungen: Er hatte die beiden Fährtensucher gesehen, die auf sie zukamen.

»Das Lager ist am großen Fluss, Boss«, sagte der Ältere von beiden. »Viele Wiradjuric.«

»Und ein weißer Mann mit Missus«, sagte der andere. »Wohnen in komischen *gunyahs*. Das gibt Probleme, Boss.«

Edward gab ihnen ein Zeichen, sich zu entfernen, und

wandte sich an Willy. »Das müssen die Missionare sein, von denen wir gehört haben. Ich dachte, sie wären weitergezogen.«

»Sollen wir den Überfall dann abblasen?«

»Nein«, fuhr Edward ihn an. »Mit ein paar Moralpredigern werden wir leicht fertig.« Er kaute auf der Unterlippe. »Heute Abend wird nicht geschossen, Willy, nur die Säbel werden gebraucht, aber wir fahren wie geplant fort.«

Florence versuchte, auf der klumpigen Matratze eine kühle Stelle zu finden. Ihr war warm unter dem dünnen Musselinvorhang, der über dem Bett hing, um sie vor Moskitos zu schützen. Das Kissen war von Schweiß durchnässt. Ihr war elend zumute, doch ihr körperliches Unbehagen war nichts im Vergleich zu dem Aufruhr in ihrem Kopf.

Ohne zu überlegen hatte sie gesagt, sie werde nach Sydney zurückgehen, und hatte damit unbewusst der Sehnsucht Ausdruck verliehen, die sie in den vergangenen fünf Jahren gequält hatte. Der Verlust ihrer Familie machte ihr zu schaffen – aber hatte sie den Mut, ihrem Vater gegenüberzutreten, zu erleben, wie er sie für ihren Anteil an Millicents Leiden und für ihre anschließende feige Abreise verachtete? Ihr Stolz, der seit damals die treibende Kraft für ihr Tun gewesen war, war auch jetzt noch ungebrochen – aber eine Ehe mit dem aufgedunsenen, ältlichen Cedric oder ein Leben allein in der Wildnis, auf Gedeih und Verderb den Eingeborenen ausgeliefert, war undenkbar. Ihr blieb wohl nichts anderes übrig, als ihren Stolz hinunterzuschlucken und eine Demütigung zu riskieren.

Florence zog an dem engen Kragen ihres Nachthemds.

Der Stoff war dünn und abgetragen, doch er klebte wie eine zweite Haut an ihr und war bei dieser schrecklichen Feuchtigkeit immer noch zu dick. Sie rollte sich auf die Seite und starrte in die Dunkelheit, in den Ohren das Hämmern des Regens, das aber die nach wie vor quälenden Erinnerungen nicht auszuschalten vermochte.

Die Sträflingsfrau Millicent hatte sich damals aufgrund ihrer Verbindung mit Jonathan Cadwallader in die Familie eingeschlichen. Sie hatte gewagt zu glauben, Ezra und Susan hätten sie aus Mitleid aufgenommen und sie wie eine Tochter geliebt, und dabei hatte sie Florence verdrängt. Florence hatte in ihrer Eifersucht nicht mehr ein noch aus gewusst, und als Millicent an jenem schicksalhaften Abend zu ihr kam, war sie ausgerastet. Mit Genugtuung hatte sie Millicent erzählt, dass Susan eine Affäre mit Jonathan gehabt hatte – und dass Susan sie nur wegen der eigenen Schuldgefühle aufgenommen habe.

Florence stöhnte. »Woher sollte ich denn wissen, dass das dumme Mädchen einfach weglaufen würde? Dass sie vergewaltigt wurde, war nicht meine Schuld.« Der bittere Nachgeschmack blieb, die Erinnerungen waren so deutlich, als wäre das alles erst gestern geschehen. Sie schlug auf das Kissen ein, drehte sich wieder auf den Rücken und starrte zur Decke.

Sie hatte die Notiz zerknüllt, die Millicent von Susan mitgebracht hatte, und als Millicent den Weg hinunterlief, hatte sie ihr in Hochstimmung nachgeschaut, wusste sie doch, dass sie für helle Aufregung gesorgt hatte, als sie preisgab, schon immer von der Liaison ihrer Mutter gewusst zu haben. Millicent war schockiert, und das geschah ihr recht, weil sie angenommen hatte, sie könnte Florence so einfach ihre Familie wegnehmen. Außerdem würde es eine heilsame Lektion für ihre Mutter sein, dass ihre Geheimnisse und Lügen ans Licht gekommen waren. Sie wünschte sich, sie könnte Mäuschen spielen, wenn Millicent bei ihrer Rückkehr Susan zur Rede stellen würde.

Doch ein leiser Zweifel hatte an ihr genagt, als sie die Tür hinter Millicent schloss. Würde ihre Enthüllung nur dazu dienen, sie noch weiter von ihrem Vater zu entfernen? Er hatte Mutter letzten Endes verziehen, hatte sie trotz ihrer Untreue wieder aufgenommen, und Florence hatte zugeben müssen, dass er danach glücklicher und ruhiger wirkte.

Florence schloss die Augen, als sie sich daran erinnerte, wie wütend ihr Vater an jenem letzten Tag gewesen war. Sie hörte seine zornigen Worte und spürte seinen Unwillen, sich ihr zu beugen, auch als sie sich an seinen starren Oberkörper geklammert und heftig geweint hatte, was bis dahin immer gewirkt hatte. An jenem Tag war er unempfänglich dafür. Eiskalt und mit aschfahlem Gesicht hatte er dagestanden und sich nicht umstimmen lassen. Die Fähigkeit verzeihen zu können, die ihm eigentlich angeboren war, hatte ihn angesichts des Überfalls auf Millicent verlassen. Überzeugt davon, dass die gehässige Zunge seiner Tochter die Verkettung der unglücklichen Ereignisse in Gang gesetzt hatte, ließ er nicht mit sich reden. Er hatte sie von sich gestoßen, und als er das Haus verließ, hatte er ihr verboten, ihm wieder nahe zu kommen, bis er ihr vergeben konnte.

Florence schüttelte die Tränen ab und richtete sich auf. »Du hast Mutter verziehen«, flüsterte sie. »Warum nicht mir?« Sie schniefte und fuhr sich mit den Händen durch das feuchte Haar, ohne es zu merken. Was Millicent durchgemacht hatte, war zu furchtbar, um darüber nachzudenken, die Tatsache aber, dass sie Ezra und Susan damit noch näher gerückt war, machte Florence rasend vor Eifersucht. Sie ging davon aus, dass Millicent inzwischen Ernest geheiratet hatte, was bedeuten würde, dass sie noch fester in der Familie verwurzelt wäre. Aber warum hatte ihr Vater nicht nach ihr, Florence, gesucht?

Sie saß in der Dunkelheit, es wurde immer heißer, der Regen trommelte, und die surrenden Insekten schlugen gegen das Netz. Nach jenem Morgen hatte es keinen Sinn mehr gehabt, in Sydney zu bleiben, also hatte sie ihre wenige Habe gepackt und war an den Kai gegangen, um sich den Missionaren anzuschließen, die im Begriff waren, den Fluss hinaufzusegeln. Cedric und seine Schwester hatten oft die Kirche ihres Vaters besucht, und Florence hatte sie nach den Gottesdiensten bewirtet und zugehört, wenn sie von ihren Plänen sprachen. Sie hatte nicht Missionarin werden wollen – hatte nie den Eifer verspürt, Gottes Wort zu verbreiten –, doch sie boten eine Möglichkeit zu entkommen, und Florence hatte sie ergriffen, ohne an die Folgen zu denken.

Ursprünglich sollte ihr Ziel weiter im Norden sein, und sie hatte eine dementsprechende Nachricht an ihre Eltern gesandt in der Hoffnung, dass jemand nach ihr suchen und sie nach Hause holen würde. Da sie jedoch nichts als undurchdringlichen Wald und Sümpfe antrafen, gaben sie den Gedanken auf und begaben sich nach Südwesten an den Georges River.

Tränen vermischten sich mit Schweiß. Florence verabscheute ihr Leben, sie hasste den Busch, die Eingeborenen und die Frömmigkeit, die sie notgedrungen hatte annehmen müssen. Hätte sich doch nur jemand die Mühe gemacht, sie aus dieser selbst auferlegten Hölle zu retten, dann wäre sie von Cedric und diesem primitiven Dasein befreit.

Sie schlang die Arme um die Knie. Es war ihr schwergefallen, sich damit abzufinden, dass ihre Familie sie nicht liebte, und nach zwei Jahren des Schweigens hatte sie Cedric und seiner Schwester verboten, Kontakt mit ihrer Familie aufzunehmen. Ebenso wenig wollte Florence wissen, was die beiden über ihre Angehörigen hörten, wenn sie nach Sydney Town fuhren. Das war für sie die einzige Möglichkeit gewesen, sich an ihrer Familie zu rächen. Jetzt aber wusste sie, dass sie sich nur selbst gestraft hatte. Wieder stiegen ihr Tränen in die Augen, und sie legte die Hände an die Ohren, um den platschenden Regen und die Stimmen aus der Vergangenheit nicht länger zu hören.

»Wie viele Wachen?«

Mandarg hielt fünf Finger hoch und fuhr dann grinsend damit über seine Kehle. »Keine Sorge, Boss.«

»Gut«, schnauzte Edward. »Wenn wir ins Lager kommen, sollt ihr die Weißen suchen und bewachen, bis wir den Mob erledigt haben. Sie werden in den Hütten sein. Wenn sie Schwierigkeiten machen, schlitzt ihnen die Kehle auf.«

Mandarg runzelte die Stirn, und Edward schnaubte verärgert, weil der Mann unfähig war, den einfachsten Befehl zu verstehen. »Erklär es ihm, Willy. Ich will nicht, dass die verdammten Missionare mit dem Boot entkommen.«

»Passt auf die Frau und den Mann in den *gunyahs* auf«, sagte Willy. »So lange, wie der Boss es will.« Er fuhr mit dem Finger über seinen Hals. »Tötet sie, wenn nötig.«

Mandarg übersetzte den Befehl rasch seinen Stammesbrüdern.

Edward gab seinen Männern ein Zeichen. Sie drangen durch das Gestrüpp vor, den Fährtensuchern folgend, die sie durch den Regenschleier führten. Als er sah, dass sie stehen blieben, sich duckten und mit dem hohen Gras zu verschmelzen schienen, wusste er, dass sie nah herangekommen waren.

Er stieg ab und hockte sich neben Mandarg. Das Lager der Eingeborenen war wie jedes andere, bis auf die drei Holzhütten. Eine davon hatte ein grobes Kreuz über der Tür. Wie er vermutet hatte, lagen Einbäume am Ufer. Er würde sie von Willy versenken lassen, sobald der Überfall begann.

»Sucht die Frau und den Boss da oder da«, flüsterte er und zeigte auf die beiden Hütten in unmittelbarer Nähe. Er legte einen Finger an die Lippen. »Wartet, bis ich das Kommando gebe.«

Zufrieden, dass sie ihn verstanden hatten, kehrte er zu den anderen zurück. »Bleibt im Sattel, bis wir zugeschlagen haben. Der Regen dämpft das Geräusch der Hufe, aber der Boden ist glitschig.« Er schenkte ihnen ein aufmunterndes Lächeln und war dankbar, dass sie noch immer versessen auf den Überfall waren, obwohl der Regen sie bis auf die Haut durchnässt hatte. »Willy, kümmere dich um die Boote, sobald wir losgelegt haben.« Er ließ sich jetzt von der Erregung der anderen anstecken. »Stellt euch in einer Linie auf und wartet auf mein Zeichen.«

Edward führte seine Männer durch den Busch auf die Lichtung zu. Durch die Anspannung fühlte er sich plötzlich wie elektrisiert. Als die erste Holzhütte aus dem Regendunst auftauchte, nickte er den Fährtensuchern zu.

Die Schwarzen huschten verstohlen durch die Dunkelheit und stellten sich unter die Fenster, ein Messer zwischen den Zähnen.

Edward hob den Säbel und trieb sein Pferd zum Galopp an. Der Überfall hatte begonnen.

Florence hatte ihr Nachthemd ausgezogen und versuchte sich durch Waschen abzukühlen, als sie draußen einen schrecklichen Schrei vernahm. Sie ließ den Lappen in die angestoßene Waschschüssel fallen, schnappte sich ihr Nachthemd und zog die Sackleinwand am Fenster zur Seite.

Ein schwarzes Gesicht mit einem Messer zwischen den Zähnen starrte sie an.

Florence schrie auf, drückte das Nachthemd an sich und wich zurück.

Der Aborigine glitt durch die Fensteröffnung und sprang geräuschlos auf den Boden. Mit erhobenem Messer kam er auf sie zu.

»Geh weg!« Hektisch riss sie an dem Nachthemd, um ihre Blöße zu bedecken. »Du kannst nicht hier reinkommen«, kreischte sie. »Cedric! Cedric, hilf mir!«

Der Mann kam immer näher, den starren Blick auf ihren Körper gerichtet, das Messer fest in der Hand. »Boss kommt nicht«, sagte er. »Missus gehört mir.«

Florence fand sich in eine Ecke gedrängt. »Cedric! So hilf mir doch, um Himmels willen!«

»Boss kommt nicht.« Er fuhr mit einem Finger über seinen Hals.

Sie war allein. Florence begann zu zittern, als sie das Tierfett roch, mit dem sein Körper eingeschmiert war, und die Stammeszeichen auf seiner Brust sah. Er war kein Wiradjuric, also musste er auf einem Raubzug sein – und sie war seine Beute.

»Lieber Gott«, hauchte sie. Die Beine gaben unter ihr nach, und sie glitt an der Wand hinab, bis sie zu seinen Füßen kauerte. »Tu mir nichts«, schluchzte sie.

Kräftige Hände rissen sie in die Höhe. Das Messer saß an ihrer Kehle, die Klinge lag kalt auf ihrer Haut. Er roch an ihrer Schulter, fuhr ihr mit den Fingern durch die Haare und hob eine Strähne an seine durchbohrte Nase. Mit einem Ausruf des Ekels ließ er los.

Florence konnte kaum aufrecht stehen, und ihre Zähne klapperten vor Angst so stark, dass sie nicht sprechen konnte. Ein Klagelaut stieg in ihrer Kehle auf, während er ihr mit unverhohlener Neugier in die Augen starrte und seine Finger über ihre nackten Brüste und ihren Bauch wandern ließ. Eine Ewigkeit stand sie wie erstarrt vor ihm, während die Schreie von draußen mit dem lauten Pochen ihres Herzens wetteiferten.

Dann zerrte er sie durch den Raum.

Florence kratzte nach seinen Augen und schlug auf seine Brust, spuckte ihm ins Gesicht und trat ihm gegen die Beine. Doch sie kam gegen den drahtigen, kräftigen Mann nicht an.

Er stieß den Stuhl zur Seite, riss die Tür auf und zerrte Florence nach draußen. Nackt und zu Tode erschrocken stand sie da, und ihr wurde klar, dass dies nur der Anfang war, denn vor ihr spielte sich eine Szene aus der Hölle ab.

Der Regen hatte aufgehört, die glimmenden Lagerfeuer waren von den in Brand gesetzten *gunyahs* wieder geschürt worden. Rauch und Flammen warfen unheimliche Schatten auf das Gemetzel. Die Nacht wurde von Schreien zerrissen, schwarzes Fleisch von Klingen aufgeschlitzt. Bluttriefende Säbel blitzten im Widerschein der tanzenden Flammen rot auf. Pferde wieherten, die Ohren flach angelegt, die Nüstern gebläht, Mähnen flogen, und die Hufe trampelten über die Kinder und alle hinweg, die zu schwach waren, um wegzulaufen. Frauen und alte Männer, die im Schlamm kauerten, wurden abgeschlachtet, und die Krieger lagen tot oder sterbend neben ihren nutzlosen Speeren. Durch den Feuerschein sah sie die Silhouetten der Männer, die diese Apokalypse über sie gebracht hatten.

Dies war kein Raubüberfall durch Eingeborene, sondern ein Anschlag durch bewaffnete Soldaten. Florence konnte nicht glauben, was sie da sah, und obwohl sie den Blick am liebsten abgewandt hätte, war sie vor Schreck so gelähmt, dass sie nur fassungslos zusehen konnte.

Ein Reiter schlug auf Kulkarawa ein, eine junge Frau, mit der Florence sich angefreundet hatte. Er verstellte ihr den Fluchtweg, spießte das Neugeborene, das sie bei sich trug, mit seinem Säbel auf und hielt es triumphierend in die Höhe. Unter den Schreien der Mutter schleuderte er den kleinen Körper in den Busch und enthauptete die Frau mit einem einzigen brutalen Hieb. Als er sein Pferd wieder ins Getümmel lenkte, beleuchteten die Flammen sein Gesicht.

Florence stöhnte auf und wäre zu Boden gefallen, wenn der Eingeborene sie nicht aufrecht gehalten hätte. Sie ließ den Kopf tief hängen, so dass ihr die Haare wie ein segensreicher Schleier über die Augen fielen. Das Massaker ging weiter. Sie hatte Edward Cadwallader erkannt und wusste, er würde nicht aufhören, bis alle tot waren.

Sie zog sich in sich selbst zurück und versuchte sich den Geräuschen, Anblicken und Gerüchen dieser schrecklichen Nacht zu entziehen. Die Zeit verlor jede Bedeutung, doch so sehr sie sich auch bemühte, nichts mehr wahrzunehmen, das endlose Donnern von Hufen, die Entsetzensschreie und die aufgeregten Rufe der Soldaten setzten ihr schwer zu. Sie konnte nur beten, dass ihr Ende schnell und gnädig wäre – ihre weiße Haut würde sie nicht retten, nachdem sie Zeugin dieses Gemetzels geworden war.

Edward stand schwer atmend auf der Lichtung; Schweiß tropfte von seinem Gesicht. Der Geruch von brennendem Eukalyptus und Blut hing in der Luft. Der Rauch verdichtete sich zu einer erstickenden Wolke, hinter der die aufgehende Sonne verschwand, und zog durch die Baumkronen. Diese Morgendämmerung war jedoch anders als alle zuvor: Kein einziger Vogel sang.

Schaudernd warf er einen Blick zwischen die Bäume, eine unbestimmte Angst hatte ihn ergriffen. Dann schüttelte er das Gefühl ab, dass jemand oder etwas ihn beobachte, und reinigte die Klinge seines Säbels mit einer Handvoll Gras.

»Gute Arbeit für eine Nacht«, sagte Willy, der neben ihn getreten war.

»Sind alle tot?«

»Alle bis auf die Missionarin. Mandarg hat sie.«

»Sie soll ihm gehören«, erwiderte Edward, noch immer beunruhigt von dem Unheil, das sich mit den Rauchschwaden auf ihn zuzubewegen schien. »Wenn er mit ihr fertig ist, wird sie so verstört sein, dass sie niemandem mehr sagt, was geschehen ist.« Er zitterte vor Erschöpfung und nahm einen großen Schluck Rum zu sich. Er wollte nur noch schlafen, doch zunächst mussten sie sich so weit wie möglich von hier entfernen, bevor die Sonne noch höher stieg.

»Sollen wir den Missionar begraben?«

Willy wollte ihn offenbar weiter mit Fragen belästigen. Er besah sich die Leiche, die zusammengesunken an der Tür der provisorischen Kirche lehnte. »Lass ihn«, antwortete er barsch. »Wir haben heute Nacht nur Säbel benutzt, und sollte jemand zufällig hier vorbeikommen, wird es so aussehen, als wäre es ein Überfall von Schwarzen gewesen. Wird er begraben, verraten wir uns.« Ermattet schwang er sich in den Sattel. »Lass uns hier verschwinden!«

Florence spähte durch ihre Haare zu Edward Cadwallader hinüber. Sie wollte am liebsten darum betteln, mit ihnen zu gehen – ihn anflehen, sie nicht bei diesem Wilden zu lassen. Doch ein Rest gesunden Menschenverstandes ließ sie schweigen, und sie senkte das Kinn, als er näher kam. Das war der Mann, der Millicent Gewalt angetan hatte – der Mann, der einer Verurteilung entkommen war und nicht lange zögern würde, an ihr dieselbe Gräueltat zu verüben.

Die Männer ritten vorbei. Sie wurde mit Schlamm bespritzt und hörte die zotigen Bemerkungen, spürte die glühenden Blicke und wusste, dass ein Wort aus Edwards Mund ihr Schicksal besiegeln würde.

»Die Frau gehört Mandarg«, sagte der Mann, der hinter Edward ritt. »Behalte sie.«

»Will keine weiße Frau«, entgegnete Mandarg.

»Dann schlitz ihr die verdammte Kehle auf. Mir ist es egal.«

Florence stöhnte und sank zu Boden, als der Eingeborene sie losließ. Die Männer ritten fort. Sie umschlang ihre Knie und begann sich vor und zurück zu wiegen. Es wurde still ringsum.

»Der Mann ist ein Teufel«, murmelte Mandarg in seiner Sprache vor sich hin. »Er tötet Frauen und Kinder zum Spaß. Jetzt haben sie mich hier mit dir stehen lassen.«

Seine Stimme schien von weither zu kommen, die Wörter waren unverständlich, doch sie spürte seine Berührung an ihren Armen. Sie zuckte zurück, vergrub das Gesicht in den Händen und fuhr fort, sich zu wiegen. »Vater«, schluchzte sie. »Ich will zu meinem Papa.«

»Lowitja hat von einer weißen Frau gesprochen«, sagte Mandarg. »Aber du wirst nicht sterben – nicht durch meine Hand. Nimm das hier und zieh es an. Deine weiße Haut beleidigt mich, und ich mag deinen Geruch nicht.«

Florence verstand nicht, was er brabbelte, spürte jedoch ihr weiches Nachthemd und drückte es an sich, während sie sich vor und zurück wiegte. Der Rhythmus musste beibehalten werden – wie eine Uhr, tick-tack, tick-tack ... Sie begann zu singen, ohne sich bewusst zu sein, dass ihre Laute keinen Sinn ergaben.

»Der Geist ist mit dir, weiße Frau. Hab keine Angst, ich rühre dich nicht an.« Mandarg holte eine Decke aus der Hütte und legte sie ihr über die Schultern. »Soll ich dich mitnehmen?« Er schüttelte den Kopf. »Es würde zu viele Fragen geben. Ich lasse dir etwas zu essen da, und die Geister werden über dein Schicksal entscheiden.«< Er ging fort zu seinem Stammesbruder, der Speere und Säcke mit Nahrungsmitteln einsammelte.

Florence wiegte sich vor und zurück – sie hatte den Verstand verloren. Sie spürte nichts, hörte nichts, wusste nur, dass sie das Lied beenden musste.

Ein Buschlager, zwei Wochen später

Die dunklen, schwankenden Schatten nahmen Gestalt an und drangen durch die Bäume vor. Die Nacht war erfüllt von Schreien und dem Geruch nach Blut, und Edward wusste, die Dämonen suchten nach ihm. Er stand stocksteif da, es wurden immer mehr, sie flüsterten seinen Namen und klopften mit den Speeren an die Kriegsschilde, so dass es klang, als würden lockere Zähne in einem Totenschädel hin und her geschüttelt.

Er versuchte wegzulaufen, war aber gefesselt von den klammernden Händen der Toten, die durch den Schlamm nach ihm griffen. Er öffnete den Mund zu einem Schrei, doch er füllte sich mit dem öligen Rauch von brennendem Eukalyptus und versengtem Fleisch. Immer näher rückte die unheilvolle Armee der Nacht, und ihre Finger wiesen anklagend auf ihn.

»Nein! Haut ab! Lasst mich in Ruhe!« Edward schoss auf seiner Pritsche in die Höhe und krallte in die Luft, um sie abzuwehren. Als er die Augen aufschlug und die vertraute Umgebung seines Militärzelts wahrnahm, hätte er vor Erleichterung beinahe geweint.

Er ließ sich wieder auf den Rücken fallen und spürte den

feuchten Schweiß auf den Laken. Er versuchte, sein rasendes Herz zu beruhigen. Der Alptraum hatte ihn begleitet seit jenem Überfall vor drei Jahren am Fluss im Hinterland, war aber häufiger aufgetreten, seitdem sie die Mission in Banks Town gesäubert hatten. Der Mangel an erholsamem Nachtschlaf forderte inzwischen seinen Tribut. Er war gereizter als je zuvor, seine Männer munkelten über sein eigenartiges Verhalten, und er hatte zunehmend Schwierigkeiten, sich zu konzentrieren.

Edward warf das Bettzeug beiseite und torkelte auf die Lichtung. Willy Baines hatte immer einen Schnapsvorrat in seiner Satteltasche. Während er an den Schnallen fummelte, schaute er sich ängstlich um. Es war noch dunkel, der Traum hatte nicht an Macht verloren, und er glaubte seine Peiniger in den tanzenden Schatten zu sehen. »Reiß dich zusammen, Mann!«, murmelte er und zog die Flasche heraus. »Es gibt keine Gespenster.«

Auf dem Weg zurück ins Zelt nahm er einen großen Schluck und sank auf das Feldbett. In der Ferne grollte Donner, und obwohl er aus den anderen Zelten leises Schnarchen hörte, hatte er das Gefühl, er sei in Gefahr. Es war zermürbend. Überall waren Schatten. Selbst im wachen Zustand fühlte er sich verfolgt.

Er beschloss, eine Lampe anzuzünden, ging dann aber hinaus, um das Feuer zu schüren. Als die Flammen hoch genug waren, setzte er sich, um sich zu wärmen. Besänftigt stellte er die Flasche auf den Boden und entspannte sich allmählich.

Dass er litt, war kaum verwunderlich bei dem enormen Druck, unter dem er stand. Er dachte an Henry Carlton und die steigenden Schulden. Sollte Carlton sie einfordern und sein Kommandeur davon Wind bekommen, stünde er vor dem Bankrott. Er griff nach dem Weinbrand, nahm einen kräftigen Schluck und ließ ihn langsam die Kehle hinunterrinnen. Carlton hatte teuflisches Glück im Spiel – oder betrog –, doch obwohl er selbst so gerissen war, konnte er nicht dahinterkommen, wie Carlton es anstellte.

Er starrte ins Feuer, die Gedanken vom Alkohol benebelt. Sein Alptraum wirkte nach. Die Spielschulden waren nicht seine einzigen Sorgen, und obwohl die Lage nicht ernst war, würde sie es werden, wenn es so weiterginge. Mehrere Geschäftsabschlüsse, die kurz vor dem Abschluss standen, waren kurzfristig geplatzt, und zwei Landparzellen, die er hatte haben wollen, waren auf rätselhafte Weise wenige Stunden vor Vertragsunterzeichnung von anderen gekauft worden. Edward trank die Flasche leer und musste sich wohl oder übel eingestehen, dass die schlaflosen Nächte und die Alkoholmengen, die er zu sich nehmen musste, um die Alpträume auszublenden, seinen Verstand getrübt hatten.

Er kehrte in sein Zelt zurück und nahm eine Zigarre aus der Kiste, die neben seiner offenen Taschenuhr am Bett stand. Er rollte sie zwischen den Fingern, atmete ihren würzigen Geruch ein und zündete sie an. Sein Blick wanderte zu der Aquarellminiatur von Eloise, die im Deckel der Uhr eingelassen war. Eine gewisse Ähnlichkeit war zu erkennen. Irma hatte das Bild gemalt und es ihm nach der Hochzeit geschenkt. »Wie soll ein Mann mit seinen Sorgen fertig werden, wenn seine Frau wie ein kalter Fisch im Ehebett liegt?«, sagte er laut.

Eloise hatte es zu weit getrieben – und wenn er wieder in

Sydney war, würde er ihr eine Lektion erteilen, die sie nie vergessen würde. Er stand auf, denn das Bedürfnis, sich mit etwas anderem als seinen Alpträumen und seiner unbefriedigenden Ehe zu beschäftigen, trieb ihn zurück auf die Lichtung. »Aufwachen!«, rief er. »Wir haben zu tun. Steht auf und tretet an.«

Willy Baines erschien am Eingang seines Zeltes. »Es ist drei Uhr morgens«, knurrte er verschlafen. »Um Himmels willen, was ist nur in dich gefahren?«

»Da draußen sind Schwarze, die schlafen nicht«, schnauzte Edward ihn an. »Unsere Aufgabe ist es, sie unschädlich zu machen. Beweg dich, Willy. Ich will, dass alle in fünf Minuten bereit zum Abmarsch sind.«

Willy Baines rührte sich nicht. »Die Männer sind erschöpft«, sagte er. »Es hat keinen Zweck, sie zu stören. Die Schwarzen sind auch am Morgen noch da.«

Edward ballte die Fäuste. »Widersetzt du dich etwa dem Befehl eines Ranghöheren?«

Willy schwieg, und sein zerfurchtes Gesicht sah im tanzenden Licht des Feuers ausgezehrt aus.

»Wenn das der Fall wäre, müsste ich dich vor das Kriegsgericht bringen.«

»Wenn ich untergehe, dann gehst du mit.«

»Soll das eine Drohung sein?«

»Die Männer bleiben bis zum Morgen in ihren Zelten«, bestimmte Willy und ging wieder in sein Zelt zurück.

Schwankend sah Edward, dass die erwachten Männer erstaunt aus ihren Zelten lugten. »Geht wieder zu Bett«, brüllte er, »und wenn auch nur einer von euch ein Wörtchen hierüber verliert, erschieße ich ihn!«

Das Schweigen der Männer schien ihn zu verspotten. Die Dunkelheit rückte näher, und das Rascheln der Bäume klang wie das Flüstern der Toten. Edward begab sich auf die Suche nach der nächsten Flasche Weinbrand.

Auf dem Weg nach Parramatta, zwei Tage später

Florence klammerte sich an das silberne Kruzifix und taumelte über abgestorbene Äste und durch dichtes Gestrüpp. Die Worte eines Kinderliedes entfielen ihr immer wieder, die Melodie verschmolz zu einem dröhnenden Summen. Bei einem Lichtstrahl, der durch die Baumwipfel drang, blieb sie stehen. Es war schön warm, und wenn sie es nicht so eilig gehabt hätte, Papa zu treffen, hätte sie sich eine Weile hingesetzt.

»Tick-tack, tick-tack«, murmelte sie vor sich hin, während sie sich zwischen den Baumstämmen hindurchschlängelte und einem Pfad folgte, den nur sie sehen konnte. »Hickory, dickory dock, clock, tick, tick, tick.«

Ein Geräusch ließ sie verstummen, und sie legte den Kopf schief. Als die Reiter unter den Bäumen auftauchten, presste sie das Kruzifix an sich und sank auf den Waldboden.

»Was haben wir denn hier?«, fragte der Mann, der vornweg ritt. Er zügelte sein Pferd und beugte sich im Sattel vor.

Florence krümmte sich zusammen und sah ihn durch ihr verfilztes Haar verstohlen an. Männer auf Pferden hatten etwas an sich, an das sie sich erinnern sollte. Etwas Beängstigendes und Gefährliches. Sie sang schneller: »Tick, tock, tick, tock, hickory dickory dock.«

»Ich glaube, sie ist weiß, aber man kann es unter dem ganzen Dreck nicht erkennen. Sie muss schon lange hier draußen sein.«

»Hat den Verstand verloren, das sieht man doch. Was sollen wir mit ihr machen, Herr Pfarrer?«

Das Wort »Pfarrer« klang vertraut. »Papa?«, jammerte sie.

»Wir können sie nicht hierlassen.«

Wachsam beobachtete Florence, wie der Mann vom Pferd stieg. Sie schüttelte den Kopf, um das ärgerliche Brummen in den Ohren loszuwerden. Es war ein Trick, tick, tick, tick – das war nicht Papa. Sie kroch hinter den schlanken Stamm eines Eukalyptusbaums und lugte dahinter hervor.

»Ich tu Ihnen nichts«, sagte der Mann und ging in die Hocke. »Ich heiße John Pritchard und bin Pfarrer in der Garnison in Parramatta. Ist Ihr Vater ein Geistlicher?«

Das Summen war jetzt lauter und klang wie das Geräusch eines wütenden Bienenschwarms.

Sein Blick fiel auf das Kruzifix. »Das ist ein schönes Kreuz«, sagte er sanft. »Darf ich es mir einmal ansehen?«

Florence sah nur seine ausgestreckte Hand und schrak unwillkürlich davor zurück.

»Wir vergeuden Zeit, John, und in der Garnison werden wir erwartet.«

Der Pfarrer richtete sich auf und stemmte die Hände in die Seiten. »Sie hat sich verlaufen und hat Angst, und sie wird sterben, wenn wir sie allein lassen. Sie ist sehr dünn, und ich höre, wie es beim Atmen in ihrer Brust rasselt.« Er seufzte tief. »Was um alles in der Welt macht sie nur hier in ihrem Nachthemd mit einem Kreuz, das aussieht, als stamme es aus einer Kirche?«

»Ich weiß es nicht, und es ist mir auch egal«, sagte der andere Mann mürrisch. »Beeilung, sonst bekommen wir Ärger mit dem Kommandeur.«

Florence gefiel der Anblick der Reiter nicht. Sie trugen Uniformen, ritten auf Pferden und hatten Säbel bei sich – irgendwo hinter dem Brummen in ihrem Kopf lauerte eine Erinnerung an Gräuel und Gefahr.

Starke Arme hoben sie auf, und sie erstarrte.

»Ist schon gut«, sagte der Mann und trug sie zu seinem Pferd. »Ich bringe Sie nach Hause.«

Sie starrte ihn an, als er sie vor sich auf den Sattel setzte und die Zügel aufnahm. Das Brummen war jetzt lauter, und das rhythmische Ticken der Uhr war in ein Trommeln in ihrer Brust übergegangen.

Das Pferd setzte sich in Bewegung, und die Arme schlossen sich fester um sie. Die Trommel schlug immer schneller, bis es wie Donner war, der ihren Kopf und ihren Körper ausfüllte und den Atem aus ihr herauspresste.

Aufflackernder Todesangst folgten segensreiche Stille und ein Anflug von Vernunft. Endlich war ihr Vater zu ihr gekommen. Dann hüllte Dunkelheit sie ein.

Zehn

Balmain, April 1798

Für die Herbstzeit war es ungewöhnlich warm, der Himmel war blau, und auf dem Wasser tanzten Lichtpunkte. George hatte unter den Bäumen am Strand eine Decke ausgebreitet, auf der sie, an Kissen gelehnt, im getupften Schatten saßen. Die Reste des Picknicks lagen neben ihnen verstreut. Er schenkte den letzten Rest Wein ein und war von Zufriedenheit erfüllt.

Nachdem er sich eine Einladung zum Fest der Macarthurs erschlichen hatte, war George fast jeden Tag mit Eloise zusammen gewesen. Obwohl sich beide der Gefahr bewusst waren, wollten sie nicht auf ihre Treffen verzichten. Mit jeder Begegnung hatte sich ein tieferes Verständnis eingestellt und eine Sehnsucht nach Zweisamkeit, die Erfüllung verlangte. In schweigendem Einvernehmen wurde Edward nie erwähnt, doch blieb ihnen seine unheilvolle Existenz stets im Bewusstsein. Jetzt riskierten sie mehr denn je, da Edward bald zurückkehren sollte. Die Zeit drängte.

Eloise war unsagbar schön, und George wusste in jenem Augenblick, dass er sie über alles liebte. »Ist dir klar, dass es einen Monat her ist, dass wir uns kennengelernt haben? Seitdem haben wir über Shakespeares Stücke und Sonette gesprochen, über die Artussagen, Politik, Walfang und die Wechselfälle des Lebens in diesem kolonialen Außenposten. Du bist eine sehr erstaunliche Frau, Eloise.«

»Unsere Begegnungen haben mir viel Glück beschert. Bei dir durfte ich so sein, wie ich bin, und das ist ein kostbares Geschenk. Ich danke dir dafür, George.«

»Ich wünschte, es könnte immer so sein wie in diesem Moment, aber wir können uns so selten treffen, und unsere erhaschten Augenblicke erwecken in mir das Verlangen nach mehr – trotzdem weiß ich, dass es nicht in Frage kommt.« Er küsste ihre Finger. Ihre Nähe war eine Qual: Er hatte diese Lippen nie geküsst, hatte Eloise nie umarmt oder gewagt, ihr zuzuflüstern, wie es um sein Herz bestellt war. »Liebste Eloise, du hast mein Leben auf den Kopf gestellt.«

Eloise ließ ihre Hand in der seinen ruhen. »Dank dir bin ich wie neugeboren«, erwiderte sie. »Hier ist der einzige Platz, an dem ich vollkommen entspannt bin. Der einzige mir bekannte Ort, an dem wir wirklich allein sein können. Ich bin so froh, dass du diese Bucht ausfindig gemacht hast.«

George blickte über den menschenleeren Strand, die schützenden Bäume und das glitzernde Wasser. Außer dem sanften Plätschern der Wellen, dem Glucksen eines Vogels und dem Klirren des Pferdegeschirrs war nichts zu hören. »Thomas hat mich mit hierhergenommen, weil er sich ein Stück Land ansehen wollte, das er kaufen möchte«, sagte er.

»Weiß er über uns Bescheid?« Sie entzog ihm ihre Hand, die Augen vor Angst weit aufgerissen.

»Nein, Liebste«, versicherte er hastig. »Es ist unser Geheimnis und wird es auch bleiben, solange du willst.« Der Gedanke tat weh, dass das für immer so sein würde. Mit jeder Begegnung forderten sie das Schicksal heraus, und Eloise war ständig nervös. »Ich war egoistisch und unfair dir gegenüber«, sagte er.

Sie nahm wieder seine Hand. »Oh, George, da irrst du dich aber.« Ihre Finger schoben sich zwischen die seinen, und sie beugte sich zu ihm vor. »Wenn du egoistisch bist, dann bin ich es auch. Wenn du unfair bist, dann bin ich desselben Vergehens schuldig. Wir wollen den vollkommenen Tag nicht mit solchem Gerede verderben.«

»War er denn vollkommen?« George war wie gebannt von ihren Augen, der Art, wie sich ihre Lippen öffneten, als erwarte sie einen Kuss.

»Nahezu. Aber ich weiß, was zur Vollkommenheit fehlt.«

George legte ihr den Arm um die Taille und zog sie an sich. Ihr Atem mischte sich mit seinem, und er sah das Verlangen in ihren Augen, als sie den Kopf in den Nacken legte. Seine Finger glitten zärtlich über ihren schlanken Hals und vergruben sich in ihrem Haar. Dann küsste er sie zum ersten Mal.

Als er behutsam die sanfte Schwellung ihrer Brust berührte, bog sich Eloise ihm entgegen. Nun wanderten seine Lippen hinab zu der zarten Stelle an ihrer Halsbeuge.

Sie griff nach seinen Hemdknöpfen, doch er wich zurück.

»Das dürfen wir nicht.« Seine Stimme war heiser vor Leidenschaft.

»Zu spät«, flüsterte sie und öffnete den ersten Knopf.

»Bist du sicher, Liebste? Wenn wir weitermachen, dann ...«

Sie legte einen Finger auf seine Lippen. »Ich weiß genau, was ich tue«, sagte sie. »Du hast mir gezeigt, wie wahre Liebe sein kann, und mein Herz ist voll davon. Jetzt möchte ich dir etwas zurückgeben.«

»Eloise ...«

Ihre Hand ruhte über seinem Herzen. »Wir kennen uns

vielleicht noch nicht lange, George, aber ich liebe dich – mehr, als ich sagen kann.«

George riss sie an sich. »Meine Liebe, meine über alles Geliebte.« Er bedeckte ihr Gesicht mit Küssen.

Kaserne in Sydney, Mai 1798

Edward und seine Männer waren am Vortag aus dem Busch zurückgekehrt. Er war inzwischen zu der Erkenntnis gelangt, dass es zu nichts führen würde, wenn er Eloise grün und blau schlüge. Er würde lieber wieder um sie werben, denn trotz allem, was geschehen war, begehrte er sie noch immer. Ihm war jedoch klar gewesen, dass er nicht sofort zu ihr gehen konnte: Seine Kleidung war verschmutzt, er hatte sich seit einem Monat weder gewaschen noch rasiert, und er stank. Also war er in der Kaserne geblieben, und er hatte, nachdem er sich dort lange in einem heißen Bad hatte aufweichen lassen, ausnahmsweise einmal wieder gut geschlafen.

Er prüfte sein Aussehen in dem von Fliegendreck übersäten Spiegel, während sein Diener ein unsichtbares Stäubchen von seiner makellosen Uniform schnippte. Die Paradeuniform kam gerade aus der Wäscherei, und die Goldknöpfe und Epauletten glänzten im schwachen Sonnenlicht, das durch das Fenster hereindrang. Sein Kinn war glatt rasiert, der Schnurrbart gestutzt, und er fand, dass er sehr gut aussah. »Was meinst du, Willy?«

»Sie wird beeindruckt sein«, antwortete der Angesprochene, rekelte sich in einem Sessel und nippte an seinem Glas.

»Gut«, sagte Edward und verscheuchte den Diener mit einer Handbewegung. Er fummelte an der Seidenkordel, die seinen Dolch und seinen Säbel an der Hüfte hielt.

»Trink einen Schluck, um deine Nerven zu beruhigen«, sagte Willy und schenkte ihm großzügig ein. »Du schwitzt wie ein brünstiger Hengst.«

Die obszöne Bemerkung war verletzend, und nicht zum ersten Mal kam Edward zu dem Schluss, dass Willy Baines mit seiner vulgären Zutraulichkeit zu weit gegangen war. Trotzdem ging er nicht darauf ein, nahm das Glas und trank es in einem Zug leer. Willy wusste zu viel, und deshalb musste man ihn bei Laune halten. »Ist für das Spiel morgen alles klar?«

Willy sank noch weiter in den Sessel und legte ein Bein über die Lehne, ohne auf die zarte Seidenbespannung zu achten. »Carlton ist bereit, und ich habe ein Privatzimmer gemietet, so dass ihr ungestört seid.«

Edward zuckte zusammen, als er sah, wie der teure Sessel mutwillig beschädigt wurde. Es hatte den Anschein, als wäre an diesem Nachmittag alles dazu angetan, ihn zu reizen. »Wenn du nicht richtig sitzen kannst, dann stell dich gefälligst hin«, knurrte er. »Der Sessel ist nicht dafür gemacht, dass man sich so hineinlümmelt.«

Willys Augen waren vom Alkohol gerötet. »Kein Grund, deine schlechte Laune an mir auszulassen«, brummte er.

Edward hob das Kinn und lockerte das Halstuch, das ihn zu erwürgen schien. »Ich bin nur von dem Gedanken abgelenkt, dass ich bald meine Frau sehen werde«, sagte er und schenkte dem Älteren ein entschuldigendes Grinsen, um die Spannung abzubauen. »Ich weiß auch nicht, warum ich so nervös bin, aber es ist schlimmer, als auf einen Überfall zu warten.«

»Die Aufregung dabei ist aber nicht zu schlagen«, sagte Willy, der sich nicht ganz zufrieden gab.

»Oh, ich weiß nicht«, überlegte Edward. »Nichts geht über vier Asse auf der Hand gegen Carlton, finde ich.« Er lächelte. »Gieß uns noch ein Glas ein, sei so gut.«

Willy gehorchte. Nachdem sie einen Schluck getrunken hatten, hob er an: »Die Sache mit Carlton ...«

Edward biss die Zähne zusammen. »Ich weiß, was du sagen willst, Willy, aber ich habe alles im Griff.«

»Du hast beim letzten Mal einen dicken Geldbeutel voll verloren, und deine Schulden steigen.«

»Morgen werde ich sie begleichen.«

»Das hast du schon einmal gesagt.«

Edward wusste nur zu gut, dass er Carlton inzwischen eine Riesensumme schuldete, daran musste Willy ihn nicht erinnern. »Wie gewonnen, so zerronnen«, sagte er leichthin. »Ich habe ihm zwanzig Guineen abgeknöpft, bevor wir uns in den Busch aufmachten.«

»Und davor fast fünfzig verloren.«

Willy war offenbar darauf aus, ihn zu reizen. »Ich muss hin und wieder verlieren, sonst verdächtigt er mich des Falschspiels, aber ich habe ihn jetzt genau eingeschätzt. Henry Carlton hat einen Ebenbürtigen gefunden.«

»Wenn du meinst«, murmelte Willy, nahm seine Mütze und setzte sie sich auf das ergrauende Haar. »Ich habe ihn im Lauf der Monate beobachtet, und was ich da sehe, gefällt mir nicht. Du hältst ihn vielleicht für einen ehrlichen Spieler – einen Mann mit zu viel Geld und einer nachlässigen

Haltung zum Spiel –, aber er ist raffiniert, Edward. Die Höhe deiner Schulden ist der beste Beweis.«

Willy bestätigte nur seinen eigenen Verdacht, doch Edwards Verlangen, sich mit dem Mann zu messen, war übermächtig. »Kann sein«, sagte er angespannt, »aber ich bin raffinierter, und die Schulden werden bereinigt.« Er sah Zweifel in den Augen seines Gegenübers. »Wenn du so besorgt bist«, sagte er scharf, »warum findest du dann nicht mehr über ihn heraus?«

»Das habe ich schon versucht, aber niemand scheint etwas über ihn zu wissen, was an sich schon rätselhaft ist. Ein Mann mit seinem Vermögen und seiner Bildung hinterlässt für gewöhnlich Spuren.«

»Dann grab tiefer! Ich muss wissen, mit wem ich es zu tun habe.«

Ob rätselhaft oder nicht, Henry Carlton hatte ihn auf jeden Fall überlistet, und die Schulden hatten beängstigende Ausmaße angenommen. Er würde schon bald die Rückzahlung einfordern, und Edward wusste, dass damit für ihn der Verkauf einiger wertvoller Geldanlagen verbunden wäre. »Der Teufel soll den Mann holen«, murmelte er. Er machte sich auf den Weg nach Hause. »Ich werde ihm schon zeigen, dass ich mich nicht schlagen lasse.«

Kernow House, Watsons Bay

Eloise kicherte, als sie Charles beobachtete, der sich mit seinem einzigen Zahn an einem trockenen Keks versuchte. Er bröselte so herum, dass man seinen Kinderkittel schon bald würde wechseln müssen, doch das spielte keine Rolle: Hauptsache, er hatte Spaß.

Sie saßen auf einer Decke vor dem Kamin. Herbstwinde rüttelten an den Fenstern, tosende Brandung peitschte an die Dünen. Man hatte die Lampen angezündet, um die Trübheit des Tages zu vertreiben. Eloise lehnte an der Couch und beobachtete ihren Sohn. Dabei ging ihr das Herz über, und ihr kamen fast die Tränen. Wenn doch George nur hier wäre, dann wäre ihre Zufriedenheit vollkommen. Die Erinnerung an ihre körperliche Vereinigung ließ sie erglühen, und sie kehrte in Gedanken an die Tage zurück, die sie in seinen Armen verbracht hatte, an das Entzücken, seine Haut an ihrer Haut zu spüren, ihr unwiderstehliches, gegenseitiges Verlangen und das herrliche Gefühl, sich der Leidenschaft hinzugeben.

»Sie haben Besuch, Lady Cadwallader.«

Die raue Stimme der Sträflingsmagd riss sie aus ihren Tagträumen. »Wer ist es?«

»Der Earl of Kernow, Madam.«

»Dann führen Sie ihn herein«, sagte sie, verwirrt, dass man sie bei ihren Träumereien überrascht hatte.

»Bleib doch sitzen, Eloise. Du gibst so ein charmantes Bild ab.«

Sie erhob sich trotzdem und machte einen Knicks. »Du hättest mir Bescheid geben sollen, dass du vorbeikommst«, sagte sie zu ihrem Schwiegervater, ehrlich erfreut, ihn zu sehen. »Ich hätte Charles umgezogen.«

Jonathan Cadwallader hob seinen Enkel hoch, der ihm den inzwischen durchweichten Keks anbot. »Er ist perfekt, so wie er ist«, sagte er und hielt das Kind in die Höhe. »Er wird ja richtig kräftig«, stellte er fest, »und sehe ich da etwa einen Zahn?«

Eloise nahm den Keks an sich, bevor er Jonathans Weste ruinierte. »Und der nächste ist unterwegs«, sagte sie stolz.

Der Kleine grapschte nach der Uhrenkette seines Großvaters. »Du willst also meine Uhr sehen? Sie ist zwar nicht so groß wie die alte, aber komm, Charles, wir setzen uns, dann zeige ich dir etwas Besonderes.« Er setzte seinen Enkel auf ein Knie, öffnete den silbernen Deckel und drückte auf einen Knopf. Charles strahlte, als der leise Glockenschlag ertönte, und streckte seine Patschhand danach aus.

»Die darfst du haben, wenn du älter bist«, sagte Jonathan und ließ zu, dass sich die Finger des kleinen Jungen darum schlossen. »Vorläufig halte ich etwas anderes für geeigneter.« Er steckte die Uhr wieder ein, und Charles verzog enttäuscht das Gesicht. »Hier«, sagte Jonathan rasch, um einem Tränenausbruch zuvorzukommen. »Genau das Richtige für die lästigen Zähne.« Er hielt einen reich ziselierten, silbernen Beißring hoch. Charles packte ihn und steckte ihn sogleich in den Mund.

»Das ist aber ein großzügiges Geschenk«, sagte Eloise.

»Enkel sind dazu da, dass man sie verwöhnt«, erwiderte Jonathan und setzte das Kind auf den Boden. »Und ihre Mütter auch.« Er zog einen Schal aus der Tasche.

Eloise war sprachlos vor Freude. »Er ist wunderschön«, flüsterte sie und legte sich der blassgrünen, federleichten Schal über die Schultern. »Das ist sehr lieb von dir.«

Jonathan nahm ihren Dank entgegen und schwieg, während das Dienstmädchen den Tee servierte und Meg den Kleinen ins Kinderzimmer brachte. »Meine Geschenke heute sind meine Art, mich zu verabschieden, Eloise«, sagt er, als sie ihm eine Tasse reichte.

»Ich dachte, deine Expedition über die Blue Mountains würde erst im Frühjahr beginnen?«

»Ich muss heute Abend nach London abreisen. Die Expedition findet ohne mich statt.«

»Heute Abend? Warum so eilig?«

Jonathan sammelte offenbar Kraft für das, was er zu sagen hatte. »Ich habe einen beunruhigenden Brief von meinem Bevollmächtigten in London erhalten«, sagte er. »Die darin enthaltene Nachricht ist bereits mehrere Wochen alt, und meine Reise mag Zeitverschwendung sein, aber vielleicht kann ich noch etwas retten, wenn ich so schnell wie möglich zurückfahre.« Stirnrunzelnd schaute er in seine Teetasse.

»Sag mir, was passiert ist.«

Er holte tief Luft. »Es soll genügen, wenn ich sage, dass mein Haus in Cornwall zerfällt, mein Grundbesitz wurde in meiner Abwesenheit zugrunde gewirtschaftet, und meine Frachtgeschäfte im Mittelmeer sind von dem Emporkömmling Napoleon gründlich zunichtegemacht worden. Doch der dringendste Grund für meine Rückkehr nach Cornwall ist, dass etwas entdeckt wurde, das ich einmal als endgültig verloren aufgab.« Er verstummte, den Blick starr geradeaus gerichtet.

»Was ist es, Jonathan?«

»Es steht mir leider nicht zu, mehr zu sagen, bis ich die Wahrheit aufgedeckt habe. Aber vielleicht wirst du meine Verschwiegenheit bei meiner Rückkehr verstehen. Es geht um eine Suche, auf die ich mich schon lange begeben habe ...« Er riss sich zusammen. »Verzeih, meine Liebe«, sagte er. »Ich wollte dich heute nicht mit meinen Sorgen belasten. Du und der Kleine, ihr habt so zufrieden ausgesehen.«

Wenn er die Wahrheit wüsste! »Es tut mir leid, wenn du Sorgen hast«, erwiderte sie. »Du bist mir ein guter Freund geworden, und ich werde dich vermissen.«

»Es freut mich, dass wir Freunde sind.«

Eloise spürte, dass er ihr noch etwas Wichtiges sagen wollte, doch es fiel ihm schwer, die richtigen Worte zu finden. »Was ist los?«

»Als Freund habe ich das Gefühl, ich sollte es offen aussprechen. Aber als dein Schwiegervater frage ich mich, ob ich nicht illoyal bin.«

Ihr Herz schlug so heftig, dass er es hören musste. »Sag, was dir im Kopf herumgeht. Ich werde nicht gekränkt sein«, versprach sie.

»In den vergangenen Wochen habe ich gesehen, wie du aufgeblüht bist, Eloise, und ich weiß, wie eine Frau aussieht, die liebt.«

Seine Stimme war sanft, doch seine Worte trafen sie wie ein Schlag. »Ich bin noch in meinen ersten Ehejahren«, sagte sie ausweichend.

»Ist es denn mein Sohn, der dir Farbe in die Wangen und ein Funkeln in die Augen bringt?«

Eloise schluckte. »Selbstverständlich«, brachte sie hervor.

Sein Blick war stetig, seine Miene nicht unfreundlich, als er sich vorbeugte. »Ich glaube das nicht, Eloise.«

Seine Worte hingen in der Luft, und sein Blick ruhte auf ihr.

Jonathan Cadwallader ergriff ihre Hand. »Du musst

nichts sagen, Eloise, denn ich verstehe deine Not. Ich habe mich vor vielen Jahren verliebt, und diese Liebe lebt in meinem Herzen fort. Aber es war eine Liebe, die uns beinahe vernichtet hätte, denn sie konnte nur erfüllt werden, wenn wir das Vertrauen anderer missbrauchten. Und wenn dieses Vertrauen einmal gebrochen ist, gibt es kein Zurück.«

Eloise spürte die Wärme seiner Hände, vernahm den Schmerz in seiner Stimme und wusste, dass er sie tatsächlich verstand. Dennoch konnte sie ihm nichts von George erzählen, hatte nicht den Mut auszusprechen, was ihr am Herzen lag. An ihren Wimpern hingen Tränen.

»Ich weiß, es ist schmerzhaft, Eloise, aber du musst es beenden. Mein Sohn bewacht seine Besitztümer mit inbrünstiger Eifersucht – und er wird dir weder verzeihen, noch dich frei geben.«

Eloise wusste, dass er recht hatte – doch der Gedanke, dass sie nie wieder einen Augenblick der Zweisamkeit mit George verbringen würde, war nicht zu ertragen. »Woher weißt du es?«, flüsterte sie.

»Ich habe Augen im Kopf, meine Liebe«, sagte er traurig. »Du glühst förmlich, wenn du mit Mr Collinson zusammen bist, aber mit Edward bist du blass und nur ein Schatten deiner selbst.«

Eloise war erschrocken, wie leicht sie sich verraten hatte. »Das war mir nicht bewusst«, stieß sie hervor. »War das für alle so offensichtlich?«

Er schüttelte den Kopf. »Ich glaube nicht. Aber wenn es weitergeht, werden es alle merken.« Er tätschelte ihr die Hand. »Auch ich habe mich in eine Penhalligan verliebt und verstehe daher, wie schwer die Trennung fällt. Sei tapfer,

Eloise. Tu das, von dem du weißt, dass es das Richtige ist – wenn nicht für dich, dann eben für Charles. Der kleine Junge braucht dich.«

Also stimmten die Gerüchte über seine Affäre mit Susan *doch*.

»Wie anheimelnd!«

Edward war leise in den Raum getreten. Eloise wusste, dass sie erblasst war und dass ihr Tränen über das Gesicht liefen, doch sie besaß nicht die Geistesgegenwart, sie abzuwischen. Wie lange hatte er dort schon gestanden? Wie viel hatte er gehört?

»Ich hätte mir ja denken können, dass du hier sein würdest, sobald ich diesem Haus den Rücken gekehrt hatte«, fuhr Edward seinen Vater an und durchmaß den Raum mit großen Schritten. »Was machst du mit meiner Frau in so trauter Zweisamkeit?«

Jonathan erhob sich. »Ich bin hier, um meinen Enkel zu besuchen und mit meiner Schwiegertochter Tee zu trinken«, sagte er kühl. »Ich protestiere gegen dein Verhalten, mein Sohn.«

»Mein Verhalten ist durchaus berechtigt.« Edward wandte sich an Eloise. »Willst du mich nicht zu Hause begrüßen? Schließlich war ich fast zwei Monate unterwegs.«

Eloise war eben im Begriff, ihn auf die Wange zu küssen, doch Edward packte sie, zog sie gewaltsam an sich und presste seine Lippen auf die ihren. Sein Atem roch nach Weinbrand, und sie spürte das Kratzen seines Schnurrbarts, seine suchende Zunge, und musste gegen den Wunsch ankämpfen, ihn von sich zu stoßen.

Edward ließ sie los. Sein Gesicht war rot angelaufen, die

Augen funkelten. »Ich glaube, es wird Zeit, dass man uns allein lässt, meinst du nicht?«

»Dein Vater kam, um mir zu sagen, dass er nach London abreist«, sagte Eloise.

Edward wirbelte herum. »London?«

Als Jonathan zu reden begann, merkte Eloise, dass ihr Mann sie vorerst vergessen hatte. Sie zog sich aus dem Raum zurück, schloss die Tür, raffte die Röcke und floh in den Salon. Edwards laute Stimme ließ nichts Gutes ahnen, und sie fürchtete sich vor der kommenden Nacht.

Balmain, Mai 1798

George band seinem Pferd die Vorderbeine zusammen und ließ es neben Eloises Braunem grasen. Zwei Wochen waren seit ihrer letzten Begegnung vergangen, und er hatte sich schon Sorgen gemacht, denn er hatte gehört, dass Edward Cadwallader wieder in Sydney Town war.

Er holte die Decke und eine Flasche Wein aus seiner Satteltasche und ging dann zwischen den Bäumen hindurch zur Waldlichtung. Unter seinen Stiefeln raschelte das welke Laub.

Eloise lief auf ihn zu. »Ich dachte schon, du kommst gar nicht mehr«, schluchzte sie.

Er ließ alles fallen und zog sie an sich. Etwas Furchtbares musste passiert sein, wenn sie derart außer sich war. »Was ist los, Liebste?«, fragte er drängend.

Sie trat zurück, hielt sein Gesicht zwischen den Händen und küsste ihn so heftig, dass es ihm den Atem raubte. »Ich liebe dich, ich liebe dich, ich liebe dich.«

Sanft hielt er sie von sich ab. Ihre Augen schwammen in Tränen, und die Art und Weise, wie sie sich an ihn klammerte, zeigte deutlich, dass sie in Schwierigkeiten steckte. »Was ist passiert, Eloise?«

»Man hat uns entdeckt! Edwards Vater weiß Bescheid.«

George erstarrte. »Hat er es seinem Sohn gesagt? Hat Edward dich geschlagen? Bist du verletzt?«

Sie schüttelte den Kopf. »Nur mein Herz ist verletzt. Edward weiß nichts.« Sie klammerte sich jetzt noch fester an ihn. »Oh, George. Wir dürfen uns nicht wiedersehen – wir können nicht riskieren, dass uns noch jemand anders ertappt.«

Ihm war schwindelig. »Eloise, das kann nicht dein Ernst sein. Bitte, Liebste, beruhige dich. Wie hat der Earl es herausgefunden? Wir waren doch so vorsichtig.«

Aufmerksam hörte er ihr zu. Jedes Wort traf ihn wie ein eiskalter Wassertropfen, seine Liebe aber loderte in ihm, und er wusste, dass er Eloise nie loslassen könnte. Er umarmte sie, als sie weinte, und spürte, wie ihm selbst die Tränen kamen, während er seine Gedanken zu ordnen versuchte.

Ihr Schluchzen ließ nach, und er zog sie auf die Decke. »Verlass ihn«, bat er leise. »Bring das Kind mit, und wir gehen nach Amerika.«

Bebend rang sie nach Luft. »Ich wünschte, ich könnte es, und ich habe davon geträumt, dass wir zusammen sind – aber es ist nur ein Traum, George, es geht nicht.«

»Doch«, drängte er. »Wir können noch heute aufbrechen. Heute Abend soll ein Schiff ablegen.« Er ergriff ihre Hände. »Ich weiß, welchen Skandal es auslösen wird, und mir ist klar, dass du Angst hast, aber wir werden zusammen sein, Eloise – und gemeinsam können wir alles meistern.«

»Edward würde uns verfolgen.« Sie schluchzte. »Er ist reich und stammt aus einer einflussreichen Familie. Er würde dich umbringen, ohne zu zögern, und mich hierher zurückschleppen, damit er mich für den Rest meines Lebens strafen kann.«

»Wir werden ein Versteck finden. Bitte, Eloise«, flehte er sie an. »Du kannst nicht bei ihm bleiben.«

»Ich muss«, flüsterte sie. »Liebster George, ich liebe dich. Ich wünschte, die Dinge lägen anders. Aber wir haben das alles angefangen, obwohl wir wussten, dass es dumm war und dass wir unsere Zukunftspläne nur in unseren Träumen verwirklichen könnten, auch wenn wir uns noch so sehr lieben. Wir wussten, dass es eines Tages enden musste – und dieser Tag ist gekommen.«

»Aber wie kann ich dich gehen lassen, wenn mein Herz doch nur für dich schlägt?«

»Du kannst es, eben weil du mich liebst«, erwiderte sie. »Und weil wir mit Edwards Schatten über uns nicht glücklich sein könnten. Er würde bis ans Ende der Welt fahren, um seinen Erben zu finden.«

»Dann lass Charles zurück«, sagte er verzweifelt.

»Das könnte ich niemals! Und es erschreckt mich, dass du es auch nur vorschlägst.«

Er nahm sie wieder in die Arme. »Verzeih mir, Liebste! Ich weiß kaum, was ich rede.«

»Mir bricht es auch das Herz, aber es gibt keine Lösung für uns.«

»Doch.«

Sie wand sich aus seiner Umarmung. »Du klingst so grimmig.«

»Weil ich dich keine Minute länger bei diesem Mann lassen werde.« Er versuchte, das, was er wusste, in die richtigen Worte zu kleiden.

»Er ist mein Mann, und es ist meine Pflicht, bei ihm zu bleiben.«

Er schüttelte sie sanft. »Er hat eine Frau vergewaltigt, Eloise.«

Sie rückte von ihm ab. »Alle Anklagen wurden fallen gelassen. Edward war zu Unrecht beschuldigt, und die Sträflingsfrau war nachweislich eine Lügnerin.«

George starrte sie ungläubig an. »Du wusstest von der Gerichtsverhandlung?«

»Von Anfang an«, sagte sie. »Edward hat mir davon erzählt, nachdem mir die Gerüchte zu Ohren gekommen waren.«

»Hat er dir erzählt, dass er danach für fünf Jahre ins Hinterland im Norden verbannt wurde?«

»Er ist nicht verbannt worden«, erwiderte sie. »Sein Kommandeur brauchte dort eine kleine Truppe, und er hielt es für das Beste, wenn Edward sie anführte, damit in der Zwischenzeit Gras über die ganze Sache wachsen konnte.«

»Und du hast ihm geglaubt?«

»Man kann Edward manches vorwerfen, aber ich halte ihn einer solchen Gräueltat nicht für fähig. Sonst hätte ich ihn nicht geheiratet.« Sie zog die Knie an, als wollte sie weitere Angriffe abwehren. »Edward hat seine Fehler, und nicht zu wenige, aber er ist mein Mann und der Vater meines Sohnes. Mein Eheversprechen bedeutet, dass ich nicht frei bin und es nie sein werde.«

Er wollte ihr von Millicent und Ernest erzählen, die Pein seiner Eltern beschreiben, ihr schildern, wie Jonathan Cadwallader den Ruf seiner Mutter besudelt hatte – doch als er in ihr entschlossenes kleines Gesicht schaute, wusste er, dass er es nicht konnte. Eloises Glaube an die Unschuld ihres Mannes war durch nichts zu erschüttern. Es hätte keinen Zweck, seiner Wut Luft zu machen.

»Bitte, George«, flüsterte sie. »Lass uns nicht im Zorn auseinandergehen. Es ist zu schmerzhaft.«

»Tut mir leid, Liebste. Kannst du mir verzeihen?«

»Natürlich.«

George zog sie herab, bis sie auf der Decke lagen. In der Stille der Waldlichtung tauschten sie zarte Küsse aus. Ihre Vereinigung an jenem Tag war schöner als jede zuvor – weil es das letzte Mal war.

George sah ihr nach, als sie fortritt. Sie hatte den Kopf hoch erhoben, doch er wusste, dass sie weinte. Sehnsüchtig wartete er darauf, dass sie sich nach ihm umdrehte, und war sich gleichzeitig bewusst, dass sie es nicht konnte.

»Lebwohl, mein Schatz«, murmelte er vor sich hin, als sie außer Sichtweite war.

Er schwang sich in den Sattel, zögerte aber noch, die Lichtung zu verlassen. Es war deutlich geworden, dass Eloise nur sehr wenig über Edwards Prozess wusste. Außerdem hatte sie keine Ahnung, wie tief Georges Familie darin verstrickt war. Sie hatte unter den gegebenen Umständen die einzige ihr mögliche Entscheidung getroffen, und er war gezwungen, sich damit abzufinden.

Die Sonne stand jetzt tiefer und die Bäume warfen lange

Schatten. Vögel stiegen zu ihrem letzten Flug an jenem Tag auf. Die Luft war erfüllt vom Geschnatter der Papageien und Loris, dem leisen Ruf der Elstern und dem rauen Gelächter der Rieseneisvögel. Das Orchester der Natur, dissonant und melodiös zugleich, spielte zum Finale auf.

Elf

Moonrakers, September 1798

Sei vorsichtig, Nell«, sagte Alice. »Wenn du zu viel abschneidest, verlieren wir Geld.«

Nell biss die Zähne zusammen und widerstand dem Drang, die unhandliche Schere auf den Sortiertisch zu donnern. Sie gab sich die größte Mühe, verdammt, und wenn Alice aufhören würde, ihre Nase in alles reinzustecken, würde sie viel schneller vorankommen. Wütend betrachtete sie die frisch geschorene Wolle auf dem Tisch und hätte sie am liebsten zu Boden gefegt. Im Schuppen herrschte schweißtreibende Hitze, und der Lärm bereitete ihr Kopfschmerzen. Warum musste ausgerechnet *sie* die Zotteln aus der Wolle schneiden?

»Ich weiß, es ist eine Drecksarbeit«, sagte Alice freundlich. »Soll ich es dir abnehmen, damit du dich ein bisschen ausruhen kannst? Du bist schon den ganzen Tag hier.«

»Du doch auch.« Nell war fest entschlossen, trotz der Schmerzen im Rücken durchzuhalten. Sie wischte sich mit einer Armbewegung den Schweiß aus dem Gesicht. »Danke«, lehnte sie ab, »aber der Tag ist fast vorbei, und es ist nicht mehr viel zu tun.«

»Wenn du Hilfe brauchst, ruf mich«, sagte Alice.

Nell sah ihr nach, wie sie ans andere Ende des Schuppens ging, wo Billy gemeinsam mit Jack die schwere Wollpresse bediente. Sie sah, wie sie sich zu ihr beugten, um ihr zuzuhören, und damit ihre Anerkennung zum Ausdruck brachten, weil sie den Schuppen gut führte. Es gibt keinen Zweifel, dachte Nell, Alice ist ein Gewinn für Moonrakers. Doch das würde sie ihr natürlich niemals sagen.

Sie hatten fünf Scherer eingestellt, die ihnen bei dieser Schur zum Ende des Winters helfen sollten. Die Männer arbeiteten mit sparsamen Bewegungen, die von langjähriger Erfahrung zeugten. Die Schafe wurden von den Aborigine-Jungen über die Rampen in die Verschläge getrieben und warteten dort, bis Daisy das Tor öffnete und sie jeweils zu zweit in die kleineren Umzäunungen ließ. Ein Scherer packte sich ein Tier, schleppte es an seinen Posten, warf es auf den Rücken und setzte zum ersten Zug mit der Schere an.

Gladys trottete mit einem Wassereimer und einem Zinnbecher auf und ab, damit niemand Durst leiden musste, und Pearl saß mit ihrem Mann und dessen Brüdern draußen am Feuer, um auf den großen Kessel mit Pech zu achten. Ihr jüngster Sohn war der Teerjunge und wartete mit seinem Eimer und einer dicken Bürste darauf, die von unachtsamen Scherern hinterlassenen Wunden mit Teer zu bestreichen.

Alice war an den Sortiertisch zurückgekehrt und breitete fachmännisch die Wolle aus, bevor sie sie auf verschiedene Stapel sortierte. Billy und Jack schwitzten an der Presse, während Walter und seine Schwestern die schmutzige Wolle und den Schafskot wegfegten. Trotz der Hitze, der allgegenwärtigen Fliegen und des Schweißgeruchs war es eine spannende Szene: Die Schur war der Höhepunkt ihrer jährlichen Arbeit.

Nell trank einen Schluck aus dem Wasserbecher, den der

kleine Eingeborenenjunge ihr hinhielt. Er war ein pausbackiger kleiner Kerl, der gern Unfug trieb. Sie wischte sich den Mund am Ärmel ab. »Ich dachte, deine Mutter sollte das machen, Bindi?«

»Sie schläft. Bindi bringt besser Wasser«, sagte er und grinste sie an.

Er lief durch den Schuppen zu einem Scherer, der nach Wasser verlangte. Der Mann zerzauste dem Jungen das Haar und gab den Becher zurück.

»Er ist ein guter Junge«, sagte Billy, der neben sie getreten war. »Wie die anderen auch«, fügte er hinzu, als zwei andere angerannt kamen, um die geschnittene Wolle zu Alice zur Bewertung zu bringen.

»Auf jeden Fall sind sie anscheinend arbeitswilliger als ihre Eltern«, sagte Nell und gähnte herzhaft. »Pearl hat sich den ganzen Tag noch nicht vom Feuer wegbewegt, und die Männer geben sich offenbar damit zufrieden, dazusitzen und nichts zu tun.«

»Ich schätze, Bindis Generation wird erkennen, dass wir Zugezogenen keine Bedrohung darstellen. Solange wir die Unterschiede zwischen uns respektieren, werden wir schon zurechtkommen.« Er legte einen Arm um ihre Taille und drückte sie kurz an sich. »Wie läuft es bei dir?«

»Habe mein Tagewerk fast fertig«, antwortete sie. »Und du?«

Billy zwinkerte ihr zu und lächelte schelmisch. »Oh, ich stecke noch voller Energie«, sagte er.

Kichernd stieß Nell ihm in die Rippen. »Hau ab, Billy Penhalligan, ich habe zu arbeiten.« Bei dem Gedanken an die kommende Nacht flammte ein Glücksgefühl in ihr auf.

Bei Billy wurden ihr noch immer die Knie weich. Die Aussicht auf das Liebesspiel gab auch ihr wieder neue Kraft, und sie wandte sich ihrer Aufgabe zu.

Alice behielt Jack im Auge, während sie die letzte Wolle sortierte. Sie waren alle schon vor dem Morgengrauen aufgestanden, und bei ihm machte sich Erschöpfung bemerkbar. Sie sah es an den Falten in seinem Gesicht und an der Art, wie seine Schultern einsackten, während er versuchte, die verletzte Hüfte und das Knie zu entlasten. Dennoch schien er entschlossen, weiterzumachen, und sie würde ihn bestimmt nicht überreden, sich von jemandem ablösen zu lassen.

Alice trat von ihrem Arbeitstisch zurück. Die Eingeborenenjungen sammelten die Wollbündel ein und trugen sie zur Presse. Ihnen gefiel die Schurzeit: Sie bedeutete zusätzliche Nahrung und Tee sowie Tabak für ihre Eltern – und wenn das letzte Schaf über die Rampe hinunter ins Tauchbad gegangen war, würde ein Fest gefeiert. Alice freute sich darauf. Die Aborigines würden auf ihren Didgeridoos und Takthölzern spielen und zum Sternenzelt emporsingen, wie sie es wohl von alters her gemacht hatten. Es war ein unheimlicher Klang, doch nachdem sie sich erst einmal daran gewöhnt hatte, fand sie, dass er etwas in ihr anrührte und sie diesem uralten Land näherbrachte.

Zufrieden seufzend schaute sie sich im Schuppen um. Das geschäftige Treiben, der Lärm, das Blöken der Schafe und der Geruch nach Lanolin machten die Schmerzen im Rücken wieder wett. Nells Kinder stritten sich um das Vorrecht, den Boden zu fegen. Amy stampfte auf und stieß

Walter an den Arm. Rechthaberisches kleines Ding, dachte Alice liebevoll, und genauso temperamentvoll wie ihre Mutter.

Sie verließ den Schuppen und ging hinaus ans Tauchbad, das sie am Ende der Ausgangsrampe angelegt hatten. Ein Scherer ließ ein Mutterschaf hinabrutschen, und ein Aborigine wies seine jüngeren Schutzbefohlenen an, wie das Tier richtig in die übel riechende Brühe des Schafsbads einzutauchen war. Unwillkürlich musste sie über die Freude der Jungen lächeln, als sie das Tier mit ihren langen, gepolsterten Stäben anstießen, um sicherzustellen, dass es ganz untergetaucht war, bevor sie es hinausjagten. Das Schaf schüttelte sich und hüpfte mit ein paar Sprüngen durch den Pferch zu den anderen, die, noch benommen von dem Erlebnis, unschlüssig herumstanden.

»Ich wette, du hast nie für möglich gehalten, dass wir einmal so eine große Herde haben würden«, sagte Jack und lehnte sich neben ihr an den Zaun.

Alice schaute über die Pferche hinaus auf das weite, hügelige Grasland, auf dem sich die frisch geschorenen Schafe wie weiße Tupfer ausmachten. »Nur in meinen Träumen«, murmelte sie und legte den Kopf an seinen Arm. »Aber wir haben es geschafft, Jack. Wir sind erfolgreich.«

Sein blasses Gesicht verzog sich zu einem Lächeln, und er legte einen Arm um ihre Schultern. »Ohne dich wäre uns das alles nicht gelungen«, sagte er. »Ich bin so stolz auf dich, Alice.«

Alice wurde rot, als er sie auf die Wange küsste und die Eingeborenenjungen pfiffen und sich freche Kommentare zuwarfen, wie sie vermutete. »Aber Jack!«, protestierte sie matt.

»Es ist nichts Falsches daran, seine eigene Frau zu küssen«, sagte er neckend, zwinkerte mit den dunklen Augen und zog sie noch näher an sich.

Alice gab ihren Widerstand auf und küsste ihn auch. Trotz des langen Tages, der Hitze und der Erschöpfung fand sie immer die Energie und die Zeit, Jack zu zeigen, dass sie ihn liebte.

»Bereust du nichts?« Sie hatten sich wieder voneinander gelöst, und Jacks Arm lag nun um ihre Taille.

»Nur dass wir keine Kinder haben«, antwortete sie.

Ein Schatten schien über seine Augen zu fallen, und er drückte sie tröstend an sich. »Wir haben uns, und das ist Wunder genug«, sagte er. »Als ich vor all den Jahren dachte, ich hätte dich verloren, hätte ich nie gewagt, mir so ein Glück zu erträumen. Aber du bist hier, und das alles hier haben wir zusammen vollbracht.« Mit weit ausholender Armbewegung deutete er auf die Schafe, die Pferche, die neue Brücke über den Fluss und die Weiden. »Sei stolz, Alice, und danke Gott, dass wir diese zweite Chance bekommen haben.«

»Ich liebe dich, Jack Quince.«

»Und ich liebe dich, Mrs Quince.«

Ihre leisen Worte wurden von der Glocke übertönt, die Bindi läutete. Für heute war die Arbeit beendet.

»Kommt, ihr beiden«, sagte Billy, als er mit Nell aus dem Schuppen trat. »Turteln und gurren in deinem Alter schickt sich nicht, Jack.«

Jack lachte, und die Erschöpfung schwand aus seinem Gesicht. »Denk dran, du bist zwei Monate älter als ich und solltest auf deinen eigenen Rat hören.«

»Kommt«, sagte Nell, »wir vergeuden Zeit, und ich habe Hunger.« Sie warf Alice einen Blick zu und verdrehte die Augen. »Männer!«

»Eine andere Rasse«, bestätigte Alice. »Wir werden sie nie verstehen.«

»Wenn du dann mal damit fertig bist, unseren Charakter zu beurteilen, Alice, würde ich gern darauf hinweisen, dass jede Ungezogenheit unsererseits nur die Schuld von euch Frauen ist.«

»Wieso, Billy?«

»Das zu sagen verbietet mir als Gentleman mein Anstand.«

»Gut«, sagte Nell und hakte sich bei ihm unter, »vielleicht können wir jetzt, nachdem du Alice genug gehänselt hast, unser Essen einnehmen?«

»Aber ich hänsele Alice gern«, protestierte Billy mit gespielter Unschuld. »Du kannst nicht halb so schön erröten wie sie.«

»Weil ich das alles schon mehr als einmal gehört habe«, gab sie zurück und zog an seinem Arm. »Lass die arme Alice in Ruhe. Sie muss sich schon genug gefallen lassen.«

»Schon gut, Nell«, sagte Alice und hakte sich bei Jack unter. »Ich höre ihm die meiste Zeit ohnehin nicht zu.«

Billy griff sich ans Herz. »Ich bin zutiefst verletzt, Alice.«

»Du wirst woanders noch viel schmerzhafter verletzt, wenn ich nicht bald was zu essen kriege«, drohte ihm Nell.

Eine Regierungsfarm, Oktober 1798

Nialls nackte Füße sanken in die weiche Erde, während er mit Paddy Galvin versuchte, mit dem unhandlichen Pflug eine gerade Furche zu ziehen. Der Tag war warm, doch durch die Bäume wehte eine Brise, und Niall genoss es, von den verhassten Fußfesseln befreit zu sein.

»Siehst ja richtig zufrieden aus«, brummte Paddy und lehnte sich mit seinem schmächtigen Körper auf den Griff des Pfluges, so fest er konnte. Er war vierzehn und schon länger auf der Farm als der neunjährige Niall, der hier vor sechs Wochen eingetroffen war. »Wie das möglich ist, obwohl du bis an den Arsch in Schlamm und Dreck steckst, ist mir schleierhaft.«

»Der Tag ist schön«, erwiderte Niall. »Ich bin von meinen Fußfesseln befreit, und meine Füße freuen sich, die gute Erde zwischen den Zehen zu spüren. Fast so, als wäre ich wieder zu Hause.«

Paddy verzog das Gesicht. »Das hier ist ungefähr so nah an Irland wie mein Arsch.«

Niall grinste. Paddy liebte das Wort »Arsch« und benutzte es so oft er konnte. »Es ist besser als Sydney Town«, erwiderte er. »Die Luft ist reiner, ich kann ohne Fesseln gehen, und der Aufseher hat die Peitsche nicht so locker sitzen.«

»Ja, da hast du ganz recht«, schnaufte Paddy. »Aber dieses verdammte Ding ist teuflisch schwer zu lenken. Bist du auch sicher, dass du auf deiner Seite dein ganzes Gewicht einsetzt?«

»Das bin ich, Paddy Galvin. Meine Arme knirschen schon in den Gelenken.«

»Und wenn ich noch fester drücke, explodiert mein Arsch.«

»Das spart uns jedenfalls den Dünger.« Niall gluckste vor Lachen.

Mit lautem Scheppern kam die Pflugschar ruckartig zum Halt, wobei ein Zittern durch die Arme der Jungen lief.

Niall holte die Zügel ein, und Paddy schaute nach, was

passiert war. »Arschlöcher«, murmelte der ältere Junge vor sich hin und kratzte sich den rasierten Kopf. »Noch so ein verfluchter Felsbrocken.«

»Beeilt euch, ihr zwei. Ihr hättet schon längst mit der Furche fertig sein müssen.«

Niall und Paddy schauten zu dem englischen Soldaten hinüber, der ihr Vorankommen den ganzen Morgen über beobachtet hatte. Er war jung, unerfahren und neigte dazu, tagsüber die meiste Zeit im Schatten zu sitzen. »Wir wären viel schneller, wenn das Feld richtig bereinigt worden wäre, bevor wir mit dem Pflügen anfingen«, knurrte Paddy.

»Sei bloß nicht frech, Junge, sonst schick ich dich zu Marsden.«

Niall und Paddy wussten alles über den Prügelpfaffen Marsden, und obwohl ihr Aufseher für gewöhnlich nur bellte und nicht biss, hielten sie den Mund und bemühten sich, den Pflug zurückzuziehen und den Felsbrocken auszugraben. Obwohl er ein Mann Gottes war, fand Marsden Gefallen daran, Gefangene zu verprügeln. Alle, die gezwungen waren, auf seiner Farm zu arbeiten, hassten ihn.

Nachdem sie den Felsbrocken an den Rand des Feldes geschafft hatten, pflügten sie weiter, bis der Ruf zur Mittagsrast ertönte. Niall und Paddy fanden einen Schattenplatz unter den Bäumen und verschlangen die Kartoffelsuppe und die dicke Scheibe Brot, die sie aus der Feldküche geholt hatten.

»Nicht halb so gut wie die Suppe meiner Mama«, seufzte Niall. Trotzdem wischte er die Schale mit dem Brot aus, labte sich an dem Geschmack und kaute langsam, um möglichst lange etwas davon zu haben.

Paddy warf sich auf den Rücken, bettete den Kopf auf

seine Arme und schaute durch das Laub in den Himmel. »Jetzt sieh dir nur die Farbe an! Kaum zu glauben, dass das derselbe Himmel ist, den wir zu Hause haben.«

Niall schluckte den letzten Krümel, stellte die Schale beiseite und legte sich neben seinen Freund auf den Boden. »Er ist ja ganz schön blau«, stimmte er zu, »aber ich gäbe alles dafür, den grauen Himmel der Heimat über mir und den Geruch eines Torffeuers in der Nase zu haben statt den von diesen Eukalyptusbäumen.«

Paddy schloss die Augen. »Das wollen wir alle«, sagte er wehmütig.

»Wie lange bist du schon hier drüben, Paddy?«

»Zu lange. Vier verfluchte Jahre zu lange. Und was ist mit dir?«

»Nächsten Monat wird es ein Jahr.«

»Wie lange hast du bekommen?«

»Noch sieben weitere.« Seine Augen füllten sich mit Tränen, die er wütend wegblinzelte.

»Das ist eine furchtbar lange Zeit.« Paddy widmete sich wieder der genauen Betrachtung des Himmels. »Was hast du denn den Engländern getan, um so eine Strafe aufgebrummt zu bekommen?«

Niall schloss die Augen, als ihn die Erinnerungen überfluteten. »Meine Brüder haben bei Wexford gekämpft«, begann er. »Ich habe ihnen etwas zu essen in ihren Unterschlupf gebracht, und ich Idiot habe nicht gemerkt, dass mir die Rotröcke gefolgt sind.«

»Wexford, ja? Ich habe von der Schlacht am Vinegar Hill gehört – ich wünschte, ich hätte dabei sein können.« Er betrachtete Niall neugierig. »Was ist passiert?«

»Meine beiden ältesten Brüder wurden wegen Volksverhetzung gehängt, und mein anderer Bruder und ich wurden auf die *Minerva* gesteckt. Er ist lebenslang auf Norfolk Island.«
Nialls Hass auf die Engländer brannte in seinen Eingeweiden. Seine Familie war auseinandergerissen worden, und loyale Iren saßen im Gefängnis oder mussten sterben, weil sie gegen die Tyrannei Englands gekämpft hatten.

»Auf der Insel sind viele gute Männer«, sagte Paddy düster. Dann fiel ihm etwas ein. »Du musst mit Joseph Holt und James Harrold gefahren sein, wenn du auf der *Minerva* warst. Stimmt es, dass sie große Anführer der Vereinten Iren sind?«

»Stimmt.« Bei der Erinnerung an seine Helden kam Stolz in Niall auf. »Sie sind zwar auf Norfolk Island, aber das hält sie nicht davon ab, für unsere Sache zu kämpfen«, sagte er zuversichtlich.

Paddy grinste und stand auf, sobald sie wieder an die Arbeit gerufen wurden. »Mit Gottes Segen und dem Glück der Iren wollen wir es hoffen, Niall. Auf der Farm gibt es Männer, die eine Flucht planen, und wenn ich älter bin, werde ich mitmachen. Ich habe nicht vor, noch lange das Feld eines Engländers zu pflügen.«

Niall legte seine Hand an den Pflug und blinzelte in die Sonne. Paddy redete von einem Aufstand, und allein der Gedanke daran war aufregend.

Sydney Town, November 1798

Alice eilte durch die Stadt. In Gedanken ging sie die Liste der Sachen durch, die sie noch einkaufen musste, bevor sie mit Jack nach Moonrakers zurückkehrte. Plötzlich wurde sie von jemandem, der aus einem Hauseingang trat, fast auf die Straße gestoßen. Eine feste Hand fing sie ab und zog sie wieder auf den Bürgersteig. »Entschuldigen Sie bitte vielmals, Ma'am.«

Alice erkannte die Stimme sofort wieder. »Du meine Güte«, stieß sie hervor. »Mr Carlton, wie er leibt und lebt.«

Er lüpfte den Hut. »Miss Hobden! Darf ich mich erneut für meine Rücksichtslosigkeit entschuldigen? Ich war äußerst unachtsam.«

»Ich bin inzwischen Mrs Quince«, korrigierte sie ihn, »und Sie müssen sich nicht entschuldigen, denn Sie haben mich ganz gekonnt gerettet.«

»Es muss an der vielen Übung liegen, die ich an Bord hatte«, erwiderte er, und seine grauen Augen strahlten vor Vergnügen. »Ich muss mich wohl nicht nach Ihrer Gesundheit erkundigen, Mrs Quince, denn Sie sind förmlich aufgeblüht. Gehe ich recht in der Annahme, dass Ihnen das Leben in der Wildnis gefällt?«

»Es ist harte Arbeit, doch die Landwirtschaft ist überall gleich.« Sie neigte den Kopf und betrachtete ihn. Noch immer umgab ihn eine Aura von Macht, die sie anfangs eingeschüchtert hatte, doch bei näherer Bekanntschaft hatte sie es als eine Facette dieses interessanten Mannes hingenommen. »Wie ich sehe, geht es Ihnen ebenfalls gut«, stellte sie fest. »Australien bekommt Ihnen.«

»Es hat gewisse Reize«, stimmte er ihr zu und versuchte, eine lästige Fliege zu verscheuchen, »obwohl mir lieber wäre, wenn es hier weniger Insekten gäbe.«

Alice lächelte. »Was hält Sie also hier, Mr Carlton?«

»Nennen Sie mich doch bitte Henry. Wir sind schließlich nicht in feiner Gesellschaft und müssen nicht die Form wahren.« Er warf einen schiefen Blick auf eine Gruppe Aborigines, die sich in der Nähe mit zwei asiatischen Seemännern um eine Flasche Rum balgten.

Ihr war nicht entgangen, dass er ihrer Frage ausgewichen war, und sie kam zu dem Entschluss, dass sie seine Beweggründe auch nichts angingen. »Das haben Sie mir schon einmal vorgeschlagen, Mr Carlton, aber jetzt, da ich verheiratet bin, wäre es nicht richtig, Sie mit Vornamen anzureden.«

Er brach in schallendes Gelächter aus, was die Blicke mehrerer Passanten auf sie lenkte. »Sie und Ihr Sinn für Anstand«, prustete er. »Ich bewundere Sie ja so, Mrs Quince. Würden Sie denn auf einen Tee mit in meine Unterkunft kommen?«

»Das kann ich unmöglich«, stammelte sie. »Mein Mann wartet auf mich, und ich habe noch viel zu erledigen, bevor wir die Stadt verlassen.«

»Sie würden keine Gefahr laufen«, sagte er und zwinkerte ihr verschwörerisch zu. »Dort gibt es ein Wohnzimmer, und meine Haushälterin wird da sein, um über Ihre Ehre zu wachen.«

Sie spürte, dass sie hochrot anlief. »Mr Carlton«, kicherte sie, »flirten Sie etwa mit mir?«

»Natürlich«, antwortete er. »Mir gefällt es, wenn Sie erröten. Dann strahlen Ihre Augen so.«

Billy mit seiner Hänselei fiel ihr ein, und ihr wurde klar, dass Henry Carlton nur scherzte. »Vielen Dank für das Kompliment und für die Einladung zum Tee«, sagte sie,

»aber ich muss jetzt wirklich gehen. Jack wird sich schon fragen, wo ich bleibe.«

»Dann holen Sie ihn doch, und wir trinken gemeinsam Tee«, versuchte er sie zu überreden. »Es ist so lange her, seit wir miteinander reden konnten. Ihre Gesellschaft hat mir gefehlt.«

Was sie in seiner Miene las, löste ein Gefühl von Unsicherheit und leichter Erregung bei ihr aus, das sie jedoch lieber nicht beachtete. »Wir müssen wieder zurück nach Moonrakers«, erklärte sie. »tut mir leid, Mr Carlton.«

»Dann treffen wir uns vielleicht das nächste Mal, wenn Sie in der Stadt sind«, sagte er. »Ich habe vor, noch eine Weile in Australien zu bleiben, und Sie könnten mir eine Nachricht zukommen lassen.« Er fischte mit den Fingern in seiner Westentasche. »Meine Karte. Bitte, nehmen Sie sie.«

Alice steckte sie in ihre Handtasche. »Wir kommen nicht sehr oft in die Stadt«, antwortete sie, »aber trotzdem vielen Dank.« Sie knickste und ging weiter. Die Begegnung hatte sie aus dem Gleichgewicht gebracht, und obwohl seine Aufmerksamkeit ihr schmeichelte, hatte sie nicht gewusst, wie sie mit seiner Schäkerei umgehen sollte. Sie konnte es kaum erwarten, wieder bei Jack zu sein.

Als sie die Straße entlangging, war sie sich fast sicher, Mr Carltons Blick in ihrem Rücken zu spüren, und fragte sich, was er von ihr erwartete.

Kernow House, Watsons Bay, Dezember 1798

Edward musterte seine Frau, die in den Sessel sank und sich an die Polster lehnte. Ihr gewölbter Leib machte die Wirkung ihres elegant geschnittenen Kleides zunichte, und obwohl ihre Brüste prächtig waren, brachte er es nicht über sich, sich ihr zu nähern. Ihm fielen die dunklen Ringe unter ihren Augen auf, die Schweißperlen auf ihrer Oberlippe, und er musste sich abwenden. Sie war nicht im Geringsten verführerisch.

Die Tür ging auf, und Meg kam mit Charles herein, der vor kurzem seinen ersten Geburtstag gefeiert hatte. »Das Wohnzimmer ist kein Ort für ein Kind«, schnauzte er sie an.

»Ich habe Meg gebeten, Charles herunterzubringen, damit du ihn siehst«, sagte Eloise. Mühsam kam sie auf die Beine und nahm das schluchzende Kind in die Arme. »Also wirklich, Edward«, sagte sie, als das Kindermädchen das Zimmer verlassen hatte, »du hast die arme Meg erschreckt und Charles zum Weinen gebracht.«

»Andauernd quengelt er wegen irgendetwas«, knurrte er und schenkte sich ein.

Sie redete dem Kind gut zu, damit es zu weinen aufhörte. Edward kehrte ihnen den Rücken zu und schaute aus dem Fenster auf den prächtigen Sonnenuntergang. Da die Türen offen standen, um die Seebrise hereinzulassen, konnte er die Rosen riechen, die sich an der Seite des Hauses emporrankten. Schade, dass Eloise so unförmig war. Wie angenehm wäre es gewesen, zu zweit am Strand entlangzureiten.

»Oh, Edward, sieh doch nur! Er versucht, allein zu laufen.«

Er sah, dass Charles sich an ihre Hände klammerte, die dürren Beine bogen sich fast nach außen unter der Anstrengung, die Balance zu halten. Sein Gesichtsausdruck zeugte von äußerster Konzentration, und einen Moment lang spürte Edward einen Funken Interesse an ihm. »Lass ihn los«, befahl er.

Eloise löste ihre Hände, und Charles schwankte wie ein betrunkener Seemann.

»Komm, Junge«, kommandierte Edward. »Komm zu deinem Vater.«

Charles stellte einen winzigen Fuß vor. Er grinste zu Edward auf und sabberte vor Begeisterung über seine Leistung.

»Genau. Und noch einmal.«

»Er ist nicht auf dem Exerzierplatz, Edward«, sagte Eloise. »Du musst nicht schreien.«

Edward beachtete sie nicht. »Komm, Charles«, sagte er mit dröhnender Stimme. »Wir wollen doch mal sehen, aus welchem Holz du geschnitzt bist. Geh zu Papa.«

Charles' Gesicht legte sich in Falten, seine Zehen verfingen sich in den Fransen des türkischen Teppichs, und er landete unsanft auf dem Hosenboden.

Edward zog den Kopf ein, als sein Sohn jammerte. »Um Himmels willen, Eloise, so bring ihn doch zur Ruhe.« Sie hob Charles auf die Arme, ohne auf den Sabber an ihrem Hals zu achten. »Schaff ihn hier raus«, knurrte er. »Von dem Gekreisch bekomme ich Kopfschmerzen.«

»Er ist noch klein«, protestierte sie. »Du kannst nicht von ihm erwarten, die ganze Zeit still zu sein.«

»Er ist vierzehn Monate, Eloise.« Er trank einen großen Schluck Rum und knallte das Glas auf den Tisch. »Wir wollen nur hoffen, dass der Nächste nicht so schwächlich ist.«

»Charles ist nicht schwächlich«, protestierte sie.

»Sieh ihn dir doch an!«, brüllte Edward über das Geheul

seines Sohnes hinweg. »Sogar ein Hühnerbein hat mehr Muskeln. Kein Wunder, dass er nicht laufen kann.«

Eloise war auf dem Weg zur Tür.

»Ich schlage vor, du sagst der Köchin, sie soll ihm Porridge und Kartoffeln geben statt dem Papp, mit dem du ihn fütterst. Und wenn der Nächste auch nur im Entferntesten wie Charles ist, kannst du ihn allein aufziehen.«

Er hob eine Augenbraue, als sie die Tür hinter sich zuschlug. Dann grinste er. Eloise hatte noch einen Rest Feuer in sich – aber es war ein Jammer, dass er sich nur zeigte, wenn sie glaubte, ihre Brut verteidigen zu müssen. Edward schenkte sich nach, trank das Glas in einem Zug leer und ging hinaus zu den Ställen. Er hatte genug davon, den pflichtgetreuen Ehemann und Vater zu spielen. Jetzt würde er eben allein am Strand entlangreiten und sich dann in die Stadt aufmachen.

Mission in Parramatta, Weihnachten 1798

Vom Gesang angezogen, kroch Mandarg näher an das eigenartige Gebäude heran und hockte sich neben den Eingang. Er hielt seinen Speer wurfbereit und beobachtete wachsam die Versammlung schwarzer Männer und Frauen und weißer Soldaten. Sie hatten ihn nicht bemerkt.

Sein Blick wanderte an den bunten Bildern an der Wand entlang und blieb an einem glänzenden Gegenstand hängen, der auf dem Tisch an der Stirnseite stand. Er erinnerte ihn an das Ding, das er im Missionshaus in Banks Town gefunden hatte. Bei näherem Hinsehen stellte er fest, dass es dasselbe war. Wie war es hierher gelangt? Er und der andere Krieger hatten es zurückgelassen.

Er lenkte seine Aufmerksamkeit auf den weißen Mann, der an dem Tisch stand und redete. Er sah merkwürdig aus in seinem langen weißen Gewand, doch seine Stimme war angenehm anzuhören, und Mandarg versuchte zu verstehen, was er sagte. Kurz darauf gab er es jedoch auf und trottete zu einer schönen sonnigen Stelle an den großen Steinen, die auf dem Boden verstreut lagen. Es waren keine Traumsteine, also durfte man sich wohl daran anlehnen.

Von der Hitze schläfrig geworden, ließ er sich nieder. Die Überreste seines Stammes lebten auf der anderen Seite der Berge, irgendetwas aber hatte ihn an diesen Ort zurückgezogen, an dem die Aale laichten. Er lag jenseits seiner Stammesgrenzen, doch nachdem der weiße Mann gekommen war, spielten diese anscheinend keine Rolle mehr, und hier konnte man gut jagen.

Mandarg war eingenickt. Im Schlaf glaubte er Lowitjas Stimme zu hören, die ihm ihre Warnung zuflüsterte und ihm vorhielt, was sie in den Heiligen Steinen gesehen hatte. Er brummte und schüttelte den Kopf, um die Stimme zum Schweigen zu bringen, die ihn seit dem Überfall auf die Wiradjuric verfolgte. Er hatte die weiße Frau nicht angerührt, hatte nicht an dem Gemetzel teilgenommen – warum also war Lowitja darauf aus, ihn zu quälen?

»Frohe Weihnachten, Bruder«, sagte eine fröhliche Stimme.

Mandarg sprang auf und hob den Speer.

»Ich bin nicht dein Feind«, fuhr der Mann fort.

»Du bist ein weißer Mann«, knurrte Mandarg in seiner Sprache. »Der Schwarze ist dein Feind.«

»Ich heiße John Pritchard«, sagte der Mann, den es anscheinend nicht weiter störte, dass Mandargs Speer auf sein Herz zielte. »Ich bin der Garnisonspfarrer und leite die Mission hier. Wie heißt du?«

Mandarg riss die Augen weit auf und trat einen Schritt zurück. Der weiße Mann redete ihn in seiner Eingeborenensprache an. »Ich bin Mandarg«, murmelte er vor sich hin. »Wie kommt es, dass ein weißer Mann unsere Sprache spricht?«

»Nach dem Willen Gottes habe ich die Gabe, viele Sprachen zu lernen«, erwiderte Prichard.

Mandarg runzelte die Stirn. »Wer ist dieser Gott? Ist er ein Heiliger Traumgeist, der dir diese Gabe schenkt?«

John Pritchard lächelte. »Kein Geist aus eurer Traumwelt, mein Freund, aber der Schöpfer allen Lebens.«

Mandarg war verwirrt. Wie konnte ein weißer Mann etwas vom Großen Schöpfergeist wissen – und warum war ihm ein so mächtiges Geschenk gewährt worden? »Du sprichst von merkwürdigen Dingen, weißer Mann in Frauenkleidung. Lass mich schlafen.«

»Hast du keinen Hunger, Mandarg?«

Der Mann war lästig, aber Mandarg hatte viele Stunden lang nichts gegessen.

»Heute ist ein besonderer Tag«, erklärte Pritchard. »Wir haben ein Festmahl, um die Geburt unseres Herrn Jesus Christus zu feiern. Willst du nicht mitkommen?«

Mandarg konnte den Worten seines Gegenübers nur wenig Sinn abgewinnen. Doch das Wort »Festmahl« war eindeutig gewesen, und sein Magen knurrte. »Hast du viel zu essen?«

Pritchard nickte. »Viel, und danach werde ich dir die Geschichte von Weihnachten erzählen und wie Jesus auf die Welt kam, um uns zu retten.«

Mandargs Gedanken waren auf Nahrung ausgerichtet, allerdings war die Aussicht auf eine Geschichte ebenso verlockend. Er richtete sich auf und schaute auf den anderen Mann herab. »Ich bin Mandarg von den Gandangara. Ich werde mir ansehen, was du anzubieten hast, und wenn es mir gefällt, werde ich essen.« Er folgte dem weißen Mann, und mit jedem Schritt ertönte Lowitjas Stimme in seinem Kopf lauter.

Zwölf

Garnison in Parramatta, Januar 1799

Ein Gewitter war im Anzug, die Wolken hingen niedrig, und Nell fühlte sich in der drückenden Hitze nicht wohl. Wenn es doch nur regnen würde, dachte sie. Die Wasserlöcher trockneten aus, die Erde war versengt und rissig, und es war immer schwieriger, die Herde satt zu bekommen und vor marodierenden Dingos zu bewahren. Wütend schaute sie zum Himmel auf und warf ihm vor, sie wieder im Stich zu lassen; er hatte schon mehrfach Regen versprochen, der dann nie einsetzte.

Sie hielt das Pferd an den Zügeln, während die Soldaten den Wagen abluden und den Hammel, der für die Garnison bestellt worden war, in die Küche trugen. Dann führte sie das Pferd an den Wassertrog und band es an einen Pfosten. Es war Essenszeit, doch sie hatte keine Lust, die Garnisonsküche zu betreten – die erinnerte sie zu stark an das Gefängnis in London, in das man sie einmal gesperrt hatte. Sie nahm den Korb mit ihrem Proviant aus dem Wagen und schlenderte auf die Kapelle zu.

Das Gras am Flussufer war noch grün. Schwarze Schwäne und zankende Wasservögel machten sich einen Platz am einzigen Wasserlauf im Umkreis von Meilen streitig. Nell suchte sich eine angenehme Stelle am Ufer aus, ließ sich nieder und aß etwas kaltes Hammelfleisch mit Brot. Ihre Gedanken trieben mit den Wolken dahin, die sich am Himmel zusammenballten.

Alice war mit den Männern auf den Weiden unterwegs, und Nell hatte sich längst damit abgefunden, dass die andere Frau mehr landwirtschaftliche Kenntnisse besaß als sie. Auch die enge Freundschaft, die zwischen Alice und Billy entstanden war, störte sie nicht mehr. Nells Kinder bewunderten die kinderlose Alice, und obwohl sie versucht hatte, ihre Eifersucht nicht zu zeigen, wenn ihre Töchter Alice um Hilfe bei ihren Hausaufgaben angingen und sich beim Vorlesen an sie kuschelten, konnte Nell ihre Gefühle lange Zeit nur schwer leugnen.

Sie strich ihre Haare aus dem Nacken, um sich abzukühlen. Sie war dumm und egoistisch gewesen: Sie wusste, Alice versuchte nicht, ihr die Kinder wegzunehmen, sondern nur die Lücken zu füllen, die durch den Bildungsmangel ihrer Mutter entstanden waren. Das hieß nicht, dass ihre Kinder sie weniger liebten oder dass sie Gefahr lief, sie zu verlieren.

Sie schüttelte ihr Haar und klopfte sich die Krümel vom Rock. Alice meinte es nicht böse, und eigentlich sollte sie ihr leidtun. Wieder blickte Nell finster zum Himmel. Das bedrohliche Wetter machte sie reizbar, außerdem war ihr mageres Gesäß nach der holprigen Fahrt noch immer wie taub. Sie würde sich etwas Bewegung machen, um ihre schlechte Laune zu verlieren.

Nachdem sie den Fluss entlangmarschiert war, bis sie außer Atem war, bog sie zum Friedhof ab. Sie war noch nie hier gewesen und ließ sich Zeit, die Inschriften auf den Grabsteinen zu lesen. Es war still und friedlich, eine geeignete Ruhestätte für die Soldaten und Sträflinge, die Überfällen von Eingeborenen, Krankheiten oder dem Alter erlegen waren. Doch der Ort erinnerte Nell an den Friedhof von

Moonrakers und an das Kind, das dort begraben war, und sie beschloss, lieber zu gehen. Als sie sich gerade umwenden wollte, fiel ihr Blick auf die Worte auf einer Gedenktafel.

Diese junge weiße Frau ist einzig und allein Gott bekannt
Möge ihr verwirrter Geist im Himmel Heilung finden

»Wie ich sehe, haben Sie unsere geheimnisvolle Fremde gefunden«, ertönte eine Stimme hinter ihr.

Sie blinzelte, geblendet durch einen Sonnenstrahl, der sich durch die Wolken gebohrt hatte. »Hallo, Mr Pritchard«, sagte sie zum Garnisonspfarrer. »Ich wusste gar nicht, dass Sie wieder aus Sydney Town zurück sind.«

»Nur ein kurzer Aufenthalt zum Jahreswechsel.« Er deutete auf die Gedenktafel. »Das war das Einzige, was ich ihr schenken konnte. Die einzige Möglichkeit, auf ihr tragisches Leben hinzuweisen, dessen Bitterkeit mein Herz noch immer bewegt.«

Nell schwieg.

»Sie machte mich neugierig, und wenn ein so junger und gequälter Mensch in deinen Armen stirbt, wird es wichtig herauszufinden, wer sie war.«

»Ist es Ihnen gelungen?«

Er nickte. »Nach langer Suche.« Er fuhr fort und berichtete ihr, wie er durch Zufall im Busch auf die junge Frau gestoßen war. »Sie hatte ein Kruzifix bei sich«, sagte er, »das eindeutig aus einer Kirche oder Kapelle stammte, und das war mein Ansatzpunkt.«

John Pritchard war ein Jahr zuvor nach Parramatta gekommen. In Nells Augen war er ein erstaunlicher Mann; anders als jeder andere Pfarrer zog er die Gesellschaft von Eingeborenen seinen Pflichten in der Garnison vor und verbrachte Tage, ja sogar Wochen draußen im Busch statt auf seiner Kanzel. Seine Arbeit unter den Aborigines in der Gegend sorgte für Unruhe unter den weißen Siedlern, aber ihm war das gleichgültig, und dafür bewunderte sie ihn.

»Sie sind der Spur nachgegangen?«, spornte sie ihn an.

»Ja. Ich habe meinen neuen Bekannten Mandarg überredet, mich nach Banks Town zu begleiten.« Er hielt kurz inne. »Er war äußerst zögerlich, doch sobald wir dort waren, musste er anscheinend all die Schuldgefühle los werden, die er mit sich herumgetragen hatte.«

»Das verstehe ich nicht.«

John Pritchard lächelte matt. »Manche Dinge sind auch kaum zu verstehen, aber ich kann nur hoffen, dass die armen Seelen, die in der Mission abgeschlachtet wurden, im Himmel Frieden gefunden haben. Für Mandarg war es auf jeden Fall ein Trost, dass er mir erzählen konnte, was vorgefallen war.«

Nell hörte sich seine Beschreibung des Massakers an. Der Pfarrer wählte seine Worte mit Bedacht, doch ihre Phantasie reichte aus, sich die schreckliche Szene vorzustellen, und als er verstummte, drehte sie sich noch einmal zur Gedenktafel um. »Sie war also dort«, murmelte sie. »Sie hat nur überlebt, weil sie wahnsinnig war.«

»Mandargs Glaube erlaubte ihm nicht, jemandem etwas anzutun, der von den Geistern berührt war. Er hat dem Corps danach nie wieder als Fährtenleser gedient – er nennt den Major einen ›Teufel mit weißer Haut‹.«

Nell hatte von dem Corps gehört, und da sie von Millicents

Vergewaltigung und der nachfolgenden Prozessposse wusste, kannte sie den Charakter des Mannes, der für diesen Überfall verantwortlich gewesen war. Sie und Billy hatten schon lange vermutet, dass die Säuberung des Landes mit dem Abschlachten der einheimischen Bevölkerung einherging. Es war einer der Gründe, warum sie der Aborigines-Familie auf Moonrakers eine Zufluchtstätte gaben. »Werden Sie es den Behörden melden?«

»Ich habe es versucht, aber die Armee ist eine geschlossene Gesellschaft. Sie schirmen ihresgleichen ab.«

»Aber sie haben den Missionar umgebracht und diese Frau im Busch sich selbst überlassen. Sie sollten bestraft werden.«

»Man kann nur beten, dass es so kommen wird, Nell.«

Nell glaubte nicht, dass Gebete viel nutzen würden. »Wissen Sie denn, wer diese Frau war?«

»Allerdings, denn meine Nachforschungen in Sydney haben mich zu ihrer Familie geführt«, sagte er zögernd. »Nell, was für ein glücklicher Zufall, dass wir uns heute treffen, hier, an dieser besonderen Grabstätte.«

Sie sah ihm an, dass er krampfhaft nach den richtigen Worten suchte, und obwohl sie ahnte, was er zu sagen hatte, musste sie sich ihre Vermutung bestätigen lassen. »Es ist Billys Nichte, Florence Collinson, nicht wahr?«

Er nickte bekümmert. »Ich habe sie natürlich nicht erkannt, weil ich erst an diese Gestade kam, als sie schon fortgelaufen war. Aber ich werde ihre Eltern in Kenntnis setzen müssen, und obwohl ich bereits das Vergnügen hatte, Ezra Collinson kennenzulernen, und seine Arbeit bewundere, ist es keine Aufgabe, die mir gefällt.«

Nell berührte mitfühlend seinen Arm. »Vielleicht ist es besser, es nicht zu tun«, sagte sie. »Ezra und Susan hängen noch immer an der Hoffnung, dass sie zurückkommt. Die zu zerstören, könnte sie vernichten.«

»Mein Gewissen würde mir nicht erlauben zu schweigen«, erwiderte er. »Man muss es ihnen sagen.«

Sie wusste, dass er recht hatte, und auch sie könnte so etwas nicht für sich behalten, ohne sich jedes Mal schuldig zu fühlen, wenn sie Hawks Head besuchte. »Dann überlassen Sie es Billy und mir«, sagte sie. »Wir werden es ihnen beibringen.«

Hawks Head Farm, drei Tage später

Die Hitze war fast unerträglich, die Luft dick wie Sirup und der Himmel bedrohlich, als Billy seiner Schwester und ihrem Mann berichtete, was aus Florence geworden war. Nell sah ihm an, wie schwer es ihm fiel, denn sein Gesicht hatte die gewohnte Fröhlichkeit verloren, und seine Finger kneteten den Rand seines Hutes, den er zwischen den Knien hielt.

Es wurde still. Ezras Kinn sank auf seine Brust, und Susan starrte über die Veranda hinaus an den Horizont, als könnte sie dort das armselige Grab mit der traurigen kleinen Gedenktafel sehen. Tränen waren nicht geflossen – noch nicht –, und Nell vermutete, dass sie sich trotz der Hoffnung, die sie über die letzten Jahre hinweg so tapfer aufrechterhalten hatten, im Innersten schon damit abgefunden hatten, dass ihre Tochter nie mehr nach Hause kommen würde.

»So viele Tote«, sagte Susan schließlich. »So viele junge

Menschen, die an diesem wilden, gnadenlosen Ort ihr Leben lassen mussten.« Ihre blauen Augen waren schmerzerfüllt. »Wäre sie doch nur zu uns nach Hause gekommen, dann könnte sie noch leben.«

Ezra nahm ihre Hand. Sein Gesicht war aschfahl, die Augen dunkel vor Kummer. »Quäl dich nicht, Susan«, bat er. »Florence hat ihre Wahl getroffen, und Gott hat sich entschieden, sie zu sich zu nehmen.«

Susan entzog ihm ihre Hand und stand auf. »Nicht Gott war es, der sie uns genommen hat, sondern der verfluchte Edward Cadwallader«, fauchte sie. »Und ich werde dafür sorgen, dass er diesmal für das, was er getan hat, bezahlt.«

»Susan!« Ezra stockte der Atem. »Pass auf, was du sagst.«

Sie fuhr herum und sah ihn an. »Hör auf, Ezra! Wage nicht, mich zu belehren. Nicht heute.«

Ezra erhob sich mühsam aus seinem Sessel und schloss sie in die Arme. Sie brach in Tränen aus.

Nell warf Billy einen kurzen Blick zu, und sie verließen die Veranda. Sobald sie außer Hörweite waren, sagte sie: »Hätte nie gedacht, dass deine Schwester so ein Temperament hat.«

»Die Ehe mit Ezra hat eine Dame aus ihr gemacht, doch das kornische Fischermädchen steckt immer noch in ihr.« Er lächelte matt. »Ich weiß noch, wie sie geflucht hat, als sie mit einem Mädchen am Kai in Streit geriet. Es ging um ein Messer zum Ausweiden von Fischen, soweit ich mich erinnere.«

Nell schmunzelte und dachte an ähnliche Auseinandersetzungen, die sie in London und auf dem Sträflingsschiff ausgetragen hatte.

Sie kamen an die Pferche, und Billy schob sich den Hut aus der Stirn. Er sah in die Ferne. »Susan wird all ihre Kraft brauchen, damit sie beide das überstehen. Ezras Glaube wird diesmal nicht reichen.«

»Wenigstens haben sie Bess und Ernest, und das neue Enkelkind wird auf jeden Fall ihren Schmerz lindern.« Nell stützte sich auf das Geländer und versuchte, ihrer eigenen Trauer nicht nachzugeben. Sie lebte mit der Erinnerung an das Kind, das sie verloren hatten, und der Furcht, dass den anderen etwas zustoßen könnte.

Billy legte ihr einen Arm um die Schultern. »Unseren Kindern wird es gut gehen«, sagte er ruhig. »Genauso wie Susan und Ezra, wenn sie erst einmal auf dem Friedhof waren und Florence einen ordentlichen Grabstein errichtet haben.« Er küsste sie. »Danke, dass du mitgekommen bist, Nell. Ohne dich hätte ich das nicht geschafft.«

Sie hörten Schritte und drehten sich um.

»Billy ... Ich wollte nicht die Fassung verlieren, aber wenn die letzte Hoffnung schwindet ...« Susans Lächeln war von Trauer durchsetzt.

Er nahm sie in die Arme und hielt sie fest.

Schließlich trat Susan zurück und schaute zu ihm auf. »Du hättest unsere Eltern sehr stolz gemacht, kleiner Bruder; und ich bin so dankbar, dass wir zur selben Zeit nach Australien gekommen sind – wie hätte ich es ohne dich schaffen sollen?«

Sein Gesicht lief rot an, als sie ihn noch einmal rasch an sich drückte. »Ich bin für so etwas zu alt«, protestierte er.

Susan berührte die grauen Strähnen, die an seinen Schläfen aufblitzten. »Wir alle sind älter geworden, Billy – und auch weiser –, aber ich werde dich in den Arm nehmen, wann ich will, und wenn du noch so verlegen wirst.« Sie hob den Saum ihres Kleides aus dem Staub. »Jetzt muss ich ein paar Sachen packen und meinem Enkel einen Kuss geben, bevor wir nach Parramatta aufbrechen. Ezra möchte einen Gottesdienst für Florence abhalten und sich um einen anständigen Grabstein kümmern.«

»Wie geht es ihm?«, fragte Nell.

»Ganz gut so weit, obwohl die Nachricht ein schrecklicher Schlag für uns ist«, antwortete sie, »aber ich werde ihm beistehen.«

Moonrakers, Februar 1799

Donner grollte in der Ferne, und Blitze erhellten kurz die dunklen Wolken, als Alice das verängstigte Lamm packte und seine Kehle aufschlitzte. Die Krähen hatten ihm die Augen ausgepickt. Der Verzweiflung nahe, legte sie den kleinen Körper auf den ausgetrockneten Boden. Alles starb. Die Mutterschafe hatten ihre Lämmer spät geworfen, und sie fielen hungrigen Dingos oder räuberischen Krähen zum Opfer. Das Land war verbrannt, das Gras so trocken, dass es silbern schimmerte und nicht sehr nahrhaft war. Wenn es nicht bald regnete, würden sie noch mehr Schafe verlieren.

Bebend atmete sie ein, zog Jacks alte Hose hoch und den Strick fest, der als Gürtel diente. Die Hose war viel zu groß, aber für das Leben hier praktisch, so wie die schweren Stiefel, die sie nun immer trug.

Alice suchte den Himmel ab. Die Wolken ballten sich, schwarz und schwer gefüllt mit kostbarem Nass, die Frage war nur, ob der Regen diesmal niedergehen würde. Sie nahm den Hut ab und wischte sich den Schweiß von Stirn und Hals. Fliegen summten um ihren Kopf. Als sie den Hut wieder aufsetzte, zog sie den Schleier herunter, den sie an den Rand genäht hatte. Er schützte sie vor den Fliegen, doch er nahm ihr auch die Luft zum Atmen. Unwillig warf sie ihn wieder zurück und stieg auf ihr Pferd.

Die kastanienbraune Stute suchte sich den Weg über die klaffenden Spalten, die sich im Boden aufgetan hatten, und Alice spürte ihr Zittern, je näher der Donner kam und die Blitze am dunklen Himmel zuckten. »Ruhig, Mädel«, murmelte sie, als die Stute die Ohren aufstellte. »Wir haben einen langen Tag vor uns.«

Auf der Suche nach ihrer Herde ritt sie über die absterbende Weide, und die Unfruchtbarkeit des Landes schien ihr wie ein Symbol für ihr eigenes Leben. Das langersehnte Kind war ausgeblieben; sie hatte sich damit abfinden müssen, dass sie nie Mutter werden würde. Es machte sie unendlich traurig – ein Kind mit Jack zu bekommen, wäre der Gipfel ihrer Träume gewesen. Doch war sie mit der Liebe von Amy, Sarah und Walter gesegnet, die sie genoss.

Am versiegenden Seitenarm des Flusses ließ Alice die Zügel locker. Das Ufer war zu einer gebrochenen Kruste vertrocknet, das Schilf braun und verwelkt, und eine riesige Ansammlung von Vögeln zankte sich am flachen, schlammigen Tümpel, der zurückgeblieben war. Ein Stück weiter lagen die modernden Kadaver eines Kängurus und seines Jungen, und die allgegenwärtigen Krähen stritten sich um den Festschmaus.

Ein plötzlicher Donner erschütterte die Erde.

Die Stute wieherte und bäumte sich auf.

Alice verlor den Halt, als ein Blitz mit ohrenbetäubendem Krachen in die Erde einschlug.

Mit rauschenden Flügeln und unter schrillem Kreischen stiegen die Vögel vom Tümpel auf. Die Stute ging durch, und Alice schlug krachend auf dem harten Boden auf. Keuchend und hilflos lag sie da, während die Stute davongaloppierte.

»Das führt doch zu nichts«, murmelte Billy und lenkte sein Pferd neben Jacks. Blinzelnd suchte er das blendende silbrige Gras der weiten Landschaft ab. »Die Schafe sind so weit auseinandergelaufen, dass wir sie niemals zusammentreiben können.«

»Wir müssen aber«, gab Jack zurück. Bei diesem Wetter machte ihm seine Hüfte besonders zu schaffen, und er hatte unablässig Schmerzen. »Die Schafe müssen hier irgendwo sein, und du kannst sicher sein, dass sie nah beieinanderbleiben. Komm, wir versuchen es am anderen Wasserloch.« Er verzog das Gesicht, als der Donner näher kam und sein Pferd zu tänzeln begann, was die Schmerzen noch verstärkte.

Billy nahm den Hut ab, wischte sich den Schweiß aus dem Gesicht und setzte ihn wieder auf. »Aber wenn sie da nicht sind, bin ich dafür, dass wir nach Hause zurückkehren«, sagte er. »Wir sind schon seit zwei Tagen unterwegs, und uns bleibt nichts anderes übrig, als die toten Schafe den Dingos zu überlassen.«

Jack blickte besorgt drein. »Ich hoffe, Alice ist nicht mehr draußen auf der westlichen Weide. Das Gewitter ist ziemlich nah.«

»Sie hat jede Menge gesunden Menschenverstand, was ich von dir nicht gerade behaupten kann, mein Freund. Aber wir werden es auf jeden Fall am Snake Creek versuchen.« Er pfiff die Hunde herbei und trieb sein Pferd zu einem leichten Galopp an.

Jack folgte ihm. Jeder Stoß fuhr ihm wie Feuer in die Hüfte, doch er versuchte, nicht darauf zu achten. Die Schafe mussten gefunden und näher an das Farmhaus geführt werden, wo man sie leichter füttern und tränken konnte.

»Ich hätte das schon längst machen sollen«, rief er und schloss zu Billy auf. »Es war dumm von mir, dem Glück und dem Wetter zu vertrauen.«

»Keiner von uns dachte, die Trockenheit würde sich so lange hinziehen«, meinte Billy. »Gib dir nicht die Schuld!«

Jack kämpfte mit den Schmerzen und der Erkenntnis, dass er tatsächlich dafür verantwortlich war, wenn sie einen Teil ihrer Herd verloren. Mit den Schafen verdienten sie sich ihren Lebensunterhalt, aber er hatte Alice' Warnung missachtet und die Tiere einem Risiko ausgesetzt, weil er sie nicht schon vor Monaten auf die Weiden näher am Haus gebracht hatte. Nun hatten sie die meisten der späten Lämmer nebst einigen Mutterschafen verloren. Zum Glück hatte Alice darauf bestanden, die Böcke zu holen, die sicher in den Pferchen am Haus standen.

Schweigend ritten sie nebeneinander her. Ihre Pferde zuckten bei jedem Blitz zusammen und zitterten, wenn es donnerte. Die Hunde liefen hin und her, die Nasen am Boden, die Schwänze fest eingezogen. Auch ihnen gefiel das Gewitter nicht.

Der Snake Creek wurde so genannt, weil er sich durch den

breiten Baumgürtel schlängelte, der noch immer ein Drittel ihres Landes bedeckte. Der Bach rann durch ein Kiesbett und nährte die große Wasserfläche, die im Sommer von rosa und weißen Lilien umgeben und eine Oase für Wildtiere war.

Die beiden Männer ließen die Pferde anhalten und starrten verzweifelt auf die Szene, die sich ihnen bot. Der kleine Fluss war zu einem niedrigen, schlammigen Rinnsal geworden, und die Schafe hatten ihn zwar gefunden, jedoch waren mehrere im Schlamm stecken geblieben und elend zugrunde gegangen. Ihre grotesk aufgeblähten Körper waren schwarz vor Fliegen.

In stillschweigendem Einvernehmen stiegen sie ab und retteten drei Schafe, die noch lebten, aber bluteten, aus dem Schlamm. Nachdem er die Tiere zu den übrigen gejagt hatte, pfiff Jack nach den Hunden. Sie trieben die Schafe zusammen – nur noch ein Bruchteil der großen Herde, die sie einst besessen hatten.

Blitz und Donnerschlag rissen Jack abrupt aus den Gedanken. »Hast du das gesehen, Billy?«, rief er.

»Was?« Billy hatte Probleme mit seinem Pferd – es drohte jeden Augenblick durchzugehen.

Wieder blitzte es, und Jack streckte den Arm aus. »Da drüben im Gebüsch. Ich hatte das Gefühl, wir würden beobachtet.«

»Jesus, ich hoffe nicht«, murmelte Billy vor sich hin, klatschte dem Pferd auf die Flanke und versuchte es zu beruhigen. »Das Letzte, was wir heute brauchen, ist ein Sträfling auf der Flucht.« Er ritt neben Jack und spähte ins Halbdunkel. »Bist du sicher, dass es nicht nur Schatten waren? Das Licht täuscht.«

Jack fragte sich dasselbe, als er eine kleine Gestalt hinter einem Baum hervorschießen und tiefer in den Busch laufen sah. »Das ist Bindi! Was macht der hier draußen?«

»Bindi!«, schrie Billy. »Beweg sofort deinen Hintern hierher!«

Keine Antwort.

»Bindi, wenn du nicht hier rauskommst, dann komm ich hinter dir her und versohle dich mit meinem Gürtel!«

Jack sah ihn entsetzt an, und Billy grinste. »Ich würde ihn natürlich nicht verprügeln, aber das weiß er nicht, und wir können nicht ewig auf ihn warten.«

Sie vernahmen Gelächter, das im Grummeln des Donners unterging.

»Wir müssen hinein und ihn suchen«, sagte Jack. »Es ist zu gefährlich, ihn hierzulassen.« Unter Schmerzen stieg er wieder auf sein Pferd. Den Hunden gelang es kaum, alle Schafe zusammenzuhalten. »Geh du mit den Tieren, ich suche Bindi.«

»Ist alles klar mit dir?«, rief Billy.

»Es geht schon«, log er und versuchte, sein tänzelndes Pferd zu beruhigen. Er ritt auf und ab und half damit Billy, die verirrten Tiere einzufangen, die den Hunden entgangen waren, spürte aber, dass die Gewalt der Elemente an Stärke zunahm. Die sturmgepeitschten Wolken waren jetzt direkt über ihm und brachten ein unheimliches Zwielicht mit sich. Eine übernatürliche Stille umfing sie, als hielte die Welt den Atem an und wartete auf den Angriff.

Unter einem Donnerschlag fuhren sie alle zusammen. Einen Augenblick lang waren sie im grellen Licht des weißen Blitzes wie gebannt. Dann brach die Hölle los.

Die Schafe stoben auseinander, die Hunde rannten ihnen hinterher. Die Pferde scheuten und bäumten sich auf, die Ohren flach angelegt, die Nüstern gebläht, während Billy und Jack sie mühsam unter Kontrolle zu bringen versuchten.

Jack biss sich beinahe auf die Lippe, als sein Fuß aus dem Steigbügel rutschte. Er klammerte sich fest – würde er zu Boden stürzen, hätte er keine Chance.

Ein Donnerschlag nach dem anderen zerriss die Luft. Blitze zuckten mit Peitschenknall, und die umstehenden Bäume bogen sich. Der Boden bebte.

Dann fuhr ein Blitzstrahl wie ein glühendes Geschoss in einen Baum. Der trockene Stamm fing Feuer, die Funken entzündeten sich in der mit Eukalyptusduft geschwängerten Luft sofort zu einem Feuerball, der sich blitzschnell ins Unterholz ausbreitete. Der versengte Wald war leichte Beute. Blätter schrumpelten und wurden schwarz, Stämme verwandelten sich in Flammensäulen, und der Waldboden war schon bald mit einem Netz aus glühenden Feuerströmen überzogen.

»Bindi!«, rief Jack und suchte durch den Rauch hindurch wie wild nach dem Jungen. »Wo bist du?«

»Bindi, komm raus. Feuer! Feuer!« Billy drehte sein Pferd in einem engen Kreis. »Wir müssen ihn finden, Jack«, schrie er. »Vergiss die verdammten Schafe.«

»Boss! Boss!« Bindis hohe, verängstigte Stimme hallte von den Bäumen zu ihnen herüber.

»Bleib, wo du bist!«, brüllte Jack und zerrte an den Zügeln.

»Wir kommen und holen dich.« Er grub dem Pferd die Fersen in die Flanke und trieb es zwischen die Bäume auf den Jungen zu.

Alice taten sämtliche Knochen weh, aber wenigstens hatte sie sich nichts gebrochen. Mühsam kam sie auf die Beine und suchte den Horizont nach ihrem Pferd ab. Vor ihr erstreckte sich im eigenartigen Halbdunkel die leere Weide. Die einsamen Baumgruppen hoben sich als Silhouetten vor dem schwarzen Himmel ab, und es herrschte die tödliche Stille vor dem Sturm.

»Zum Henker mit dir«, knurrte sie mürrisch, hob ihren Hut auf und klopfte den Staub ab. »Bertie hätte mich nicht abgeworfen, geschweige denn im Stich gelassen.« Sie überdachte ihre Lage. Sie war mindestens fünf Reitstunden von der Farm entfernt, und wenn der alte Bertie noch lebte, hätte sie es wenigstens in zehn Stunden geschafft. So aber musste sie zu Fuß gehen.

Über den Bäumen in der Ferne flackerten gefährliche Blitze. Ein Einschlag, und ein Brand würde ausbrechen – das Schreckgespenst aller Siedler, denn er verwüstete oft Hunderte von Morgen und tötete alles, was ihm in die Quere kam, Menschen wie Tiere, schneller als ein Heuschreckenschwarm. Sie hoffte inständig, dass Jack und Billy den Busch gemieden hatten und bereits auf dem Rückweg nach Moonrakers waren.

Es wurde unheimlich dunkel, und Alice erkannte, dass sie in Gefahr schwebte. Das durchgehende Pferd hatte sie ohne Wasserschlauch und Gewehr zurückgelassen, und sollte sie auf marodierende Dingos treffen, die in Rudeln jagten, nachdem die Trockenheit alles fest im Griff hatte, wäre sie eine leichte Beute.

Sie betrachtete das verlassene Land, das sich in alle Himmelsrichtungen bis zum Horizont ausdehnte. Auch jetzt noch war es schön, majestätisch in seiner Einsamkeit und Pracht, und rührte an einen Teil ihrer Seele, der sich im tiefen Einklang mit diesem uralten, abgeschiedenen Ort befand. Trotzdem war es gefährlich, allein und unbewaffnet hier draußen zu sein ...

Mühsam riss sie sich zusammen. »Solche Gedanken sind nicht gut«, murmelte sie. »Jack und Billy müssen zwangsläufig auch hier entlangkommen. Du wirst nicht lange allein sein.«

Sie watete durch den Schlamm des Wasserlochs und trank einen ausgiebigen Schluck, denn mehr Wasser würde sie nicht finden, und obwohl es faulig schmeckte, war es allemal besser, als zu verdursten. Mit einem letzten suchenden Blick zum Horizont zog sie die Hose hoch, drehte dem fernen Gewitter den Rücken zu und machte sich auf den Heimweg.

Nell ließ den Wagen im Hof stehen, rieb das Pferd trocken und ließ es im Pferch frei herumlaufen. Das Gewitter war noch ein gutes Stück entfernt, doch sie spürte die Spannung in der Luft und wusste, ihnen stand einiges bevor. Sie ging auf das Haus zu, das inzwischen sicher und stabil war, nachdem Billy drei weitere Räume angebaut hatte.

»Kommt großes Gewitter, Missus«, ließ Gladys sich vernehmen, die sich auf der Veranda in ihrem Lieblingssessel räkelte, »aber kein verdammter Regen in Wolken.«

»Genau das dachte ich auch«, erwiderte Nell schaudernd. Sie verabscheute diese Gewitter ohne Regen. Unter ihrer Gewalt bebte die Erde, und sie erschreckten Kinder und Tiere gleichermaßen. Sie schaute Gladys an, die Tabak kaute. »Wo sind die Kinder?«

»Am Fluss«, antwortete sie. »War zu heiß.«

Nell lief los und rief den Kindern zu, sie sollten aus dem Wasser kommen. »Es gibt ein Gewitter.« Sie packte Walter und Sarah und zog sie ans Ufer. »Ihr sollt doch nicht schwimmen gehen, verdammt nochmal, wenn ein Gewitter im Anzug ist!«

»Du solltest das Wort nicht benutzen, Mama«, sagte Amy, die sich mit ihren acht Jahren für sehr erwachsen hielt. »Tante Alice sagt, es ist unfein.«

Nell war nicht in der Stimmung, sich von Amy die Meinung sagen zu lassen. »Ich benutze jedes verdammte Wort, das ich will«, fauchte sie. »Geh ins Haus.«

»Du musst gar nicht so sauer sein. Uns war langweilig«, knurrte Amy und wrang Wasser aus ihrem Nachthemd. »Und Gladys hat es uns erlaubt.«

»Ihr wisst genau, dass ihr nicht im Fluss spielen sollt«, schimpfte Nell. »Ein Blitz könnte einschlagen.«

Amy warf die nassen Haare über die Schultern. »Das Gewitter ist noch weit weg.«

Nell verlor die Geduld. Sie packte ihre älteste Tochter, zerrte sie mit den Zwillingen zusammen zum Haus und brachte sie hinein. Dann trat sie auf die Veranda. »Gladys, du hast zum letzten Mal auf meine Kinder aufgepasst.«

Gladys war eingenickt und öffnete jetzt verschlafen die Augen. »Ja, Missus«, nuschelte sie. »Wird aber Bindi nicht gefallen.«

»Wo ist er überhaupt?«

Gladys zuckte mit den Schultern und sah aus, als würde sie gleich wieder einschlafen. Nell rüttelte an ihrer Schulter. »Ein Gewitter ist im Anzug, Gladys. Geh und mach dich auf die Suche nach ihm und deinen anderen Kindern. Sorge dafür, dass sie in Sicherheit sind.«

Gladys murrte unverständlich vor sich hin, erhob sich zögernd aus ihrem Sessel und schlenderte gemächlich davon.

Nell stand da, die Hände in die Hüften gestemmt, und sah ihr nach, bis sie außer Sichtweite war. »Der Herr stehe uns bei«, seufzte sie empört.

»Warum kann ich Papa nicht suchen?«, fragte der kleine Walter kurz darauf mit seiner Piepsstimme. Sein rotes Haar glänzte im Schein der Lampen, die Nell im Haus angezündet hatte, um die Dunkelheit zu vertreiben.

»Weil du noch zu klein bist.« Nell war noch immer gereizt durch das Gewitter und begann sich besorgt zu fragen, wo Billy wohl stecken mochte. »Dein Vater hat zu arbeiten, und du kannst nicht die ganze Zeit bei ihm sein.«

Walter warf sich mit dem Eigensinn eines Siebenjährigen, der gewohnt ist, seinen Willen durchzusetzen, in den Sessel. »Er hat es aber gern, wenn ich ihm helfe. Das hat er gesagt.«

Nell beachtete ihn nicht und fuhr fort, das Abendessen zuzubereiten. Es hatte keinen Sinn, mit ihrem Sohn zu streiten – er war stur wie sein Vater. Sie tischte die Mahlzeit auf, stellte aber schon bald fest, dass sie keinen Appetit hatte, und schob ihren Teller von sich.

Nachdem die Kinder endlich in ihren Zimmern zur Ruhe gekommen waren, drehte sie den Docht der Lampe höher und setzte sich in die tanzenden Schatten. Das Gewitter kam näher, grelle Blitze beleuchteten den Hof. Die Hitze stieg an. Nell stand auf und ging im Zimmer auf und ab.

Billy und Jack hatten zwei Tage zuvor das Haus verlassen, und Alice war am Morgen vor Sonnenaufgang aufgebrochen. Sie sollten inzwischen eigentlich zu Hause sein. Sie konnten überall auf dem riesigen Farmland sein, vielleicht hatten sie sich infolge der tosenden Elemente verirrt oder waren sogar verletzt.

Ein mächtiger Donnerschlag ließ Nell zusammenfahren. Sie blieb in der darauffolgenden atemlosen Stille stehen, die Nerven zum Zerreißen gespannt, und wartete auf den nächsten Schlag. Als er dann kam, bebte das Haus, als sei der Himmel auf das Dach gefallen.

»Mama!« Sarah stürmte in die Küche und warf sich in die Arme ihrer Mutter.

»Ist schon gut«, beruhigte Nell sie und strich ihr über das Haar. Dann sah sie Amy in der Tür. Ihr Gesicht war bleich. »Dir sieht es aber gar nicht ähnlich, vor einem Gewitter Angst zu haben«, stellte Nell fest.

»Walter ist nicht in seinem Zimmer«, sagte Amy.

Nell starrte sie ungläubig an. »Natürlich ist er da. Wahrscheinlich unters Bett gekrochen.«

Amy schüttelte den Kopf. »Nein.«

Nell rannte in das kleinste Schlafzimmer. »William Walter Penhalligan, komm sofort heraus!«, schrie sie.

Ein zischender Blitzstrahl war die einzige Antwort.

Die Flammen hatten die Bäume verschlungen und breiteten sich wie ein über die Ufer tretender Fluss auf dem Waldboden aus. Jack würgte im erstickenden Rauch, klammerte sich an sein verängstigtes Pferd und versuchte, einen Weg durch das Flammenmeer zu finden. »Bindi, wo bist du?«

Er erhielt keine Antwort, und Jack wurde klar, dass er durch das brüllende Inferno wohl nichts hören würde, selbst wenn jemand geantwortet hätte. Plötzlich sah er Billy durch den Rauch. »Es ist hoffnungslos«, rief er und musste husten. »Hier drinnen werden wir ihn nie finden.«

»Boss, Boss!« Eine kleine Gestalt rannte durch den wirbelnden Rauch auf Billy zu.

Billy packte den Jungen am Hemd und hievte ihn quer über den Sattel. »Zum Wasserloch geht es hier entlang«, schrie er Jack zu. »Mir nach.«

Krachend ging ein Baum zu Boden. Der Funkenregen setzte einen anderen Baum in der Nähe in Brand. Jack konnte seinen Freund nicht mehr sehen, und da sein Pferd in immer engeren Kreisen tänzelte, verlor er jegliche Orientierung. Das Feuer drang von allen Seiten auf ihn ein. Wenn er keinen Weg hindurch fände, würde er sterben.

Das Pferd rannte mit weit aufgerissenen Augen los, die Ohren flach angelegt, bäumte sich dann auf und schlug mit den Hufen in die Luft, als ein weiterer Baum zu Boden fiel und das Inferno näher kam.

Jack rutschte auf dem Rücken des Tieres nach hinten. Er krallte sich in die Mähne.

Das Pferd scheute und wieherte panisch auf.

Durch Jacks verkrüppelte Hüfte hatten seine Oberschenkel nur wenig Kraft. Er verlor den Halt, seine Finger griffen wild nach der fliegenden Mähne, und seine Füße glitten aus den Steigbügeln – das Pferd schien entschlossen, ihn abzuwerfen. Mit einem gewaltigen Stoß bockte das Tier und schnellte empor. Jack flog in hohem Bogen aus dem Sattel. In seinen Knochen knackte es grauenhaft, als er auf dem Boden aufschlug.

Endlich von seiner Last befreit, versuchte das Pferd verzweifelt, einen Weg durch Rauch und Flammen zu finden. Seine Hufe schlugen dicht neben Jacks Kopf auf, während es in zunehmender Panik hin und her lief.

Hilflos musste Jack mit ansehen, wie es hinter der Wand aus Rauchschwaden verschwand. Er hörte noch das panische Wiehern, war jedoch orientierungslos und der Realität seltsam entrückt. Billy und der Junge hatten es wohl zum Wasserloch geschafft, dachte er noch, und er spürte weder Schmerz noch Angst.

Er schaute in den wirbelnden Rauch auf, in die knisternden Flammen, hörte das gigantische Gebrüll des Ungeheuers, das ihn nun umzingelte, und fand seinen Frieden. Als freier Mann auf seinem eigenen Land zu sterben war das, was er immer gewollt hatte – er wünschte sich jedoch, es wäre noch nicht so bald gekommen und er könnte Alice noch einmal sehen und ihr sagen, dass er sie liebte ...

»Bleibt hier!«, befahl Nell den Mädchen, schnappte sich ein Gewehr und suchte nach Munition.

»Es ginge schneller, wenn wir alle nach ihm suchen würden«, warf Amy ein.

»Tu, was ich gesagt habe!«, schrie Nell, mit ihren Kräften am Ende. »Bleib im Haus und pass auf deine Schwester auf!«

Sie lief aus der Tür hinaus über den Hof. Wiederholt zuckten Blitze auf, die Erde wurde vom Donner erschüttert. Sie hörte die Böcke blöken. Nell rannte an ihren Pferchen vorbei zu den Ställen. Sollte Walter vorhaben, nach seinem Vater zu suchen, würde er zuerst hierherkommen. Aber wie lange war er schon fort?

»Walter!«, schrie Nell. Sie stand in der Scheune und spähte in die Dunkelheit.

Sein Pony war verschwunden.

Zitternd vor Angst zäumte sie ihr Pferd auf. »Ich bringe ihn um, wenn ich ihn finde«, schluchzte sie.

Die Luft war unheimlich schwer, kein Lüftchen wehte, um die stetig ansteigende Hitze zu lindern. Blitze zerrissen den schwarzen Himmel, während sie sich auf den Weg zum Eingeborenenlager machte. »Walter hat sein Pferd genommen und sich auf die Suche nach seinem Vater begeben«, rief sie und ritt in die Mitte der verblüfften Versammlung. »Ich brauche eure besten Fährtensucher. Die sollen mir helfen, ihn zu finden.«

»Bindi auch weg«, sagte Gladys mit tränenüberströmtem Gesicht. »Fährtensucher unterwegs und sucht ihn.«

»Dann brauchen wir mehr als einen, um nach den beiden Jungen zu suchen«, schrie Nell die Männer an, die sich daraufhin rasch erhoben und in der Dunkelheit verschwanden.

Nell machte sich auf den Weg zu den Sträflingsbaracken und trieb ihr Pferd zum Galopp an. »Sie können überall sein«, rief sie den verschlafenen Männern zu. »Geht raus und sucht sie. Gebt einen Schuss ab, wenn ihr einen von beiden gefunden habt – sie sind vielleicht nicht zusammen.«

Ohne auf eine Antwort zu warten, ritt sie zurück an die Weide und nutzte das Licht der Blitze, um die Landschaft abzusuchen. »Wo bist du, Walter?«, schluchzte sie.

Alice setzte bewusst einen Fuß vor den anderen und trottete weiter über den harten Boden. Über ihr wütete das Gewitter, das Gras strich wispernd an ihren Beinen entlang. Es waren keine Sterne zu sehen, die sie hätten führen können. Nur ihr angeborener Orientierungssinn, der sie noch nie im Stich gelassen hatte, wies ihr den Weg über dieses Weideland, das ihr vertraut war, weil sie es so oft abgeschritten hatte. Sie war erschöpft, an ihren Fersen hatten sich Blasen gebildet, denn die alten Stiefel hatten zu reiben angefangen – doch sie ging nicht langsamer: Mit jedem Schritt kam sie ihrem Zuhause näher.

Sie spähte ins Dunkel und wurde kurz von einem Blitz geblendet, der in die Erde einschlug. Ein heißer Wind fuhr in den Staub unter ihren Füßen. Sie trottete weiter, den Blick fest auf den Horizont gerichtet, an dem die Häuser und Scheunen von Moonrakers noch immer nicht zu sehen waren. Noch eine Erhebung, dann würde sie die Farm sehen – nur noch ein paar Meilen, und sie wäre da.

Sie hatte keine Ahnung, wie lange sie schon gegangen war, als sie ein Geräusch hinter sich vernahm. Sie spürte, wie sich ihre Nackenhaare sträubten, denn sie hatte das weiche Aufsetzen der Pfoten und den keuchenden Atem erkannt. Ein kurzer Blick über die Schulter bestätigte ihre schlimmste Befürchtung: Ein Dingo verfolgte sie. Er passte sich ihrer Geschwindigkeit an. Sein Blick war starr und bestialisch, seine Absicht nur allzu deutlich.

Nell hatte das Feuer am fernen Horizont gesehen und wusste, dass die Zeit knapp wurde. Walter und Bindi waren ernsthaft in Gefahr. Das Herz schlug ihr bis zum Hals. Sie ließ das Pferd langsamer gehen und zwang sich, Ruhe zu bewahren, während sie nach einem Zeichen suchte, dass Walter in Sicherheit und die Männer auf dem Heimweg waren.

Dann vernahm sie ein vertrautes Geräusch. Sie zügelte das Pferd und stellte sich in die Steigbügel.

Walters Pony stürmte aus der Dunkelheit, die Steigbügel flogen, der Sattel hing an der Seite. Mit wildem Blick lief es an Nell vorbei und setzte seinen irrsinnigen Lauf nach Hause fort.

»Walter!«, schrie Nell. »Wo bist du?«

»Mama!«

Das schwache, klägliche Jammern durchbohrte Nells Herz. Sie trieb ihr Pferd zum Galopp an. »Ich komme«, rief sie. »Ruf weiter, Walter, damit ich deiner Stimme folgen kann.«

»Ich bin hier drüben«, war die piepsende Stimme in einer Pause zwischen zwei Donnerschlägen zu hören. »Komm mich holen!«

Nell konnte ihn jetzt sehen, eine winzige Gestalt als Silhouette vor dem roten Feuerschein am Horizont. Sobald ihr Pferd zum Stehen kam, sprang sie vom Sattel und versetzte ihrem Sohn eine schallende Ohrfeige, bevor sie ihn stürmisch umarmte. »Mach das *nie* wieder!«, schimpfte sie unter Tränen. »Du hättest umkommen können, und ich hab fast den Verstand verloren vor Sorge.«

»Ich hab versucht, Papa zu finden«, schluchzte der Junge, »aber Flash hat sich erschrocken und mich abgeworfen, und ich wusste nicht, wie ich nach Hause kommen sollte.«

Nell hielt ihn auf Armeslänge von sich. Eine Woge der Liebe und Zärtlichkeit überkam sie ... Dann aber fiel ihr wieder ein, dass noch ein zweiter Junge hier draußen herumirrte. »Wo ist Bindi?«, fragte sie.

»Weiß ich nicht.« Walter schluckte. »Ich habe ihn seit heute Morgen nicht gesehen.«

Nell war übel vor Angst, und sie ließ den suchenden Blick über die Landschaft gleiten. Bindi mochte zwar das angeborene Wissen seines Volkes haben, aber er war erst sieben Jahre alt. »Hat er dir gesagt, wohin er gehen wollte?«, fragte sie.

Walter schüttelte den Kopf. »Er hat nur gesagt, dass er Fische fangen wollte.« Er schaute zu seiner Mutter auf. »Es ist ihm doch nichts passiert, oder, Mama?«

Nell drückte ihn fest an sich. »Er ist wahrscheinlich schon wieder im Lager und lässt sich seinen Fang schmecken.«

Der Junge wischte sich die Nase am Ärmel ab und schaute auf das Feuer am Horizont. »Papa, Onkel Jack und Bindi sind doch nicht etwa dort hingegangen?«

Nell setzte Walter auf ihr Pferd, stieg hinter ihren Sohn in den Sattel und nahm die Zügel auf. Das Feuer glühte am Himmel, und obwohl es meilenweit entfernt war, konnte sie einzelne Flammen erkennen, die in der Dunkelheit züngelten, als sich ein Wind auftat. Sie zitterte vor Angst. »Natürlich nicht«, sagte sie, wendete das Pferd und ritt nach Hause.

»Was ist das?« Walter reckte sich und zeigte nach vorn.

Nell spähte in die Dunkelheit. Ein Blitzstrahl beleuchtete eine Gestalt in der Ferne, die zielstrebig auf sie zukam. Ihr Herzschlag setzte kurz aus, als sie erkannte, dass dieser Gestalt, wer es auch immer sein mochte, ein Dingo folgte – und der Dingo schloss auf.

»Halt dich fest, Walter!« Nell zog das Gewehr aus der Satteltasche und trat dem Pferd in die Flanken.

Das Keuchen war jetzt näher, und Alice roch den Atem des Dingos, der seine Schritte beschleunigte. Sie warf einen Blick über die Schulter, und ihr Mund wurde trocken. Die gelben Augen waren noch immer fest auf sie gerichtet, die hochgezogenen Lefzen entblößten scharfe Zähne, die Ohren waren flach angelegt. Jeden Augenblick würde er zuschlagen.

Alle Muskelfasern sagten ihr, sie solle rennen – doch der Dingo setzte bereits zum Angriff an, und sie hätte ihn nur angespornt, wenn sie losgelaufen wäre. Alice ging in gleichem Tempo weiter und hielt verzweifelt Ausschau nach einem Felsbrocken oder etwas anderem, das sie als Waffe benutzen konnte.

Da fiel ein Schuss, und sein wellenförmiges Echo breitete sich über die Ebene aus.

Der Dingo war auf der Stelle tot.

Alice wurde beinahe ohnmächtig vor Erleichterung, und ihre Beine zitterten so stark, dass sie unfähig war, sich weiter fortzubewegen.

Nell kam auf sie zugaloppiert und hielt ihr Pferd in einer Wolke aus wirbelndem Staub an. Sie schwang sich aus dem Sattel. »Der war für meinen Geschmack ein bisschen zu nah an dir dran«, keuchte sie.

Alice starrte auf den toten Dingo, der nur wenige Zentimeter hinter ihren Fersen lag. »Wärst du nicht so eine gute Schützin, nicht auszudenken, was hätte passieren können.« Sie ergriff Nells Hand. »Du hast mir das Leben gerettet«, sagte sie, den Tränen nahe.

Nell drückte ihre Finger. »Bei Walter musst du dich bedanken. Er war es, der dich gesehen hat.« Als sie Alice' fragenden Blick bemerkte, verzog sie das Gesicht. »Frag nicht, was er hier macht. Das ist eine lange Geschichte, und wir müssen noch Bindi suchen.«

Alice schenkte dem Jungen ein Lächeln. Ihr fielen die Tränenspuren auf, die Erschöpfung und Furcht in seinen Augen, und sie wurde von derart heftiger Liebe zu ihm ergriffen, dass sie dagegen ankämpfen musste, ihn an sich zu drücken. »Bindi?«, fragte sie stattdessen. »Was ist mit den Männern? Sind sie schon zurück?«

Nell schüttelte den Kopf. »Von denen war noch nichts zu hören und zu sehen. Ich hoffe nur bei Gott, dass sie nicht da drüben sind.«

In Furcht vereint standen die beiden Frauen nebeneinander und beobachteten das Inferno, das sich nun über den gesamten Horizont erstreckte. Sein Schein färbte die dunklen Wolken rot, und im zunehmenden Wind sprangen Flammen auf.

Das Gewitter wütete die ganze Nacht hindurch bis zum nächsten Morgen. Das Feuer am Horizont kam noch näher, als der Wind die Richtung wechselte. Alice stand neben Nell und den Kindern im Hof. Sie beteten, ihre Männer mögen nach Hause kommen. Niemand hatte geschlafen, und niemand sprach, denn die Angst in Worte zu kleiden, würde sie nur schüren.

Die Sträflinge versammelten sich auf der windgeschützten Seite der Scheune, die Eingeborenen strömten aus ihrem Lager und gesellten sich zu ihnen. Von Bindi gab es noch immer keine Spur, und Gladys war untröstlich.

Als das Gewitter schließlich in der Ferne verhallte, wurde die Luft klarer, und die Temperatur sank. Der Himmel öffnete sich, und ein sintflutartiger Regen setzte ein.

Er hämmerte auf das Dach und schlug auf dem ausgetrockneten Boden des Hofs auf, sammelte sich in Pfützen, die sich zu Bächen vereinigten und auf den Fluss zuströmten. Alle Augen richteten sich auf die Berge in der Ferne, wo die Flammen unter dem Angriff des Regens erstarben.

»Wir müssen Suchtrupps zusammenstellen, bevor es dunkel wird«, sagte Alice.

Nells Augen waren voller Hoffnung. »Ich lasse die Kinder bei Pearl und Daisy und komme mit. Da draußen wird jeder gebraucht.«

Alice eilte zur Scheune. Die Männer sattelten die Pferde, und die Eingeborenen, die stundenlang nach Bindi gesucht hatten, standen mit ihren Speeren bereit – sie würden die Meilen zu Fuß zurücklegen.

Alice wandte sich zuerst an den ältesten, zuverlässigsten Sträfling. »Geh zur Elizabeth Farm und hol Hilfe. Erkläre ihnen, was passiert ist«, ordnete sie an. Dann wandte sie sich an die anderen. »Bleibt zu zweit zusammen«, empfahl sie. »Verteilt euch auf den Weiden und haltet auf die Brandstätte zu.« Den Eingeborenen nickte sie zu. Ihnen brauchte sie nicht zu sagen, was zu tun war, und ihre Augen waren viel schärfer als die eines jeden Weißen.

Sie stellte sicher, dass jede Gruppe sich eine andere Route vornahm und entweder eine Waffe oder eine Peitsche bei sich hatte, mit der sie knallen konnten. »Ein Schuss, wenn ihr sie lebend findet.« Sie schluckte, hielt aber an ihrer schwachen Hoffnung fest. »Zwei, wenn nicht.«

Der Regen bildete einen beinahe undurchdringlichen Vorhang, der bei ihrem Aufbruch jedes Geräusch erstickte, und es hatte den Anschein, als zögen sie durch einen leeren Raum. Alice und Nell ritten nebeneinander. Die langen Jacken ihrer Männer, die sie zum Schutz vor dem Regen angezogen hatten, saugten sich voll und wurden schwer. In den Huträndern sammelte sich das Wasser und lief ihnen dann in Bächen den Nacken herab.

Sie hatten für ihre Suche ein Gebiet an der südlichen Grenze zwischen ihrem Land und den riesigen Weiden der Elizabeth Farm ausgewählt. Die Pferde platschten durch die Pfützen, unter ihren Hufen wurde die lockere obere Staubschicht zu Schlamm. Die beiden Frauen schwiegen und behielten ihre Gedanken und Ängste für sich.

Im Lauf des Tages ließ der Regen nach. Jetzt breitete er sich wie eine besänftigende Decke über das Land. Rauchgeschwärzte Bäume ragten aus dem Nebel auf, das Laub war verschrumpelt und schlaff, während die Kadaver der am Rand des Feuers in die Falle gegangenen Tiere steif und verkohlt wie obszöne Skulpturen herumlagen.

Der Brand hatte sich über einen breiten Landgürtel von Moonrakers ausgebreitet, und als Alice und Nell anhielten, um die pechschwarze Erde, die verbrannten Bäume und die Rauchschwaden zu betrachten, die noch immer aufstiegen, schwanden ihre Hoffnungen.

»Vielleicht sind sie gar nicht hier entlanggekommen«, sagte Alice. »Und selbst wenn, dann hätten sie wegreiten können und wären auf der anderen Seite des Feuers herausgekommen.«

»Ungefähr drei Meilen von hier gibt es ein Wasserloch. Da dürften sie hingegangen sein«, vermutete Nell und nahm die Zügel auf. Entschlossen presste sie die Lippen zusammen. »Und da werden sie auch sein.«

Alice wünschte, sie könnte dieselbe Zuversicht empfinden, folgte Nell jedoch in die geschwärzten, tropfenden Überreste des Waldes. Die Pferde wühlten den Schlamm auf und scheuten, wenn Flammen wieder zum Leben erwachten und zischend erloschen. Jedes kleinste Geräusch in dem toten Wald ließ die Frauen zusammenfahren – und sie wandten den Blick von den schwarzen Klumpen ab, die einmal Schafe oder Hunde gewesen waren. Der Gestank nach geröstetem Fleisch war beinahe übermächtig, als sie an einem verkohlten Wildschwein vorbeikamen.

Ein Schuss durchbohrte die Stille und hallte durch den zerstörten Wald.

Alice und Nell hielten klopfenden Herzens die Pferde an, voller Hoffnung, dass es keinen zweiten Schuss geben würde.

Der zweite Schuss war die Totenglocke, die sie befürchtet hatten.

In schweigendem Einvernehmen ritten sie in die Richtung, in der die Schüsse gefallen waren. Beide klammerten sich an die schwache Hoffnung, dass man die Leiche eines entflohenen Sträflings oder eines Landstreichers gefunden hatte – andere Gedanken hätten ihren schlimmsten Befürchtungen Raum gegeben.

Vier weiße Männer und zwei Eingeborene warteten auf sie, als sie sich dem Wasserloch näherten. Ein Sträfling ergriff ihre Zügel, sobald sie anhielten. »Bleibt da weg!«, sagte er, das Gesicht schwarz vor Ruß, die Augen rot gerändert.

Alice und Nell stiegen ab und standen im Schlamm. »Wir müssen sichergehen«, sagte Alice mit brechender Stimme.

»Es ist sicher genug«, sagte der Mann mit ernster Miene. »Fährtensucher haben sie gefunden.«

»Es könnte auch jemand anders sein«, schrie Nell in einem Anflug von Hysterie. »Woher willst du wissen, dass sie es sind?«

Er schüttelte den Kopf. »Tut mir leid, Missus«, sagte er.

Alice wurde schwindelig. Sie lehnte sich an das Pferd, um sich wieder zu fangen. »Ich muss es mit eigenen Augen sehen«, murmelte sie. »Ich muss es wissen.«

»Es ist kein schöner Anblick«, sagte der Sträfling, und seine sonst barsche Stimme klang sanft. Er nahm das Ölzeug von den Satteltaschen. »Ich habe nach dem Wagen geschickt. Wir kümmern uns um sie.« Er machte sich wieder auf den Weg zurück durch den klebrigen schwarzen Schlamm.

Hand in Hand folgten Alice und Nell ihm.

Die Gestalt war wie eine groteske Parodie eines Mannes. Bis zur Unkenntlichkeit verkohlt hing das ledrige Fleisch lose herab und enthüllte schimmernde Knochen. Er war wie ein gespannter Bogen himmelwärts gebogen, die Hände flehentlich erhoben, den Kopf zurückgeworfen, den Mund weit aufgerissen zu einem stillen, endlosen Schrei. Ein Stück weiter weg lag ein Pferd.

»Wer ist es?«, fragte Alice kaum hörbar.

»Jack«, antwortete der Sträfling.

»Wie kannst du dir so sicher sein?«, flüsterte sie.

»Tut mir leid, Missus. Das hier haben wir neben ihm gefunden.«

Alice schaute auf die Taschenuhr, die sie Jack zu Weihnachten geschenkt hatte. Sie hatte Beulen und war angesengt, das Zifferblatt war von der Hitze gesprungen. Ihre Hand schloss sich darum, während sie auf die verkohlte Gestalt schaute. Sie konnte nicht glauben, dass das einmal der Mann gewesen war, den sie liebte – konnte das entsetzliche Geschehen nicht begreifen.

»Ich habe euch gewarnt«, sagte der Sträfling. »Tut mir leid, Missus«, wandte er sich an Nell. »Billy liegt da drüben.«

»Nein!« Es war ein Schrei aus den Tiefen ihrer Seele, und Nell wäre zu Boden gestürzt, wenn er sie nicht festgehalten hätte. »Nicht mein Billy – bitte nicht mein Bill!«

Alice trat zu ihr und drückte sie an sich, das Gesicht weiß vor Qual. »Wir müssen füreinander stark sein. Sonst sind wir beide verloren.«

Billy war ein paar Meter von Jack entfernt gestorben, seine armseligen Überreste waren mit dem schweren Ast eines zerstörten Baums verschmolzen, der ihn in den Boden gerammt hatte. Beide Männer waren nur wenige Meter vom Wasserloch entfernt gewesen, das ihre Rettung hätte sein können.

»Und Bindi?«, flüsterte Alice.

»Er war im Wasserloch, Missus«, berichtete der Sträfling. »Er war ein bisschen versengt und verängstigt, aber er hat uns erzählt, Billy habe ihn hineingeworfen, kurz bevor der Baum umstürzte. Sein Vater hat ihn ins Lager zurückgebracht.«

Jack und Billy wurden in das Ölzeug gewickelt und auf dem Karren zurück nach Moonrakers transportiert. Schweigend ritten Alice und Nell nebenher. Sie beherrschten sich, solange die Sträflinge hinter ihnen ritten und die Eingeborenen neben ihnen hertrotteten. Beide Frauen wussten, dass die Tränen früh genug kommen würden, der Verlust würde sich wie ein großes Gewicht auf sie legen, und die Leere der weiten Wildnis würde näher heranrücken. Sie wussten auch, dass sie ihren Kummer teilen, alle anderen Sorgen beiseiteschieben und sich aneinander festhalten mussten: Es war ihre einzige Chance, diese schreckliche Prüfung zu überstehen.

Die Beisetzung sollte am nächsten Morgen stattfinden. Die ganze Nacht über trafen Trauernde ein, denn Nachrichten verbreiteten sich schnell. George war auf See, doch Ernest fuhr mit halsbrecherischer Geschwindigkeit mit seiner Frau und seinen Eltern durch die Nacht, und sie kamen kurz nach Tagesanbruch an.

Obwohl Susan ganz offensichtlich mit ihrem eigenen Kummer zu kämpfen hatte, setzte sie sich zu Nell und Alice, um ihre Erinnerung an ihren Bruder und den Mann mit ihnen zu teilen, der sein engster Freund geworden war. Ezra suchte Trost in seiner Bibel.

Die Sonne ging auf, und die Frauen bereiteten sich auf den längsten Tag ihres Lebens vor. Auf dem kleinen Friedhof drängten sich Menschen. Sie waren gekommen, um zwei Männern die letzte Ehre zu erweisen, die schwer gekämpft hatten, sich und ihren Familien ein neues Leben aufzubauen. Sie kamen zu Fuß oder zu Pferde und mit der Kutsche und brachten zusammengerolltes Bettzeug, etwas zu essen und tröstende Worte mit.

Die Eingeborenen von Moonrakers standen neben den Sträflingen, als Ezras Stimme sich in der Stille eines klaren, sonnigen Tages erhob. Ihre Gesichter hatten sie zum Zeichen ihrer Trauer mit Ton eingerieben, und sobald der weiße Mann die Zeremonie beendet hatte, würden sie ihre eigene abhalten. Sie würden den Großen Schöpfergeist anrufen und bitten, das Kanu zu schicken, damit Boss Billy und Boss Jack zu den Sternen gebracht würden. Die beiden weißen Männer hatten ihr Leben für das Kind Bindi gelassen, und ihre Geschichte würde ihnen zu Ehren an die unterirdischen Höhlenwände gemalt werden.

Als alles vorbei und das Haus still war, nahmen Alice und Nell die Kinder noch einmal mit auf den verlassenen Friedhof. Sie hörten das Klappern von Stöcken, das tiefe, rhythmische Dröhnen eines Didgeridoo und den Gesang der Eingeborenen, und der Gedanke tröstete sie, dass die ursprünglichen Hüter dieses Landes ihre Männer ins Herz geschlossen hatten.

Im Zwielicht standen die beiden Frauen am Grabhügel, unter dem die beiden Toten jetzt nebeneinander ruhten. Ihre Männer hatten als Sträflinge Ketten und Peitsche ertragen und die Schrecken des Transports überlebt. Sie hatten wie Brüder gelebt, hatten ihre Freiheit erlangt und waren von dem Tag ihrer ersten Begegnung an fast unzertrennlich gewesen. Es war richtig, dass sie zusammen in dem Land liegen sollten, das sie gerodet, gepflügt und schließlich ihr Zuhause genannt hatten – richtig, dass ihre Frauen sich endlich gegenseitig Trost und Kraft gaben.

Dritter Teil

Rebellion

Dreizehn

Eine Regierungsfarm, September 1800

Niall Logan saß hinten im Zelt und hörte seinen Mitsträflingen zu, wie sie über den geplanten Aufstand sprachen. Er war jetzt elf und als Lehrling dem Sträflingsschmied unterstellt, der die Schmiede mit beinahe gnadenloser Tüchtigkeit führte. Beim Zuhören nun hatte Niall das Gefühl, als wüchse sich das Feuer der Rebellion zu einem Schmelzofen aus. Er wollte zurück in die Heimat, nach Irland, wollte frei von den britischen Gesetzen und Ungerechtigkeiten sein. Sie hatten kein Recht, ihn festzuhalten, ihm die katholische Messe zu verweigern.

»Wir wurden ausgepeitscht, ins Gefängnis gesteckt, unsere Anführer nach Norfolk Island verbannt«, sagte Thomas Brannon leise. Draußen patrouillierten Soldaten, und man durfte nicht auffallen. »Unsere Kinder werden in Ketten hierhergebracht, und unser Glaube wird verunglimpft. Wir, die Veteranen der Kämpfe bei Wexford, die stolzen Mitglieder der Vereinten Iren, haben gelernt, wie man gegen Unterdrückung kämpft. Wir sind stärker und entschlossener denn je, das britische Joch abzuwerfen.«

Niall sah, dass Paddy die aufrüttelnde Ansprache genauso erregte wie ihn selbst.

»Wir haben aus Wexford gelernt, meine Jungs, und wenn wir erfolgreich sein wollen, müssen wir Waffen haben. Marsden hat die Piken nicht gefunden, die Furey für unseren

Aufstand im August hergestellt hat. Am Sonntagmorgen versammeln wir uns hier, wenn die meisten Aufseher in der Kirche sind. Wir werden die Soldaten aufspießen und nach Sydney Town marschieren.«

»Wir sind nicht genug, Thomas.«

»Ich kenne einen Mann, der uns helfen kann, das zu ändern«, erwiderte Brannon. »Er wird von Farm zu Farm gehen und andere ermutigen, sich uns anzuschließen. Seit den Revolutionen in Frankreich und Amerika liegt Aufstand in der Luft. Viele haben den Ruf nach Freiheit vernommen und werden mit uns gehen.« Er schmunzelte. »Es wird ein erfreulicher Anblick sein, meine Jungs, wenn wir nach Sydney Town einmarschieren.«

»Ich würde vorschlagen, Marsden loszuwerden, bevor wir aufbrechen«, sagte Fitzgerald, Brannons Stellvertreter.

Zustimmendes Raunen lief durch das Zelt. »Das versteht sich doch von selbst«, antwortete Brannon.

Niall dachte an den Tag vor einem Monat, als Samuel Marsden, Richter und anglikanischer Geistlicher, Liebhaber der neunschwänzigen Katze, ihren katholischen Priester, James Harrold, nach Norfolk Island und ihren Pikenhersteller, Brian Furey, ins Zuchthaus geschickt hatte, ohne Beweis, dass sie an dem Aufstand im August beteiligt waren, der nur eine knappe Stunde gedauert hatte. Dann hatten alle mit ansehen müssen, wie andere Beschuldigte der Prügelstrafe unterzogen wurden, und Niall wurde noch immer von Alpträumen wach.

»Wir sind schon einmal verraten worden«, sagte Fitzgerald. »Woher sollen wir wissen, dass heute Abend kein Verräter unter uns ist?«

Brannon kniff die Augen zusammen. »Wir sind Iren und der Sache treu ergeben. Jeder Mann hier will nach Hause zurück, um den Kampf gegen die Briten fortzusetzen. Wer uns verrät, wird mit dem Tode bestraft.«

Die Versammlung löste sich auf, und sie schlüpften unter der Zeltleinwand hindurch, um im Dunkeln zu verschwinden. Niall und Paddy warteten, bis der Wärter vorbeigegangen war, dann liefen sie geduckt zu ihrem Zelt.

Niall kroch auf die klumpige Matratze und zog die durchgescheuerte Decke über sich. Die Nächte waren bitterkalt, der Sommer fing erst in zwei Monaten an. Seine Sachen waren so abgetragen, dass sie nicht einmal dürftige Wärme spendeten, und der klapperdünne Junge zitterte.

»Meinst du, wir schaffen es diesmal?«, flüsterte Paddy ihm von der Matratze nebenan zu.

»Mit Gottes Segen und dem Glück der Iren, hoffe ich«, erwiderte Niall schnatternd.

»Es sind genug Piken für alle versteckt.« Paddy war jetzt sechzehn und hatte schon Erfahrung, was Aufstände betraf. »Dafür habe ich gesorgt.«

»Gut. Dann wollen wir hoffen, dass wir das Beste daraus machen.«

Schweigen trat ein, denn die Erschöpfung forderte ihren Tribut. Die anderen schliefen ein. Niall rollte sich zusammen, um warm zu werden. Doch der Gedanke an die Freiheit hielt ihn wach.

Zwei Tage darauf kam Brannon in die Schmiede, in der Niall und Paddy arbeiteten. »Wir sind aufgeflogen«, sagte er leise.

»Wie das?«, wollte Paddy wissen.

»Diesmal war es kein Spion, nur Pech.«

»Was ist passiert?«, fragte Niall.

»Der Mann, den wir losgeschickt haben, um andere zu unserer Unterstützung aufzurufen, wurde gefangen genommen und so lange gefoltert, bis er ihnen alles erzählt hat. Nach allem, was man so hört, hat Macarthur vom New South Wales Regiment geplant, uns eine Falle zu stellen, sobald wir losgelegt hätten.«

Schweren Herzens kehrten sie an ihre Arbeit zurück. »Das riecht nach Vergeltungsmaßnahmen.« Paddy tunkte das glühende Hufeisen in einen Eimer Wasser.

»Aber wir haben doch nichts getan«, protestierte Niall.

»Seit wann gilt das als Entschuldigung?«

Innerhalb weniger Stunden hatten Macarthur und seine Truppen Brannon, Fitzgerald und die anderen Rädelsführer der fehlgeschlagenen Rebellion verhaftet. Marsden war in seiner Rolle als Richter eifrig darauf bedacht, den Verbleib der versteckten Piken herauszubekommen, von deren Existenz er wusste, die er aber bisher nicht gefunden hatte.

Niall und die anderen duckten sich bei dem Geräusch der Peitsche und den Rufen der Soldaten. Die Arbeit wurde unterbrochen und das Lager auf den Kopf gestellt.

Niall und Paddy schliefen am Abend in ihrem Zelt, als die Soldaten hereinstürmten. »Steh auf, Ire!«, schnauzte einer und packte Paddy.

Noch betäubt vom Schlaf wurde Paddy unsanft auf die Beine gestellt.

Ein Stiefel traf Nialls Hüfte, und er verkroch sich unter der Decke.

»Beweg deinen Arsch, Galvin!«, brüllte der Soldat.

Niall zitterte vor Angst, als sein Freund, lauthals protestierend, aus dem Zelt geschleppt wurde. Die Zeltleinwand schlug wieder zu, und er starrte in die Dunkelheit. Paddy und er hatten die zusätzlichen Piken heimlich hergestellt, sobald ihr Sträflingsaufseher sich außerhalb der Schmiede aufhielt. Sein Freund wusste, wo sie waren – aber würde er den Mut haben zu schweigen? Wenn nicht, wäre er selbst dann der Nächste, den man in die Nacht hinauszerren würde?

An den beiden folgenden Tagen lebte Niall in panischer Angst, seine Anspannung wuchs, und noch immer blieb Paddy verschwunden. Als der Befehl kam, sich auf der Lichtung zu versammeln, auf der öffentliche Auspeitschungen stattfanden, hatte Niall fast nicht geschlafen und war so verängstigt, dass er kaum stehen konnte. Er suchte nach Paddy in der vergeblichen Hoffnung, er wäre bei den in Ketten gefesselten Männern, die man aus den Zellen entlassen und abseits von den anderen aufgestellt hatte.

Seine Hoffnung schwand, als zwei Männer auf die Lichtung geschleift wurden. Paddy und Fitzgerald waren nach den erlittenen Schlägen kaum noch zu erkennen und mussten von den Wärtern aufrecht gehalten werden.

Marsden stand neben ihnen, das Gesicht vor Wut rot angelaufen. »Ich beschuldige diese Männer, Piken hergestellt und versteckt zu haben und sich zu weigern, ihren Verbleib preiszugeben. Fitzgerald wird fünfhundert Schläge erhalten, Galvin dreihundert.«

Paddys Kopf sank nach vorn, und seine Knie gaben nach. Die Galle kam Niall hoch, als er zusah, wie Fitzgerald an den Prügelstamm gebunden wurde. Die Arme des Mannes wurden um den dicken Stamm gelegt, bis seine Brust so fest dagegen gedrückt war, dass er keine Chance hatte, der Peitsche auszuweichen.

Die beiden Männer mit den Peitschen waren im Begriff anzufangen, und mit Schaudern erkannte Niall in ihnen die bekannten Schlächter, die alle Sträflinge fürchteten. John Johnson, der Henker von Sydney Town, war Rechtshänder, Richard Rice Linkshänder. Sie standen zu beiden Seiten von Fitzgerald und warteten auf Marsdens Zeichen.

Niall wollte den Blick abwenden, denn er wusste, was kommen würde – doch das wäre eine Beleidigung für Fitzgerald. Die Qualen des Mannes mit anzusehen bedeutete, sie mit ihm zu teilen.

Marsden nickte. Die Auspeitscher setzten ihre Hiebe perfekt, peitschten rechts, dann links in widerlichem, genau eingehaltenem Takt. Fitzgeralds Hautfetzen und Blutstropfen flogen von den Peitschenenden und landeten auf Nialls Gesicht.

»Peitscht mich wenigstens richtig!«, schrie Fitzgerald, während das Leder in sein Fleisch schnitt. »Schlagt mir nicht auf den Nacken!« Es waren die einzigen Worte, die er während der Tortur ausstieß.

Marsden gebot nach dreihundert Hieben Einhalt und ließ den Gefangenen vom Amtsarzt untersuchen. Dr. Mason prüfte seinen Puls und lächelte die Auspeitscher an. »Eher werden Sie ermüden, als dass dieser Mann schwächer wird. Machen Sie weiter.«

Niall und die anderen standen schweigend da, während die Bestrafung zu Ende geführt und Fitzgerald losgebunden wurde. Die Beine des Mannes gaben nach, und er wäre zusammengebrochen, wenn die beiden Wachtmeister ihn nicht an den Armen gepackt hätten. Sie machten Anstalten, ihn auf den Karren zu heben, der ihn ins Krankenrevier bringen würde.

»Lasst mich gehen!«, brummte Fitzgerald und stieß sie mit den Ellbogen von sich. Sie schnappten nach Luft und packten ihn noch fester, doch Fitzgerald holte zu einem vernichtenden linken und rechten Haken aus, der sie in die Knie zwang. Ohne Hilfe ging er zum Karren, Trotz und Stolz in jedem Zentimeter seines verwüsteten Körpers.

»Dieser Mann hätte mindestens zweihundert Schläge mehr erhalten sollen«, murmelte Dr. Mason vor sich hin. »Verdammte Iren. Zu dickfellig und starrköpfig, um zu wissen, wann sie besiegt sind.«

Nialls stiller Jubel war vorbei, als Paddy an denselben Baum gebunden wurde. Sein Magen verkrampfte sich, und er glaubte ohnmächtig zu werden, nachdem die ersten hundert Hiebe den Rücken seines Freundes aufgerissen hatten und seine Wirbelsäule weiß hervortrat – doch Paddy protestierte nicht und ließ sich nicht anmerken, dass er Todesqualen litt. Also sah Niall der Folter mit grimmigem Blick zu und betete zur Jungfrau Maria, sie möge Paddy die Kraft verleihen, es zu überstehen.

Marsden gab seinen Auspeitschern ein Zeichen, einzuhalten. »Willst du mir jetzt sagen, wo die Piken sind?«

»Ich weiß es nicht, und wenn, dann würde ich es Ihnen nicht sagen«, keuchte Paddy. »Sie können mich jetzt ebenso gut hängen, denn ich werde nicht singen.«

»Peitscht sein Hinterteil«, befahl Marsden.

Niall musste sich erbrechen, als Paddys Gesäß unter den Hieben zu einer einzigen blutigen Masse wurde.

»Die letzten hundert zielt auf seine Beine!«, rief Marsden. Paddy schwieg weiter, und als es vorbei war, musste er zum Karren getragen werden.

Niall sah seinen Freund nie wieder und fand auch nie heraus, was aus ihm geworden war, doch es hatte sich rasch verbreitet, dass die anderen Hauptverschwörer tausend Peitschenhiebe erhalten hatten und zu Zwangsarbeit auf dem Sträflingsschiff *Supply* verurteilt worden waren, das im Hafen von Sydney lag.

Trotz allem, was er mit angesehen hatte, trotz der grausamen Bestrafungen wusste Niall, dass der Kampf um Gerechtigkeit weitergehen musste. Man musste nur abwarten, beobachten und den richtigen Zeitpunkt wählen, um sich erneut zu erheben.

Kernow House, Watsons Bay, September 1800

Obwohl sie die besten Absichten hatte und Charles und Harry, ihr neues Baby, ihr große Freude bereiteten, war Eloise unglücklich. Ihre Entschlossenheit, das Beste aus ihrer Ehe zu machen, hatte dem Schmerz über die Trennung von George und der Wirklichkeit ihres Zusammenlebens mit Edward nicht standhalten können.

Nach seiner Rückkehr an jenem Tag im April 1798 war eine Veränderung an Edward festzustellen, von der sie hoffte, sie würde ihnen das Zusammenleben leichter machen. Im Bett war er zärtlicher gewesen, sein Auftreten war leiser, und sie hatte sich der Illusion einer besseren Zukunft hingegeben. Nach ein paar Wochen aber war es vorbei: Seine Träume und eine unbestimmte Sorge, über die er nicht reden wollte, hatten ihn immer mehr belastet. Aus Gesprächsfetzen, die sie mitbekommen hatte, schloss sie, dass es sich um Spielschulden handelte. Sie hütete sich aber, nachzufragen, und konnte nur beten, dass das Problem gelöst würde.

In den Monaten vor Harrys Geburt nahm Edward wieder die Kälte und die ablehnende Haltung an, die er an den Tag gelegt hatte, bevor Charles zur Welt gekommen war. Er war immer häufiger abwesend, ohne eine Erklärung dafür abzugeben, und obwohl es ihr besser ging, wenn er außer Haus war, fühlte sie sich im Stich gelassen.

Jetzt saß Eloise im Wohnzimmer, ein Buch neben sich auf der Couch. Edward hatte zum Abend seine Offizierskameraden eingeladen. Sie hatte die Männer dem Kartenspiel und dem Rum überlassen und war ins Wohnzimmer gegangen, um zu lesen, doch bei dem Lärm, der aus dem Esszimmer auf der anderen Seite der Diele zu ihr herübertönte, konnte sie sich unmöglich konzentrieren.

Ihr Leben war in einem Ring aus Schmerz erstarrt, aus dem es kein Entrinnen gab. George hatte Australien verlassen und war seit über zwei Jahren nicht mehr gesehen worden. Also hatte sie sich an die Hoffnung geklammert, vom Wrack ihrer Ehe noch etwas retten zu können. Doch die Geburt des zweiten Sohnes hatte nichts verändert.

Auf dem Gitter verrutschte ein Holzscheit, Funken stoben in den Kamin. Eloise hatte George nie vollständig aus ihren Gedanken verbannt, und jetzt beschwor sie ihn herauf, dachte an alles, was ihnen gemeinsam war, das tiefe, beständige Gefühl, dass sie zusammengehörten, und das Wissen, dass ihre Liebe weiterbestehen würde, solange sie atmeten. Barsche Rufe aus dem anderen Zimmer lenkten sie von ihren Erinnerungen ab. Die Männer waren betrunken und würden bald die Kinder wecken, wenn sie nicht leiser würden, dachte sie. Auch für sie wurde es Zeit, schlafen zu gehen. Sie klingelte nach dem Hausmädchen und befahl ihm, das Feuer zu löschen. Dann durchquerte sie die Diele und kam an der Tür zum Esszimmer vorbei.

Die grölende Stimme war schleppend, doch die Worte waren immerhin so deutlich, dass sie Eloise bis ins Mark erschütterten.

»Du hast das Glück des Teufels, Edward. Nicht viele Männer kommen mit dem, was du auf dem Kerbholz hast, so ungeschoren davon wie du, kehren nach der Versetzung zurück, werden befördert und machen ein Vermögen. Es ist dir ja sogar gelungen, den alten Wickens so übers Ohr zu hauen, dass er tatsächlich seine Farm hergegeben hat und du deine Schulden bei Carlton begleichen konntest.«

Diese Äußerung fand herzhaften Beifall.

»Das ist noch gar nichts«, prahlte Edward. »Albert Rogers habe ich für ein Fass Rum gekriegt, und bei seinem netten kleinen Bäckerladen muss ich nur noch zugreifen.«

»Wie hast du ihn überredet zu verkaufen?«

»Verkaufen?«, grölte Edward. »Er schenkt ihn mir.«

Diese Ankündigung traf auf ungläubiges Staunen.

»Ich habe herausgefunden, dass er eine Eingeborene zur Geliebten hat und dass es auch noch zwei schwarze Babys aus dieser Verbindung gibt. Das habe ich beiläufig erwähnt mit dem Hinweis, der Preis für mein Schweigen sei die Bäckerei. Ich habe ihm bis morgen Zeit gegeben, sich zu entscheiden.« Er wartete, bis der Tumult sich gelegt hatte. »Aber es wäre vielleicht amüsant, es seiner Frau trotzdem zu erzählen, wenn der Laden erst mir gehört. Der arme Albert kommt gegen ihre spitze Zunge nicht an, und es würde mir Spaß machen, ihn vor ihr kriechen zu sehen.«

Eloise hielt es nicht mehr aus und suchte Zuflucht in ihrem Schlafzimmer. Die Worte hallten in ihrem Kopf wider und sie fand keinen Schlaf. Lachen und lautes Gerede drangen zu ihr herauf, während sie versuchte, mit dem fertig zu werden, was sie gerade erfahren hatte.

Sie starrte an die Stuckdecke und grübelte. Edwards geschäftliche Angelegenheiten hatten ihr stets Sorge bereitet, und sie hatte schon seit langem vermutet, dass es bei seinen Geschäften nicht nur mit rechten Dingen zuging. Aber Erpressung?

Sie konnte das, was sie da gehört hatte, niemandem anvertrauen – schon gar nicht ihrem Vater, der damit herausplatzen und alles nur verschlimmern würde. Jonathan Cadwallader war außer Reichweite in England – bestimmt konnte er nicht gewusst haben, dass sein Sohn ein erpresserischer Betrüger war. Er war ein Mann mit Prinzipien, und es wäre ihm unmöglich gewesen zu schweigen.

Und wobei war Edward ungeschoren davongekommen? Der Mann hatte sich auf ein Ereignis in der Vergangenheit bezogen, das mit Edwards Zeit am Brisbane River zu tun hatte. Es konnte sich doch nicht auf den Prozess beziehen … oder doch? Zweifel und Verdacht kamen in ihr auf. Auf einmal ergaben Gesprächsfetzen und Gerüchte einen Sinn, und mit widerwärtiger Deutlichkeit wurde ihr bewusst, wie Edward die Tatsachen verfälscht hatte. »Großer Gott«, stöhnte sie,

»das hat George also versucht mir zu erzählen!.« Vor Grauen wurde ihr übel. »Was ist, wenn er das Mädchen tatsächlich vergewaltigt hat und dafür versetzt wurde?« Sie musste die Wahrheit herausfinden: Alles, was ihr gemeinsames Leben mit Edward betraf, schien auf Lügen gebaut. Das Vermögen, das sie als selbstverständlich hingenommen hatte, war ebenso wie dieses Haus mit Sträflingsschweiß und seiner Unehrlichkeit erworben. Von der schönen Gartenanlage bis hin zu den Stuckdecken trug alles die Fingerabdrücke von Menschen, die unter Zwang gearbeitet hatten; alles stank nach Korruption.

Als Edward ins Bett kam, wurde es schon fast hell. Eloise tat so, als schliefe sie. Sie konnte den Gedanken nicht ertragen, von ihm angerührt zu werden.

An Bord der Atlantica, November 1800

George schwankte über das Deck. Das Schiff stampfte und schlingerte unter seinen Füßen. Die Gischt der riesigen Wellen war nadelscharf, der Wind war zu einem Sturm angeschwollen, der es beinahe unmöglich machte, voranzukommen. Er kämpfte sich zur Brücke vor, und im Windschatten des kleinen Ruderhauses blieb er einen Augenblick stehen, um Atem zu schöpfen.

Samuels starke, schwielige Hände lagen fest am Steuerrad. Mühsam versuchte er, das Schiff auf Kurs zu halten. »Schlechtes Wetter für Wale«, rief er laut, um das Klagen des Windes zu übertönen.

»Für Menschen auch«, schrie George zurück.

Samuel grinste, hielt den Blick aber fest auf die tosende See gerichtet. »Besser, als in Sydney zu schmachten.«

George musste zugeben, dass Samuel recht hatte. Sie waren nun seit über zwei Jahren unterwegs. Seither hatte George jeglichen Landurlaub verweigert und war lieber auf See, statt eine Begegnung mit Eloise und Edward zu riskieren. In den vergangenen zwei Jahren war er auf allen fünf Schiffen Samuels gefahren.

»Du kannst ihr nicht ewig aus dem Weg gehen«, brüllte Samuel. »Sydney ist deine Heimat, und deine Familie braucht dich.«

»Die werde ich besuchen, wenn wir diesmal zurückkehren«, schrie er. Er dachte an die in seiner Kabine verstauten Briefe, die er über andere Walfänger bekommen hatte oder vom Rest der Mannschaft, wenn sie Landgang hatten. Die Nachricht vom Brand auf Moonrakers und dem grauenvollen Tribut hatte ihm einen Schauer über den Rücken gejagt; Billy und Jack waren schließlich die Helden seiner Kindheit gewesen. Und er war traurig gewesen, als er erfuhr, dass seine Schwester Florence nie wieder nach Hause zurückkehren würde. Dass er nicht bei seiner Familie gewesen war, um in einer so tragischen Zeit Trost zu spenden, machte ihm auch jetzt noch zu schaffen.

Samuel passte das Ruder dem Seegang an. »Familie ist wichtig, mein Sohn«, brüllte er. »Ich habe zwar keine eigene, aber du und deine Eltern haben mich in eure Familie aufgenommen, und in Zeiten wie diesen müssen wir zusammenhalten. Genauso wie meine Leute in Nantucket.«

George übernahm das Steuerrad, Samuel zündete sich seine Pfeife an und ruhte sich aus. Das Feuer in den Trankesseln hatte Samuel finanzielle Einbußen beschert, doch seine größte Sorge hatte den Männern und ihren Familien gegolten, die sich auf seine Führung verließen. Er hatte für sie gesorgt, hatte die Trankessel ausgebessert und die Speicher und kleinen Katen wieder aufgebaut, bevor er erneut in See stach. George schämte sich, während er das Schiff durch die aufgewühlte See steuerte, denn er hatte die Bedürfnisse seiner Familie missachtet. Höchste Zeit, nach Hause zurückzukehren.

Es wurde dunkel, und das Meer tobte unvermindert. Samuel übernahm das Steuerrad wieder und blieb daran stehen, fest entschlossen, die *Atlantica* sicher in einen schützenden Hafen zu bringen.

George blieb bei ihm und wollte Samuel nochmals ablösen, als sie sich der Küste von Van Diemen's Land näherten.

»Die *Atlantica* ist mein Schiff«, knurrte Samuel. »Ich bringe sie sicher in den Hafen.«

»Du bist müde«, sagte George, der die Erschöpfung im Gesicht des alten Mannes und das Zittern seiner sonst so ruhigen Hände bemerkte. »Überlass sie mir für eine Stunde, damit du dich ausruhen kannst.«

»Lass mich in Ruhe, Junge! Ich bin der Kapitän auf diesem Schiff, und ich bleibe hier, solange es mir gefällt.«

»Ob Kapitän oder nicht, ich bin stärker und besser in Form, und du brauchst Ruhe.«

Samuel schnaubte. »Noch bin ich nicht senil«, entgegnete er, »aber ich freue mich über deine Gesellschaft in dieser wilden Nacht.«

Die Gischt schlug ans Fenster, die *Atlantica* schlingerte in der Dünung. Sie krängte gefährlich nach Backbord, richtete sich auf und tauchte zwischen zwei Wellenbergen in einen Abgrund aus Wasser.

Samuels Gesicht wurde bleich, als der Bug sich in die Höhe schob und das Schiff versuchte, die Wasserwand zu erklimmen. Er klammerte sich ans Steuerrad, beschimpfte den Ozean, das Wetter und die *Atlantica*, die er immer weiter antrieb.

George wurde zu Boden geworfen, und alles, was nicht niet- und nagelfest war, schlitterte auf ihn zu. Verblüfft und unfähig, sich zu regen, lag er da, während das Schiff fast auf dem Heck stand und mühsam den Kamm der Riesenwelle zu erreichen versuchte. »Ich verliere sie!«, schrie Samuel. »Sie schafft es nicht.«

George kroch den jetzt steil vor ihm aufragenden Boden hinauf und packte das Eisen unter dem Steuerrad. Er zog sich auf die Beine und versuchte, sein eigenes Gewicht hinter Samuels zu bringen, um das Schiff auf Kurs zu halten.

Die *Atlantica* verlor auf dem öligen Rücken der Riesenwoge allmählich an Höhe.

»Sie kentert!«, schrie George.

»Das weiß ich auch«, fuhr Samuel ihn an. Sein sonst rötliches Gesicht war grau geworden, und er verzog das Gesicht bei dem Versuch, das Steuer fest im Griff zu behalten. »Lass los, Sam!«, rief George. »Um Himmels willen, lass mich übernehmen.«

»Zum Teufel mit dir, Junge«, knurrte Samuel zähneknirschend. »Ich bin noch nicht fertig. Lehn dich einfach mit deinem ganzen Gewicht auf das Steuer.«

Die *Atlantica* glitt weiter zurück. Die Wasserwand, die sich ihrem Heck näherte, war jetzt so hoch, dass sie die Spitze nicht sehen konnten.

Die beiden Männer spürten, wie ein Beben durch das

Schiff lief, und mussten mit Grauen zusehen, wie sie in den kochenden Mahlstrom hinabgezogen wurden, während die Wand hinter ihnen an Stärke und Höhe zunahm.

»Unsere einzige Chance ist, sie davor herfahren zu lassen«, rief Samuel. »Halte sie auf Kurs.«

George bot seine gesamte Kraft auf, um mit Samuel zusammen das Steuer festzuhalten, doch die zunehmende Kraft sog das Schiff ein, die Segel flatterten nutzlos, der Kiel hob sich aus dem Wasser. George warf einen Blick über die Schulter zurück und schaute dem Tod ins Auge.

Der Wasserberg ragte über ihnen auf, seine wütende Spitze mit weißem Schaum besetzt.

George spürte, wie die *Atlantica* erbebte, während sie versuchte, aufrecht zu bleiben. Mit knackenden Spanten tauchte der Bug ins schwarze Wasser ein, und sie gierte, als die knatternden Segel schließlich den Wind einfingen. Mit Übelkeit erregendem Schlingern wurde sie auf den Rücken einer anderen Welle gehoben und sauste in die Nacht.

Jetzt liefen sie vor der Riesenwelle her, die sie noch immer zu versenken drohte. Es war wie eine Schlittenfahrt in Nantucket, schneller und wilder, als die beiden Männer es je erlebt hatten – aber es war ein Rennen auf Leben und Tod.

»Wir haben es geschafft, Sam«, rief George.

Der Kapitän umklammerte seinen Arm und sank zu Boden.

»Sam? Was ist los?« George versuchte, nach seinem Freund zu greifen, brauchte jedoch beide Hände am Steuer, um das Schiff zu halten. »Sam!«

Samuel lag zusammengerollt am Boden, die Arme um den Oberkörper geschlungen. »Nichts«, brachte er hervor.

»Halte sie auf Kurs, mein Sohn. Du hast deine Sache gut gemacht.«

George warf einen kurzen Blick über die Schulter, Enttäuschung und Angst ebenso greifbar nahe wie das Gewicht des Wassers, das gegen das Heck drückte. Der Kampf gegen das Meer war alles andere als beendet, doch Samuel focht einen eigenen Kampf aus, und George konnte nichts für ihn tun.

»Bring das Schiff in Sicherheit!«, stieß Samuel hervor.

George stellte die Ruderpinne fest, vertraute darauf, dass die Mannschaft sich der Segel annähme, und ließ das Schiff laufen. Es war stabil gebaut und hatte schon Gewässer überlebt, die ebenso gefährlich waren wie dieses. Würde seine mangelnde Erfahrung am Ruder nun ihr Untergang sein? Er konnte nur abwarten.

»Ich wusste immer, dass ich einen Seemann aus dir machen würde.« Samuel hatte sich in eine Ecke geschleppt. »Halte sie auf Kurs, Sohn.«

George blieb nicht anderes übrig, als am Steuerrad zu bleiben. Sie wurden zwischen den Höhen und Tiefen des aufgewühlten Meeres hin und her geworfen. Samuels Gesicht war nun aschfahl, und seine Augen waren eingesunken. Plötzlich sah er sehr alt aus.

Grau zog der Morgen über dem Horizont auf, und das Meer kam endlich zur Ruhe. An Steuerbord wurde Land gesichtet. George seufzte erleichtert auf, als ein Mann der Besatzung hereinkam. »Übernimm das Steuerrad«, befahl er. »Bring uns in den nächsten Hafen und wirf den Anker aus.«

George eilte an Samuels Seite und versuchte ihn zu überreden, sich aufzusetzen und das Glas Rum zu trinken, das der Mann mitgebracht hatte. »Lass mich!«, keuchte Sam. »Ich kriege keine Luft, und die Schmerzen ...« Er stöhnte.

George legte einen Finger an seinen Hals, um den Puls zu fühlen: Er war so schwach, dass er unter der feuchten Haut kaum zu spüren war.

»Stirb mir jetzt nicht unter den Fingern weg, Sam.« Seine Stimme klang liebevoll barsch. »Land ist in Sicht, und soweit ich erkennen kann, ist es Norfolk Island. Da kann ich dich zum Garnisonsarzt bringen.«

Knorrige Hände klammerten sich an seinen dicken Mantel. »Die Zeit ist gekommen, mein Sohn«, murmelte Samuel. »Lass mich gehen!«

George schloss ihn in seine Arme. »Niemals, halt einfach durch! Gib nicht klein bei, wenn wir dem Land so nahe sind!«

Die blauen Augen schauten zu ihm auf. »Das Land ist nichts für mich, mein Junge. Ich will auf meinem Schiff sterben; und gib mich den Fischen zum Fraß.«

George weinte beinahe vor Niedergeschlagenheit und Kummer. »Du brauchst nur Hilfe, und wir sind fast da, alter Freund.«

»Du warst mir ein guter Sohn«, flüsterte Samuel. »Kümmere dich um das alte Mädchen! Sie ist ein schönes Schiff mit einem tapferen Herzen.«

George schaute in die verblassenden blauen Augen, die bereits auf einen fernen Horizont gerichtet waren. Samuel verließ ihn, und plötzlich gab es noch so vieles, das er ihm zu sagen hatte, so viele Fragen, die er noch nicht gestellt hatte – in diesem Augenblick aber konnte er ihn nur beruhigen. »Natürlich werde ich das tun«, murmelte er schluchzend.

Ein Schauer durchlief Samuel, er sackte in Georges Armen zusammen und schloss die blauen Augen zum letzten Mal.

George kauerte auf dem Boden des Ruderhauses. »Lebwohl, alter Freund!«, flüsterte er in das dichte weiße Haar. »Ich werde dich und das, was du mir bedeutet hast, niemals vergessen.«

Sydney Town, November 1800

Eloise hatte lange ernsthaft darüber nachgedacht, was sie tun sollte, und war schließlich zu der Überzeugung gelangt, dass sie nur einem einzigen Menschen zutraute, ihr die Wahrheit zu sagen. Sie wartete, bis Edward außerhalb von Sydney Town zu tun hatte, und ließ sich dann eine geschlossene Kutsche kommen, aus der sie unerkannt die Kaserne beobachten konnte.

Als Thomas Morely durch das Tor trat, tippte sie mit ihrem Sonnenschirm an das Kutschendach, und der Kutscher rief ihn herüber.

»Eloise«, sagte Thomas verwundert, als sie ihren Schleier hob. »Was machst du denn hier?«

»Ich muss dringend mit dir reden, Thomas.«

Er zog fragend eine Augenbraue hoch, sagte aber nichts, sondern stieg in die Kutsche. Eloise tippte erneut an das Dach, und das Pferd zog sie rasch von der Kaserne fort.

»Das ist ja äußerst mysteriös«, sagte Thomas schließlich. »Man sollte fast meinen, ich bin entführt worden.«

Sie schaute auf ihre Hände, die sie fest im Schoß verschränkt hatte. »Tut mir leid«, sagte sie, »aber es war die einzige Möglichkeit, dich für mich allein zu haben.« Sie hatte ihn offenbar verblüfft. »Thomas, ich habe nicht vor, dich zu verführen«, versicherte sie ihm lächelnd.

Er wurde rot bis an die Haarwurzeln. »Deine Schwester wird erleichtert sein, wenn sie das hört«, erwiderte er und lachte verlegen.

»Meine Schwester darf von dieser Begegnung nichts erfahren, Thomas. Du musst es mir versprechen.«

»Aber sie ist doch meine Frau«, stammelte er.

»Es gibt etwas, was ich dich fragen möchte – etwas, was nicht Anastasia betrifft –, und ich muss wissen, dass du diese Begegnung für dich behalten wirst.«

Er dachte kurz nach. »Na schön. Ich gebe dir mein Wort.«

Die geschlossene Kutsche hielt auf der Kuppe eines Hügels an, von dem aus man die Stadt überblickte. Eloise wies den Kutscher an, dem Pferd die Füße zu fesseln und einen Spaziergang zu machen. Sobald er weit genug entfernt war, sagte sie: »In den letzten Wochen habe ich Erkundigungen eingezogen und erfahren, dass Edward fortwährend Leute um ihre Geschäfte betrogen hat, um seine Spielschulden bei Mr Carlton zu tilgen. Jetzt will ich alles über Edwards Prozess und seine Zeit am Brisbane River wissen.«

Sie hob eine Hand, um alle Ausflüchte abzuwehren, die Thomas wahrscheinlich vorbringen würde. »Ich mache mir keine Illusionen über Edwards Charakter, und ich will die Wahrheit wissen, Thomas, so hässlich sie auch sein mag.«

»Was hat er dir erzählt?« Er wich ihr aus.

»Das Mädchen habe gelogen, und daraufhin seien er und die anderen freigesprochen worden.«

Thomas ergriff ihre Hände. »Eloise, bist du sicher, dass es

nicht besser wäre, die Sache auf sich beruhen zu lassen? Was gewinnst du damit, wenn du Vergangenes aufwühlst?«

Sie entzog ihm ihre Hände und sah ihn offen an. »Du stürzt dich nicht gleich auf seine Verteidigung, und das sagt mir, dass es richtig war, mich an dich zu wenden. Sag mir alles, was du weißt!«

Er fuhr sich mit der Zunge über die Lippen und ließ den Blick über das Stadtgebiet von Sydney Town schweifen, das tief unter ihnen lag. »Millicent Parker kam mit der Zweiten Flotte hierher«, begann er. »Sie war mehr tot als lebendig. George Collinsons Mutter Susan hat sie wieder gesund gepflegt und dann in die Familie aufgenommen. Als sie auf Bewährung strafentlassen wurde, hat sie sich mit Ernest Collinson verlobt.«

Eloise saß ganz ruhig, doch ihr Herz schlug heftig. Thomas' Stimme erfüllte den engen Raum der Kutsche. Sie hatte nicht gewusst, dass Georges Familie derart darin verwickelt war, und sie brannte vor Scham, dass sie nicht zugehört hatte, als er versucht hatte, sie vor Edward zu warnen.

»George zufolge war Millicent ein stilles kleines Ding, das Angst vor dem eigenen Schatten hatte. Aber an jenem fraglichen Abend war sie unterwegs, um eine Nachricht für Susan zu überbringen, und hatte sich in den Rocks verlaufen.«

Grauen legte sich auf Eloise wie ein böser Schatten.

»Sie hat später alle Männer einzeln identifiziert, die sie überfallen haben.« Erneut ergriff er ihre Hände. »Verzeih mir, Eloise, aber Edward war einer von ihnen. Allem Anschein nach war er sogar der Rädelsführer.« Sie schwieg. »Ich habe die Gerichtsunterlagen gelesen, und es bestand kein Zweifel daran, dass man sie brutal überfallen hatte.«

Eloise schloss die Augen, doch die Bilder, die in ihr aufstiegen, waren zu grausam, um sie zu ertragen. Sie schlug die Augen wieder auf und fragte: »Wie sind sie einem gerechten Urteil entgangen?«

»Sie haben gelogen«, sagte er offen. »Ihr Bestechungsgeld war hoch genug, um sicherzustellen, dass der Wirt der Kneipe ihre Aussage, sie hätten alle bis in die frühen Morgenstunden Karten gespielt, eidesstattlich bestätigen würde.« Er hielt inne, um sich eine Zigarre anzuzünden. »Dann tauchte der Earl of Kernow auf und verteidigte seinen Sohn mit der Enthüllung, Millicent habe ihn beschuldigt, der Vater ihres inzwischen verstorbenen Kindes gewesen zu sein, und er zog Susan Collinsons Ruf in den Schmutz mit der Erklärung, dass sie einst ein Verhältnis hatten. Er beschuldigte sie, die Anklage als Rache zu benutzen. Der Richter hatte keine andere Wahl, als den Fall abzuschließen.«

Eloise sackte auf ihrem Ledersitz zusammen, das Blut rauschte ihr in den Ohren. Die Wahrheit war noch viel hässlicher, als sie sich vorgestellt hatte, und die Erkenntnis, dass Jonathan Cadwallader eine Hauptrolle bei der Täuschung gespielt hatte, war ein Schlag, von dem sie sich nicht erholen würde.

»Die arme kleine Millicent hat sich erhängt. Sie kam mit dem Leben nicht mehr zurecht.«

Heiße Tränen rannen Eloise über die Wangen. »Dann ist Edward also im Grunde tatsächlich strafversetzt worden?«, flüsterte sie.

»Die Armee konnte keinen der Männer entlassen, weil die Klage abgewiesen wurde und sie in den Augen des Gesetzes unschuldig waren, aber man wollte sie auch nicht in Sydney haben. Der Earl of Kernow und der Kommandeur haben die Köpfe zusammengesteckt und ließen sie in die Wildnis schicken unter dem Vorwand, neue Kasernen aufzubauen und künftigen Siedlern den Weg zu ebnen. Es war die perfekte Tarnung, und wenn man den Gerüchten glauben kann, haben sich Edward und die anderen mit Genugtuung an die Befehle gehalten.«

Thomas verzog angewidert den Mund, und Eloise wusste, es gab noch mehr – viel mehr. »Du kannst mir ruhig alles erzählen«, sagte sie leise.

»Die Armee hat den Befehl, das Land von Eingeborenen frei zu machen, wobei der Auftrag aus London ausdrücklich die Anwendung von Gewalt verbietet. Edward aber hält sich an seine eigenen Regeln.« Seine Lippen waren eine schmale Linie. »Er und sein Männerzirkel sind verantwortlich dafür, dass ganze Stämme ausgelöscht werden – sogar die Kinder.«

Eloise hatte Mühe, sich zu beherrschen. »Wenn die Armee das weiß, warum gebietet sie ihnen nicht Einhalt?«

»Da mit jedem Schiff neue Siedler ankommen und Ackerland an Bedeutung gewinnt, drücken die Verantwortlichen vor den Geschehnissen beide Augen zu.« Sein Gesichtsausdruck war ernst. »Aber Edward und seine Kohorte stehen mit einem Bein im Gefängnis«, fügte er hinzu. »In einem Lager in Banks Town hat es einen Überfall gegeben, und diesmal sind zwei Missionare mit niedergemetzelt worden.«

Er erzählte ihr von Georges Schwester Florence. »Großer Gott«, rief sie aus. »Als hätte die Familie nicht schon genug gelitten!« Schweigen trat ein. Eloise blickte starr aus dem Fenster, doch sie sah nur das Bild des Ungeheuers vor sich, das sie geheiratet hatte.

»Verzeih mir, Eloise«, sagte er noch einmal.

Sie legte ihre behandschuhte Hand über die seine. »Ich danke dir für deine Offenheit, Thomas. Ich weiß, wie schwer es dir gefallen sein muss«, erwiderte sie mit bebender Stimme. »Ich wünschte, du hättest den Mut gehabt, es mir zu sagen, bevor ich ihn geheiratet habe.«

»Damals wusste ich noch nicht alles.«

»Aber du wusstest genug.«

Er senkte den Kopf. »Was wirst du jetzt tun?«

»Ich werde ihn verlassen.«

Seine Augen waren dunkel vor Sorge. »Überlege es dir gut, Eloise, ich bitte dich.«

Eloise zitterte angesichts der Kühnheit ihres Plans, doch nun, da sie über die Abgründe der Verderbtheit ihres Mannes Bescheid wusste, blieb ihr kaum etwas anderes übrig.

Kernow House, Watsons Bay, am selben Tag

Eloise hatte das Gefühl, auf Messers Schneide zu leben, während sie ihre Sachen packte und in einem Versteck für ihre Flucht bereitstellte. Edward konnte jeden Augenblick zurückkommen, und sie würde bis zum Abend warten müssen, bevor sie wagen konnte, das Haus zu verlassen und ins Hotel ihres Vaters zu fahren. Jetzt wegzulaufen, würde sie alle in Gefahr bringen, falls Edward sie erwischte, bevor sie und die Kinder die Stadt erreichten, doch das Warten war eine Qual. Es war ihr schwergefallen, vor den Kindern Ruhe zu bewahren, noch schwerer, sich Meg nicht anzuvertrauen, die zu einer engen Freundin geworden war.

Das Kindermädchen stand neben dem dreijährigen

Charles, der an einem niedrigen Tisch ein Bild malte. »Irgend etwas stimmt nicht«, sagte sie und packte Harry, der knapp zwei Jahre alt war und vergnügt jauchzend durch das Zimmer rannte. »Das merke ich doch.«

Eloise schaute nervös aus dem Fenster. »Besser, wenn du es nicht weißt«, sagte sie, übernahm ihren jüngeren Sohn und versuchte, ihn mit einem Bilderbuch zu locken.

»Ich bin schon lange bei Ihnen«, sagte Meg. »Wenn Sie vorhaben, was ich vermute, nehmen Sie mich dann mit?«

Verblüfft schaute Eloise auf. »Natürlich. Aber wieso ...?«

»Ich hab die Taschen im Kinderzimmerschrank gesehen«, flüsterte sie, denn die Wände hatten Ohren. Von den anderen Dienern wusste man, dass sie spionierten, und Eloise und sie passten stets auf, was sie sagten, da sie vermuteten, dass es Edward weitergetragen wurde.

Eloise hielt den zappelnden Harry fest und warf einen Blick auf Charles. »Wir können jetzt nicht reden«, sagte sie, denn der ältere Junge schaute sie mit ernstem Blick an. »Aber wenn du nach dem Tee Vorbereitungen treffen könntest?«

Meg wurde bleich, und ihre Wangen überzogen sich mit hellroten Flecken. »Heute Abend?«

Eloise richtete sich auf. »Heute Abend.«

Das Pferd galoppierte in den Hof und kam, nachdem Edward heftig an den Zügeln gezerrt hatte, mit rutschenden Hufen zum Stehen. Edward brüllte nach dem Stalljungen, sprang aus dem Sattel und schritt die Treppe zum Haus hinauf. »Eloise, wo bist du?«, rief er, kaum dass er die Haustür aufgestoßen hatte.

Eloise war im Wohnzimmer, angespannt wie die Saite einer Violine. »Papa ist wieder da«, sagte sie zu den Kindern. Sie nahm das Bild zur Hand, an dem Charles den ganzen Nachmittag gemalt hatte. »Und vergiss nicht, ihm das hier zu geben«, sagte sie leise. »Es ist sehr gut, und Papa wird sich bestimmt darüber freuen.«

Mit klopfendem Herzen vernahm sie seine Schritte auf dem Dielenboden. Er trat in das Zimmer, das Gesicht noch vom Ritt gerötet. Ihm war deutlich anzusehen, dass er vor Erregung über seinen letzten Ausflug in den Busch noch gereizt war, und Eloise zwang sich, kühl und reserviert zu bleiben, als er ihre Wange küsste.

»Das hab ich für dich gemalt, Papa«, sagte Charles schüchtern, »um dich zu Hause willkommen zu heißen.«

Edward nahm das Bild und warf es auf einen Sessel, ohne es auch nur eines Blickes zu würdigen. »Wie geht es meinem großen Jungen?«, fragte er, packte Harry, der an seinem Bein hing, und schwenkte ihn durch die Luft, bis er vor Vergnügen jauchzte. »Der sitzt bestimmt nicht rum und malt Bilder.«

Eloise sah, wie sich auf Charles' Gesicht Kränkung und Enttäuschung abzeichneten. »Charles hat den ganzen Tag an dem Bild gesessen«, sagte sie steif und zog das Kind an ihre Seite. »Du hättest es dir wenigstens ansehen können.«

Edward ließ Harry auf den Sessel fallen, so dass er auf dem Bild landete und es zerriss. »Wenn er etwas Vernünftiges macht, werde ich ihm gebührend Aufmerksamkeit schenken. Harry dagegen braucht jetzt wohl eine gute Keilerei.« Er packte das Kind und begann, es zu kitzeln.

»Bitte, lass das«, bat Eloise. »Meg hat ohnehin schon genug Schwierigkeiten, ihn schlafen zu legen.«

Edward hörte auf und strich sich die Haare zurück. »Offenbar passt es dir weder, wenn ich meine Söhne ignoriere, noch, wenn ich mich mit ihnen beschäftige. Ich kann es dir nicht recht machen, Eloise.« Er griff nach der Karaffe. »Schaff sie hier raus. Sie gehören längst ins Bett, und ich brauche einen Schluck zu trinken, um den Staub herunterzuspülen.«

»Das Abendessen wird gleich aufgetragen«, sagte sie kühl, nahm die Jungen mit sich aus dem Zimmer und schloss die Tür fest hinter sich. Sie legte einen Arm um Charles, nahm Harry an die Hand und ging die Treppe zum Kinderzimmer hinauf. Es würde eine Weile dauern, sie zur Ruhe zu bringen, doch mit Megs Hilfe und einem kleinen Schluck Rum würden sie nicht aufwachen, wenn man sie später aus dem Bett holte.

Oben an der Treppe blieb sie stehen und begegnete Megs Blick. Die Angst war beinahe mit Händen zu greifen, doch je näher der Zeitpunkt ihrer Flucht rückte, umso mehr verlieh der Hass auf ihren Mann Eloise eine Entschlusskraft, die sie unbesiegbar machte.

Beim Abendessen war Edward mitteilsam, doch ihre Frostigkeit war nicht unbemerkt geblieben. »Ich komme nicht nach Hause, um einer sauertöpfischen Miene zu begegnen«, schnaubte er. »Wenn du nicht imstande bist, dich freundlich aufzuführen, kannst du auch den Tisch verlassen.«

Abscheu und Groll stiegen in Eloise auf. Sie warf ihre Serviette hin und sah ihren Mann zum ersten Mal an jenem Abend an. »Ich bin keine Bedienstete, die man herumkommandieren kann«, sagte sie, »und da wir gerade beim Thema

Höflichkeit sind, solltest du dir dein eigenes Verhalten ansehen.«

»Meine Manieren, höflich oder wie auch immer, stehen nicht zur Debatte.«

»Aber in einem gewissen Prozess im Jahre 1793 standen sie zur Debatte.« Die Worte waren ihr ungewollt entschlüpft und konnten nicht zurückgenommen werden. Mit unbewegtem Blick sah sie zu, wie er rot anlief, ihr Herz jedoch trommelte, und ihre Hände waren fest im Schoß verschränkt.

»Dann wird dir auch bekannt sein, dass die Klage abgewiesen wurde«, sagte er nach langem Schweigen in gefährlich ruhigem Ton.

Eloise achtete nicht auf die Warnzeichen, denn sie konnte nicht mehr schweigen. »Abgewiesen, ja, aber du und deine Freunde wart trotzdem schuldig. Tatsächlich hat man dich deshalb versetzt. Aber Millicent Parker hat den eigentlichen Preis für deine Tat gezahlt, als sie sich an dem Abend deiner Freilassung erhängt hat.«

»Man kann mir wohl kaum die Schuld am Geisteszustand eines bedauernswerten Mädchens geben«, sagte er schleppend.

»Und ob«, entgegnete sie mit einer Bestimmtheit, die sie selbst erstaunte. »Der Beweis lag auf der Hand, und du bist dem Gefängnis nur entkommen, weil dein Vater den Charakter dieses Mädchens in den Dreck gezogen hat. Du und die anderen habt unter Eid falsch ausgesagt.«

»Hat diese Unterhaltung einen Sinn, Eloise? Es ist langweilig, diese alten Geschichten wieder aufzuwärmen.«

»Der Sinn ist, Edward, dass du mich konsequent getäuscht hast.«

»Das habe ich nicht.«

»Du hast sogar gelogen, als ich nach der Wahrheit fragte – aber jetzt weiß ich, wer du bist.«

»Und wer bin ich?« Seine Stimme war leise, sein Blick im Licht der Kerzen beinahe barbarisch.

Eloise schluckte. Sie hatte jetzt eine Heidenangst, doch sie war zu weit gegangen, um aufzuhören. »Du kannst meine Anschuldigungen nicht leugnen, denn ich habe unwiderlegbare Beweise. Du bist ein Lügner, ein Betrüger, ein Mörder und Dieb.«

Seine Kinnpartie wurde hart, seine Augen verengten sich zu Schlitzen. »Sei vorsichtig, Eloise. Es sind schon Menschen wegen derart verleumderischer Worte gestorben.«

»Das bezweifle ich nicht«, entgegnete sie. Ihre Wut machte sie trotzig. »Aber meine Anschuldigungen sind nicht verleumderisch. Du tötest unschuldige Frauen und Kinder, du erpresst andere Männer, um ihre Geschäfte an dich zu reißen, und du betrügst beim Kartenspiel. Obwohl du dabei nicht ganz so erfolgreich bist, denn deine Schulden bei Mr Carlton steigen von Tag zu Tag.«

»Wie *kannst* du es wagen?«

»Ich wage es, weil ich weiß, wer du bist und was du die ganzen Jahre über warst«, sagte sie mit bebender Stimme. Am liebsten wäre sie aufgestanden und hätte das Zimmer verlassen, doch sie zitterte so stark, dass ihr die Kraft dazu fehlte. Sie fühlte sich wie ein Kaninchen in der Schlinge.

Edward stand auf, das Gesicht wutverzerrt. »Ich erwarte, dass meine Frau meinen Haushalt tüchtig führt, meine Gäste bewirtet und mich in keiner Weise in Frage stellt«, sagte er. »Ich muss dich nicht daran erinnern, dass du kläglich versagt hast. Du wirst *nie wieder* in diesem Ton mit mir reden, Eloise, ich verbiete es dir.«

»Du kannst mir viel verbieten, Edward, aber dass du Eingeborenenkinder ermordest und unschuldige Mädchen schändest, werde ich nie vergessen.« Es gelang ihr aufzustehen, doch sie musste sich an der Tischkante abstützen. »Unsere Ehe ist am Ende.«

»Und was schlägst du vor, Eloise? Willst du zu deinem Vater zurückkehren?«

Sie nickte, stumm vor Angst.

Wie der Blitz schoss er um den Tisch. »Du wirst mich nie verlassen«, fauchte er und packte ihren Arm.

Eloise duckte sich vor dem erwarteten Schlag.

Seine Finger schlossen sich um ihren Hals und drückten in das weiche Fleisch. Er zwang sie, ihn anzusehen. »Du gehörst mir. Und du wirst lernen, mir nicht in die Quere zu kommen.« Grob ließ er von ihr ab, schritt zur Tür und drehte den Schlüssel im Schloss.

Eloise spürte noch immer den Druck seiner Finger an ihrem Hals und versuchte, Luft zu holen. Er kam auf sie zu.

Eloise wich zurück.

Edwards Augen glitzerten. Seine Hand schloss sich erneut um ihren Hals. »Höchste Zeit, dir eine Lektion zu erteilen, Weib.« Er riss ihr Kleid bis zur Taille auf. »Höchste Zeit für dich, zu lernen, dass ich dein Herr bin und tun und lassen kann, was ich will, wann ich will und mit wem. *Niemals* wirst du mich verlassen – *niemals* – und wenn du es versuchst, werde ich dich aufspüren und dich zwingen, mit anzusehen, wie ich den jammernden Charles umbringe, bevor ich dir die Kehle durchschneide.«

Entsetzt starrte Eloise ihn an.

Edwards Gesicht war so nah, dass sie seinen Atem auf der Wange spürte. »Ich habe viele Bälger getötet. Auf eins mehr oder weniger kommt es nicht an.«

Ein Klagelaut entrang sich ihrer Kehle. Das konnte nicht sein Ernst sein – oder?

»Du meinst, das war eine leere Drohung? Möchtest du die Probe aufs Exempel machen?«

Gebannt durch seinen Blick und gefangen durch den Griff an ihrem Hals stand Eloise, erstarrt in der Erkenntnis, dass er ihr Kind tatsächlich umbringen könnte, wenn er bedrängt würde. »Nein.«

»Zieh dich aus!«, befahl er.

Sie versuchte, den Kopf zu schütteln.

»Los! Sonst mache ich es für dich.«

Schluchzend wand sich Eloise aus dem zerrissenen Mieder und dem Hemd und öffnete mit fahrigen Händen die Verschlüsse am Rockschoß, bis der weiche Stoff zu Boden fiel.

Edward zerrte an ihren Unterröcken. »Alles – und zwar plötzlich!«

Nackt bis auf die Seidenunterhose, stand sie zitternd in seinem Griff. Mit seiner freien Hand fuhr er grob über ihre Brüste und ihren Bauch. Er war hochrot vor Erregung, und sie zuckte zusammen, als er seine Finger zwischen ihre Beine zwängte.

Er zog sie an den Tisch, fegte Porzellan und Gläser beiseite und warf sie rücklings auf das polierte Eichenholz.

»Nein!«, flehte sie.

»Wehr dich ruhig weiter, Weib! So gefällt es mir.«

Erschlafft ließ sie über sich ergehen, dass er sie rasch und gewalttätig nahm, und versuchte nicht laut aufzuschreien, als er ihr weh tat – sie konnte jede Qual ertragen, um ihre Söhne zu schützen.

Als es vorbei war, knöpfte er sich den Hosenschlitz zu, schritt zum Flaschenständer und goss Rum in ein Glas.

Eloise glitt vom Tisch und sackte zwischen Scherben aus Porzellan und Glas zu Boden. An Flucht war nicht zu denken. Nicht heute Abend. Nie.

Vierzehn

Sydney Town, April 1801

Danke, dass Sie heute hier erschienen sind«, sagte der Anwalt. »Haben Sie unsere Briefe in den letzten Wochen nicht erhalten?«

George nickte. »Doch, aber ich habe es nicht über mich gebracht, mich mit Sams letztem Willen zu beschäftigen«, murmelte er.

»Es ist nie leicht, wenn ein guter Freund stirbt«, sagte sein Gegenüber, »doch die vor uns liegende Angelegenheit ist unkompliziert. Sie sind der alleinige Erbe, bis auf ein paar kleinere Vermächtnisse.« Er nahm sein Monokel ab und polierte es. »Sie sind zu beglückwünschen, Mr Collinson. Kapitän Varney hat einen wohlhabenden jungen Mann aus Ihnen gemacht.«

George hatte einen Freund und Förderer verloren. Das war mit keinem Geld der Welt zu ersetzen.

»Dieses Schreiben hier hat er bei mir hinterlegt«, sagte der Anwalt, nachdem sie Samuels Hinterlassenschaft durchgegangen waren. »Ich soll es nach seinem Tod an Sie weitergeben.«

George nahm den versiegelten Brief an sich, schüttelte dem Anwalt die Hand und verließ das Büro. Draußen im Sonnenlicht blieb er stehen, damit sich seine Augen an die Helligkeit gewöhnten, und ging dann am Flussufer entlang, bis er eine abgeschiedene, schattige Stelle fand, wo er sich hinsetzen und den Brief lesen konnte.

Er erbrach das Siegel. Das Papier war kostbar, die verschnörkelte, fließende Schrift zeugte von der Energie des Schreibers. Tiefe Trauer überfiel George, während er Samuels letzte Worte las:

Mein lieber Junge,

du hast mir die Chance gegeben, die Liebe eines Vaters zu seinem Sohn zu erleben, und ich bin sehr stolz auf alles, was du erreicht hast. Du wirst inzwischen wissen, dass ich dir die Schiffe, meinen Anteil am Speicher, das Haus in den Bergen und das Geld hinterlassen habe, das in Banken sowohl in Nantucket als auch in Sydney deponiert ist. Ich hinterlasse alles dir in der sicheren Erkenntnis, dass du es klug verwenden wirst.

Aber sei gewarnt, mein Junge! Das Meer ist ein harter Zuchtmeister. Es fordert die volle Aufmerksamkeit eines Mannes, wenn nicht sogar sein Leben. Lass dich nicht so in die Falle locken wie ich, denn obwohl ich das Meer immer geliebt und beteuert habe, für Pflichten an Land nichts übrig zu haben, sehnte ich mich insgeheim doch immer nach dem Trost einer Frau und der Freude, Kinder heranwachsen zu sehen. Traurig, dass es nicht dazu kam, aber du bist noch jung und hast das Leben noch vor dir. Mach nicht denselben Fehler, mein Sohn. Wenn dein Herz rein ist, wird es dich nie auf Abwege führen.

Ich wünsche dir viel Glück und hoffe, ich werde in deinem Herzen weiterleben, so wie du in meinem.

Herzlichst, dein Samuel Varney

George blinzelte unter Tränen, faltete den Brief zusammen und ließ ihn in seine Tasche gleiten. Samuels Tod hatte ihn aus dem Ruder geworfen; seine freundlichen Worte und das großzügige Vermächtnis hatten nur bewirkt, dass er den Verlust noch tiefer empfand. Er schaute über das Wasser auf die Schiffe, die dort vor Anker lagen. Es war ein hübscher Anblick, wie sie auf dem kristallklaren Wasser dümpelten, auf dem sich das Licht wie Diamanten spiegelte, vermochte aber die dunkle Erinnerung an ein wütendes Meer und das leise Aufplatschen nicht zu verdrängen, als Samuels Leiche den Tiefen übergeben wurde.

Energisch schüttelte er die düsteren Gedanken ab, erhob sich, klopfte sich Grashalme und Blütenstaub von der Hose und schlenderte zurück in die Stadt. Die *Atlantica* war nach ihrem wahnsinnigen Kampf mit dem Ozean ziemlich ramponiert und zur Reparatur eingeholt worden, die ein paar Monate in Anspruch nehmen würde. Die anderen vier Schiffe der Flotte waren auf See und wurden erst im Spätsommer zurückerwartet. Thomas war mit seiner Kompanie unterwegs, und George hatte seine Eltern zwar bereits besucht und war auch schon draußen auf Moonrakers gewesen, hatte aber versprochen, für einen längeren Aufenthalt zurückzukommen. Mit der frei verfügbaren Zeit vor sich und ohne besonderes Ziel fühlte er sich der Realität seltsam enthoben.

Auf der gegenüberliegenden Seite der Bucht schimmerte Sydney Town in der Hitze. Obwohl er nur ungern dorthin zurückgekehrt war, spürte er eine tiefe innere Regung, eine Art Liebe zu diesem Ort, der eine Verheißung für ihn bereithielt. Eloise war nahe, er spürte es und konnte sich ihre gemeinsame Zeit in Balmain ohne weiteres ins Gedächtnis rufen. Ob er sie doch noch überreden konnte, Edward zu verlassen – oder hatte sie sich mit ihm abgefunden? Sehnte sie sich noch genauso nach ihm, wie er sich nach ihr sehnte – oder hatte sie ihre Liebe vergessen?

Wie er da im Sonnenlicht stand, kreisten seine Gedanken um die Frage, die ihn in all den vergangenen Jahren beschäftigt hatte. »Frisch gewagt ist halb gewonnen«, sagte er laut. »Du musst es versuchen, George.« Zum ersten Mal seit vielen Wochen lächelte er, steckte die Hände in die Taschen und begann, vor sich hin zu pfeifen.

Er holte gerade die Post aus dem Laden, als er Eloise durch das trübe Fenster sah. Sein Herzschlag setzte einen Moment aus, und er stand kurz davor, hinauszulaufen und sie zu begrüßen. Da fiel sein Blick auf ihre Begleitung. Die andere Frau war offenbar eine Bedienstete, sie hatte Charles an der Hand. Neben ihnen schritt Eloises Vater einher. Das kleinere Kind auf den Armen des Barons zog Georges Aufmerksamkeit auf sich – und die unmissverständliche Tatsache, dass Eloise wieder schwanger war. Er stellte sich an eine Seite des Fensters und benutzte die Kartoffelsäcke als Schutzschild, während sie auf dem Gehweg näher kam. Er litt Höllenqualen.

»Komm, Harry«, dröhnte der Baron und bemühte sich, den kleinen Jungen abzulenken, damit er aufhörte zu strampeln. »Wir wollen uns die Schiffe ansehen.«

»Kann ich auch mitkommen, Großvater?«, piepste Charles.

»Natürlich. Aber nur, wenn eure Mutter mir verspricht, sich zu setzen und auszuruhen.«

Eloise lächelte ihren Vater an. Sie sagte etwas, doch

George war zu weit entfernt, um es zu verstehen. Gierig nahm er ihren Anblick in sich auf. Harry wurde auf den Boden gestellt, und sie nahm ihn an die Hand. Ihr Gesicht glühte vor Liebe, als sie ihre Söhne umarmte. Charles berührte ihr Gesicht und liebkoste ihren Hals. George brach das Herz. Ohne Zweifel war Eloise glücklich – sie strahlte geradezu.

»George? Geht es dir nicht gut?«

Er drehte sich zu seinem Verwalter um und versuchte zu antworten, doch die Worte blieben ihm im Hals stecken.

»Du bist sehr blass«, sagte der Mann besorgt. »Kann ich etwas für dich tun?«

»Nein«, brachte er hervor. Er warf einen Blick hinaus auf die Straße, sah, dass Eloise auf das Gebäude zukam, und wusste, dass er ihr aus dem Weg gehen musste. »Ich muss weg«, murmelte er. »Ich gehe zur Hintertür hinaus.«

George ging durch die gewundenen Straßen, bis es dunkel wurde. Zuerst wollte er seine Sorgen in einem Wirtshaus ertränken, doch ihm war nicht nach Gesellschaft – nicht heute, nicht jetzt, da seine Zukunft sich gähnend vor ihm auftat und seine Hoffnungen gestorben waren.

Als der Mond aufging und die Sterne funkelten, suchte er in Samuels Kate Zuflucht. Zwischen den Hügeln eingenistet, war sie unter Bäumen geschützt, und bei Tageslicht bot sie einen Panoramablick über die Stadt und den Hafen. Er drehte den Schlüssel im Schloss und ging hinein. Das Herz war ihm schwer. Er zündete die Lampe an und wanderte durch die Zimmer, die noch immer nach Samuels Tabak rochen.

Im größten Raum herrschte ein Durcheinander aus Büchern, Papieren und Andenken an die Reisen seines Freundes. Landkarten und Modellboote machten sich den Platz auf Regalen und Tischen mit geschnitztem Walbein und Korallenstücken streitig. Samuels Sessel stand neben dem leeren Kamin, und die eingedellten Polster zeigten noch, wo er gesessen hatte. George strich über den verschlissenen Stoff und dachte an die vielen Male, die er hier gewesen war, die ausufernden Unterhaltungen, die oft die ganze Nacht in Anspruch genommen hatten, während sie ihren Rum tranken und Pläne für die nächste Reise schmiedeten.

George musste sich Mühe geben, nicht in Tränen auszubrechen, denn obwohl Samuel von ihm gegangen war, lebte sein Geist hier weiter. Er spürte ihn in jedem Balken und in der Luft, die er einatmete. Schließlich ging er die Treppe hinauf. Samuels Schlafzimmer war aufgeräumt, die Decken am Fußende des eisernen Bettgestells gefaltet, als warteten sie auf seine Rückkehr. Auf einem Dreifuß am Fenster stand ein Fernrohr, daneben ein Stuhl, so dass der alte Seemann bequem das Treiben im Hafen beobachten konnte.

George drückte die Flügeltür auf, die auf den Balkon hinausführte, blieb dort einen Moment lang stehen und sog die Düfte der Nacht in sich auf. Der abnehmende Mond spiegelte sich klar und weiß auf dem Wasser, und sein Licht ließ die Blätter der Eukalyptusbäume silbern schimmern. George schaute hinüber zur Watsons Bay und suchte – er wusste nicht, was.

Er schloss die Tür hinter sich, ging in das zweite Schlafzimmer und sank auf die harte Matratze. Das Zimmer war unpersönlich und nur mit dem Bett, einem Stuhl und einem Waschtisch ausgestattet, auf dem ein großer Krug und eine Schüssel standen. Hier drinnen war Samuel zwar nicht zu spüren, urplötzlich jedoch überkam ihn die Erkenntnis, seinen Freund und seine geliebte Eloise verloren zu haben. Er überließ sich der Verzweiflung.

Waymbuurr (Cooktown), Juli 1801

Mandawuy war elf Jahre alt, und wie bei den anderen Jungen seines Stammes hatte seine Einführung ins Erwachsenenalter bereits vor ein paar Jahreszeiten begonnen.

Die Ältesten waren klug, sie wussten, dass der Verstand eines Kindes eher bereit war, ihre Lehren aufzunehmen, als der eines Erwachsenen. An jedem Abend, solange er sich erinnern konnte, hatte Mandawuy mit den anderen Kindern zusammengesessen, wenn ein Ältester Geschichten über Tiere, Vögel, Reptilien oder Insekten erzählt hatte, die das Gute und Böse im Menschen symbolisierten.

Gleichzeitig mit den Traditionen und Legenden seines Volkes hatte Mandawuy sich die Fähigkeiten angeeignet, die er für die Jagd und zum Überleben brauchte. Er war vertraut mit der Anatomie, den Futterplätzen und Gewohnheiten eines jeden Tieres im Busch. Er kannte alle Vögel, sogar ihre Paarungsrufe, konnte an der Stellung der Sterne ablesen, dass eine andere Jahreszeit bevorstand, und an der Frucht eines Baumes, dass die großen Barramundi flussaufwärts kamen, um zu laichen.

Insgesamt gab es sechs Jahreszeiten. *Gunumeleng* ist das Ende der heißen, trockenen Zeit mit Gewittern und dem ersten Regen. *Gudjeug* ist die Jahreszeit des Monsunregens, in der es leichtfällt, die Tiere zu fangen, die auf die Bäume fliehen. *Banggereng* folgt, wenn die Fluten nachlassen, die Pflanzen Früchte tragen und die Tiere ihre Jungen versorgen. *Yekke* bringt allmorgendliche Frühnebel und trockene Winde; es ist die Zeit, in der das Grasland abgeflämmt wird, um neues Wachstum anzuregen. *Wurrgeng* ist kühler und hat weniger Regen, die *billabongs* trocknen aus, infolgedessen ist es leichter, die Vogelschwärme zu fangen, wenn sie sich an den schwindenden Wasserlöchern versammeln. *Gurrung* bringt trockene, heiße, windlose Tage, an denen alles Leben ermattet, bevor sich Gewitterwolken auftun und Blitze die Rückkehr des *gunumeleng* und der Regenzeit ankünden.

Mandawuy konnte die Spur eines jeden Stammesangehörigen lesen, denn jeder Fußabdruck war einzigartig; ein Fremder in ihrem geheiligten Land würde sofort erkannt. Trotz allem, was er bereits gelernt hatte, wusste Mandawuy, sein Wissensschatz würde sich bis an sein Lebensende vergrößern.

Sie hatten ihr Lager weit entfernt vom Meer aufgeschlagen, tief in dicht bewaldetem Land, in dem die Jagd erfolgreich war. In einiger Entfernung vom Lager fand man einen besonderen Platz, an dem die Zeremonien vor spähenden Blicken geschützt waren. Die Initiationsriten waren für die, welche sie noch nicht durchlaufen hatten, geheimnisvoll, weshalb eine gewisse Anspannung und Neugier alle in Atem hielt.

Mandawuy saß bei den anderen und hörte zu, wie der Älteste die weisen Worte Nurunderis sprach – des geheiligten Lehrers, der während der Traumzeit zum Stellvertreter des Großen Schöpfergeists auf Erden ausersehen war.

»Kinder, im Himmel gibt es einen Großen Geist, und ihr seid ein Teil von ihm. Er ist euer Versorger und Beschützer, und obwohl euer Leben wie ein Tag ist, ist es Sein Wille, dass ihr Seinen großen Plan in eurer kurzen Zeit auf Erden erfüllt. Ihr müsst das Land nähren und nur nehmen, was ihr braucht. Ihr müsst euren Appetit zügeln und dürft nie zu Sklaven des Verlangens werden, dürft eure Seele weder Schmerz noch Furcht leiden lassen – denn das macht euch selbstsüchtig und bringt euch und allen, die euch nahestehen, Unglück.«

Mandawuy war klar, dass die Lehren des Ältesten und die bevorstehende Prüfung ihn weiterbringen würden, damit er vor dem Großen Schöpfergeist bestehen würde, wenn seine Zeit gekommen war, die letzte Reise im Himmelskanu anzutreten. Diese Erkenntnis war jedoch berauschend, und er spürte das erdrückende Gewicht der Verantwortung auf sich. Ein Mann zu sein und im Schatten des Schöpfers zu wandeln, würde nicht leicht sein – und er war sich bewusst, dass seine Großmütter, Anabarru und Lowitja, vom Himmel herabschauten und seine Entwicklung zum Mann mit wachen Augen beobachteten. Er durfte sie nicht enttäuschen.

»Die Zeit für eure erste richtige Prüfung ist gekommen«, stimmte der Älteste feierlich an, der sich, auf seinen Speer gestützt, in voller Größe vor ihnen aufgebaut hatte. Er musterte jeden einzelnen von ihnen mit strengem Blick. »Ihr werdet zwei Tage lang gehen. Ihr geht allein. Ihr werdet jagen – aber nicht essen. Kehrt nicht eher zurück, bis die Ältesten euch finden und euch die Erlaubnis erteilen.«

Mandawuy tauschte einen Blick mit dem Jungen neben

ihm. Kapirigi war sein bester Freund, und für gewöhnlich gingen sie gemeinsam auf die Jagd. Es würde ein merkwürdiges Gefühl sein, draußen im Busch ganz allein zu wandern, und seine Erregung spiegelte sich in Kapirigis Augen. Sie standen mit den anderen auf, griffen eifrig nach *nullas*, Speeren und Bumerangs und warteten auf das Zeichen zum Aufbruch.

Mandawuy hatte sich entschieden, die schwarzen Berge im Westen, genannt Kalcajagga, anzustreben. Die Wanderung an diesen Ort des Todes und der bösen Geister würde ihn auf die Prüfung vorbereiten, Furcht zu überwinden. Er hatte bei gleichmäßigem Tempo zwei Tage gebraucht, die Berge zu erreichen, und hatte nur angehalten, um eine kleine Echse mit dem Speer zu erlegen, die nun an seinem Fasergürtel baumelte. Jetzt stand er dort, ruhte sich aus und versuchte, das Rumoren in seinem leeren Magen zu überhören. Er betrachtete die Hügelkette, von der er in den Geschichten der Ältesten gehört hatte.

Kalcajagga, ein Durcheinander aus riesigen schwarzen Felsen, die in der Sonne unheimlich glitzerten, erhob sich aus einer öden Ebene. Es gab kaum Vegetation, und die Berghänge waren durchlöchert mit Höhlen. Mandawuy sah die schwarzen Fels-Wallabys herumhoppeln und wusste, dass tief in jenen Höhlen riesige Pythons lebten, die einen ganzen Mann verschlingen konnten. Es hieß, dass viele Menschen, die hierhergekommen waren, nie wieder gesehen wurden – und er hatte vor, auf Distanz zu bleiben.

Er hockte sich in den dürftigen Schatten eines Eukalyptusbaums und lauschte den unheimlichen Geräuschen, die aus den Höhlen drangen. Schaudernd vernahm er das Stöhnen und raschelnde Flüstern und war versucht, die Flucht zu ergreifen. Es war, als suchten die flatternden Geister der Verirrten einen Fluchtweg. Doch er lief nicht fort. Wollte man ein Mann sein, durfte man keine Furcht zeigen. Ein Mann zu sein bedeutete, die überkommenen Weisen zu achten und aus den Legenden zu lernen, die sich um diesen Ort rankten.

Mandawuy grub in der Erde nach den Wurzeln, die kostbares Wasser enthielten, und als sein Durst gestillt war, richtete er seine Aufmerksamkeit wieder auf Kalcajagga. Vor vielen Monden hatten ihm die Ältesten die Geschichte dieses Ortes erzählt, und während er die unheimlichen dunklen Gipfel betrachtete, begann er diese Geschichte zu singen. Sanft ertönte seine Stimme in der Stille.

»Als das Land noch jung war, gab es zwei Brüder des Wallaby-Totem. Ka-iruji und Taja-iruji waren mächtige Jäger in diesem Land der glänzenden schwarzen Felsen. Eines Tages sahen sie ein Mädchen des Felsenschlangen-Totems, das nach Yamswurzeln grub; sie war schön, und beide Brüder begehrten sie. Mit ihren Jagdwaffen konnten sie nicht um sie kämpfen, denn das war Tabu. Sie mussten eine andere Möglichkeit finden.«

Mandawuy widerstand dem Verlangen, die Wurzeln zu essen, die zu seinen Füßen lagen, und beherrschte nur mit Mühe den nagenden Hunger. Er band die Echse vom Gürtel und legte sie neben sich. Dann schloss er die Augen, holte tief Luft und fuhr fort.

»Ka-iruji und Taja-iruji sahen die Felsbrocken und erkannten, wenn sie diese nur hoch genug auftürmten, könnte der Sieger einen davon auf seinen Rivalen werfen und ihn zerschmettern. Tag für Tag plagten sie sich, und die Berge begannen zu wachsen, doch kein Bruder kam höher als der andere. Sie arbeiteten so schwer, dass sie nicht merkten, wie Kahahinka, der Zyklon, näher kam. Auch das Mädchen, das ihnen zuschaute, bemerkte es nicht. Kahahinkas Winde fielen schreiend und reißend über sie her und zermalmten sie.«

Mandawuy schlug die Augen auf und betrachtete die Berge, die vor Tausenden von Monden aufgeschichtet worden waren. Er hörte das Rascheln des Mädchens vom Felsenschlangen-Totem in den tiefen Höhlen und sah die Fels-Wallabys auf ihrer ewigen Futtersuche. Ein Schauer überlief ihn bei dem Gedanken, hier draußen zu schlafen – er wusste aber, dass ihm nichts anderes übrig blieb, wenn er sich vor den Ältesten beweisen wollte.

Er grub eine Vertiefung in die weiche Erde und legte sich schlafen, die Wange auf die Handfläche gelegt, den Speer an seiner Seite.

Der Älteste kam leise und ohne Vorwarnung zu ihm, nachdem die Sonne viermal aufgegangen war. Mandawuy bewegte sich im Schlaf und schreckte auf, als er den alten Mann neben sich hocken sah. Verschlafen und benommen vor Hunger stand er auf, um ihm gegenüberzutreten.

»Ich habe dich beobachtet, Mandawuy. Du hast einen gesunden Schlaf in diesem Land der bösen Geister. Sind deine Träume nicht gestört?«

Er schüttelte den Kopf. »Python und Wallaby sind nicht meine Feinde. Ich bin nicht in ihr geheiligtes Land eingedrungen.«

»Das ist gut«, murmelte der alte Mann.

Mandawuys hungriger Blick fiel auf die Echse, die nun zu Füßen des Ältesten lag. Das Wasser lief ihm im Mund zusammen.

»Deine Augen sprechen für deinen Magen, Mandawuy. Aber zuerst musst du ein Feuer anzünden.«

Er machte sich auf die Suche nach Brennbarem, doch die Gegend war öde, und es fiel schwer, etwas zu finden. Kurz darauf kam er mit etwas trockenem Gras und sonnengebleichtem Holz zurück. Er rieb zwei Stöcke aneinander, und schon bald erhoben sich Rauchschwaden in die stille Luft. Er fügte noch mehr Gras hinzu, blies in die Funken, hockte sich auf die Fersen und beobachtete die Flammen in Vorfreude auf die Echse.

Der alte Mann wartete, bis das Feuer lodernd brannte. Dann warf er die Echse hinein.

Mandawuy wurde beinahe ohnmächtig von dem köstlichen Duft, und sein Magen krampfte sich zusammen.

»Man muss den Hunger beherrschen«, sagte der Älteste kurz darauf, »denn wenn der *wanjina* – der Wassergeist – nicht kommt, kann Mutter Erde nichts zur Verfügung stellen.« Er nahm ein Steinwerkzeug von seinem Fasergürtel und schnitt von dem verkohlen Fleisch ein dickes Stück ab.

Mandawuy leckte sich die Lippen, den Blick starr auf das Essen gerichtet.

Der alte Mann aß genüsslich.

Mandawuy wusste, das gehörte zur Prüfung – aber es war eine Tortur.

Bald war nur noch ein kleines Stück von der Echse übrig. Der Älteste hielt es ihm hin. »Du hast es gut gemacht, Mandawuy. Iss jetzt.«

Er nahm das Fleisch, und obwohl er wusste, er sollte es auskosten und sich lange daran laben, verschlang er es. Sein knurrender Magen verlangte mehr, doch er konnte nur seine Finger ablecken und sich das Fett vom Kinn abwischen.

Der Älteste stand auf. »Du hast zwei der bedeutendsten Prüfangen bestanden, Mandawuy, die des Hungers und der Furcht. Aber weitere werden kommen. Du wirst diesen Ort verlassen und noch drei Mondaufgänge lang wandern, aber du wirst erst wieder essen, wenn du am Tag des vierten Mondaufgangs in unser Lager zurückkehrst.«

Mandawuy betrachtete die Überreste der Echse, die im Feuer schwarz wurden. An den Knochen hingen noch Fleischreste. Der alte Mann beobachtete ihn scharf. »Am Tag des vierten Mondes«, wiederholte er, wandte sich ab und ging nach Norden.

Mandawuy wanderte durch das Land seines Volkes, dachte an die Legenden von Garnday und Djanay, an die Ereignisse, die sie in die Heimat des Südwindes und Nordwindes geführt hatten. Er erklomm die roten Felsen und betrachtete die Höhlenmalereien der Ahnen und die heiligen Traumplätze, die sie in seine Obhut gegeben hatten.

Der Hunger ließ nach, und eine eigenartige Leichtigkeit durchströmte ihn, als er endlich den Grund für die Geschichten und die Prüfungen begriff. Er war Teil dieses Landes. Hierher gehörte er – es war sein Erbe. Sein Leben war nichts wert, wenn er es nicht verteidigen konnte.

Auf dem langen Rückweg zum Lager grübelte Mandawuy über diese Dinge nach. Der Onkel seiner Großmutter, Pemulwuy, hatte über viele Jahreszeiten hinweg tapfer gegen die weißen Eindringlinge gekämpft. Nun war er tot, erschossen von der Waffe des weißen Mannes. Pemulwuys Sohn Tedbury setzte die Überfälle auf die weißen Farmen fort; er war zum *corroboree* gekommen und hatte von seinem Kampf gesprochen, um die südlichen Länder zu befreien. Mandawuy hatte der ergreifenden Rede gelauscht und sich von ganzem Herzen gewünscht, er wäre alt genug, sich ihm anzuschließen, denn nur eine Handvoll Krieger war bereit gewesen, den Kampf zu unterstützen.

Fast lautlos setzt er seine Füße auf die dunkelrote Erde, während er auf den grünen Dunstschleier des Busches am Horizont zutrottete, doch die Bilder in seinem Kopf und die Erinnerung an die Ereignisse in seiner Kindheit, waren lebhafter denn je. Die Erkenntnis, dass die Weißen langsam nach Norden vordrangen und sich im Süden und Westen über die geheiligten Traumpfade hinwegsetzten, bedeutete, dass die Gefahr von allen Seiten näherrückte.

Mandawuy blieb stehen, als er den letzten Berg erreicht hatte. Er sah Rauch von den Lagerfeuern durch die Bäume aufsteigen und das Glitzern des Ozeans, der sich bis ans Ende der Erde erstreckte. Das war sein Volk, und das hier war sein Land, das es zu beschützen galt für alle, die nach ihm kommen würden. Er hockte sich in der Mittagssonne nieder. Die Prüfungen der Furcht, des Hungers und der Abgeschiedenheit hatten ihn zu diesem Augenblick hingeführt, und es war wichtig für ihn, klar zu denken – denn gegen die Geister der Ahnen anzugehen hieße, für immer ausgestoßen zu sein.

Die Sonne war längst hinter den Bergen verschwunden, als er sich aufrichtete und auf das Lager zuging. Leichten Fußes eilte er den Abhang hinunter ans Lagerfeuer, denn er hatte eine Entscheidung getroffen.

Kernow House, Watsons Bay, August 1801

Mit einem wütenden Schrei kam das Kind zur Welt, und Eloise sank in die Kissen zurück. Die Wehen waren anstrengend gewesen. Dieses Kind hatte den Mutterleib offenbar nur widerwillig verlassen. »Was ist es, Meg?«

»Ein Junge«, antwortete Meg, die das Kind wusch und in eine Decke wickelte. »Wollen Sie ihn halten, oder soll ich ihn gleich ins Kinderzimmer bringen?«

Daraufhin breitete Eloise beide Arme aus, um das schreiende Bündel in Empfang zu nehmen. »Es ist nicht seine Schuld, dass er unter Gewaltanwendung gezeugt wurde.«

Der Säugling hatte dunkles Haar und ein rotes Gesicht, seine kleinen Fäuste zappelten zornig, während er blindlings nach ihrer Brustwarze suchte. Eine Woge der Liebe erfasste Eloise, als sein Mund ihre Brust fand und zu saugen begann. »Ich hätte nie gedacht, dass ich ihn lieben könnte, aber wie soll das gehen, wenn er so vollkommen ist?«

»Er wird immer eine Mahnung sein«, sagte Meg stirnrunzelnd.

Meg war Eloise zu Hilfe gekommen, sobald Edward an jenem schrecklichen Abend vor neun Monaten das Haus verlassen hatte. Sie hatte sich auf dem Treppenabsatz aufgehalten und alles mit angehört. Ohne auf die anderen Diener zu achten, die mit regem Interesse zusahen, hatte sie Eloise mit den zerfetzten Überresten ihrer Kleidung bedeckt und die Treppe hinauf in ihr Schlafzimmer gebracht. Sie hatte sie gebadet und anschließend ihre Haut mit Balsam besänftigt, sie in warme Handtücher gewickelt, sie an sich gedrückt und in den Schlaf der Erschöpfung gewiegt.

»Das ganze Haus ist eine Mahnung«, sagte Eloise, »aber der Kleine hier ist ein Geschenk Gottes – das einzig Gute, das aus jener Nacht hervorgegangen ist. Wir wollen nicht mehr darüber reden.«

Meg nahm das Kind und lächelte. »Er ist rot und plustert sich beim Schreien auf – genau wie der Baron«, sagte sie und errötete. »Entschuldigen Sie, das hätte ich nicht sagen dürfen.«

Eloise tätschelte ihren Arm. »Du darfst frei reden, Meg, und alle Neugeborenen gleichen meinem Vater – es liegt an den dicken Wangen und der gerunzelten Stirn.«

Erleichtert legte Meg den Säugling in die Wiege, die neben dem Bett stand. »Wie soll er heißen?«

Eloise legte ihre Finger sanft auf die weiche Wange des Kleinen. »Oliver«, sagte sie. Meg war überrascht. »Edward hat darauf bestanden«, erklärte sie. »Aber ist es nicht pure Ironie, dass er diesen Namen mit der Bedeutung ›Friede‹ für ein Kind gewählt hat, das unter Gewalt gezeugt wurde?« Sie lachte. »Eigentlich glaube ich, der Name passt zu ihm«, gestand sie.

Aus Megs Zügen sprach eine stille Abscheu vor Edward, die vielsagender war als alle Worte.

»Hol Charles und Harry, damit sie ihren neuen Bruder kennenlernen. Dann geh zu Bett und ruh dich aus«, sagte Eloise. »Du bist die ganze Nacht wach gewesen und musst erschöpft sein.«

Meg schüttelte den Kopf. »Ich werde eine Matratze hier hereinlegen. Vielleicht brauchen Sie mich in der Nacht, falls *er* nach Hause kommt und Sie stört.«

Eloise schaute sie liebevoll an. »Das bezweifle ich, nachdem er jetzt in das andere Zimmer gezogen ist. Aber ich danke dir, Meg.«

Sie schloss die Augen. Die Aussicht, dass Edward nach Hause käme, um seinen neuen Sohn zu sehen, war gering – tatsächlich war sie seit jener schrecklichen Nacht oft wochenlang mit seiner Abwesenheit gesegnet. Sie interessierte sich nicht dafür, was er machte oder bei wem er war. Solange er auf Abstand blieb und sie mit ihren Kindern in Ruhe ließ, kam sie mit allem zurecht.

Waymbuurr (Cooktown), Oktober 1802

Mandawuy ging neben seinem Freund Kapirigi her. Sie waren gemeinsam auf der Jagd gewesen und kehrten zu dem geheimen Lager zurück, das für das letzte Initiationsritual errichtet worden war. »Meinst du, es tut weh?«

Kapirigi nickte. »Aber meine Brüder und mein Vater werden sich schämen, wenn ich laut schreie.«

Mandawuy versuchte zu lächeln, es gelang ihm jedoch nicht, weil er zu nervös war. »Ich habe gehört, es gibt besonderen Rauch, um den Geist vom Schmerz abzulenken«, sagte er. »Wir müssen stark sein, Kapirigi.«

»Kommt.« Der Älteste trat unter den Bäumen hervor und stellte sich ihnen in den Weg. »Es wird Zeit.«

Die Jungen reichten ihm ihre Jagdbeute, zwei Wallabys und eine Schlange, und folgten ihm tief hinein in den Busch bis zu einer Stelle, an der ein offenes *gunyah* aus Gras errichtet worden war. In seiner Mitte qualmte ein Feuer in einem Rund aus Steinen.

»Ihr geht hinein«, stimmte der Älteste in einem Singsang an, »und nehmt auf der Strohmatte Platz.«

Mandawuy biss die Zähne zusammen. Er durfte nicht

laut aufschreien, auch wenn es noch so schmerzhaft wäre – denn das würde ihn und seine Großmütter beschämen. Er schloss die Augen, als er die Ältesten ins *gunyah* kommen hörte, und lauschte ihrem Gesang. Der Rauch roch stark nach Eukalyptus, trieb ihm die Tränen in die Augen und brannte in seiner Kehle.

Die Leichtigkeit in seinem Kopf nahm zu, und der Gesang schien ihn ganz einzunehmen, er dröhnte in ihm wie die Musik eines Didgeridoo. Der scharfe Stein schnitt in sein Fleisch. Die Stammeszeichen würden ihm immer erhalten bleiben. Es war ein Ausdruck des Stolzes, eine Anerkennung seiner selbst und der Rolle, die er für die Zukunft seines Stammes spielen würde.

Die letzte Prüfung bestand darin, dass er seine Nase von einem angespitzten Knochen durchbohren ließ, und es erforderte seine gesamte noch vorhandene Kraft, vor Schmerz nicht laut aufzuschreien. Doch er musste dem Drang widerstehen, denn wenn er diese letzte Prüfung nicht bestünde, würde er aus dem Stamm ausgestoßen. Er könnte nicht heiraten oder am Feuer sitzen und gemeinsam mit den anderen essen.

Als es vorbei war und die Ältesten gegangen waren, vernahm Mandawuy die Gesänge von außerhalb, die von rhythmischen Stockschlägen auf den Boden begleitet wurden. Es war der Klang einer großen Zahl von Kriegern, die bis zum Sonnenuntergang um das *gunyah* ziehen würden. Er schloss die Augen, ließ sich in die Musik hineingleiten, verlor sich im Rauch, der in gespenstischen Schwaden über ihn hinwegschwebte.

»Komm. Es wird Zeit.«

Mandawuy schlug die Augen auf, lächelte Kapirigi zu, und sie traten aus dem *gunyah* ins Freie, um sich unter lautem Jubel beglückwünschen zu lassen. Das Festmahl war bereit, und ihr Schmerz war vor Hunger fast vergessen. Er und die anderen frisch initiierten Jungen und Mädchen fielen über das Essen her und stopften sich voll, bis ihre Bäuche sich wölbten.

Die Rituale für ihren Eintritt ins Erwachsenenalter dauerten viele Tage und Nächte. In dieser Zeit gab es viel Freude und große Festessen. Schwirrhölzer – flache Holzstücke unterschiedlicher Länge, an beiden Enden verjüngt und mit Stammeszeichen verziert – wurden an Schnüren im Kreis durch die Luft gewirbelt. Ihr sanftes, vibrierendes Summen nahm manchmal zu wie ein mächtiger Wind, dann wieder verringerte es sich zu einem Stöhnen. Der erdige, pulsierende Rhythmus des *yidaki* – des Didgeridoo – begleitete das Schlagen von Stöcken und das Stampfen der Füße.

Am letzten Tag folgten Mandawuy und seine Freunde den Ältesten in die Mitte des Lagers. Die frisch initiierten Mädchen tauchten von ihrem rituellen Ort auf und stellten sich zu ihnen.

Der Erste unter den Ältesten hob die Hand, um die zuschauenden Stammesmitglieder zum Schweigen zu bringen. »Ich erkläre diese jungen Menschen zu Männern und Frauen des Volkes der Ngndyandyi. Heißt sie willkommen.«

Die Frauen unter den Zuschauern neigten die Köpfe, und ihre Männer standen auf. Jeder Mann hob Speer und *nulla* – die Holzkeule, die dazu benutzt wurde, zu betäuben oder zu töten – und zeigte auf die untergehende Sonne. »Jungen und Mädchen«, riefen sie, »ihr habt den Kampf des Lebens ausgetragen und gewonnen. Ihr seid zu Männern und Frauen vervollkommnet. Der Große Geist ist erfreut und wartet auf euch in der Heimat der Geister.«

Mandawuy spürte, wie ihn die Macht seiner Vorfahren durchdrang, und wusste, dass die Entscheidung, die er auf dem Berg über dem Lager getroffen hatte, zu erfüllen war. Er schaute in die vertrauten Gesichter, die er nie vergessen würde, auch wenn er sie wahrscheinlich nicht wiedersehen würde: Nach den Feierlichkeiten an diesem Abend würde er Waymbuurr verlassen und sich nach Süden begeben, um sich Tedbury und seiner kleinen Kriegerschar anzuschließen. Er würde erst zufrieden sein, wenn er den Blutgeruch des weißen Mannes aus seiner Nase vertrieben hatte.

Fünfzehn

Castle Hill Government Farm, 2. März 1804

Niall war im Juli 1801 mit den anderen irischen Gefangenen auf die Regierungsfarm verlegt worden, die in Castle Hill errichtet worden war, um die ständig anwachsende Kolonie mit Nahrung zu versorgen. In den ersten beiden Jahren hatten sie in Zelten geschlafen, und dann, im Jahre 1803, waren sie in die primitiven Hütten gezogen, die sie rings um die zweistöckigen Steinbaracken gebaut hatten. Das Leben war weiterhin hart, und nach wie vor brachte der Gedanke an Rebellion das Blut in Wallung. Mit seinen fünfzehn Jahren war Niall schon in viele vereitelte Fluchtpläne einbezogen worden.

Niall schmunzelte, als er an die Angst dachte, die solche Pläne in Gouverneur King und den Siedlern rings um Sydney Town auslösten. Es hatte viele Versuche gegeben, ein Schiff zu kapern, und er hatte gehört, dass der Gouverneur mehreren amerikanischen Klippern befohlen hatte, den Hafen Sydneys zu verlassen, aus Angst, ihre Seeleute würden mit den irischen Rebellen sympathisieren.

»Was grinst du so, Kumpel?«

Niall drehte sich zu John Cavenah um, der neben ihm in der Schmiede arbeitete. »Ich dachte gerade, wie gut es doch ist, den Gouverneur zum Schwitzen zu bringen.«

»Und wenn man sich überlegt, dass er davon ausgegangen

ist, wir würden uns umdrehen und uns tot stellen, nur weil England und Irland eine Union gebildet haben!« Er hustete und spuckte in den Schmelzofen. »Wir kämpfen seit Jahren gegen die Missgeburt England – als könnte ein Stück Papier das ändern!«

»Wenigstens haben wir jetzt einen Priester«, sagte Niall und hämmerte das geschmolzene Eisen in Form.

John nickte. »Pater Dixon ist ein guter Mann«, stimmte er zu. »Er wird immer ein Auge zudrücken, wenn wir uns nach der Messe zusammensetzen, und uns nie verraten.«

Niall tauchte das Türscharnier in den Wassereimer, trat vor der Dampfwolke zurück und tupfte sich die Stirn ab. Die Hitze in der Schmiede war erdrückend, Schweiß brannte in seinen Augen, und sein Durst wurde nie gestillt. John war einer der Rebellenführer und ein enger Freund Philip Cunninghams, eines Veteranen der Schlacht bei Vinegar Hill im irischen Wexford im Jahre 1798 und Anführers einer kurzlebigen Meuterei auf dem Sträflingsschiff *Anne*. »Läuft gerade etwas, John?«

»Läuft nicht immer etwas?«

»Ich habe gesehen, wie du mit Cunningham und Johnston gesprochen hast, und ich sehe euch an, dass ihr etwas im Schilde führt.«

»Besser, wenn du nur wenig weißt, mein Junge.« John trank einen Schluck aus dem Lederbeutel an seinem Gürtel und fing wieder an zu hämmern. »Cunningham ist davon überzeugt, dass für eine erfolgreiche Rebellion Geheimhaltung lebenswichtig ist und dass die Wege der Verständigung nicht nachvollziehbar sein sollten.«

»Ich will kämpfen«, sagte Niall und warf das Scharnier auf

einen Stapel. »Ich bin kein Kind mehr, John. Beim nächsten Aufstand will ich bei den Anführern sein.«

»Deine Zeit wird kommen«, sagte der ältere Mann, »aber vorerst ist es besser, wenn du im Ungewissen bleibst. Als unser wichtigster Pikenhersteller nützt du uns nicht viel, wenn du in Ketten liegst.«

»Aber ich will mehr tun«, protestierte er.

»Dann halt den Mund und mach mehr Piken.«

Niall verstummte und seine Gedanken wanderten zu den Piken, die er hinter den Hütten vergraben hatte. »Es ist bald so weit, oder?«

»Sagen wir so, heute ist vielleicht einer der letzten Tage, an denen du das Eisen eines Engländers schmiedest.«

Hawkesbury River, 3. März 1804

Mandawuy kroch durch das hohe Gras und beobachtete durch die Staubwolken das Treiben in dem eingepferchten Bereich der Lichtung. Die weißen Männer jagten die Kälber, warfen Seile um ihren Hals und schleuderten sie dann zu Boden. Der Mann auf dem Pferd hielt das Seil fest, ein anderer kniete auf einer Seite des Kalbs und drückte ihm heißes Eisen auf den Rumpf.

»Warum machen sie das?«, fragte er Tedbury.

Der ältere Mann zuckte die Schultern. »Vielleicht drückt der weiße Mann sein Zeichen auf seine Tiere, damit er sie für sich behalten kann.« Er kaute einen Priem Tabak und kniff die Augen zusammen, um den Staub abzuwehren, der von den trampelnden Hufen zu ihnen herüberwehte. »Sie nehmen alles in Besitz«, murmelte er.

Mandawuy verzog das Gesicht, als zwei schwarze Männer das Eisen im Feuer erhitzten. »Sie ziehen sich an wie Weiße«, fauchte er.

»Viele von unseren Leuten leben und arbeiten mit ihnen und nehmen ihre Gewohnheiten an. Das ist es, wogegen ich angekämpft habe.« Seine Miene war grimmig. »Wir schlagen zu, wenn die Sonne ihren höchsten Stand erreicht hat. Dann essen die weißen Männer und sitzen wie alte Frauen im Schatten.«

Mandawuy war mit seinem Helden Tedbury an vielen Überfällen beteiligt gewesen und hatte ehrfürchtig zugehört, wenn der ältere Mann ihm von seinen früheren Taten und seiner Tapferkeit im Kampf um die Erhaltung ihres Stammeslands erzählte. Er hatte die richtige Entscheidung getroffen, so weit nach Süden zu gehen.

Er folgte Tedbury tiefer in die Schatten des Busches, bis sie die anderen Kämpfer fanden, die damit beschäftigt waren, ihre Speere anzuspitzen. Sie aßen den letzten Fisch, der vom Fang an jenem Morgen übrig geblieben war. Stolz schwellte Mandawuys Brust, als er sich zu der kleinen, aber furchtlosen Gruppe von Kriegern gesellte. Sie hatten im Kampf um das Recht, auf ihrem Stammesland zu leben, unter dem Säbel und den Geschossen des weißen Mannes viele verloren, doch diejenigen, die übrig geblieben waren, hatten nie geschwankt.

Mandawuy aß und war in Gedanken bei dem bevorstehenden Überfall und den schwarzen Männern, die ihr Volk verraten hatten, als sie sich entschlossen, beim Feind zu leben und zu arbeiten. Andere hatte man überreden können, sich nach solchen Überfällen ihnen anzuschließen. Vielleicht würden diese Männer heute die Wahrheit erkennen: Dies war das Land der Aborigines, und der weiße Mann hatte hier nichts verloren.

Tedbury führte sie wieder zurück an ihren Beobachtungsposten, sobald die Sonne im Zenith stand. Das Surren der Insekten wurde vom gelegentlichen Schrei einer Krähe begleitet, doch hinter den Bäumen herrschte Stille.

Mandawuy kroch durch das Gras und nutzte den Wald als Deckung, um näher an das Haus heranzukommen. Er sah zwei Frauen auf der Veranda, die eine hielt ein Kind in den Armen. Die Galle kam ihm hoch bei der Erinnerung daran, wie seine Großmutter ihn damals vor der Gefahr davongetragen hatte – an die zertrampelten Leiber am Ort des Honigbienentraums. Jetzt war es an ihm, Rache zu üben. Sein Herz schlug wild, er wartete auf Tedburys Zeichen, den Speer zum Angriff erhoben.

Mit trotzigem Aufschrei schleuderte Tedbury seinen Kampfspeer.

Mandawuy erhob sich aus dem Gras und warf seinen Speer mit einer fließenden Bewegung direkt auf den Mann, der auf der Treppe saß. Er schrie auf, als die Waffe sich in seinen Schenkel bohrte. Mandawuy legte den nächsten Speer in seine *woomera* und schickte ihn dem ersten hinterher.

Enttäuscht zischte er, denn er hatte sein Ziel verfehlt. Er hatte zu schnell geworfen, und seine Hand war infolge seiner Erregung nicht ruhig genug gewesen. Er spähte durch das Gras und sah, wie die Frauen die Kinder packten und ins Haus liefen, er hörte ihre Schreie. Ihre Männer griffen nach den Gewehren.

Der Schall aus den Waffen war ohrenbetäubend, die Kugeln gingen rings um ihn nieder, und Mandawuy kroch durch das Gras, um einen anderen Angriffspunkt zu finden. Man hatte bereits auf ihn geschossen, doch seine Großmütter hatten über ihm gewacht, und er war nicht getroffen worden. Er behielt die Männer mit den Gewehren im Auge, wartete, bis sie in eine andere Richtung zielten, erhob sich und warf seinen Speer.

Die Detonation kam aus dem Schatten. Der Einschlag der Kugel warf ihn auf die Knie. Langsam brach er im Gras zusammen und versuchte noch zu begreifen, was geschehen war.

Mandawuy hörte, wie Tedbury seinen Männern ermutigende Worte zurief. Er sah Speere aufblitzen, die dunklen Schatten seiner Freunde, die in Deckung liefen, und sog den unverkennbaren Geruch nach Blut ein. Er versuchte sich zu bewegen, doch seine Beine versagten den Dienst. Bestürzt starrte er auf das Fleisch und den Knochen seines Schenkels, von der Kugel zerfetzt. Er sah das Blut und spürte schließlich Todesqualen. Dunkelheit machte sich in seinem Kopf breit, und er hörte sein Herz in der Brust hämmern. »Lasst mich nicht allein«, flüsterte er, als er seine Freunde in den Busch flüchten hörte.

Er spürte etwas Kaltes auf seiner Stirn, vernahm das sanfte Summen einer Frauenstimme, und kurz bevor er die Augen aufschlug, dachte er, Anabarru sei gekommen, ihn zu holen. Doch als er flatternd die Augenlider hob, erstarrte er: Eine weiße Frau beugte sich zu ihm herab.

»Ist schon gut«, sagte sie. »Ich heiße Susan Collinson, und ich mache dich wieder gesund.«

Vor ihrer Berührung fuhr er zurück. Er hatte ihre Worte nicht verstanden, doch obwohl ihre Hand sanft war und ihre Stimme beruhigend klang, war sie eine Weiße, und deshalb konnte man ihr nicht trauen.

»Ich habe die Kugel herausgeholt und die Wunde genäht«, sagte sie leise und deutete auf seinen Schenkel. »Die Holzstücke sind Schienen, um den Knochen still zu halten, solange er zusammenwächst.«

Mandawuy besah sich das weiße Tuch und die Stöcke. Die Medizin der weißen Frau hatte allem Anschein nach die Schmerzen gelindert, trotzdem wollte er auf keinen Fall hierbleiben. Mit ausholender Handbewegung schob er sie fort und richtete sich mühsam auf, doch ihm wurde schwindlig, und er stellte fest, dass er sich nicht bewegen konnte. Er fiel auf den Rücken und sah den Mann, der sich hinter die Frau gestellt hatte. Seine Angst war so groß, dass er glaubte, das Herz bleibe ihm stehen.

»Ich heiße Ezra«, sagte der Mann. »Wie heißt du?«

Mandawuy starrte ihn ungläubig an. Der Mann hatte ihn in seiner eigenen Sprache angeredet. War das wieder so ein Trick der Weißen – oder war es Zauber? Wie auch immer, er beschloss, seinen Namen nicht zu nennen.

»Für dein Alter bist du ein tapferer Krieger«, sagte der Mann. »Aber deine Freunde haben dich im Stich gelassen, und deine Verwundung ist so schwer, dass du im Busch auf dich allein gestellt nicht überleben würdest. Wir wollen dir nichts Böses. Wir wollen dich nur wieder gesund machen.«

Mandawuy merkte, dass sein Lächeln freundlich war und seine Stimme nicht bedrohlich klang. Wäre er schwarz gewesen, hätte er ihn als einen Ältesten verehrt – aber er war weiß und daher der Feind. Er schloss die Augen und wandte den Kopf ab. Wütend überlegte er, wie er entkommen konnte.

Kernow House, Watsons Bay, 4. März 1804

Eloise saß an den geöffneten Fenstern im Wohnzimmer und las die *Sydney Gazette*. Oliver würde bald aus seinem Morgenschlaf erwachen und lauthals Nahrung fordern. Mit seinen zweieinhalb Jahren ließ er bereits erste Anzeichen der Ungeduld seines Großvaters erkennen.

Sie warf einen Blick aus dem Fenster und sah, dass Charles und Harry mit ihren Ponys beschäftigt waren und Edward sich mit dem Stallknecht unterhielt. Eloise genoss die Ruhe und wandte sich wieder der Zeitung zu.

Der Sträfling George Howe hatte vor einem Jahr die Erlaubnis erhalten, das wöchentliche Nachrichtenblatt in einem Schuppen hinter dem Regierungsgebäude zu drucken. Der Ton des Blattes war moralisch bis hin zur Pedanterie, kriecherisch in seinem Patriotismus und unerträglich großspurig, doch die Zeitung enthielt Nachrichten über ankommende und ablegende Schiffe, Auktionsergebnisse, Berichte über die Landwirtschaft und über Straftaten. Religiöser Rat und amtliche Erlasse für Siedler und Sträflinge gleichermaßen nahmen den größten Raum auf den vier Seiten in Anspruch, und die Nachrichten aus dem Ausland, die mit den Klippern hereinkamen, waren für gewöhnlich zehn bis fünfzehn Wochen überholt. Eloise verschlang die Zeitung jede Woche, denn es war die einzige in der Kolonie und hielt sie über das, was außerhalb dieser vier Wände passierte, auf dem Laufenden.

Sie erstarrte, denn sie hatte Edwards erhobene Stimme vernommen, stand auf und eilte ans Fenster.

»Du dummer Junge!«, brüllte er. »Wie oft soll ich dir noch sagen, dass du aufrecht sitzen sollst? Kein Wunder, dass du immer wieder runterfällst.« Er zerrte Charles in die Höhe und warf ihn beinahe zurück in den Sattel. »Du bist fast sieben, um Himmels willen! Hör auf mit der Schnieferei.«

Eloises Hände krallten sich in den Vorhang, als sie sah, dass Harry seinem Bruder zu Hilfe kam. »Es ist nicht seine Schuld«, sagte er nachdrücklich. »Das Pony hatte nicht genug Auslauf und wirft ihn deshalb dauernd ab.«

Edward schenkte Harry ein Lächeln, und Eloise empfand eine Mischung aus Erleichterung und Verzweiflung. Harry war gerade erst fünf geworden, doch er hatte gelernt, seinen Vater abzulenken, wenn er mit Charles schimpfte – ihr Mann bevorzugte ihn gegenüber seinem Bruder. Aber wie ungerecht war es, dass Harry das Gefühl haben sollte, er müsse sich vor Charles stellen.

Sie wusste, dass jede Einmischung ihrerseits auf Edwards Sarkasmus und Verachtung stoßen würde, und war froh, als der Stallknecht vortrat und Charles half, sich zu fassen und sich richtig in den Sattel zu setzen.

Anscheinend war der Sturm vorüber, denn Charles trieb sein Pony zum Trab an, und Harry ritt neben ihm her. Edward hatte aufgehört zu brüllen, lehnte am Gatter der Koppel und rauchte eine Zigarre. Der Stallknecht ermutigte die Jungen unterdessen, während sie ihre Runden über die Koppel drehten. Eloise setzte sich und nahm die Zeitung wieder zur Hand.

Gerade amüsierte sie sich über den schwülstigen Stil eines Artikels, da hörte sie, wie die Haustür zugeknallt wurde. Ihr Magen verkrampfte sich. Schritte kamen näher.

Edward betrat das Zimmer und warf seinen Hut auf einen Stuhl. »Ich habe eine Botschaft aus der Kaserne. Es gibt Ärger am Hawkesbury River. Tedbury und seine Leute haben die Collinsons angegriffen.«

Eloise hielt den Kopf gesenkt, damit Edward ihre Reaktion nicht sah, doch ihre Gedanken überschlugen sich. »Ist jemand verletzt worden?«

»Ein Speer hat einen Sträfling ins Bein getroffen, und die Collinsons haben bei dem Überfall mehrere Ochsen verloren. Ezra Collinson pflegt den einzigen verwundeten Schwarzen – aber er ist nun mal ein Narr. Die anderen sind wie üblich davongekommen.« Er schnaubte. »Wir sollten dem Beispiel von Lieutenant Moore bei Risdon Cove in Van Diemen's Land folgen und die Mistkerle abknallen, bevor sie die Gelegenheit haben anzugreifen.«

Eloise empörte sich nicht über seine Hetzrede. Edward brauchte für so ein Vorgehen keinen Vorwand – das wussten sie beide.

»Es wird auch bald Ärger bei Castle Hill geben«, fügte er hinzu.

Eloise legte die Zeitung beiseite. Sie war jetzt viel ruhiger, da sie wusste, dass George und seine Familie in Sicherheit waren. Doch das Gesicht ihres Mannes war vor Erregung gerötet, und sie fühlte erneut Anspannung. Die Aussicht auf Blutvergießen war immer ein Vorbote für Schwierigkeiten. »Das wird dort immer vermutet«, rief sie ihm mit ihrer gewohnten Kaltblütigkeit ins Gedächtnis, »aber es kommt zu nichts.«

Er schnaubte empört, griff nach der Karaffe und schenkte sich Rum ein.

Eloise faltete die Hände im Schoß, damit sie nicht zitterten. Im Lauf der Jahre hatte er sich angewöhnt, schon früh am Tag zu trinken, und sie fragte sich, ob das etwas mit den immer wiederkehrenden Alpträumen und dem Scheitern einiger gewagter Geschäfte in jüngster Zeit zu tun hatte, doch in diesem Augenblick lag die Vermutung näher, dass es mit seiner kürzlichen Degradierung zum Captain zusammenhing. »Ich weiß nichts von irischen Aufständen«, sagte sie, »nur dass sie immer zerschlagen werden.«

»So wie dieser.« Er leerte das Glas. »Ein irischer Aufseher hat gestern Abend einiges ausgeplaudert, und heute Morgen sind zwei Rebellen aufgeflogen. Einer, ein gewisser John Griffen, hatte Furey eine Nachricht überbracht, die Rebellion sei für heute Abend angesetzt. Er sollte die Sträflinge in Parramatta, Windsor und Sydney benachrichtigen, doch die Botschaft wurde nicht abgeliefert. Castle Hill wird abgeschnitten und die Rebellion ohne weiteres erstickt.«

Eloise hütete sich, einen Kommentar abzugeben, doch die Iren taten ihr leid. Anscheinend sehnten sie sich verzweifelt nach Freiheit, mehr noch als jeder andere Sträfling.

»Das Corps steht in Alarmbereitschaft, so wie die beiden Kompanien der Milizen. Wir brechen auf, sobald wir den Befehl von Gouverneur King erhalten.« Edward schenkte sich Rum nach und rief seinen Diener herbei, er solle ihm ein Bad einlassen. »Verdammte Iren! Wir haben ihre Anführer nach Norfolk Island geschickt und die Unruhestifter isoliert, aber es gelingt ihnen immer wieder, neue hervorzubringen.«

Er begann, auf und ab zu schreiten und seine Gedanken laut auszusprechen. »Auf der Farm sind vierhundertvierundsiebzig Sträflinge, und mit jedem Sträflingsschiff kommen mehr Katholiken. Diese Aufrührer sind Veteranen der Schlacht bei Wexford, zum größten Teil Anführer der Vereinten Iren und ähnlicher Gruppen. Jede Spur von Unruhe muss sofort niedergeschlagen werden.«

Eloise schaute wieder in die Zeitung und wünschte, er würde sie in Ruhe weiterlesen lassen. »Gouverneur King hat versucht, Erleichterungen für sie herbeizuführen«, sagte sie. »Aber bei Männern wie Samuel Marsden als Verantwortlichem muss man einfach Mitleid mit ihrer Notlage empfinden.«

Edward blieb stehen. »*Mitleid?* Das ist ein abergläubischer, aufrührerischer Pöbelhaufen. Dass er Pater Dixon für sie hat predigen lassen, war das Schlimmste, was King machen konnte. Gib einem Katholiken einen Priester, dann gibst du ihm eine Zufluchtsstätte für seine verschwörerischen Umtriebe.«

Eloise ließ sich ausnahmsweise einmal nicht einschüchtern. »Marsden geht zu freigebig mit der Peitsche um. Kein Wunder, dass man ihn den Prügel-Pfaffen nennt. Man kann einem Menschen den Gehorsam nicht einbläuen – es macht ihn nur noch rebellischer.« Die Spitze war kaum zu überhören.

»Du solltest deine Nase nicht so oft in Zeitungen stecken«, sagte Edward mit schneidender Stimme. »Halbwissen ist gefährlich, Eloise, und es steht dir nicht an, eine eigene Meinung darüber zu haben, wie wir mit Aufstand umgehen.«

Eloise verkniff sich eine scharfe Replik. Es hatte keinen Sinn zu streiten. Edwards Verurteilung ihrer Ansichten war nur eine der Waffen, die er benutzte, um sie einzuschüchtern. »Ich werde den Koch bitten, dir etwas zu essen zu bringen«, sagte sie und erhob sich.

»Ich esse in der Kaserne.«

»Na schön«, sagte sie. »Aber geh noch zu Charles, bevor du das Haus verlässt. Du hast ihn vorhin ganz durcheinandergebracht.«

»Ich sehe keinen Grund«, erwiderte er. »Ich kann kaum eine geistreiche Unterhaltung mit einem Kind führen, das sich duckt, sobald ich in seine Nähe komme.«

»Das ist bedauerlich, aber wenn du ihn vielleicht nicht ganz so laut anbrüllst und wenn du deine Ungeduld zügelst, könnte es besser werden.«

»Das bezweifle ich«, fuhr er sie an. »Du hast ein Muttersöhnchen aus ihm gemacht.«

»Er hat Angst vor dir, Edward, und ihm kann man wohl kaum die Schuld dafür geben.«

»Harry hat keine Angst«, sagte er und warf sich in die Brust. »Und Oliver auch nicht. Die beiden sind echte Cadwalladers, zäh und robust.«

Eloise zwang sich, ihn anzusehen. »Charakterlich sind sie verschieden, das gebe ich zu«, sagte sie, »doch du solltest Charles Zeit lassen, dich kennenzulernen. Dann wird er schon bald auf dem Pony durch die Gegend galoppieren – du wirst sehen.«

Edward verzog den Mund. »Er hat gebrüllt, als er das Pony gesehen hat, gebrüllt, als ich ihn draufgesetzt habe, und hat weiter gebrüllt, als ich ihn am Sattel festgebunden habe. Harry ist da anders«, fuhr er fort und sein Gesicht strahlte vor Stolz. »Er konnte schon allein reiten, bevor er drei war, und hätte in den Ställen übernachtet, wenn ich ihn gelassen hätte. Er ist der geborene Reiter – ein Gewinn für den Namen Cadwallader.«

Eloise wurde das Herz schwer, und sie wagte nicht, ihn anzusehen. Ihre Söhne waren ihre ganze Freude, das einzig Gute an ihrer unglückseligen Ehe. Wenn Edward doch nur geduldiger mit Charles sein könnte, wäre das Leben für sie alle leichter. »Charles wird sein Pony schätzen lernen, so wie Harry, wenn man ihn nur freundlich behandelt.«

»Ich habe keine Zeit, mich über Charles' Versagen zu unterhalten. Major Johnston hat uns innerhalb einer Stunde in die Kaserne beordert.« Er verließ den Raum und schlug die Tür hinter sich zu.

Eloise lauschte seinen schweren Schritten auf der Treppe und dem dumpfen Aufprall seiner Stiefel beim Durchqueren seines Zimmers. Seufzend griff sie nach der Zeitung und versuchte sich auf ein paar veröffentlichte Gedichte zu konzentrieren, gab es jedoch auf, als sie merkte, dass sie kein Wort aufgenommen hatte. Sie legte die Zeitung beiseite und ging durch die offenen Türen auf die Veranda hinaus.

Die gepflegten Rasenflächen reichten hinunter bis an die Dünen, wo das Meer funkelnd auf dem Sandstrand auslief. Möwen und Brachvögel kreisten über dem Strand, ihre Schreie wurden mit dem Wind herübergetragen. Sie atmete die salzige Luft ein, die den Duft der Rosen mit sich trug, aber das brachte ihr nicht den gewohnten Trost.

Die Jungen kickten einen Ball mit dem Sträflingsgärtner und seinem Lehrling, wobei Harry wie üblich die Führung übernahm. Charles lachte, sein helles Haar glänzte in der Sonne, wenn er hin und her lief, sein Gesicht strahlte vor Freude – so anders als der bleiche kleine Junge, der in Gegenwart seines Vaters zitterte.

Sie schienen im Augenblick zufrieden, allerdings fragte sie sich unwillkürlich, ob die Nähe der Jungen zueinander nicht von der Atmosphäre im Haus ausgelöst worden war. Ihnen zuliebe hatte sie versucht, die Fassade einer glücklichen Ehe aufrechtzuerhalten, aber es war schwer, denn Edward war offenbar entschlossen, ihnen das Leben schwer zu machen.

Eloise schlenderte hinunter an den Strand. Ohne auf den Schaden zu achten, den ihr Kleid nehmen würde, setzte sie sich in den Sand und brach in Tränen aus. Sie war eine Gefangene in einem von Edward kunstvoll gewobenen Netz, und seine beständige Krittelei an ihrem ältesten Sohn war mehr, als sie ertragen konnte.

Castle Hill, 4. März 1804, neun Uhr abends

Die Flammen schlugen in den nächtlichen Himmel. Cunninghams Schlafquartier brannte. Rufe wie »Tod oder Freiheit!« waren zu hören. Das war das Zeichen, auf das sie gewartet hatten, und Niall schloss sich dem Ansturm an, um die Polizisten zu überwältigen und die Lager der Regierung zu plündern. »Helft mir, die Tür hier einzubrechen!«, schrie er vor der Waffenkammer. Sie zersplitterte unter dem Gewicht von sechs Schultern, und sie taumelten hinein, schnappten sich Waffen, Munition und Säbel. Sie wurden ihnen aus den Händen gerissen, als sie herauskamen, und sie eilten sofort wieder zurück, um Nachschub zu holen.

Niall entfernte sich aus dem Gewühl und grub die Piken aus, die er hinter Cunninghams brennender Hütte versteckt hatte. Er verteilte sie, behielt die letzte fest in der Hand und zwängte sich gewaltsam durch das Chaos auf der Suche nach Cunningham.

Zwei englische Sträflinge hatten den Auspeitscher Robert Duggan aus dem Bett gezogen und schlugen ihn zu Brei. Musketen wurden abgefeuert, während lautes Geschrei, Rauch und wild durcheinanderlaufende Männer die Verwirrung noch vergrößerten. Wachtmeister wurden zu Boden geschlagen und Aufseher verprügelt.

»Ich rufe euch zur Ordnung!«, brüllte Cunningham, sprang auf ein Fass und feuerte mit der Muskete in die Luft. »Nur mit Disziplin werden wir siegen!«, rief er, während die Männer um ihn herumwogten. »Wir können nicht hoffen, unsere Freiheit durch Rauferei zu gewinnen.«

Die Männer wurden still, und Niall war stolz auf den Mann, der sie anführte.

»Jetzt, da wir unsere Kerkermeister überwunden haben, werden wir Macarthurs Farm in Brand setzen, um die Parramatta-Garnison aus der Stadt abzuziehen. Sobald das geschafft ist, werden sich die Rebellen dort erheben und ebenfalls Feuer legen als Zeichen dafür, dass sie bereit sind, mitzumachen. Wir werden uns in Constitution Hill versammeln und uns mit den Rebellen vom Hawkesbury zusammenschließen, bevor wir nach Sydney marschieren.«

Niall drängte sich nach vorn, als Cunningham an ihrer Spitze aufbrach. Sie würden fast die ganze Nacht benötigen, um nach Constitution Hill zu kommen, da sie die Farmen, an denen sie unterwegs vorbeikamen, plündern würden.

Doch der Erfolg, den dieser Aufstand versprach, stieg zu Kopf, und endlich konnte er Freiheit schmecken.

Parramatta, zehn Uhr abends

Nachdem Cunningham seine Muskete abgefeuert hatte, dauerte es keine Stunde, bis die Nachricht vom Aufstand die Garnison erreicht hatte. Samuel Marsden, ein offensichtliches Ziel des Hasses, floh mit Macarthurs Familie auf einem Schiff. Die Luft war erfüllt von Trommelwirbel und Musketenschüssen, als man das Militär und die private Bürgerwehr zur Pflicht rief und Sträflinge hinter Schloss und Riegel gebracht wurden. Gouverneur King traf kurze Zeit später ein und rief das Kriegsrecht aus.

Moonrakers, abends halb elf

Die Tür wurde aufgerissen, die beiden Frauen ließen ihre Näharbeit fallen und sprangen beunruhigt auf. »Was wollen Sie?«, fragte Nell.

»Ihre Waffen und Munition, etwas zu essen und Rum«, lautete die Antwort.

»Etwas zu essen haben wir, aber das Gewehr kriegt ihr nicht.« Nell stand mit dem Rücken an der Tür, die zu den Schlafzimmern der Kinder führte.

»Ihr seid nicht in der Lage, uns etwas abzuschlagen«, erwiderte der betrunkene Eindringling. »Durchsucht das Haus, Jungs.«

Nell und Alice sahen mit wachsendem Zorn zu, wie die Küche verwüstet wurde. Die Gewehre wurden weggetragen – doch als die Männer weiter ins Haus vordringen wollten, blieben sie standhaft. »Da drinnen sind nur meine Kinder«, erklärte Nell, »und ihr kommt nicht in ihre Nähe!«

Der jüngste Mann nickte. »Wir haben bekommen, was wir wollten«, sagte er zu den anderen. »Man kann sich nichts darauf einbilden, Frauen und Kinder in Angst und Schrecken zu versetzen.«

»Wahrscheinlich haben die da hinten ein ganzes Arsenal – diese Farmen haben alle mindestens ein Dutzend Gewehre. Ich bin dafür, dass wir richtig suchen.«

»Wo sind eure Männer?«, fragte der junge Ire.

»Die müssen jeden Augenblick zurückkommen«, log Nell. »Sie sind nur raus, um die Mutterschafe zusammenzutreiben.«

»Und eure Sträflinge?«

»Die schlafen da hinten, nicht hier im Haus«, antwortete sie.

»Geht und weckt sie«, befahl er den anderen. »Ich werde den Rest des Hauses durchsuchen und komme dann gleich zu euch.« Er wartete, bis alle draußen waren, und wandte sich dann wieder an die Frauen. »Verzeihen Sie, meine Damen«, sagte er mit irischem Akzent. »Bei unserer Revolution geht es nicht darum, Frauen zu erschrecken, aber ich muss die anderen Zimmer überprüfen.«

Nell betrachtete ihn argwöhnisch. Sie sah einen etwa fünfzehnjährigen Jungen vor sich, an dessen dürrem Körper die Kleider wie an einer Vogelscheuche hingen. Er hatte schwarzes Haar, blaue Augen und ein energisches Kinn – und wenigstens war er nüchtern und höflich. »Dann sei aber leise«, sagte sie. »Die Kinder schlafen.«

Nell führte ihn durch den kurzen Flur, doch noch ehe sie nach dem Riegel greifen konnte, flog die Tür auf.

Amy stand da in ihrem Nachthemd als Silhouette vor dem Lampenschein, das rötliche Haar fiel über ihre Schultern. Mit ihren auffallend blauen Augen betrachtete sie den Eindringling. »Wer bist du, und was willst du? Du hast alle aufgeweckt.«

»Tut mir leid«, stammelte er und wurde rot, »aber ich muss nach Waffen suchen.«

»Hätte ich eine Muskete, dann hätte ich sie für dich gebraucht«, entgegnete sie.

Nell beobachtete den Wortwechsel amüsiert, jetzt, da sie wusste, dass der Junge es nicht böse meinte. Amy mit ihren dreizehn Jahren wuchs zu einer Schönheit heran, doch sie hatte das feurige Temperament ihrer Mutter und ließ sich von niemandem etwas gefallen. Der Junge war voller Bewunderung und gab sich große Mühe, es nicht zu zeigen. Wäre die Situation nicht so gefährlich gewesen, hätte sie es vielleicht lustig gefunden.

»Und?« Amy verschränkte die Arme. »Verschwindest du jetzt?«

»Ich wünsche euch allen eine gute Nacht«, murmelte der Junge. Dann, als wolle er noch einmal aufbegehren, hob er den Arm und rief: »Tod oder Ruhm! Es lebe die Revolution!«

Sie standen wie erstarrt. Die Stille dröhnte in den Ohren.

Er lief puterrot an und rannte aus dem Haus.

Nell begegnete Alice' Blick, und sie krümmten sich vor Lachen. Amy kicherte. »Womit klar ist«, sprudelte es aus ihr heraus, »Gnade Gott der Revolution, wenn das der Anführer ist.«

Constitution Hill, 5. März

Niall und seine Mitsträflinge erreichten Constitution Hill, als die Sonne gerade über dem Horizont auftauchte. Die Plünderung der Farmen hatte sie mit Musketen, Munition, Nahrungsmitteln und Rum versorgt, und die meisten von ihnen standen beileibe nicht mehr fest auf den Beinen.

Cunningham und sein Mitverschwörer, William Johnston, warteten noch immer auf Nachricht aus Parramatta. »Wir werden exerzieren, bis das Zeichen kommt«, rief Cunningham.

Niall gesellte sich zu den anderen. Immer mehr trotteten herbei. »Es hätte schon vor Stunden kommen sollen«, sagte er zu Cavenah. »Meinst du, wir sind wieder verraten worden?«, fragte er, während sie die Gewehre präsentierten, in grober Formation hin und her marschierten und ihre Musketen luden.

Der Ältere zuckte mit den Schultern. »Wer weiß? Aber bei dem Tempo ist keiner von uns fähig zu kämpfen. Ich bin erschöpft.«

Auch Niall war ermattet, doch die Erregung darüber, was sie bisher erreicht hatten, und die Erinnerung an ein rothaariges Mädchen in einem fast durchsichtigen Nachthemd hielt ihn auf den Beinen.

Eine Stunde später ließ Cunningham den Drill abbrechen. »Die Nachricht kann nicht durchgekommen sein«, sagte er ihnen. »Ohne die Rebellen aus Parramatta sind wir zu wenige, deshalb werden wir, statt die Garnison sofort anzugreifen, nach Greenhills marschieren und dort die Rebellen vom Hawkesbury treffen.«

Auf dem Weg nach Parramatta, sechs Uhr

Edwards Begeisterung für einen guten Kampf hatte einen Dämpfer erhalten: Major George Johnston hatte den neunundzwanzig Mitgliedern des Corps und den fünfzig Milizsoldaten befohlen, die Nacht durchzumarschieren. Voller Ungeduld und in denkbar schlechter Laune ließ Edward sein Pferd im Schritt gehen und schwor den irischen Schweinehunden, die ständig Ärger machten, Rache – und dem Major, der sich anscheinend alle Zeit der Welt lassen wollte, ihren Aufstand zu unterdrücken.

Ein gleichmäßiger Trott und klirrendes Zaumzeug begleiteten seine sorgenvollen Gedanken. Man hatte ihn aufgrund unsinniger Gerüchte im Zusammenhang mit dem Überfall auf Banks Town degradiert, und obwohl er versucht hatte, sich den Weg in einen höheren Rang wieder zu erkaufen, hatten seine Bemühungen zu nichts geführt. Dabei konnte er es sich gar nicht leisten, einen höheren Rang zu kaufen, dachte er verbittert. Das Geld war knapp, und er hatte noch mehr Land verkaufen müssen. Einige Geschäftsvorhaben waren gescheitert, weil ein anderer schneller gewesen war, und seine Spielschulden hatten erneut eine beinahe unanständige Höhe erreicht. Er fürchtete sich davor, dass Henry Carlton sie einfordern könnte: Er müsste die Bäckerei und den Textilienladen verkaufen, um an Bargeld zu kommen – und er bezweifelte, dass es reichen würde. Er hatte reichlich wenig Möglichkeiten. Das Familienvermögen hatte durch Napoleons verdammte Kriege schwer gelitten, so dass er sich nicht einmal darauf verlassen konnte, seinen Vater anzapfen zu können. Darüber hinaus hatte der Baron deutlich zu erkennen gegeben, dass er ihm nicht einen Penny leihen werde, und Eloises Mitgift war längst verbraucht.

Seine Hand umklammerte die Zügel fester. An Eloises Kälte war er selbst schuld. Er hätte sich an jenem Abend niemals zu einem Wutausbruch hinreißen lassen und ihr Gewalt antun dürfen. Doch nach ihrer Drohung, ihn zu verlassen, hatte er den Verstand verloren. Nachdem es geschehen war, hatte er gewusst, dass es zwischen ihnen nie wieder so werden konnte wie zuvor.

Dennoch überraschte seine Frau ihn immer wieder, und er kam nicht umhin, ihre Widerstandskraft und ihren starken Willen zu bewundern. Sie war zäher und weniger nachgiebig, als er vermutet hatte, aber ihm gefiel die Art und Weise nicht, wie es ihr anscheinend gelang, ihm seine Fehler wortlos vorzuhalten. Ihre Miene zeigte Verachtung, und die Kälte in den einst so bewunderten Augen bereitete ihm Unbehagen.

Seine Gedanken wurden unterbrochen von dem Kavalleristen, der von seiner Erkundung zurückkam.

Die Rebellen waren bei Toongabbie gesehen worden. Endlich. Eine Möglichkeit, in Aktion zu treten. Edward vergaß seine Sorgen und spornte sein Pferd zum Galopp an. Er fegte mit den anderen Offizieren voraus und hob kampfbereit den Säbel.

Die irischen Rebellen verschmolzen mit der Dunkelheit, versteckten sich im Busch und liefen rasch außer Reichweite. Es waren zu viele, und sie waren zu flink. Edward ritt hin und her und versuchte, sie niederzustrecken, doch sie entkamen. Er hielt nach den Infanteristen Ausschau, die sie aufspüren sollten, doch das niedere Fußvolk war nach dem beschleunigten Marsch schon zu erschöpft und nahm die Verfolgung nur halbherzig auf.

Edward machte die Nutzlosigkeit ihres Vorgehens rasend. Hätte Major Johnston nur etwas Verstand, dann hätte er alle Männer aufsitzen lassen, und sie hätten mit den Schweinehunden kurzen Prozess machen können. Stattdessen schlugen sie im Busch ziellos um sich, und er wurde dreckig und von Minute zu Minute wütender.

Major Johnston spornte seine Männer an, die Iren durch Toongabbie und Sugar Loaf Hill zu verfolgen, doch obwohl Schüsse fielen, wurde nur ein einziger Aufständischer getötet. Sie verschwanden im Busch, und die Soldaten gaben auf. Johnston traf eine Entscheidung. »Die Rebellen scheinen sich in den Hügeln da hinten zu versammeln. Ich werde den Priester schicken, damit er mit ihnen spricht«, sagte er zu Edward. »Wir müssen sie überreden, sich zu ergeben.«

»Ich bezweifle, dass sie das tun werden«, erwiderte Edward.

»Ich auch«, seufzte der Major. »Doch der Priester hält sie vielleicht so lange auf, dass unsere Truppen aufholen können.«

Man gab dem Priester ein Pferd und schickte ihn los. Kurz darauf kehrte er zurück. Seine Mission war fehlgeschlagen. Die Rebellen hatten ihre Position auf dem höchsten Hügel der Gegend eingenommen und weigerten sich aufzugeben.

»Kommen Sie, Cadwallader«, sagte der Major. »Wir werden mit ihnen verhandeln.«

Das dichte Gestrüpp ging in eine breite Lichtung am Fuß eines steilen Abhangs über. Edward war verblüfft über die

Anzahl der Rebellen, die sich auf der Anhöhe versammelt hatten. Sie waren bewaffnet und standen in Reih und Glied. Wer immer für diesen Aufstand verantwortlich war, hatte auf jeden Fall eine vorteilhafte Stelle ausgesucht. Die britischen Truppen wären gezwungen, die Anhöhe vom Talboden aus einzunehmen – und gegen zweihundert aufgewiegelte, bewaffnete Männer war es um ihren Erfolg schlecht bestellt.

»Ich bringe euch das Gnadenangebot des Gouverneurs, wenn ihr euch ergebt«, rief Major Johnston über die Lichtung. Er wartete, bis das aufmüpfige Raunen sich gelegt hatte. »Ich fordere eure Anführer auf, sich zu erkennen zu geben, damit wir verhandeln können.«

Zwei Männer traten vor.

»Eure Namen?«, bellte der Major.

»Cunningham und Johnston«, lautete die mürrische Antwort.

Der Zufall verblüffte den Major: Der eine trug denselben Namen wie er. »Wollt ihr euch ergeben und das Gnadenangebot annehmen?«

»Wir werden nicht mit der englischen Armee verhandeln«, rief Cunningham ihnen zu. »Aber wenn Sie Pater Dixon wieder zu uns schicken, werden wir mit ihm reden.«

Der Major wendete sein Pferd. »Ich hole den Priester«, sagte er leise zu Edward, »aber nur weil die Verzögerung unseren Truppen mehr Zeit verschafft, sich aufzustellen.«

Als sie mit dem Priester zurückkamen, wusste Edward, dass die Infanterie und die Miliz nicht mehr weit hinter ihnen waren.

Die Rebellenführer Cunningham und Johnston kamen

den Abhang herab, um sie in der Mitte der Lichtung zu treffen. Die irischen Sträflinge folgten ihnen und stellten sich in Reih und Glied hinter ihnen auf.

»Ich habe euch euren Priester mitgebracht«, sagte der Major. »Ihr habt fünfzehn Minuten, mit ihm zu reden.«

Edward saß auf seinem unruhigen Pferd und beobachtete, wie der schwarzberockte Priester das Tal durchschritt, um über eine Lösung zu verhandeln und Blutvergießen zu vermeiden. Wäre es nach ihm gegangen, hätte er den Truppen befohlen, den Hügel zu umzingeln und sich den Rebellen von hinten zu nähern, blindlings auf sie zu schießen und möglichst viele zu töten, bevor sie die Möglichkeit hatten, sich wieder aufzustellen. Doch er war nicht der Befehlshabende – und die Feindschaft zwischen ihm und dem Major würde zur Folge haben, dass dieser seinen Rat missachtete.

Die Zeit war abgelaufen, und die Rebellenführer Cunningham und Johnston kamen wieder auf den Major zu, der inzwischen abgestiegen war und ungeduldig auf und ab schritt. »Wir ergeben uns nicht«, sagte Cunningham.

»Was wollt ihr *dann*?« Das Gesicht des Majors spiegelte seinen Zorn wider.

»Tod oder Freiheit!«, rief Johnston, hob einen Arm und erhielt laute Zustimmung aus den Reihen seiner Gefolgsleute. »Und ein Schiff, das uns zurück nach Irland bringt.«

Rasch zog der Major seine Pistole und hielt sie dem Iren an die Schläfe.

Edward machte dasselbe mit Cunningham, während schon die Rotröcke im Tal auftauchten.

»Laden und feuern!«, befahl der Major seinen Männern.

Während die Infanteristen über die Lichtung näher kamen, feuerte auch Niall seine Muskete ab und lud mit zitternden Händen nach. Er wusste, die Rebellen waren der Miliz an Zahl überlegen, doch die Rotröcke waren imstande, ihre vorbereiteten Salven rasch und effizient abzufeuern. Er taumelte rückwärts und schoss erneut.

Mit der Präzision und den sparsamen Bewegungen, die militärischer Drill mit sich bringt, stellten sich die Rotröcke Reihe für Reihe auf, luden und feuerten, während sie auf die ungeübten und verängstigten Sträflinge eindrangen.

Niall spürte den stechenden Schmerz, als die Kugel eine Hitzespur über seine Wange zog. Dann klemmte seine Muskete. Führerlos und nicht auf den Angriff vorbereitet, warfen die Männer ringsum ihre Piken, Stöcke und die abgefeuerten Musketen zu Boden und liefen in Deckung. Mit einem Blick auf ihre Anführer, die noch immer durch Pistolen an den Schläfen in Schach gehalten wurden, wusste Niall, es war vorbei. Er rannte hinter den anderen her.

Edward musste dem Angriff notgedrungen aus einiger Entfernung zusehen, denn er hielt nach wie vor seine Pistole an Cunninghams Schläfe. Vor Wut zuckte sein Finger am Abzug.

»Wenn Sie abdrücken, Captain Cadwallader, lasse ich Sie wegen Mordes hängen«, knurrte der Major.

Edward schluckte. Johnston entging aber auch nichts, und sein Abscheu war beinahe greifbar. Edward bezweifelte nicht, dass er seine Drohung wahrmachen würde, falls er nicht parierte.

Die Rotröcke hörten auf zu schießen. Der Kampf hatte eine Viertelstunde gedauert, und die Rebellen waren geflohen. Nur ein paar Verwundete und Tote blieben zurück.

»Treibt alle zusammen, die ihr finden könnt, und nehmt sie gefangen, auch die Verwundeten.« Der Major entließ die irischen Anführer in die Obhut eines Wachtmeisters.

Edward gab seinem Pferd die Sporen und galoppierte an die Stelle, an der die Verwundeten und Sterbenden lagen. Er vernahm ein gequältes Stöhnen und durchbohrte einen Mann mit dem Säbel.

Andere folgten seinem Beispiel, wurden jedoch vom Major entdeckt, der auf sie zuritt und mit der Pistole über ihre Köpfe hinwegschoss. »Ich werde jeden erschießen, der sich des Mordes schuldig macht«, schrie er. »Nehmt sie lebendig gefangen!«

Edward trieb sein Pferd in den Busch auf der Suche nach Rebellen, die sich dort versteckt hielten. Außer Sichtweite von Johnston würde er sie erledigen.

Niall rannte, bis seine Brust schmerzte und seine Beine ihn nicht mehr weiter tragen wollten. Als er vom Kampfplatz humpelte, hatte er gesehen, wie Cavenah fiel, erstochen von dem Soldaten zu Pferd. Jetzt war der Mann hinter ihm her und kam jede Minute näher.

Gehetzt schaute er sich nach Deckung um, tauchte unter die Wedel eines breiten Farns und schlug sich durch die Schatten, bis er hinter den Büschen verborgen war. Dort lag er und versuchte, nicht allzu schwer zu atmen, weil er fürchtete, dass man ihn hören konnte.

Das Pferd donnerte vorbei. Niall hörte den Soldaten fluchen, der Hufschlag kam zurück, langsamer jetzt, der Säbel fuhr zischend durch das Gras.

Mit hämmerndem Herzen kroch Niall weiter durch das Gewirr aus Farnen und Wandelröschen und kauerte sich in eine Vertiefung am Boden, auch wenn er dort jederzeit durch eine Schlange oder eine giftige Spinne den Tod finden konnte.

Das Pferd kam auf ihn zu. Es blieb stehen. Stille trat ein. Ein Säbel hackte auf das Gras und die überhängenden Farnwedel ein.

Niall presste sich an die Erde und betete zur Jungfrau Maria.

»Ich weiß, dass du da bist, du mieser kleiner Hund«, murmelte der Soldat. Der Säbel zerschlug Äste und Gestrüpp.

Niall kniff die Augen zusammen, als der Säbel in einen Ast direkt über seiner Hüfte schlug.

Der Soldat fluchte. Nach einem weiteren Säbelstreich durch das Gras zog er weiter. Der Hufschlag wurde leiser.

Niall stieß den Atem aus, blieb aber im dunklen, dumpfigen Loch unter den Farnen verborgen. Der Soldat war schlau und wartete womöglich in einem Hinterhalt auf ihn.

Er kauerte in der Dunkelheit und zuckte bei jedem Rascheln zusammen. Das ganze Unterfangen war eine einzige Katastrophe gewesen, trotz der sorgfältigen Planung. Gute Männer waren getötet oder gefangen genommen worden, und die grausamen Vergeltungsmaßnahmen würden rasch durchgeführt werden. Ob er wohl jemals freikäme? Bewusst lenkte er seine Gedanken auf das Mädchen mit dem roten Haar. Sie erinnerte ihn an seine Schwester, denn sie hatte dasselbe aufbrausende Temperament gehabt. Ob er eine von beiden je wiedersehen würde?

Als die Nacht hereinbrach und der Mond aufging, hielt er es für sicher, die Flucht zu ergreifen. Er kroch hinaus in die Stille des Busches, warf einen Blick über die Schulter und lief mit voller Wucht zwei Infanteristen in die Arme.

New South Wales, 6. März 1804

Gouverneur Kings Vergeltung kam schnell. Philip Cunningham wurde noch am selben Nachmittag an der Außentreppe des öffentlichen Vorratslagers in Greenhills gehängt. Die anderen Anführer kamen vor ein Geschworenengericht, doch die Verhandlung dauerte keine Viertelstunde, und sie wurden für schuldig befunden. Sechs von ihnen wurden auf der Stelle aufgeknüpft.

William Johnston wurde an einem Baum an der Straße zwischen Prospect und Parramatta gehängt, seine Leiche wurde in Ketten ins Stadtzentrum gelegt als Mahnung für alle, wie es Aufrührern erging. Doch die Geschichte des Aufstands würde weiterleben, der Schauplatz des kurzen Kampfes wurde bekannt als Rouse Hill oder Vinegar Hill zu Ehren des irischen Kampfes bei Wexford.

Kernow House, Watsons Bay, 7. März 1804

Edward kehrte nach Hause zurück und tischte Eloise die grausigen Einzelheiten auf. »Mir wäre lieber gewesen, wenn Gouverneur King sie alle ausgelöscht hätte«, sagte er am Ende des Abendessens.

Eloise erwiderte darauf nichts, und er sah sie scharf an. Sie war blass und hatte ihre Mahlzeit kaum angerührt, doch da sie ihm immer vorgeworfen hatte, sie nur ungenau zu informieren, konnte sie sich jetzt kaum beschweren, wenn seine Heldentaten sie aufwühlten.

»Es war klug von King, die Anführer schwer zu bestrafen, aber er hat den Fehler gemacht, die anderen nur auspeitschen zu lassen und sie ins Kohlenrevier nach Newcastle oder nach Norfolk Island zu schicken, wo sie nur noch mehr Aufruhr anzetteln werden.«

»Was ist mit den Männern, die Cunningham und den anderen folgten? Wie ich hörte, waren Engländer darunter und sogar Freie, wie unter anderem Charles Hill.«

Edward warf seine Leinenserviette auf den Tisch und zündete sich eine Zigarre an, ohne Eloise um Erlaubnis zu bitten. »King war pragmatisch und ließ die meisten mit hundert Peitschenhieben davonkommen. Schließlich waren über zweihundert Männer an dem Aufstand beteiligt – fast die halbe Arbeitsmannschaft der Regierungsfarm –, und er konnte es sich nicht leisten, so viele zu verlieren, da die Kolonie mit Nahrung versorgt werden muss.«

»Und der Priester?« Eloises Augen waren von Sorge überschattet.

»Pater Dixon wurde gezwungen, seine Hände ins rohe Fleisch auf dem Rücken der Ausgepeitschten zu legen, damit er daraus die Lehre zog, nie wieder eine Rebellion zu unterstützen.«

Eloise erbleichte, und Edward strahlte vor Zufriedenheit. Sie würde ihn nicht mehr nach seiner Arbeit fragen.

Castle Hill, 10. März 1804

Niall biss sich beinahe die Lippe durch, als die Peitsche ihm den Rücken zerfetzte. Längst hatte er aufgehört, die Hiebe zu zählen. Er schloss die Augen. Die Ketten hielten ihn fest an den Prügelbaum gedrückt, und er versuchte, in sich selbst Zuflucht zu nehmen. Die anderen hatten alle nicht geschrien, und obwohl er zu den Jüngsten zählte, würde er nicht zulassen, dass sein Alter ein Zeichen der Schwäche rechtfertigte.

Schließlich befahl Marsden, ihn loszubinden. Gern wäre er stolz vom Baum weggegangen, doch seine Beine trugen ihn nicht mehr. Grobe Hände warfen ihn auf den Karren, der sich rumpelnd über den unebenen Boden in Bewegung setzte. Bei jedem Ruck fuhr der Schmerz ihm durch den zerschmetterten Körper.

Der Arzt schmierte etwas auf die offenen Wunden, das wie tausend Bienenstiche brannte, und wickelte grob einen Verband um seinen Oberkörper, bevor man ihm ein anderes Hemd gab und ihn zurück an die Arbeit schickte.

Der Aufseher zeigte kein Erbarmen mit Niall, der mühsam die schweren Werkzeuge in der Schmiede aufnahm, trotz der Qualen aber still blieb. Die sogenannte Gerechtigkeit, die den Rebellen zuteil geworden war, hatte ihn gezwungen, sich über seine Lage in diesem Land der Folter und des Hungers klar zu werden. Die grausamste Ironie war, dass der Schlag der Peitsche ihm eine unschätzbare Lektion erteilt hatte, die wahrscheinlich sein Leben retten würde. Obwohl der Hass auf die Regierung noch in ihm loderte, hatte er erkannt, dass dieser Feind niemals zu schlagen war. Er würde das Verlangen nach Rache im Herzen tragen, seine Zeit ableisten und zukünftige Verschwörungen nicht beachten. Er würde für die Engländer eine größere Herausforderung sein, wenn er überlebte und frei wäre.

Vierter Teil

Enthüllungen

Sechzehn

Van Diemen's Land, Juli 1804

Ich wünschte, wir hätten die Gegend hier entdeckt«, sagte George. »Ebor Bunker hatte teuflisches Glück, dass man ihn bat, sich der Siedlungsexpedition Ende letzten Jahres anzuschließen. Wenn man bedenkt, dass wir die vielen Wale hier verpasst haben.«

Herbert Finlayson, sein erster Offizier, stand neben ihm und betrachtete die Ansammlung von Hütten am Rande der Derwent-Bucht. »Wie ich hörte, hat er drei gefangen, doch die *Albion* ist ein schnelles Boot, und Bunker hatte schon immer ein Gespür für günstige Gelegenheiten.«

»Ich verstehe trotzdem nicht, warum Gouverneur King mich nicht gefragt hat«, sagte George. »Die *Atlantica* ist genauso schnell, und es wäre ein Abenteuer gewesen.«

Herbert lachte. »Nach all der Zeit noch immer Lust auf Abenteuer, George? Samuel hat auf jeden Fall den richtigen Erben für seine Schiffe ausgewählt.«

Wie immer überkam George beim Gedanken an Samuel Traurigkeit. »Er wäre genauso enttäuscht wie ich, wenn ihm die Chance entgangen wäre, die Expedition zu begleiten und in die Geschichtsschreibung einzugehen. Er und Ebor waren alte Rivalen.«

»Sieht nicht sehr anheimelnd aus hier«, sagte Herbert mit einem prüfenden Blick über die heruntergekommene Ansiedlung. »Mir tun die wenigen zähen Kerle leid, die hierhergeschickt wurden. Es ist ja noch abgeschiedener als New South Wales.«

»Deshalb haben sie wahrscheinlich auch beschlossen, hier einen Stützpunkt zu errichten. In diesen Gewässern könnte kein Sträfling jemals entkommen. Sie würden erfrieren.«

Herbert legte das Fernrohr ab, um eine Prise Schnupftabak zu nehmen. »Wann glaubst du, dass wir wieder nach Sydney Town zurückkehren werden?«

George hielt den Blick fest auf die Bucht gerichtet. Der Gedanke an Sydney und Eloise lag ihm nie fern, und er fürchtete sich vor der Ankunft im Hafen. »In etwa zwei Monaten«, sagte er leise. Dann lächelte er. Herbert hatte bei seinem letzten Landurlaub ein Mädchen kennengelernt und konnte es kaum erwarten, zu ihr zurückzukehren. »Sie wird auf dich warten«, meinte er.

»Wir sind lange unterwegs gewesen«, rief Herbert ihm ins Gedächtnis. »Womöglich hat sie einen anderen gefunden und ist inzwischen verheiratet.«

George starrte ans Ufer. »Das kommt vor«, sagte er, und der Schmerz über seinen Verlust war noch frisch wie am ersten Tag. »Aber wenn sie dich wirklich liebt, dann wartet sie.«

Herbert nickte, doch George sah ihm an, dass er litt. Er zog sich den Kragen bis ans Kinn, denn der Wind war bitterkalt. »Geh runter und kümmere dich ums Andocken«, sagte er. »Dann organisiere etwas Warmes zu trinken, bevor wir an Land gehen. Ich bezweifle, dass es auf der Insel viel gibt. Die Ansiedlung ist noch zu neu.«

Herbert verließ das Ruderhaus, und George konzentrierte sich darauf, die *Atlantica* sicher in den Hafen zu steuern. Als das geschafft war, sah er zu, wie die Männer über das Deck ausschwärmten, um sie zu vertäuen. Ein kleines Begrüßungskomitee hatte sich am Anleger zusammengefunden, und er beschloss, Herbert die Rolle des Gastgebers zu überlassen – ihm war an diesem Tag nicht nach Geselligkeit zumute.

Er lehnte am Steuerrad und betrachtete den Berg, der über der neuen Stadt aufragte. Der Gipfel war wolkenverhangen. Der letzte Brief von Thomas Morely war ihm von der Mannschaft der *Porpoise* übergeben worden, einem anderen Walfänger in seinem Besitz, und der Inhalt hatte ihn beunruhigt.

Thomas war inzwischen stolzer Vater von drei kleinen Mädchen. Seine Abneigung gegen Edward Cadwallader war nicht geringer geworden, und er sah keinen Grund, seine Sorge um Eloises Wohlergehen für sich zu behalten. Thomas zufolge führten Eloise und Edward nur eine Art Scheinehe. Edward war die meiste Zeit nicht da und Eloise ein Schatten ihrer selbst. Sie kam selten in die Stadt, traf ihre Schwestern nur, wenn ihr Mann abwesend war, und blieb ansonsten mit ihren Kindern im Haus am Strand. Edwards Schuldenberg wuchs an. Aufgrund der Gerüchte im Zusammenhang mit einem gewissen Überfall auf Banks Town und durch seine zweifelhaften Geschäftspraktiken lief Edward Gefahr, sowohl seinen Ruf als auch sein Vermögen zu ruinieren. In der Offiziersmesse wusste man nur allzu gut, dass er unberechenbar war, und selbst seine Clique getreuer Gefolgsleute verließ ihn.

George grub in seiner Tasche nach der Pfeife. Alle Versuche seiner Familie, Edward wegen Florence' vorzeitigem Tod vor Gericht zu bringen, waren fehlgeschlagen. Die Armee nahm sich der Ihren an – doch man würde dort auch nicht immer alle Augen zudrücken, besonders seit Edward degradiert worden war.

Eloise war für George die Liebe seines Lebens, und dass sie unglücklich war, setzte ihm sehr zu. Er konnte jedoch nichts daran ändern, denn sie allein musste die Entscheidung treffen, Edward zu verlassen. Eloise wusste, dass sie jederzeit Kontakt zu ihm aufnehmen konnte, dass ein Schiff auf der Durchreise ihre Nachricht weiterleiten und er sofort zu ihr zurückkehren würde. Doch seit jenem Tag auf der Lichtung am Strand hatte er kein Wort von ihr gehört – und er musste sich damit abfinden, dass ihr Kummer, ob echt oder Thomas' Phantasie entsprungen, nicht so groß sein konnte, dass sie ihre Ehe aufgab.

Er las den Brief noch einmal und runzelte die Stirn. Er hatte das Gefühl, als läge eine tiefere Botschaft zwischen den Zeilen – die hastig hingeworfenen Worte zeugten von Dringlichkeit und echter Besorgnis.

Er zog an seiner Pfeife und versuchte sich einen Reim darauf zu machen. Die Männer gingen an Land. Die *Atlantica* würde gerade so lange hierbleiben, um in einer Bucht in der Nähe Trankessel zu bauen, in denen der Tran ergiebiger zu kochen war als an Bord. Dann würden sie nach New South Wales zurückkehren.

George traf eine Entscheidung. Er konnte Eloise nicht länger aus dem Weg gehen, und seinem eigenen Seelenfrieden zuliebe musste er sie sehen. Bei seiner Rückkehr nach Sydney Town würde er mit dem Pferd an der Watsons Bay entlangreiten. Eloise hatte ihm einmal erzählt, dass sie dort gern am frühen Morgen ausritt. Es wäre der ideale Ort, um sie allein abzufangen und selbst die Wahrheit herauszufinden.

Hawks Head Farm, August 1804

Mandawuy lehnte an seinen Krücken und schüttete sich aus vor Lachen, als die Jungen versuchten, die Ferkel einzufangen und in die Pferche zurückzubringen. Es war ein lustiger Anblick, wenn sie in die Luft griffen, während die Ferkel zwischen ihren Beinen hindurchwitschten.

»Es ist schön, dich lachen zu hören, Mandawuy«, sagte Ezra und stellte sich neben ihn an den Zaun. »Du bist bald wieder so gesund, dass du an ihrem Spaß teilhaben kannst, aber das Bein muss zuerst richtig verheilen.«

Mandawuys Lachen versiegte. Er konnte inzwischen verstehen, was der alte Mann sagte, denn er hatte viele Monde auf Hawks Head zugebracht – doch er antwortete nur selten in derselben Sprache. »Ich muss zu meinem Volk zurück«, sagte er in seiner eigenen Sprache. »Eure Art zu leben ist nicht meine.«

»Können wir dich nicht überreden, deine Meinung zu ändern?« Ezras Stimme war sanft. »Hier hast du zu essen, Unterkunft und Arbeit, und unsere Eingeborenen werden dich gern in ihrer Mitte aufnehmen, wenn du es willst.«

Mandawuy beobachtete die nackten Jungen, die über den Hof rannten. Was Ezra sagte, stimmte. Eigenartig, denn er war nicht davon ausgegangen, sich mit diesen Schwarzen anzufreunden, die mit den Weißen in Eintracht zusammenlebten. Sie hatten Wert darauf gelegt, ihm ihre Freundschaft anzubieten, und hatten gut über die Weißen gesprochen, die ihnen Schutz boten. Das alles war äußerst verwirrend. Mandawuys Erfahrung mit dem weißen Mann rührte vom Massaker am Ort des Honigbienentraums und von den Überfällen auf die Farmen, wo man sie mit Kugeln und Peitschen empfangen hatte.

Ezra schien seine Gedanken lesen zu können. »Nicht alle weißen Männer sind grausam zu deinem Volk, Mandawuy. Susan heilt die Kranken und unterrichtet die Kinder, und ich versuche auf meine bescheidene Weise, sie in die Kirche Gottes zu holen. Wir alle sind Seine Kinder, Mandawuy, ob schwarz oder weiß, und deshalb ist es unsere Pflicht, sie auf den rechten Pfad in Sein Reich zu führen.«

Mandawuy hatte festgestellt, dass Ezra ein besonderer Mann war – ein weißer Ältester mit großer Weisheit –, also hatte er ihm höflich zugehört, wenn Ezra seine Geschichten erzählte. Dennoch ergaben sie wenig Sinn für ihn und schienen ihm eigenartig im Vergleich mit denen, die er als Kind vernommen hatte. Das machte ihn rastlos, und er wollte zu seinem Volk zurück. »Ich werde jagen, um etwas zu essen zu haben, und die Erde ist meine Unterkunft«, erwiderte er. »Ich brauche euren Gott nicht.«

»Susan wird traurig sein«, sagte Ezra, als seine Frau zu ihnen kam. »Sie hat dich in ihr Herz geschlossen.«

Mandawuy schaute schüchtern auf die Frau, die ihn so freundlich behandelt hatte. Sie würde ihm fehlen, denn er mochte sie inzwischen, obwohl sie anders roch als die Frauen seines Stammes und so eigenartige Kleidung trug.

»Höchste Zeit, dass wir dich aus der Sonne holen«, sagte sie. »Komm, ich helfe dir.«

Er war wütend auf sich selbst, dass er Zuneigung für eine

Weiße empfand – zornig, dass er sich durch ihre Freundlichkeit und ihre sanfte Stimme hatte einwickeln lassen. Er setzte die Krücken auf und versuchte, sein Gewicht auf das beschädigte Bein zu verlagern. Er wurde von Tag zu Tag kräftiger, und der Schmerz hatte so weit nachgelassen, dass er erträglich war – bis er versuchte, ohne Hilfe zu gehen. Er zischte vor Verärgerung.

»Komm«, bot ihm Susan an. »Stütz dich auf mich.«

Mandawuy schüttelte ihre Hand ab und humpelte über die Lichtung hinweg in den Schatten eines Eukalyptusbaums. Er warf die Krücken hin, ließ sich auf den Boden fallen und funkelte sie wütend an, als sie ihm folgte. »Frau gehört Boss«, rief er. »Mandawuy ist Krieger, kein Kind!«

»Wie du willst«, erwiderte sie freundlich. »Das Essen steht in zehn Minuten auf dem Tisch, wenn du also unbedingt allein zurechtkommen willst, dann kannst du kommen und es dir holen.«

Mandawuy starrte finster in die Ferne. Je eher er ging, umso besser wäre es, denn hier verweichlichte er – genau wie die anderen Eingeborenen, die hier lebten. Er fragte sich, was wohl aus Tedbury und den anderen geworden war, denn allem Anschein nach hatten sie ihn im Stich gelassen. Er hatte gehört, wie Susan und Ezra von einem Überfall auf eine andere Farm weiter flussaufwärts gesprochen hatten, doch er hatte nicht alles verstanden und war zu stolz gewesen, sie um eine Erläuterung zu bitten. Nun war Tedbury anscheinend im Busch verschwunden und kümmerte sich nicht darum, was aus ihm, Mandawuy, geworden war. Er konnte sich nur schwer damit abfinden, seinem Helden nicht so viel zu bedeuten, dass er nach ihm suchte – und noch weniger konnte er hinnehmen, dass es ihm gefiel, hier bei diesen Weißen zu leben.

Beim Duft nach warmem Fleisch lief ihm das Wasser im Mund zusammen, und er schaute sehnsüchtig zum Tisch hinüber, an dem die anderen sich versammelten. Er griff nach den verhassten Krücken und hangelte sich empor. Das viele Denken hatte ihn hungrig gemacht.

George stand in Port Jackson am Kai und rief seinen Männern Anweisungen zu, die schwere Fässer mit Walfischtran aus dem Laderaum wuchteten und mit Seilen und Flaschenzügen zu kämpfen hatten, damit die Fracht landete, ohne zu zersplittern. Es sollten noch zwanzig weitere Fässer kommen, doch die Männer waren erpicht darauf, an Land zu gehen, und wurden immer unvorsichtiger, je länger das Abladen dauerte.

»Passt doch auf, ihr Idioten!«, schrie er, als ein Fass über seinen Kopf hinweg schwenkte und gegen den Mast prallte. »Lasst es erst auspendeln, bevor ihr versucht, es herumzuschwenken, sonst ertrinken wir noch in Tran.«

Er vernahm ein höfliches Hüsteln hinter sich – er wusste, von wem es kam – und ließ die übelsten Flüche vom Stapel, nur um zu beweisen, dass er sich nicht einschüchtern ließ.

»Allem Anschein nach habe ich einen unpassenden Moment erwischt, Sie anzusprechen, Mr Collinson.«

George funkelte Jonathan Cadwallader wütend an. »Es ist immer unpassend, sobald es Sie und Ihre Familie betrifft«, fuhr er ihn an. »Lassen Sie mich in Ruhe arbeiten!«

»Ich werde hierbleiben, bis Sie den Anstand besitzen, mir einen Augenblick Ihre Aufmerksamkeit zu schenken.«

»Was wollen Sie?« Ein weiteres Fass schwang über die Bordwand der *Atlantica*. »Zieh an dem verdammten Seil, du Idiot«, brüllte er. »Lass es doch nicht so locker hängen!«

Jonathan ging um ihn herum, bis er zwischen George und dem Schiff stand. »Ich hätte gern einen Moment lang Ihre ungeteilte Aufmerksamkeit.«

»Wenn Sie da stehen bleiben, kann es sein, dass Sie die ungeteilte Aufmerksamkeit des Fasses mitbekommen, das über Ihrem Kopf schwingt«, entgegnete George.

Jonathan schien das nicht zu beeindrucken. »Ist Ihre Mutter noch auf Hawks Head Farm?«

»Was geht Sie das an?«

»Ich habe einen Brief für sie aus England.«

»Geben Sie ihn mir!« George streckte seine Hand aus. »Ich gehe morgen dorthin, dann kann ich ihn weitergeben.«

»Das glaube ich nicht«, sagte Jonathan mit undurchdringlicher Miene. »Trotz Ihrer Unhöflichkeit haben Sie mir aber meine Frage beantwortet. Einen schönen Tag noch.«

George sah ihm nach, wie er den Kai entlangschlenderte, und war versucht, ihm zu folgen. Seine Mutter würde einen Besuch von diesem Mann nicht schätzen, ganz gleich, was in dem Brief stand. Er zögerte, als Cadwallader in den Mietstall ging, und war im Begriff, hinter ihm herzulaufen, als ein warnender Aufschrei von Deck kam.

»Pass auf!«

George trat zur Seite, war aber nicht schnell genug.

Das Fass stürzte herab und traf nur wenige Zentimeter von seinen Stiefeln entfernt auf das Pflaster. Eine Fontäne aus Walfischtran schoss in die Luft und stürzte auf ihn herab. Von Kopf bis Fuß begossen stand er da, seine Männer brüllten vor Lachen, doch ihm war nicht nach Spaßen zumute, denn jetzt konnte er Cadwallader unmöglich aufhalten.

Eloise hatte den Morgen mit ihrem Vater verbracht, und auf seinen Vorschlag hin hatten sie das Hotel verlassen und gondelten nun mit seiner Kutsche herum, um nach dem Mittagessen ein wenig frische Luft zu schnappen. Charles und Harry saßen neben dem Kutscher, der kleine Oliver stand auf dem Schoß seines Großvaters.

»Dieser junge Mann hat zu viel Energie«, schnaufte der Baron und bemühte sich nach Kräften, das Kind davor zu bewahren, über die Seite zu fallen. »Jetzt wünschte ich, wir hätten dein Mädchen mitgenommen, um auf ihn aufzupassen. Am Ende dieses Ausflugs werde ich erschöpft sein.«

Eloise übernahm Oliver, setzte ihn auf ihren Schoß und gab ihm einen Keks. »Meg hat ein Rendezvous, Papa – und im Übrigen würdest du es dir nicht entgehen lassen, die Jungen einen Nachmittag um dich zu haben.«

Er betrachtete sie nachdenklich. »Du brauchst Ruhe, Eloise«, grummelte er. »Du passt nicht auf dich auf – und du bist viel zu dünn.«

Sie zwang sich zu einem Lächeln und versuchte, den Schmerz in ihren Rippen zu ignorieren, in die Edward sie am Abend zuvor geboxt hatte. Es war ein schneller Schlag gewesen, ausgeteilt in einem Wutanfall, bei dem er sie zur Seite gestoßen hatte, um an die Karaffe zu gelangen. »Es liegt nur daran, dass ich ständig herumlaufe, um diesen Schlingel hier davon abzuhalten, Unfug zu treiben«, sagte sie leichthin.

»Hmmm.« Seine Augenbrauen zogen sich zusammen, als er sich zu ihr beugte und sie mit bohrendem Blick anschaute. »Du glaubst wohl, du kannst mich zum Narren halten, Eloise, aber ich kenne dich zu gut. Irgendetwas stimmt nicht.«

»Papa ... bitte, verdirb uns den Nachmittag nicht.«

Er faltete seine Hände vor dem Bauch. »Bei mir findest du mit den Jungen immer ein Zuhause. Du musst nicht bei ihm bleiben.«

Sie riss die Augen weit auf. Sie hatte geglaubt, ihr Unglück vor ihm verbergen zu müssen. »Danke, Papa«, sagte sie leise, denn sie wusste, dass Charles und Henry in Hörweite waren, »aber ich bin einfach nur müde.«

Oliver wand sich auf ihrem Schoß, und sie bückte sich, um ihn auf den Kutschenboden zu setzen. Sie ließ sich dabei Zeit, um das Bedürfnis zu unterdrücken, ihrem Vater alles zu erzählen.

»Großer Gott, Eloise, da ist Jonathan Cadwallader«, dröhnte ihr Vater.

Erschrocken drehte sich Eloise um und erblickte den Reiter, der hinter ihnen hergaloppiert kam.

»Jonathan!«, rief der Baron und tippte dem Kutscher mit seinem Krückstock auf die Schulter. »Halten Sie an.«

Eloise lief es kalt über den Rücken, als der Graf sein Pferd neben ihnen zum Stehen brachte. Sie konnte es nicht ertragen, ihn anzusehen – nicht, nachdem sie wusste, dass er sie im Hinblick auf Edwards Charakter getäuscht hatte.

»Jonathan«, tönte der Baron und sprang auf die Beine. Die Federung der Kutsche ächzte. »Ich wusste nicht, dass Sie aus England zurück sind. Wie geht es Ihnen, mein Freund?«

Jonathan zog den Hut vor Eloise, die seinen Gruß nur knapp erwiderte.

Der Baron ergriff seine Hand und schüttelte sie so begeistert, dass die leichte Kutsche ins Schwanken geriet und die beiden älteren Jungen beinahe von ihrem Sitz neben dem Kutscher fielen. »Wann können Sie zum Dinner kommen? Heute? Morgen?«

»Es ist schön, Sie wiederzusehen, alter Freund, aber ich kann eine Weile nicht zusagen. Ich muss mich um eine dringende Angelegenheit kümmern, die mich ein paar Tage aufhalten wird.«

»Eine heimliche Liebe, was?« Das rötliche Gesicht des Barons lief noch mehr an, er zwinkerte und schmunzelte. »Sagen Sie, wer ist es?«

Eloise sah, dass Jonathans Lächeln angespannt und unnatürlich war, sein Verhalten weniger lässig, als sie es in Erinnerung hatte. Ihm war deutlich anzumerken, dass er es eilig hatte.

»Ich befürchte, ich muss Sie enttäuschen, Oskar«, sagte er und nahm die Zügel wieder auf. »Ich muss eine liebe alte Freundin treffen, denn ich habe auf meinen Reisen etwas entdeckt, das man nicht übergehen kann.« Er warf Eloise einen fragenden Blick zu, da sie ihr frostiges Schweigen beibehielt.

»Das klingt höchst mysteriös«, murmelte der Baron. Dann merkte er offenbar, dass Eloise gar nichts gesagt hatte. »Komm, mein Kind. Willst du Jonathan nicht willkommen heißen?«

Harry ersparte ihr das Reden, denn er sprach jetzt sehr laut und schnell auf seinen Großvater ein, den er nie zuvor gesehen hatte. Charles und er wetteiferten um Jonathans Aufmerksamkeit. Eloise hob Oliver hoch und setzte ihn wieder auf ihren Schoß.

Jonathans Blick ruhte auf ihr. »Du bist zu beglückwünschen, Eloise. Du hast drei prächtige Jungen.«

Eloise nickte, wollte seinen Blick aber nicht erwidern.

»Dann sag uns doch, Jonathan, was du entdeckt hast und warum es nicht aufzuschieben ist?«

»Ich fürchte, es steht mir nicht zu, es dir zu sagen, Oskar. Aber ich kann dir versichern, dass meine Suche in England mich auf eine Entdeckungsreise besonderer Art geführt hat – und jetzt muss ich es dem einzigen Menschen berichten, für den es die größte Rolle spielt.«

Eloise schaute ihn an, Neugier überwog die Zurückhaltung.

»Ich wünsche euch allen einen schönen Tag«, sagte Jonathan, nickte Eloise zu und tippte an seinen Hut. Er zerzauste den älteren Jungen die Haare und grinste. »Ich komme in ein, zwei Tagen, um euch Lumpen zu sehen«, versprach er und galoppierte in einer Staubwolke davon.

Mandawuy konnte jetzt ohne Krücken laufen, doch er wurde schnell müde, und sein Bein schmerzte noch immer, wenn er weite Strecken zurücklegte. Er stand allein im Hof und starrte hinaus in den Busch. Es machte ihm zu schaffen, dass er nicht wusste, was mit Tedbury geschehen war – und warum sie nicht nach ihm gesucht hatten. Susan und Ezra hielten ihn nicht gefangen. Er war hin- und hergerissen. Sollte er fortgehen oder nicht? Diese Frage hatte er sich jeden Tag gestellt, und mit der Zeit hatte seine Entschlossenheit abgenommen.

Er humpelte aus dem Hof, ging langsam am Flussufer entlang und suchte das rasch dahinschießende Wasser nach Fischen ab. Sie wurden groß in diesem Fluss, und es war eine gute Tageszeit für einen Fang, denn die Sonne stand im Westen, und das Schilf warf lange Schatten. Er streckte das Bein aus, als er sich ins Gras hockte, die Aufmerksamkeit auf das aufblitzende Silber gerichtet, das er im flachen Wasser entdeckt hatte. Sein Jagdspeer lag leicht in seiner Hand. Er hob ihn, perfekt ausbalanciert für den kurzen Flug.

»Mandawuy, wer ist das da drüben?«

Der Fisch schoss davon, und Mandawuy spuckte wütend aus. Susan war zwar leise herangekommen, aber ihre Stimme hatte ihm den Fang verdorben. »Warum sprechen, wenn Mandawuy fischt? Fisch jetzt im Fluss – kann nicht mehr fangen.«

»Es spielt keine Rolle«, sagte sie, legte eine Hand schützend über die Augen und schaute in die Ferne. »Kannst du ausmachen, wer das ist, Mandawuy? Deine Augen sind besser als meine.«

Sein Blick folgte ihrem ausgestreckten Finger, er sah den Reiter und schüttelte den Kopf. »Mann kommt her, große Eile.«

»Ja.« Susan runzelte die Stirn. »Er treibt das arme Pferd, als wäre der Teufel hinter ihm her.« Sie seufzte. »Ich hoffe, er bringt keine schlechten Nachrichten.«

Sie standen nebeneinander am Fluss, die weiße Frau und der schwarze Junge, und sahen den Reiter näher kommen. Mandawuy fummelte an seinem Jagdspeer herum, bereit, sie zu beschützen, sollte ihr Besucher sich als unfreundlich erweisen.

Der Mann rief etwas und winkte, doch er war noch zu weit entfernt, so dass sie seine Worte nicht verstanden. Mandawuy packte den Speer fester, denn Susan war blass geworden.

»Susan!« Die Stimme des Reiters erreichte sie über dem Donnern der Hufe.

»Jonathan!« Rasch legte sie die Hand auf den Mund. »Was um alles in der Welt ...«

Mandawuy hatte geglaubt, sie sei ängstlich, doch er hatte sich geirrt. Etwas Tieferes und Stärkeres zog sie zu dem Mann auf dem Pferd hin, und ihr Gesicht glühte. Er lockerte den Griff um den Speer.

Das Pferd war mit Schaum und Schweiß bedeckt, es schoss auf sie zu, und der Mann auf dem Rücken stand in den Steigbügeln, winkte mit dem Hut und rief ihren Namen. Dann sank das zarte Vorderbein der Stute plötzlich wie in Zeitlupe in den Boden.

Das Pferd stieß einen Schmerzensschrei aus, stürzte und schlug dann mit dem Hals auf.

Der Mann hatte bereits das Gleichgewicht verloren und flog nun über den Kopf des Pferdes. Er schlug auf dem Boden auf und lag reglos da.

»Jonathan!« Susan rannte los.

Mandawuy humpelte hinter ihr her, verwundert, dass eine so alte weiße Frau sich so rasch fortbewegte, und verärgert, dass er nicht mithalten konnte. Das Pferd war wieder auf die Beine gekommen, das Vorderbein jedoch hing seltsam herab und war anscheinend gebrochen. Das Tier hatte offenbar Schmerzen.

Susan warf sich zu Boden, ihre Hände zitterten über der hingestreckten Gestalt, als hätte sie Angst, den Mann zu berühren. »Jonathan?«, flüsterte sie. »Jonathan, kannst du mich hören?«

Mandawuy stand da und sah zu, unsicher, was er machen sollte. Der Mann war bleich, und seine Augen waren geschlossen. War er tot?

»Jonathan?« Susan berührte sein Gesicht, und er öffnete die Augen. »Gott sei Dank«, hauchte sie. Sie nahm seine Hand, küsste sie und hielt sie an ihr Herz.

Jonathan schaute sie an. »Susan«, stieß er hervor, »meine über alles Geliebte.«

»Sprich nicht!«, bat sie. »Bleib still liegen, während Mandawuy Hilfe holt.«

Mandawuy wusste, er sollte jemanden holen, doch die Neugier hielt ihn fest.

»Warum hast du mich angelogen?« Jonathans Finger strichen über ihre Wange.

»Ich weiß nicht, was du meinst«, schluchzte sie. Sie schaute zu Mandawuy auf, Tränen in den Augen. »Hol Hilfe! Schnell!«

Mandawuy trat einen Schritt zurück, doch er hatte nicht die Absicht, jetzt schon zu gehen. Es war viel zu interessant.

Jonathans Hand sank von ihrem Gesicht. Das Atmen fiel ihm schwer. »Es war nur eine einzige Lüge«, keuchte er. »Aber es war die grausamste.« Beim Atmen rasselte es in seiner Brust.

Alle Farbe wich aus Susans Gesicht, als sie sich über ihn beugte. »Es sollte nicht grausam sein, mein Liebster«, flüsterte sie. »Ich hatte Angst, wenn du die Wahrheit gewusst hättest, hätte es jegliche Liebe zerstört, die du für mich empfandest.«

Sein Blick hielt sie fest, während er mit dem Atmen

kämpfte. »Niemals«, keuchte er. »Dafür war sie zu stark.« Er versuchte, Susan wieder zu berühren, doch anscheinend fehlte ihm die Kraft. »Ich habe sie gefunden, Susan. Ich habe unsere Tochter gefunden ...«

»Sie lebt?« Susan ergriff seine Hand.

Jonathan schwieg, sein Atem kam stoßweise.

»Erzähl mir von ihr«, drängte sie. »Jonathan, bitte. Sprich mit mir.«

»Sie sieht aus wie du«, murmelte er und verstummte für immer.

»Nein«, schrie Susan auf und warf sich über ihn. »Du kannst mich nicht verlassen – nicht jetzt«, tobte sie. »Jonathan – du musst mir sagen, wo sie ist. Bitte, Liebster. Bitte! Ich habe schon eine Tochter verloren. Verdamme mich nicht dazu, eine weitere zu verlieren.«

Mandawuy trat einen Schritt zurück, während Susan tobte und auf die Brust des toten Mannes einschlug. Es war, als hätten die Geister von ihrem Verstand Besitz ergriffen, und ihm gefiel diese veränderte Susan nicht.

»Susan, was ist denn nur los?« Ezra lief durch das Gras auf sie zu. Er erreichte Mandawuy, und sein Gesicht wurde aschfahl. Susan bemerkte ihn nicht, denn sie hatte den Toten in die Arme geschlossen und wiegte ihn wie ein kleines Kind. »Was ist hier passiert, Mandawuy?«

»Mann kam schnell auf dem Pferd, sehr schnell. Pferd gestürzt, Mann am Boden.«

»Er wollte mich besuchen«, sagte Susan und hob ihr tränenüberströmtes Gesicht.

»Warum? Welchen Grund sollte dieser Mann haben hierherzukommen?«

»Er hatte Nachrichten von Ann, deiner Schwägerin«, sagte sie und versuchte, gegen ihre Tränen anzukämpfen, »aber er starb, bevor er mir sagen konnte, was es war.«

Mandawuy runzelte die Stirn. Er musste die Szene, die er mit angesehen hatte, falsch verstanden haben, denn Susan schilderte sie anders, als er es getan hätte. Verwirrt schaute er zwischen Susan und Ezra hin und her. Diese Weißen würde er nie verstehen.

Arbeiter von der Farm waren Ezra rasch gefolgt. Das Pferd wurde erschossen, um es zu erlösen, und Jonathans Leiche wurde auf einen Karren geladen. Susan ging hinterher, eine einsame Gestalt, gramgebeugt.

Mandawuy sah ihnen nach, bis sie in den Hof einbogen und außer Sichtweite waren. Er hatte von diesen guten Menschen vieles gelernt – Dinge, die er immer in sich tragen würde. Sie hatten ihm bewiesen, dass Schwarz und Weiß zusammenleben konnten, dass ihnen dieselben Ängste und Freuden gemeinsam waren – aber nicht alle Weißen waren wie Ezra und Susan, und sein Volk musste auf der Hut sein.

Mit einem letzten Blick auf die Farm tat Mandawuy den ersten Schritt seiner langen Wanderung nach Norden. Zeit, nach Hause zu gehen.

Siebzehn

Kernow House, Watsons Bay, September 1804

Edward saß im Wohnzimmer, tief in Gedanken versunken. Ein großes Feuer loderte im Kamin, um die Winterkälte zu vertreiben, die Vorhänge waren zugezogen, und das Donnern der Brandung drang nur gedämpft herein. Eloise und die Jungen besuchten den Baron, und im Haus war es still.

Stirnrunzelnd besah er den Stapel Briefe, den der Diener hereingebracht hatte. Er würde sie später lesen. Er lehnte sich in seinem Sessel zurück, starrte ins Feuer und dachte an seinen Vater. Sein Tod war ein furchtbarer Schock gewesen, die Nachricht wurde von einem Reiter überbracht, den man aus Hawks Head geschickt hatte – und ihm war nach wie vor ein Rätsel, was Jonathan dort zu suchen hatte. Edward hatte kaum Zeit genug gehabt, sich wieder zu fassen, als die Leiche seines Vaters auch schon auf einem Karren in die Stadt gebracht wurde. Die Beerdigung hatte noch am selben Abend stattgefunden.

Tief seufzend dachte Edward an jenen merkwürdigen Tag zurück. Die Collinsons waren nicht zum Gottesdienst geblieben, und Eloise hatte sich geweigert, daran teilzunehmen. Er hatte mit dem Baron neben dem offenen Grab gestanden, während der Priester eintönig die Andacht herunterleierte. Edward hatte nicht begreifen können, was geschehen war. Er wünschte, er könnte trauern. Doch die Jahre des Schmerzes, den sein Vater ihm zugefügt hatte, als er ihn in der Kindheit missachtet und später dafür gesorgt hatte, dass man ihn in die Wildnis versetzte, waren zu fest in ihm verankert. Doch nun, da er gestorben war, spürte er trotzdem einen immensen Verlust. Er grübelte darüber nach, dass sein Hass womöglich eine Art Liebe gewesen war – Liebe und Hass waren schließlich enge Verbündete.

Er richtete seine Aufmerksamkeit auf den Brief mit dem allzu vertrauten Siegel. Es war an der Zeit, den letzten Willen seines Vaters zu lesen.

»Papa geht es nicht gut«, sagte Eloise, als sie kurz darauf ins Zimmer trat und den Geruch nach Seeluft mit sich brachte. »Charles und Harry haben versucht, ihn aufzumuntern, aber der Tod deines Vaters hat ihn zutiefst bekümmert.«

Edward schaute vom Testament auf. Er hatte kaum ein Wort von ihr zur Kenntnis genommen, denn er war vor Schreck wie betäubt. »Er hat mich betrogen.«

Eloise sah ihn aufmerksam an. »Wer hat dich betrogen?«

»Vater«, sagte er heiser. »In seinem Testament.«

»Ich verstehe nichts«, flüsterte sie. Vor Angst zitternd, wich sie einen Schritt vor ihm zurück.

Edward war so wütend, dass er beinahe unzusammenhängend daherredete. Er riss den Brief an sich, der dem Testament beigefügt war, und wedelte damit vor ihrer Nase herum. »Die beiden Handelsschiffe wurden vor Kairo von Napoleons Invasionstruppe versenkt, und die gesamte Ladung ging verloren. Er hat seine Ländereien bis zum völligen Ruin vernachlässigt, und die Farmen haben seit Jahren keinen Gewinn abgeworfen.«

Er knirschte mit den Zähnen. »In dem Londoner Besitz

ist etwas Geld gebunden, und natürlich werden Land und Dörfer in Cornwall immer ein gewisses Einkommen sichern – aber viel wird es nicht sein.«

»Vielleicht kannst du sie mit dem hier erworbenen Vermögen wieder rentabel machen?«

»Sei nicht albern, Weib!«, fauchte er. »Was ich habe, würde nicht einmal ansatzweise den Schaden reparieren, den mein Vater angerichtet hat.« Er warf ihr die Papiere zu. »Und das ist noch nicht alles. Lies das Testament, und sieh selbst!«

Er ging an den Tisch und goss sich großzügig Weinbrand ein, kippte ihn hinunter und schenkte nach.

Als sie schließlich von den Papieren aufschaute, war ihr Gesicht blass, die Augen vor Sorge weit aufgerissen. »Es muss doch einen Ausweg geben«, sagte sie nervös. »Vielleicht, wenn du nach London fährst ...«

»Um was zu tun? Mit der Mütze in der Hand zum Anwalt gehen und darum betteln, mir die letzten paar Guineen zu überlassen, die er für die Jungen in Verwahrung hat? Ihn dahin bringen, die Urkunden und Vertragsbestimmungen zu übergehen, mit denen mein Vater fein säuberlich alles blockiert hat, solange ich lebe?« Er leerte sein Glas und füllte es erneut. »Mein Vater war immer schon ein verteufelter Mistkerl, und sein letzter Wille beweist, dass er entschlossen war, mich noch im Tod zu übervorteilen«, knirschte er. »Er hat alles, was einen Wert besitzt, den Jungen hinterlassen. Ich erbe eine Ruine in Cornwall und einen wertlosen Titel, mehr nicht.«

»Aber es heißt darin, es gebe ein lebenslanges Einkommen aus dem Treuhandvermögen«, sagte sie, »und wir leben doch ganz bequem hier. Mit deinen anderen Erträgen sollte es doch reichen.«

Edward schleuderte das Glas auf das Kamingitter, wo es in winzige Scherben zersprang. »Hol dich doch der Teufel, Eloise! Hast du mir denn nicht zugehört?« Er baute sich vor ihr auf und packte sie an den Armen. »Ich habe mich auf mein Erbe verlassen. Wie zum Henker sollte ich denn wissen, dass mein Vater mich zugunsten meiner Söhne übergehen und mir kaum ein Taschengeld hinterlassen würde?« Er stieß sie von sich.

»Was hast du getan, Edward?«

»Ich habe mein Erbe beliehen«, sagte er, kehrte ihr den Rücken zu, stützte sich am Kamin ab und starrte in die Flammen. »Die Aussicht auf einen Titel und Ländereien in England sind immer gut für eine Anleihe.« Er ballte die Fäuste und holte tief Luft. »Ich hätte nie damit gerechnet, dass er mir nur einen Hungerlohn vererben würde.«

»Wie konntest du dich auf dein Erbe verlassen, wenn dein Vater noch viele Jahre hätte leben können?«, fragte sie.

Er trat vom Kamin zurück und vergrub die Hände in den Hosentaschen, um sich daran zu hindern, sie zu schlagen. »Ich gehe aus«, sagte er, ohne auf ihre Frage einzugehen.

»Edward, warte!« Flehentlich streckte sie eine Hand nach ihm aus.

»Ich habe dir genug gesagt.« Er verließ den Raum, schritt aus dem Haus zu den Ställen und schrie den Stallburschen an, sein Pferd zu satteln.

Dann schwang er sich auf, trieb dem Pferd die Sporen in die Flanken und galoppierte zum Strand. Er musste einen Weg aus diesem katastrophalen Chaos finden, bevor er sich

Ende der Woche mit Carlton traf. Ein schneller Ritt über den Strand würde ihm den Kopf frei machen – er würde seine fünf Sinne brauchen, wenn er den Bankrott vermeiden wollte.

Kaserne in Sydney, sechs Tage später, September 1804

»Ich weiß nicht, was ich machen soll«, sagte Edward und durchmaß seinen privaten Raum in der Kaserne mit langen Schritten. »Ich habe kein Geld, und in ein paar Stunden soll ich Carlton treffen.«

»Ich habe versucht, dich zu warnen«, murmelte Willy Baines, »aber mein Ratschlag wurde ja wie üblich überhört.«

Edward gefiel die Selbstgefälligkeit im Ton des Mannes nicht, aber er musste zugeben, dass er recht hatte. Das Bedürfnis, Carlton im Kartenspiel zu schlagen, war zu einer Besessenheit geworden, und da die Schulden anstiegen und seine Geschäftsvorhaben missglückten, hatte es ihn noch fester im Griff.

Er fuhr sich mit der Zunge über die Lippen. Der nächste Schritt fiel ihm schwer, aber er hatte keine andere Wahl.

»Du kannst mir nicht zufällig fünfzig Guineen leihen? Ich habe dich oft genug aus dem Schlamassel gezogen, und du musst irgendwo ein ziemliches Sümmchen versteckt haben.« Er war sich bewusst, wie verzweifelt er klang, doch er musste etwas tun, um Carltons Zahlungsforderungen hinauszuschieben.

Aus Willy Baines' barschem Gelächter sprach kein bisschen Humor. »Woher sollte ich denn so viel Geld bekommen? Ich habe weder ein Grundstück, noch privates Einkommen – im Gegensatz zu manchen anderen. Du musst schon ein paar von deinen famosen Pferden verkaufen – oder das Haus an der Watsons Bay.«

»Niemals!«

Willy zuckte mit den Schultern. »Stolz bezahlt dir deine Schulden nicht«, sagte er mit der Sorglosigkeit eines Mannes, der wenig Mitleid und nichts zu verlieren hatte. »Carlton würde dir das Haus als Gegenleistung für deine Schuldscheine aus der Hand reißen, und der Verkauf der Pferde würde dir genug einbringen, um von vorn anzufangen.« Aus seinem Lächeln sprach der blanke Hohn. »Es würde dir nicht schaden zu erfahren, wie wir anderen mit unserem Sold überleben.«

Wut stieg in Edward auf. »Wie kannst du es *wagen*, so mit mir zu reden? Deine Unverschämtheit ist nicht zu ertragen.«

»*Ich* bin es nicht, der hier völlig abgebrannt ist, Captain, und ich darf dich daran erinnern, dass ich viel zu viel weiß, als dass du irgendetwas gegen meine ›Unverschämtheit‹ tun könntest, wie du es nennst.« Er setzte seine Mütze auf. »Carlton würde dich früher oder später kriegen – das wussten wir beide, aber du warst zu anmaßend, es zuzugeben.« Er ging zur Tür.

»Keiner hat gesagt, dass du abtreten darfst!«, brüllte Edward.

Willy drehte sich um. »Ich habe um eine Versetzung nach Van Diemen's Land gebeten«, sagte er. »Und ab heute bist du nicht mehr mein befehlshabender Offizier.«

Edward sank auf den Stuhl, den Kopf auf beide Hände gestützt. In den vergangenen beiden Jahren hatte sich sein Trupp, der immer so eng zusammengehalten hatte, weitgehend aufgelöst, und wenn Willy wegging, würde der Rest folgen. »Sollen sie doch alle in Port Phillip oder Van Diemen's Land vor die Hunde gehen oder wohin sie sonst abhauen – ich kann auch ohne sie überleben.«

Er lauschte den fernen Geräuschen von draußen. Eiskalt überfiel ihn das Gefühl der Einsamkeit. Er konnte niemandem mehr vertrauen. Seine Gedanken liefen im Kreis und kehrten immer wieder zu seinem Vater und dem vernichtenden Schlag zurück, den er ihm mit seinem Testament versetzt hatte.

Seine Taschenuhr schlug und schreckte ihn auf. Carlton dürfte bereits unterwegs zum Treffpunkt sein, und er hatte ihm nichts anzubieten. Er konnte nur noch hoffen, hatte aber das ungute Gefühl, dass die Zeit abgelaufen war.

Der französische Jude James Larra war in London erwischt worden, als er mit Diebesgut Handel trieb, hatte jedoch während seiner Haftzeit in Australien die Möglichkeiten erkannt, die dieses Land bot. Daher hatte er nach seiner Freilassung seine Landzuteilung in Anspruch genommen und in Parramatta ein Wirtshaus gebaut. Der Verkauf von Getränken war gewinnbringend, und das Lokal hatte schon bald einen guten Ruf, weil dort ausgezeichnetes Essen serviert wurde. Edward war nicht überrascht, als er sah, dass Henry Carlton ein Abendessen bestellt hatte, um sich die Wartezeit zu verkürzen.

»Sie sehen aus wie jemand, der ein großes Geschäft im Sinn hat«, sagte Carlton. Edward ließ sich auf den Stuhl ihm gegenüber fallen. »Möchten Sie etwas essen?«

Bei dem Gedanken an Essen wurde Edward übel. »Ich

nehme nur etwas Wein«, sagte er, ergriff die Flasche und schenkte sich großzügig ein.

Henry Carlton aß den perfekt gegrillten Fisch zu Ende, legte sein Besteck beiseite und tupfte sich die Lippen mit einer Leinenserviette ab. »Wir wollen die geschäftlichen Dinge rasch hinter uns bringen, damit wir uns entspannen können.« Er lehnte sich zurück mit der Haltung eines Mannes, der sich rundum wohl fühlte. Nur eine gewisse Härte in seinem Blick sagte Edward, dass seine Geduld allmählich erschöpft war. »Haben Sie mein Geld?«

Edwards Hand zitterte, als er einen Schluck Wein trank, und er stellte das Glas rasch wieder auf den Tisch. »Ich trauere um meinen Vater«, sagte er und setzte eine dementsprechend feierliche Miene auf. »In einer solchen Zeit über Geld zu sprechen, grenzt an Gewöhnlichkeit.«

»Gewöhnlich oder nicht, Sir, Sie schulden mir über fünfhundert Guineen.«

»Ich brauche mehr Zeit.«

»Davon hatten Sie reichlich.«

»Aber es wird Wochen dauern, die Angelegenheiten meines Vaters zu regeln. Sobald das erledigt ist, bekommen Sie Ihr Geld.«

»Das glaube ich nicht«, sagte Carlton. »Denn Ihre Söhne sind seine Hauptbegünstigten.« Sein Blick war unbewegt und völlig unpersönlich.

Edward starrte ihn verblüfft an. »Woher wissen Sie das?«

»Ich verfüge über viele verschiedene Kontakte. Anwaltsgehilfen werden nicht gut bezahlt. Also, wo ist mein Geld?«

»Ich habe es nicht.«

Die grauen Augen betrachteten ihn kalt. »Das habe ich

mir schon gedacht. Was schlagen Sie vor, um Ihre Schulden zu begleichen?«

»Ich habe Pferde, gute Vollblüter. Sie müssen an die hundert Guineen wert sein.«

»Ich habe selbst Pferde.«

»Ich besitze eine Bäckerei und zwei Schnapsläden in der Stadt. Als Eigentum sind sie nicht viel wert, aber sie werfen viel ab.«

»Ich habe nicht den Wunsch, in den Einzelhandel einzusteigen.«

Schweiß rann an Edwards Wirbelsäule entlang. »Dann ist da noch mein Haus.«

Carlton lächelte, doch sein harter Blick blieb unverändert. »Ach ja. Wie ich hörte, ist es sehr schön. Ein ziemlicher Palast für diese Gegend.«

Hoffnung kam auf. »In der Tat«, sagte Edward hastig. »Aus den besten Materialien gebaut mit drei Morgen Land und einem Stall. Es ist stabil und solide und hat einen herrlichen Blick über das Meer.«

»Dessen bin ich mir sicher«, murmelte Carlton. »Ich habe auch gehört, dass der Stuck prächtig ist, und die Kandelaber wurden aus Italien importiert.«

»Die schmiedeeisernen Ofengitter kommen aus England«, sagte Edward eifrig.

Carlton, den das nicht zu beeindrucken schien, schenkte sich gemächlich Wein nach, während der Wirt auf seinen Wink hin eine Zigarre für ihn anschnitt und ihm Feuer gab. Nachdem er sich an Wein und Zigarre gelabt hatte, wandte er sich wieder Edward zu. »Es wäre eine Schande, Ihrer Frau und den Kindern das Zuhause zu rauben«, erklärte er.

Edward schwitzte jetzt am ganzen Körper, trotz des scharfen Windes, der durch die Ritzen in den Holzwänden pfiff. »Ich werde ein anderes finden«, sagte er schnell. »Vielleicht nicht ganz so großartig, aber es muss reichen, bis ich mir wieder ein besseres leisten kann.«

Carltons Miene war schwer zu deuten. »Sie haben im Lauf der Jahre eine Menge Geld mit Ihren geschäftlichen Unternehmungen gemacht. Das Monopol, das Sie und andere Offiziere über den Verkauf von Rum innehaben, dürfte ein ordentliches Einkommen sichern«, bemerkte er. »Warum sagen Sie so hartnäckig die Unwahrheit und behaupten, Ihre Schulden nicht begleichen zu können?«

»Ich habe Ausgaben«, gestand Edward ein. »Das Einkommen deckt sie kaum. Der Handel floriert zwar, aber der Gewinn verteilt sich über viele.« Er hasste die Demütigung, sich vor diesem Mann bloßstellen zu müssen – verabscheute es, zuzugeben, dass er auf der ganzen Linie versagt hatte. »Sie sehen also«, sagte er mit aller Ruhe, die er aufbringen konnte, »ich habe nicht gelogen.«

Schweigen trat ein, und je länger es dauerte, umso nervöser wurde Edward. Carlton spielte mit ihm. »Das Haus, die Pferde und die Läden sind alles, was ich zu bieten habe. Nehmen sie einen Posten oder alle, und die Schuld ist abgetragen.«

»Ich brauche kein Haus«, sagte Carlton, rauchte die Zigarre zu Ende und drückte sie in einer Glasschale aus. »Meine Unterkunft reicht aus, und ich habe vor, gegen Ende des nächsten Jahres zu meiner Farm in Kapstadt aufzubrechen.«

»Was wollen Sie dann?« Edward ballte die Fäuste. Er war

versucht, den Mann von seinem Stuhl zu ziehen und ihn zu Brei zu schlagen. Aber er musste sich beherrschen. Er hatte nicht Eloise vor sich, die man schlagen konnte, damit sie sich unterwarf, und es würde ihm wenig nützen, seine Fäuste einzusetzen, die Schulden blieben trotzdem bestehen.

»Alles«, meinte Carlton ruhig.

»Aber Sie sagten doch ...«

»Ich habe Ihr Angebot nicht abgelehnt, sondern nur darauf hingewiesen, dass ich Läden, Pferde oder ein Haus nicht brauche – aber es sind Vermögenswerte, die man verkaufen kann. Ihre Schulden sind im vergangenen Jahr angestiegen, zu Beginn waren es zwar fünfhundert Guineen, die sich jedoch meiner Schätzung nach mit den Zinsen inzwischen auf siebenhundert belaufen.« Der Blick war kühl, die Miene steinern. »Haben Sie siebenhundert Guineen, Cadwallader?«

Edward schüttelte den Kopf. »Aber wenn Sie mir alles nehmen, wie soll ich dann leben?«

»Anscheinend haben Sie ganz vergessen, dass Sie eine Frau und Söhne haben, Cadwallader. Um deren Wohlergehen sind Sie offenbar nicht besorgt.«

»Dann lassen Sie mir wenigstens genug, um ein neues Haus für sie zu bauen«, flehte er.

»Ein weiteres Monument für Ihre Eitelkeit?«, schnaubte Carlton.

Edwards Gedanken rasten. »Eitelkeit oder nicht, ich muss meiner Familie ein Zuhause schaffen.«

»Das hätten Sie sich früher überlegen müssen«, sagte Carlton. »Was glauben Sie denn, wie die armen Seelen zurechtgekommen sind, die Sie durch Erpressung und Betrug aus ihren Farmen und Geschäften drängten? Haben Sie auch nur einen Augenblick an deren Kinder gedacht? Ihre Habgier ist so groß wie Ihre Eitelkeit, und es ist mir eine Freude, Ihren Untergang zu inszenieren.«

»Woher wissen Sie so viel über meine Angelegenheiten?« Edward spürte, wie seine Haut kribbelte.

»Ich habe viel über Sie und Ihre Geschäfte herausgefunden, Cadwallader. Ich habe es mir zur Aufgabe gemacht.« Er hob eine Hand, um Edwards Protest zu unterbinden. »Sie sind skrupellos, disziplinlos, ein Lügner und Betrüger.«

Edward hatte zu seiner Verteidigung nichts vorzubringen.

»Meine Fähigkeiten erstrecken sich nicht nur auf das Kartenspiel«, sagte Carlton. »Die Amerikaner haben ein Sprichwort, das besagt, wenn man nicht weiß, wer der Narr am Kartentisch ist, dann ist man es selbst. Haben Sie kürzlich unerklärliche Geschäftsverluste erlitten? Oder festgestellt, dass ein anderer schneller war als Sie, wenn Sie kurz davorstanden, ein Geschäft abzuschließen? Vielleicht hat der Mann, von dem Sie glaubten, er wollte unbedingt Geschäfte mit Ihnen machen, verkauft und ist umgezogen.«

Die Worte hallten in Edwards Kopf wider. »Sie waren das?«

Carlton lächelte. »In der Tat.«

»Wie haben Sie das gemacht?«

»Das ist mein Geheimnis«, erwiderte er. »Es soll genügen, wenn ich sage, dass ich Ihnen stets einen Schritt voraus war, und es war schön mitanzusehen, wie Sie sich wanden.«

»Wieso ich?«, wollte Edward wissen. »Was habe ich Ihnen getan, um das zu verdienen?«

Ein langes Schweigen trat ein, während Carlton ihn

mit unverhohlenem Abscheu betrachtete. »Denken Sie zurück an Ihre Schulzeit. Erinnern Sie sich an einen Arthur Wilmott?«

Edward wurde plötzlich kalt. Er erinnerte sich tatsächlich noch an den ziemlich kränklichen Jungen mit blondem Haar und blauen Augen, der nachts meistens nach seiner Mutter geweint hatte. Edward und sein enger Freundeskreis hatten ihn als Freiwild betrachtet und ihren Spaß daran gefunden, ihm das Leben schwer zu machen. »Was ist mit ihm?«, platzte es aus ihm heraus.

»Ich bin mir sicher, Sie wissen noch, wie grausam Sie zu ihm waren«, sagte Carlton. »Der arme Junge trauerte um den Verlust seiner Mutter, als Sie und die anderen ihn in den Keller sperrten.«

»In dem Alter hatten wir alle zu leiden«, entgegnete er. »Wilmott musste abgehärtet werden.«

»Sie weigern sich, die Schuld an seinem Tod zuzugeben?«

»Wir haben ihn nicht umgebracht«, beteuerte Edward.

»Sie haben ihn länger als vierundzwanzig Stunden dort gelassen.«

»Wir wollten ja zu ihm zurück, aber der Rektor gab uns zusätzliche Arbeiten, die wir in unseren Zimmern erledigen sollten. Dann wurden die Türen für die Nacht abgeschlossen.«

»Das ist keine Entschuldigung«, fuhr Henry Carlton ihn an. »Sie hätten jemanden schicken können, der ihn herausließ. Es war mitten im Winter, und Sie haben ihn nackt in dem feuchten Keller gelassen, in dem es von Ratten wimmelte. Als er gerettet wurde, war er fast wahnsinnig vor Angst und starb innerhalb von zwei Wochen an Lungenentzündung.«

»Wir waren noch jung«, murmelte Edward. »Wir waren uns über die Folgen unserer Tat nicht im Klaren.«

»Sie waren vierzehn«, fauchte Carlton, »alt genug, um genau zu wissen, was Sie taten.« Er beugte sich vor und legte die Arme auf den Tisch. »Sie sind noch immer jener grausame Schuljunge, der keine Rücksicht auf andere nimmt, den alles kalt lässt, was ihn oder sein Wohlergehen nicht direkt betrifft. Ich hatte gehört, dass Sie nach Australien gegangen waren, und als ich Sie an jenem Morgen am Kai stehen sah, wusste ich, dass meine Chance gekommen war, Ihnen eine Lektion zu erteilen, die Sie nie vergessen würden.«

Edward schwieg.

»Es war leicht, Ihre Eitelkeit zu schüren, Sie in Ihrem eigenen Spiel zu schlagen – denn Sie beherrschen des Kartenspiel nicht wie ich, und Sie sind zu arrogant, um auf die Warnungen Ihres früheren Freundes Barnes zu hören.«

»Er war Ihr Informant?« Edward war zutiefst erschrocken.

»Sie haben sich viele Feinde gemacht, Cadwallader, und Feinde reden. Stück für Stück habe ich Ihnen alles unter der Nase weggeschnappt. Es war, als stehle man einem kleinen Kind Bonbons.«

»Wer sind Sie?«, flüsterte Edward.

»Arthur Wilmott war mein geliebter Neffe, mein einziger Erbe – und ich habe viele Jahre darauf gewartet, seinen Tod zu rächen.«

»Warum ich?« Edward bemerkte den Jammerton in seiner Stimme und wurde rot. »Ich war nicht der Einzige, der ihn dort hineingesteckt hat.«

»Die anderen sind schon erledigt«, sagte Carlton tonlos. »Zwei sitzen im Schuldnergefängnis, einer hat sich erhängt.«

Edward musste diese Neuigkeiten erst einmal verdauen. Carlton war ein gefährlicher Mann – und seine Absichten tödlicher, als er es sich je hätte vorstellen können. »Sie würden also meine Frau und meine Kinder auf die Straße setzen, um sich zu rächen, und meine Karriere zerstören, so dass ich nicht weiter für sie sorgen könnte?«

Henry Carlton schüttelte den Kopf. »Ich will mich nicht an Ihrer Familie rächen. Ihre Angehörigen sind unschuldig, gefangen im Netz Ihrer Täuschungen. Was jedoch Ihre Karriere betrifft, die war schon nach dem, was Sie sich in Banks Town erlaubt haben, auf dem absteigenden Ast.«

Edwards Pulsschlag machte einen Sprung. Willy Baines hatte zu viel geredet, und wenn er ihn erwischte, würde er ihm die Zunge herausschneiden. Er versuchte, seine Gedanken zu ordnen. »Sie werden mir das Haus also lassen?«

»Nein.«

Edward erstarrte. »Was dann?«

»Ihre Pferde sind vor neun Uhr morgen früh an meiner Unterkunft abzuliefern, die Stute Ihrer Frau und die Ponys der Jungen ausgenommen. Ich werde die Übertragungsurkunden für die Läden und das Haus morgen früh um elf quittieren. Wir treffen uns in den Büros von White and Marshall.«

»Aber Sie sagten doch ...«

»Hören Sie zu, Cadwallader, und unterbrechen Sie mich nicht.« Henry Carlton funkelte ihn über den Tisch hinweg wütend an. »Ihr Vater war ein kluger Mann, und sein letzter Wille hat mich auf eine Idee gebracht, was ich mit dem Haus anfange.« Sein Lächeln war vernichtend. »O ja. Der Anwaltsgehilfe war sehr entgegenkommend. Ich kenne jede

Klausel im Testament Ihres Vaters.« Er trank einen Schluck Wein. »Und es hätte keinen Zweck, nach dem Mann zu suchen. Er ist seither unbekannt verzogen.«

Edward biss die Zähne zusammen.

»Die Besitzurkunden vom Haus gehen an Ihre Söhne über mit dem Vorbehalt, dass Ihre Frau dort bis an ihr Lebensende wohnen darf – oder bis zu ihrem Auszug, je nachdem, was früher eintritt.« Der Blick aus seinen grauen Augen war stahlhart. »Es bleibt ihr überlassen, ob sie das Anwesen mit Ihnen teilen will, aber sollte sie Sie verlassen oder vor Ihnen sterben, werden Sie das Eigentum umgehend räumen.«

Edward schob den Stuhl zurück und stand auf. »Das können Sie nicht machen«, knurrte er.

»Ich kann, und ich werde es.« Carlton erhob sich und nahm Hut und Mantel vom Wirt entgegen. »Vergessen Sie nicht, Cadwallader, ich halte die Karten in der Hand – und sollten Sie in Erwägung ziehen, mir ein Messer zwischen die Rippen zu stoßen, sollten Sie wissen, dass ich Leute habe, die zu jeder Zeit meinen Rücken im Auge haben.«

Edward folgte seinem Blick und sah einen bulligen Mann am Eingang.

Carlton setzte seinen Hut auf. »Wir sehen uns morgen um elf.«

Nachdem Carlton gegangen war, sank Edward wieder auf den Stuhl. Er wollte schon eine Flasche Whisky bestellen, doch ihm wurde schlagartig bewusst, dass er dafür kein Geld in der Tasche hatte. Mit leerem Blick betrachtete er den Rest Wein in seinem Glas und kippte ihn dann hinunter. Er schmeckte bitter – wie Blut.

Watsons Bay, Oktober 1804

Eloise hielt ihr Pferd im Schritttempo, während die drei Jungen ihre Ponys zum Trab anspornten. Um Harry und Oliver war ihr nicht bange – sie ritten inzwischen, als wären sie dazu geboren –, Charles hingegen hüpfte auf dem struppigen Rücken seines Reittiers auf und ab, und sie hoffte nur, dass er diesmal sitzen bliebe. Der Sand war weich, und seine Stürze wurden abgefedert, doch Harry lenkte die Ponys näher ans Wasser, wo der Untergrund weniger nachgab.

Sie trieb die Stute zum Trab an und folgte ihnen. Charles, der gerade seinen Geburtstag gefeiert hatte, saß recht entspannt im Sattel und lachte, als das Wasser unter den Hufen seines Ponys bis zu seinen Beinen aufspritzte. Wenn er doch nur zusammen mit seinem Vater auch so sorglos sein könnte, dachte sie.

An diesem Morgen waren sie hierhergekommen, um die Kühle der frühen Stunden und die Freiheit zu genießen, die nur ein leerer Strand zu bieten hatte. Das Haus war außer Sichtweite, Edward schlief nach seinen nächtlichen Ausschweifungen aus, und Eloise wollte ihre Sorge über das eigenartige Verhalten ihres Mannes seit jenem Tag vor zwei Wochen vergessen. Die Welt schien hell und frisch nach dem Trübsinn, der in den vergangenen Wochen über ihnen gehangen hatte.

Edwards Laune hatte sich von Tag zu Tag weiter verschlechtert, die Alpträume kehrten immer häufiger wieder, woraufhin er derart übellaunig wurde, dass sie um seinen Verstand fürchtete. Sie hatte versucht herauszufinden, was geschehen war, weshalb er so unleidlich war, doch Edward hatte jede Frage abgeblockt. Das plötzliche Verschwinden der Pferde war nicht kommentiert worden, und ihr war aufgefallen, dass mehrere gute Porzellanstücke in den Schränken fehlten, dass ihre Diamantkette und die Ohrringe sich nicht mehr in ihrer Schublade befanden. Daraus konnte sie nur schließen, dass Carlton Edwards Schulden eingefordert hatte.

Vermutlich sollte sie dankbar sein, dass Edward die Ponys und ihre Stute nicht verkauft hatte – den Verlust ihrer Diamanten hingegen nahm sie ihm übel, denn sie waren ein Geschenk ihres Vaters gewesen. Wenn er nur aus seiner Erfahrung lernen würde, dachte sie. Das Kartenspiel und der leichtfertige Umgang mit Geld mussten aufhören, bevor sie das Haus und alles andere verloren – doch Edward war entschlossen, sie im Dunkeln zu lassen.

Der Tag war viel zu schön für diese düsteren Gedanken. Sie trieb die Stute zum Galopp an, und ihr langes Haar und ihre Röcke wehten im Wind. Ein Gefühl plötzlicher Freude durchflutete Eloise, während ihre Söhne und sie auf den Rücken ihrer Pferde über den Strand dahinflogen. »Wir treffen uns am Ende der Bucht«, rief sie den Jungen zu und galoppierte an ihnen vorbei.

Sie beugte sich im Sattel nach vorn, belebt von der Schnelligkeit ihres Pferdes. Dann sah sie in der Ferne einen Reiter und war schlagartig enttäuscht, dass ihre Einsamkeit ein Ende hatte.

Sein Pferd stand im flach auslaufenden Wasser, und selbst aus dieser Entfernung sah sie, dass er sie beobachtete. Plötzlich war sie wachsam, sie zügelte ihre Stute – doch als sie näherkam, sah sie, dass dieser Mann kein Fremder war. Das geliebte Gesicht wurde immer deutlicher, die kräftige, lebensprühende Gestalt, die sie in ihren Träumen gesehen hatte, stand nun plötzlich vor ihr.

»George«, flüsterte sie und hielt ihr Pferd neben ihm an. Ihre Blicke trafen sich, das Verlangen war deutlich, aber unausgesprochen.

»Ich bin so froh, dass du endlich gekommen bist«, sagte er. »In den vergangenen Wochen bin ich jeden Tag hier gewesen und habe mich schon gefragt, ob du deine Strandritte eingestellt hast.«

»Ich bin mit den Jungen über die Felder in den Wald geritten.« Sie warf einen Blick über die Schulter. Die drei kleinen Gestalten waren noch fern. »Meine Kinder sind bei mir«, sagte sie drängend. »Sie dürfen dich nicht sehen.«

Fragen tauchten in seinen Augen auf. »Du hast also jetzt drei Söhne«, stellte er fest.

»Sie sind meine ganze Freude.«

»Bist du denn glücklich, Eloise?«

Liebe und Besorgnis zeichneten sich auf seinem Gesicht ab. Sie konnte ihm nicht die Wahrheit sagen, denn es wäre zwecklos und würde ihm nur Kummer bereiten. »Ich bin zufrieden«, erwiderte sie.

»Ich habe etwas anderes gehört. Sag mir die Wahrheit, Eloise, ich bitte dich.«

Das Bedürfnis, ihr Herz auszuschütten, war so stark, dass sie beinahe die Beherrschung verlor. Sie liebte ihn und wusste zugleich, wie schnell ein Wort aus ihrem Mund Edwards Zorn über sie alle bringen konnte. Daher erschien es ihr ratsam, ihre Situation zu bagatellisieren. »Gerade du solltest lieber nicht auf Gerüchte hören«, schalt sie ihn.

»Eine Ehe ist Privatsache. Nur wer daran gebunden ist, kennt die Wahrheit. Meine Jungen schenken mir Freude, und das genügt.«

»Komm mit mir, Eloise«, bat er. »Verlass Edward und nimm die Jungen mit. Wir werden weit weg von hier ein Zuhause einrichten, wo er dich nicht erreichen kann.« Er ergriff ihre behandschuhte Hand. »Ich habe Geld«, drängte er. »Wir können überall hingehen.«

Sie schaute auf die sonnengebräunten Finger, die sie festhielten. Die Berührung brachte Erinnerungen zurück. »Es ist zu spät – unmöglich.«

Sein Griff wurde fester. »Es ist nie zu spät, Geliebte. Nichts ist unmöglich, du musst es nur wollen.«

Sie entzog ihm ihre Hand und blinzelte, um ihre Tränen zu unterdrücken. »Ich mag zwar sehr viel wollen«, sagte sie, »aber wenn ich es täte, würde das meine Kinder vernichten – und das werde ich niemals zulassen.« Die Jungen kamen rasch näher. »Edward ist jetzt der Graf, und ich bin seine Gräfin, was wenig bedeutet – doch Charles ist sein Erbe, und er würde jeden Skandal, der mir anhaftet, sein Leben lang mit sich herumtragen.«

»Kehrt ihr nach Cornwall zurück?« Der Schmerz stand ihm in den Augen, sein Tonfall war niedergeschlagen.

»Es gibt nichts, wohin wir zurückkehren könnten«, erwiderte sie. »Die Jungen sind gleich da. Du musst gehen.«

Georges Blick ruhte auch weiterhin auf ihrem Gesicht. »Ich wünsche dir alles Gute, Eloise«, sagte er. »Vergiss nie, dass ich dich liebe – ich werde dich immer mit derselben, beständigen Leidenschaft lieben, die ich vom ersten Augenblick an empfand, als ich dich sah.«

Am liebsten hätte Eloise alle Vorsicht über Bord geworfen und sich in seine Arme geworfen, sich wieder von ihm festhalten lassen, in der Liebe geschwelgt, die nur er zu bieten hatte. Die Stimmen ihrer Söhne und Edwards Drohungen hielten sie jedoch wie erstarrt im Sattel.

Er nahm ihre Hand und küsste sie. Seine Lippen verweilten. »Solltest du mich jemals brauchen, schick mir eine Nachricht, und ich werde zu dir kommen. Lebwohl, meine Liebste.«

»Lebwohl!«, flüsterte sie, während George sein Pferd wendete und davonritt.

»Wer war das, Mummy?«, fragte Charles, als er sein Pony anhielt.

Eloise wischte sich die Tränen ab, bevor sie sich zu ihren Söhnen umdrehte. Ihre Gesichter waren von der frischen Luft und dem Seewind gerötet. »Jemand, der genauso gern über den Strand reitet wie wir«, antwortete sie und nahm die Zügel auf. »Wer zuerst am Haus ist, hat gewonnen«, forderte sie die drei heraus.

Tränen vermischten sich mit der Gischt und rannen über ihr Gesicht, während ihre Stute über den Strand zurückgaloppierte. »Ich liebe dich, George, und ich musste dich anlügen – aber es war am besten so.«

Hawks Head Farm, November 1804

»Irgendetwas bereitet dir Sorge, George«, sagte Susan und setzte sich neben ihn auf die Veranda. »Wenn du mit mir darüber reden würdest, verlöre es vielleicht sein Gewicht.«

George lächelte, konnte ihr aber ansehen, dass sie sich

nicht täuschen ließ. »Verzeih, Mutter«, sagte er seufzend, »aber auch noch so vieles Reden wird meine Not nicht lindern.«

Sie legte ihm ihre abgehärmte Hand auf den Arm. »Eine Herzensangelegenheit ist nie eine leichte Bürde«, sagte sie leise, »aber ich habe festgestellt, dass sie mit der Zeit leichter wird.«

Er war überrascht. »Woher wusstest du es?«

Sie lächelte, aber er sah die Traurigkeit in ihrem faltenreichen Gesicht. »Ich war auch einmal jung und habe enge Bekanntschaft mit Liebeskummer gemacht. Mir sind die Symptome bekannt.«

George ergriff ihre Hand. Seine Mutter erschien ihm plötzlich zerbrechlich, lange Jahre schwerer Erfahrungen hatten ihren Tribut gefordert, ihr Gesicht geprägt und ihr Haar, das sich unter ihrer Haube löste, ergrauen lassen. Es fiel ihm schwer, sie sich als junges, verliebtes Mädchen vorzustellen – obwohl ihre Jugendromanze mit Jonathan Cadwallader die Familie beinahe zerstört hatte. Allerdings begriff er allmählich die Qualen, die sie hatte aushalten müssen, als sie gezwungen war, sich zwischen Liebe und Familie zu entscheiden. Er war unfair zu Eloise gewesen – wie gedankenlos, von ihr zu erwarten, sie würde alles für ihn aufgeben. Doch sein Verlangen nach ihr setzte sich über seinen Verstand hinweg, und ob es nun egoistisch war oder nicht, er hätte jedes Opfer von ihr verlangt, um sie an seiner Seite zu haben.

»Ist sie verheiratet?«, fragte Susan.

George nickte.

»Das habe ich mir gedacht.« Susan seufzte. »Kein Wunder, dass du so bekümmert bist, denn dann kann es keine Lösung geben.« Sie drückte seine Finger. »Gibt es Kinder?«

»Drei. Aber ich weiß, dass sie ihn nicht liebt«, platzte es aus ihm heraus, »und das macht es so schwer.« Seine Augen schwammen in Tränen. »Sie ist mein Leben, Mutter, mein Herz und meine Seele, die Luft, die ich einatme. Wie soll ich nur ohne sie leben?«

»Mein liebster Sohn«, sagte sie, »wenn drei Kinder da sind, dann muss an ihrer Ehe etwas dran sein, ungeachtet dessen, was sie dir erzählt. Du musst sie loslassen.«

George hatte Mühe, sich zu beherrschen, doch die Worte seiner Mutter spiegelten den Zweifel, der ihm beim Anblick des dritten Kindes gekommen war.

»Ich wünschte, ich wüsste, wie ich dich trösten kann«, fuhr sie fort, »aber Worte sind ohne Bedeutung, wenn das Herz so bitterlich schmerzt – nimm es von einer an, die es weiß.«

Ihre Stimme war ins Stocken geraten, und George wusste, dass sie an ihren eigenen Schmerz dachte. »Du hast ihn geliebt, nicht wahr?«

Susan nickte. »Aber es war eine zerstörerische Liebe«, sagte sie, »eine, die nur erfüllt werden konnte, wenn zwei Familien auseinandergerissen wurden. Es musste ein Ende haben.« Sie wandte sich zu ihm. »Sie hat ihre Entscheidung getroffen, George, so wie ich vor all den Jahren. Du musst dich damit abfinden.«

»Hätten wir uns doch nur kennengelernt, bevor sie mit Cadwallader verbunden war«, sagte er verbittert.

»Edward Cadwallader?«

Innere Qual zeichnete sich auf ihrem Gesicht ab, da sich

andere Erinnerungen einschlichen – Edwards Anteil an Florence' Niedergang.

»Allem Anschein nach ist es unseren beiden Familien bestimmt, immer wieder aneinanderzugeraten, aber jetzt, da Edward den Titel seines Vaters geerbt hat, ist es ihr unmöglich, ihn zu verlassen.«

Sie nickte, doch ihr Blick war auf einen fernen Punkt jenseits der Lichtung geheftet, und die Schlagader an ihrem Hals pochte sichtbar.

Plötzlich überkamen George Schuldgefühle. Jonathans Tod war ein furchtbarer Schock für seine Mutter gewesen, und sie trauerte noch immer um ihn. Er hätte sich nicht verplappern dürfen.

Susan stand auf und steckte die grauen Haarsträhnen wieder unter die Haube. »Ich liebe deinen Vater«, erklärte sie. »Das darfst du nicht in Zweifel ziehen, George. Er ist mein Fels, mein bester Freund, und ich schätze mich glücklich, dass er Verständnis hat, wenn ich um Jonathan trauere. Er hat mir die Liaison vor langer Zeit verziehen, und mein Leben war auf vielfältige Weise gesegnet.«

George sah ihr an, dass sie versuchte, nicht zu weinen, ihre fest zusammengepressten Lippen und ihr kerzengerader Rücken zeigten ihre Entschlossenheit. »Ich weiß, Mutter«, sagte er. »Das habe ich nie bezweifelt.«

Sie drehte sich noch einmal um und betrachtete die Landschaft, die sich vor ihnen ausdehnte. »Aber Jonathan hatte einen besonderen Platz in meinem Herzen. Er war der Freund aus meiner Kindheit, meine erste Liebe – der Mann, mit dem ich glaubte, mein ganzes Leben verbringen zu können, bis das Schicksal eingriff.« Sie hob das Kinn und straffte die Schultern. »Es kann grausam sein, George. Mach nicht dieselben Fehler wie ich. Lass von ihr ab.«

Er versuchte zu sprechen, fand aber keine tröstenden Worte für sie.

»Ich brauche ein wenig Zeit für mich«, beendete sie das Gespräch.

George erhob sich von der Bank und sah ihr nach, wie sie würdevoll über die Lichtung schritt. Der Schmerz seiner Mutter war aus jeder Bewegung ihrer zierlichen Gestalt abzulesen, und er empfand tiefes Mitleid mit ihr. Er musste zugeben, dass sie recht hatte. Höchste Zeit, Eloise loszulassen – ihre Entscheidung hinzunehmen und fortzugehen, bevor ihre Liebe sie und die nächste Generation zerstörte.

Achtzehn

Parramatta, Januar 1805

Die Peitsche hatte Nialls Rachedurst nicht gestillt. Die Erfahrung jener schrecklichen Tage nach dem Aufstand hatte ihn jedoch gezwungen, eine Bestandsaufnahme seiner Lage zu machen. Es war sein sehnsüchtigster Wunsch, nach Irland zurückzukehren – und er würde daran festhalten bis zu dem Tag, an dem er sterben würde –, doch er hatte sich damit abgefunden, dass er nur dann freikommen würde, wenn er sich an die Regeln hielt und von seinen englischen Peinigern möglichst viel lernte. Nur dann könnte sein Traum Wirklichkeit werden. Es war eine bittere Erkenntnis für ihn, dass er sich so weit hatte einschüchtern lassen, aber sie verlieh ihm auch auf merkwürdige Art Kraft, denn nun hatte er ein Ziel vor Augen.

Niall wurde am Tag nach seinem sechzehnten Geburtstag freigelassen. Mit seiner Freilassungsurkunde in der Tasche und seinen Schmiedewerkzeugen auf dem Rücken brach er nach Parramatta auf. Er hatte gehört, dass es in der Gegend viele Farmen gab, und da er seine Fertigkeiten in der Schmiede des Gefängnisses vervollkommnet hatte, konnte er sich seinen Lebensunterhalt auf ehrliche Weise verdienen und den Kopf stolz erhoben halten. Dass er sich für Parramatta entschied, hatte allerdings in Wirklichkeit einen viel tieferen Grund – es hing mit der Erinnerung an ein Mädchen mit roten Haaren zusammen.

Er hatte nicht lange gebraucht, um zu finden, worauf er gehofft hatte. Der Besitzer der Schmiede war vor einigen Monaten gestorben, und das Gebäude verfiel. Dennoch hatte Niall gesehen, dass man aus der von Ratten heimgesuchten, halb zerfallenen Schmiede etwas machen konnte, und mit einem ordentlichen Batzen des Geldes, das er durch den Verkauf seiner mit der Freilassung erhaltenen Landzuweisung erworben hatte, handelte er einen fairen Preis mit der Witwe des Hufschmieds aus. Obwohl er noch jung war, entstand sogleich eine Nachfrage nach seinen Diensten, und er hatte viele Wochen lang bis in die Nacht hinein gearbeitet, um das Dach zu reparieren, die Stützbalken zu verstärken und die Haufen Schrott zu sortieren, die der frühere Besitzer angehäuft hatte. Nun, zehn Monate später, war alles sauber und ordentlich, die Ratten waren verbannt, und Kunden gab es genug. Zeit, auf Brautschau zu gehen.

An jenem Morgen war er früher als sonst aufgestanden. Während es langsam dämmerte, wusch er sich und bereitete sich mit aller Sorgfalt auf den Tag vor. Seine Sachen waren geflickt und verschlissen, aber sauber. Auch wenn seine Stiefel ihre besten Tage schon hinter sich hatten, so hatte er am Abend zuvor doch einige Zeit damit verbracht, sie ordentlich zu polieren. Der erste Eindruck war immer wichtig, also musste er etwas hermachen.

Er nahm die Lederschürze und den Leinenbeutel mit Werkzeugen, trug sie hinaus und legte sie in den Karren neben die Hufeisen, Nägel, Scharniere und Riegel. Schon wenige Tage nach Einrichten der Schmiede hatte er festgestellt, dass Farmer solche Sachen oft benötigten, und er sorgte immer dafür, dass er einen guten Vorrat zur Hand hatte.

Er versuchte seine Aufregung zu zügeln. Sein letzter Besuch auf Moonrakers war am Abend des Aufstands gewesen, und er fragte sich, ob sie sich daran erinnern und ihn fortschicken würden. Sein Bedürfnis, das Mädchen zu sehen, war jedoch unwiderstehlich. Er musste es einfach versuchen.

Als er auf den Karren stieg und die Zügel aufnahm, schaute er auf die kleine Holzhütte, die er neben der Schmiede gebaut hatte. Die Wände bestanden aus Brettern, das Dach aus Baumrinde. Mit Sackleinen vor Tür und Fenstern, dem hässlichen Ofenrohr, das an der Seite herausragte, und dem Regenfass daneben war es nicht gerade das reizvollste Wohngebäude, aber es war ein Zuhause. Der Raum war im Winter warm, das einfache Bett einigermaßen bequem und der alte Lehnstuhl, den er von einem Farmer geschenkt bekommen hatte, nach einem langen Arbeitstag genau das Richtige.

Stolz überflutete ihn, als er sein winziges Königreich betrachtete. »So stellt sich vielleicht nicht jeder den Himmel vor«, murmelte er vor sich hin, »aber es gehört auf jeden Fall mir.« Freudestrahlend klatschte er mit den Zügeln auf den breiten Rücken des Pferdes, und der Wagen holperte über die unbefestigte Straße auf Moonrakers zu.

Der Wagen überquerte die Brücke, bog in den Hof ein und hielt vor der Treppe des Hauses. Niall sah, dass er beobachtet wurde. Er zog kurz an seinem Hut, stieg ab und ging auf die Frau zu, die auf der Veranda stand, die Arme in die Seite gestemmt. Es war Mrs Nell Penhalligan, das wusste er, denn er hatte in Parramatta Erkundigungen über die Familie eingezogen.

»Niall Logan«, stellte er sich vor und schüttelte ihr die Hand. »Mir gehört die Schmiede in Parramatta.«

Die blauen Augen blitzten amüsiert. »Ich erinnere mich an dich«, sagte sie. »Kämpfst du immer noch für die Revolution?«

Er wurde rot, als das Mädchen am Eingang auftauchte. »Es muss schon ein Narr sein, der um eine verlorene Sache kämpft, wenn man ihm die Freiheit gibt und er beweisen kann, dass er mehr wert ist, als man ihm zutraut, Missus«, entgegnete er und hatte dabei nur Augen für die wallenden roten Locken, an die er sich erinnert hatte, die blauen Augen und die Sommersprossen.

»Das freut mich zu hören«, sagte Nell. Sie drehte sich kurz um, als die Tür hinter ihr ins Schloss fiel, und wandte sich dann wieder an Niall. »Ich glaube, ihr beiden seid euch schon begegnet«, sagte sie mit wissendem Lächeln. »Das ist meine Tochter Amy.«

Niall errötete noch stärker, als er dem Mädchen zunickte. Er kam sich wie ein kompletter Trottel vor.

»Kannst du Pferde beschlagen?«, fragte Nell.

»Ja, Missus.« Er konnte seinen Blick einfach nicht von Amy losreißen.

»Dann kommen wir ins Geschäft, wenn dein Preis in Ordnung ist. Wir haben seit Monaten keinen Hufschmied zu sehen bekommen, und die meisten Männer hier können zwar ein verlorenes Hufeisen ersetzen, aber für mehr reicht es nicht.«

Niall zählte seine Preise auf. »Ich habe auch Eisen im Karren, falls Sie Riegel benötigen, oder Nägel und Feuereisen und Eimer, falls Sie dafür Bedarf haben«, fügte er hinzu, denn Klappern gehörte zum Handwerk, das immerhin fiel ihm wieder ein.

Nell lächelte. »Ich glaube, der wird's schaffen, was meinst du?«, fragte sie Amy.

Amy betrachtete ihn von den Stiefeln bis zum Hut, und als sich ihre Blicke trafen, lächelte sie. »Er ist noch ein bisschen mager«, murmelte sie, »aber ja, der wird's schaffen. Soll ich ihm die Ställe zeigen, Mutter?«

»Warum nicht? Wir können hier nicht den ganzen Tag herumstehen, uns schmachtende Blicke zuwerfen und rot werden.« Nell lachte. »Dann kriegen wir unsere Arbeit nie fertig.«

Niall wollte schon protestieren, doch Amy packte seinen Arm und führte ihn die Treppe hinunter. »Mach dir nichts aus Mutter. Die hänselt nur.« Sie schaute ihm ins Gesicht und grinste. »Auf die Revolution, was?«

Niall grinste zurück, zutiefst erleichtert. Amy hatte ihm offensichtlich verziehen, und vielleicht mochte sie ihn sogar ein wenig.

Moonrakers, November 1805

Alice und Nell ließen ihre Pferde vor der Schafherde anhalten, die im üppigen Gras weidete. »Die Zahlen sind noch immer im Keller«, sagte Alice.

»Nach fünf Jahren Trockenheit ist das kein Wunder«, erwiderte Nell. »Gott sei Dank hat vor sechs Monaten der Regen eingesetzt, so dass wir mit den Frühlingslämmern einen Teil unserer Verluste aufholen konnten.«

»Schade, dass John Macarthur uns kein Vieh aus den Regierungsbeständen leihen will, um uns auszuhelfen. Anscheinend traut man zwei Frauen und drei Kindern nicht zu, ihre Schulden zu bezahlen.«

»Er ist habgierig«, murmelte Nell. »Er hat den größten Viehbestand in New South Wales und hält die Zahl der Schlachtungen nur deshalb niedrig, um von den steigenden Preisen für Hammelfleisch zu profitieren.«

Alice schwang sich aus dem Sattel und nahm den Brotfladen und das kalte Fleisch aus der Satteltasche. »Lass uns Macarthur erst einmal vergessen«, schlug sie vor.

Sie setzten sich ins Gras, um ihre einfache Mahlzeit zu sich zu nehmen und mit dem kalten Tee hinunterzuspülen, den Nell in einer Steingutflasche mitgenommen hatte. Alice war eine Woche lang draußen gewesen, hatte den Viehbestand überprüft, das Werfen der Lämmer und die Wasserlöcher überwacht. Sie hatte sich nicht einsam gefühlt, aber heute wusste sie Nells Gesellschaft zu schätzen.

»Es ist so friedlich hier draußen.« Nell stützte sich auf die Ellbogen und hielt ihr Gesicht in die Sonne. »Ich glaube, es liegt an der Stille.«

Alice nickte. »Die Schönheit der Natur bringt Trost«, sagte sie. Ungeachtet ihrer Worte hatte der Schmerz sie nie verlassen, und sie konnte sich nach wie vor nicht ganz damit abfinden, Jack nie wiederzusehen.

»Ich werde immer noch wütend, weißt du«, gestand Nell. »Es flammt hin und wieder auf, wenn ich daran denke, wie sie uns weggeschnappt wurden, ohne dass wir auch nur die Chance hatten, uns zu verabschieden. Wir sollten zusammen alt werden – nicht verlassen ...«

Alice ergriff ihre Hand. »Ich weiß«, sagte sie. »Aber jetzt

sind wir hier, und das ist ihr Vermächtnis. Gibt es eine bessere Art, an sie zu denken?«

Nell unterdrückte ihre Tränen. »Ach, Alice, du Liebe. Wie hätte ich es nur ohne dich geschafft?« Sie schlang beide Arme um ihre Freundin.

Alice blinzelte. »Wir hatten einander. Wir haben es gemeinsam geschafft.«

Sie lösten sich voneinander. »Du hast mir eine Menge beigebracht«, sagte Nell. »Wer hätte gedacht, dass ich lerne zu scheren, die Tiere einzutauchen und alles andere, was mit Schafen zu tun hat?«

»Du warst nicht gerade eine einfache Schülerin.« Alice lachte. »Weißt du noch, wie du über alles diskutieren wolltest? Und wie du beinahe in Ohnmacht gefallen bist, als du zum ersten Mal die Lämmer kastrieren musstest?«

Nell verzog das Gesicht. »Ich war schrecklich.« Sie kicherte. »Ich musste sogar meine hübschen Kleider gegen Männerhosen austauschen.«

»Immerhin sind sie bequemer.«

»Aber sie sehen nicht gut aus.«

»Das kümmert kein Schaf.«

»Verdammte Schafe«, murmelte Nell. »Was wissen die schon?«

Alice umschlang ihre Knie. Sie diskutierte mit Nell noch immer über alles, aber sie ereiferten sich nicht mehr so sehr; im Lauf der Jahre hatten sie über das Vieh, die Vorräte, die zu erledigenden Arbeiten gesprochen und festgestellt, dass ihnen die Entschlossenheit gemeinsam war, die Farm in Gang zu halten, so schwer es auch sein mochte.

Die Sträflinge waren ein Segen. Bestimmte Aufgaben bedurften der Kraft eines Mannes – und obwohl man ihren Rumkonsum sorgfältig überwachen musste, hatten sie sich um Alice und Nell geschart und ihre Loyalität bewiesen. Zwei hatten sich sogar auf zugeteiltem Land in der Nähe niedergelassen, nachdem sie frei waren, und in den arbeitsreichen Zeiten, wenn Lämmer zur Welt kamen und die Schur anstand, teilten sie sich das Pensum.

Nells Freundschaft war Alice eine Stütze gewesen. Allein zu trauern bedeutete, im Schmerz aufzugehen, doch zu wissen, dass andere auf sie zählten, hatte geholfen. Die schlichte, bedingungslose Liebe der Kinder war Balsam für ihre Seele gewesen.

»Was ist so lustig?«

»Ich dachte gerade an Amy und Niall«, sagte Alice. »Sie streiten andauernd, aber ich vermute, der junge Mann hat Absichten für die Zukunft.«

»Amy ist erst vierzehn«, erwiderte Nell hitzig. »Er lässt besser seine Finger von ihr.«

Alice lachte. »Mit dir als zukünftiger Schwiegermutter würde er nicht wagen, auf dumme Gedanken zu kommen.« Sie stand auf, klopfte sich das Gras von der Hose und zog die Kordeln an Fußgelenken und Knien fest. Sie hielten Spinnen und anderes Kriechgetier davon ab, die Beine hinaufzukrabbeln, lösten sich aber ständig und scheuerten über ihre Haut. Sie zog sich den Hut tief in die Stirn, stieg wieder in den Sattel und wartete auf Nell. »Komm, wir reiten nach Hause, kochen und sehen nach den Kindern.«

Drei Wochen später hatte Nell gerade die Hühner und Schweine gefüttert und fegte den Hof vor dem Stall aus.

Obwohl die Sonne bereits unterging, gab es noch genügend zu tun, und da sie die Einsamkeit ihres leeren Bettes fürchtete, würde sie so lange weitermachen, bis sie sich kaum noch rühren konnte.

Nachdem der Hof gefegt war, nahm sie die Wäsche von der Leine, hob sich den Korb auf die Hüfte und machte sich durch das hohe Gras auf den Weg zum Haus. In den ersten Trauermonaten hatte es für sie seine Atmosphäre der Beständigkeit, Sicherheit und Wärme verloren und war zu einem mit Erinnerungen und Kummer angefüllten Gefängnis geworden. Mit der Zeit waren Alice und sie sich jedoch nähergekommen, und das Gefühl hatte sich wieder eingestellt. Heute war es eine Zufluchtsstätte wie früher.

Sie ging hinein und stellte den Korb auf den Tisch. »Was kochst du?«, fragte sie Amy.

»Gebratenes Hammelfleisch mit Gemüse aus dem Garten«, antwortete diese und wendete das Fleisch. »Wir haben genug, um eine Armee durchzufüttern, darf Niall also zum Abendessen kommen?«

Nell tauschte ein Lächeln mit Sarah aus, die Kartoffeln schälte. »Überlass das Kochen lieber deiner Schwester und frag ihn selbst«, antwortete sie und begann die Wäsche zu falten.

»Ich habe Walter mit einer Nachricht zu ihm geschickt«, sagte Amy, die ihre roten Wangen nicht nur der Hitze aus dem Ofen zu verdanken hatte. »Er hatte nichts zu tun und stand mir im Weg.«

Nell schwieg, das Lächeln lag noch sanft auf ihren Lippen. Niall kam inzwischen regelmäßig zu Besuch. Schlagartig wurde ihr klar, dass ihre Töchter kurz davor standen,

Frau zu werden, doch sie besaßen noch die kindliche Naivität und Begeisterung, die sie selbst schon viel früher verloren hatte. Ihre Kinder waren so ganz anders aufgewachsen als sie selbst. Wenn doch nur Billy sie jetzt sehen könnte, dachte sie wehmütig. Er wäre so stolz gewesen.

Sie faltete weiter die Wäsche zusammen. Amy war noch sehr jung – zu jung, um an eine Romanze zu denken –, und der Junge war durch seine Erfahrungen reifer, als es seinem Alter entsprach. Diese Reife hatte ihn aber auch erkennen lassen, dass er warten musste, bis Amy alt genug war, sich ihm anzuvertrauen, und dafür schätzte Nell ihn. Sie bewunderte auch, dass er sich durch Zuverlässigkeit und harte Arbeit rasch einen guten Ruf erworben hatte. Sein Geschäft florierte, und er hatte sogar einen zweiten Raum an seine kleine Holzhütte gebaut.

Nell hatte kaum Bedenken hinsichtlich seiner Anlagen und seiner Religion, denn er hatte seine inneren Werte bereits unter Beweis gestellt. Außerdem war es von Anfang an klar gewesen, dass er Amy anbetete. Wenn sie in ein paar Jahren heirateten, würde sie sich um die Zukunft ihrer Tochter nicht sorgen müssen.

Sobald sie hörten, dass Pferde in den Hof trabten, lief Amy in ihr Schlafzimmer. Nell stellte den Wäschekorb beiseite, um Sarah beim Tischdecken zu helfen. Kurz darauf kamen Niall und Walter fröhlich lachend herein. Nell sah, wie Nialls Blick den Raum nach Amy absuchte und wie enttäuscht er war, als er sie nicht entdeckte.

»Sie kommt gleich«, sagte Sarah kichernd. »Sie macht sich schön für dich.«

»Schh«, machte Nell und wandte sich an Niall. »Hör

nicht auf Sarah! Sie will dich nur ärgern.« Walter sah wie üblich sehr unordentlich und verdreckt aus. »Geh und wasch dich«, wies Nell ihn an. »So setzt du dich nicht an meinen Tisch.«

»Du klingst wie Tante Alice.« Er wich der Hand aus, die ihn am Ohr ziehen wollte.

Stattdessen versetzte Nell ihm einen Klaps mit dem Geschirrtuch und schickte ihn hinaus. »So«, gab sie zurück. »Vielleicht wäschst du dich nun auch hinter den Ohren.« Sie machte sich daran, das Hammelfleisch zu retten, das Amy offensichtlich auf dem Herd vergessen hatte.

»Ich komme um vor Hunger«, sagte Alice, als sie in die Küche trat. »Was gibt es zu essen?«

»Verbranntes Hammelfleisch, matschiges Gemüse und dünne Soße. Amy war in Gedanken woanders«, antwortete Nell und deutete mit dem Kopf auf Niall.

Alice setzte sich daran, eine lange Liste von Sachen aufzustellen, die sie einzukaufen hatte, wenn sie am nächsten Tag in die Stadt fuhr. Mehl, Salz und Sirup gingen aus, und Walter brauchte neue Stiefel. Aus den amtlichen Vorratslagern musste sie Rum, Tabak und neue Hosen für die Sträflinge abholen.

»Ich hätte gern ein Stück Stoff für ein Kleid«, sagte Nell. »Meine alten hängen in Fetzen.«

»Mal sehen, wie viel ich übrig habe, wenn ich alles andere eingekauft habe«, erwiderte Alice. »Ein neues Kleid ist nicht lebenswichtig.«

»Ich weiß«, seufzte Nell. »Aber ich würde mich gern mal wieder als Frau fühlen.«

»Warum fährst denn diesmal nicht du in die Stadt? Ich

habe hier reichlich zu tun, und der Ausflug wird dich aufmuntern.«

»Vielleicht bittet mich dann dein geheimnisvoller Freund, im Hotel am Kai Tee mit ihm zu trinken«, hänselte sie Alice.

»Er ist nicht mein geheimnisvoller Freund«, entgegnete Alice. »Ich habe dir doch schon erzählt, Nell, dass Mr Carlton nur ein Bekannter ist, den ich hin und wieder treffe, wenn ich in der Stadt bin. Du solltest das nicht überbewerten.«

»Wenn du meinst«, gab Nell zurück.

»Ich wünschte, ich hätte ihn nie erwähnt.«

»Aber du hast es. Hätte nichts dagegen, ihn kennenzulernen – mal kurz abschätzen, ob ich mit ihm einverstanden bin.«

»Um Himmels willen!« Alice war erbost.

Nell hob belustigt eine Augenbraue, wusste aber, dass sie Alice nun genug aufgezogen hatte. Sie lenkte ihre Aufmerksamkeit auf die Mahlzeit und gab keinen weiteren Kommentar ab.

Die Unterhaltung beim Essen war lebhaft, und durch die offene Tür kam ein kühler Luftzug, der es im Raum trotz der Hitze des Ofens an diesem Frühsommerabend erträglich machte.

Nell bemerkte, dass Niall und Amy sich über Belanglosigkeiten austauschten, ihre Augen jedoch mehr als alle Worte sagten. Der Anblick der jungen Leute erinnerte sowohl Alice als auch sie schmerzhaft daran, wie ihr Leben vor dem Brand gewesen war. Nell sah Billys Gesichtsausdruck wieder vor sich, als er zum Webschuppen gekommen war und sie gebeten hatte, seine Frau zu werden; sie erinnerte sich an ihren

Hochzeitstag, an dem er in Ezras altem Anzug so gut ausgeschaut hatte, an die Wärme seines Kusses, als sie mit Jack zu ihrem neuen Leben in Moonrakers aufgebrochen waren.

Hufschläge im Hof unterbrachen ihre Gedanken und brachten sie auf die Beine. Ein Besucher zu dieser Abendzeit konnte nichts Gutes bedeuten. Sie stand am Eingang und spähte in die Dunkelheit hinaus. »Wer ist da?«, fragte sie.

»Entschuldigen Sie bitte, Mrs Penhalligan, dass ich Sie zu so später Stunde noch aufsuche.« Der große, gutaussehende Mann stieg vom Pferd und kam auf die Verandatreppe zu.

Nell bemerkte seine grauen Schläfen, freundliche Augen und ein warmes Lächeln. Stoff und Schnitt seiner Kleidung waren kostspielig, und das Pferd, das er an den Verandapfosten band, war reinrassig. »Sie sind mir zwar nicht bekannt, Sir«, sagte sie, »aber Sie sind willkommen.«

»Henry Carlton, zu Ihren Diensten, Ma'am«, stellte er sich vor und ergriff ihre Hand. »Wie ich sehe, störe ich Sie beim Essen. Das tut mir wirklich leid.«

Nell merkte, dass die Unterhaltung in der Küche verstummt war und alle einen Blick auf den Neuankömmling zu werfen versuchten. Das war also Carlton. Kein Wunder, dass Alice rot geworden war, als sie von ihm sprach. »Wollen Sie nicht mitessen?«, fragte sie höflich in der Hoffnung, dass die Jungen etwas übriggelassen hatten.

»Nein, vielen Dank. Ich bin nur hier, um mich nach Mrs Quince zu erkundigen.«

Alice erhob sich rasch vom Tisch und ging nach draußen, um Henry Carlton vor Nell zu retten, die ihn mit Fragen bombardierte. »So sehen wir uns also wieder«, begrüßte sie ihn lächelnd, »obwohl es mich überrascht, Sie so weit außerhalb der Stadt zu treffen.«

»Ich hoffe, ich mache Ihnen keine Unannehmlichkeiten«, sagte er, »aber seit Ihrem letzten Besuch in Sydney Town ist so viel Zeit vergangen, dass ich nachsehen wollte, wie es Ihnen geht.« Ein Lächeln erhellte seine ebenmäßigen Züge. »Ich bin entzückt, Sie zu sehen.«

Alice knickste verlegen, denn ihr war nur allzu bewusst, dass sie eine alte, mit einer Kordel festgebundene Hose, ein ausgebleichtes und geflicktes Hemd von Jack und abgetragene Stiefel trug – wohl kaum die angemessene Kleidung, um einen Herrn zu empfangen. »Wollen Sie nicht hereinkommen, Mr Carlton?«

Er warf einen Blick auf Nell. »Wenn es Ihnen nichts ausmacht, Mrs Quince, würde ich gern unter vier Augen mit Ihnen sprechen. Ich halte Sie nicht lange auf.«

Alice und Nell tauschten einen verdutzten Blick. »Wir können am Fluss entlang spazieren gehen«, sagte Alice. »Da ist es kühler.«

Henry reichte ihr seinen Arm, sie hakte sich bei ihm unter, und er führte sie die Treppe hinunter. Sie konnte sich nicht vorstellen, warum er hier war und was so wichtig sein konnte, dass es unter vier Augen besprochen werden musste. Dennoch war sie neugierig und ging neben ihm her, wohl wissend, dass im Haus wahrscheinlich fleißig über sie spekuliert wurde.

Schließlich blieb er stehen. Sein Gesicht war wie aus Stein gemeißelt, das bleiche Mondlicht modulierte seine Wangenknochen und die Stirn. »Mrs Quince, ich muss Sie für Ihre Leistungen loben. Wie ich sehe, gedeiht die Farm, und Ihre

Herde hat beinahe wieder ihre ursprüngliche Größe. Sie und Mrs Penhalligan werden in Sydney Town für Ihren Behauptungswillen und Ihre Charakterstärke überall bewundert. Viele andere hätten längst aufgegeben.«

»Die Farm ist alles, was wir haben«, erwiderte sie. »Die Arbeit ist hart, das Land anspruchsvoll, aber es hat uns geholfen, durchzuhalten.«

Er lächelte. »Ich habe immer schon gewusst, dass Sie ein Juwel sind«, sagte er, »dass nichts Sie unterkriegen könnte nach jener Nacht auf See, als der Regen herunterprasselte und der Wind Sie beinahe umgeweht hätte, als Sie nach Ihren Schafen sehen wollten.«

»Es hat damals ganz so ausgesehen, als wollten Sie es sich zur Gewohnheit machen, mich vor irgendetwas zu retten«, sagte sie lachend. »Sie mussten mich sogar von der Straße zerren, als Sie an dem Morgen in Sydney mit mir zusammengestoßen sind.«

»Ich kann mich noch gut daran erinnern, und es wäre mir eine Ehre, Sie noch einmal zu retten, Mrs Quince.«

»Was meinen Sie damit? Ich brauche keine Rettung. Ich bin hier ziemlich sicher.«

»Vielleicht habe ich das falsche Wort benutzt«, sagte er rasch. Er zögerte einen Moment und fuhr dann fort: »Mrs Quince, Sie haben mich von dem Augenblick an fasziniert, als wir uns an Bord der *Empress* begegnet sind, und im Laufe der Jahre, in denen wir uns bei Ihren Besuchen in Sydney hin und wieder kurz trafen, durfte ich Sie mehr und mehr als Freundin betrachten. Eine Freundin, die ich sehr achte und bewundere. Ich habe Wert darauf gelegt, Ihr Schicksal zu verfolgen, und obwohl Sie dies vielleicht als Einmischung betrachten, musste ich mit Ihnen sprechen, bevor ich nach Kapstadt abreise.«

Alice war so verblüfft, dass sie nicht wusste, was sie sagen sollte.

»Mrs Quince«, drängte er, »meine Achtung vor Ihnen ist größer denn je. Ihre Kraft und Ihr Stolz darauf, wer und was Sie sind, leuchtet aus Ihren Augen.«

»Bitte, Mr Carlton, jetzt gehen Sie zu weit.«

»Ich weiß«, erwiderte er. »Aber ich muss bald nach Kapstadt aufbrechen, und ich musste mit Ihnen reden, ohne nach der Schicklichkeit zu fragen.« Er streckte die Arme vor, als wollte er ihre Hände ergreifen, ließ sie dann aber wieder sinken, weil ihm klar wurde, dass er vielleicht zu forsch war. »Wollen Sie mir wenigstens die Ehre erweisen, mich zu Ende anzuhören?«

Sie bemerkte den Ernst in seiner Stimme und die Entschlossenheit in seinen Augen, und obwohl die Unterhaltung seltsam unwirklich wurde, konnte sie nicht widerstehen zu erfahren, was er zu sagen hatte. Sie nickte.

»Ich bin ein wohlhabender Mann«, begann er, »mit Ländereien in England, Südafrika und Amerika. Ich hatte Erfolg, seitdem auf meinem Grund und Boden in Südafrika Gold gefunden wurde, aber ich habe niemanden, mit dem ich mein Glück teilen kann.« Er schlug die Augen nieder, seine Stimme war tief und melodiös. »Meine Frau ist vor vielen Jahren gestorben, wir hatten keine Kinder.«

Alice fühlte mit ihm, denn sie verstand seine Traurigkeit. Dennoch war sie allmählich argwöhnisch, wohin das alles führen würde, und wusste nicht, wie sie es abbrechen sollte.

»Mein Anwesen am Kap hat mehrere Tausend Morgen,

die hauptsächlich der Viehhaltung dienen.« Er lächelte. »Ich bin kein Farmer. Meine Stärken liegen darin, meine Geschäfte mit wachem Auge und ruhiger Hand zu führen.«

Alice hatte das Gefühl, wieder auf festerem Boden zu stehen. »Landwirtschaft ist ein Geschäft wie jedes andere.«

»Sehen Sie? Wir sind einer Meinung. Ich wusste, es war richtig, mit Ihnen zu sprechen.« Er warf einen Blick zurück zum Haus, wo ihr Publikum jetzt auf der Veranda saß und keinen Hehl aus seiner Neugier machte. »Mein Haus am Kap ist groß, mit Ställen und Unterkünften für die Dienerschaft. Die Baumwollplantage in Amerika ist genauso weitläufig, und dann habe ich natürlich noch meine Güter in Wiltshire. Ich führe ein gutes Leben, Mrs Quince – aber ein einsames.«

Alice war verwirrt. »Worauf wollen Sie hinaus, Mr Carlton?«

Plötzlich verlor er die Fassung, und zum ersten Mal, seit sie ihn kannte, wirkte er keineswegs selbstsicher. »Ich möchte Sie bitten, mich zu heiraten, Mrs Quince«, sagte er.

Die Worte hingen zwischen ihnen. »Das ... Das ehrt mich, Mr Carlton«, stammelte Alice.

»Wir sind bereits Freunde – gute Freunde, die immer viel Gesprächsstoff finden, wenn wir uns allzu selten einmal sehen. Aber wir könnten uns näherkommen«, drängte er und lächelte. Sie sah ihm an, dass er sich bemühte, seine Begeisterung zu zügeln. »Sie haben mir bereits an jenem ersten Abend an Bord der *Empress* das Herz gestohlen, und jedes Mal, wenn wir uns trafen, wurde ich mir noch sicherer, dass Sie die richtige Frau für mich sind.«

Alice war sprachlos vor Staunen.

»Ich bin nicht so dumm zu glauben, dass Sie mir heute Abend eine Antwort geben. Ich bin bereit zu warten, Mrs Quince – Alice –, so lange, wie Sie für Ihre Entscheidung brauchen.«

»Mr Carlton, ich weiß nicht, was ich sagen soll.«

»Dann sagen Sie nichts. Denken Sie über meine Bitte nach, und wenn Sie bereit sind zu antworten, schicken Sie mit eine Nachricht nach Sydney Town.«

Alice betrachtete den Mann, der vor ihr stand. Er war nicht nur gut aussehend, sondern auch intelligent, freundlich und wohlhabend – die Art von Freier, den die meisten Frauen bereitwillig akzeptiert hätten. Doch seine Freundschaft war alles, was sie gewollt hatte – erwartet hatte –, und sein Antrag hatte etwas zwischen ihnen verändert. Es war schmeichelhaft, aber peinlich.

»Ich fühle mich zutiefst geehrt, dass Sie zu mir gekommen sind«, begann sie, »und ich bin noch immer überrascht, sehe Ihnen aber an, dass Sie es ernst meinen.« Sie lächelte zu ihm auf. »Aber ich bin die Tochter einer Farmerfamilie aus Sussex, in einem Weiler groß geworden, habe eine Dorfschule besucht und bin die Witwe eines Sträflings. Wir stammen aus verschiedenen Welten, Mr Carlton ...«

»Oberflächlich betrachtet, vielleicht«, unterbrach er sie. »Aber wir teilen die Liebe zum Land und haben denselben Wunsch, das Beste aus allen Gelegenheiten zu machen, die sich uns eröffnen. Ihre Schulbildung mag begrenzt gewesen, ihre Herkunft eine ganz andere als meine sein – aber unsere Freundschaft hat bewiesen, dass wir gut zueinander passen. Wir leben in einer neuen Welt, Alice, und es ist an uns, sie zu erobern.«

»Es ist eine neue Welt, gewiss«, stimmte Alice ihm zu, »doch mein Platz darin ist hier auf dem Land, bei dessen Rodung ich meinem Mann geholfen habe. Ich bin eine Farmerin, Mr Carlton. Ich wüsste gar nicht, was ich woanders anfangen sollte.«

»Dann lassen Sie es sich von mir zeigen«, flehte er sie an. »Sie hatten einmal einen Sinn für Abenteuer, sonst wären Sie niemals nach New South Wales gekommen. Entdecken Sie diese Abenteuerlust wieder, Alice. Kommen Sie mit ans Kap und überzeugen Sie sich selbst davon, wie gut das Leben dort sein kann.«

Sie wich vor ihm zurück. »Bitte, hören Sie auf, Mr Carlton. Ich habe nicht den Wunsch, von Moonrakers fortzugehen.« Sie hob eine Hand, um seinen Protest zu unterbinden. »Jack war der einzige Grund, warum ich den Mut fand, den weiten Weg hierher auf mich zu nehmen«, sagte sie ruhig. »Jetzt, da er tot ist, wird es keinen anderen geben.«

»Aber Sie stehen doch noch in der Blüte Ihres Lebens. Sie können doch nicht den Rest Ihres Lebens der Erinnerung an einen Verstorbenen widmen.«

Sie straffte sich. »Jack mag zwar tot sein, Mr Carlton, aber er lebt in jedem Winkel von Moonrakers weiter, denn hier hat er seine Freiheit und seinen Stolz wiedererlangt, hier hat er mich gelehrt, wie wichtig es ist, zu dem zu stehen, was wirklich eine Rolle spielt. Ich werde nie von hier weggehen.«

Henry Carlton drehte seinen Hut in den Händen und zupfte nervös an seinen ledernen Bändern. »Er war ein glücklicher Mann, weil er die Liebe einer Frau besaß, wie Sie es sind, Mrs Quince«, sagte er. »Meine Einschätzung war richtig, doch meine Schlüsse etwas verfehlt, denn ich habe in Ihnen die Kraft und den Mut Ihrer Überzeugungen gespürt und – dummerweise – gehofft, Sie könnten sie vielleicht mit mir teilen. Ich möchte mich dafür entschuldigen, wenn ich etwas Unpassendes gesagt habe.« Er lächelte. »Ausnahmsweise sieht es einmal so aus, als hielte ich nicht alle Trümpfe in der Hand.«

Alice verstand nicht, was er meinte. »Vielen Dank für Ihre freundlichen Worte«, unterbrach sie das Schweigen, das nun eingetreten war. »Ich weiß sie zu schätzen, obwohl ich Ihr äußerst großzügiges Angebot ablehnen muss.«

Er setzte den Hut sorgfältig wieder auf und knickte den Rand nach vorn, um die Augen zu beschatten. »Sie sind eine wunderbare Frau, Mrs Quince. Es ist mir eine Ehre, Sie eine Freundin nennen zu dürfen. Ich hoffe, meine Worte werden unsere Freundschaft nicht zerstören.«

Alice war im Begriff zu antworten, als ihr ein völlig neuer Gedanke kam. Ohne lange darüber nachzudenken, fragte sie: »Mr Carlton, wissen Sie irgendetwas über Merinoschafe?«

»Nur dass ihre Wolle die beste auf der ganzen Welt ist«, antwortete er, offensichtlich verblüfft über diese unerwartete Wendung des Gesprächs.

»Das ist sie in der Tat«, sagte sie, und ihre Gedanken wanderten und nahmen mit beinahe alarmierender Geschwindigkeit deutliche Formen an. »Sie sind offenbar ein Mann, der eine Herausforderung braucht, und ich möchte Ihnen etwas vorschlagen.«

Er lachte. »Sie sind eine überraschende Frau, Mrs Quince. Sagen Sie mir, was Sie im Sinn haben!«

»Wir müssen in unseren Viehbestand investieren, wenn

wir uns gegen die größeren Landbesitzer wie Mr Macarthur behaupten wollen, aber da er die Fäden der amtlichen Geldzuweisungen und die größten Herden in Händen hält, fällt uns das schwer.« Sie holte tief Luft, erschrocken über ihre Kühnheit, doch fest entschlossen, ihr Vorhaben durchzuziehen. »Könnten Sie sich vorstellen, in Moonrakers zu investieren, bis wir auf die Beine gekommen sind?«

Seine Miene wurde nachdenklich. »Eine kurzfristige Investition?«

Alice nickte. »Ich müsste mit Mrs Penhalligan sprechen, meiner Partnerin, aber ich denke, ja. Eine kurzfristige Investition für maximal fünf Jahre – kein Geld, sondern Schafe, die Sie vom Kap herschicken könnten. Wir können alle Gewinne in dieser Frist durch vier teilen.«

»Warum durch vier? Ich dachte, nur Sie und Mrs Penhalligan halten die Übertragungsurkunden für Moonrakers in Händen?«

»Wir müssen einen Teil unserer Gewinne an die Regierung zahlen, aber es ist nicht viel. Den Rest teilen wir unter uns dreien auf.«

Henry Carlton warf den Kopf in den Nacken und lachte so laut, dass es über den Fluss und in den Wald hineinschallte. »Oh, Mrs Quince«, stieß er hervor, »ich komme, um Ihnen einen Antrag zu machen, und statt einer Ehefrau finde ich eine Geschäftspartnerin.«

Alice grinste. »Sie sind also damit einverstanden?«

»Und ob«, antwortete er und schüttelte ihr die Hand. »Ich werde die Papiere von meinem Anwalt aufsetzen lassen. Er wird mir wahrscheinlich raten, die Übertragungsurkunden von Moonrakers bis zum Ende der Fünfjahresfrist zu übernehmen, aber seien Sie versichert, das werde ich nicht tun. Moonrakers gehört Ihnen, und wenn ich für Sie nur ein Freund und Geschäftspartner sein kann, dann bin ich mehr als zufrieden.«

»Dann sollten Sie lieber mit hineinkommen, um die anderen kennenzulernen. Die laufen Gefahr, sich zu erkälten, wenn sie noch länger draußen auf der Veranda sitzen und die Ohren spitzen, und wir haben viel zu besprechen.«

»Bist du sicher, du weißt, was du da tust?«, fragte Nell und zündete sich ihre Abendpfeife an. Henry Carlton war gegangen, Niall und Amy standen unten an der Scheune und sagten sich gute Nacht, die Zwillinge waren im Stall, und die beiden Frauen tranken Tee auf der Veranda.

»Es ist die einzige Möglichkeit, neue Tiere anzuschaffen und die Qualität der Wolle und des Fleisches beizubehalten.«

»Ich rede nicht von den verdammten Schafen, gute Frau«, entgegnete Nell. »Ich meinte Mr Carlton. Er sieht gut aus, ist reich und will dich heiraten – aber du hast ihn abgewiesen.«

»Ich liebe ihn nicht«, protestierte Alice.

»Dann solltest du mal deinen Kopf untersuchen lassen. Die meisten Frauen würden sich den rechten Arm abhacken, damit er hinter ihnen herhechtet.«

»Ich weiß«, gab Alice zu. »Aber du hättest seinen Antrag auch nicht angenommen – und wage nicht, etwas anderes zu behaupten. Nicht einmal ein Mann wie Mr Carlton könnte Jack oder Billy ersetzen.«

»Ja, du hast ja recht – wie üblich.« Nell seufzte. Sie schaute

Alice durch den Pfeifenrauch an. »Sieht ganz so aus, als wären wir zwei nicht auseinanderzukriegen.«

»Wohl wahr«, erwiderte Alice. Sie griff quer über den Tisch nach Nells Hand. »Ich bin froh, dass wir endlich Freundinnen sind.«

»Ich auch«, sagte Nell, die Pfeife im Mund. Sie lachte. »Ich habe immer gedacht, du hieltest dich für was Besseres – aber Billy hatte recht. Du und ich werden den Laden hier in Schuss halten, weil wir ein gutes Team sind.«

Alice hob ihre Teetasse. »Auf Moonrakers, Alice und Nell!«

»Nell und Alice«, korrigierte Nell mit gespielter Erbitterung. »Vergiss nicht, ich war zuerst hier!«

Fünfter Teil

Meuterei

Neunzehn

Hawks Head Farm, Januar 1808

George und Ernest trieben das Vieh auf die üppigen Weiden am Fluss und sprachen über die beunruhigende Krise in der Kolonie. Der neue Gouverneur William Bligh hatte das New South Wales Corps und den mächtigen Macarthur gegen sich aufgebracht, und die Menschen ergriffen Partei in dieser Fehde.

»Bligh hätte von vornherein gar nicht erst Gouverneur werden dürfen«, sagte George aufgebracht. »Er hat schon Ärger gemacht, bevor er hier landete. Denk an meine Worte, Ernie, diese Fehde zwischen ihm und Macarthur wird zu einer Meuterei führen, die der auf der *Bounty* in nichts nachsteht.«

»Er ist ein schwieriger Mann, das gebe ich ja zu«, erwiderte Ernest. Sie ritten Seite an Seite. Die Rinder liefen in einer langen Reihe vor ihnen her, und der von vielen Hufen aufgewirbelte Staub erhob sich zu einer erstickenden Wolke. »Aber er hat Macarthur gezwungen, öffentliche Gelder lockerzumachen, als wir im vergangenen Jahr das Hochwasser hatten. Wir hätten nicht überleben können, ohne die Herde aus den amtlichen Beständen aufzufüllen.«

»Ich sage ja nicht, dass er nichts Gutes in der Kolonie bewirkt hat«, sagte George, »aber er scheint wild entschlossen, Macarthur vollkommen zu entmachten. Er hat ihm sogar untersagt, Destilliergeräte zum Brauen einzuführen und billigen Wein ans Corps zu verteilen. Er macht sich dort einen mächtigen Feind, und die Händler kochen ebenso vor Wut wie das Corps.«

»Das System des Tauschhandels hat ganz gut funktioniert, aber nur das Corps und die Händler haben während der Flut im letzten Jahr profitiert, als alles infolge der Knappheit hoch im Kurs stand. William Bligh setzt endlich Grenzen für alle, die auf unsere Kosten und durch unsere Arbeit fett geworden sind. Ich kann ihn nur loben.«

George schnaubte. »Das würdest du nicht sagen, wenn du in meiner Lage wärst«, gab er zu bedenken. »Bligh hat angefangen, den Händlern Handelsbillets vorzuenthalten, seitdem sich ein entkommener Sträfling auf einem von Macarthurs Schiffen versteckt hat. Wir alle laufen nun Gefahr, dass damit ein Präzedenzfall geschaffen ist, und ich muss sicherstellen, dass unsere Schiffe vom Bug bis zum Heck durchsucht werden, bevor wir den Hafen verlassen. Wenn ich das Recht verliere, hier zu handeln, bin ich erledigt.«

»Das bezweifle ich.« Ernest zog das Halstuch noch fester über seine Nase, um den Staub abzuwehren. »Du treibst Handel zwischen hier und Nord- und Südamerika, und mit deinen neuen Trankesseln in Van Diemen's Land hast du viel mehr Möglichkeiten als die meisten anderen.«

»Und trotzdem behaupte ich, der Mann ist ein Ärgernis«, beharrte George. »Sein neuer Stadtentwicklungsplan schafft Probleme für alle, die ein Stück Land von der Regierung gepachtet haben. Er hat einige Pächter gezwungen, ihre Häuser abreißen zu lassen, ohne Entschädigung anzubieten.«

»Dein Lager und das Geschäft sind aber nicht in Gefahr, oder?«

»Noch nicht – aber wer kann schon sagen, was der Mann als nächstes vorhat?«

»Er ist unser Gouverneur«, sagte Ernest. »Er hat die Macht zu tun, was ihm gefällt.«

»Er missbraucht sie«, knurrte George. »Seine Sprache stinkt zum Himmel, seine Manieren sind so ungehobelt, dass er den Spitznamen Caligula zu Recht trägt. Es würde mich nicht überraschen, wenn Macarthur und Johnston einen Putsch anzetteln, um ihn zu vertreiben.«

Schweigend ritten sie weiter. Nur das Brüllen der Rinder begleitete sie auf ihrem Weg zu den saftigeren Weiden am Fluss. George wusste, sein Bruder war nicht von seiner Meinung abzubringen, und da es zwecklos war zu streiten, ließ er von dem Versuch ab. Bligh war von der britischen Regierung offensichtlich zum Gouverneur ernannt worden, weil ihm der Ruf eines harten Mannes vorausging – und der wurde gebraucht, um das Corps im Zaum zu halten. Doch er packte die Sache falsch an und würde seine wohlverdiente Strafe bekommen. Das New South Wales Corps war eine mächtige Truppe, und da Macarthur sie aufhetzte, konnte es nicht mehr lange dauern, bis es Scherereien gab. George war froh, dass er gegen Ende des Monats wieder auf See sein würde.

Er zog sich den Hutrand über die Augen, um sich den Staub vom Leib zu halten. Die durch den starken Regen im vergangenen Jahr verursachten Überschwemmungen waren längst zurückgegangen, und jetzt war die Erde steinhart, das Gras wurde welk – und der Hawkesbury River rauschte noch immer durch das Tal, doch der Wasserstand war niedriger als sonst. In Australien gibt es keine halben Sachen, dachte er düster. Überflutung oder Dürre, Völlerei oder Hungersnot, dazwischen gab es nichts außer Feuer, marodierenden Eingeborenen und hin und wieder einem entlaufenen Sträfling, um das Leben interessant zu machen. Seine frühere Rastlosigkeit hatte sich wieder eingestellt, und er zählte die Tage, bis er die salzige Gischt auf seinem Gesicht und die eisigen Winde aus der Antarktis spüren würde.

»So, so, George«, sagte Ernest kurz darauf, »du hast also endlich eine junge Dame mitgebracht, damit Mutter sie kennenlernt. Ich kann dir gar nicht sagen, wie erleichtert wir sind, dass du vernünftig geworden bist. Mutter hatte schon alle Hoffnung aufgegeben, dass noch eine Frau in die Familie kommt, und Miss Hawthorne macht einen charmanten Eindruck.«

George hielt den Blick starr auf die Rinder gerichtet, die von den Hunden vorangetrieben wurden. Nach den vielen ungewohnten Stunden im Sattel taten ihm sämtliche Knochen weh. »Sie ist nur eine Freundin, Ernie«, sagte er mürrisch.

»Du bist dreiunddreißig, und es wird Zeit, dass du dich niederlässt. Miss Hawthorne ist in dich verliebt, und ich glaube nicht, dass du sie eingeladen hättest, wenn deine Absichten nicht rechtschaffen wären.«

Es war ein Fehler gewesen, sie mitzunehmen, dachte George. Er hatte es in dem Augenblick gewusst, als sie in seinem Einspänner in Sydney Town aufbrachen. Schon nach einer Stunde hatte ihn ihre Anwesenheit gestört, was nicht an ihr lag – er hätte aus Erfahrung wissen müssen, dass keine andere Frau an Eloise heranreichte, doch Miss Hawthorne hatte den Wunsch geäußert, Hawks Head zu besuchen, und er war dumm genug gewesen, sie einzuladen. Nun hatte seine Familie eine Liebesaffäre gewittert.

»Ich habe keinerlei Absichten, weder rechtschaffene noch andere, was Miss Hawthorne betrifft«, erklärte er. »Sie hat sich nur für die Farm interessiert, damit sie den Kindern, die sie unterrichtet, davon erzählen kann. Ich werde sie morgen früh nach Sydney zurückbringen.«

»Wenn du meinst«, antwortete Ernest. Sie trieben die Rinder auf die umzäunte Weide, und ein Sträfling schloss das Tor. Ernest zog den Hut und wischte sich den Schweiß ab, wobei er eine Schmutzspur auf der Stirn hinterließ. »Aber ich glaube, die Dame hat andere Vorstellungen.«

George stieg aus dem Sattel und streckte sich. »Dann muss sie ihre Vorstellungen ändern. Ich bin nicht bereit zu heiraten und habe ihr bereits klargemacht, dass ich ihr nur Freundschaft anbiete.« Er warf einen Blick auf seinen Bruder. »Es war dumm, sie mitzubringen. Ich hätte mir denken können, dass sie mehr hineingedeutet hat. Die arme Agatha. Sieht so aus, als wäre es ihr bestimmt, eine altjüngferliche Lehrerin zu bleiben.«

Ernest betrachtete ihn gedankenverloren. »Du warst jedenfalls nicht fair zu der armen Frau. Sie ist anscheinend doch ganz nett.«

George gähnte. »Das ist sie, Ernie, aber sie ist nicht die Richtige für mich.« Er klopfte seinem Bruder auf die Schulter. »Ich werde sie ein paar Freunden von mir vorstellen – ihr einen Passenderen suchen.«

Ernest ließ sich durch die Munterkeit seines Bruders nicht täuschen. »Ich weiß noch gut, wie ich meinen Liebeskummer über Millie mit aufgesetzter Fröhlichkeit vertuscht habe«, sagte er ruhig. »Vielleicht machst du dasselbe. Hat deine Entschlossenheit, unverheiratet zu bleiben, vielleicht etwas mit Zurückweisung zu tun? Wenn ja, dann musst du begreifen, dass das Leben weitergeht und selbst die innigste Liebe irgendwann zu einer fernen Erinnerung wird. Es hat keinen Zweck, sein Leben mit Trauer zu vergeuden.« Ein zögerndes Lächeln erhellte sein Gesicht. »Miss Hawthorne ist hübsch«, gab er zu bedenken, »und Mutter ist sehr angetan von ihr. Willst du es dir nicht noch einmal überlegen?«

George knüllte sein staubiges Taschentuch zusammen und steckte es in die Tasche. »Ich bin alt genug, um mir selbst eine Frau auszusuchen – und wenn, dann werdet du und Mutter die Ersten sein, die sie kennenlernen.«

»Wer ist es, George?« Ernests Stimme war leise. »Wer hat dich so verhext, dass du dieses einsame Dasein einem Leben mit Frau und Familie vorziehst? Warum ist diese Frau nicht an deiner Seite?«

Ernests Scharfsinn brachte George aus der Fassung. Er hatte geglaubt, er habe seinen Kummer vor ihm verborgen. »Das Abendessen wird kalt, bis wir zurück sind«, murmelte er. »Wir dürfen die anderen nicht warten lassen.« Bevor Ernest etwas dazu sagen konnte, hatte er sich abgewandt. Seine Stiefel wirbelten Staub auf, als er über den Weg schritt.

Kaserne in Sydney, Januar 1808

Edward und die anderen Offiziere waren früh aufgestanden und warteten nun darauf, zum Gericht aufzubrechen. Sie waren äußerst angespannt, Pfeifenrauch hing in der Luft.

Bligh hatte den Militärstaatsanwalt Richard Atkins gezwungen, den Befehl für Macarthur herauszugeben, in der Sache des Handelsbillets, das er im vergangenen Dezember nicht hatte zahlen wollen, vor Gericht zu erscheinen. Macarthur hatte sich dem Befehl widersetzt und war inhaftiert, dann auf Kaution unter der Bedingung freigelassen worden, zur nächsten Sitzung des Sydney Criminal Court zu erscheinen, die an jenem Morgen stattfinden sollte.

»Es wird Zeit, dass wir Bligh loswerden«, murmelte einer der Männer. »Er hat den Rumhandel ruiniert, als er verbot, Alkohol als Tauschwährung einzusetzen. Meine Einnahmen sind davon empfindlich getroffen.«

»Die eingeführten Strafen legen den Handel völlig lahm«, sagte ein anderer. »Verkauf von Alkohol ist nur nach Blighs Gutdünken erlaubt, und unser Monopol auf den Tauschhandel ist fast verschwunden. Sieht der Narr denn nicht, dass er sich die mächtigsten Leute in der Kolonie zu Feinden macht?«

»Bligh und Macarthur sind Gegner«, sagte der Erste. »Bligh ist fest entschlossen, ihn zum Sündenbock zu machen, und natürlich spielt ihm der Oberste Militärstaatsanwalt zu. Er und Macarthur sind seit Jahren verfeindet.«

Edward schwitzte, er war ungeduldig und gereizt, weil er nichts getrunken hatte, doch er verhielt sich still, während die anderen murrten. Der Verlust des Rumhandels und des Tauschgeschäfts war ein Tiefschlag gewesen, nachdem er fast seinen gesamten Besitz Carlton hatte überschreiben müssen, und er hoffte nur, dass Macarthur nach dem heutigen Tag Blighs Entlassung fordern würde, damit die Kolonie wieder in den Händen des Militärs und der Monopolisten wäre.

Sein Blick ging jedoch über die kleinlichen Rivalitäten und das Gezänk hinaus. Hier ging es um einen Machtkampf – etwas, was er nur zu gut verstand –, nicht nur die Vertreibung eines ungeliebten Gouverneurs durch einen reichen Landbesitzer, der zu viel zu verlieren hatte.

Er unterdrückte den bohrenden Durst, den er nie stillen konnte, und hörte dem Hin und Her der Unterhaltung zu. Frühere Gouverneure hatten New South Wales als offenes Gefängnis mit einer primitiven Tauschhandelswirtschaft führen wollen, Bligh hingegen hatte viel großartigere Pläne, und da lag der Hase im Pfeffer. Der Mann besaß Intelligenz, aber er war ein Hitzkopf mit einer scharfen Zunge und Manieren, die alle gegen ihn aufbrachten. Er hatte aufgehört, Macarthur und seinesgleichen staatliches Land zu überlassen, hatte sich und seine Tochter aber mit mehr als viertausend Morgen belohnt. Er hatte den Assistenten des Sanitätsoffiziers und den Richter grundlos entlassen und drei Kaufleute zu einem Monat Gefängnis verurteilt, weil sie einen Beschwerdebrief an ihn geschrieben hatten, den er für beleidigend hielt.

Doch es waren nicht nur die Mächtigen in der Kolonie, die er gegen sich aufgebracht hatte: Sechs irische Sträflinge waren wegen einer Revolte vor Gericht gestellt und freigesprochen worden, aber er hatte sie trotzdem inhaftiert; ein paar der ärmeren Pächter waren gezwungen worden, ihre bescheidenen Hütten abzureißen, um Platz für Blighs großartige Stadtanlage zu schaffen. Die gesamte Kolonie war in Harnisch. Es war ein Pulverfass, das jeden Moment explodieren konnte.

Kernow House, Watsons Bay, am selben Tag

»Es war eine Farce.« Edward warf sich in einen Sessel.

Eloise legte die Zeitung beiseite, aus der sie Charles und Oliver vorgelesen hatte. Nach dem, was sie der Presse hatte entnehmen können, hatte sie nichts anderes als eine Farce erwartet – hütete sich aber davor, ihre Meinung laut zu äußern. Das Corps spielte ein gefährliches Spiel, und Macarthur sollte wegen Verrats vor Gericht gestellt werden.

»Das Gericht bestand aus Atkins, dem Kriegsgerichtsrat, und uns sechs Offizieren aus dem Corps. Wie dir bekannt ist, sind Macarthur und Atkins seit Jahren verfeindet, und Atkins schuldet ihm Geld. Macarthur erhob den Einwand, Atkins sei ungeeignet als Richter. Atkins lehnte seinen Einwand ab, musste aber sein Amt niederlegen, weil wir Offiziere den Protest unterstützten. Ohne den Richter konnte die Verhandlung nicht stattfinden.«

»Aber ich dachte, das sei auch die Absicht dahinter gewesen?«

»Es ging aber ins Auge«, murmelte er. »Macarthur steht noch immer unter Arrest, und Bligh hat mich und die anderen Offiziere der Meuterei angeklagt.«

»*Meuterei?* Aber das ist ein Verbrechen, auf das die Todesstrafe steht!«

»So weit wird es nicht kommen. Major Johnston lehnte es aus gesundheitlichen Gründen ab, sich mit der Angelegenheit zu befassen. Aber er würde es nicht wagen, uns eines solchen Verbrechens zu bezichtigen.«

»Das wollen wir doch hoffen.« Sie blickte ihren Mann an, sah die tiefen Falten in seinem aufgedunsenen Gesicht, die trüben, blutunterlaufenen Augen. Alpträume und Alkohol hatten ihren Tribut gefordert, und jetzt gab es nur noch wenig, das sie an den gut aussehenden jungen Mann erinnerte, der sie einst becirct und dazu gebracht hatte, ihn zu heiraten. Es waren beunruhigende Zeiten, und allem Anschein nach steckte Edward mittendrin im gefährlichen Geschehen.

»Was habt ihr Jungen an einem so schönen Tag im Haus zu suchen?« Edwards Frage platzte in ihre trüben Gedanken.

»Sie waren den ganzen Morgen draußen«, nahm Eloise ihre Söhne in Schutz.

»Mit dir habe ich nicht gesprochen«, knurrte er. »Charles, warum bist du nicht draußen und reitest?«

Charles wurde bleich, sobald er merkte, dass sein Vater ihn im Visier hatte. »Ich ... w-w-war heute Morgen schon reiten, Sir«, stotterte er.

»Hm. Du solltest in deinem Alter draußen sein und Unfug treiben, nicht wie ein kleines Mädchen bei deiner Mutter hocken.«

»Ich ... ich ...«

»Wenn du nicht richtig sprechen kannst, halt den Mund.« Edwards Miene hellte sich auf, als Harry hereinkam. »Das ist schon besser. Ein Junge mit Dreck im Gesicht und Schweiß am Hemd. Was hast du gemacht?«

»Ich habe Ned im Stall geholfen. Die Stute hat sich ein Bein verstaucht.«

»Guter Junge.« Edwards Gesicht glühte vor Stolz. Er stand auf und schenkte sich ein Glas ein. »Ich dachte, ich könnte dich am Wochenende zur Jagd mitnehmen«, sagte er. »Du bist schon ein guter Schütze, Harry, aber dein verweichlichter Bruder Charles braucht noch Rückgrat.«

»Charles *ist* ein guter Schütze«, sagte Harry.

Edward verzog das Gesicht. »Oliver«, sagte er streng, »es wird Zeit, dass du auch richtig schießt, statt wahllos auf Zielscheiben zu ballern.«

Olivers Miene hellte sich auf. »Wirklich, Papa?«

Eloise überlief es eiskalt bei dem Gedanken, dass ihr jüngster Sohn an einer blutigen Jagd teilnehmen könnte. »Harry und Charles finden nur wenig Gefallen daran, etwas zu töten«, sagte sie, »und Oliver ist zu leicht erregbar, als dass man ihm ein Gewehr anvertrauen könnte.«

»Mama«, protestierte Oliver, »ich bin fast sieben.«

»Stimmt«, erwiderte sie, »aber die Jagd ist nichts für kleine Jungen.« Sie wandte sich wieder an Edward. »Warum nimmst du sie stattdessen nicht mit auf einen Ausritt?«

Er musterte sie mit wässrigen Augen. »Ich habe gesagt, ich nehme sie mit auf die Jagd, und das werde ich auch tun. Wenn du sie verhätschelst, werden nie Männer aus ihnen.«

Eloise schwieg. Wenn man erst dann ein sogenannter Mann war, wenn man Freude daran hatte, Vögel und Kleintiere zu töten und sich zu betrinken, dann wären ihre Söhne besser beraten, wenn sie dem Beispiel ihres Vaters nicht folgen würden. »Vielleicht sollten wir warten, was aus der Sache mit Macarthur und Bligh herauskommt«, sagte sie stattdessen. »Die Anklage wegen Meuterei gegen dich steht noch, und solange das nicht geklärt ist, kann man unmöglich etwas planen.«

»Meuterei hin oder her, ich nehme sie mit auf die Jagd. Es sind meine Söhne, und ich mache mit ihnen, was mir gefällt, verdammt.«

Eloise scheuchte die Jungen vor sich her aus dem Raum und überließ Edward seinem Rum. Ermattet ging sie die Treppe hinauf. Sie ließ sich auf ihr Bett fallen und schloss die Augen. Warum sah Edward nicht, dass es für Charles ebenso zerstörerisch war, wenn er ihn ständig herabsetzte, wie es für ihn selbst gewesen war, als sein Vater ihn im Stich ließ? Ein Kind musste gehegt, nicht schikaniert und unterworfen werden, und Charles lebte ständig in Angst, sobald sein Vater zu Hause war.

Sie schlug die Augen auf und starrte betrübt an die Decke. Edwards Stolz auf Harry war verzehrend. Er setzte ihn absichtlich von seinem älteren Bruder ab, weil er glaubte, der Jüngere liebe und bewundere ihn. Da irrte er sich gewaltig, dachte sie. Harry hatte nur Angst vor Edwards Zorn. Er hatte schon früh gelernt, keine Furcht zu zeigen, wie man es von ihm erwartete – ein kleiner Mann zu sein, eine jüngere Ausgabe seines Vaters. Dennoch fürchtete er sich vor Edwards Missbilligung und hatte ihr gestanden, er verabscheue die Art und Weise, wie ihr Vater Charles behandelte.

Edwards Bemühungen zum Trotz standen sich Charles und Harry als Brüder so nah, wie es nur sein konnte, denn Harry beschützte Charles und nahm oft die Schuld auf sich, wenn irgendetwas ihren Vater verärgert hatte. Selbst Oliver, so klein er auch war, begriff, dass der brüderliche Zusammenhalt ein Schutz gegen die strenge Art des Vaters war.

Ein Schauer überlief sie bei dem Gedanken an die Bedrohung, die über Edward hing. Selbst wenn er dem Strang entkommen sollte, schien ihre Zukunft trübe. Solange die Kinder noch klein waren, konnte sie sich ihnen widmen, aber in wenigen Jahren würden sie Männer sein und ihr Elternhaus verlassen, um ihre eigenen Wege zu gehen. Wenn sie erst fort waren, was sollte dann aus ihr werden?

Sie sah die langen Jahre vor sich, kalt und einsam, gefangen in einer lieblosen Ehe mit einem Mann, den sie verachtete. Hätte sie damals doch nur den Mut gehabt, mit George wegzugehen! Aber für Reue war es zu spät – zu spät, das Glück zu packen, denn sie hatte seine Liebe verschmäht und ihn fortgeschickt. Eloise verbarg ihr Gesicht im Kissen, und eine Träne rollte auf das gestärkte Leinen.

Edward und die anderen Offiziere des Corps waren früh am nächsten Morgen ins Regierungsgebäude bestellt worden.

»Die Taten Ihrer Offiziere sind verräterisch«, tobte Gouverneur Bligh gegenüber Major Johnston. »Ich verlange die Rückgabe der Gerichtsakten, die das Corps festhält.«

Edward stand bei seinen Offizierskollegen und versuchte sich nicht anmerken zu lassen, wie nervös er war. Bligh war wütend genug, sie alle hängen zu lassen, und er konnte nur beten, dass Johnston die Ruhe bewahrte.

»Ich verlange einen neuen Gerichtsrat und Macarthurs Freilassung auf Kaution«, sagte Johnston, Haltung annehmend. »Meine Offiziere werden nicht vor Gericht gestellt, und Sie haben keine Rechtsprechung in Militärangelegenheiten.«

»Sie sind nicht in der Position, etwas zu verlangen«, brüllte Bligh. »Ich handele als Gouverneur im Auftrag der Krone, und deshalb steht es mir frei, Sie alle wegen Verrats anzuklagen.«

Johnston funkelte sein Gegenüber wütend an, und das nachfolgende Schweigen hatte etwas Bedrohliches. Ohne zu antworten, drehte er sich auf dem Absatz um und verließ den Raum, gefolgt von seinen Männern. »Ich gehe schnurstracks zum Gefängnis und lasse Macarthur frei«, murmelte er, als sie in den Garten traten.

»Ob das so klug ist, Sir?« Edward war sichtbar gereizt. Dieses ganze Gerede über Verrat und Tod durch den Strang steigerte nur sein Verlangen nach Alkohol.

»Wenn Sie keine Lust haben, Captain, können Sie ja zurücktreten«, fuhr der Major ihn angewidert an, »aber ich warne Sie, Cadwallader, es wird in Ihrem alles andere als ehrenhaften Zeugnis nicht gut aussehen.«

Edward schaute ihn hasserfüllt an. Johnston versuchte seit Jahren, ihn loszuwerden, und der Teufel sollte ihn holen, wenn er ihm jetzt die Gelegenheit dazu böte. »Dann werde ich Sie natürlich in vollem Umfang unterstützen, Sir«, erwiderte er.

»Sie alle kehren in die Kaserne zurück und warten. Ich werde neue Befehle erteilen, sobald ich Macarthur freigelassen habe.«

Der Morgen war fast verstrichen, als er zurückkehrte. »Ich habe eine von Macarthur aufgesetzte Petition, die schon von einigen unserer bekanntesten Mitbürger unterzeichnet wurde. Außerdem habe ich eine Anklage zur Inhaftierung Blighs entworfen, die ich ihm aushändigen werde. Ich erwarte, dass Sie alle unterschreiben.«

Edward überflog den Wortlaut und setzte anschließend seine Unterschrift darunter. Dabei zitterte seine Hand so stark, dass sein Name kaum leserlich war. Ohne Zweifel begingen sie Verrat, denn die Anklage gegen Bligh lautete, er sei ungeeignet, in der Kolonie die höchste Staatsgewalt auszuüben. Johnston und alle Offiziere unter seinem Befehl forderten seinen Rücktritt und die Inhaftierung, damit sie die Macht übernehmen konnten. Edward hoffte inständig, dass Johnston wusste, was er da tat – er spürte bereits die Schlinge, die sich um seinen Hals festzog.

Um sechs Uhr an jenem Abend hatte sich das Corps versammelt und marschierte mit fliegenden Fahnen und zu den Klängen einer Musikkapelle auf das Regierungsgebäude zu, um Bligh zu verhaften.

Edward sah, wie Blighs Schwester effektvoll mit ihrem Sonnenschirm um sich schlug. Sie war die einzige Verteidigung des Gouverneurs, jedoch durchaus unangenehm für alle, die ihr Schirm traf. Nachdem man sie kurzerhand in einen Schrank eingesperrt hatte, erhielten Edward und die anderen den Befehl, das Haus zu durchsuchen.

Bligh entdeckte man in voller Paradeuniform unter seinem Bett.

»Sie sind so ein Feigling«, schnaubte Johnston, »verstecken sich hinter den Röcken Ihrer Schwester und kriechen am Boden.«

Johnston verlas die Anklage. »Sie werden unter Hausarrest gestellt, bis Sie sich bereit erklären, von Ihrer Position zurückzutreten und wieder nach England zu gehen.«

»Ich wurde von der britischen Regierung ernannt«, entgegnete Bligh. »Ich werde hier als Gouverneur bleiben, bis man mich auf rechtlichem Weg von meiner Pflicht entbindet.« Er atmete schwer, und seine Wut war ihm deutlich anzusehen. »Ich werde dafür sorgen, dass jeder einzelne von euch Dreckskerlen dafür gehängt wird.«

Auf dem Rückweg brach Edward der Schweiß aus. Die

Tat war vollbracht, und es gab kein Zurück – doch es drohten harte Folgen.

Keiner von denen, die an der Inhaftierung und Verwahrung ihres Gouverneurs beteiligt waren, ahnte, dass ihnen noch zwei lange Jahre des Zanks bevorstanden, bis Bligh offiziell seines Amts enthoben würde.

Waymbuurr (Cooktown), März 1810

Mandawuys Wanderung zurück in sein Stammesland hatte viele Jahreszeiten gedauert, denn er hatte unterwegs andere Stämme besucht, mit ihnen gejagt, gefischt und ihre Gastfreundschaft angenommen. Ihre Ältesten hatten ihm zugehört, wenn er von seiner Zeit bei Tedbury berichtete, wenn er ihnen erzählte, dass die guten Menschen, die am großen Fluss lebten, seine Wunden geheilt und ihn mit Achtung und Freundlichkeit behandelt hatten.

Er seinerseits hatte dem Rat der weisen alten Männer gelauscht, denn der weiße Mann breitete sich immer weiter nach Norden aus, und er wusste, dass sein eigener Stamm schon bald in Kontakt mit ihm kommen würde. Er würde das Wissen, das er mit seinen Wanderungen und Erfahrungen erlangt hatte, verwenden, um sein Volk auf die Invasion vorzubereiten.

Jetzt war er bei seinem Volk und versuchte, ihnen die Botschaft begreiflich zu machen, die er mitgebracht hatte. »Der weiße Mann *wird* kommen«, sagte er zu dem Kreis der Ältesten, die sich am Strand versammelt hatten. »Es kann noch viele Jahreszeiten dauern – aber es *wird* passieren, und wir müssen darauf vorbereitet sein.«

»Wir werden sie mit unseren Speeren und *nullas* bekämpfen«, rief einer unter ihnen. »Das hier ist unsere geheiligte Erde. Wir werden sie wie Insekten zermalmen.«

Mandawuy schüttelte den Kopf. »Wenn wir einen Ameisenhaufen aufbrechen, sind zu viele Ameisen da, um sie alle zu zerdrücken. Und das ist gut so, denn wir sind auf Insekten angewiesen, die uns die Jahreszeiten zeigen und uns zu Honig, Wasser und den Blättern führen, die unsere Frauen als Heilmittel verwenden.« Er mäßigte seinen Tonfall, als er merkte, dass der Erste unter den Ältesten wegen seiner Gereiztheit und Respektlosigkeit die Stirn runzelte. »Schwarz und Weiß können zusammenleben, so wie wir mit den Insekten leben«, fuhr er fort. »Sie haben eine andere Art als wir und glauben an viele merkwürdige Dinge – aber sie können uns heilen, uns ernähren, unseren Frauen und Kindern in Hungerzeiten Unterschlupf gewähren und uns vieles beibringen.«

»Wir haben so gelebt wie unsere Vorfahren, als sie über diese Erde wandelten. Wir brauchen weder die Medizin noch den Schutz des weißen Mannes.« Der alte Mann funkelte Mandawuy an. »Du hast dein Volk verlassen, um mit Tedbury zu gehen. Kampfeslust hat dich zum Kriegsspeer greifen lassen – warum bist du jetzt gegen einen Krieg mit dem weißen Mann, obwohl du sein Blut vergossen hast?«

»Die Haut dieser Menschen ist weiß, ihre Augen sind blass, aber sie gehen wie wir und glauben an die Geister. Wir können von ihnen lernen und sie von uns.«

Der alte Mann nickte. »Ich werde über deine Worte nachdenken, denn deine Großmutter Lowitja war eine weise

Frau und hat über solche Dinge gesprochen, bevor sie zu den Sternen gesungen wurde.«

»Der Älteste Watpipa, der Mann von Anabarru, hat auch von dem weißen Mann gesprochen, der vor vielen Monden hier war. Vielleicht sollte man meine Worte beachten und darüber reden«, warf Mandawuy ein.

Der alte Mann war über die Unterbrechung ungehalten. Er richtete seinen stechenden Blick auf Mandawuy. »Geh jetzt«, fuhr er ihn an, »und warte, bis ich bereit bin, wieder mit dir zu sprechen.«

Mandawuy erhob sich und begab sich ans Lagerfeuer zu der Frau, die beim nächsten Vollmond seine Frau würde. Über das Wissen, das er in den vergangenen Jahreszeiten angesammelt hatte, würde geredet und gestritten werden, doch er vertraute den Ältesten, die richtige Entscheidung zu treffen: Sein Volk würde auf die Ankunft des weißen Mannes vorbereitet sein – und wenn man den weißen Mann willkommen hieße, würde das Blutvergießen verhindert, das die südlichen Stämme dezimiert hatte.

Sydney Town, März 1810

»Schön, dich nach so langer Zeit wiederzusehen, George«, sagte Thomas Morely und schüttelte seinem Freund die Hand.

»Es ist gut, wieder zu Hause zu sein«, stellte George fest, setzte sich in einen Sessel und gab dem Mann hinter der Bar ein Zeichen, ihnen zwei Whiskys zu bringen. »Wie ich hörte, ist es seit meinem letzten Besuch hier recht lebhaft zugegangen.«

Thomas schnaubte. »Das ist nicht unbedingt das Wort,

das ich dafür gewählt hätte«, entgegnete er. »›Beunruhigend‹ wäre zutreffender.«

Sie warteten auf ihre Getränke, und nach dem ersten Schluck knöpfte George seinen Gehrock auf und lehnte sich entspannt zurück. »Soweit ich weiß, hat es einen Militärputsch gegeben, und Macarthur und Johnston haben sich selbst als Gouverneur und Gerichtsrat eingesetzt?«

Thomas nickte. »Trotz ihrer Ränke hat Bligh sich jedoch nicht hinauswerfen lassen. Es war Gesprächsthema Nummer eins in der Kolonie, aber rückblickend hatte es auch seine heiteren Momente.«

George liebte eine gute Geschichte. »Dann erzähl«, sagte er aufgeräumt.

Thomas machte es sich in seinem Sessel bequem. Seit er die Armee verlassen hatte, war er etwas korpulent geworden, und jetzt, im Alter von einundvierzig Jahren, zeugte sein Leibesumfang von den Kochkünsten seiner Frau und der Bequemlichkeit seines großen Hauses in Balmain. »Sie stellten Bligh im Regierungsgebäude unter Arrest, doch er weigerte sich, abzutreten. Johnston setzte seinen vorgesetzten Offizier Colonel Paterson über die Ereignisse in Kenntnis, doch der war in Port Dalrymple in Van Diemen's Land und ließ sich nur ungern in die Angelegenheit hineinziehen, bevor nicht klare Befehle aus London vorlagen. Als er hörte, dass Foveaux als Vizegouverneur nach Sydney zurückkehrte, überließ er ihm die Angelegenheit.«

»Was wurde aus Macarthur?«

Thomas grinste. »Er musste abtreten, als Foveaux die Sache in die Hand nahm. Er hatte die meisten Geschäfte der Kolonie abgewickelt, nachdem Bligh unter Arrest gestellt worden war, und ich vermute, er ging davon aus, man würde ihm das Amt des Gouverneurs übertragen. Er war also nicht gerade erfreut.«

»Er hatte schon immer eine hohe Meinung von sich selbst«, murmelte George. »Ich kann nicht sagen, dass es mir leid tut, wenn man ihn ein oder zwei Sprossen zurückgestuft hat.«

»Foveaux hielt Bligh weiterhin unter Hausarrest und machte sich daran, die Straßen, Brücken und Gebäude instand zu setzen, die vernachlässigt worden waren. Als noch immer keine Nachricht aus England kam, was Bligh betraf, schickte er einen Befehl an Paterson, umgehend zurückzukommen.«

»Und, hat er das gemacht? Oder wollte er sich seine Hände noch immer nicht schmutzig machen?«

»Er schickte Johnston und Macarthur unter Anklage des Verrats nach England und sperrte Bligh in die Kaserne, bis er einen Vertrag unterzeichnet hatte, in dem er sich bereit erklärte, nach England zurückzukehren. Dann hat er sich ins Regierungsgebäude zurückgezogen und Foveaux die Leitung der Kolonie überlassen.«

»Der Mann ist für seine Nerven zu bewundern.« George brach in schallendes Gelächter aus.

»Eigentlich sollte man Bligh bewundern.« Auch Thomas lachte auf. »Im Januar vergangenen Jahres wurde er Kapitän auf der *Porpoise* unter der Bedingung, dass er nach England zurückkehrte. Doch sobald er vom Ufer aus nicht mehr zu sehen war, begab er sich auf direktem Weg nach Hobart und ersuchte David Collins, den Vizegouverneur von Van Diemen's Land, um Unterstützung.«

»Der Mann besitzt eine teuflische Unverfrorenheit«, platzte George heraus.

Thomas nickte. »Collins hätte womöglich geholfen, wenn Bligh seinen Mund gehalten hätte, doch wie üblich beleidigte er den Mann und hielt ihm in aller Öffentlichkeit eine Strafpredigt, woran Collins natürlich Anstoß nahm. Bligh saß dann fast ein Jahr lang an Bord der *Porpoise* fest. Schließlich kamen Anweisungen aus London, und Lachlan Macquarie wurde im letzten Januar als Gouverneur eingesetzt.«

»Und Bligh? Ist er noch immer in Van Diemen's Land?«

Thomas leerte seinen Whisky. »Er ist gerade in Sydney, um Beweise für die Verhandlung zu sammeln, die in London zur Anklage gegen George Johnston stattfinden wird. Man rechnet damit, dass er bald aufbricht, denn die Anhörung ist für Oktober festgesetzt.«

George lächelte. »Offensichtlich gibt es keine Möglichkeit, einen guten Mann niederzuhalten. Verblüffend finde ich nur, dass Bligh der Einzige ist, der mit einem gewissen Ruhm aus der Sache hervorgeht. Es würde mich nicht überraschen, wenn die Admiralität ihn befördert und ihm eine eigene Flotte gibt.«

»Es sind schon eigenartigere Sachen passiert.« Thomas bestellte noch zwei Gläser. »Zumindest geht es in der Kolonie jetzt geordneter zu, nachdem Macquarie verantwortlich ist. Er ist ein kluger Mann.«

»Was hat er gemacht?«

»Er hat alle Beamten, die Johnston und Macarthur entlassen hatten, wieder eingestellt und alle Zuteilungen von Land und Viehbeständen rückgängig gemacht, die unter ihrer Herrschaft getätigt wurden, doch um die Ruhe zu wahren und Racheakte zu verhindern, hat er selbst entsprechende Zuteilungen vorgenommen. Allem Anschein nach ist er beeindruckt, was Foveaux während seiner Amtszeit erreicht hat, denn er hat ihn als Collins Nachfolger vorgeschlagen.«

»Was Foveaux geleistet hat, als er die Sache in die Hand nahm, sollte auf jeden Fall anerkannt werden«, überlegte George. Er trank einen Schluck Whisky und wechselte das Thema. »Wie ich sehe, hast du ein bisschen Winterspeck angesetzt, Thomas.«

Sein Freund tätschelte seinen Bauch mit reumütigem Lächeln. »Das Leben bei der Armee hat mich früher in Form gehalten«, gab er zu, »aber ich stelle fest, dass ich den deutschen Kuchen meiner Frau nicht widerstehen kann.« Er deutete auf Georges durchtrainierten Körper. »Aber du bist wie immer gut in Form«, sagte er, »mit einer Figur wie ein Junge.«

George grinste über das Kompliment. »Warum hast du das Corps verlassen, Thomas? Ich dachte, du wärst entschlossen, bis zu deiner Pensionierung dort zu bleiben.«

»Das war ich auch«, sagte er und gähnte herzhaft, »doch das Kolonialamt rief das Regiment nach London zurück und ersetzte es mit dem Dreiundsiebzigsten Infanterieregiment. Dessen Kommandeur, Colonel Nightingall, sollte unser nächster Gouverneur werden, doch er wurde krank, so dass Macquarie an seiner Statt eingesetzt wurde.« Er faltete die Hände über seinem Bauch. »Ich wollte nicht nach England zurück und bin daher ausgetreten. Ich bin sehr glücklich hier, und meine Familie blüht und gedeiht. Ich bereue nichts.«

George dachte an die pummelige kleine Anastasia und hätte am liebsten über Eloise gesprochen. »Wie viele Kinder habt ihr jetzt?«, fragte er stattdessen.

»Sechs nach der letzten Zählung«, antwortete Thomas stolz. »Drei Jungen und drei Mädchen, die der Baron bei jeder Gelegenheit verwöhnt.«

»Demnach geht es ihm gut? Was ist mit seinen anderen Töchtern?«

»Der Baron ist nicht mehr so kräftig, wie er einmal war. Im vergangenen Jahr war er eine Zeitlang gesundheitlich angeschlagen, aber er hat immer noch ein wachsames Auge auf sein Hotel. Irma ist mit einem jungen Marineoffizier verheiratet und hat zwei Töchter, während Eloise drei Jungen hat.« Er rückte in seinem Sessel nach vorn und senkte die Stimme. »In der Richtung liefen die Dinge nicht so gut«, gestand er. »Edward wurde mit den anderen Offizieren, die Johnstons Klage gegen Bligh unterzeichnet hatten, wegen Verrats angeklagt.«

»Höchste Zeit, dass er einmal angeklagt wurde«, murmelte George. »Ich hoffe, er schmort im Gefängnis?«

Thomas schüttelte den Kopf. »Leider wurde er entlassen. Aber damit noch nicht genug«, sagte er grinsend. »Johnston war entschlossen, ihn loszuwerden, und sammelte schließlich genügend Beweise gegen ihn, um ihn unehrenhaft zu entlassen.«

Georges Puls schlug plötzlich schneller. »Wo ist er jetzt?«

Thomas zögerte. »Er und Eloise wohnen noch immer in dem Haus an der Watsons Bay. Wir sehen sie nicht oft, und bei unseren gelegentlichen Besuchen finden wir die Atmosphäre dort höchst ungemütlich.«

»Weshalb?« George bemühte sich, seine Besorgnis zu verbergen.

»Edward meint, die Welt habe ihn betrogen, und er versucht, die Kolonie leer zu trinken«, sagte Thomas verächtlich. »Er neigt zu Wutanfällen und düsteren Stimmungen, und es hat Gerüchte über Alpträume und Anfälle von Wahn gegeben.«

»Dann muss Eloise ihn verlassen«, erklärte George.

Thomas runzelte die Stirn. »Das wird sie niemals tun«, sagte er tonlos.

»Du scheinst dir sehr sicher«, meinte George. »Was verschweigst du mir, Thomas?«

»Vor langer Zeit habe ich ein Versprechen gegeben, das ich jetzt nicht brechen will.« Er schaute George fest an. »Sie hatte schon einmal die Gelegenheit, ihn zu verlassen, und hat sie nicht ergriffen – ich kann nur vermuten, dass sie aus Loyalität geblieben ist.«

»Das kann ich kaum glauben. Er muss sie so eingeschüchtert haben, dass sie bei ihm geblieben ist.«

»Ich wusste, dass du etwas für Eloise übrig hast, aber nicht, dass du noch immer verliebt in sie bist.« Nachdenklich zwirbelte Thomas seinen Schnurrbart. »Das würde allerdings erklären, warum du nie geheiratet hast. Weiß sie um deine Gefühle?«

George saß in der Falle. Es zu leugnen würde bedeuten, Eloise zu verleugnen, es zuzugeben, würde sie bloßstellen. »Meine Gefühle sind meine Sache, und das soll auch so bleiben«, wich er aus.

»Ich würde es dabei belassen, wenn ich du wäre«, riet Thomas und erhob sich. »Eloise hat sich mit genug anderen

Dingen herumzuschlagen, da musst du dich ihr nicht auch noch erklären. Das würde die Sache für sie nur verschlimmern.« Er zog an seiner Weste, um die Knöpfe zu entlasten. »Genug Tratsch! Wir hören uns an wie zwei Matronen. Kommst du zum Dinner zu uns nach Balmain? Anastasia freut sich darauf, dich wiederzusehen.«

George nahm die Einladung seines Freundes an, doch er wusste, der Abend würde für ihn schwierig werden, da man von Thomas' Haus aus die kleine Bucht überblicken konnte, an der er und Eloise sich in den Armen gelegen hatten – die Bucht, in der sie sich zum letzten Mal geküsst hatten. Ganz in Gedanken nahm er seinen Hut und folgte Thomas auf die Straße. Er war verwirrt. Eloise hatte einmal die Gelegenheit gehabt, Edward zu verlassen, sie aber nicht ergriffen. Warum? Und vor allem, woher wusste Thomas so viel?

Garnison im Parramatta, März 1810

Mandarg stand auf dem Friedhof vor dem verwitterten Brett, das jetzt an einem weißen Marmorgrabstein lehnte. Das Grab des Mädchens war beinahe flach, doch im Gras leuchteten Blumen. Die Worte auf der alten Gedenktafel waren zum Teil von den Elementen ausradiert. Doch Mandarg spürte den Geist dieses Mädchens, gefangen unter der Erde, nach Freiheit verlangend, um zu den Sternen zu segeln – und wusste, er musste ihn befreien, wenn er seinen eigenen Seelenfrieden finden wollte.

Er zog die hinderliche Hose hoch, hockte sich ins Gras, schloss die Augen und ließ die Kälte in seinen alternden Knochen von der warmen Sonne vertreiben. John, der Prediger, war ein guter Mann, und Mandarg hatte gelernt, ihm zu vertrauen. Ihm hatte er die Schuldgefühle eingestanden, die er empfinden würde, wenn er dieses Mädchen, das offensichtlich von den umherschweifenden Geistern berührt war, so dort liegen ließe – und wie sehr es seine Seele belastete, was er angerichtet hatte, als er die weißen Männer zu der Ansiedlung führte.

John hatte ihm gesagt, ihm werde vergeben, wenn er es wirklich bereute, und Mandarg hatte seinen Geschichten von einem liebevollen, gnädigen Gott aufmerksam gelauscht. Mit der Zeit gefiel ihm der Gedanke, wieder einer Familie anzugehören – der Familie des unsichtbaren Gottes, der im Himmel bei den Geistern der Vorfahren wohnte. Diese würde die Stelle der Familie einnehmen, die er seit der Ankunft des weißen Mannes verloren hatte.

Während er John bei seiner Missionsarbeit begleitete, hatte er gelernt, dass nicht alle Eindringlinge grausam waren, dass ein Zusammenleben von Schwarz und Weiß möglich war. Er war sogar so weit gegangen, sich von dem Priester mit Wasser begießen und das Zeichen des Kreuzes auf seine Stirn malen zu lassen. In Johns Predigten gab es jedoch gewisse Dinge, die ihm Sorge bereiteten.

Rache, warnte John, sei Gott vorbehalten – aber das war nicht Mandargs Überzeugung, und es war nicht, was die Geister seiner Ahnen gesagt hatten. Er grübelte darüber nach, schüttelte die einengenden Stiefel ab und spürte, wie die Erde seine Füße wärmte. Es fiel schwer, dem Gott des weißen Mannes zu folgen und die Lektionen der eigenen Kindheit zu vergessen. Die Initiationsriten und die Zeremonien, die sein Leben begleitet hatten, waren ein Teil von ihm, so wie die Erde, auf der er saß. Wie konnte es sein, dass dieser weiße Gott von ihm verlangte, sich von den Bräuchen und dem Glauben abzuwenden, die von Geburt an so tief in ihm verwurzelt waren? War es denn so falsch, sich an einem Mann rächen zu wollen, der ihn auf einen dunklen Pfad geführt hatte, der seine Nächte mit schrecklichen Träumen gefüllt und das Flüstern der Toten geschickt hatte, ihn zu verfolgen?

Er schlug die Augen auf und betrachtete noch einmal die Gedenktafel. Er konnte die Worte nicht lesen, doch John hatte ihm erzählt, was sie bedeuteten. Sein Blick wanderte vom Friedhof auf den umliegenden Busch, und wieder sah er das Gemetzel jener Nacht vor sich und erinnerte sich an das, was Lowitja ihm, als er noch ein junger Mann war, über die Prophezeiung der Steine erzählt hatte.

Jetzt dachte er an sie und wusste, der weiße Mann war nicht zu besiegen. Lowitja war weise gewesen und hatte vorausgesagt, dass das Leben, so wie sie es gekannt hatten, zerfallen würde. Nun waren die südlichen Stämme fast ausgelöscht. Schwarz kämpfte gegen Schwarz, Stamm gegen Stamm, die Krieger und ihre Frauen verloren ihren Stolz ohne die Führung und Spiritualität ihrer Ältesten und folgten nur den Gewohnheiten des weißen Mannes und ihrem Verlangen nach seinem Rum. Sie lebten wie Ausgestoßene in dem Land, das ihre Ahnen für sie bestimmt hatten – und von Johns gnädigem und freundlichem Gott, der ihnen Trost spenden sollte, war nichts zu sehen.

Mandarg wurde schläfrig in der Sonne, und als das Summen der Insekten sich über die pochende Hitze legte, dachte er an die alte Lebensweise. Die Geister umkreisten ihn, er spürte, wie sie näher kamen, und stimmte ein Lied an, das seit der Traumzeit weitergegeben worden war. Er trat mit den Ahnen in Verbindung, pulsierende Energie durchdrang ihn. »Gebt mir ein Zeichen«, murmelte er, »und ich werde tun, was ihr wollt.«

Die Zeit verlor ihre Bedeutung, während er dort saß, doch ein leises, tiefes Kratzen und das Rascheln von Federn brachte ihn wieder in die Gegenwart zurück. Mandarg schlug die Augen auf und schaute verwundert auf das Wesen, das die Geister ihm geschickt hatten.

Die Graseule starrte ihn mit kleinen schwarzen Augen an, die von Tränenspuren gezeichnet schienen. Ihre Brust war schneeweiß, ihre Flügel glitzerten braun und orange, und ihre herzförmige Gesichtsmaske hatte einen ockerfarbenen Rand.

»Herzlich willkommen, du Schöne der Geister«, flüsterte er. »Lowitja hat gesagt, du würdest kommen. Welche Botschaft bringst du?«

Ihr starrer Blick war durchdringend, hypnotisch. Dann breitete sie die Flügel aus und kreiste schweigend über seinem Kopf.

Mandarg stand auf. Die weiße Eule war sein Totem, das ihm in dem Augenblick geschenkt wurde, als er im Bauch seiner Mutter lebendig wurde. Sie war ein Geschöpf der Nacht, ein Vogel, der im Land des Kakadu lebte, doch sie war an diesem strahlenden Tag weit nach Süden geschickt worden, um ihn zu führen.

Auf einmal hatte er das Bedürfnis, sich von allen Einflüssen des weißen Mannes frei zu machen. Er trat die Stiefel zur Seite und zog die unbequemen Kleidungsstücke aus.

Nackt und stolz stand er da und verfolgte den Flug der Eule, die sich in immer größeren Kreisen in die Höhe schraubte.

Sie flog auf dem heißen Wind, ihre glänzenden schwarzen Augen suchten nach Beute. Dann stieß sie herab, die langen gelben Beine ausgestreckt, die Krallen gespreizt.

Mandarg hielt den Atem an. Er verstand, was sie ihm sagen wollte: Falls sie die Beute fing, sollte er Rache üben, wenn nicht, musste er das Nomadenleben wieder aufnehmen und alles vergessen, was geschehen war.

Die Eule schoss wie ein Pfeil vom Himmel herab, die Augen auf das Opfer gerichtet, das er im hohen Gras nicht sah. Dann erhob sie sich wieder mit einem Triumphschrei, eine Echse fest in den Krallen.

Mandargs Blick folgte ihrer Bahn. Wieder zog sie einen Kreis über ihm und ließ sich dann auf dem abgebrochenen Ast vor ihm nieder. Er schaute in ihre Augen. Die Eule ließ ihren Fang vor seine Füße fallen, und er wusste, was er zu tun hatte.

Als sie wieder auffliege, nahm er die Echse, steckte sie in den Fasergürtel, den er nie abgelegt hatte, und folgte der Eule in den Schutz des Busches. Die Geister hatten gesprochen, wie Lowitja es vorausgesagt hatte. Jetzt würde er allein wandern und die Spiritualität und den Stolz zurückgewinnen, die er einst besessen hatte. Er würde die alten Weisen wieder lernen – und er würde auf den nächsten Befehl warten.

Sechster Teil

Der bittere Kelch

Zwanzig

Im Busch, August 1810

An diesem frischen, hellen Morgen drangen einzelne Sonnenstrahlen durch die Überreste des nächtlichen Nebels bis auf den Boden des Busches. Die Luft war erfüllt vom Gesang der Vögel, während die Reiter ihren Weg zwischen den Bäumen hindurch suchten.

Edward bemerkte den mangelnden Eifer seiner beiden älteren Söhne, und die vertraute Ungeduld überkam ihn. »Bummelt nicht so«, rief er. »Bei dem Tempo ist unsere Beute längst verschwunden, bis wir ankommen.«

Harry und Charles tauschten vielsagende Blicke und trieben ihre Ponys zum Trab an. »Können wir die Kängurus nicht einfach nur beobachten, Papa?«, fragte Charles, sobald sie ihn eingeholt hatten. »Ich mag sie nicht töten, wenn sie Junge im Beutel haben.«

Edward schnaubte. »Sie sind Schädlinge.« Er griff nach der Feldflasche, die er immer an seinem Gürtel bei sich trug, und trank. »Sie zu töten ist das einzig Richtige.« Er sah den Ekel auf Charles' Gesicht, und trotz seiner besten Absichten, sich heute nichts anmerken zu lassen, überfiel ihn sein alter Zorn. »Die Felle bringen das Geld ein, das dir Nahrung und Wohlstand sichert – und ich habe nicht den Eindruck, dass du über beides auch die Nase rümpfst.«

Charles errötete, und Harrys Augen blitzten vor Wut auf, doch er hielt den Mund – vielleicht, weil er wusste, dass eine

Entgegnung die schlechte Laune seines Vater kaum bessern würde.

Edward hatte einen Kater, sein Kopf dröhnte, und das helle Sonnenlicht stach ihm in den Augen. Charles war fast dreizehn, seine schlaksige Figur bekam feste Umrisse, die erste Spur goldenen Flaums zeigte sich bereits über der Oberlippe. Er war ein gut aussehender Junge, das musste er zugeben, und er wünschte, er könnte ihm ein bisschen Zuneigung entgegenbringen, doch mit seinem zarten Knochenbau, den blauen Augen und den langen Wimpern glich er zu sehr seiner Mutter, und seine Vorliebe für Schulbücher und seine Empfindsamkeit brachten Edward zur Weißglut.

Stolz erfüllte ihn, wenn er sah, wie furchtlos und stark Harry im Vergleich zu seinem Bruder war. Mit elf Jahren war Harry genau so, wie er sich einen Sohn wünschte, und er sah bereits Ansätze des Mannes, der einmal aus ihm würde; der Junge erinnerte Edward an sich selbst, als er in dem Alter war. So wie Oliver trug er nicht das Muttermal der Cadwalladers – das hatte nur jeweils einer in jeder Generation –, aber er war ein echter Spross dieser Adelsfamilie, angefangen von seinem dunklen Haar, den dunklen Augen bis hin zu seiner aristokratischen Nase. Edward war empört, dass nicht Harry den Titel erben und in seine Fußstapfen treten würde.

Er trank noch einen Schluck aus der silbernen Feldflasche in der Hoffnung, die heftigen Kopfschmerzen zu lindern. Er hatte sich auf diesen Ausflug gefreut, hatte ihn tagelang im Voraus geplant, und er hoffte, dass er ihn seinem ältesten Sohn näherbringen würde. Denn obwohl er nicht oft auf Eloise hörte, hatte sie ihn allmählich zu der Einsicht gebracht, dass seine Beziehung zu Charles dem Verhältnis glich, das er zu seinem Vater gehabt hatte. Dennoch hatte er den Eindruck, dass er Charles gegenüber immer versagen würde, so sehr er sich auch bemühte.

Er bedauerte zutiefst, dass Oliver an diesem Morgen nicht mitgekommen war. Der Neunjährige war mit Masern ans Haus gefesselt, und Eloise hatte sich geweigert, ihn nach draußen zu lassen, solange noch Flecken zu sehen waren. Es war verdammt ärgerlich – wäre der Junge dabei gewesen, hätte der Ausflug schon von vornherein erfreulicher sein können, denn Oliver war ein guter Schütze und seine Begeisterung für die Jagd hätte vielleicht ein wenig mehr Eifer bei den anderen geweckt.

Edward hielt sich am Sattelknauf fest, da alles vor seinen Augen verschwamm. Traurig ließ er sein Leben an sich vorüberziehen: Sein ältester Sohn war eine Enttäuschung, seine eigene Karriere war in Ungnade zu Ende gegangen, die Alpträume verfolgten ihn noch immer, er hatte nur ein geringes Einkommen, und von seiner Frau war kein Trost zu erwarten. Durch den Alkohol und seine bittere Enttäuschung sentimental geworden, wäre er beinahe aus dem Sattel gekippt.

»Geht es dir nicht gut, Papa?« Harry half ihm, sich wieder aufzurichten. »Vielleicht sollten wir lieber nach Hause zurückreiten, damit du dich ausruhen kannst.«

Edward gab sich einen Ruck, um gerade zu sitzen. »Die frische Luft wird mir den Kopf bald frei machen.« Er konnte kaum klar sehen, hatte jedoch in diesem Zustand schon oft gejagt und sah keinen Grund, seinen Plan aufzugeben. »Kommt, ihr beiden. Wir reiten um die Wette zur Lichtung.«

Der Eber spähte kurzsichtig ins Unterholz, die kurzen, stämmigen Beine fest in den Schlamm des Wasserlochs gestemmt. Er hatte genug getrunken und wollte nun nach etwas Essbarem suchen, als er das Geräusch vernahm und wie angewurzelt stehenblieb, Gefahr witternd. Seine Schnauze zuckte, sein raues Fell sträubte sich, denn er roch die unmissverständliche Nähe von Mensch und Pferd.

Sein angeborener Selbsterhaltungstrieb hatte sich in der Zeit, in der er von Menschen eingesperrt worden war, noch verstärkt. Wütend trottete er aus dem Schlamm und schob sich zwischen Farne und Gestrüpp. Seine Gereiztheit nahm zu, denn er konnte nur wenig sehen und hatte Hunger – die Jagd nach Futter aber war von den Eindringlingen unterbrochen worden. Seine kleinen schwarzen Augen funkelten in die Dunkelheit, und sein Schwanz zuckte, als der Geruch stärker wurde.

Nachdem er Thomas schließlich überredet hatte, ihm die Wahrheit zu sagen, war George jeden Morgen an den Strand gekommen. Von Eloise aber war nach wie vor nichts zu sehen. Er machte sich Sorgen, während er vom Rücken seines Pferdes aus den menschenleeren Strand überblickte. Es war Ebbe, das Meer nahm bereits die tiefe türkisfarbene Tönung des klaren Himmels an, die Wellen glänzten auf dem Sand. Es war ein perfekter Morgen für einen Ausritt, warum war sie also nicht gekommen?

Er konnte das mulmige Gefühl, dass etwas nicht stimmte, nicht abstreifen und war nicht willens, fortzugehen, ohne sie gesehen zu haben. Er trieb sein Pferd die steile Düne hinunter auf den harten Sand über der Flutmarke. Das Pferd warf den Kopf in den Nacken und tänzelte, als wäre es sich der Unbehaglichkeit seines Reiters bewusst.

»Ruhig, mein Junge!«, sagte George. »Ich bin genauso nervös wie du, aber ich muss mich mit eigenen Augen überzeugen.«

Auf seinem Weg am Strand entlang hörte er in der Ferne Gewehrschüsse und fragte sich, ob eine Jagdgesellschaft auf Edwards Grund und Boden unterwegs sei. Wenn ja, musste er vorsichtig sein – Eloise bewirtete womöglich die Damen, und ihm fiel kein triftiger Grund ein, ohne Einladung dort aufzutauchen.

Er ließ das Pferd im Schritt gehen, sobald das Haus in Sicht kam, und hielt auf einer leichten Erhebung hinter dem Strand an. Eine dünne Rauchfahne stieg aus dem Kamin, doch die Fensterläden waren geschlossen, und im Garten und im Stall war kein Lebenszeichen auszumachen.

George runzelte die Stirn, böse Vorahnungen stiegen in ihm auf. Thomas hatte ihm versichert, dass die Bewohner zu Hause seien und Eloise nur selten aus dem Haus gehe; trotzdem wirkte die Wohnstatt verlassen.

Er trieb das Pferd an und näherte sich dem Tor, wobei ihm auffiel, dass die Farbe abblätterte und das Holz verwittert war. Als er es hinter sich zufallen ließ, sah er, dass der Rasen gemäht werden musste und die Blumenbeete mit Unkraut überwuchert waren. Er ritt auf die Eingangstür zu. Auch der erbärmliche Zustand der Veranda zeugte von Vernachlässigung.

Er glitt aus dem Sattel und band die Zügel an das verrottende Geländer. Sein Mund war trocken, sein Puls raste, doch seine Füße trugen ihn die ausgetretenen Stufen hinauf.

Bevor er sich überlegen konnte, ob sein Vorgehen klug war, klopfte er an die Haustür.

Nach seiner einsamen Zeit im Busch fühlte Mandarg sich unbesiegbar – als wäre er neu geboren und hätte noch einmal den schmerzhaften Initiationsritus vollzogen, der ihn an seinen Stamm und den Glauben seines Volkes gebunden und ihn zum spirituellen Herzen seiner Ahnen zurückgeführt hatte.

Er hatte allein gejagt, die Gesänge der Ahnen angestimmt, wenn der Mond aufging, und sich von neuem mit den Höhlenmalereien bekannt gemacht, die Geschichten aus der Traumzeit erzählten, und mit der Erde, die ihn genährt und ihm Leben geschenkt hatte. Jetzt war sein Körper drahtig, die Muskeln trainiert, seine Sinne waren wieder so scharf wie in seiner Jugend.

Gleichmäßigen Schrittes war er zum Land des weißen Teufels gewandert und hatte es erreicht, noch ehe die Sonne aufgegangen war. Im ersten grauen Tageslicht hatte er sich Gesicht und Körper mit dem roten Ton vom Wasserloch eingerieben. Jetzt war er in den schwankenden Schatten der Bäume perfekt getarnt. Die Speere locker in den Händen, verschmolz er mit den Bäumen und beobachtete den Mann und die beiden Jungen, die an ihm vorüberritten. Gewehre hingen an den Sätteln, und der Mann trug eine Pistole an der Hüfte.

Das beunruhigte Mandarg nicht, denn er konnte mit der lautlosen, schnellen Waffe seiner Ahnen ohne Vorwarnung den Tod bringen. Die Kriegsspeere, die er bei sich hatte, waren länger als die, die er zur Jagd verwendete, und er hatte viele Stunden damit zugebracht, die Spitzen aus Feuerstein zu schleifen, bis sie tödlich scharf waren. Dann hatte er sie in die gewundenen Gedärme eines verwesenden Kadavers gestoßen, bis sie gut mit Gift bedeckt waren. Ein einziger Kratzer dieser tödlichen Waffe reichte aus, um auch das stärkste Tier zu Fall zu bringen.

Mandarg vernahm das Rauschen von Flügeln. Dort auf einem Ast saß die Eule der Geister, ihre weißen Brustfedern leuchteten im Halbdunkel. Er nickte ihr zu, und sie blinzelte. Während er sich verstohlen durch Schatten und Licht fortbewegte und den Reitern tiefer in den Busch hinein folgte, flog sie neben ihm her. Sie würde entscheiden, wann der richtige Zeitpunkt gekommen war. Dann würde er zuschlagen.

Edward langte in den Beutel des Kängurus, zog das Junge heraus, schnitt ihm die Kehle durch und warf es beiseite. Er hielt Charles das blutige Messer hin und hockte sich neben das Muttertier. »Schlitz ihm den Bauch auf und zieh das Fell ab«, befahl er. »Aber gib acht dabei. Ein beschädigtes Fell ist wertlos.«

Charles wich zurück, die Augen entsetzt aufgerissen, das Gesicht bleich. »Das kann ich nicht«, murmelte er.

»Du tust, was ich sage«, schrie Edward, packte den Jungen und drückte ihm das Messer in die Hand. Er schubste ihn, so dass er neben dem getroffenen Känguru auf die Knie fiel. »Los, fang an«, knurrte er.

»Ich mach es«, sagte Harry und streckte die Hand nach dem Messer aus. »Du weißt doch, dass Charles kein Blut sehen kann.«

»Dann wird es höchste Zeit, dass er lernt, sich wie ein Mann zu benehmen.« Edward riss das Messer an sich und gab es wieder Charles, dessen Gesicht eine grünliche Farbe angenommen hatte. »Der Junge hat kein Rückgrat. Ich schäme mich, so einen Schwächling als Sohn zu haben.«

»Er ist nicht schwach«, rief Harry. »Er hat ein weiches Herz – und das ist kein Grund, sich seiner zu schämen.«

Edward hob eine Augenbraue. »Du meine Güte.« Er trank aus seiner Feldflasche. »Halt dich bloß zurück, Junge, sonst bekommst du das Gewicht meiner Gürtelschnalle auf deinem Rücken zu spüren.«

»Ist schon gut, Harry«, sagte Charles. »Vater hat recht. Höchste Zeit, dass ich das hier lerne.« Vorsichtig begann er, in den weichen Unterleib zu schneiden.

»Ha!«, schnaubte Edward verächtlich. »Schau ihn dir nur an, bleich und zitternd, weint wie ein kleines Mädchen.« Er riss ihm das Messer aus der Hand. »Der Teufel soll dich holen! Mit dir kann man so wenig anfangen wie mit einem nassen Mehlsack.«

Schwankend kniete er vor dem Kadaver, das Messer lag glitschig in seiner Hand, und er versuchte sich auf den heiklen Vorgang zu konzentrieren. Das Fell löste sich nur widerwillig von dem Kadaver, und das Messer fühlte sich stumpf an, doch er hackte so lange zu, bis das Fell abgetrennt war. Schwitzend rollte er es zusammen und stopfte es zu den anderen in dem Bündel hinten am Sattel. Beim Aufsteigen hoffte er nur, dass den beiden Jungen nicht aufgefallen war, wie ungeschickt er sich angestellt hatte, doch Charles und Harry waren offenbar von den weißen Kakadus abgelenkt, die aus den Bäumen aufstiegen und sich wieder niederließen.

Edward schüttelte seine Feldflasche und trank die letzten Tropfen. Sein Durst wütete, sein Kopf schien zu platzen, und er konnte kaum an sich halten. Er hatte gehofft, dies wäre eine Gelegenheit, Charles ein wenig über das Leben im Busch beizubringen, ihm zu zeigen, wie geschickt sein Vater war, und Interesse in dem Jungen zu wecken – doch seine Befürchtung war durchaus begründet: Charles war in der Tat ein Jammerlappen. Alles schön und gut, wenn Eloise sein Können beim Studium der Bücher pries und sein außergewöhnliches Zeichentalent bewunderte, doch diese Fähigkeiten würden keinen Mann aus ihm machen.

Edward nahm enttäuscht die Zügel auf. Die Bäume ringsum schienen sich vor seinen Augen zu drehen. Als er in den Schatten spähte, glaubte er ein schwarzes Gesicht und zwei starre Augen zu erblicken. Sie kamen ihm bekannt vor – wie die Augen, die ihn Nacht für Nacht verfolgten.

Er wollte sich nicht aus dem Konzept bringen lassen und führte die Erscheinung auf eine überhitzte Phantasie zurück. »Komm, Harry«, sagte er barsch. »Wir wollen mal sehen, ob wir den entwischten Eber aufspüren können, von dem wir so viel gehört haben.«

Mit grimmiger Miene begegnete Mandarg dem Blick des weißen Teufels. Er hatte die Angst in jenen Augen gesehen und sich darüber gefreut; betrunken wie er war, hatte der Mann ihn doch erkannt. Er blieb im Schatten stehen und sah ihnen nach, als sie forttritten. Plötzlich war er beunruhigt. Das Bedürfnis, seine verstorbenen schwarzen Brüder und Schwestern zu rächen und den Geist der weißen Frau zu befreien, war zwar stärker denn je, doch er hatte die Anwesenheit der beiden Jungen nicht mit einkalkuliert.

Die Eule schüttelte ihr Gefieder, und ihr leiser Schrei ließ ihn aufblicken.

Er starrte in ihre unbeweglichen Augen und vernahm die Stimmen jener Geister, die sie zu ihm gebracht hatten. Als es wieder still wurde, packte er seine Speere und folgte den Spuren. Nun wusste er, dass die Geister ihm ihren Plan kundtun würden.

Dumpf hallte es wider, nachdem George an die Tür geklopft hatte – ein beredtes Zeugnis von leeren, stillen Räumen. Ermutigt durch die Angst um Eloise, klopfte er noch einmal, lauter und so eindringlich, dass die Tür bebte. Dem hohlen Echo folgten eilige Schritte. Er trat einen Schritt zurück, als ein Schlüssel umgedreht wurde und zwei misstrauische braune Augen sich durch den schmalen Spalt auf ihn richteten. »Der Herr ist nicht da«, sagte das Dienstmädchen und war im Begriff, die Tür vor seiner Nase zu schließen.

George stellte den Stiefel in die Öffnung. »Ich möchte deine Herrin sprechen«, sagte er. »Ist sie zu Hause?«

»Nein.«

George glaubte ihr nicht. »Wo ist sie?«

»Das geht Sie nichts an. Nehmen Sie Ihren Stiefel aus der Tür und verschwinden Sie!«

Er ließ den Fuß stehen. »Ich weiß, dass sie da ist, und ich möchte sie sehen«, beharrte er. »Bitte sagen Sie ihr, George sei hier. Sie wird mich sprechen wollen.«

»Sie ist nicht da.« Die braunen Augen blickten kampfeslustig.

»Eloise!«, rief er. »Eloise, ich bin's, George.«

Die Augen blitzten triumphierend auf, als keine Antwort kam. »Sie können schreien, so viel Sie wollen«, murmelte sie. »Es ist niemand da, der Sie hört, außer Ned und mir – und an Ihrer Stelle würde ich das Weite suchen. Ned ist nur im Hof, und er hat eine Waffe.«

George wusste, dass er die Frau nicht beiseitestoßen konnte, so sehr ihm auch danach war. »Eloise«, rief er noch einmal. »Eloise, bitte, lass mich hineinkommen! Ich muss wissen, dass du nicht in Gefahr bist.« In diesem Augenblick hörte er, wie ein Gewehr entsichert wurde.

George drehte sich abrupt um, wobei hinter ihm die Tür zugeschlagen wurde. »Du musst Ned sein«, sagte er etwas unsicher beim Anblick des Gewehrlaufs.

»Spielt keine Rolle, wer ich bin, Sir. Sie haben hier nichts verloren.«

Das grimmige Gesicht und der unbewegte Blick sagten George, dass er sich geschlagen geben musste. Ned befolgte offenbar die Befehle seines Herrn und hatte wahrscheinlich kaum Gewissensbisse. Besucher auf der Schwelle des Hauses zu erschießen. George band sein Pferd los und schwang sich in den Sattel. »Ich hoffe, du behandelst nicht jeden Besucher so«, sagte er und versuchte, die Situation zu bagatellisieren.

»Nur solche, die nicht eingeladen sind«, erwiderte Ned verdrießlich und hob das Gewehr, um seine Drohung zu unterstreichen.

George trieb sein Pferd in den Galopp. Er setzte über den Lattenzaun und jagte kurz darauf den Strand entlang. Doch er wusste, das konnte nicht das Ende sein. Er musste Eloise sehen. Das Problem war nur, an sie heranzukommen.

»Ist er fort, Meg?« Eloise saß im Schatten des Wohnzimmers.

»Ja, Mylady. Ned hat ihn hinausbegleitet.«

»Danke, Meg. Ich möchte gern, dass der Besuch dieses Herrn in Gegenwart meines Mannes nicht erwähnt wird.«

Meg verschränkte die Arme. »Sie können mir und Ned vertrauen.« Sie neigte den Kopf, ihr Blick war von Sorge erfüllt. »Sie sollten sich ausruhen, Mylady. Sie sehen blass aus.«

»Danke, Meg. Ich ruhe mich hier aus bis zum Abendessen. Sollte Oliver aufwachen, lass es mich bitte wissen.«

»Den werden Sie schnell genug hören«, erwiderte sie mit liebevollem Lächeln. »Die einzige Zeit, in der wir hier in diesem Haus zur Ruhe kommen, ist, wenn er schläft.«

Eloise lehnte sich in die Polster zurück, als Meg leise die Tür schloss. Meg wusste nichts von ihrer Liebesaffäre mit George, aber sie war äußerst fürsorglich. Auch nach ihrer Freilassung und ihrer Heirat mit Ned war sie in Eloises Dienst geblieben. Merkwürdig, dass ihre engste Freundin und Verbündete eine ehemalige Strafgefangene war – andererseits lebten sie in merkwürdigen Zeiten, und ihre Lebensumstände waren ungewöhnlich.

Georges unerwartete Ankunft hatte sie in Verwirrung gestürzt. Er durfte sie auf keinen Fall sehen und musste verschwinden, bevor Edward zurückkehrte, denn sie misstraute ihrer eigenen Standhaftigkeit. Allein der Klang seiner eindringlichen Stimme hatte an ihr Herz gerührt. Wie schwierig wäre es dann erst, ihn zu sehen, ohne ihm in die Arme zu sinken und ihn zu bitten, sie mitzunehmen.

Eloise erhob sich vom Sofa und trat vor den Spiegel über dem Kamin. Ihr Gesicht schimmerte bleich im weichen

Licht, das durch die kaputten Fensterläden drang. Sie fuhr mit den Fingern über die hässliche Prellung, die auf ihrer Wange anschwoll. Es war die letzte von unzählig vielen, und sie hatte längst gelernt, Anzeichen von Edwards Wutanfällen zu erkennen und ihm aus dem Weg zu gehen. Doch an diesem Morgen hatte er sie unvermutet erwischt, der Schlag hatte sie beinahe zu Boden geworfen, als sie sich weigerte, Oliver an dem Jagdausflug teilnehmen zu lassen. »Wenigstens schlägt er die Kinder nicht«, flüsterte sie. »Ich kann alles ertragen, wenn er sie in Ruhe lässt.«

Aus dem Spiegel sahen ihr traurige Augen entgegen. Langsam aber sicher hatte Edward aus ihr einen unterwürfigen, zitternden Schatten ihrer selbst gemacht, der den Willen verloren hatte, sich zur Wehr zu setzen. Irgendwo tief in ihr steckte noch die Frau, die sie einst gewesen war, doch sie hatte nicht mehr die Kraft, ihr nachzuspüren. Niedergeschlagen sank sie wieder auf das Sofa – sie würde nie den Mut aufbringen zu gehen.

Der Eber schnüffelte im Unterholz. Er hatte den saftigen Pilz gerochen, der am Fuß des Baumes wuchs, und der Hunger ließ ihn alle Vorsicht vergessen. Er bohrte die Nase in die weiche Erde und grub in wilder Erregung mit seinen gebogenen Eckzähnen, während der Geruch stärker wurde. Jeder Gedanke an Gefahr löste sich auf.

Edward überprüfte, ob sie sich im Windschatten befanden, und zügelte sein Pferd. »Da«, murmelte er. »Seht ihr, wie die Farne zittern? Da ist etwas Großes, und ich wette, es ist der Eber.« Mit fahrigen Händen zog er sein Gewehr aus der Satteltasche und hätte es beinahe fallen lassen.

Charles und Harry hatten noch nie einen Eber gejagt, wussten aber, dass es gefährlich war. Sie entsicherten ihre Gewehre behutsam, denn selbst das leise Klicken genügte, das Tier auf sie aufmerksam zu machen.

»Ich werde ihn heraustreiben«, flüsterte Edward. »Charles, du reitest da rüber, und Harry, du bleibst hier. Schießt, sobald ihr ihn entdeckt, und trefft nicht daneben! Ein verletzter Eber ist höchst unberechenbar.«

Nachdem er sich vergewissert hatte, dass die Jungen die ihnen angewiesenen Plätze eingenommen hatten, folgte Edward der Spur des Tieres durch das Unterholz. Er hätte ein Königreich für einen Schluck Rum gegeben, doch die Feldflasche war leer, es war zu weit bis nach Hause, und der Eber würde nicht warten. Es kostete ihn übermenschliche Anstrengung, das Zittern seiner Glieder zu beherrschen.

Das Pferd zögerte, in den Busch zu gehen, sobald es den Eber gewittert hatte, und Edward grub ihm die Sporen in die Flanken, um es weiterzutreiben, fürchtete jedoch gleichzeitig, dass der Eber sie hören könnte.

Der Eber hob die Schnauze und spähte mit seinen kurzsichtigen Augen ins Unterholz. Er roch Mensch und Pferd, spürte die Vibrationen im Boden und wusste, Gefahr war im Verzug. Mit unbehaglichem Grunzen suchte er Zuflucht im tieferen Unterholz.

Edward wurde klar, dass der Versuch, sich heimlich anzuschleichen, keinen Sinn hatte. Das Pferd war zu nervös. Daher trieb er es zum Galopp an und begann zu schreien, während sie auf ihre Beute zustoben.

Nun war der Eber verwirrt und ängstlich. Die Geräusche hatten ihn umzingelt, es gab offenbar keinen Ausweg. Er konnte nicht über das Ende seiner Schnauze hinwegsehen, und seine kurzen, stämmigen Beine versanken im Schlamm, während er sich hin und her drehte in dem verzweifelten Versuch, einen Weg durch das Gestrüpp zu finden. Als die donnernden Hufe und das laute Gebrüll immer näher kamen, stürzte er sich kopfüber durch eine Lücke zwischen den Farnen.

»Er gehört euch«, schrie Edward, als der Eber hinausstürmte. »Schnell! Bevor er entkommt!«

Der Eber spürte, wie die erste Kugel seine Flanke streifte. Er kreischte auf, als die zweite sich rief in seine Schnauze bohrte. Wahnsinnig vor Schmerz und Angst, rannte er blindlings über die Lichtung.

»Ihr habt ihn nur gestreift!«, brüllte Edward. »Schießt noch einmal!« Er fummelte an seinem Gewehr herum und versuchte, das Gleichgewicht zu halten, da sein Pferd durchzugehen drohte. Schweiß brannte ihm in den Augen, die Angst ließ sein Herz rasen – Harry stand in der Richtung, in die der Eber rannte, doch sein Gewehr klemmte und sein Pony scheute.

Dann bäumte sich Charles' Pferd auf.

Der Eber zögerte, denn das Beben unter seinen Läufen wurde stärker. Der Schmerz in seiner Schnauze war furchtbar, sein Zorn über seine Notlage überwältigend. Er sah tänzelnde Hufe und wirbelte herum auf der Suche nach einem anderen Ziel. Seine Ohren zuckten, als er sah, wie der Mensch zu Boden ging, und er raste wild entschlossen auf ihn zu, die gebogenen Eckzähne darauf ausgerichtet, seinen Feind zu reißen.

»Charlie!«, brüllte Harry, als sein Bruder auf dem Boden aufschlug. »Charlie, nimm das Gewehr. Schieß! Schieß!«

Charles streckte die Hand nach dem Gewehr aus, aber es lag außer Reichweite. Er schrie, als der Eber auf ihn zuraste, und versuchte verzweifelt, ihm auf allen vieren aus dem Weg zu kriechen.

Der Eber hatte den Feind gewittert und kam rasch näher. Er senkte den Kopf zum Angriff, bei dem er die Fänge tief in den Körper bohren würde.

Edward schwitzte vor Angst, bemüht, den Nebel in seinem Hirn zu verscheuchen, die Hand ruhig zu halten und den Eber ins Visier zu nehmen. Er drückte auf den Abzug.

Mandarg warf den Speer in dem Moment, in dem der Schuss fiel.

Die Fänge des Ebers waren nur noch Zentimeter von der Brust des Jungen entfernt, als der Speer das Tier zu Fall brachte.

Eine Stille des Schreckens legte sich über die Lichtung, als die drei erstarrten.

»Ein Wunder!«, rief Harry und fiel beinahe von seinem Pony in seiner Eile, zu seinem Bruder zu kommen. »Charlie, Charlie, ist schon gut, der schwarze Mann hat dich gerettet.« Er warf sich zu Boden, zog den noch immer zuckenden Eber von den Beinen des Jungen und streckte eine Hand nach seinem Bruder aus.

Edward stieg unbeholfen aus dem Sattel, den Blick auf den Krieger gerichtet, der auf der anderen Seite der Lichtung stand. Vom Alkohol benebelt, hämmerte sein Herz noch immer vor Angst.

»Charlie!«, schrie Harry. »Charlie, nein!«

Edward riss den Blick von dem Schwarzen los und stolperte über die Lichtung. Er konnte sich keinen Reim darauf machen, warum der Krieger aufgetaucht war und warum Harry kreischte. Doch als sein Schatten über seine Söhne fiel, löste sich seine Verwirrung mit einem Schlag auf und er erkannte, dass der Alptraum erst begonnen hatte.

Charles lag tot in Harrys Armen, die Brust von der Kugel zerfetzt.

»Du hast ihn umgebracht!«, rief Harry. »Du hast meinen Bruder getötet.«

Edward schaute in das hasserfüllte Gesicht seines Sohnes und taumelte zurück. »Nein«, flüsterte er ungläubig. »Ich habe auf den Eber gezielt«, stotterte er. »Ich schieße nie daneben.«

Schluchzend legte Harry seinen Bruder auf den Boden. »Doch, wenn du betrunken bist!«, schrie er. Harry sprang auf, seine Wut trieb ihn dazu, auf die Brust seines Vaters einzuhämmern. »Besoffener Mörder!«, heulte er.

Edward stand wie ein Fels und versuchte, die schmerzhaften Schläge seines Sohnes abzufangen. Plötzlich war er so nüchtern wie schon seit Jahren nicht mehr. Während er den Fausthieben widerstand, schaute er über Charles' reglosen Körper hinweg und begegnete dem Blick des Schwarzen. Sie starrten einander an, und es kam ihm wie eine Ewigkeit vor, bis der Krieger im Busch verschwand.

Harrys Schläge ließen nun an Intensität nach, die Wut, die ihnen die Kraft verliehen hatte, verebbte zu herzzerreißendem Schluchzen. Edward schüttelte das Gefühl ab, der Schwarze habe versucht, ihm etwas mitzuteilen, packte die Arme des Jungen und hielt sie fest, bis das Kind sich wieder unter Kontrolle hatte. Er wusste nicht, was er sagen oder tun sollte, um den Schmerz seines Sohnes zu lindern, doch er begriff, dass es für das Verbrechen, das er heute begangen hatte, keine Absolution geben würde.

Eloise las Oliver vor, als Meg ins Schlafzimmer eilte. Beim Anblick des aschfahlen Gesichts ihrer Bediensteten sprang sie vom Stuhl auf. »Was ist los?«

»Es hat einen Unfall gegeben«, schluchzte sie. »Einen schrecklichen Unfall.«

»Kümmere dich um Oliver.« Eloise schob sich an ihr vorbei und lief die Treppe hinunter. Die Haustür stand offen, und sie rannte hinaus auf die Veranda, wo sie taumelnd stehen blieb, als sie die Reiter in den Hof kommen sah. Ihr Blick schoss von Harry auf das Pony, das er am Zügel führte, von dort auf die reglose Gestalt in Edwards Armen. »Nein«, hauchte sie. »Lieber Gott, bitte nicht.«

Sie rannte die wackeligen Stufen hinunter bis an die Stelle, an der Edward auf sie wartete. Das Gesicht ihres Lieblingssohnes war blutleer, seine Brust aufgerissen – und noch während sie die Hand ausstreckte, um ihn zu berühren, wusste sie, dass er tot war.

Der qualvolle Aufschrei saß tief in ihr, Tränen liefen ihr über die Wangen. »Wie ist es passiert?«, flüsterte sie.

Edward war in seinem Leid verstummt und machte keine Anstalten, von seinem Pferd zu steigen oder sich von seiner tragischen Bürde zu befreien.

Harry stieg von seinem Pony und legte einen Arm um seine Mutter. Während sie zitternd in den länger werdenden Schatten des Hofes stand, erfuhr sie, wie ihr Sohn gestorben war.

Mit ohnmächtigem Hass starrte Eloise ihren Mann an. Doch als sie dann sprach, verriet nur das Beben in ihrer Stimme den inneren Aufruhr. »Ned, gib mir dein Gewehr«, befahl sie. Es war schwer und unhandlich, lag aber tröstlich in ihren Händen. »Und jetzt nimm meinen Sohn und trage ihn ins Haus.« Sie legte eine Hand auf Harrys Schulter. »Geh zu Oliver.«

Ihr Gesichtsausdruck ließ Harrys Protest verstummen. Schweigend übergab Edward seinen Sohn, und Eloises Blick folgte Ned, der den leblosen Körper ins Haus trug.

Nachdem die Tür hinter ihnen ins Schloss gefallen war, entsicherte Eloise das Gewehr und stellte sich vor ihren Mann. »Es wäre mir eine große Freude, dich zu erschießen«, sagte sie, »aber ich bin keine Mörderin, und meine Söhne brauchen mich.«

Seine Erleichterung war ihm anzusehen. Er rutschte im Sattel zur Seite und wollte absteigen.

»Bleib, wo du bist«, fuhr sie ihn an. »Ich werde schießen, wenn es sein muss.«

»Ach komm, Eloise ...«

»Du wirst jetzt verschwinden«, stellte sie fest, »und nie wiederkommen.«

»Du hast nicht das Recht, mich fortzuschicken.«

»Wenn du nicht gehst, werde ich dich wegen Mordes festnehmen lassen«, sagte sie.

»Es war ein Unfall. Ich wollte ihn nicht töten.«

Sie hielt das Gewehr fest, den Lauf mitten auf seine Brust gerichtet.

»Sei vernünftig, Eloise«, flehte er. »Harry und Oliver sind noch immer meine Söhne, und das hier ist mein Haus. Du kannst mir den Zugang nicht verwehren.«

»Du hast dein Recht an ihnen und deinem Haus verwirkt, als du Charles umgebracht hast.« Ihre Stimme brach, doch sie wappnete sich innerlich, um ruhig zu bleiben.

Edward nahm seine Zügel auf. »Wir sehen uns morgen bei der Beerdigung«, sagte er. »Vielleicht bist du dann wieder zur Vernunft gekommen.«

»Du sollst an der Beisetzung nicht teilnehmen, und du wirst weder mir, noch Harry oder Oliver jemals wieder in die Nähe kommen. Und jetzt geh, bevor mein Finger noch schwerer auf dem Abzug liegt.«

»Damit kommst du nicht durch«, knurrte er. »Eher sorge ich dafür, dass du auf der Straße sitzt, bevor ich zulasse, dass du das Haus nimmst.« Er gab dem Pferd die Sporen und galoppierte aus dem Hof.

Das Haus war still, die Kerzen flackerten, und die Lampen waren heruntergedreht. Harry und Oliver waren in einen unruhigen Schlaf gesunken, die treue Meg saß die ganze Nacht über bei ihnen, und ihr Mann Ned patrouillierte vor dem Haus.

Eloise erhob sich von ihrem Stuhl, als die ersten Lichtstrahlen durch die Fensterläden drangen. Ihre einsame Totenwache war vorüber, doch der lange Tag lag vor ihr, und sie fragte sich, wie sie ihn überstehen sollte. Doch überstehen musste sie dies alles. Nachdem sie endlich ihre Kraft wiedergefunden hatte und sich gegen Edward gestellt hatte, würde sie diese jetzt nutzen, um ihren Jungen nicht nur über den heutigen Tag hinwegzuhelfen, sondern über die kommenden Wochen und Monate.

Sie schaute auf die Lichtstrahlen, die immer stärker wurden, und spürte ihre schüchterne Wärme. Neue Energie durchflutete sie. Nie wieder würde sie sich einschüchtern oder schlagen lassen. Sie würde hoch aufgerichtet und stolz durchs Leben gehen – und würde ihr Recht verteidigen, die wahre Eloise zu sein, was auch kommen mochte.

Flüchtig wanderten ihre Gedanken zu George, und der Anflug eines Lächelns trat auf ihre Lippen. Wenn er sie noch liebte, gab es vielleicht sogar die Chance für ein neues Leben – aber jetzt war nicht der Zeitpunkt, über so etwas nachzudenken. George hatte viele Jahre gewartet. Wenn seine Liebe ehrlich war, würde er auch noch eine Weile länger warten.

Die Nachricht hatte George am frühen Morgen erreicht, und er hatte sofort an ihre Seite eilen wollen. Doch sein Verstand sagte ihm, dass er geduldig abwarten musste, bis Eloise ihn rief.

In einiger Entfernung war er den mit schwarzen Federn geschmückten Pferden gefolgt, die den Geschützwagen über die schmalen, mit Stroh bestreuten Pflasterstraßen von Sydney Town zu der von Sträflingen erbauten Kirche zogen. Nun war die Beerdigung zu Ende, und er war wieder in sein Haus auf dem Hügel zurückgekehrt, wo er sich in der Stille der sternenklaren Nacht auf den Balkon setzen und über die Ereignisse des Tages nachdenken konnte.

Er bekam das Bild von Eloise nicht aus dem Kopf, ihre Haltung, die von neu gewonnener Stärke zeugte, obwohl ihr Gesicht hinter dem schwarzen Schleier verborgen war. Sie hatte ihre Söhne an der Hand gehalten, als sie neben dem Grab standen, und hatte sich nicht lautem Weinen hingegeben wie ihre Schwestern.

Von Thomas hatte George erfahren, dass sie an diesem Abend mit den Jungen ins Hotel ziehen würde, um bei ihrem Vater zu sein, und er bezweifelte, dass sie jemals in das Haus am Strand zurückkehren würde.

Edwards Abwesenheit bei der Beerdigung war von den vielen Menschen bemerkt worden, die sich auf dem Friedhof und bis hinaus auf die Straße drängten. Thomas war zum ersten Mal in seinem Leben zugeknöpft gewesen, wenn man ihn nach den kursierenden Gerüchten fragte, was Georges Misstrauen gegen den angeblichen Jagdunfall noch erhöhte. »Vielleicht stimmen die Gerüchte ja doch«, murmelte er vor sich hin. »Um ihrer aller willen bete ich zu Gott, dass sie nicht wahr sind.«

Edward stürmte durch die Hintertür von Kernow House und taumelte durch die Küche in die Diele. Er hatte seit seiner Auseinandersetzung mit Eloise stetig getrunken, und obwohl er beabsichtigt hatte, an der Beerdigung teilzunehmen, hatte er in einem Hinterzimmer des Wirtshauses in Parramatta verschlafen, und nun war der Tag vorbei.

»Eloise!«, brüllte er. »Zeig dich, Weib!«

Das Echo hallte in den verlassenen Räumen wider und dröhnte in seinem Kopf. Er torkelte durch die Diele ins Wohnzimmer, wo er sich stirnrunzelnd ein großzügiges Glas einschenkte. Die Möbel waren mit Laken bedeckt, die Fensterläden geschlossen, die Vorhänge zugezogen, und von Eloise oder den Jungen gab es keine Spur.

Ungläubig, doch zunehmend angstvoll lief er von Zimmer zu Zimmer und stellte fest, dass das Haus menschenleer war. Wieder im Wohnzimmer, nahm er die Karaffe, riss das

Laken von seinem Sessel und ließ sich hineinfallen. »Also hast du mich am Ende verlassen«, murmelte er. »Ich dachte, du würdest nie den Mut aufbringen.«

So erniedrigt, so allein hatte er sich noch nie gefühlt. Er schloss die Augen, um die verräterischen Tränen des Selbstmitleids zurückzuhalten. Er hatte kein Geld, keine Karriere und keine Familie. Sein ältester Sohn war tot, sein geliebter Harry hasste ihn, und Oliver zweifelsohne auch. Eloise hatte mehr Energie gezeigt, als er es je für möglich gehalten hätte, und wahrscheinlich würde er in Kürze wegen Mordes an Charles festgenommen werden. Was dieses Haus betraf ... Ein Schauer überlief ihn. Es würde nie ihm gehören, denn Carltons Drohung würde wahr werden, nachdem Eloise jetzt fort war.

Undurchdringliche Dunkelheit empfing ihn, als er die Augen aufschlug. Die Kälte war ihm in die Knochen gezogen. Er hatte Mühe, das Feuerholz anzuzünden, das Meg bereits aufgeschichtet hatte, und als die Flammen am Holz leckten, streckte er die zitternden Hände aus, um sie zu wärmen.

Er starrte ins Feuer und sah zerschmetterte Körper, brennende *gunyahs*, blutige Säbel und Männer auf Pferden. Er versuchte vergeblich, den Blick abzuwenden, und hörte die Schreie der Sterbenden und das Rasseln von Säbeln.

Abrupt drehte er sich um und spähte ins Dunkel. Das Entsetzen kroch auf ihn zu und drohte ihn zu verschlingen. »Geh weg«, krächzte er heiser. »Ich bin genug gestraft.«

Ein leises Klicken durchbrach die Stille.

Jemand hielt ihn zum Narren. Er zündete die Lampen an, doch die Schatten blieben und rückten ihm immer näher, wie in seinen Träumen. »Ich habe meinen Sohn verloren«, rief er den Dämonen zu. »Reicht das nicht?«

Tanzende Schatten waren die einzige Antwort.

Edward stolperte über das Laken und stieß an den zierlichen Tisch. Die Karaffen und Flaschen fielen zu Boden, wo sie in glitzernde Scherben zersprangen. Dumpf starrte er sie an, sah das im Kristall reflektierte Feuer und rannte zur Tür. Er musste hinaus – musste den Stimmen und Bildern entkommen, die ihn vor Angst wahnsinnig machten.

Mandarg saß neben der Stelle, an der der Junge zwei Tage zuvor getötet worden war. Er wusste nicht, warum er sich entschieden hatte hierzubleiben, doch es hatte den Anschein, als erfüllte er einen Zweck, den die Eule der Geister noch nicht offenbart hatte. Er hatte sich Feuer gemacht und briet eine Echse, die er an dem Tag gefangen hatte. Das Wildschwein lag noch auf der Lichtung, und er wusste, dass sein Fleisch viel besser schmeckte als das der Echse, doch das Schwein war vom Speer vergiftet. Es zu essen, würde den Tod bedeuten.

Er starrte durch die Flammen hindurch, während er aß, im Einklang mit der Nacht und dem sternenübersäten Himmel, zufrieden, zu der überkommenen Lebensweise zurückgekehrt zu sein. Wenn er von hier wegginge, würde er über die Berge in die üppigen Jagdgründe wandern, wo sich die Überreste seines Stammes versammelt hatten, weit entfernt vom Einfluss des weißen Mannes.

Seine Gedanken wurden vom Geräusch trampelnder Schritte unterbrochen. Die Echse war vergessen. Er griff nach seinen Speeren und stand auf, die Tonspuren auf seinem Körper leuchteten im Schein des Feuers.

Die Eule schwebte herab und landete sanft auf seinem Arm. Es war ein unmissverständlicher Befehl, abzuwarten.

Edward hatte keine Ahnung, wo er sich befand. Er stolperte über Baumwurzeln und verhedderte sich in Kletterpflanzen. Er hatte versucht, den Stimmen zu entkommen, aber sie folgten ihm, und mit jedem Schritt, den er ging, versank er noch tiefer in seiner Verzweiflung. Ein Ast schlug gegen seine Wange, doch das war nichts, verglichen mit den Qualen, unter denen er ohnehin schon litt. Er hastete weiter.

Als würde er von einer unsichtbaren Hand an ein unbekanntes Ziel geführt, taumelte er durch den Busch, bis er einen Lichtschein zwischen den Bäumen sah. Er blieb stehen und fragte sich, was das zu bedeuten hatte. Das Licht schien ihn magisch anzuziehen, und er stolperte darauf zu.

Der nackte Krieger stand neben dem Feuer, sein schlanker Körper leuchtete im Grau seiner Kriegsbemalung. Er erwiderte Edwards starren Blick, und auf seinem Arm schimmerte eine weiße Eule im Feuerschein.

Edward wusste, das war sein Folterer, der Krieger, der ihn in seinen Träumen heimgesucht und aus den Schatten beobachtet hatte. Er hatte keine Energie mehr, um fortzulaufen. Vor den Dämonen, die ihn verfolgten, konnte es kein Versteck geben.

Als er nach der Pistole an seiner Hüfte griff, sah er wie hypnotisiert in die unbeweglichen, anklagenden Augen der Eule. Er hob die Pistole an seine Schläfe und drückte ab.

Epilog

Hawks Head, Oktober 1812

Die Missionskapelle war eine grob gezimmerte Holzhütte, die in einiger Entfernung vom Flussufer auf Stelzen thronte. Sie war für den Anlass frisch getüncht worden, und am Ende des Giebels war ein neues Kreuz aufgerichtet worden, damit kein Zweifel an ihrem Sinn und Zweck aufkommen konnte. An jenem Morgen füllte Ezras Gemeinde jeden Sitz, und die Eingeborenen von Hawks Head rangelten draußen um den besten Platz.

»Wie ich sehe, ist meine Kleine endlich glücklich«, flüsterte der Baron, als er Eloise die Hand reichte, um ihr aus der Kutsche zu helfen. »Du strahlst richtig.«

Eloise lächelte ihn an. »Ich werde heute den Mann heiraten, den ich schon seit Jahren liebe«, sagte sie und spürte plötzlich, wie aufgeregt sie war. »Ich bin ja so froh und dankbar, dass ich noch eine Chance bekomme, glücklich zu sein.«

»Er ist ein guter Mann«, pflichtete der Baron ihr bei.

Eloise nickte und nahm seinen Arm. Ihre Freude war so groß, dass ihr die Worte fehlten, sie auszudrücken. George hatte nie aufgehört, sie zu lieben. Er hatte ihr nach Charles' Tod Zeit gelassen und Trost gespendet, wenn sie ihn brauchte, hatte sie still und inbrünstig geliebt und gewartet, bis sie über den Schmerz hinaus in die Zukunft sehen konnte. Nun endlich würden sich ihre Träume erfüllen. »Komm, Papa«, sagte sie. »Wir wollen ihn nicht warten lassen.«

Beim Treueschwur schaute Eloise George in die Augen, und als er sie küsste und sie zu seiner Frau erklärte, wurde ihr mit überwältigender Klarheit bewusst, dass ihr Leben endlich auf die richtige Bahn geraten war.

»Endlich gehörst du mir«, flüsterte er. »Ich liebe dich, Mrs Collinson.«

Eloise berührte seine Wange, und der neue Ehering blitzte im Sonnenlicht auf, das durch das Fenster schien.

Der Moment der Stille wurde durchbrochen, als Susan auf dem alten Klavier die ersten lauten Akkorde anschlug. Es war seit Jahren nicht gestimmt worden und von Termiten heftig angefressen.

»Das ist das Zeichen für uns«, sagte George. »Mutters Begeisterung ist ja schön und gut, aber das Klavier wird nicht mehr lange durchhalten.«

Eloise hakte sich bei ihm unter, und sie drehten sich zur Gemeinde um. Als sie Harry und Oliver vor Freude strahlen sah, war ihr Glück vollkommen. Harry sah mit seinen dreizehn Jahren in der kurzen Weste und dem Cut so erwachsen aus, und obwohl Oliver den mannhaften Versuch unternahm, sich ernst und seriös zu verhalten, stand ihm die Ausgelassenheit ins Gesicht geschrieben. Sie gab den beiden einen Kuss, dann folgten sie ihr und George aus der Kapelle ins blendende Sonnenlicht.

Nell tupfte sich die Augen mit einem Taschentuch ab und schniefte. »Ich liebe Hochzeiten.« Sie seufzte. »Es geht doch nichts über ein paar ordentliche Tränen, um für den Tag gerüstet zu sein.«

Alice umarmte sie kurz. Dabei musste sie sich vor Nells

ausladendem Hut, der mit Seidenblumen, Federn und Bändern überreich geschmückt war, in Acht nehmen. Nell hatte nichts von ihrer Extravaganz verloren, doch Alice nahm sie mittlerweile hin und bewunderte sie sogar – sie gehörte einfach zu Nell. Sie selbst trug einen vernünftigen Strohhut, der mit einem rosa Band unter dem Kinn festgebunden war, wie es sich für eine Frau von einundfünfzig Jahren gehörte, und ihr einfaches Kleid wirkte schlicht neben Nells leuchtend grünem.

»Darf ich den Damen mein Kompliment machen?«, sagte Henry Carlton und reichte jeder von ihnen ein Glas von dem Champagner, den er aus Europa importiert hatte. »Du siehst wundervoll aus, Alice. Und Nell, was für ein grandioser Hut!«

»Du siehst auch nicht übel aus«, erwiderte Nell und trank einen Schluck Champagner. Sie zwinkerte ihm über dem Glasrand zu. »Für einen alten Kerl hast du dich hübsch herausgeputzt.«

»Einundsechzig ist doch kein Alter, Nell«, entgegnete er belustigt. »Ich stehe in der Blüte meiner Jahre.«

Alice hörte zu, wie die beiden sich neckten, und Wärme durchflutete sie. Henry Carlton machte ihr noch immer jedes Mal einen Antrag, wenn er nach Australien kam, doch sie wussten beide, dass nie etwas daraus würde. Gewiss, ihre Freundschaft hatte sich vertieft, und obwohl seine kurzfristige Beteiligung an Moonrakers längst beendet war, kam er als willkommener Gast regelmäßig zu Besuch. Sie und Nell respektierten seine Kenntnisse und seinen Ratschlag.

»Henry!« Der Baron hatte sein bombastisches Auftreten nicht abgelegt, und seine Stimme war sehr wahrscheinlich bis zum nächsten Farmhaus zu hören. »Schön, dich zu sehen, mein Freund. Und jetzt sag mal, wo hast du diesen ausgezeichneten Champagner gefunden?«

Alice und Nell schauten den beiden Männern hinterher, wie sie zu den Tischen schlenderten, die man unter den Bäumen aufgestellt hatte. »Ich werd verrückt«, sagte Nell leise, »der Alte hat noch immer eine Stimme wie eine Kanone.«

Der Baron war inzwischen eine recht bedeutende Persönlichkeit in Sydney Town, und man traf ihn häufig in der Bar seines Hotels an, wo er seine Gäste mit ungeheuerlichen Anekdoten unterhielt. Doch trotz seines Alters und seiner Jovialität verlor er sein Geschäft nie aus den Augen und trieb seine Angestellten oft an den Rand ihrer Geduld.

»Da ist Amy«, sagte Nell. »Ich sollte vielleicht hingehen und mich um das Baby kümmern.«

»Es ist ganz zufrieden«, murmelte Alice. »Es ist da drüben bei Niall im Schatten.«

»Die geben ein hübsches Bild ab, was?«, sagte Nell. Amy hatte sich neben ihren Mann gesetzt, der ihren gemeinsamen Sohn zärtlich wiegte. »Wer hätte gedacht, dass Amy sich so ruhig in Ehe und Mutterschaft einrichten würde?«

»Von Ruhe würde ich da nicht reden«, sagte Alice mit trockenem Humor. »Andauernd streiten sie um irgendetwas.«

Nell grinste. »Aber das machen die doch nur, damit sie sich nachher wieder versöhnen können. Das ist das Beste an der Ehe.«

Ein kurzes Schweigen folgte, während beide sich daran erinnerten, wie es einst mit Jack und Billy gewesen war. Der Schmerz war noch immer da, aber nicht mehr ganz so stark, nachdem der Balsam der Zeit die Wunden geheilt hatte.

Alice hakte sich bei Nell unter. »Komm, lass uns die Zwillinge suchen. Es gibt nichts Besseres als eine Hochzeit, um Romanzen zum Blühen zu bringen, und ich möchte wissen, ob Sarahs Verehrer den Mut aufgebracht hat, ihr einen Antrag zu machen.«

George half Harry und Oliver gerade, die letzten Gepäckstücke hinten in den Wagen zu laden. Die Schrankkoffer waren bereits an Bord der *Georgeana* verstaut, die am folgenden Abend auslaufen würde, und die Jungen schmiedeten Pläne, womit sie sich auf der langen Seefahrt nach England beschäftigen könnten.

Er trat zurück und betrachtete die beiden Jungen. Ihre Aufregung über das bevorstehende Abenteuer gefiel ihm. Er wusste, wie ihnen zumute war, denn er hatte dasselbe Prickeln gespürt, als sie sich vor vielen Jahren auf der *Golden Grove* eingeschifft hatten. Lächelnd erinnerte er sich daran, dass er sich neugierig über die Bordwand gelehnt hatte, um zu beobachten, wie die anderen Schiffe der Ersten Flotte von Portsmouth absegelten. Wenn Eloises Söhne in zwei Jahren nach Australien zurückkehrten, würden sie viele Erinnerungen mitbringen und vielleicht die Sehnsucht, mehr von dieser spannenden neuen Welt zu sehen.

»George?«

Die Stimme seiner Mutter riss ihn aus seinen Gedanken, und er drehte sich um. »Ich habe gerade an die *Golden Grove* gedacht«, sagte er und legte einen Arm um sie. »Waren wir mutig oder tollkühn, damals diese Reise ins Ungewisse anzutreten?«

Sie wirkte plötzlich ganz jugendlich. »Es war eine Mischung aus beidem«, antwortete sie. »Es war beängstigend und aufregend, und ich habe oft um unser Leben gebangt, aber sieh doch nur, was wir in diesen vierundzwanzig Jahren erreicht haben.«

Er folgte ihrer weit ausholenden Handbewegung, mit der sie die wachsende Familie umfasste. Ernest und Bess sprachen mit Nell und Alice. Meg und Ned, die jetzt ihr eigenes kleines Stück Land bewirtschafteten, waren mit ihrer Tochter gekommen, und Henry Carlton unterhielt sich angeregt mit dem Baron, der in Begleitung von Eloises Schwestern zu der Hochzeit gekommen war. Irmas Mann hatte sich zu Thomas gesellt, und die beiden schliefen im Schatten des Eukalyptusbaums den Champagner aus, während ein ganzer Schwarm von Kindern, schwarzen und weißen, herumtollte. Nells Zwillinge saßen mit ihren Liebsten auf einer Decke am Fluss, und Amy und Niall waren vollauf mit ihrem Säugling beschäftigt.

George tippte an den Hut und grinste, als die Eingeborenen und die Sträflinge, die auf Hawks Head arbeiteten, auf ihrem Weg zum voll beladenen Tisch vorbeischlenderten. Da sie dem Rum gut zugesprochen hatten, brachten sie ihre Glückwünsche zwar laut, aber etwas undeutlich vor. Am nächsten Morgen würde es dicke Köpfe geben.

»Ich bin froh, dass dein Papa Eloise ins Herz geschlossen hat«, sagte Susan, während sie beobachtete, wie die beiden am Fluss entlang spazieren gingen. »Sie ist ein liebes Mädchen und trägt keine Schuld an dem, was geschehen ist.«

George umarmte seine Mutter und gab ihr einen Kuss auf die Stirn. Das Herz ging ihm über, und ihm fehlten die Worte.

Dann schaute Susan zu ihm auf. »George ...«

Er runzelte die Stirn. »Was ist, Mutter?«

»Ich möchte dir etwas geben, bevor du nach England aufbrichst.« Sie kramte in ihrer Tasche und zog zwei Briefe heraus. »Der erste ist an meine Schwägerin Ann gerichtet.« Sie schaute zu Ezra hinüber, um sicherzugehen, dass er außer Hörweite war. »Gib ihn ihr, wenn dein Onkel Gilbert gerade anderweitig beschäftigt ist«, riet sie.

George hatte noch eine deutliche Erinnerung an den Bruder seines Vaters, einen rauen, gutmütigen Mann, der vor Jahren in seiner Position als Australiens erster Gerichtsrat dafür gesorgt hatte, dass es vor Gericht anständig zuging. »Das klingt ja sehr melodramatisch, Mutter«, scherzte er. »Bist du sicher, dass man mir so ein geheimes Dokument anvertrauen kann?«

»Mach dich nicht über mich lustig, George!« Susan klapste ihm mit dem Fächer auf den Arm. »Versprich mir einfach nur, dass du ihn sicher überbringen wirst.«

Er nahm den Brief an sich. Seine Neugier regte sich, denn er bemerkte ihren hochroten Kopf und die Dringlichkeit in ihrer Stimme. »Ich werde deiner Bitte nachkommen« erwiderte er, »aber es sieht dir nicht ähnlich, Geheimnisse zu hüten.«

»Nicht?«, entgegnete sie mit einer gewissen Schärfe. »Ich mag zwar deine Mutter sein, George, aber du weißt nicht alles über mich.« Sie schob ihm den zweiten Brief in die Hand. »Der ist für dich. Er darf erst nach meinem Tod geöffnet werden.«

»Also wirklich, Mutter«, protestierte er. »Wir sind nur zwei Jahre fort, und es ist immer noch jede Menge Leben in dir.« Er gab ihn ihr abrupt wieder zurück. »Den will ich nicht nehmen.«

»Tu ausnahmsweise einmal, was man dir sagt, George!« Sie warf noch einen Blick auf Ezra und drückte George den Brief in die Hand. »Dein Vater weiß das meiste, was darin steht, und ist damit einverstanden. Keiner von uns wird jünger, und es ist nur richtig, wenn wir unsere Angelegenheiten in Ordnung bringen.«

George hielt den Brief, als würde er sich die Finger daran verbrennen. Das Letzte, an das er heute erinnert werden wollte, war die Sterblichkeit seiner Eltern, und seine Mutter verhielt sich so eigenartig, dass er allmählich um ihre Gesundheit bangte. »Du sagst, er weiß das meiste von dem, was du geschrieben hast. Was ist mit dem Rest?«

»Wenn die Zeit da ist, wird alles erklärt«, sagte sie, als Ezra und Eloise auf sie zukamen. »Und jetzt steck den Brief ein und vergiss unsere Unterhaltung! Deine Braut ist reisefertig.«

Cornwall, Juli 1813

Sie waren seit sechs Monaten in England und fuhren mit der Kutsche, die er in Bath gemietet hatte, auf Mousehole zu. George hatte einen Blick hinaus auf das vertraute Blau des Meeres und die hohen Klippen geworfen, die den kleinen Fischerdörfern an der Küste Schutz boten. Auf dem Wasser leuchteten weiße Segel, über ihnen schwebten Möwen, in der Luft lag der Geruch nach den Mooren, und als die Kutsche langsamer fuhr, um den steilen Abhang nach Mousehole hinunter zu bewältigen, hatte er das Haus neben der Kirche gesehen. Die dicht gedrängten Katen weit unten kamen genau so in Sicht, wie er sie in Erinnerung hatte. Es war beinahe, als wäre er nie fort gewesen.

So hatte er sich die Heimkehr vorgestellt, und obwohl sein Herz bei jeder so vertrauten Kurve auf dem steilen Abhang jubilierte, hatte ihn ein Unbehagen beschlichen, das er nicht abschütteln konnte. Während das Pferd auf den Kai zutrottete und der Möwenschwarm, der sich um die Überreste des Fangs vom Tage stritt, ihnen folgte, waren seine Gedanken wieder zum Brief seiner Mutter zurückgekehrt.

Er hatte ihn seiner Tante gegeben und sie genau beobachtet, während sie ihn las. Sie holte tief Luft und wurde plötzlich bleich, was ihm bewies, wie sehr sie der Inhalt getroffen hatte. Doch sie hatte sich geweigert, auf seine Fragen zu antworten, und hatte den Brief ins Feuer geworfen. Ihr Verhalten war rätselhaft, und das gefiel George nicht. Dennoch war er froh, dass er den zweiten Brief bei seinem Anwalt in Sydney hinterlegt hatte, bevor sie nach England aufbrachen: Die Versuchung, ihn nach der Reaktion seiner Tante zu öffnen, wäre zu groß gewesen.

Seit ihrer Ankunft in Mousehole war eine Woche vergangen, und nachdem sie in einem Gasthaus in der Nähe untergekommen waren, hatte George seine Frau und die Jungen an die Schlupfwinkel seiner Kindheit geführt. Sie hatten das alte Pfarrhaus besucht, mit dem neuen Amtsinhaber Tee getrunken und sogar an einem langen, ermüdenden Gottesdienst in der Kirche teilgenommen, in der sein Vater einst gepredigt hatte. Die Begrüßung in der Heimat war warm und überschwänglich gewesen, und obwohl die ältere Generation der Collinsons inzwischen verstorben war, sprachen alle noch immer liebevoll über seine Eltern, selbst Menschen, die sie nie kennengelernt hatten.

Der Tag hatte strahlend begonnen, doch vom Meer wehte ein kalter Wind – eine Kälte, die ihm bis ans Herz drang, denn an diesem Tag würde er Eloise und die Jungen mitnehmen, damit sie sich Harrys Erbe ansahen. Die Atmosphäre in der Kutsche war düster. Eloise war angespannt, Harry hatte deutlich zu verstehen gegeben, dass er nur wenig Interesse hatte, und Oliver war ungewöhnlich schweigsam. Er pfiff vor sich hin, um die Stimmung aufzuheitern, hielt aber inne, als Eloise ihn ziemlich mürrisch um Ruhe bat.

Stirnrunzelnd lenkte George Pferd und Kutsche am Klippenrand entlang und schließlich zwischen den beiden zerbröckelnden Torpfosten hindurch über die von Unkraut übersäte Auffahrt. Er hatte damit gerechnet, dass Eloise sich das Haus nur ungern anschauen würde, doch er hatte nicht vorausgesehen, wie viel es ihr ausmachte, hier zu sein.

In dem Versuch, die Situation zu bagatellisieren, zwang er sich zu einem Lächeln. »Da ist es, Harry«, sagte er und ließ das Pferd anhalten. »Treleaven House, der Landsitz des Earl of Kernow.«

Wie erstarrt saß Eloise neben ihm. George wurde klar, dass er sie nicht hätte herbringen dürfen: Sie wurde blass, und über ihren Augen lag ein Schatten – vielleicht hervorgerufen von Erinnerungen an Edward und Charles.

»Warum fangen hier so viele Orte mit ›Tre‹ an?« Oliver schaute auf die Buchstaben, die über der prächtigen Tür eingraviert waren.

George richtete seine Aufmerksamkeit wieder auf den Jungen. »Das ist das kornische Wort für ›Farm‹. Treleaven bedeutet ›Leavens Farm‹«, erklärte er. »So wie ›Kernow‹ das alte kornische Wort für ›Cornwall‹ ist.«

Harry musterte das zerfallene Haus und das ungepflegte Parkgelände, das sich bis ans Meer hinunter erstreckte. »Ist nur gut, dass ich keinen Fuß hineinsetzen will«, sagte er und verzog das Gesicht. »Es sieht aus, als würde es gleich zusammenfallen – und von mir aus kann es verrotten.«

»So schlecht ist es gar nicht«, protestierte Oliver. »Zugegeben, es wäre viel Geld nötig, um es wieder instand zu setzen – aber ich kann mir vorstellen, wie es einmal ausgesehen haben muss. Es würde Spaß machen, seine frühere Pracht wiederherzustellen.«

»Anscheinend teilst du mit Großvater die Fähigkeit, über das Offensichtliche hinauszusehen, Oliver«, sagte Eloise, aus ihren Gedanken gerissen. »Vielleicht ...« Sie verstummte. Dann schaute sie Harry an. »Bist du sicher, dass du es nicht von innen ansehen willst?«

Er verschränkte die Arme, seine Miene war rebellisch. »Ich gehe niemals in das Haus. Ich will nichts mit dem zu tun haben, was der Mann mir hinterlassen hat.«

George sah den Schmerz in Eloises Augen und ergriff ihre Hand. Harry hasste seinen Vater und alles, was er dargestellt hatte – doch wer wollte ihm einen Vorwurf machen nach allem, was er mit angesehen hatte?

»Du wirst den Titel nicht umgehen können, Harry«, sagte Oliver. »Er steht dir von Geburt aus zu.«

Harry knurrte. »Sei ruhig, Ollie!«

»Ich glaube, du bist kurzsichtig«, sagte Oliver. »Ich

wünschte, ich wäre der Earl. Ich hätte das Anwesen hier bald in Schuss gebracht.«

»Vielleicht gibt es ja eine Möglichkeit«, murmelte Eloise.

George runzelte die Stirn. »Wie denn? Harry ist der Erbe, und daran ist nicht zu rütteln.«

»Natürlich hast du recht«, sagte sie hastig. »Es war nur so eine Idee.«

George betrachtete sie nachdenklich, bevor er die Zügel nahm, das Pferd um den mit Flechten überzogenen Springbrunnen lenkte und auf das Tor zusteuerte. Harry hatte sich offenbar in den Kopf gesetzt, alles abzulehnen, was mit Edward zu tun hatte, und Eloise war deutlich verstört – es war auf jeden Fall ein Fehler gewesen hierherzukommen.

Während sie am Klippenrand entlang zurückfuhren, überschlugen sich seine Gedanken. Obwohl Harry den Titel loswerden wollte und Eloise eine Aversion gegen alles hatte, was mit dem Namen Cadwallader verbunden war, würde der Junge seinen Platz im Oberhaus einnehmen müssen, sobald er volljährig war. Er und Eloise konnten nur hoffen, dass Harry mit der Reife zur Vernunft kommen, die Verantwortung übernehmen und eine neue, ehrbare Ordnung in das Haus Cadwallader bringen würde.

Eine Woche nach ihrem Abstecher zum Anwesen der Cadwalladers hatten sie nur noch vier weitere Tage in Cornwall vor sich, bevor sie nach London abreisten. Im Frühling würden sie nach Südafrika segeln und Georges Schwester Emma besuchen, die er seit seiner Kindheit nicht gesehen hatte, und danach nach Australien und damit nach Hause zurückkehren.

Sie hatten zu Abend gegessen und es sich dann vor dem lodernden Feuer im Kamin bequem gemacht, der fast eine Wand des Schankraums einnahm. Die Jungen liefen bald nach draußen, um nach Strandgut zu suchen. Dabei rannten sie beinahe die Kellnerin um, die hereinkam, um das Geschirr abzuräumen.

George sprang von seinem Stuhl auf. »Bitte entschuldigen Sie«, sagte er und stützte sie.

Die junge Kellnerin bückte sich nach ihrem Tablett. Schwarze Haare fielen wie ein Schleier vor ihr Gesicht. »Ist schon gut, Sir«, erwiderte sie. »Ist ja nichts passiert.«

Als sie sich aufrichtete und ihm ein Lächeln schenkte, war George verblüfft: Sie hatte ungeheure Ähnlichkeit mit seiner Mutter.

Die blaugrünen Augen verloren ihr Funkeln, und das Grübchen neben ihrem Mund verschwand. »Sie sind so blass geworden, Sir«, sagte sie besorgt.

George versuchte, seine Gedanken zu ordnen. »Sie erinnern mich an jemanden«, platzte es aus ihm heraus. »Aber Sie sind ihrem Dialekt nach nicht aus Cornwall, daher muss ich mich irren.«

Sie hob eine dunkle Augenbraue. »Stimmt, Sir«, erwiderte sie. »Ich bin in Somerset geboren.«

»Sie sind nicht mit den Penhalligans verwandt?«

Sie schüttelte den Kopf. »Nie von denen gehört«, murmelte sie. Die Haare fielen ihr wieder ins Gesicht.

George runzelte die Stirn. »Aber Sie gleichen so sehr meiner Mutter. Ich hätte schwören können, dass Sie eine Penhalligan sind.« Blitzartig kam ihm ein Gedanke. »Sind Sie vielleicht mit meiner Schwester Emma verwandt? Sie hat einen Armeeoffizier geheiratet und lebt seither in Südafrika. Sie könnten ihre Tochter sein.«

Die Kellnerin ließ das Geschirr stehen und baute sich vor ihm auf, die Hände in die Seiten gestemmt. Die schönen Augen blitzten ärgerlich. »Es schmeichelt mir, dass Sie glauben, ich könnte mit Ihnen verwandt sein, Sir, aber ich war noch nie in Südafrika. Ich bin in Somerset geboren und stolz darauf. Ich wäre Ihnen zu Dank verpflichtet, wenn Sie mit dem Gerede aufhören würden.« Sie strich das Haar auf einer Seite hinter das Ohr, nahm das Tablett und eilte hinaus.

George ließ sich auf den Sessel neben Eloise fallen. »Hast du auch gesehen, was ich gesehen habe?«

Eloise ergriff seine Hand. »Viele Menschen haben Muttermale«, sagte sie. »Das hat nichts zu bedeuten.«

George war nicht überzeugt. Das Muttermal in Form einer Träne an der Schläfe des Mädchens erinnerte zu sehr an die Cadwalladers – und dann noch die Ähnlichkeit mit seiner Mutter und seiner Schwester ... Seine Gedanken überschlugen sich. »Glaubst du, dass meine Mutter mit Jonathan ein Kind hatte?«

Eloise tätschelte ihm den Arm. »Deine Phantasie geht mit dir durch, George. *So* eine war deine Mutter nicht – und wenn das Mädchen tatsächlich ein uneheliches Kind von Jonathan sein sollte, dann ist es wahrscheinlich das Beste, wenn es das gar nicht weiß. Im Übrigen«, fügte sie hinzu, »hat das Mädchen sehr dunkle, beinahe schwarze Haare, und deine Mutter ist blond. Ich könnte sogar wetten, dass es von irgendwo spanisches oder italienisches Blut hat.«

»Du hast recht«, sagte er, entschlossen, den lächerlichen

Gedanken zu verbannen. »Es heißt, jeder Mensch hat einen Doppelgänger, und wenn dieses Mädchen wirklich mit den Penhalligans verwandt wäre, hätte die Familie es längst in ihren Schoß aufgenommen.«

»Damit hat sich das wohl erledigt.« Eloise beugte sich zu ihm und küsste ihn. »So, Mr Collinson, die Jungen sind noch mindestens eine Stunde draußen«, flüsterte sie. »Was meinst du, was wir mit der Zeit anfangen könnten?«

Er lächelte, und das Verlangen nach seiner schönen Frau verdrängte alle Gedanken. »Ich bin sicher, da fällt mir etwas ein.« Er hob sie auf die Arme und trug sie aus dem Raum die Treppe hinauf.

An ihrem letzten Tag in Cornwall wanderten George und Eloise über den Kiesstrand unterhalb hoch aufragender Granitklippen.

»Ich bin so froh, dass wir uns zu dieser Reise entschlossen haben«, keuchte Eloise, die gegen den Wind ankämpfte. »Die Jungen brauchten neue Horizonte, die ihnen helfen, sich von allem Vorgefallenen zu erholen, und unsere Rückkehr nach Australien wird nach einem solchen Abenteuer eine zufriedene Heimkehr sein.«

»Was hältst du denn nun von meinem Cornwall?«

»Es ist sehr schön«, antwortete sie und versuchte, mit ihm Schritt zu halten, »aber so kalt, selbst im Sommer.«

George steckte ihre Hand unter seinen Arm und zog ihr den dicken Schal fester um den Hals. »Es ist gut, dass wir über Winter in London sind.« Er lachte. »Dann ist es hier noch kälter.«

»Wie in Bayern?«, fragte sie.

Er lächelte auf sie hinab. »So weit im Westen haben wir nur selten Schnee, aber die Kälte ist viel feuchter als auf dem Kontinent, und der Wind ist grausam. Wir hier in Cornwall nennen das erfrischend.«

»Das dürfte untertrieben sein.« Sie zupfte an seinem Arm, und sie blieben stehen. »Sieh dir die Jungen an!«, sagte sie mit liebevoller Empörung. »Sie müssen völlig durchnässt sein.«

Harry und Oliver stapften um und durch die Gezeitentümpel, und George sah sich als Junge in dem Alter vor sich. Ihm wurde bewusst, wie sehr er die beiden inzwischen liebte. Sie hatten ihm so viel Freude geschenkt, und nun, da die Schatten der Vergangenheit sich auflösten, betrachteten sie ihn allmählich als ihren Vater.

Im Stillen schwor er sich, ein guter Vater zu sein. Ein liebevoller, ermutigender Vater, der sich die Zeit nehmen würde, zuzuhören und Ratschläge zu erteilen, wenn man ihn darum bäte, und der die Weisheit besäße zu schweigen, wenn sie allein zurechtkommen mussten.

»George? Du hängst schon wieder Tagträumen nach.«

»Ich habe mich nur über das gefreut, was mir beschert ist«, sagte er. Sie zitterte vor Kälte, und er merkte erst jetzt, dass sie seit mehr als zwei Stunden dem Wind ausgesetzt waren. »Komm, wir gehen zurück ins Gasthaus. Mir ist nach Teegebäck, Marmelade und dicker gelber Sahne.«

Sie stieß mit dem Finger an seinen Bauch. »Nicht zu viel Sahne. Ich will nicht, dass du aus dem Leim gehst.«

Er zog sie an sich. »Du hast gut reden. Ich habe deine Taille immer mit den Händen umfassen können – und jetzt schau sie dir an.«

»Wenigstens habe ich einen guten Grund, etwas dicker zu werden.« Sie kicherte.

»Seit wann sind Teegebäck und Sahne ein ...« Er riss die Augen auf, und als sie zu ihm aufsah und lächelte, erhellte sich sein Gesicht vor Freude. »Ein Kind? Unser gemeinsames Kind?« Sie nickte, und er schloss sie in die Arme. »O Eloise«, seufzte er, »habe ich dir in letzter Zeit eigentlich schon gesagt, wie sehr ich dich liebe?«

Eloise schmiegte sich an ihn, während der Wind sie umtoste und die heiseren Rufe der Möwen und Seeschwalben das Rauschen der Brandung begleiteten. »Seit heute Morgen nicht«, flüsterte sie.

Anmerkungen der Autorin

Die Geschichte der Collinsons, Cadwalladers und Penhalligans ist frei erfunden, spielt jedoch vor einem realen historischen Hintergrund. Die Erwähnung des Brisbane River ist ein Anachronismus, denn er wurde erst zu einem späteren Zeitpunkt entdeckt, als der Roman suggeriert. Ich habe den Namen jedoch absichtlich verwendet, um meinen Leserinnen und Lesern ein Gefühl für die geographischen Bedingungen zu geben. Ganz ähnlich ist es mit Balmain; diese Halbinsel westlich von Sydney wurde erst ab 1800 so benannt.

Die Überfälle, die von Tedbury und Pemulwuy angeführt wurden, sind in den Geschichtsbüchern dokumentiert, ebenso wie die irischen Aufstände und die sogenannte »Rum-Rebellion« gegen William Bligh. Die Rebellenführer Johnston und Cunningham und die Aufständischen Fitzgerald und Paddy Galvin sind historische Figuren, Pater Dixon, Major Johnston und der »Prügel-Pfaffe« Samuel Marsden desgleichen.

Ich habe im Roman bestimmte Wörter verwendet, die in der heutigen aufgeklärten Zeit zu Recht als rassistisch und abfällig gelten. Ich habe sie nur deshalb übernommen, weil sie damals zum Sprachgebrauch gehörten und die beschämende Haltung jener Zeit widerspiegeln. Ich möchte ausdrücklich betonen, dass damit keinerlei Kränkung beabsichtigt ist.